현덕전집

저 자

북한에서 간행된 〈수확의 날〉(1962)에 실린 작가의 초상화(현충섭 그림)

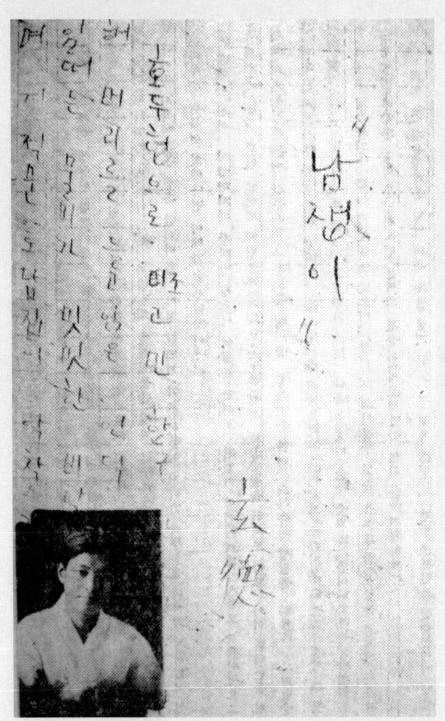

〈신인단편걸작집〉(조선일보사, 1938)에 실린 작가의 원고와 사진

新春懸賞文藝
入選者略歷

玄德

明治四十四年二月八日生
本籍 京城
現住 仁川龍岡町七六番地
第一回習作을 中途에 나왔을때
맨처음 그것이 얼맛이 없었습니다
그래도 막다른길을 찾는 生活
을 파 여기술 속을 빠져나가 위
하야 文壇을 보아왔었스나 이
것도 이럴이럴지 모르겠습니
다

조선일보(1938. 1. 7) 신춘문예 당선자 소개란에 실린 작가 사진

〈조광〉(1939. 1)지의 신진작가좌담회 모습

備考	第二學年	第二學年	第二學年	第二學年	第二學年	第三學年	第二學年	第二學年	學年／科目		
						一〇一〇一〇一〇			修身	學業成績	現住所 仝上
									國朝 語鮮		氏名 玄敬穂
						九一〇九			算本 術科		
									日地理	番地	生年月日 明治四二年二月八日
						大人〇〇甲三三三三頁			圖畫唱歌體操裁縫		本籍 富川郡大阜面□□里
						五			合 操修了ノ計均行年月日	退學ノ理由	
									出席日數 缺席病	出席及缺席	履歴 入學年月日 大正十二年四月一日
						一 五			缺席日數 忌事	在學中ノ	卒業年月日 大正年月日
尺寸分	尺寸分	尺寸分	尺寸分	尺寸分	四尺九寸	尺寸分	尺寸分	身長	發育概評	退學年月日 大正十四年六月九日
百貫匁	百貫匁	百貫匁	百貫匁	百貫匁	大八貫十匁	百貫匁	百貫匁	體重	營養	入學前ノ經歴 速成科
尺寸分	尺寸分	尺寸分	尺寸分	尺寸分	二尺四寸三分	尺寸分	尺寸分	胸圍	脊柱 乙	身
									身體概評 視力及色	體
									眼 聽耳	
									齒	狀
									神 力	
									疾 牙	況
									其ノ他ノ疾病ノ要スル注意	
									疾病ノ有否	備考

保證人 職業 農業 氏名 玄東淳 兒童トノ相互關係 叔父

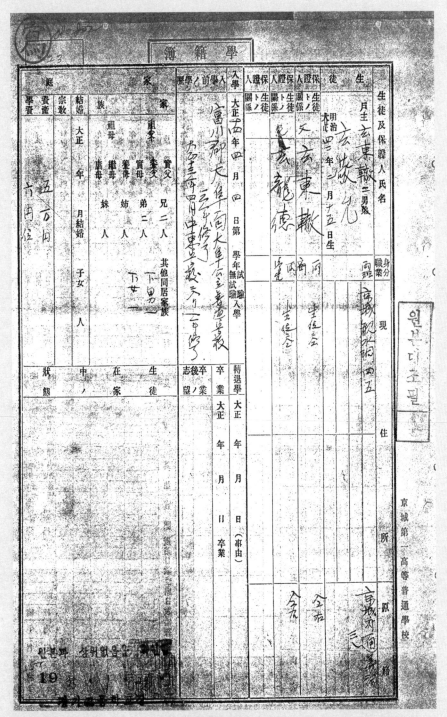

京城第一高等普通學校

원부의 초벌

生徒及保護人ノ氏名

生徒	玄東轍 二男	身分 職業 現 住 所 原 籍
月生 玄敬九 明治 大正 四年 月十五日生		
人證保 生徒トノ關係 父 玄東轍		兩班	商	京城龥水洞四五
人證保 生徒トノ關係		兩班		仝右
人證保 生徒トノ關係 玄龍德		商		京城府圓覺洞

入學 大正四年四月四日 第一學年試驗入學無試驗入學

前學歷 富川郡元年南大學校ヨリ本校二轉學セリ

轉退學 大正 年 月 日 (事由)

卒業 大正 年 月 日 卒業

卒業後ノ志望

家庭 家族 祖父 貧父 貧母 兄 二人 祖母 弟 二人 繼祖母 姊 人 繼母 妹 人 其他同居家族 人 下男 下女

結婚 大正 年 月結婚 子女 人

宗敎

貲産 五万円位

生徒ノ家ノ在狀態 中ノ

19

민영익을 수행했던 조부 현흥택은 최초의 견미사절단(보빙사)의 일원으로 미국을 다녀왔다(사진 맨 왼쪽).

英七回少年斥候指導者修養野營
一九三三年七月二十日-二十三日

당숙 현동완은 기독교청년회(YMCA)의 총무로 오랫동안 활동했다(사진에서 의자에 앉은 오른쪽).

〈남생이〉의 배경으로 나오는 인천항 부두의 모습

〈남생이〉의 배경으로 나오는 인천 빈민촌의 모습

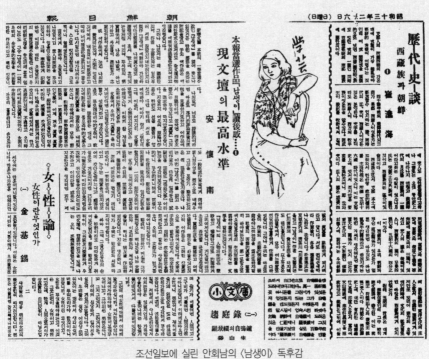

조선일보에 실린 안회남의 〈남생이〉 독후감

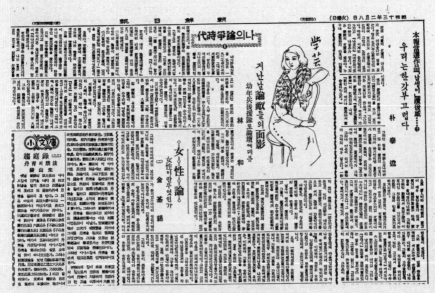

조선일보에 실린 박태원의 〈남생이〉 독후감

조선일보에 실린 현덕의 동화 〈달에서 떨어진 토끼〉

동아일보에 실린 현덕의 동화 〈고무신〉

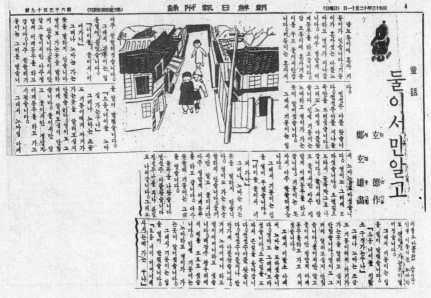

조선일보 부록 소년조선일보에 실린 현덕의 동화 〈둘이서만 알고〉

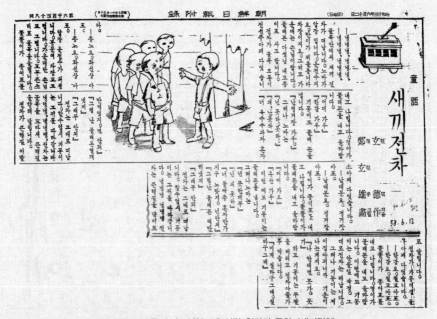

조선일보 부록 소년조선일보에 실린 현덕의 동화 〈새끼전차〉

현
덕
의

문
우
들

김유정

안회남

오장환

박태원

이태준

임화

김남천

一九五〇年 七月 八日

南朝鮮文學家同盟
書記長 安懷南

서울市臨時人民委員会 委員長 앞

社會團体登錄에 關한 件

首都委員会「告示三號」에 依하여 左記와 如히 登錄함

記

一、名稱　　南朝鮮文學家同盟

二、所在地　서울市忠武路二街二

三、代表者重義

　　住所　서울市玉仁洞一三五番地

　　姓名　安懷南　四三歲　一九〇九年 十一月 十五日生

1950년 9월 서울시임시인민위원회 정당사회단체 등록철 소재 남조선문학가동맹 위원 명부

委員名簿

第一書記長　安懷南

第二書記長　玄德

組織部　部長　羅善榮
　部員　趙蘇元　常民　尹壯圓　柳道順
　　宋完淳　金東逸　金文煥

宣傳部　部長　李庸岳
　部員　姜鷺求　石殷　金光現　李明善

事業部　部長　李子東
　部員　趙仁行　蔡奎哲　金妃合鐵　朴哲
　　尹泰雄　□霞　帕皓
　　裵杜元　慎鏞泰　姜利弘　浚完衍
　　田昌俉　楊哲　高□源

1950년 9월 서울시임시인민위원회 정당사회단체 등록철 소재 남조선문학가동맹 위원 명부

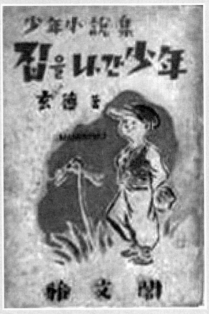

소설집 〈남생이〉 표지

소년소설집 〈집을 나간 소년〉 표지

동화집 〈포도와 구슬〉 표지

동화집 〈토끼 삼형제〉 표지

현덕의 소년소설이 연재되던 해방 직후의 잡지 〈어린
이세계〉

현덕의 소년소설이 연재되던 해방 직후의 잡지 〈진학〉

번역 작품 〈고요한 동〉 속표지

북한에서 발행된 〈수확의 날〉 표지

현덕 전집

玄德

원종찬 편

도서출판 역락

1. 소설

2. 소년소설

3. 동화

4. 수필·기타

5. 월북 이후

1
소설

작품집 〈남생이〉●●●

경칩驚蟄

마을은 집집이 새로 이엉을 입혔다. 밤사이 우물 앞 얼음이 풀리고 동네 닭들이 모여 헤집는다. 맞은편 안산 골짜기에 희끗희끗 보이던 눈은 자취도 없고 축축이 젖어 한걸음 가까이 다가든 듯싶다. 간밤 비를 몰아간 바람은 언덕 다박솔밭에서 울고 마을은 잠자는 듯 조용하다.

길가 보리밭 두덩에 어린아이 셋이 나란히 서 있다. 얼굴, 손, 저고리, 바지에 점점이 흙이다. 바지 괴춤이 배꼽 아래로 내려앉고 길과 밭두렁 사이 적은 도랑을 막고 눈석임물이 고이기를 기다린다. 붇는 줄 모르게 물은 야금야금 발밑까지 젖어들었다.

노마는 앉아 두 손을 물에 담그더니 가만히 있다.

"차냐?"

"아니!"

옆에 기동이도 손을 담근다.

"차냐?"

"아니."

그 옆에 꼬마도 마저 손을 담근다.

노마는 차츰 손이 저려 오른다. 옆에 기동에게 묻는다.

"너, 차냐?"

"아니."

노마는 참는다. 기동이도 손이 저려 오른다. 고 옆에 꼬마에게 묻는다.

"너, 차냐?"

"아니."

그리고 꼬마는 아니라고 하였으니까 또 참는다.

마침내 노마는 손을 물에서 꺼낼 언턱거리를 얻었다. 고요히 가라앉은 앙금 노란 바닥이 불룩불룩 움직인다. 재빨리 손을 올려 샅에 넣으며,

"저게 뭐냐."

두 아이도 거진 선후가 없이 날래게 손을 꺼내 노마가 하는 대로 샅에 넣는다.

"뭐 말야."

"뭐 말야."

물은 구름처럼 앙금이 일며 흐려졌다. 보이는 것이 없다.

"가만 있어."

찬찬히 물은 가라앉고 역시 앙금이 노랄 뿐, 아무렇지도 않다. 기동이는 노마를 쳐다본다.

"뭐, 말야."

노마는 좀 궁했다. 가만 있어 하다가는,

"이거 말야."

하고 불시에 돌 하나를 집어던지고 달아났다. 정면으로 물을 받고 두 아이는 눈을 희번덕거리며 일어선다. 보리 뿌리 한 뭉치를 집어들고 기동이는 노마의 뒤를 쫓는다. 꼬마도 따른다. 바람개비처럼 활개를 내저으며 노마는,

"아하하하."

그 소리에 비로소 마을은 너무 조용했던 걸 깨닫는다. 노마는 밭고랑에서 고랑으로 건너뛴다. 꼬불꼬불한 윗물길을 동네로 향해 달음질친다. 움푹움푹 호방을 빠지며 울 뒤로 돌아가 도야지 우릿간 옆 짚가리 속을 들치고 몸을 숨긴다. 발자국 소리가 가까워졌다 다시 멀어지며 좀 떨어진 곳에서 꼬마 목소리로,

"꼭꼭 숨어라."

지금 기동이는 열나게 구석구석 찾는 모양, 조금 후, 기동이 목소리로, "어디 숨었니." 또는 "찾으러 간다." 숨바꼭질하듯 왼다. 사실 숨바꼭질로 변했는지도 모를 일, 그 소리는 차츰 멀어 간다. 노마는 머리를 뽑아 들었다. 갑자기 좌우에 햇볕이 환하고 쳐다보는 쪽나무 상가지에 까치 한 마리가 썩은 가지를 물고 앉았다. 거기만 바람이 불어 꽁지가 거슬린다. 그런데 아까 물속에서 무엇이 불룩불룩했던 것인지 도시 알 수가 없다.

"밤이면 구구구 하고 우는 그놈이 그랬을까?"

요즘 밤이 되면 이상스런 소리가 났다. 구구구 하고 땅속 깊은 데서 우러나오는 듯한 아버지가 몹시 신기해하는 그 소리, 무엇이 그러느냐고 물으면 경칩 우는 소리라던 그 경칩이란 놈이 그랬는지 뉘 알리요.

"옳아, 그거야."

노마는 갑자기 몸을 일으킨다. 한번 그놈을 밝히어 볼 일이 있다.

"기동아, 어디 숨었니?"

이번에는 노마가 숨바꼭질할 때 술래처럼 외친다. 큰길을 가로 건너 노마는 일부러 진 땅으로 골라 디디며 기동이 집을 향해 갔다.

양지쪽 오줌독 앞에 발틀을 놓고 기동 아버지 홍서는 수숫대로 울타리발을 치고 섰다. 노마는 말없이 눈치로 기동이 형제를 찾는다. 잠시 일손을 멈추고 홍서는 노마를 바라보더니 말을 건다. 어제도 노마 집엘 다녀간 사람이었다.

"아버지 밤에 잘 주무시디?"

"응."

"기침 안 하구?"

"응."

"아침에 밥 얼마나 자시디?"

"……"

"얼마나 자셔?"

"조금야."

"얼마? 반 사발?"

"응."

기동 어머니가 달걀 꾸러미 서넛을 둥쳐 들고 문 앞에 나타났다가 노마를 보자 뒤돌아서 안으로 들어간다. 기동 아버지는 두 손으로 발 눈을 조인다. 토담 모퉁이로 노마는 사라지고,

"기동아, 어디 숨었니?"

그 소리가 동네 아래로 적어 간다.

기동 어머니는 집 안에서 다시 나왔다.

남편의 등 뒤에서 한참 말없이 섰더니,

"오늘은 좀 임자가 가슈."

"어디 가란 말여."

"어딘 어디유."

그리고 달걀 꾸러미를 홍서 옆에 가져다 놓으며,

"바깥 사랑으로 바루 가지고 들어가요."

홍서는 묵묵히 하던 일을 계속한다. 한참 만에 허리춤에서 담배를 빼들며,

"글쎄, 미쳤지. 없는 돈에 일부러 사서까지 가져갈 건 뭐여."

"누군 돈 아까운 줄 몰라 그러는 거유. 남 허는 것 좀 못 보우. 경춘이는 날마다 이른 새벽에 가서 앞뒤로 다니며 마당을 쓴답디다. 그놈이 일이 허구 싶어 그러겠수. 다 검은 속이 있어 그러지. 그리고 어제 그놈이 오묵골 노마네 집 논에 됨을 내드란 말은 임자 귀루두 들었지."

"남 그런다구 나까지 같이 놀아나란 말여."

"그러니까 남에게 빼앗기기 전에 발바투 들어서란 말 아뉴."

"어엿이 임자가 있는 걸 마당을 쓴다구 되구, 달걀 꾸러미를 가져간다구 될 거여. 속알지 없는 소리 작작해."

"임자가 어디 성한 사람유. 내일 어떨지 모레 어떨지 모를 사람이니까 허는 말이지."

"성치 않으면 그럼 당장 숨이 넘어간단 말여. 원 친차좋차 지내든 사이에 그렇게 됐으니 가엾단 생각은 없구 계집년이 인정머리가 없어. 저리 가 저리 가."

저리 가 소리를 거퍼 지르며 그걸로 후리려는 듯이 담뱃대를 거꾸로 잡는다. 아내는 피해 부엌 쪽으로 대문을 꺾어 돌아서며 앙탈이었다.

"당장 죽지는 않는대두 그 꼴루 농사짓진 못하겠지. 이왕 누구에게나 넘어가고 말 땅이니 자기가 맡아 붙이도록 허라는 게 잘못한 말이 뭐란. 저러다 경춘이 놈에게 빼앗기고 내 생각 헐 때두 있으리다."

"조게 그래두 주둥이 닥치지 못허구."

그러나 담뱃대를 고쳐 물고 그는 발틀 앞을 떠나 마당으로 나가 미간을 찌푸리며 생각에 잠긴다.

진실로 흥서가 오묵골 노마네 집 논에 생각이 없다면 그건 거짓말이다. 해마다 흉풍이 없이 양석 가까이 소출이 나는 근처선 골답으로 꼽는 닷마지기 논이다. 그러지 않아도 농토라는 게 남의 소작이 겨우 서너 마지기 천둥지기 있어 농사짓는 흉내나 낼 뿐, 그 모자라는 벌충은 식구가 각자 도생으로 여자는 여자대로 시오 리 밖까지 바다 물줄기를 따라 나가 조개를 캐다는 밤새 까서 이튿날 새벽에 안팎 오십 리 길을 걸어 항구로 팔러 나간다. 남자는 남자대로 또 품을 팔러 항구로 나가고, 밤늦어 집에 돌아와 동 트기 전에 일어나 나가느라 단잠을 자지 못하는 터가 아니냐. 그러나 흥서는 그 논이 있는 오묵골 근처에 곁눈질을 하는 것조차 마음에 꺼릴 만큼 그와 노마 아버지는 말하면 사이가 가까운 친구였다.

"계집년이 소갈머리가 없어서."

하고 흥서는 또 한번 아내를 욕해 본다.

노마와 기동이는 짜장 숨바꼭질을 벌인 모양, "떳니", "떳다" 소리가 매갈잇간 근처에서 조그맣게 들린다.

마을에 하나인 기와집 마당귀에 높다란 종대가 서고 그리고 또 지주인 그 집 안주인은 마음이 상냥하였다. 색빨래를 하느라 팔목까지 파랗게 연두물이 든 손으로 기동 어머니가 가지고 간 달걀 꾸러미를 마루 끝에서 찬장으로 옮겨 가며 또 한번 치사였다.

"제삿날도 가깝고 긴하게 쓰긴 잘 허겠어도 너무 미안하구먼. 집의 닭도 알 안길 때가 됐을 텐데."

"그러지 않아두 안길려구 모아 뒀든 거와요. 남의 집 닭들은 안는가 봐두, 무슨 놈의 닭이 알을 안어얍죠."

"요새 달걀금 비싸다는데 항구로 내다 팔어두 얼만가. 서속 한 말 값은 될 거 아냐."

그리고 달걀을 집어넣는 아래 찬장 속을 고개를 기우듬히 들여다보더니 곰팡 슨 호박고지 한 뭉치를 끄집어냈다. 마룻전에 걸터앉았는 기동 어머니 편으로 몸을 돌리며,

"요전 날 감자도 어찌 맛있게 먹었는지 몰라. 씨 할 건 남기고 보낸 건가."

"노마 집에도 좀 보내구, 집에도 좀 남겨 뒀어와요."

"노마 집엔 그런 것 장만도 안 해 뒀든가."

"뒀어두 남어나겠어요. 사내는 앓고 양식은 떨어지고 헌데."

주인 여자는 호박고지를 들고 마룻전으로 나온다. 기동 어머니는 자기에게 줄 것인가 하고 잠시 보다가 외면을 한다. 안주인은 호박고지를 풀더니 훅훅 입으로 불어 곰팡을 날린다.

"요샌 노마 아버지 병이 좀 어떻다든가. 가 좀 봤나."

"요즘은 좀 더 하든뎁쇼. 문간 출입두 못하고 똥오줌을 받아 내는 걸입쇼. 차차 농사질 때는 돼 오는데 그러구 어떻게 할 셈인지 몰라와요."

"사랑 양반도 그래 걱정이셔. 인정에 겨와 어쩌시지는 못하시고."

"허지만 인정은 인정이시구 댁 농사는 농사입죠. 어디 하루 이틀에 날 병이얍죠. 그리고 날래 병줄을 놓는다손 치드라도 올 안으로 일어나 농사 짓게 되겠드라구요. 다리 마디하구 눈 감으면 염허겠드라니까요."

그리고 사람은 얌전해도 약질이어서 힘드는 일은 못할 사람이라는 것, 성했을 때도 자기 남편이 거지반 농사일을 거들어 주었기에 망정이지 그렇지 않으면 지탱해 가지 못했을 것이라는 것, 그래서 걱정이라는 둥 기동 어머니는 한 편의 가치를 깎기에 열고가 났다.

그러나 그는 오래 노마 아버지의 험담을 하지 못했다. 마루 밑에서 개가 짖고 나오며 바로 노마 어머니가 중문 안에 나타났다. 기동 어머니는 저으기 어색해서 입귀가 일그러지는 웃음을 바로잡지 못했다. 그러나 누구보다 반색을 해서 그를 맞았다. 코를 쫑긋거리며 꽁무니로 도는 개를 피함인지 수줍어 그러는지 노마 어머니는 낯을 붉히고 부엌 쪽 축대로 올라서 추녀 밑으로 해서 기동 어머니 등 뒤에 조그맣게 쪼그리고 앉았다. 옆에 둥구미를 꼈을 바에는 무슨 궁한 청이 있어 왔을 텐데 잠잠히 눈치만 살핀다. 기동 어머니는 궁둥이를 돌려 마주 앉으며,

"얼굴색이 무서우. 어디 아푸?"

"아픈 데는 없어두."

하고 그는 면난쩍어 낯을 비빈다. 주인 여자는,

"없는 살림에 아이 아버지는 앓고 얼굴이 좋아질 리 있나."

그리고 "요샌 병이 좀 난가?"

"그저 한 모양이야요. 그래두 요즘은 입맛이 달어 백삿걸 찾기는 해두 뭬 있어야 해 줍죠."

그리고 잠깐 동을 떠었다가,

"아씨께 또 좀 사정을 빌러 왔어와요. 이따 저녁거리가 없는데 아이 아범은 저만 가지고 어린애처럼 볶구 앓은 사람 두고 가진 것 없군 더 못살겠어요."

이만치 말해놓고 노마 어머니는 고개를 다수굿이 처분만 기다린다.

주인 여자는 호박고지를 펴 행주로 싹싹 곰팡을 닦아 내며 잠잠히 말이 없다. 여기 조마조마 속을 졸이기는 노마 어머니보다 기동 어머니가 더했다. 그는 주인 여자의 다음 움직일 태도 여하에서 조금 전 자기가 한 말에 그 확답을 얻는 듯싶었다. 마침내 주인 여자는 입을 열었다.

"나도 사정이 그렇다네. 자네도 알다시피 광에 있던 곡식은 전부 지난번에 항구로 실어 내고 꼬옥 계량할 것만 남겼는데 거기서 축을 내면 어쩌나, 이젠 양식은 일절 안 내기로 했다네. 그리고 자네가 그동안 가져간 건 수월한가?"

바깥주인이 상처를 하고 헌 몸으로 이 집에 후실로 들어온 주인 여자는 수단이 능글맞다. 안으로는 남편을 손아귀에 넣고 주물렀고 밖으로는 별로 나가는 것 없이 동네간에 덕망을 얻어 마을 여자의 우러름을 받았다. 그러나 당자가 더 그것을 자각하는 모양, 의젓이 아래턱이 받친 얼굴에 그 표를 냈다.

"할멈."

하고 그는 호기찬 소리로 부엌을 향해 부르더니,

"찬밥 남었지."

그리고 노마 어머니를 돌아보고,

"저리 부엌으로 가 보게. 자네도 먹고 아이 아범도 좀 갖다 주고, 먹던 건 아닐세, 숫밥야."

"숫밥 아니면 어때요. 주시는 거만 고맙죠."

"그리고 종종 들르게. 찬밥도 남고 김치 같은 것도 남으면 모아 둘 께니까."

치마를 털며 그는 일어섰다. 손을 목 뒤로 돌려 쪽진머리를 매만지며 방을 향해 간다.

"기동네 방으로 들어오게."

때 묻은 부엌 문지방에 개가 턱을 걸고 들여다보고 늙은 부엌데기가 찬간을 향해 돌아선 등 뒤에 추워서 그러는 양, 노마 어머니는 팔짱을 낀 어깨를 올려 목을 오그리고 섰다.

기동 어머니는 마당으로 내려가 처음 보는 것이 아니언만 장독대 옆에 박힌 펌프를 만져 보며 소리를 높여 감탄이었다. 두레박 없이 물을 쪄 올리니 신통하고 힘이 안 들어 좋겠고, 그리고,

"노마 어머니, 이것 좀 나와 보슈."

그러나 노마 어머니는 돌아서려지도 않는다.

조금 후 둥구미에 찬밥 덩이를 굴리며 노마 어머니가 미간을 찌푸린 얼굴로 그 집 대문을 나왔다. 기동 어머니도 팔짱을 끼고 같은 울상으로 나온다.

"아이 아버지 편찮구 저녁 거리가 없어 어째."

축축이 젖은 토담에 햇볕이 단양하고 앞서고 뒤서고 두 여인은 긴 토담을 다 가도록 말이 없다. 토담이 기역자로 꺾인 모퉁이께 이르러 기동 어머니는 걸음을 멈췄다.

"조금 있다 아이 어머니가 우리 집으로 오든지, 노마를 보내든지 허슈."

그리고 돌아서 팔짱을 푼다. 그는 오던 길을 되돌아갔다.

날씨는 아직 쌀쌀해도 저녁이면 더러 문 앞마당에 나와 서서 거니는 사람이 희끗희끗 보였다. 어둠이 졸아들며 따라 하나, 둘, 멀어 가듯 사라진다.

마을 저편 끝 구붓한 보리밭을 등지고 앉은 노마집 밖에서 기동 아버지 홍서는 뒷짐을 지고 컴컴한 서까래 밑을 찬찬히 살피며 돈다. 어제 지붕에 이엉을 올리고 어둔 데서 하느라 도삿줄이 잘못 얽히지 않았나 살피는 거다. 사립짝문이 열리는 소리가 나자 그편으로 돌아선다. 노마 어머니가 물동이를 이고 나왔다.

"아까 서울집(근처서는 안사람의 고향을 택호로 불렀다) 갔었습디까. 그

래 뭣 좀 얻으셨우?"

"얻었으면 집으로 노마를 보내겠어요?"

그리고 쌀을 보내 주어서 고맙다는 치사는 언제나 쓸쓸한 얼굴을 약간 붉힘으로써 표할 뿐,

"방으로 들어가세요."

하고 우물로 통한 논두렁 지름길로 내려섰다.

방 안은 메주 뜨는 내 같은 매캐한 내가 독하고 그것이 코에 배서 아무렇지 않아지도록 아랫목에 다리를 꼬고 누웠는 노마 아버지는 여전히 움직이지 않았다.

머리맡 들창에서 오는 희미한 빛을 받고 노마 아버지의 눈등이 꺼진 눈, 코 밑에서 턱 아래로 흐른 그림자, 배 위에까지 손을 쩌 올려 논 손가락까지 방 안 어두컴컴한 가운데 그 모양은 어떤 끔찍스런 생각을 일으켰다. 홍서는 머리를 돌렸다. 빈 담뱃대로 화로전을 두들긴다. 그는 노마 아버지의 그 자세를 어떻게 좀 헐고 싶었다. 역시 노마 아버지는 기동이 없다.

"오늘 밖에 좀 나가 봤나?"

굴 속에서처럼 그 소리는 방 네 귀에 울리는 듯 갑작스럽다. 노마 아버지는 약간 머리를 젓는다. 아니라는 뜻이다.

"날이 꽤 풀렸네."

그리고 방 안은 다시 잠잠하였다. 홍서는 잠시 숨을 참는 듯 다물었던 입을 열어,

"어제 경춘이가 오묵골 자네네 집 논에 뙴을 내풀드라는데 건 자네가 시킨 건가."

약간 고개를 돌려 쳐다볼 뿐 아무 기색이 없다. 홍서는 그가 이 말을 들으면 놀라 꼬투리를 캘 줄 알았다.

"자네가 시킨 건 아닐 테지."

그렇다고 고개를 바로 고치며 두어 번 턱을 끄덕인다. 어제 아내에게서

같은 말을 들었을 때에도 역시 무관심하던 그였다. 그러나 홍서는,

"그럼 그눔 허는 것이 괘씸허지 않은가. 지가 뭔데 남의 논에 말두 없이 거름을 내구."

불시에 노마 아버지는 몸을 일으키려고 옆으로 누우며 팔꿈치를 세웠다. 홍서는 하던 말을 멈춘다. 그러나 상체를 약간 들고는 그대로 잠잠하고 만다.

"그리고 이눔이."

하고 홍서가 다시 입을 열자 그는 잠깐만 하는 태도로 손을 들어 막아 놓고 역시 눈을 끔벅일 뿐 기척이 없더니,

"저 소리 들류?"

"……."

"저 소리 들려?"

"무슨 소리 말인가."

잠시 들창 밖에 귀를 모은다. 어두워 갈 임시면 언제나 들을 수 있는 소리 외엔 별것이 없다. 아이를 부르는 뉘집 여자의 음성, 그보다 먼 또 사람의 소리, 담벼락에 매달린 시래기 다래를 울리는 바람 소리와 그것이 멀어가는 소리—노마 아버지는 슬며시 몸을 일으켜 앉았다.

"저녁이면 요새루 경칩이 웁다."

"경칩 지낸 지 사흘이면 입이 떨어진다니까 그것 울 때두 됐지."

"속까지 전부 해토가 됐을까?"

"글쎄, 겉 얼음은 풀렸으니께."

"한식이 언제지? 이월인가 삼월인가."

"삼월 한식이라두군."

"오묵골 논엔 암만 해두 다마금보담 홍조가 맞을 거 같어. 그눔이 술두 많겠구. 그리고 올엔 비료는 부채표로 조금만 쓰구 갈을 많이 꺾어 넣을까 봐. 작년엔 너무 거러서 망했거든."

그리고 또,

"버슴 벼르러 가거든 집의 것도 좀 벼러다 주우. 며칠 안 있으면 논두렁 두 손을 대야겠구 헐 텐데, 설마 나두 그때엔 일어나지겠지."

홍서는 덤덤하고 만다. 일없이 손바닥을 엎치락뒤치락 남의 것처럼 들여다본다. 노마 아버지는 귀 뒤를 문대고 앉았더니,

"여기 좀 보우."

하고 머리를 돌려 까칠한 귀 뒤 드러난 뼈를 가리킨다.

"여기 좀 살이 오른 것 같지 않어?"

언제나 다름없이 가는 목 까칠한 그것이로되 홍서는 "그렇군." 아니해 줄 수 없다.

"요새 생굴을 좀 먹었더니 해롭지 않은 모양야. 행결 담이 가라앉구 내 병엔 그게 제일이라거던. 그걸 아무튼 장복만 하면 인삼 녹용보다두 낫다니까."

그는 책상다리를 하고 앉아 몸을 좌우로 끄덕이며 고개를 기우듬히 목 뒤를 비비었다. 그 만사태평인 태도 앞에서 홍서는 까닭없이 낯이 붉어지는 속을 감추지 못해 한다. 화로에 잿덩이를 집어 부시다는,

"그걸 먹구서 설사만 안 했으면 약은 될 거여. 먹기두 좋겠구."

그리고 또 좀 어색해졌다. 앓는 속에 생굴을 먹고 그대로 새길 수 없지, 하는 당자에게 바로 말하지 못할 것이라면서 얼떨결에 불쑥 말을 해 놓고 보니 반대였다. 음성을 고쳐 동떨어진 소리로,

"암 나여지. 뭘 먹구라두 하루바삐 나서 일어나야지."

방 안은 서로 안색을 분간키 어려울 만큼 어둡다. 그 컴컴한 속에 얼굴을 숨기게 되는 것을 대견해하는 홍서였다.

이왕부터 이렇게 거북한 사이가 아니었다.

노마 아버지와 홍서는 외모며 성미가 모두 판이했다. 홍서가 곧잘 일을 가르쳐 놓은 소를 노마 아버지가 부리면 쟁기를 논두렁에 꾸러박고 만다. 소를 달래기 전 급한 성미에 자기가 먼저 견뎌 내지 못했다. 몸도 체소하

고 대살지고 홍서는 실팍한 등판에 수족이 무디고 그러면서 서로 손이 맞고 볼이 맞아 항구로 품을 팔러 나가도 짝을 지었다. 뱃짐을 풀 때 서투른 장소에 본바닥 일꾼들에게 위안을 느끼다가도 서로 얼굴을 볼 수 있으면 속이 든든해지던, 그리고 돌아오는 길에도 한 자가 움직이면 한 자도 따라서 말없이 선술집도 들어가고 또 말없이 나오고 하던 그들이다. 그렇게 밤 늦은 기나긴 신작로를 묵묵히 걷는다. 말이 하기 싫어 그러는 것이 아니었다. 말을 아니 해도 뜻이 통하고 맘이 맞아 행동이 같이 되었다.

그러던 사이는 지금 한 자는 여전히 기승기승한데 한 자는 병이 들어 몸져누웠다. 그리고 아내는 홍서의 눈을 기여서까지 자주 서울집으로 감자 바구니, 달걀 꾸러미를 들고 자주 드나들었다. 그걸 또 홍서는 모르지 않는다. 알기는 하면서도 굳이 금하지는 못하고 다만 허물을 아내에게 입혀 눈을 흘기고 생트집을 잡고 한다. 그러나 그것으로 삭아지지 않는 나머지 마음에서 그는 노마 아버지를 찾아와 미간을 찌푸리고 앉았다. 그리고 그는 스스로 더욱 미간이 찌푸러질 짓만 거푸 저질렀다.

홍서는 또 한 번 고쳐서 말을 냈다.

"생굴이 몸에 약은 되는 건가 봐. 샛터 사는 사람두 그걸 장복하구 십 년 앓든 토질이 떨어졌대지 않어."

이 말이 어기대기나 하는 듯이 노마 아버지는 터져 나오는 기침에 등을 꼬부리고 오장을 쏟을 듯이 자지러졌다. 좀 잔우룩해서 홍서는 요강을 내밀어 주었다. 컴컴한 속에서 그것을 잡아당기는 노마 아버지 손이 퉁명스럽다 싶었다. 홍서는 주춤하고 물러 앉는다.

홍서가 또 좀 괴로운 것은 노마 아버지를 대하고는 공연히 자기도 아내와 한편이 되어 친구의 희생을 기다리는 듯싶어지는 거다. 자기는 그렇지 않다는 그 변명을 그는 기침 한 번을 크게 하는 데까지 저도 모르게 표하며 전에 없이 늦도록 불 없는 화로 전에 손을 걸고 죄 밑에 눌러 앉았게 된다.

방 안은 빈 듯 조용하다. 그것이 또 말없는 죄다짐인 듯 홍서는 자리가 편치 못했다. 문득 들창 밖 어둠 가운데서 땅 밑에서 우러나오는 소리로 구구구구구구—두 사나이는 한곳으로 귀를 모은다.

"저 소리 들류?"

"경칩 우는 소리 아녀?"

멀거니 하면 가깝고 가깝거니 하면 멀다. 봄이 그렇게 젖어 오는 듯 그 소리는 그윽하다. 윗목에 쓰러져 잠이 든 줄 알았던 노마가,

"난 저거 봤어."

"뭘 봐, 임마."

"개구리야, 개구리."

"어디서 봤니?"

"기동네 보리밭에서."

"모양이 어떻디?"

"개구린데, 뭐 개구리야."

노마 아버지는 성냥을 그어 불을 가린 손이 맞은편 벽으로 가더니 멈췄다. 등잔에 불이 붙기 전 홍서는 자리를 일어섰다. 집 밖은 아직도 목 뒤로 스미는 바람이 차다. 그래도 땅은 녹아 발이 빠지고 바람처럼 한 가닥 구수한 거름내가 코에 끼치고는 다시 없다. 북두칠성 한끝이 시꺼먼 안산 마루에 가까이 내려앉고 홍서는 칠벅칠벅 되는 대로 발을 놓다가는 문득 멈추고 섰다. 방 안에 무엇을 놓고 나온 듯 미진하다. 그는 담뱃대인가 싶어 허리춤을 더듬었다. 담뱃대는 있다. 그것이 아니었다. 아까 같은 길을 걸으며 하던 생각이 머리에 올랐던 거다. 그는 경춘이가 오묵골 논에 거름을 낸 것을 은근히 크게 보고 그리고 노마 아버지가 그 말을 듣고 받을 충격과 거기 따른 장면까지 머리에 그리었다. 그 노마 아버지가 거기 무관심하긴 의외다. 그는 방에서 깨닫지 못하던 허실한 감을 여기 나와 똑똑히 느꼈다.

작은 개울 앞에 이르렀다. 건너편 둑 위에 허연 그림자가 길을 비껴 마을 컴컴한 지붕을 등지고 섰다. 노마 어머니였다. 홍서는 멈칫하고 또 한 번 같은 감을 느꼈다. 그러나,

"이 밤에 어딜 갔다 오슈?" 하다가는

"아, 당에 갔다 오슈?"

그리고 몇 걸음 지나 놓고 나서 돌아서며,

"등불두 없이 하루 이틀도 아니구 어떻게 날마다 다니슈, 낼부턴 우리 기동 어멈하고 같이 가두룩 허시구려."

그 대답은 없이 개울을 건너선 여인은,

"살펴 가세요."

그는 노마 아버지를 위해 백일기도를 올린다고 매일 밤 등 너머 산 밑 칠성당엘 다녔다.

이튿날 홍서는 거름을 내고 오는 길인지 빈 바수거리를 진 경춘이를 동구 밖 언덕 너머서 만났다.

"경춘이, 어디 갔다 오나?"

하고 깎은 머리에 수건을 쓴 머리서부터 검정 고무신을 신은 발까지 한 번 훑어보다가는,

"이리 좀 오게."

하고 의미 없이 가던 길을 옆으로 꺾어 오묵골로 향한 밭두덕 길을 몇 걸음 가다가는 불시에 몸을 돌이켜 그는 다짜고짜로 상대의 멱살을 잡았다.

"이눔아."

하고 어마지두 눈짜가 허연 얼굴을 잠시 노리다가,

"오묵골 노마네 집 논에 됨은 니가 냈지."

"됨 좀 냈기로 죄 될 거 있우. 외양간은 넘구 주체할 수가 없어 좀 냈기루."

"그럼 어째 자기 논엔 아니 내고 남의 논에 먼저 내는 거여. 그리구 지

금이 어디 됨 낼 때여 해토두 되기 전에."

"그래서 길 가는 사람 멱살을 잡는 거유? 이거 놓고 말헙시다."

홍서는 상기가 된 붉은 얼굴을 잠잠히 내려다만 본다.

"멱살 잡지 않군 말 못 허우? 이거 놓구 말허자니까."

홍서는 슬며시 손을 풀었다. 경춘이는 몇 걸음 뒤로 물러서더니 지게를 벗어 놓고 고쳐 섰다.

"노마 아버진 장병으로 앓구, 일헐 사람은 없겠구, 난 그래두 인정 쓰느라구 됨 좀 내 준 건데 그게 그렇게 잘못된 일유?"

그리고 두터운 아랫입술을 내민 얼굴이 분명 넌 무슨 관계로 남의 일에 홍야 홍야 하는 거냐고 빈정대는 표였다. 홍서는 기가 막힌 듯 바라만 본다. 그야 할 말이 없는 것이 아니다.

'네눔의 검은 뱃속을 모르는 줄 아니? 유리를 박고 들여다보듯 환하다.' 하고 싶되 그가 노마 아버지 자신이 아닌 이상 이 말은 경춘이가 자기를 향해 할 수도 있는 말이었다. 다만 자기도 그만 못하지 않게 짐짓 업신여기는 눈으로 노리다가,

"넌 인정을 쓰는 것인지 몰라두 글루 해서 앓는 사람이 속을 상하게 되니 허는 말이다. 어저께로 기침이 더해, 이눔아."

그리고 한마디 더 다지었다.

"일후두 그 논에 됨을 낸다든가 손을 냈단 가만 안 둘 테니 그런 줄 알어."

그러나 홍서는 이튿날 자기도 그 오묵골 논에 거름을 져 냈다. 두 짐째 풀고 돌아오는 길에 등 너머 언덕에서 짚풀을 긁고 있는 동네 노인 옆을 지나다가 그는 묻지 않는 말에 먼저 설명을 하였다. (그야 보다는 자기 자신에게 하는 설명이었지만.)

"노마 아범은 꼼짝을 못하구 누웠구, 노마는 철부지구 논에 거름낼 때가 되어두 지푸라기 한 올 이고 거러 낼 사람이 있어얍죠. 하 딱해 오묵골에 됨 한 짐 내 주고 오는 길입니다."

사실 이따 노마 아버지에게도,

　'오늘 자네네 집 논에 됨 한 짐 냈네.'라고 바른 대로 알릴 생각으로 시작한 일, 홍서는 아주 태연했다. 노인도 첫말에 알아들었으면 그러리라고 고개를 끄덕이고 말 일인데 그는 귀가 절벽이었다.

　"뭐?"

하고 귓뿌리에 손을 오그려 대더니,

　"자네네 집 논엔 벌써 됨을 냈어."

하고 동문서답을 하는데도 그대로 있을 수 없어 또 한 번 음성을 높여, "노, 마, 아, 범, 은" 하고 간을 늘여 외자, 처음 말할 때와는 의미까지 달라져 어째 변명을 하는 것만 같아서 어색했다. 그런데 노인은 또 딴청으로,

　"자네가 노마네 집 논에 됨을 냈다, 건 왜?"

하고 이해부득이란 듯이 똑바로 쳐다본다. 홍서는 또 한 번,

　"그런 게 아니와요."

하고 처음부터 되풀이할 때는 근처에 있는 동네 아이도 구경이 난 줄 알고 하나 둘 모여들고, 그는 더욱 어색해서 낯을 붉히게쯤 난처했다. 그리고 끝끝내 변명을 하기 위한 어색한 짓이 되고 말아 처음은 서넛 짐 낼 작정이던 됨을 두 짐만 내고 말았다.

　같은 날 홍서는 또 좀 큰 실책을 저질렀다.

　마당에서 홍서는 울타리발을 치고 섰다가 체부에게서 납세 통지서를 받고 함께 서울집으로 가는 것과 신문을 부탁받았다.

　그러나 아무 때 갖다 주어도 좋다는 듯 그는 문지방 넘어 내던져 두고 하던 일을 끝낼 것처럼 동작이 느리광했다. 그러다가는 새끼 방울이 풀려 굴러내리자 손을 털고 돌아서더니 도리어 서두르기 시작하여 매무시를 고치고 버선을 갈아 신고 그리고 가지고 갈 통지서와 자기 집 것이 바꿔진 것같이 몇 번이고 뒤집어 보는 거다.

　하지만 가지고 가서는 두 장을 함께 서울집 바깥주인 앞에 내밀어 놓았

다. 주인이 알아 자기 것은 자기 것대로 고르고 홍서 것은 홍서 것대로 내용을 읽어 달라는 거다. 주인은 잠깐 보고 홍서의 것을 윗목으로 밀어 던지고 두꺼비처럼 넙죽이 버티고 앉아서 그는 신문을 보았다.

"올두 비료는 부채표루만 쓰시납쇼? 올은 한 섬에 얼마나 하는죠?"

홍서는 윗목에 발을 고이고 앉아 왼편 관자놀이의 흉터를 비비었다.

"그렇지 부채표지. 값은 얼마나 될지 살 때 되어야 정한 금을 알겠지만 지금 같아선 작년보담 훨씬 올랐는걸."

"종자는입쇼. 올두 은방으로 청허시납쇼?"

"글쎄, 면에서 헌 말두 있구 허니 올은 홍조를 심어 볼까. 헌데 노마 아범은 병이 어때?"

마고자 자락으로 눈을 씻으며 얼굴을 들었다. 그리고,

"가망 없지?"

"가망 없어와요."

"그럼, 올 농사는 어떡헐 생각이래. 제 말 좀 들어 봤나?"

"그게 그러와요. 친친헌 사이에 지가 한 해 농사쯤 지어 줘두 좋겠어와 두 남과 달러 친구가 하든 걸 가루차는 거 같어 당자에게 말허기도 어렵굽쇼. 또 남들두 어떻게 생각할까 봐 난처하와요."

그리고 홍서는 머리를 직수굿이 숙이고 앉아 주인의 다음 말을 조비비며 기다린다. 방 안은 미닫이에 볕이 단양해 밝고 주인은 신문을 보며 고개를 커다랗게 끄덕끄덕하고는 다시 말이 없다.

마침 마당에 먼 손님들이 떠들며 들어서자 그대로 주인은 일어섰다. 홍서도 따라 일어서지 않을 수 없었다. 그 순간에 이르러 입이 열려 무슨 말이 나올 것 같아 그는 주인의 수염 난 얼굴을 바라보는 거다. 뜰아래 내려서도 주춤거리며 홍서는 손을 맞이하기에 분주한 주인의 시선이 마주치기를 기다린다. 인사를 하고 돌아가려는 것만이 아니다. 두 번 얻지 못할 무슨 곱이판을 놓친 것만 같아 언저리에서 어름어름하는 거다.

48

이날 만약 아내가 무엇이고 안주인에게로 가지고 가는 것을 보았으면 별다른 의미에서 그는 악성을 쳐 말렸을 것이다. 어쩐지 오던 복을 박차 버린 것 같은 까닭 모를 절망에서 그는 자기는 평생 요 모양으로 고생만 하다 말 팔자라고 백번 다지는 게다. 개천을 건너다가 헛딛고 발을 적시고는 또 팔자를 탓했다.

그러나 같은 마음으로 저녁 후 노마 아버지를 찾아갔을 때는 또 달랐다. 어쩐지 평소에 느끼던 거북스런 불안 없이 부드러운 마음으로 친구가 대해졌다. 화로 앞에 앉는 태도까지 달라 조심성 없이 거칠게 궁둥이를 내려놓았다. 그리고 노마 아버지가 병들기 전 때처럼 사이는 만만해져서 홍서는 아무 표리 없이 그러나 퉁명스럽게 오늘 오목골 논에 거름을 냈다는 말을 하였다.

헌데 노마 아버지는 기색이 좋지 못하다. 까닭 모르게 낯이 질려 움직이지 않는 눈으로 벅국만 쳐다보고 누웠다.

"왜 자네네 집 논에 내가 됨을 냈대서 그러나?"

노마 아버지는 대척이 없다.

"어디가 아퍼서 그러나?"

"……"

"어디가 아퍼?"

그러나 노마 아버지는 보기 싫다는 듯 벽을 향해 돌아누우며,

"다 성가시구, 다 보기 싫어."

"나 오는 게 그렇게 보기 싫구 성가신가?"

역시 대척이 없다. 거기 맞장구쳐서 홍서는 무럭무럭 부아가 끓었다. 병자의 기침을 돋울까 보아 삼가던 담배를 전에 없이 빽빽 거푸 피웠다. 한동안 묵묵히 앉았더니,

"보기 싫다는 사람, 안을채구 앉았을 거 뭐 있나, 가지."

그리고 다시 아니 올 사람처럼 몸을 일으켰다. 그러나 방문 밖에 나서서

캄캄한 속에 신을 찾으면서 일부러 거래를 한다. 나와 붙들어 들이기를 기다리는 거다. 허나 방 안은 여전히 괴괴하다.

집 밖을 나와서는 진정 노여워 홍서는 일절 발을 끊겠다고 맹세를 하였다.

때로 경춘이는 노마 아버지를 찾아왔다. 방문 밖에서 담뱃대를 털고 흙발을 엉거주춤 방바닥을 지려 디디며 화로 앞에 모로 앉았다. 아랫목에 노마 아버지를 보되 고개를 반쯤 틀어 옆눈으로 본다. 그 모양이 흡사 홍서와 같았다. 그는 올 때마다 달걀 몇 개를 조끼 주머니 속에 넣고 와 방바닥에 꺼내 놓았다. 자기 딴은 문병을 오는 모양이다. 그러나 입에서 나오는 말은 꼬옥 병자가 비위를 거슬릴 말만 한다.

"얼굴색이 아주 글렀수. 저번만두 더 무서운데 지병엔 첫째 먹길 잘해야 헌다는데 약두 소용없다는 걸."

하고 혀끝을 차며 딱한 얼굴을 한다. 그러나 듣는 사람은 갑자기 그 말대로 되어 가는 듯싶어 볼따구니를 만져 보게 된다.

홍서가 넛가려 돌아가던 날도 그렇다. 오던 맡에 꺼내던 말이,

"오늘 홍서가 오묵골 논에 됨을 냅디다. 그건 노마 아버지가 시킨 일유?"

그러나 노마 아버지가 듣는 둥 마는 둥 하니까,

"아직 일찍 아뉴, 해토두 되기 전인데."

하고 옆으로 슬슬 눈치를 살핀다. 그리고 쿨룩쿨룩 기침을 손으로 막으며 엎드리는 노마 아버지를 짐짓 측은하게 낯을 찌푸리고 보더니,

"몸이 저렇구 올 농사를 어떻게 지우? 사람이 가랫줄 하난들 당길 수 있어야 허지. 노마는 어리구 아낙네 혼자 질 수는 없구."

그리고 정색한 얼굴이 잠시 어색한 웃음으로 입귀가 일그러지더니,

"나도 손이 논 사람이구 한 해 농사쯤 내가 지어 줘두 좋겠구만두." 하다가 얼굴을 고쳐 들고,

"노마 아버지 생각은 어떠우? 그럼 가을에 한 마자기에 두 말씩 쳐서 한

섬을 도지루 내리다. 그야 물론 지주에게 가는 도지두 내가 물구 말여."

그러나 노마 아버지는 잠잠히 동하지를 않으니까,

"왜, 내가 너무헌 말 같어 말이 없우? 그럼 농사질 사람 없는 줄 알고두 지주가 가만히 둘 줄 알우? 벌써 딴 사람에게 넘겼는지두 모를 일인데."

아랫목에 누운 노마 아버지는 입을 다문 채 점점 안색이 달라 갔다. 핼 쑥한 얼굴에 눈짜가 바로 서는 것을 보고야 경춘이는 당황해졌다. 이런 때 밖에 홍서가 들어오는 기척이 나자 그는 슬며시 몸을 일으켜 나갔다.

그 경춘이가 앉았던 자리에 홍서가 같은 모양으로 앉아 흘금흘금 노마 아버지의 기색을 살핀다. 그 모양이 또 흡사 경춘이다. 노마 아버지는 그것 이 조금 전 장면의 연장인 듯, 그리고 같은 요구를 홍서 이놈도 다조지며 직수굿이 앉았는 듯싶어졌다. 그리고 이번은 상대가 홍서라는 데 노마 아 버지의 노염은 좀 더 컸다.

'홍서 너두 거기 욕심이 있어, 허구헌 날 찾아와 턱살을 쳐들고 앉았든 거로구나. 내 그저 해동머리 들어스며 발길이 잦드라니.'

그리고 바람 부는 날 입술이 퍼렇게 몸을 얼리며 지붕을 이어 주던 일, 살무사가 약이 된다고 거피해 말린 놈이 꺼멓게 되도록 먼지에 찌든 놈을 구해 오던 일ー일찍이 은혜로 입었던 가지가지를 그는 더러운 것을 삼켰던 듯 가래침과 함께 배앝아 버리는 거다.

'천하의 의리부동헌 놈 같으니.'
하고 홍서의 관자놀이 흉터까지 징글징글한 것으로 비위가 상했다.

노마 아버지는 그 같은 눈으로 급기야는 자기 아내까지 고쳐 보기 시작 하였다.

아내는 밤이면 하얗게 소복을 차리고 칠성당에 기도를 올리러 간다. 생굴 을 먹고 귀 뒤에 살이 올랐다고 생각하는 속엔 아내가 이 칠성당에 가는 공 을 은근히 크게 봤던 노마 아버지다. 그런데 문득 믿는 나무에 곰이 핀 것을 발견한 듯 그는 정신이 맑게 눈을 고쳐 떴다. 아내가 진정 자기를 위하여 매일 밤 진날 마른날 가리지 않고 그러는 것일까 싶어졌다.

'아내도 누구와 한가지 내가 일찍이 없어질 날을 몽총히 입을 다문 속에 고대하는 것이 아닐까. 그리고 어서 병이 낫기를 소원하는 기도가 아니고 그 반대 것인지 뉘 알리오.'

하다가는 깊은 밤 북두칠성 아래 옥수를 떠놓고 소복한 젊은 계집이 골수에 맺힌 묵념으로 합장을 한 뒷모양이 눈에 선하고 그러나 너무도 악척스런 그 환상에 저 자신 등줄기에 식은땀이 솟는 감으로 머리를 내저었다.

"아냐, 그건 내가 옥 생각하는 거지."

소리를 입 밖에 내여 왔다.

그러나 한번 버릇한 의증이 그대로 날래 삭을 리 없다.

아내가 당엘 갈 때는 살며시 부엌으로 내려가 세수를 하고 발까지 씻는 모양, 물을 버렸다 펐다 하고, 그리고 옷도 거기서 갈아입고 나갔다. 노마 아버지는 이것이 수상타는 거다.

'왜 떳떳한 일을 허는 거면 숨기숨기 헐 게 뭐냐, 칠성당을 팔고 밤마다 어느 사내놈을 맞으러 가는 것이 아니면 아니랄 무슨 증거가 없지 않으냐.'

그리고 동네를 뚝 떨어져 서편 등 너머 밭 가운데 있는 빈집(지난해 가을에 항구로 쓸어간 중국인 배추 장수 집이다)은 그런 남녀가 밀회하기에 합당한 곳이다.

"옳아, 분명 노톨이 집일 게여."

지금 거기서 연놈은 한참 홍에 놀리라. 그는 눈에 생기가 나서 일어나 앉았다. 그리고 등잔 앞에 돌아앉아 불장난을 하기에 골몰한 노마가 소스라쳐 놀라도록 큰 소리를 쳤다.

"너 노톨이 집 알지, 지금 이 길루 가 보구 오너라."

"……"

"아, 등 너머 노톨이 집 몰라?"

있는 곳을 몰라 가만히 있는 것이 아니다. 까닭을 몰라 노마는 멀뚱멀뚱 쳐다만 본다.

"가라문 가지 않구. 냉큼 궁둥이 못 들겠니."

"무서운데 혼자 어떻게 가, 어메보고 가라지 않구."

그러나,

"그래두 궁둥이 못 들겠니, 못 들겠어."

하고 목침을 들고 겨누며 노마 아버지는 문칫문칫 다가가고 노마는 그러는 대로 움질움질 윗목으로 피해 간다. 급기야 윗목 구석까지 다가가서 오짓독 옆에 손으로 머리를 싸고 오그린 아들의 가는 목, 적은 등어리를 한참 목침을 든 채 내려다보고 묵묵하더니,

"너, 그럼 노톨이 집은 그만두구 기동네 집두 못 가겠니?"

"가서 뭐라구 그래."

"그저 가 보구 오기만 해."

그리고 바지 괴춤을 추키며 울상으로 방문 밖을 나가는 노마를 다시 불러, 홍서가 있고 없는 것을 자세히 보고 오라고 다져 이르는 거다.

아내와 홍서가 서로 배가 맞았다는 생각이었다. (그래서 홍서는 매일같이 찾아오는 거구, 그리고 계집은 눈을 속이려고 홍서를 남편 앞에 앉혀 놓고 자기는 정한 장소에 먼저 가 기다린다.) 어느덧 연상이 여기까지 이르자 그는 애초 홍서를 경춘이와 같은 것으로 보던 의증이 아내의 그것을 잊을 정도로 머리에서 사라졌다. 혹은 처음 홍서를 보는 눈으로 아내를 보던 그 눈을 딴 데로 방향을 돌린 같은 이유에서 아마 홍서의 그것도 이런 데로 돌린 것인지도 모른다.

하여튼 노마 아버지는 전에 없던 생기가 나서 몸을 일으키자면 가까스로 오만상을 찌푸리고 일어나 앉게 되던 사람이 빨랑빨랑 일어났다 앉았다 하며 가는 팔목을 걷어붙이고 어둔 밤길을 바삐 오느라고 숨이 가빠 돌아온 노마를 가까이 앉히고 첫째 홍서가 있고 없는 것, 방 안에 누구 누구 있는 것, 꼬치꼬치 캔다.

"기동 아버지 있는 걸 네 눈으로 똑똑히 봤어?"

"똑똑히 봤대두."

"뭘 허구 있어?"

"허는 거 없어."

그는 암만 해도 곧이들리지 않는 듯 열기가 도는 눈을 꿈벅꿈벅 노마의 안색을 살피더니 대문을 닫아 걸게 하고 아내가 돌아오기를 귀를 날카로이 조마조마 기다린다.

안으로 닫아걸었다지만 사이가 번 사립짝문이다. 틈으로 손을 넣어 고리를 벗길 수 있는 것이로되, 노마 어머니는 담 밑에 오두머니 집 없는 사람처럼 오그리고 앉았다. 방 안에서 악장을 떠는 남편이 식기를 기다리는 것만이 아니다. 죄 없이 남편에게 집을 쫓기어 난 몸이라는 설움에 잠겨 보는 거다.

방 안에서는 독 속에서 나는 듯한 노마 아버지의 볼멘 음성이 멍멍하게 울려 나온다.

"아주 나가거라. 아주 나가란밖에 뭐."

그리고 방문이 탕 하고 열리며 처마 밑이 왕왕 울리도록,

"너 없이두 못 살 나 아니고 나 말구도 좋은 서방 많겠구, 너구 나구 아주 남 됐으면 구만이겠구나. 아주 나가거라."

성한 사람 이상으로 그 소리는 기승스럽다. 어떻게 그를 장병으로 앓던 사람이라 할 수 있을쏘냐. 남편은 그동안 꾀병을 앓았던 듯싶다. 노마 어머니는 거기서 병들기 전 남편의 음성을 들었고 병들기 전 남편을 대하는 듯한 감정도 가져 본다. 그러면 하여튼 자기가 매일 밤 칠성당에 기도를 올리는 본의가 남편의 병 낫기를 위한 것일진대 오히려 이것을 기뻐할 것이로되, 노마 어머니는 그것을 깨닫기 전에 먼저 뇌까리는 거다.

'남편 한 몸 살리려고 밤마다 고생되는 줄을 모르고 칠성당에 올라가 빌기도 하고, 바람 부는 날, 눈 내리는 날 가리지 않고 개에 나가 바위에 붙

54

은 굴딱지를 따는 때도 그 한 알 한 알이 모두 몸에 약이 되어지라고 밤에 칠성당에 가서 옥수 떠 놓고 기도하는 같은 정성으로 비는 내 속은 일호도 몰라주고.'

캄캄한 별 없는 하늘에서 쏟아져 내리는 빗방울을 섞은 냉랭한 바람을 의지 없는 한데에 앉아 받으며 팔짱을 오그릴 때 이것도 제게 한해서만 부는 바람인 양 그는 더욱 외로워진다. 그러나 코를 홀짝홀짝 언제나 다름없이 을씨년스러운 얼굴일 뿐 노마 어머니의 설움이란 그리 오래 가는 것이 아니어서 기둥 모서리에 고무신에 묻은 흙을 닦으며 귀를 모아 방 안의 기색을 살피는 거다. 그는 무엇보다 발이 시렸다.

내다 버린 듯 사람을 밖에 둔 채 괴괴한 방 안에는 노마의 잠꼬대하는 소리가 나고 한참 깊이 든 모양, 노마 어머니는 그림자처럼 살며시 방문을 열고 들어선다. 캄캄한 속에서 더듬더듬 노마를 가운데로 밀고 등 뒤에 숨소리를 죽이며 오그리고 눕는다.

"앙큼스런 게 그새 또 어딜 갔다온 거야."

잠이 든 줄 알았던 남편은 갑자기 소리를 쳤다.

"그렇게 잠시를 못 떨어질 사이거던 아주 나가 살란밖에."

사이를 가로막는 컴컴한 어둠에 소리가 막혀 아니 들리는 듯 노마 어머니는 쥐죽은 양이다.

"세상에 어느 놈이 없어서 홍서 같은 놈허구 배가 맞아. 난 그래두 매일 보러두 오구 허는 체허길래 고맙다 했드니, 아, 천하에 의리부동헌 놈 같으니."

그리고 격동한 듯 음성을 높여,

"도투루 계집년이 글러. 계집이 먼저 꼬릴 쳤길래 그 우매헌 놈이 맘이 동했지. 뻔해. 아주 나가거라, 아주 나가."

금방 요절을 낼 것처럼 몸을 일으킨다. 한참 어둠 속을 노리다가는,

"오줌 요강 이리 집어 줘."

골창 밖에는 비가 내리는 모양, 낙수물 지는 소리가 나고 그 속에서 개
개개 개개개 지금은 제법 여물어진 개구리 우는 소리가 먼 듯 가까운 듯
들린다.

이제는 아주 날이 풀렸다. 노마는 버선을 벗어 버렸다. 맨발로 흙을 밟
아도 발이 시리지 않았다. 개울 두던 울타리 밑에는 도릴 만하게 나물이
자란 것은 벌써지만 우물 두던 개나리 가지에 눈이 트고 속을 까 보면 노
란 것이 말려 있다. 그리고 보이지 않는 먼 곳에는 여기보다 훨씬 봄이 짙
어 그것이 야금야금 밀물처럼 가까워 오는 것이리라. 노마는 물을 뒤집어
작은 벌레를 눌쳐 내는 데서도 그것을 느끼고는 가만히 있지 못한다.

노마는 버선 버릴 염려가 없으니까 아무 데고 맘대로 다녀도 좋았다. 그
리고 좀 더 많이 널리 다닐 수 있는 장난으로 노마를 선두로 기동이, 꼬마,
차례차례 막대기총을 어깨에 메고 논틀 밭틀 험한 데로만 골라 간다. 지금
그들은 등 너머 밭 가운데 있는 빈집으로 호랑이 사냥을 가는 길이다. 그
러나 노마의 속은 그 빈집에 대체 무엇이 있는 것인가, 기동이 형제를 꾀
여 이끌고 가서 한번 자세히 밝혀 볼 작정, 언덕을 올라서자 내려다보이는
황토밭 가운데 외따로 떨어져 있는 네모진 붉은 토담집 담 중간에 뚫어진
들창 속에 시꺼멓고 그 속에 호랑이보다 더 무서운 짐승이 있어 지금 노마
가 오기를 벼르고 있는 듯싶어 노마는 먼저 가슴이 두근거리고 걸음이 죽
는다. 그래,

"저기 먼저 가는 사람은 대장, 꼬래비는 사냥개."

그리고 노마는 슬며시 뒤떨어져 사냥개가 된다.

그리고 급기야 이르러 앞을 살피자 별것이 없다. 꺼멓게 그을린 토방 구
석구석에 썩은 호박통, 신다 버린 헌 신짝, 깨어진 접시, 벽에 걸린 채 남
아 있는 농립, 대체 이까짓 것을 가 보라고 아버지는 밤마다 봤았던 것인
지 노마는 더욱 까닭이 몰라졌다. 허나 기동이를 여기까지 끌고 온 이유를

만들려니까 노마는 벽 한가운데 뚫린 들창 밖으로 막대기를 내밀고 탕탕탕. 그 막대기 끝이 가리키는 맞은편 보리밭 고랑고랑 푸른 줄기가 허리를 감고 넘어간 언덕 건너편 논둑에 열심히 작대기 끝으로 논바닥을 찌르고 섰는 사람이 있다. 이쪽으로 몸을 돌리자 바로 기동 아버지 홍서다. 기겁을 해 기동이는 내밀었던 막대기를 뽑으며 목을 움츠리고 숨는다. 그 꼴이 우스워서 노마는 또 홍서 그 자를 겨누고 탕탕탕……

홍서는 천천히 논둑을 돌며 먹을 것을 둘러보는 듯 여전히 그런다.

지게에 낫을 얹어 지고 집을 나왔을 때엔 나무를 나온 모양인데 저도 모르는 결에 걸음은 오묵골을 향해 걸리었고 노마네 집 논 앞에 이르자, 비로소 깨달은 듯 놀라며 발을 멈추었다.

오늘도 아내는 치마 속에 굴 담긴 바가지를 감춰 들고 서울집으로 가는 모양이더니 그는 희색이 만면해 돌아왔다. 홍서는 안마당에서 쓰레틀을 고쳐 맞추고 앉았다. 아내는 문지방을 넘어서며부터,

"됐우, 됐어."

그리고,

"낼 종자 받으러 오랍디다."

"그게 그렇게 좋을 게 뭐람."

"올부턴 아홉 마지기 종자를 받게 됐으니, 그럼 안 좋아."

기어이 오묵골 논을 독차지하고 만 것이다. 아내는 부엌으로 마당으로 들락들락하며 신이 나 오금을 주는 것이었다.

"안으로 뭐 가져간다구 날 죽일년 벼르듯 했지. 지금도 좀 그래 보지. 왜 나 아니드면 당신 주변에 말이나 붙여 봤겠수. 어림도 없지."

"그래 큰소리를 허는 거여?"

"큰소리를 헐 만두 하지 우리 형편에 평생을 가면 만져나 볼 거유."

"쓸데없는 소리 말어. 내가 그 땅 부칠 줄 알어."

"안 부치면 내버릴 텐감."

"내버릴진정 난 안 부칠 테니 생각해 해."

그는 거친 한마디를 남기고 지게와 낫을 들고 밖으로 나왔다. 아내의 그 꼴이 보기 싫다는 거지만 자기 역시 마음이 설레 가만히 있지 못했다. 지게에 감아 맨 새끼가 풀려 땅에 끌리는 것도 모르고 질질 끈다. 그러면서 밭 기슭에서 나물을 도리느라 나풀거리는 노랑저고리 다홍치마는 전에 없이 귀엽게 보는 거다.

산골에서 내려오는 개울을 옆으로 끼고 총총히 둑을 연해 가로놓인 닷 마지기 논이다. 언제부터 그렇게 익숙했던 것인지 홍서는 돌 하나 말뚝 하나에까지 내 얼굴을 보는 듯 눈에 익고 정이 붙는다. 논배미에는 흥건히 물이 넘쳐 바닥에는 벌써 푸른기가 돈다. 누구나 침을 삼키던 양석나기 고래실이다. 양석은 고만두고 그 절반만이래도 얼마리요. 홍서는 지금까지 목을 넘어오는 덩어리를 막듯 찌푸린 상으로 눌러 오던 감정이 걷잡을 수 없이 넘쳐났다. 그것은 어기댔던 까닭으로 더 선명하게 느껴지는 내 것이라는 만족감 그것이다. 작대기 끝으로 꾹꾹 논바닥을 눌러 보면 모태(母胎)와 같이 끈적끈적한 탄력을 담고 어서 씨앗이 심어지기를 기다리는 듯 홍서 자신보다 한 보 앞서 논바닥은 희망에 넘쳤다. 홍서는 또 한 번 아내가 옮기던 서울집 안주인의 말을 외어 본다.

'노마 아범하곤 친형제 간은 아니라도 형제나 다름없는 친근한 사이고 그리고 사람도 착실하고 해서 자그나문 경춘이를 줄 것이로되 특별히 홍서에게 맡기는 것이니 그리 알게.'

그리고 홍서는 내일 아홉 마지기 종자를 받게 된다. 그 아홉 마지기 종자가 모가 되고 모가 심어지고 그것이 자라고 꽃이 피고 열매가 굳고 하는 날이면 그렇다.

"남헌테 구구헌 꼴 안 뵈고 조반석죽은 헐 수 있겠지."

그러나 말보다 속은 예산이 많아 벌써 허리띠 끈 풀어 놓은 배포였다.

그리고 논두렁 하나를 꺾어 서서 무심히 쳐다본 맞은편 둔덕 보리밭 기슭에 노마가 섰다. 홍서는 주춤하고 놀랐다. 막대기를 어깨에 메고 서서 노마는 유심하게 내려다본다. 이유 없이 남의 물건을 훔치려던 현장을 들킨 것만 같아서 홍서는 어색하게 일그러지는 얼굴을 바로잡지 못한다. 아까부터 그곳에 서서 홍서의 자초지종을 다 내려다본 듯싶은 노마의 그 눈앞에 홍서는 태연해지지 못하는 거다. 그러나 실상 의표된 것은 버릇인 찌푸린 상을 좀 더 찌푸리고 돌아섰을 따름이다. 노마는 둔덕을 뛰어내려 논둑을 돌며 가까이 온다. 그 등 뒤에서,

"우렝이 잡우?"

"응, 우렝이 잡어."

홍서는 짐짓 작대기를 짚고 물속 논바닥을 구부려 들여다본다. 그러나 지금이 어느 때라고 우렝이가 있으리요, 그는 실없는 말로 들리기 전에 먼저 당황해지고 만다. 어린아이에게 완전히 속을 뽑히고 만 감이었다. 노마는 말없이 옆에 버티고 서서 그의 일거일동을 지킨다. 홍서는 등줄기가 꼿꼿해지는 자세로 서서 만사를 한갓 침묵으로 때우려 든다.

"거짓부렁야, 우렝이두 없는데."

노마는 흥미를 잃고 돌아서 막대기를 휘적휘적 오던 길로 논둑으로 꼽쳐 돌아간다. 문득 홍서는 몸을 돌이키더니,

"노마야, 이리 온."

하고 턱으로 불러 허리춤에 찬 주머니를 더듬더니 구멍 뚫어진 백동전 한 닢을 꺼내 든다.

"너, 이것 가지구 엿 사 먹어라."

담배를 사려고 넣어 두었던 돈이다. 그에겐 적은 돈이 아니로되 아까운 줄을 모르는 홍서였다. 허나 무슨 뜻으로 그 노마에게 돈을 준 것인지는 또 좀 몰랐다. 다만 보리밭 사잇길로 두던을 넘어가는 노마의 검정 바지저고리를 입은 작은 뒷모양이 무한 측은했다. 조금 후 두던을 넘어 맞은편 언덕길에 노마를 선두로 조랑조랑 기동이 형제가 뒤를 따라 이리 꾸불 저

리 꾸불 멀어 가는 모양이 보일 때 흥서는 좀 더 마음이 애련했다.

점점 그 모양은 졸아지며 언덕 너머로 사라지자 흥서는 자기 한 몸만 천 리만리 외따로 떨어져 있는 듯한 외로움에 사무친다. 허옇게 식어 넋을 놓고 섰는 귓속이 징하게 고요한 가운데 개골개골, 이제는 낮에도 개구리가 울고, 그리고 친구는 여전히 몸져누웠고 흥서는 부지중 손을 올려 귀 뒤를 더듬어 본다. 처음 개구리 우는 소리를 듣던 날 밤 노마 아버지가 생각났던 거다. 오래 잃어버렸던 물건을 불시에 얻게 되어 만져 보는 감이었다.

아아, 그러나 이 골수에 사무치는 외로움을 어찌리오. 그것은 흥서 자신이 노마 아버지만큼 귀 뒤에 살이 여위든, 아니면 노마 아버지 자신이 흥서만큼 귀 뒤에 살이 오르든 하지 않고는 도저히 면할 수 없는 마음이었다.

남생이

　호두형으로 조그만 항구 한쪽 끝을 향해 머리를 들고 앉은 언덕, 그 서남면 일대는 물미가 밋밋한 비탈을 감아 내리며, 거적문 토담집이 악착스럽게 닥지닥지 붙었다. 거의 방 하나에 부엌이 한 칸, 마당이랄 것이 곧 길이 되고, 대문이자 방문이다. 개미집 같은 길이 이리 굽고 저리 굽은 군데군데 꺼먼 잿더미가 쌓이고, 무시로 매캐한 가루를 날린다. 깨어진 사기요강이 굴러 있는 토담 양지쪽에 누더기가 널려 한종일 퍼덕인다.

　냄비 하나에 사기 그릇 몇 개를 엎어 놓은 가난한 부뚜막에 볕이 들고, 아무도 없는가 하면, 쿨룩쿨룩 늙은 기침 소리가 난다. 거푸 기침 소리는 자지러지고, 가늘게 졸아들더니, 방문이 탕 하고 열린다. 햇볕을 가슴 아래로 받으며, 가죽만 남은 다리를 문지방에 걸친다. 가느다란 목, 까칠한 귀밑, 방 안 어둠을 뒤로 두고 얼굴은 무섭게 차다.

　"노마야―"

　힘없는 소리다. 대답은 없다. 좀 더 소리를 높여 부른다. 세 번째는 오만상을 찡그리고 악성을 친다. 역시 대답은 없다. 다시금 터져 나오는 기침에 두 손으로 입을 싼다.

　길 하나 건너 영이 집 토담 밑에서 노마는 그 소리를 곰보 아버지가 곰보를 부르는 소리로쯤 들어 넘기고 만다. 마침 영이가 부엌문 옆에 붙어서서 손을 뒤로 돌려 숨기고,

　"이게 뭔데."

조금 전 영이 할머니가 신문지에 떡을 싸 들고 들어간 것과 영이가 투정을 하던 것까지 아는 일이니까, 노마는 그 손에 감춘 것이 무언지 의심날 게 없는 터다. 그러나,

"구슬이지, 뭐야."

"아닌데 뭐."

"물뿌리지, 뭐야."

"아닌데 뭐."

"석필이지, 뭐야."

"이거라구."

마침내 영이는 자신이 먼저 깜짝 놀라는 표정을 하고, 턱 밑에 인절미 한 쪽을 내민다. 금세 노마는 어색해진다. 두어 번 어깨를 졌더니, 슬며시 뒷짐진 손이 풀려 받는다.

영이보다 먼저 먹어 버리지 않을 양으로 적은 분량을 잘게 씹어 천천히 넘기며, 차츰 노마는 곰보를 부르던 소리는 기실 아버지가 저를 부르던 음성이던 것을 깨달아 간다. 그러나 일부러 대답하지 않은 그 일이 목을 넘어가는 떡 맛보다 더 고소하다.

아버지보다는 어머니에게 하는 반항이다. 날마다 아침에 집을 나갈 때 어머니는 노마에게 이르는 말이 있다. "아버지 곁에서 떠나지 말고 시중 잘 들어라. 마음 상하게 하지 말고." 그러나 이 말은 어머니 자신이 할 일이지, 노마가 할 일은 아니다. 자기가 할 일을 노마에게 맡기고 어머니는 한종일 좋은 데 나가 멋대로 지내다가 해가 저물어서야 돌아온다. 그동안 아버지나 노마가 얼마나 자기를 기다렸던 거나 그 하루가 얼마쯤 고초스러웠던가는 조금도 아랑곳하려고도 않는다. 다만 봉지에 저녁쌀을 가지고 온 것이 큰 호기다. 그리고 바람에 문창호지가 떨어진 것까지 노마의 잘못으로 눈을 흘긴다. 실로 야속하다. 이런 어머니가 이르는 말쯤 어겼기로 그리 겁날 것이 없다.

그러나 노마 저는 모르지만 여기에 자기네답지 않게 어머니만이 인조견이나 무늬 있는 비단옷을 입고 다니는 것이며 선창에 나가 많은 사람에게 귀염을 받는 여기 대한 반감과 샘이 크다. 어머니는 이른바, '항구의 들병장수'다.

노마는 이런 어머니를 보았다. 몰래 어머니의 뒤를 밟아 선창엘 갔었다. 그러다, 선창 마당 가운데서 어머니를 잃었다. 다시 찾았을 때 노마는 좀 더 놀랐다. 목선 쌓아 올린 볏섬 위에 올라앉아서 어머니는 사오 인 사나이들과 섞여 희롱을 하고 있다. 어깨에 팔을 걸고 몸을 실린 조선 바지에 양복저고리를 입은 자에게 어머니는 술잔을 입에다 대 주려 하고 그 자는 손바닥으로 막으며 고개를 젓고 그리고 술을 받아 마시고 나서 또 빈 잔에다 술병 아가리를 기울이는 어머니를 제 무릎 위에 앉히려 하고 아니 앉으려 하고 나머지 사람들도 모두 어머니를 중심으로 희희낙락하는 것이었다. 노마는 그런 어머니를 전혀 꿈에도 본 적이 없다. 어머니는 그곳에 와서 어린애처럼 어리광을 떨고 일찍이 노마 자신도 한번 받아 보지 못한 귀염을 뭇 사람에게 받는 것이 아닌가. 자기 어머니가 그처럼 소중한 존재라는 것을 몰랐다. 노마는 저도 갑자기 층이 오르는 듯싶었다. 모든 사람에게 저와 어머니의 관계를 크게 알려 주고도 싶었다. 노마는 어머니를 불렀다. 두 번 세 번. 그러나 햇볕을 손으로 가리고 지그시 노마를 보던 어머니는 점점 자기 집 부엌에서 흔히 볼 수 있는 일그러진 얼굴로 변했다. 같은 얼굴로 어머니는 노마를 창고 뒤로 끌고 가 말없이 머리를 쥐어박는다. 이런 때 등 뒤로 배에 있던 양복저고리가 나타나서, 좋았다. 그는 어머니를 안아 뒤로 밀고, 양복저고리에서 밤을 꺼내 노마 머리 위에 흘려 떨어뜨리며 웃었다. 붉은 얼굴에 밤송이 같은 털보였다.

집에 있을 때 어머니는 담벼락같이 말이 없고 간나위가 없다. 노마를 나무라도 말보다 손이 앞서 소리 없이 꼬집거나 쥐어박거나 할 뿐, 언제든 성이 안 풀려 몽총히 입을 오그린다. 남편이 부르면 대답은 없이 얼굴만 내놓는다. 그를 대하고는 아버지도 멍추가 된다. 어쩌면 아버지는 아내가 보는 데서는 일부러 더 앓는 시늉을 하는 것인지도 모른다. 고개를 돌려 벽을 향하고 눕거나, 이불을 들쓰고 될 수 있는 대로 아내에게서 눈을 감으려 한다. 그러나 어머니가 나가고 없으면, 일어나 앉아 이불도 개어 올리고, 노마를 상대로 이야기도 한다.

"노마야, 노마야."

가랑잎이 다그르 굴러내리며, 지붕 너머로 아버지의 가느다란 음성이 넘어온다. 방 안에서 들창을 향해 부르는 소리리라. 노마는 살금살금 앞으로 돌아간다. 필시 요강을 가시어 오라고 창문 밖에 내놓았을 것이니, 살며시 부시어다 들고 갈 작정. 왜냐면 노마는 요강을 가시느라고 지금까지 가래를 한 것이지, 결코 부르는 소리를 듣고도 모른 척한 것이 아니라는 변명을 삼을란다. 그러지 않아도 아버지는 요즘으로 노마를 곁에서 잠시라도 떠나지 못하게 한다. 오줌이 마려워 일어서도 벌써 "어디 가니?" 그리고 영이하고도 놀지 말고 아무하고도 놀지 마라, 만날 아버지와 같이 방 안에만 있어 달라는 거다. 그러니까, 노마는 아버지가 잠드는 틈을 엿보지 않을 수 없고, 그러나 잠이 깨기 전에 돌아와 앉기는 쉬운 일이 아니어서 흔히 날벼락을 맞는다.

노마는 앙가슴을 헤치고 볕을 쬐고 앉았는 아버지와 마주친다. 갈갈이 뼈가 드러난 가슴이다. 그 가슴을 남에게 보이는 때면 공연히 화를 내는 아버지니까 노마는 또 한 가지, 죄를 번 셈이다. 지레 울상을 하고 손가락을 입에 문다.

"노마야, 이리 온."

그러나, 고개를 쳐들게 하고 코 밑을 씻치더니,

"저리 가 앉아 봐라."

비탈을 찍어 핀 손바닥만한 붉은 마당에 오지항아리 몇 개가 섰고, 구기자나무 그림자가 짙은 한편은 볕이 단양하다. 아들을 땅바닥에 주저앉히고,

아버지는 묵묵히 바라다보기만 한다. 장독 뒤로 한 포기 억새가 적은 바람에 쏴쏴 하고 어디서 귀뚜라미도 운다. 몰랐더니, 여기는 흡사 고향집 울안 같은 생각이 났다. 추석 가까운 날 맑은 어느 날 어린 노마가 양지쪽에 터벌거리고 앉아 흙장난을 하는 그런 장면인 양 싶은 구수한 땅내까지 끼친다. 지금 아내는 종태기에 점심을 담아 뒤로 돌려 차고 뒷산으로 칡덩굴 걷으러 갔더니―

"노마, 너 절골집 생각나니?"

"응."

"너두 가 보구 싶을 때 있니?"

"응."

밭가슬에 주춧돌만 남은 절터가 있는 작은 마을이었다. 메갓에는 나무가 흔하고, 산답이나마 땅이 기름지고, 살림이 가난하다 하여도 생이 욕되지는 않았고, 대추나무가 많아 가을이면 밤참으로 배불리었다. 다 그만두고라도 거기는 너 나 사정이 통하고 낯이 익은 이웃이 있고, 길가의 돌 하나, 밭 둔덕길 실개천 하나에도 어릴 때 발자국을 볼 수 있는 땅이다.

그러나, 몇 해 전은 지금 여기서처럼 진절머리를 내던 그 땅이었고 그때는 지금처럼 이 잘난 곳을 못 잊어 하지 않았던가.

사실은 그때 영이 할머니의 편지를 믿는 구석이 없었다면, 그처럼 단판씨름으로 지주가 보는 앞에서 마름 김오장의 멱살을 잡지는 못하였을 것이다.

그 덕에 나머지 작인들은 지주에게서 나오는 비료대도 제대로 찾아 먹을 수도 있었고, 예외 없이 마름집 농사에 품을 바치는 폐단도 면하였지만, 자기는 그 동티로 이내 땅을 뜯기고 말았다. 지금 생각하면, 모두 편지 사연대로 쉽게 쫓기 위하여 일부러 자기를 막다른 길로 몰아넣으려고 한 것 같기도 하였다.

"선창 벌이가 좋아. 하루 이삼 원 벌이는 예사고, 저만 부지런하면, 아이들 학교 공부시키고 땅 섬지기 장만한 사람도 적지 않다."

이 말을 다 곧이들은 것은 아니지만 땅 없이는 살 수 없는 살림이요. 그 꼴을 김오장에게 보이기가 무엇보다 싫었다. 하기는 처음 떠나온 얼마 동안은 그 말이 사실인 성싶은 생각도 없지 않았다.

선창에 나가 소금을 져 나를 때도 그렇다. 이백 근들이 바수거리를 짊어지고 도급으로 맡은 제 시간 안에 대느라고 좁다란 발판 위를 홀몸처럼 달음질치는 일을 닷새 이상을 붙박이로 계속하면, 장사 소리를 듣는다는 그 고역을 노마 아버지는 남 위에 없이 꿋꿋이 배겨 냈다. 본시 부지런한 것이 한 가지 능으로 감독의 눈에 든 바 되어, 매일 일을 얻을 수 있던 노마 아버지라, 자기 말고도 얼마든지 곯이 나기를 기다리고 있는 배고픈 얼굴들에 위협이 되어서뿐만이 아니다. 영이 할머니의 편지에 말한 바 아들자식 학교 공부시키고 땅 섬지기 장만하려는 애초에 고향을 떠날 때 먹은 결심이 광고판처럼 눈앞에 가로걸려 악지를 썼다. 그러나, 아들놈에게 학생 모자 하나를 사 주겠다고 벼르기만 하면서, 노마 아버지는 먼저 몸이 굴했다.

점점 배에서 뭍으로 건너가는 발판이 자기에 한해서만 흔들리는 것 같고, 그 아래 시퍼런 물이 무서워졌다. 아래에서 쳐다보는 허연 산 소금더미가 올라가기 전에 먼저 어마어마해 기가 질렸다. 무릎에 손을 짚어야 하게끔, 허리는 오그라들고 걸음은 뒷사람의 길을 막고 핀잔을 맞는다. 밤에는 식은땀에 이불이 젖고 밭은기침이 났다.

마지막 되던 날 그는 전일 하던 대로 소금더미 위로 올라서서, 부삽으로 가리키는 장소에 기우뚱하고 한편으로 몸을 꺾어 소금을 쏟는 동작에서 그는 몸을 뒤치지 못하고, 그냥 엎드러져 두어 간통 씨르르 미끄러져 내렸다. 몸에 조그만 상처도 없으면서, 그는 전신의 맥이 탁 풀려 몸을 가둥기지 못했다. 한 자가 작낫처럼 팔을 잡아채는 대로 헛청으로 몸을 실리었다. 그리고 노마 아버지는 이내 선창과 연을 끊었다. 몸살이거나 하고 며칠간 쉬면 하던 병은 점점 골수로 깊어 갔다.

"노마, 너 소금 선창에 나가 봤니?"

"응."

"중국 소금배 들어찼다?"

"응."

"소금 져 나르는 사람 들끓구?"

"응."

잠시 노마를 내려다보던 추연한 얼굴이 흐려지더니,

"보기 싫다, 보기 싫여. 저리 가거라."

자기가 먼저 발을 들어 귀중중한 방 안으로 움츠러들자, 방문을 닫는다. 그러나, 조금 후 노마를 불러들인다. 아버지는 잔말이 많다.

"영이 할머니 집에 있다?"

"응."

"영이두?"

"있어."

"뭐 해?"

"놀아."

"너두 놀았지?"

"……"

"바가지 목소리 숭내 내는 놈 누구냐?"

"수도집 곰보라니깐."

"그놈 어디 사는 놈인데?"

"수도집 살어."

"수도집이 어디지?"

"……"

어제도 그제도 묻던 소리를 또 묻는다.

바가지는 성이 박가래서 부르는 별명만이 아니다. 주걱턱인데 밤볼이 지

고 코까지 납작하고 **빼빼**한 상이 바가지 같다. 그는 홀아비다. 노마 집에서
지붕 둘 높이로 올라앉은 움집 폭 일그러진 문엔 언제나 자물쇠가 채워 있
다. 그는 두루마기 속에 이발 기계를 감추어 차고 선창으로 나갔다. 커다란
구두를 신고, 그것이 무거워 그러는 듯이 뻗정다리로 질질 끈다. 그러나
선창에 그 많은 사람 가운데서 머리 깎을 자를 골라내는 수는 용하다. 그
럴듯한 사람이면 꾹 찍어 창고 뒤 잔교 밑 으슥한 곳으로 끌고 가 채를 버
린다. 그는 막 깎은 머리 이상의 기술은 없다. 그러나, 오 전, 십 전 주는
대로 받는 이것으로 객을 끈다. 그는 남에게 반말 이상의 대우를 받지 못
하는 대신, 저도 남에게 허우 이상의 말을 쓰지 않는다.

팔짱을 찌르고 직수굿이 머리를 맡기고 앉았는 검정 조끼 입은 자는 기
계를 놀리는 바가지에게 말을 건다. 노마 어머니 얘기다.

"털보는 뭐여, 그게 본서방인가?"

"본서방이 뭐유, 생떼 같은 서방은 눈을 뜨고 앉았는데. 뭐 하나뿐인 줄
아슈, 선창 바닥의 잡놈이란 잡놈은 모두지."

"자낸 그 여자하구 장가든다면서, 정말여?"

"ㅎㅎㅎㅎ."

그러나, 바가지와 노마 어머니는 사이가 옹추다.

배방장 밖에 남자 고무신에 하얀 여자 고무신만이 놓여 있을 바엔 묻지 않
아도 알 일이로되, 바가지는 체면을 모른다. 하늘로 난 문을 구둣발로 찬다.

"어물리 김 서방 예 있수?"

저도 사나이에게 볼일이 있다는 것이지만, 머리 깎을 사람을 인도해 가
는 곳이 가마 곳간, 구석 떡집 뒤, 으지깐 같은 노마 어머니가 자리를 잡았
을 듯한 장소를 골라다니며 헤살을 노는 데는 좀 심하다. 또 짓궂은 진자
는 일부러 바가지를 그런 곳으로 들여보내기도 한다.

"저리 약강집 뒤로 돌아가 보슈, 누가 머리 깎으러 오랍디다."

남들이 킥킥킥 웃음을 죽이는 장면에 바가지는 침통한 얼굴을 하고 돌아

서 나온다. 그럼, 어색한 것은 사나이다.

"없네 없어. 누가 좋아서, 먹은 술인가 뵈, 억지로 떠 넣어서 먹은 술값 거 너무 조르는데."

여자를 으슥한 곳으로 이끌던 같은 방법으로 사나이는 조끼 주머니를 움켜쥐고 경정경정 놀리듯 떨어져 간다.

"날 좀 보슈. 날 좀 보슈."

노마 어머니는 후장 걸음으로 따라가다가는 남자가 마당 군중 가운데 섞이자 멈춘다. 볏섬을 진 자, 떡 목판을 버티고 선 자, 지게를 벗어 놓고 걸터앉은 자, 노마 어머니를 둘레로 적은 범위의 사람이 음하게 웃을 따름, 그리 대수롭지 않다.

현장에서 좀 떨어져 노마 어머니는 바가지의 앙가슴을 움켜잡는다.

"넌 나하구 무슨 대천지 원수루 남의 뒤만 졸졸 따라다니면서 장사하는 데 헤살이냐, 요 반병신아."

"헤살은 누가 헤살여. 임자가 헤살이지. 임자만 장사구, 난 장사 아닌 줄 알어?"

옳거니 그르거니 옥신각신하다가 종말은,

"난 허가 없이 머리를 깎어 주구. 임자는 허가 없이 술을 팔구, 헐 말이 있거던 저리 가 헙시다. 저리 가 해."

우마차가 연달아 먼지를 풍기며 가는 큰길 저편 끝 수상 경찰서 지붕을 머리로 가리킨다. 하긴 피차가 크게 떠들지 못할 처지다.

때로는 털보가 사이를 뻐기고 들어서 남자의 멱살을 잡고 민다. 마찻길을 피해 담배 가게 옆으로 밀고 가 넉장거리로 땅에 눕힌다. 허리에 손을 걸고 내려다보고 섰다가 허우적거리고 상체를 일으키면, 발로 툭 차 눕히고 눕히고 한다. 둘레에 아이들이 모이고, 제 행동이 남의 눈에 표가 나게쯤 되면, 좌우를 돌아 보며 털보는 변명이다.

"대로상에서 젊은 여자의 멱살을 잡고 이놈 병신이 지랄한다구 쌍스러 그 꼴은 보구 있을 수가 없거든."

그곳 마당지기 앞잡이 노릇으로 그렇지 않아도 세도와 주먹이 센 털보다. 그와는 애초에 적수가 안 된다. 얼음에 자빠진 쇠눈깔 그대로 바가지는 고만 맥을 놓는다.

그러나 바가지는 노마 어머니에게 앙가슴을 잡힐 때처럼 복장이 두근거리는 때는 없고 그가 자기 아닌 딴 사나이와 가까이하는 것을 보는 때처럼 쓸쓸한 때는 없다. 그럼 노마 어머니에게 바가지는 정을 두는 거라 할 터이나 뻔히 저도 남처럼 돈으로 살 수 있는 상대고 보니 한번 얼러라도 볼 것이로되 그렇지 않다. 다만 이런 날이면 술을 마시는 거고 술이 취하면 으레 노마 아버지를 찾아가 앞에 앉는다. 끄물끄물 침침한 등잔불 아래다. 앉은키는 선키보다 음전하고 그래도 노마 아버지에게 비하면 바깥바람에 닦여난 생기가 있다. 무릎 사이에 턱을 고이고 우그리고 앉았는 그 앞에서 만은 시꼬기 같은 팔목도 홍두깨만큼 실해지는 모양, 바가지는 연해 가냘픈 팔뚝을 걷어 올린다.

"내 얼굴이 어떠우. 눈이 없우, 코가 없우? 남 있는 거 못 가진 거 없지. 노마 아버지 보기도 나 병신으로 보이우?"

하고 바가지 같은 상판을 더 그렇게 보이게 다그쳐 든다. 한편으로 불빛을 받고, 검붉은 얼굴은 그럴 듯이 험하다.

"헐 수 없어 머리는 깎어 줘두, 그놈 뱃놈들보담야 뭘루두 기울 것 없는 나유."

그렇잖소 하고 땅바닥을 딱 붙이었던 손바닥으로 다시 제 가슴을 때린다. 같은 짓을 몇 번이고 되풀이한다. 그래도 부족해서,

"뭐 돈벌이를 남만 못허우? 외양이 병신이유?"

"그렇지. 그래."

노마 아버지의 건성으로 하던 대답이 나중에는,

"아, 그렇다니깐두루."

하고 퉁명스러워진다. 그래도 바가지는 만족하지 못한다. 보다 확적한 대답이 듣고 싶어서 또 그렇잖소, 급기야는 뒤를 보러 가는 척, 노마 아버지는 밖으로 나가 서성거린다. 그러나 바가지는 얼마고 직수굿이 머리를 숙이고 기다리고 앉았다가는 또 가슴을 때렸다.

이 동네 아이들은 제법 눈치가 빠르다. 골목으로 꼼쳐 돌아서는 노마 어머니 등 뒤를 향해 바가지의 음성 그대로를 흉내 낸다.

"내 얼굴이 어때여. 눈이 없나. 코가 없나. 털보 그놈보다 못생긴 게 뭐여."

수도집 곰보가 선봉이다. 노마 어머니 모양이 멀찍이 사라지자, 다른 아이들도 여기 합한다.

"다리는 뻗정다리라두 머리 기계만 잘 돌리구, 돈 잘 벌구, 술 잘 먹구."

털보는 때로 노마 집으로도 왔다. 검정 모자로 눈을 덮어 눌러쓰고 턱을 쳐들어 밖에 서서 방 안을 둘러보며 서성거린다. 모양으로 주름살이 억척인 다듬은 두루마기를 입었다. 그 안에는 여전히 양복저고리. 방 안에 들어와서도 그는 모자를 손에서 놓지 않는다. 아랫목에 도사리고 앉았는 노마 아버지에게 하는 조심이리라. 곧 돌아갈 사람처럼 엉거주춤 발을 괴고 앉았다. 슬며시 노마 아버지는 몸을 일으킨다. 침을 뱉으려는 것처럼 허리를 굽혀 방문 밖에 머리를 내놓더니, 발 하나가 나가 신발을 더듬자 객은 주인을 붙든다.

"쥔 어딜 가슈. 같이 앉아서 노시지 않구."

"요기 좀 갈 데가 있어서. 편히 앉아서 노슈."

그러나 털보는 아버지가 누웠던 자리에 요를 엎어 깔고 다리를 뻗고 앉는다. 그는 두루마기를 벗고, 노마 어머니는 소반 귀에 촛불을 붙인다. 방안은 갑자기 환해진다. 아버지가 털보로 바뀐 변화보다 노마는 이것이 더크다. 윗목 구석으로 벽국으로 난대처럼 스스러진다. 도리어 제 집에 앉은 듯이 털보는 스스럽지 않다. 촛불 붙인 소반에 김치 보시기 새우젓 접시의 술상을 차린다. 어머니는 말없이 술을 따르고, 말없이 털보는 받아 마실 따름, 전일 선창에서처럼 희롱하지 않는다. 그러나 털보는 멋쩍게 노마를 보더니 이끌어 가까이 앉힌다. 양복 주머니에 손을 넣더니 노마 머리 위에 무엇을 얹는다.

남북이 나온 짱구머리다. 눈을 희번덕이며 머리를 젓는다. 값싼 과자 한 쪽이 떨어진다. 노마는 짐짓 놀란다. 털보는 호호호 울상으로 웃는다. 문어발이 나온다, 밤이 나온다, 담배딱지가 나온다. 나중에는 딱 손바닥이 머리를 때리고,

"손 대지 말구 떨어뜨려 봐라. 떨어뜨려 봐."

머리를 젓는다. 앞뒤로 끄덕인다. 떨어지는 것이 없다. 빈탕이다. 동떨어진 웃음소리가 잠시 왁자하였다가 꺼진다. 더 심심해진다. 멀뚱멀뚱 얼굴만 서로 보다가 털보는 문득,

"요새 군밤 좋더라. 너 좀 사오겠니?"

"어디 국수집 앞 말이지."

"싸리전 거리 구둣방 앞 말야. 거기 밤이 크고 많더라."

하고 어머니가 가로챈다. 거기는 길도 서투르고 또 밤이 무섭다. 그리고, 노마는 거기 말고도 근처에서 얼마든지 구할 수 있는 것을 먼 데를 가야 하는 불평도 있다. 두 사람을 번갈아 보며 구원을 청한다. 어머니는 눈을 흘기고 털보는 외면을 한다.

꿈에 가위를 눌리는 때처럼 밤길은 뒤에서 무언가 쫓아오는 것만 같다. 걸음을 빨리 놓으면 놓을수록 오금이 붙고 개천에 허방을 빠질까 꺼면 데면 모두 건너뛰는 우물 앞 골목길이 더 그렇다. 골목을 빠지면 큰길 거기서부터는 가리킨 대로 오른편으로 가기만 하면 된다. 그러나 급기야 구둣방 앞에서 굽는 밤은 도리어 잘다. 몇 번이고 지내 놓고 온 것이 굵고 많을 성싶다. 노마는 다시 그런 놈을 찾으러 다닌다.

돌아오는 길은 정말 무서운 밤이 된다. 컴컴한 골목에서 밝은 거리로 나

올 때보다 밝은 데를 버리고 컴컴한 속으로 들어가게 되는 무서움이란 또 유별하다. 노마는 우물 앞 골목을 들어서 눈 감은 개에게 들키지 않으려는 것처럼, 가만가만 발자취를 죽인다. 그러나, 발소리보다 더 똑똑하게 가슴이 두근거린다. 반대로 거칠게 발을 구른다. 목청을 뽑아,

"순풍에 돛을 달고……"

맞은편 양철 지붕을 울리는 그 소리가 또 노마 아닌 딴 목청 같아 무섭다.

이런 때 한번은 허연 것이 전선주 뒤에서 나와 앞을 막았다. 커다란 손이 어깨를 잡아 끌었다. 가로등 밑 가까이 왔다. 아버지다.

"더럽다. 그거 버려라, 버려."

까닭을 모르게 아버지는 사지를 부들부들 떨도록 노하였다. 노마는 고개를 숙이고 종이 봉지를 발아래 떨어뜨린다. 아버지는 발로 차 개천으로 굴린다. 몇 개 길바닥에 흩어진 것까지 발로 뭉갠다. 퉤퉤 침을 뱉고는 더러운 그 물건에서 멀리하듯이 노마의 팔을 이끈다. 집과는 반대로 언덕 저편 뒤 사정 있는 편으로 향해 길을 더듬는다. 아버지는 숨이 가빠 헉헉한다. 터져 나오는 기침에 몸을 오그린다. 사정 밑 아카시아 나무 아래 이르자, 그는 더 걷지 못했다. 나무에 몸을 실리고 늘어뜨리고 서서 굵은 숨을 내쉰다. 노마는 조마조마 다음에 일어날 행동을 기다리며 발발 떤다. 아버지는 호흡이 차츰 졸아들며, 평조로 가라앉는다. 그러나 움직이지 않는 아카시아 나무와 한가지 아버지는 어느 때까지나 미동도 없다. 거칠게 들고 나는 숨 그것 때문에 성미가 모두 풀리었는지 모른다. 노마는 좀 싱거워진다. 그 아버지가 막연히 내려다보는 컴컴한 바다 저편에는 등대가 이따금씩 끔벅일 뿐, 밤은 괴괴하다.

이튿날 아침 노마 아버지는 옷을 갈아입고 나갈 차비를 차리는 아내에게서 술병을 뺏어 깨뜨리었다. 댓돌에 떨어져 강한 소리를 내고 병은 두 동강에 났다. 눈에 노기가 없었다면, 그가 그랬을 듯싶지 않게 아버지는 팔짱

을 끼고 방 한구석에 맥을 놓고 섰다. 어머니는 돌아앉아 입었던 나들이옷을 벗는다. 인조견 치마저고리를 찌든 헌털뱅이로 바꿔 입으면 그만. 이웃집에 쌀을 꾸러 갈 때 그만 정도의 싫은 얼굴도 못 된다. 입가에는 비웃음 같은 것이 돈다.

"누군 좋아서 그 노릇 하는 줄 알우. 모두 목구멍이 포도청이지. 남의 가슴 아픈 사정은 모르고."

"굶어 죽더라도 그만두란밖에."

"이놈 저놈에게 갖은 설움 다 받고 하루 열두 번두 명을 갈구 싶은 걸 참구."

잠시 울음 없는 눈물을 코로 푼다.

"아아, 글쎄, 그만두란밖에 무슨 말야, 그만두란밖에."

나도 생각이 있다 싶은 노마 아버지의 호기찬 소리는 별것이 아니었다. 그는 아랫집 춘삼네를 통해 성냥갑 붙이는 자료를 얻어 왔다. 그 집은 아들이 조합에 든 인부여서 밥을 굶는 형편은 아니라 늙은이 양주가 심심소일로 성냥갑을 붙여 살림에 보탠다. 그러면, 혹은 대 끝에 올라 여기다 목숨을 걸고 바재면 구명도생이 아니 될 것도 같지 않다. 하기야 하루 만 개 가까이만 붙였으면 공전이 일 원 오십 전, 그만하면 우선 급한 욕을 면하겠고 그리고 노마 어미에게 할 말도 하겠고, 하루 만 개, 그러나 궁하면 통하는 법이니, 인력으로 아니 되란 법도 없으리라, 오냐 만 개만 붙여라. 뻔히 그는 열에 동하기 쉬운 성품이어서 매무시를 졸라매며 서둘렀다.

그러나, 골상스런 일에 익지 않은 손가락은 셋에 하나는 파치를 내어 뭉쳐 버린다. 풀칠을 너무 많이 해서 종이가 묻어난다. 사 귀가 맞지 않고 일 그러진다. 마음이 바쁜 반대로 손은 곱은 듯이 굼떠진다. 다른 때 없이 오줌이 잦아 몇 번이고 일어난다. 부엌 뒤로 돌아가, 낙일을 바라보며 몸을 떨고 부지런히 돌아가 다시 일을 붙잡는다. 하지만, 밤 어둑한 등불 아래 그림자가 크고 꽤 많이 쌓인 것 같아 세 보면, 단 오륙백을 넘지 못했다.

그보다는 아내가 손톱 하나 까딱하지 않고 코웃음으로 보려는 것이 괘씸하다. 그가 거들어 주었으면, 못해도 오백의 갑절은 성적이 났을 것이 아닌가. 그러나, 그편에 얄미운 경쟁심이 있는 것을 알고야 권하기는 아니꼽다. 앰한 노마만 볶는다.

"코를 질질 흘리고 넌 구경만 할 테냐. 요 인정머리 없는 자식 같으니."

그리고 물을 떠 오너라 풀을 개 오너라 아내가 할 일을 시킨다. 잘난 솜씨를 자식에게 본보기를 보이며 가르친다. 노마는 아버지의 시늉을 내어, 무릎 하나를 올려 턱을 고이고 앉아 손등으로 코를 문대며 뺨에 풀칠을 한다.

그러나, 부자의 힘을 모아 하루의 성적은 천을 한도로 오르내리었다.

"이것두 기술인데, 하루 이틀에 될라구. 차차 졸업이 되면."

하고, 장래를 둔다고 하여도, 며칠에 한 번 모아서 아내가 머리에 이고 나갔다 돌아올 때면 하찮게 몇 십 전 은전을 손수건에서 풀어 내었다. 그래도 생화라고 여기다 세 식구가 입을 대야 했고, 그를 하루 소비량에 비하면, 그것은 황새 걸음에 촉새로 따르지 못할 경주였다.

밤이 깊어서 노마 어머니가 문득 잠이 깨어 떠 보면, 그때까지도 남편은 이불을 들쓰고 앉아서 쿨룩쿨룩 어깨를 들먹거리며 손을 놀리고 있다. 가슴에 찔려 거들까 하다는, 그는 못 본 척 돌아눕고 만다. 번연히 생화가 안되는 노릇을 고연한 고집을 쓰는 남편이고 보매, 일찍이 지쳐 자빠지기를 기다리는 편이 옳다 싶었다.

딴은 그대로 되고 말았다. 그는 동네 이 사람 저 사람 선창과 인연이 있는 사나이를 만나는 대로 농을 주고받는다. 마당에서 바가지 움집을 쳐다보고 말을 건다.

"요새 벌이 많이 했우, 여보."

문 앞에 구부리고 열쇠 구멍을 찾다가, 바가지는 돌아다보고 어리둥절한다.

"지금 돌아오는 길이유? 선창에 자거리배 약산배 들어왔습디까?"

그러나, 노마 어머니의 전에 못 보던 상냥한 얼굴에 의아하여, 바가지는 내려다보기만 한다.

"아, 새우젓 선창에 가 봤었어. 자거리배 들어왔습디까?"

창밖에서 아내는 근심 없이 웃고 지껄인다. 그 소리에서 아내의 선창을 못 잊어 하는 마음을 노마 아버지는 자기 자신의 그것처럼 느끼며 순간 일손을 놓고, 슬며시 벽을 향해 몸을 실리었다. 피대가 벗어진 기계처럼 갑자기 가슴의 맥이 높고 느지러진다. 오장이 그대로 목을 치밀어 넘어오려는 덩어리를 이를 악물고 막는다. 급기야는 한 모금 한 모금 입 밖에 선지 덩이를 끊어 냈다.

가을 하늘과 같이 깊고 가라앉은 눈으로 노마 아버지는 윗목에 돌아앉은 아내를 누워서 고개만 돌려 본다. 연분홍 치마저고리를 검정 함에서 꺼내 하나하나 내 입고 얼굴에 분첩을 두들긴다.

"오냐, 두 달만 참아라."

하고 노마 아버지는 아내의 등을 향해 말없이 변명을 한다.

"몸을 추수는 대로 나두 하던 일을 계속하겠구. 하루 천이 되던 이천이 되던 붙이는 대로 쓰지 않고 모으면 새끼 꼬는 기계 한 틀쯤은 장만할 밑천은 모일 게구. 그것 한 틀만 가졌으면 앉아서두 아내가 하는 하루 벌이는 나두 능히 벌 수 있겠구. 오냐 두 달만 참아라."

곁눈으로 남편의 안색을 살피는 아내의 눈을 피해 그는 고개를 돌린다. 아내의 그 눈에도 노마 아버지는 눈물이 났다.

해가 저물면, 아침에 나갔던 사람들이 각기 제 나름대로 컴컴한 얼굴로 돌아오고, 이 집 저 집 풀떡풀떡 풀무질하는 소리와 매캐한 왕겨 때는 연기가 온 동네를 서린다.

노마 어머니가 늦게 돌아오는 날은 영이 할머니가 저녁을 지어 주러 왔다. 재물재물한 눈을 인중을 늘이며 비집어 뜨고 풀무질을 하랴 아궁이에 왕겨를 한 주먹씩 던져 넣으랴 주름살 많은 깜숭한 얼굴을 더욱 오그린다.

그러나 노마 아버지는 아는 체도 않는다. 밥쌀을 내라고 바가지를 내밀어도, 얼굴이 보기 싫어 고개를 돌이키지 않는다. 저 늙은이가 저녁을 짓는 때문으로 아내가 늦게 돌아오게 되기나 한 듯싶다. 아니라 해도 아내의 밤 늦게 돌아오는 그 일에 분명 노파의 짬짜미가 있으리라. 이것만이 아니다. 노마 아버지 자기가 당하는 오늘날의 불행 전부, 자기가 불치의 병을 얻어 눕게 된 것도, 아내를 들병장수로 내보낸 것도 모두 부엌에서 영이 할머니의 홀짝홀짝 코를 마시는 소리에도 비위가 상했다.

"저녁 그만두슈."

"왜?"

하고 노파의 빨간 눈이 방 안을 들여다보며 재물거린다.

"우린 걱정 말구, 댁 저녁이나 가 보슈."

"또 속이 아픈 게로군, 그래 어째."

"먹든 안 먹든 우리가 할 테니, 당신은 가요, 가."

그러나, 이만 말에 뇌까리지 않을 만큼 면역이 된 영이 할머니려니와, 말을 한 당자도 오래 전금을 세우지 못했다. 본시 모두가 앞뒤 절벽으로 답답한 제 운명(이것은 더욱이 아내를 거리로 내보내 밤을 새우게 하는 사실로 나타나 속을 뒤집어 놓는다)에 대한 제 입술을 깨문 때 같은 암상이 충동이는 때문이다. 조금 지나 영이 할머니가 밥상을 받쳐 들고 들어올 때쯤 되어서는, 그에게 아랫목을 권하리만큼 노마 아버지는 마음을 돌린다.

그러나, 영이 할머니는,

"아닐세, 여기두 좋구면."

"아, 글쎄, 이리 내려와 앉으라니깐두루."

"아닐세. 아닐세."

노파는 좀 더 제 몫어치의 밥그릇을 밀며 모로 앉는다.

"아, 글쎄, 거긴 차다니께두루."

소리는 다시 퉁명스러워진다. 밥상을 거칠게 앞으로 당긴다. 모래알을 씹는 상으로 맛없이 밥을 떠 넣는다. 그 얼굴이 좀 풀릴 만해서 영이 할머니는 코를 훌쩍훌쩍 뚝배기 바닥을 긁더니,

"노만 그래두 어멜 잘 둬서."

하고, 아랫목 편을 흘끗 보고,

"여편네 손으로 밥 걱정, 땔 걱정 시키구, 그건 수월한가, 맘성이구 인물이구 마당에 나오는 여자치곤 아깝지, 아까워."

노파는 그 말이 노마 아버지의 성미를 걷게 될 줄은 꿈밖이다. 젓가락짝으로 소반 귀를 두들기는 서슬에 놀라 입을 봉한다. 노마 아버지에겐 아픈데를 꼬집는 말이다. 그러나 그는 아내가 자기를 향해 배를 채는 큰소리라 하여 괘씸해하는 거다. 이내 밥상을 밀어 낸다. 까닭을 모를 이런 경우에는 모두 제 잘못으로 접고 마는 영이 할머니는 우두망찰해 어쩔 줄을 모른다. 만약에 노마 아버지가 돌부리에 발을 채이고 화를 냈다 하여도 노파는 역시 제 잘못으로 안심찮아 하리라.

노마 아버지는 이불을 쓰고 눕더니, 갑자기 이불자락을 젖히고 뻘겋게 상기한 얼굴을 든다.

"모두 그놈의 편지 땜야. 그게 아니더면 이놈에 고장이 어디 붙었는 줄이나 알았습디까. 뭘 하루 이삼 원 벌기는 예사구."

그가 편지 때문이란 것은 곧 영이 할머니 탓이란 말이다. 그러나, 한 고향에서 아래 웃집 사이에 지내던 정분으로도 그에게 해를 입히고 싶어서 부른 것은 아니다. 갑자기 의지하고 살던 아들을 여의고 선창에 나가 품을 파는 자기 아들과 같은 사람들을 볼 때 그 가치가 갑절 돋보였을 것도 무리가 아니다. 하나 노마 아버지는 좀 더 심악하게,

"노마 어밀 쓰레기꾼으로 꾀어 낸 건 누구구 들병장수로 집어넣은 건 대체 누구여."

"그건 앰한 소릴세. 첨 날 따라나올 때두 난 열손으로 말리지 않았든가. 왜 젊은 사람은 할 노릇이 못 된다구."

모두 선창에 나가, 영이 할머니는 낙정미를 쓸어 모으는 쓰레기꾼, 노마 어머니는 잔술을 파는 들병장수, 일터를 같은 마당에 가진 탓으로 듣는 억울한 소리다.

하기는 노마 어머니가 처음 쓰레기꾼으로 마당엘 나오자 영이 할머니는 은근히 반겼다. 그는 인물보다 맨드리가 쓰레기꾼 축에 섞이기는 아까웠다. 뻔히 쓰레기꾼이란 정작 볏섬도 산으로 쌓이고 낙정미도 많이 흘려 있는 지대 조합 구역 내에는 얼씬도 못 하고, 목채 밖에 지켜 섰다가 벼를 싣고 나오는 마차가 흘리고 가는 나락을 쓸어 모은다. 그러나, 기실은 구루마 바닥에 흘려 있는 나락을 쓸어 담는 척하고 볏섬에다 손가락을 박고 치마 앞자락에 후비어 내는 것을 번직으로 꼽는다.

그러다 들키면 욕바가지를 들씌운다. 쓰레받기, 몽당비를 빼앗긴다. 앙가슴을 떠다박질리고 채찍으로 얻어맞는다. 그러나 마차 뒤에 달라붙은 여인들을 향해 채찍을 든 마차꾼도 노마 어머니를 대하고는 그대로 멈춘다. 머리를 숙여 쓴 수건 아래 수태를 품고 고개를 숙인 미목이 들어앉은 아낙네가 노상 봉변을 당한 때 싶다. 마차꾼은 금세 언성이 숙는다. 욕이 농으로 변한다.

차츰 노마 어머니는 이력이 나서 자기가 먼저 선손을 건다.

"아제, 내 이것 가져다가 돌절구에 콩콩 빻아 가는 체로 바쳐서 대추 박아 꿀떡 해 놀 테니, 부디 잡수러 오슈."

하고, 마차꾼의 뒤로 실리는 등판을 떠다민다. 그 틈에 나머지 여인들은 볏섬에 달라붙어 오붓이 갉아 모은다.

선창 사나이들은 노마 어머니에게 실없이 굴었고, 노마 어머니는 그들이 만만히 보였다. 여보란 듯이 쓰레받기를 내흔들며 노마 어머니만은 지대 조합 구역 내를 출입해도 무관했다. 쓰레기꾼을 쫓는 것이 소일인 털보도 그에게는 막대기를 들지 않았다. 뒷짐을 지고 슬슬 따라다니며, 실없이 지근덕거리었다. 차츰 노마 어머니는 쓰레기꾼들에게서 멀어 갔다. 얼굴에는 분을 바르고, 인조견 치마를 헐어 늑게 끌었다.

그가 누구 발림으로 들병장수가 되었는지, 영이 할머니는 도시 알지 못하는 일이다. 그를 자기가 꾀었단 말은 참 얨하다.

그러지 않아도 아들을 노마 아버지와 같은 병으로 없앤 영이 할머니는 아들에게 해 보지 못한 부족한 한을 노마 아버지에게 풀기나 하는 듯이 남의 일 같지 않게 음으로, 양으로 마음을 쓰는 것이나 노마 아버지는 그 뜻을 받아 주지 않는다. 아마 영이 할머니가 인복이 없는 탓인가 보다.

그러나, 이유는 하여튼 까칠한 귀밑, 어복이 떨어진 다리, 엄나무 가지같이 피골이 맞붙은 아들의 몰골대로 되어 가는 노마 아버지를 대하고는 불쌍한 생각은 곧 자신에게 무거운 죄밑이 되어 내리덮어 할 말도 못 한다. 다만,

"남의 얨한 소리 말구, 자네 몸만 깎이네. 화가 나두 참어야 하네. 참어야 해."

그러나,

"제발 내 눈앞에 보이지 좀 말라니께두루. 그럼 내가 먼저 피해 나가야겠수."

하고, 노마 아버지는 경망스레 일어나 대님을 친다 하여, 기어이 노파를 쫓아낸다. 머리에 썼던 수건을 벗어 들고, 어린애처럼 면난쩍어하며 방문을 나갔다. 그 팔짱을 오그린 을씨년스런 어깨가 길 아래로 사라지자, 노마 아버지는 문득 일어서 방 밖에 머리를 내민다.

"영이 할머니, 영이 할머니―"

조금 전과는 음성도 딴판으로 안타깝다. 대답은 없다. 끙 하고 자리에 몸을 던져 누우며 쓰게 눈을 감는다. 어미 없는 어린 영이를 업고 울타리 밑에서 호박잎을 헤치고 섰던 영이 할머니, 아들을 앞세우고는 밖에 나갔다 길을 잊어버리기 잘하는 영이 할머니, 뉘우치는 것은 아닐 텐데, 영이 할머니의 이런 장면도 머리에 얼씬거린다.

그러지 말자 해도 영이 할머니 얼굴을 보면 노마 아버지는 그예 비위가 상한다. 늙은이가 박복해 아들 며느리 다 앞세우고 같은 운명으로 흐리려고 노마 아버지를 가까이한다. 아니라 해도, 그를 보기는 싫다. 그러나 하루라도 아니 보면 공연히 기다려지는 영이 할머니다.

며칠 발을 끊어 아주 노했구나 하였더니, 영이 할머니는 전에 없이 신바람이 나서 왔다. 그는 제멋대로 드나드는 방문 위에 부적 한 장을 붙여 놓는다. 또 있다. 검정 보자기를 끌러 무엇을 내놓는데, 난데없는 남생이 한마리다. 요술쟁이처럼 노파는 호기차게 노마 아버지를 쳐다본다. 남생이 잔등에도 노란 종이에 붉은 '주' 자를 흘려 쓴 부적이 붙어 있다.

"금강산에서 공부를 하구 나온 사람이라는데, 아무 데 누구두 이걸루 십년 앓던 속병이 씻은 듯이 떨어졌대여."

그러나, 노마 아버지는 마이동풍으로 웅등그리고 앉았더니 남생이를 윗목으로 밀어 버리고 이불을 들쓰는 거다. 영이 할머니는 어안이 벙벙하고 만다. 남생이는 항아리 뒤로 들어가 기척이 없다. 한참 그놈이 나오기를 기다리는 듯이 치마 고름을 말며 앉았더니 영이 할머니는 소리 없이 돌아갔다. 얼마 후 노마 아버지는 부스럭부스럭하는 소리에 고개를 돌이켰다. 남생이다. 그는 난데없는 것을 처음 보는 듯이 신기하게 고쳐 본다. 부스럭부스럭 남생이는 어둑한 함 뒤를 돌아 벽과 반짇고리 사이에서 기웃이 머리를 뽑아 들고 좌우를 살핀다.

"―잡귀를 쫓고 보신을 해 주고, 있는 병은 떨어지고, 없는 병은 붙질 않고 남생이 이놈만큼 무병장수를 하리라."

남들이라 영험을 보았겠나 하고 영이 할머니가 옮긴 말 그대로를 남생이 이놈도 그 징글징글한 상판에 말하는 듯싶다. 느럭느럭 방바닥을 긁으며 남생이는 천 근들이 무거운 잔등어리를 짊어지고 가까스로 몸을 옮긴다. 알 수 없는 무엇을 전할 듯이 의뭉스리 노마 아버지에게로 가까이 온다. 그는 숨을 죽이고 누워 지켜본다. 남생이가 베개 밑가까지 이르는 대로 조금씩 몸을 일으켜 마주 노리다가 살며시 일어나 앉는다. 가만히 남생이를 집어 손바닥에 올려놓는다. 남생이는 머리와 사지를 옴츠려 들인다. 차돌과 같이 묵직한 무게다. 아니 전혀 차돌이다. 산 물건치고는 이렇게 고요할 수가 없다. 방 전체의 침묵을 남생이는 삼킨다. 한참 만에 조심조심 머리를 내민다. 손바닥을 흔든다. 도로 차돌이 된다. 알 수 없는 신비한 힘이 뭉친 덩어리다. 그것은 하루 저녁에 묵은 씨앗에서 새 움이 트는 그런 힘이리라. 여기다 노마 아버지 자신의 시들어 가는 가지를 접붙여서 남생이의 생맥이 그대로 자기에게도 전해 올 듯싶다.

"영물의 짐승이라 사람의 일은 모르는 걸세."

이번에는 노마 아버지의 자신이 무심중 영이 할머니의 말을 입에 옮겨 본다.

이튿날 영이 할머니는 부적을 맡아 가지고 와서 내놓지를 못하고 망설이는데, 이외로 노마 아버지는 두 손으로 받다시피 하여 대견하였다. 까닭에 그 부적 한 장을 구하는 데 은전 한 닢이 드는 것과 매일 한 장씩 써야 한다는 말을 쉽게 말할 수 있었다. 그러나, 노마 아버지는 불에 태워서 그 재만 정한수에 타서 먹으라는 부적을(이것이 또한 영이 할머니에게 하는 단한 가지 고집이리라) 맞은편 바람벽에 붙여 놓고 바라보는 것이다.

남생이가 생긴 후, 아버지는 노마에게 범연해졌다. 한종일 눈에 아니 보여도 부르지 않았다. 노마는 제 세상을 만났다. 아버지가 싫어서 그러는 것이 아니라, 남생이가 무서워 피하는 것이니까, 노마는 한종일 밖에 나가 놀아도 구실이 되었다.

먼저 영이에게 까치걸음으로 뛰어가, 얼마든지 놀아도 좋은 몸임을 자랑한다.

창문 앞 양지쪽에 앉아서 영이는 할머니가 선창에서 실어 온 흙에 섞인 나락을 고른다. 그 앞에서 노마는 혼자 팔방치기를 한다. 길바닥에 금을 긋고 될 수 있는 대로 손을 저고리 소매 속으로 넣으려니까, 팔죽지를 새 새끼처럼 하고 깡충깡충 뛰며 돌을 찬다.

"오랴, 이랴."

"걸렀다."

노마는 곧잘 일인이역을 한다. 한 편은 노마, 또 한 편은 영이다. 되도록 저편의 골을 올리려고 거르는 때는 전부 영이 쪽으로 꼽는다. 그러나 영이는 대척도 않는다. 여전히 저 할 일만 한다. 키에 담아 두 손으로 비비어 흙을 가루가 되게 한 후 바람에 날린다. 다음 모래와 나락이 남은 데서 모래를 골라내는 것이 아니고 모래 틈에서 나락 알을 골라내는 거다. 손에 융 헝겊을 감아 쥐고 모래 위를 눌렀다 떼면, 누릇누릇 나락 알만이 붙어 오른다. 그것을 둥구미에 털며 영이는 능청맞게 웃더니,

"너의 어머닌 ……그런다지."

"뭐."

달아날 준비로 담 모퉁이에 붙어 서서 고개만 내놓고 영이는 해해거리며,

"너의 어머닌 그런다지."

그리고 담 저쪽 모퉁이로 달아나 아웅거린다. 노마는 바지 괴춤을 움켜 쥐고 머리를 저으며 쫓아간다. 쫓기며 쫓으며 네모진 영이 집 둘레를 두고 맴을 돈다. 거의 거의 잡힐 듯해서 영이는 숨이 턱에 차 "아니다. 아니다." 굴뚝 구석에 머리를 박고 오그린다. 노마는 양 어깨를 찌그러 누르며,

"이래두, 이래두."

"안 그럴게. 안 그럴게."

그러나 영이는 몇 걸음 물러서 머리카락을 다듬어 올리며 정색을 한다.

"너 바가지가 그러는데 너의 어머닌 달아난데."

"거짓부렁."

"정말이다. 너 너의 아버지 앓기만 하구 벌이두 못 하구 하니까."

"그럼, 좋지 뭐, 나두 쫓아다니며, 구경하구."

"누가 달아나는 사람이 널 데리구 가니, 얘 쉬라."

"그럼, 어머니 혼자?"

"아니래. 너 털보하구래."

"거짓부렁 말어."

"정말이다, 너."

"거짓부렁야."

"정말이다, 너."

"거짓부렁."

옆에 고무래 자루를 집어 들고 다가선다. 그 얼굴에 장난이 아닌 정색을 보자, 영이는 겁이 난다.

"그래, 아니다. 아니다."

그러나 노마는 안심이 안 된다. 요즈음으로 더 아침은 일찍이 나가고, 저녁에는 늦게 돌아오는 어머니는 이렇게 야금야금 노마와 집에서 떨어지는 시초인지도 모른다. 아버지와도 사이가 더 차고 노마에게도 쌀쌀해진 어머니다. 그렇다면 집에서 노마하고 아버지만 남게 되겠고, 그때엔 노마가 대신 벌지. 그까짓 거. 그러나 무섭다. 영이의 그 아니다 소리를 좀 더 분명히 듣고 싶어서, 노마는 고무래 자루를 둘러메고 달아나는 영이를 부엌 뒤로 쫓아갔다.

문득 노마는 걸음을 멈춘다. 어쩐지 그동안 집에 무슨 변고가 났을까 싶은—사실 다른 때 같으면 아버지는 벌써 열 번도 노마를 찾았을 것이 아니냐. 어쩌면 지금도 그랬는지 모를 일. 그것을 못 듣고 장난에만 팔려 있었던 것인지 뉘 알리요.

노마는 살금살금 방문 밖에 가 귀를 기울인다. 아무 기척이 없다. 문구멍으로 방 안을 살핀다. 아버지는 무릎을 꿇고 앉아 먼 소리를 듣는 사람의 모양으로 두 손을 한편 쪽 귀에다 몰아 대고 있다. 손바닥 안에는 남생이가 들려 있다. 맞은편 바람벽에는 여남은 장의 부적이 가지런히 붙어 있다.

잿더미가 쌓인 토담 모퉁이 양버들나무는 노마의 이름으로 하나 꼭 찼다. 노마는 두 손에 침을 바르고 단단히 나무통을 안는다. 두어 자 올라갔다는 주루루 미끄러져 나린다. 허리띠를 졸리고 다시 붙는다. 또 주루루―머리를 기웃거리며 아래위로 나무를 살핀다. 상가지에 구름이 걸릴 듯이 높다. 헌데 수도집 곰보는 단숨에 저 끝까지 올라가니 놀랍다 아니할 수 없다. 그리고 기차가 보인다 윤선이 보인다 큰소리다. 노마가 곰보에게 따르지 못하는 거리는 이것만이 아니다. 제법 곰보는 어른처럼 그들의 세계를 아이들 말로 해석해 들린다. 선창에 관한 동화 같은 소문을 알린다. 유행가를 전한다. 활동사진 시늉을 낸다. 또 어른처럼 돈을 잘 쓴다. 마음이 내키면 일 전에 하나짜리 눈깔사탕을 매 아이 하나씩 돌리고도 아깝지 않아 한다. 그러나 그 돈의 출처를 묻는 때만은 자랑을 피한다. 다만 "저 나무도 못 올라가는 바보가" 하고 어깨를 썰기죽한다. 그는 헌 양복에 캡을 제껴 쓰고 어른과 함께 선창에 나가 해를 보냈다.

노마는 틈틈이 나무 올라가기에 열고가 난다. 볼타구니를 긁혀 미고 손바닥에 생채기를 내고 바지를 찢기고 그래도 노마는 그만두지 않는다. 장난이 아닌 거다. 곰보가 갖은 높이까지 이르는 그 사이를 가로막은 장벽이 곧 그놈이다.

이 고비를 넘기기만 하였으면, 금방 거기는 선창이 있고, 활동사진이 있고, 돈이 있고 그리고 능히 어른의 세계에 한몫 들 수 있는 딴 세상이 있다. 그때에 노마는 자기 아니라도, 족히 아버지 모시고 잘 살 수 있는 노마임을 여보란 듯이 어머니에게 보여 줄 수도 있으련만, 아아!

노마는 두어 칸 떨어져 달음박질해 나무에 달라붙는다. 서너 자 올라간다. 한 칸 길이쯤 올라간다. 옹이 뿌리를 넣고 손바닥에 침질을 한다. 찍 미끄러지며 쿵 땅바닥에 엉덩방아를 찧는다. 저절로 울음이 터지는 것을 꽉 입을 다물고 아픔이 삭기를 기다린다.

뒤에서 호호호 웃음소리가 나며, 누가 목 뒤를 잡아 일으킨다. 바가지다.

"임마 나무엔 뭣하러 올라가는 거여?"

그리고,

"너 떡 사 주련."

"……"

"너 나 따라오면 떡 사 주지."

"어디 말야."

"선창 마당까지."

떡 아니라도 반가운 소리다. 금방 아픈 것이 낫는다.

두루마기 아가리에다 손을 넣어 뒷짐을 지고 바가지는 앞으로 쓰러질 듯이 구두를 끈다. 노마가 천천히 걸어도 그 걸음은 뒤떨어져 노마를 부른다.

"너 아버지가 좋으냐, 어머니가 좋으냐?"

"다 좋지 뭐."

네거리를 건너서 구둣방 옆을 지나며 바가지는,

"너 마당에 있는 털보 알지. 그게 누군데."

"……"

"너의 집 아랫목에 누워 있는 사람이 정말 아버지냐, 털보가 정말 아버지냐?"

"……"

"정말 아버진 털보지. 털보야 응."

노마는 저고리 소매로 코를 문댄다. 모자점 유리창 안의 발가숭이 인형에 눈이 팔려 못 들은 척한다. 혼자 바가지는 호호호 웃음을 참지 못한다.

선창 칠통 마당 어귀에 이르렀다. 갑자기 엉덩이를 들이대며 바가지는 노마의 다리를 잡는다.

"업혀라, 업혀."

어린애 아닌 노마를 그리고 제 걸음도 바로 걷지 못하는 꼴불견이 아닌가. 노마는 싫다고 등을 내민다. 그러나 업혀야지 떡을 사 준다는 거다.

시커먼 화물차가 한참 지나가고 훤하게 앞이 열리자, 건너편 일대는 전부 볏섬이 더미더미 산을 이루었다. 말 구루마, 소 구루마가 길이 미어 나온다. 볏섬 샛길을 왼편으로 꺾어 나서면 바다 제이 잔교서부터 제삼 잔교, 일 폭은 크고 작은 목선이 몸을 비빌 틈이 없이 들어왔다. 꾸벅꾸벅 고개를 빼고 볏섬을 져 나른 자, 섬에다 삭대를 찔렀다 빼며 "다 마금요 은방요." 허청대고 외는 자, 뒷짐을 지고 서서 두리번거리는 모직 두루마기를 입은 자, 그리고 지게를 벗어 놓고 볏섬 위에 혹은 가장자리에 무더기 무더기 입을 벌리고 앉았는 자, 그들의 무심한 눈은 거의 한 곳으로 모인다. 가운데 무럭무럭 오르는 더운 김과 시큼한 냄새를 휩싸고 섰는 한 덩어리가 있다. 각기 젓가락과 사발을 들고 고개를 쳐들어 먼 산을 바라보며 입을 쩍쩍거린다. 바가지는 그들 사이를 뻐기며 소리를 친다.

"여기두 탁배기 한 사발 놓슈. 그리구 시루떡 한 조각하구."

앞에 선 자가 팔을 내리자, 노마는 수건을 오그려 쓰고 시루에 떡을 베는 여자의 모습이 익다. 남 아닌 자기 어머니였다. 떡을 들고 내밀던 손이 멈칫한다. 잠깐 낭패한 빛이 돌더니 태연하다. 노마 아닌 남을 보는 것이나 다름없다. 노마는 차마 손을 내밀어 받지 못한다.

뒤에서 노마 머리에 손을 얹으며 굵은 음성이,

"얘가 누구요?"

"내 아들놈여."

하고 바가지는 다 들어 보라는 음성으로,

"머리는 장구통이라구 이놈 신통헌 눔여. 제 에민 노점을 앓구 자빠졌구 애빈 이 모양으로 난봉이나 다니구 집에서 어미병 고신이며 부엌 설거지까지 이놈이 혼자 허는데 해두 잘 허거든."

노마 어머니는 손 구루마 한 채에다 한 편에는 시루떡, 한 편에는 막걸리 항아리 모주 냄비를 걸어 놓고 사발에 술을 부으랴 보시기에 무주를 놓으랴(이렇게 하여 노마 어머니는 바가지의 의기를 꺾으려는 것인지도 모른다) 바쁘게 손을 놀린다.

더부살이는 아닐 텐데 여기 털보가 시중을 든다. 일일이 술값을 받아 목걸이를 해 앞에 늘인 주머니에 넣는다. 막걸리 등을 날라온다. 냄비에 부채질을 한다. 바가지는 노마를 내려놓고 앞으로 어머니의 정면에 서게 한다. 그는 한층 목청을 높인다.

"이 녀석 에미 말 좀 들어 보슈."

하고 여자 음성으로 고쳐서,

"나야 오늘 죽을지 내일 죽을지 모르는 몸이니께 날 버리구 맘대루 딴 계집을 얻든 살림을 배치하든 상관없지만 이 자식은 무슨 죄로 굶주리게 하는 거냐. 선창엔 그렇게 드나들면서 그 흔한……."

털보가 앞치마에 손을 씻으며 뒤로 돌아와 바가지의 구두를 툭 치고 턱으로 건너편을 가리킨다.

"나두 내 돈 내구 술 사 먹는 사람유. 어째 함부로 툭툭 치구 내모는 거여."

"누가 내모는 건가. 이 사람아. 나허구 할 얘기가 있으니 저리 좀 가잔 말이지."

"헐 말이 있거던 예서 해."

하고 이건 뭐냐, 어깨를 잡은 손을 툭 차 버리고 몸을 뒤로 채기는 했으나, 너무 지나쳐 뒷사람의 팔을 쳐 술 사발을 엎지르고 쓰러졌다. 와아 하고 웃음소리가 높아진다. 둘레가 터져 더러 젓가락 든 자가 그편으로 둘러선다. 잠시 땅을 짚고 주저앉아 바가지는 눈을 지릅떠 털보를 노리더니, 한번 해 볼 양으로 일어선다. 몇 보 걸음을 옮기자, 그가 앉았던 자리에서 한 자가 보자기 하나를 집어들고 쳐든다. 허리에 찼던 이발 기계 싼 보자기다. 바가지는 기겁을 해 돌아서 손을 벌린다. 그러나, 먼저 털보의 손으로 넘어간다. 그리고 일은 우습게 되고 말아 보자기 한끝을 털보가 잡고, 한끝은 바가지가 매달려,

"이리 내어. 이리 내어."

"이리 좀 와, 이리 좀 와."

털보가 끄는 대로 바가지는 딸려서 건너편 창고 뒤로 사라진다. 벌어졌던 자리를 다시 오무라들었다. 겹으로 울입한 사람 가운데 노마 어머니의 모양은 파묻혔다.

그편을 멀찍이 등지고 돌아서 그러나, 어머니의 시야에서 벗어나지 않을 거리를 두고, 노마는 뒷짐을 지고 섰다. 제이 잔교 위 엿목판 옆이다. 어머니가 노마를 노마 아니로 보아 준 야속함은, 노마도 어머니를 어머니 아니로 보아 주었으면 그만이다.

너무 잔잔해 유리 같은 바다다. 놀라움밖에 더 표현할 줄 모를 커다란 기선이 떠 있다. 가난한 사람처럼 해변 쪽으로는 목선이 겹겹이 모여서 떠돈다. 잔교 한 편에 여객선이 붙어 서서 사람과 짐을 모여 들인다. 통통통 고리진 연기를 뽑으며 발동선이 우편으로 물살을 가르며 달아난다. 저 배가 보이지 않거든, 노마는 그만 집으로 돌아가리라 한다. 마침내 발동선은 시커먼 중국 배 뒤로 사라진다. 그러나 어쩐지 미진해 다시 이번에는 여객선이 사람을 다 태우고 움직이기 시작하거든 하고, 노마는 자리를 뜨지 못한다. 어머니를 기다리는 것이다. 그 배가 움직이기 전에 어머니는 왔다.

그러나, 건너편 세관 앞을 오면서부터 눈을 흘기고,

"뭣 하러 까질러 다니니. 배라먹게."

하고, 노마의 머리를 쥐어박고,

"아버지에게 말하면 이거다, 이거여."

주먹을 쥐어 으르는 시늉을 내다가 그 손바닥을 펴 돈 한푼을 보이며 어머니는 눙친다.

"바가지가 오재두 듣지 말구, 아버지 시중 잘 듣고 있어, 응, 착하지. 그리고 아예 나 봤단 소리 말구, 응."

어머니는 등을 두들기며 음성이 다정하다. 노마는 낯을 찌푸린다. 그 속은 어쩐지 울음이 나와 참는 것이다.

이날처럼 노마에게 집의 아버지가 불쌍하고 쓸쓸하게 생각된 때는 없다. 아버지는 쓰레기통 옆의 다리병신보다 더 가엾고 노마 자신보다 더 작고 쓸쓸하다. 오늘도 아버지는 앞가슴에 남생이를 올려놓고 누웠으리라. 노마는 지나가는 가게마다 기웃거리며 손아귀의 돈 한 푼과 그곳에 놓인 물건과를 비교한다. 사과, 귤, 감, 유리병 속에 든 과자 모두 엄청나다. 골목길로 들어서 늙은이가 앉았는 구멍가게에서 노마는 붕어 과자 하나와 바꾼다. 아버지에게 드릴 생각이다. 아버지는 노마 이상으로 이런 것들에 군침이 나리라.

조금 후 눈으로 박은 콩알이 떨어져 손에 잡힌다. 할 수 없으니까, 노마는 먹는다. 비위가 동한다. 이번에는 제 손으로 지느러미를 떼어 먹는다. 이런 것은 없어도 붕어 모양이 틀려지는 것이 아니니까 표가 안 난다. 그러나 꽁지만 먹자는 것이 야금야금 절반을 녹이고 만다.

노마는 차츰 무거운 마음에서 풀어져 즐거워진다. 멀리 떨어지면 항구는 마치 커다란 소꿉장난판 같다.

노마가 급기야 토담 모퉁이 양버들나무를 올라갈 수 있던 날, 노마 아버지는 세상을 떠났다.

그날은 실로 이상한 날이다. 그렇게 어렵던 나무가 힘 안 들이고 서너 칸 높이 쌍가지진 데까지 올라가졌다. 거기서부터는 손 잡을 데 발 둘 데가 다 있어 한 층 두 층 곰보 이놈도 이만큼 높이는 못 올랐으리라.

그 내려다보이는 시야가 결코 뒤 언덕 위에서 보는 때보다 그리 넓지도 멀지도 못하다 할지라도 이렇게 늘 보던 길, 집 사람들이 아주 달라 보이도록 나무 상가지에서 거꾸로 보기는 노마 아니면 할 수 없다.

"곰보야. 곰보야."

제법 큰 소리로 별명을 부를 만도 하다. 저 아래서 조그맣게 영이 할머니가 울상을 하고 쳐다본다. 이런 데서 거꾸로 보는 사람의 얼굴이란 저런 게

다. 음성까지 울음에 섞어 손짓을 한다. 오늘 노마의 성공은 영이 할머니를 울리다시피 장한 것인지도 모를 일. 그런데 노마 집 문 앞에는 동넷집 여인들이 중게중게 큰일 난 얼굴로 모여 섰다. 한 번도 들어 보지 못한, 그러나 어머니 음성이 분명한 곡성이 모기 소리만큼 가늘다.

모두 거짓부렁이다. 참 설움에서 우러나오는 울음이고야 목청만이 노래 부르듯 청승맞을 수 없다. 치마폭에 얼굴을 싸고 엎드렸다. 문득 낯을 드는 때 어머니가 굴뚝 뒤로 돌아가 털보와 수군수군 공동묘지를 쓸 것인가, 화장을 할 것인가, 손가락을 꼽으며 구구를 따지는데, 어머니는 영이 할머니보다도 예사롭다.

만약에 노마 아버지의 뒤축 끊어진 커다란 고무신을 전대로 방문 앞 댓돌 위에 놓아만 두었으면 한잠 깊이 든 때 아버지나 다름없다. 그것을 신을 임자가 없다는 듯이 뒷간 옆에 내던져 굴리는 고무신을 볼 때만 노마는 언짢은 생각이 들어 도로 제자리에 집어다 놓는다. 그러면 어머니는 고질을 떼어 버리듯이 한 짝씩 집어 멀리 길 아래 쓰레기 더미가 있는 편으로 팽개쳤다.

영이 할머니는 노마를 집 뒤 들창 밑 아무도 없는 데로 끌고 가 은근히 묻는다.

"노마, 너 남생이 어디 간 거 아니?"

"어제는 보았어두 오늘은 몰라."

"거참, 심상한 일이 아니다."

하고 잠시 눈을 크게 뜨더니, 남생이가 없어졌으므로 해서 그런 일이 생겼다는 듯이 갑자기 울음에 자지러진다.

저녁때 길목을 막고 혜갈을 하고 나서 바가지는 노마집 편을 향해 고래고래 소리를 질렀다.

"네 서방은 속여두 난 못 속인다. 담벼락에 붙여 논 건 뭐구, 남생이는 다 뭐여. 멀쩡하게 산 사람을 앉혀 놓고 연놈이 방자를 해. 방자대루 돼서 좋겠다."

아이들 머리 너머로 어른들도 팔짱을 찌르고 우뚝우뚝 서자, 바가지는 기세가 높아진다.

"모두 그놈의 농간야. 그놈이 뒤에 앉아서 방자두 놓게 하구 그리구!"

그리고 저녁밥에 필시 못 먹을 독을 탔을 것이다. 아니면, 멀쩡하게 같이 앉아서 이야기를 하던 사람이 별안간 요강요강 선지 덩이를 쏟아 놓을 리가 없지 않으냐!

그러나, 바가지가 취중이 아니고 성한 정신으로 한 사람을 붙잡고 넌지시 하는 말이라 하여도 곧이들을 사람은 없을 것이다. 바가지 자신의 처신이 글러 그런 것만이 아니다. 남의 집 일에 발벗고 나서서 초상비 일동일절을 대고 백지 한 장을 사려도 손수 비탈을 오르고 내리고 하는 털보에게 일반은 인정 많은 사람이라 지목이 돌았다.

저녁에 노마는 잠자리를 영이 집으로 옮겼다. 방울 등잔을 가운데 두고 앉아서 노마는 영이에게 전에 없이 다정히 군다. 위하던 호루라기를 저고리 고름에서 풀어 영이에게 주어도 아깝잖다. 이런 때 노마에게 호루라기 이상의 무슨 귀중한 것이 있었드면 좋았다. 왜냐면, 노마는 어떻게 영이에게 착한 일을 하고 싶으나 그 방법을 몰라 한다.

그날 동네 여인들은 변으로 노마에게 곰살궂게 하였다. 이 사람 저 사람 머리도 쓰다듬고 떡 같은 것도 갖다 준다. 측은해하는 낯색으로 노마의 얼굴을 들여다본다. 노마는 그들이 하는 대로 풀 없는 낯으로 고개를 숙인다. 그러나 그 속은 어쩐지 겉과 같지 않은 것이 있어 외면을 하는 것이다.

"넌 울지두 않니? 남들이 숭보라구."

어머니는 눈을 흘기며 노마에게 울기를 권한다. 그러나 자기처럼 아니 나오는 울음을 소리만 높여 울면 더 흉이 되지 않을까 노마는 남부끄러 못 운다. 그러나 영이 할머니가 진정으로 자기가 먼저 울어 보이며 권하는 때도―

"어떻게 울어."

노마는 사실 제 식으로 진정 울려 해도 도시 울음이 나지 않는다. 거기 실감이 따르지 않는 것이다.

호젓한 집 뒷담 밑으로 돌아가 노마는 짐짓 시리죽은 표정을 한다. 담벼락의 모래알을 뜯어내며 "아버지는 영 죽었다." 하고 입 밖에 내어 외어 본다. 그리고 되도록 울음이 나오라고 슬픈 생각을 만든다. 허나 머릿속에는 담배 물뿌리를 찾느라 방바닥을 더듬은 아버지가 나타난다. 거미발 같은 손가락이다.

창밖에서 쿵쿵 발을 구르며 먼지를 터는 아버지가 나타난다. 그러나 아무리 해도 얼굴은 형용을 잡을 수가 없다. 그보다는 오늘 노마가 나무 올라가기에 성공한 그 장면이 똑똑히 나타나 덮는다. 갑자기 노마의 키가 자란 듯싶은 그만큼 보는 세상이 달라지는 감이다. 노마는 부지중 마음이 기뻐진다. 어쩔 수 없는 기쁨이다. 아아, 그러나 그것은 아버지에게 죄스런 마음이다. 어떻게 무슨 커다란 착한 일을 하기나 하지 않으면 무얼로 이 마음을 씻을 수 있으리오.

"영이야."

"응."

노마는 빤히 영이의 얼굴을 마주본다. 이처럼 영이가 어여뻐 보이기는 처음이다. 눈두덩 위의 곁두데기까지 무척 귀엽다. 노마는 불시에 두 팔로 영이 목을 끌어당겨 흔든다. 다시 무릎 사이에 넣고 꾹꾹 누른다.

"아이 아이 아이."

뜻에 반하여 노마는 그만 영이를 울리고 만다.

두꺼비가 먹은 돈

아침에 노마는 저절로 잠이 깼다. 어머니가 이불을 벗기기 전에 눈을 떴을 바엔 무슨 좋은 일이 있을까 보다. 그러지 않아도 아침엔 무슨 뜻하지 않은 신기한 생각이 나는 때다. 오늘은 기동네 집 강아지를 꼬여다 개울에 잡아 넣고 헤엄치는 법을 배워야겠다든가 또는 대추나무집 울타리 밑에 파묻어 둔 차돌에 기동이 말대로 정말 수정이 났을까 보아야겠다든가 그래서 벌떡 일어나게 되는 것이다.

노마는 가만히 생각해 본다. 밤은 영판 도둑고양이다. 저녁엔 마당에서부터 야금야금 숨어들어 어두워지고 아침은 들창으로 살며시 도망가고, 그러나 이것은 오늘 처음 안 일이 아닌 것. 그럼 바른손가락이 다섯, 왼손가락이 다섯, 모두 합해서 열, 이것도 신기할 게 없다.

그러다가 문득 노마는 어제 기동 아저씨에게 구멍 뚫어진 백동전 한 닢 얻은 일이 머리에 올랐다.

"옳아, 내 반짝반짝 새 돈."

하고 노마는 그야말로 벌에 쏘인 듯 벌떡 일어났다.

노마는 아주 조심스레 벗어 놓은 바지 밑에 손을 넣어 가만히 허리띠를 훑어본다.

그러나 손에 잡히는 것이 없이 그저 밋밋하게 허리띠가 미끄러져 빠질 따름 졸라매었던 매듭이 풀린 채 돈은 간 데가 없다. 아무것도 맨 적이 없는 그저 쪼글쪼글하게 말린 때 묻은 허리띠 그대로다. 정녕 어저께 여기다

돈을 맺었는데 아마 노마는 기동 아저씨에게 그것을 얻기 전 꿈을 꾸는 것인지도 모르는 일, 그래서 허리띠 끝에 아무것도 없는 것이리라. 노마는 다시 눈을 감아 본다. 정말 그런 꿈이 되어 주소서. 그러나 눈에 나타나는 건 돈, 반짝반짝한 그 새 돈이었다.

기동 아저씨는 동네에서 제일 키가 큰 사람. 언덕의 버덩에 노마 아버지와 같이 양철집 학원을 짓고 그리고 노마 아버지와 함께 그 학원에서 동저고리 바람으로 모자도 안 쓰고 큰 키를 꾸부정 서울로 붙들려 갔다. 그가 어제 일 년 만에 머리를 빡빡 깎고 얼굴에 살이 올라 딴 사람처럼 눈이 조그마져 마을에 돌아왔다. 그리고 그는 노마 자신만큼 노마 아버지를 두고 혼자만 나오게 된 것을 섭섭히 생각하는 것이라 쓱쓱 커다란 손으로 머리를 비비면서 노마 집엘 찾아왔다. 전에 없이 스스로 낯이 일그러지고 노마 어머니는 말없이 연해 치맛자락으로 코를 풀며 눈 속이 붉어졌다.

노마는 담 모퉁이로 몸을 숨기었다. 아버지를 대한 듯 무척 그가 반가우면서 그러면서 낯을 보이기가 부끄럽다. 거기서 노마는 거동하는 개미를 세고 앉았다. 노마는 열밖에 더는 셀 줄 모르니까 열을 되풀이했다. 열 또, 열 또, 열 마침내 기동 아저씨는 노마에게로 왔다. 그리고,

"어디 일어서 봐라."

그동안 키가 얼마나 자랐나 그걸 보자는 거다. 이것도 아버지가 물을 성싶은 말. 잠잠히 일어서 많은 것을 묻고 싶으면서 가슴이 답답해 쳐다보고만 섰다가 갑자기,

"뎀벼, 뎀벼."

그리고 기동 아저씨 다리 사이에 머리를 박고 막 미는 거다.

"아, 이눔이, 아, 이눔이."

하며 주춤주춤 뒤로 밀리다가 쿵 궁둥이를 담벼락에 부딪고 그는,

"아, 졌다, 졌다."

애초에 내기를 건 것이 아니로되 노마는 그러나 어색해서,

"진 값 내, 진 값 내."

그리고 허허허 크게 웃는 소리와 함께 노마 작은 손바닥 위에 놓인 돈 그 반짝반짝한 새 돈이었다.

그러지 않아도 돈이란 가지고 놀기도 좋고 싫증나면 엿이나 사탕 같은 것으로 바꿀 수 있어 좋고, 그리고 구멍 뚫어진 은돈은 가져 보기가 처음이다. 실에 꿰어 차고 다녀도 좋은 놈인걸. 아아, 그리고 더욱이 그 돈은 노마가 잠시 허리띠 끝에 차기는 했어도 내일 어머니가 서울로 아버지를 보러 가는 데 쓰일 소중한 돈이 아니냐.

노마는 이런 때엔 소리를 지르거나 울음을 내는 수밖에 도리가 없다. 웬만한 일은 그래서 가라앉는 수가 있으니까 말이다. 노마는 다른 때 같으면 벌써 그랬을 것이다. 하지만 이번만은 못 한다. 그러다가는 노마가 돈 잃어버린 사실을 온 집안 사람이 모두 알게 될 것이 아니냐. 첫째, 어머니가 알면 낯빛이 변해질 것이요, 할아범이 들으면 지지리라고 혀끝을 찰 것이다. 똘똘이까지 알면 깨소금 맛이라고 놀릴 것이니 그 꼴을 어떻게 보리오.

노마는 잠잠히 시침을 떼고 눈치만 살핀다.

오늘도 다름없이 창 미닫이에 햇볕이 들고 부엌에서 달그락달그락 어머니의 설거지하는 소리, 그리고 할아범은 뒷밭으로 거름을 주러 간 모양 보이지 않는다. 똘똘이는 마루에서 발을 탕탕 구르며 지붕 위의 까치를 쫓고 있다. 모두 노마가 돈 잃어버린 일은 꿈에도 모르는 게다. 자기 혼자만 그 일을 알고 있는 것이 노마는 끔찍이 신기롭다. 그렇다고 남에게 자랑할 수 없는 것은 좀 섭섭한 일.

노마는 그럼 아닌 듯이 돈을 찾기 시작한다. 전에 없이 이부자리를 털어 개어 올린다. 방 구석구석 비질을 하고 방바닥에 엎드려 자막대기로 장 밑의 먼지도 긁어 낸다. 노마는 일하는 척하고 돈을 찾는 흉중이지만 남이 보기에는 노마가 착한 일을 하는 것으로 보일 것이리라. 그리고 노마는 돈을 잃어버린 죄 때문으로 더욱 착한 일을 많이 해야 한다. 헌 벗어 놓은 저고리 모두 먼지를 턴다. 그러나 찾는 물건은 가뭇도 없다.

노마는 마루로 나왔다. 거기서는 한바탕 덧문 뒤, 뒤주 밑, 팥 담긴 둥구미까지 떠들치며 말끔히 비질을 한다. 그러나 역시 허사.

어쩌면 건넌방에 흘렸을지도 모를 일, 노마는 그편에 눈을 준다. 허나 아버지가 없고 폐방한 후로는 들어가지 않던 그 방을 그리고 어제 들어갔으리라고는, 돈을 어디 흘렸는지 생각나지 않는 그 이상 생각되지 않는다. 그러나 하니까 더 돈이란 약은 놈은 노마가 이르지 않는 그런 곳에 몸을 숨겼으리라, 노마는 주먹을 쥐어 쓱 헛바닥으로 한 번 핥고는,

"둘이면 있고 셋이면 없다."

그리고 두 손가락 마디에 침이 묻자 그 방 속에 정녕 찾는 것이 들었을 것으로 정한다.

전일 아버지가 쓰던 방이다. 덧문을 열고 발 하나를 들여놓자 노마는 무춤한다. 벽에 걸려 있는 검정 모자는 전대로 밖에 잠깐 나간 사람인 양 아버지 모습으로 보이면서 책상 위엔 먼지가 캐캐, 맞은편 바람벽에 붙인 지도는 한쪽 귀가 떨어져 찌그러지고 그리고 희미하게 코에 마치는 아버지 냄새. 지금 아버지는 어디선지 이만큼 몰골이 변했을 거 싶은 그래서 가끔 어머니가 아버지에게 새 옷을 지어 가지고 가서 바꿔 내오는 헌옷에서는 매캐한 유황 내가 나고 뒤꼍 굴뚝 뒤에서 나는 그을음 내가 나고 거기서처럼 살살 새앙쥐가 기어 나올 거 같고.

바람 부는 날 술이 취해서 김오장은 비틀비틀 언덕 위 학원으로 말썽을 부리러 올라왔다. 축대 위로 올라서 문을 가로막고 서서 놀라 쳐다보는 실내 안의 많은 눈을 한 몸에 모으고,

"이놈들아, 나가거라, 나가거라."

그 김오장을 노마 아버지는 말없이 멱살을 잡고 밀고 내려갔다. 운동장 밖 보리밭에 나둥그러져 일부러 그러는 듯 한참 일어나지도 않고 엎드렸던 김오장은 도야지 흡사 양도야지다.

"어디, 늬 맘대루 실컷 해 봐라. 그래야 네 신상에 좋지 못헐걸, 좋지
못해."

그리고 이리 비틀하고 두고 봐라, 저리 비틀하고 두고 봐라, 비탈을 내
려가는 김오장. 그 후 그 김오장 말대로 되어 가는지 아버지는 점점 낯빛
이 무거워져 가고 저녁때 절골 고개 위에 노마와 같이 올라갔을 때 아버지
는 푸른 뽕나무를 둘레로 양철 지붕이 번쩍이는 학원을 묵묵히 내려다보고
섰더니 노마를 돌아보며 말했다.

"너, 아─ 하고 소리 질러 봐라."

노마는 그대로 두 손을 입에 오그려 대고,

"아─"

아버지는 또,

"그보다 더 큰 소리루."

노마는 좀 더 높여서,

"아─"

"그보다 더 큰 소리루."

노마는 목을 뽑아 있는 소리를 다 내서,

"아─"

그리고 똘똘이가 올 때처럼 상을 찌푸리고 웃는 듯 우는 듯 노마를 내려
다보던 아버지의 그 얼굴. 내일 그 아버지를 보러 가는 데 쓰일 돈, 반짝반
짝한 새 돈은 그 방에도 없고, 아아─

노마는 건넌방에서 도루 마루로 나왔다. 노마는 아주 상벽이 난다. 마루
틈, 문 새 샅샅이 살피고 나중에는 마루 끝에 섰는 똘똘이까지 아래위를
훑어본다. 허리띠 끝에는 아무것도 없다. 그런데 뒷짐 진 바른손에 무엇을
꼭 쥐고 있다. 다른 때도 떡 같은 것을 뒀다 먹을 양으로 다락 같은 데 두
면 노마 몰래 후무려 먹는 똘똘이, 노마는 암만 해도 그 손바닥 안이 수상
쩍다.

"너 손에 쥔 게 뭐냐?"

"알어 뭣 해?"

똘똘이는 더 주먹을 단단히 쥔다. 노마는 의증이 더럭 난다. 어떻게 하든 손바닥을 펴 보는 수밖에 없다. 노마는 꾀를 낸다.

유리구슬 한 개를 쳐들고,

"이거 누구?"

"나아."

"그럼 절 한 번 하구 두 손으로 받어야지 뭐."

똘똘이는 하라는 대로 코가 무릎에 닿게 절을 하고 그리고 손에 가졌던 것은 호주머니에 넣고 나서 두 손을 벌리는 거다. 보아야 아무것도 없는 빈 손, 노마는 고만 실망하고 머쓱해진다. 그러나 눈은 자꾸만 퉁퉁한 그 호주머니로만 가고 암만 해도 그 속에 노마가 찾는 물건이 들었을 것만 같다. 노마는 또 꾀를 쓴다.

"너 주머니하고 나 주머니하고 누가 많이 들었나 내길 할까?"

"이기면 뭣 주기?"

"구슬 주기다."

노마보다 호주머니가 퉁퉁한 똘똘이는 벌써 이긴 양으로 생글생글 웃음이 나온다.

"난 이거다."

노마는 도토리 한 개를 선뜻 꺼내 놓는다.

"난 이거다."

똘똘이는 병마개 하나를 마주 꺼냈다. 그리고 뒤를 이어 모지랑 연필, 바둑돌, 못꼬치, 유리 조각, 고무줄, 달팽이집, 풍뎅이 껍데기……

"난 이거다."

하고 마지막으로 노마는 물뿌리 한 개를 꺼내 놓고 똘똘이를 쳐다본다.

"난 이거다."

똘똘이도 지지 않고 주먹을 꺼내 놓는다.

"뭐냐, 펴라."

"싫어."

"뭐야."

날래게 노마는 한 손으로 똘똘이 손목을 잡고 한 손으로는 막 주먹을 뻐긴다. 그러나 손도 빈탕 호주머니도 빈탕 노마는 다시금 실망이 되어 그만 화가 난다.

"요런 깍쟁이 같으니."

허나 더욱 골이 나기는 돈, 이놈이 어디 숨었는지 알 수 없는 것, 흡사 노마의 골을 올리려고 보이지 않는 곳에 숨기고 웃고 있을 것만 같은 돈, 반짝반짝한 그 새 돈이었다.

급기야 노마는 마루에서는 못 찾고 뜰 아래로 내려간다.

노마는 여기도 온 마당에 비질을 할 셈, 축대 밑을 돌아 뒷간길로 다시 아래채 추녀 밑으로 해서 외양간 앞까지 이르자면 마당은 넓고 나뭇잎 지푸라기 덮인 것이 많고 아무래도 구석구석 자세히 찾아보자면 또 비질을 해 보는 수밖에 없다. 노마는 키가 넘는 댑싸리비를 안고 둥갠다. 아랫방 할아범은 이런 비를 가지고 곧잘 쓸던데 늙은이라고 깔볼 것은 아니다. 그 할아범처럼 비를 곤두세워 가지고 하려단 안 되겠다. 노마는 방법을 고친다. 가로 비를 눕히고 그놈을 말처럼 중간을 탄다. 그리고 가운데를 안고 슬슬 뒷걸음을 치면 딴은 됐다. 아무가 보아도 어색하지 않도록 노마는 일부러 끙끙거린다.

부엌에서 불을 때던 어머니와 하얀 얼굴이 두어 번 할금할금 문지방 넘어 나타나더니 작은 수수비 한 자루가 날아와 노마 앞에 떨어진다.

"오늘은 노마가 웬일이냐?"

그리고 희한해하는 얼굴로 어머니는 부지깽이를 접고 서서 넘어다본다. 노마가 정말 그러는 건가 아닌가 그걸 가늠 보는 것이리라. 노마는 정말로 보이기 위하여 연해 이마에 땀을 씻으랴 내려지는 바지 괴춤을 치켜올리랴 부지런히 끙끙거리며 비를 놀린다. 어머니는 마침내 정말로 안 모양. 흔연히 낮이 풀린다.

그리고 어머니는 마루에서 구경만 하고 앉았던 똘똘이가 듣도록 큰 소리로,

"우리 노마 착하다. 내 누른 밥 많이 주마."

그러나 노마는,

"난 그거 싫어."

"왜 어디 아프냐?"

"아냐, 똘똘이는 많이 주고 난 조곰만 주어."

어머니는 두 번째 놀란다. 전 같으면 똘똘이는 조금만 주고 나는 많이 달라고 투정을 할 노마가 아니냐. 더욱 희한해 어머니는 부엌에서 나와 노마를 치마 앞으로 당기며 두 귀를 붙잡고 도리도리를 한다. 뺀들뺀들하고 일만 저지르는 똘똘이를 보이기 위해서만이 아니리라. 요즘에는 겁이 많아져 밤에 뒷간엘 가게 될 때면 석유 등잔을 손으로 오그려 가지고 가는 어머니. 그 어머니 앞에 다 자란 듯이 방을 쓸고 마당을 쓸고 집안일을 거드는 노마라 무척 귀엽게 보일 것은 물론, 어머니는 눈을 가늘게 떠 노마 얼굴 가까이 가져다 댄다. 노마는 그 눈을 바로 보지 못한다. 아주 거북해서 고개를 외로 돌린다. 노마는 문득 마음이 기뻐졌다. 정말 착한 일을 하기 위해서만 노마는 아침에 방을 쓸고 마당을 쓸고 하였거니, 그래서 어머니에게 귀염을 받는 것이어니, 정말로 그런 양 노마는 어머니에게서 물러나다시 비를 잡는다. 그러나 비 끝에 종이쪽 나뭇잎이 쓸려 나갈 때마다 그밑에 돈이 덮였다 반짝하고 얼굴을 보일 것만 같아 무춤무춤하는 노마다. 그렇게 뒷간길까지 말끔히 비질을 하였건만 영 돈은 나오지를 않고 팔만 아프고 아아!

노마는 마침내 집 밖으로 나왔다. 여기는 보는 사람이 없으니까 노마는

흥증을 피지 않는다. 두 손을 무릎에 붙이고 궁둥이를 번쩍 든다. 그리고 얼굴을 땅 가까이 가져다 대고 구석구석 눈을 밝힌다. 기동네 강아지 같다. 강아지처럼 코로 킁킁 냄새도 맡아 본다. 그렇게 강아지는 먼 데 있는 것까지 잘 알아내니까. 사실 잃어버린 돈을 찾게만 된다면 노마는 잠시 강아지쯤 되어도 좋다.

그렇게 하고 노마는 어제 한종일 쏘다니던 데를 생각하고 생각하고 되밟아 간다.

노마는 울타리 밑을 돌아 집 뒤 호박 밭으로 간다. 어제 애호박을 따러 할아범 몰래 살금살금 숨어 갔다.

노마는 아이니까 아이호박을 좋아한다. 성냥개비로 네 발 만들어 세워 놓으면 파루숭한 도야지가 된다. 노마는 열밖에 더 셈을 모르니까 도야지도 열 이상은 만들지 않는다. 뒤꼍 툇마루에 세워 놓고 서울 구경을 간다. 노마는 전일 어머니하고 서울 외갓집을 가 본 일이 있으니까 잘 알지만 도야지는 잘난 전차 나부랑이도 못 보았을 게니 오죽 가고 싶으리요. 길을 잊어버려서는 안 되므로 작은 놈을 앞으로 키대로 차례차례 열을 지어 간다. 도야지는 서울 구경을 가는 것이지만 노마는 기실 아버지를 찾아가는 것이다. 마을에서 시오 리 나가 주막거리가 있고 거기서 자동차를 타고 세 번 정거하고 고개 하나 넘으면 서울, 노마가 아버지를 보고 싶은 그만큼 아버지도 노마를 보고 싶어하리라. 도야지는 똘똘이가 아니니까 이르는 말을 곧잘 듣는다.

호박 밭에는 노마의 작은 발자국이 자국자국 남아 있다. 짓궂게 아기순만 잘강잘강 골라 밟았다. 노마는 할아범이 골내는 꼴이 보고 싶어, 그리고 아기순이 이뻐서 그런 거지만 지금 보니까 그것들이 고개를 늘어뜨리고 울상을 하고 있다. 노마로 치면 다리 팔 허리 같은 데를 잘리고 우는 형국이리라. 노마는 썩 보기가 민망하다. 그러니까 도리어 노마는 앰한 소리를 한다.

"너희들이 앙갚음을 했지. 그래서 돈을 잃어버리게 했지, 뭐."

그리고 흙 한 줌을 끼얹어 주고 돌아선다.

어제 하던 대로 노마는 매갈잇간께로 풀섶을 더듬어 간다. 아침 이슬에 발이 차갑고 여기서 툭 저기서 툭 개구리가 튀어 나가고 빠악빠악 개구리처럼 고무신이 운다. 노마는 걸음마다 개구리를 밟는 듯 징그럽다.

이런 때 등 뒤에서 갑작스리,

"노마, 뭣 찾니?"

할아범이었다. 노마는 깜짝 놀라 몸을 오그리고 멈췄다. 그러나,

"기동네 강아지 시늉내는 건데, 뭐."

"정말 찾는 거 없어?"

"아니라니깐두루."

그래도 할아범은 가지 않고 오줌통을 지고 서서 눈을 꿈벅꿈벅 노마를 지켜본다.

워낙이 심술궂은 할아범이니까 할 수 없다. 그래서 아들도 없고 딸도 없고 노마가 아주 어렸을 때도 머리가 벗어져 번들번들 노마 아버지가 노마만 했을 때도 그랬을 거고, 노마가 아버지만큼 자란 후에도 영 대머리대로 그래라.

그 대머리가 길 아래로 번쩍이며 수수밭 모퉁이를 돌아가자 노마는 다시 하던 걸 계속한다.

큰길로 내려서 뽕나무 밭 사잇길로 꺾어 비탈을 간다. 언덕을 올라서면 학원 등 뒤 충충한 다박솔밭을 넘어드는 햇빛에 양철 지붕이 빛난다.

노마는 엎드려 땅에 머리를 박고 가랑이 사이로 실눈을 떠 바라본다. 아침에 와 이러고 보면 아직 일러 아이들이 모이기 전이어서 그런 양 조용하고, 낮에 와 그러고 보면 안에서 공부를 하느라고 그런 양 조용하고, 그러나 일어서 바로 보면 유리창은 깨지고 흰 벽은 물러 떨어지고 그리고 집 안엔 김오장네 나무가 쌓여 있다. 노마 집 울타리의 쭉나무가 잘리고

언덕 위 버덩이 닦여지고 그리고 양철집 학원이 지어지던 날 노마 집에선 생일날처럼 수수떡을 하였고 아버지는 학원 마당에서 동네 사람들의 많은 눈을 한 몸에 받고 얼굴이 딱딱해졌다. 그 아버지에게 김오장한테 하듯이 허리를 접어 어른들도 절을 하고 아이들도 절을 하고 다만 한 사람 그러지 않고 뻣뻣이 섰던 김오장이 다른 것은 몰라도 자기네 집 뽕나무 밭을 결단냈대서, 그리고 학원을 나무광으로 쓰고 싶어서 다니며 심술을 놓은 것이리라. 그 김오장을 멀찍이 두고 노마는 일부러 뒷짐을 져 보인다. 왜냐하면 어른 앞에 어린 놈이 뒷짐을 진다고 골을 내는 김오장이니까. 그런 줄을 모르고 김오장 그래도 잘난 듯이 도야지 같은 입술에 담뱃대를 물고 다니지.

─김오장 양돼지. 꿀꿀 양돼지.

─김오장 양돼지. 꿀꿀 양돼지.

노마는 허리띠 끝에 깜파리 돈을 졸라맨다. 그리고 네모진 붉은 마당을 달음박질해 한 바퀴 돈다. 그러는 대로 깜파리 돈은 어제 정말 돈처럼 앞자락에서 팔랑팔랑 되도록 그놈이 많이 움직이게 노마는 한 편은 산 밑 버덩, 한 편은 수수밭 그 사이 길을 송아지처럼 겅정겅정 뛰어 간다. 그래도 역시 팔랑팔랑 손에 쥐고 흔들어 보아도 떨어지지 않는 깜파리 돈.

노마는 다시 큰길로 내려온다. 이번에는 좀 헐거웁게 늦추어 매고 길 아래 축등 위로 올라간다.

"까치 다린 부러지고 내 다린 십 리만큼 뛰어라."

다리 오금을 접고 팔을 저며 음질음질 벼르다가는 아래로 뛰어내린다. 그리고 땅바닥에 쿵 궁둥방아를 찧고 쓰러져 일부러 두어 번 디굴디굴 구르다 일어날 때 허리띠 끝에서 그 깜파리 돈이 떨어져 길바닥을 도루루 굴러 간다. 그제서야 노마는 두 눈을 동그랗게 뜨고 그 가는 곳을 지킨다. 어제도 고놈이 요렇게 떨어져 조렇게 굴러서 여기 숨었으리라. 노마는 사뭇 가슴이 두근거린다. 각시풀 포기에 두 손을 얹고 눈을 감는다. 그리고

하나 둘 셋, 하고 번쩍 눈을 뜨고 손을 연다. 그러면 거기는 구멍 뚫어진 새 돈이,

"나 여기 있소."

하고 반짝할 줄 알았다. 그러나 속상하게 거무데데한 깜파리 돈이 누웠을 뿐, 노마는 맥이 풀려 그대로 엎드린 채 가만히 있다.

등 너머 콩밭에 거름을 치고 돌아오는 할아범이 비탈을 내려오며 또,

"노마, 게서 뭣 찾니?"

"찾는 거 아닌데, 뭐."

"뭘 찾는 것 같은데 그래."

"찾는 거 아니라니깐두루."

그래도 할아범은 아니 믿어진다는 듯이 고개를 기웃거리고 섰는데는 어쩔 수 없어 한바탕 땅바닥을 굴러 보이지 않을 수 없다. 그러나 노마는 문득 이러다 생각지 않게 돈을 찾게 될는지도 모른다 싶다. 그래서 또 할아범이 돌아서 제 갈 대로 가는데도 노마는 한 번 더 굴러 보는 거다. 그래도 돈은 나오지 않고 온몸에 흙칠만 하고 아아.

종말에 노마는 울타리 구멍으로 해서 뒤꼍으로 들어간다. 여기서는 더 가 볼 데 없는 회두리판, 그러니까 노마는 도리어 기대가 크다. 필시 돈 이 놈이 노마를 골탕을 먹일 양으로 맨 끝줄에 숨어 있었던 것이려니 그걸 모르고 노마는 입때껏 딴 데만 헤매고 있었던 것이어니. 정말 그런 양, 노마는 살금살금 발자취를 죽이고 숨어 간다. 노마 저도 돈 이놈을 놀래 줄 작정, 그러나 샅샅이 한바탕 강아지 시늉을 했건만 역 허사.

"요게 어디 숨었어."

하고 엎어 놓은 항아리 바닥에 올라앉아 생각하면 노마는 아까부터 돈하고 숨바꼭질을 하던 것인 성싶어진다.

"떴니."

소리치면,

"떴다."

소리가 올 듯도 싶고 암만 찾아도 찾아낼 수 없을 때 기동이 얼굴처럼 돈이란 놈이 미웁기가 한량없다. 마침내는 돈도 기동이 모양 같아서 기동이가 돈인지, 돈이 기동인지 분간이 없어진다. 기동이란 놈은 숨바꼭질을 하다 말고 남은 찾거나 말거나 슬며시 제 집으로 가 버리기도 한다. 아마 돈 이놈도 그랬을지 모를 일, 기동이 집은 우물 옆 오동나무 박힌 집이다. 하지만 돈의 집은 대체 어디리요.

숨바꼭질이라면 그만큼 찾았으면 저편이 궁금해서라도 얼굴을 보였을 것이다. 암만 찾아도 나오지 않을 바엔 필시 누가 집에서 깊숙이 숨겼음이 틀림없다.

"누가 감췄을까."

하고 사방을 고쳐서 바라보면 딴은 마루에 들여놓았던 도야지가 열이 문란해지고 그중 두 놈이 간 데가 없다. 아마 그 두 놈이 짜고 남의 돈을 노비로 가지고 노마 몰래 서울 구경을 갔는지도 모를 일. 그러다가 노마처럼 혼나려고, 노마는 서울로 나무 팔러 갔다 돌아오는 아랫말 곰보 아버지를 만났게 망정이지 그렇지 않았다면 정말 혼이 났다. 먼저 주막거리까지 가는 길은 좋다. 윗말서 아랫말 가는 길의 계속으로 모를 게 없으면서 언덕, 집, 밭, 모두 신기롭고 주막거리를 이르러서도 또 좋다. 거기서부터는 자동차 가는 길로 곧장 가기만 하면 아버지 있는 서울이 한 걸음 한 걸음 가까워지고 그 아버지가 또 노마가 거기까지 걸어온 줄을 알면 크게 놀랄 것이니 재미롭고 그러나 차차 모르는 길이 열리면서 다리가 아파 오고 길은 더욱 멀어만 가는데 뜻밖에 해가 기울어 들고—하지만 노마 없이는 임의로 한 발자국을 옮기지 못하는 도야진데 제까짓 게 어딜 가리요.

아까부터 앵도나무 그늘 밑에 숭물스리 생긴 두꺼비 한 마리가 숨어 앉아 노마의 일거일동을 살피고 있다. 노마를 퍽 무서워하는 눈치인 것이 볼까 봐서 꼼짝도 않고 가만히 있다. 무슨 지은 죄가 있는 모양, 아니면 공연히 노마를 무서워할 게 뭐냐. 노마는 아니 보는 척 외면을 하고 앉아 연신 곁눈질로 동정을 살핀다. 그러다 갑자기 고개를 돌리며 눈을 흡떠 무섭게 하고,

"늬가 감췄지?"

하고 딱 얼러 본다. 두꺼비는 움칫하고 조금 물러앉으며 눈을 한 번 끔벅하고는 다시 기동이 없다. 이것은 노마 자신의 마음을 두고 보더라고 이놈이 아니라고 잡아떼는 수작으로 알 수밖에 없다.

"이런 거짓말쟁이, 누군 모를 줄 알구."

하고 노마는 슬쩍 넘겨짚어 보기도 한다. 두꺼비는 그러나 눈 하나 끔벅하지 않는다. 이런 놈은 슬슬 달래 보는 수밖에 도리가 없다.

"가르쳐 주면 엿 사서 조곰만 줄게, 응."

하여도 신통치 않아 하니까,

"그럼 반만 줄게."

노마는 거짓부렁이 아니라는 증거로 땅바닥에 세 번 발을 굴러 보인다. 그러는 대로 두꺼비는 눈만 끔벅끔벅할 따름 종시 응하는 기색이 없다. 저렇게 배가 불룩하구서야 욕심이 아니 많을 수 없으리라. 노마는 하는 수가 없어 생각해 보다가,

"그럼, 다 주마."

하고 소리를 크게 호언한다. 허나 역 두꺼비는 움칫하고 돌아서 궁둥이를 이쪽으로 대는 꼴이 하찮아서 피이 하는 수작인 모양,

"늬가 잡아먹고 그러지?"

하고 다시 보면 딴은 징글징글하게 생긴 상판대기하고 그런 것 하나쯤 집어 삼키고 시침을 뗄 뱃심이 넉넉하다.

"뱉어라, 뱉어."

달래서 아니 듣는 놈은 매로 다스리는 수밖에 없다. 노마는 왕모래 한 줌을 움켜쥐고 얼러 댄다. 그래야 두꺼비는 딱 버티고 앉아 까딱도 없다.

확 모래를 뒤집어쓰고야 뭉기적뭉기적 두어 발 뛰어가다는 고춧대에 머리를 부딪고 나둥그러지고 숨이 차 벌떡벌떡 돈 같은 무거운 것을 삼키지 않았으면 저렇게 몸이 둔할 리 만무한 일.

"그래두 안 뱉어."

"그래두 안 뱉어."

노마는 회초리를 내두르며 앞을 가로막으며 저도 두꺼비만큼 벌떡벌떡 허풍을 떠느라고 일부러 그런다.

이런 때 안마루에서 무엇을 노느매기하는 것인지 똘똘이하고 어머니하고 두 소리가 합하여 수선하다.

"노마는 썩 많이 주고 난 싫어, 흥."

"형은 일 많이 했으니까 많이 주지. 넌 일만 저질렀으니까 조금 주고."

그리고는 다시 조용해진다. 어쩌면 노마의 목아치까지 빼앗겼는지도 모를 일, 똘똘이가 두 손에 하나씩 먹을 것을 들고 노마 오기 전에 어서 먹어 버릴 양으로 우물거리는 볼따구니가 눈앞에 환하다. 노마는 일 초를 서슴고 있을 때가 아니다. 한달음에 뛰어가야만 하나라도 덜 빼앗길 텐데, 아아, 돈을 찾지 못하고는―하지만 두꺼비 그놈이 먹고 안 주는 것을 노마 인력으로 어찌하리요.

"두꺼비가 먹고 안 주는 걸 어떻게 해, 엄마보구 뺏으라지, 뭐."

이만하면 노마 책임은 훌륭히 벗는다. 아무 일 없던 거나 마찬가지로 깡충깡충 까치걸음으로 안을 들어가지 못할 게 무엇이랴.

아나나 다를까 어머니는 노마가 일을 많이 한 상으로 밤을 삶아 놓았다가 호주머니가 불룩하게 넣어 준다. 노마는 무척 기쁘다. 돈은 두꺼비가 먹었으니까 노마 잘못은 아닌 것, 그리고 손에는 가진 것이 없는 빈손이기는 하나 기동 아저씨에게 그 돈을 받기 전 빈손이나 다를 게 무엇이리요. 그러니까 노마는 아침부터 착한 일만 한 셈, 떳떳하게 상을 받지 못할 게 어디 있느냐 말이다. 노마는 일층 마음이 기뻐진다.

노마는 할아범에게 자랑을 하러 아랫방으로 내려간다. 먼저 통통한 호주머니를 두들겨 보인다. 열을 몇 번 넘을지 모를 많은 수효니까 할아범이 아이구 소리를 칠 만도 한 것. 다음은 얼마나 맛이 좋은 밤인가를 보이기 위하여 노마는 하나를 꺼내 맛있게 할아범 앞에서 먹어 보인다. 할아범은 이윽히 바라보더니 새끼 꼬던 꺼칠꺼칠한 손을 내밀며 침 한 번을 크게 삼킨다. 하나만 달라는 수작.

"나 잡으면 하나 주지."

주기는 주어도 실컷 놀리다 주지 않으면 재미가 없다.

"예끼 이놈."

"그럼 안 주지, 뭐."

"내 좋은 것 줄게."

"피이, 그까짓 수수깡 안경."

"그보다 썩 좋은 거여."

할아범은 싱글싱글 웃으며 가까이 대든다. 이러다 후닥닥 덤빌 수작. 노마는 살금살금 뒷걸음쳐 피해 가며 밤 껍질을 벗긴다. 그래도 할아범에게 붙잡힐 염려는 없다. 할아범의 걸음이란 지척지척하고 노마가 뒷걸음치는 것만도 못하니까.

"알맹이는 나 먹구 껍데길랑 할아범 먹고."

노래하듯 골을 올리니까,

"너 이놈 돈 잃어버렸지."

대뜸 이런 소리가 수염 난 할아범 입에서 뜻밖에 튀어나온다.

"피이, 아니라누."

한마디 남기고 노마는 그만 꽁지가 빠지게 달아난다. 할아범은 쫓아다니며 다 들으라고 큰 소리로 자꾸 그런다. 노마는 헛간 뒤로 피해 간다. 할아범의 그 소리는 그대로 등어리를 따라오고 노마는 다시 뒤꼍으로 쫓겨 간다. 그러나 불시에 굴뚝 뒤에서 "너 이눔" 소리와 함께 할아범의 대머리가 불쑥 나온다. 노마는 토끼처럼 깜짝 놀라 되돌아서 부엌으로 뛰어들어 간다. 거기서 노마는 어머니와 마주쳤다.

"너 돈 어쨌니?"

노마는 씩 웃고 대답이 없이 마루로 뛰어 올라간다. 어머니는 물 묻은 손을 행주치마에 씻으며 따라 올라오더니,

"돈 어쨌어, 응?"

더는 피할 수 없는 마루 구석에서 노마는 금방 웃음 반 울음 반의 얼굴을 만든다. 어머니를 대하고는 갑자기 자신이 죽어 할 말을 못 하는 노만데 어머니는 그대로 다조지기만 한다. 다른 것은 다 알아도 왜 노마의 마음은 모를 게 뭐냐. 거울을 들여다보듯이 말하지 않아도 노마의 속을 알아차리고 고개를 끄덕끄덕해 주었으면 오죽 좋으리요. 어머니는 기어이 까닭을 알고야 말 셈. 얼굴이 질린다. 노마는 겨우 입을 열어,

"뒤꼍에 두꺼비가 먹구 안 주는걸, 뭐."

"뭐라는 소리냐."

"두꺼비가 먹구 안 줘."

축대 위로 올라서는 할아범이 그것을 듣고 허리를 구부리며 간간대소다. 어머니도 따라 조금 웃고 똘똘이는 덩달아 해해거리고 어머니의 웃음은 금방 없어지고 엄색이 질려 노마를 내려다본다. 그 얼굴은 정말도 거짓말로 만들어 놓는 얼굴. 노마는 그 아래 더욱더욱 조고마져, 몸과 마음이 아주 조고마져 무서운 것이 내릴 것을 조마조마 기다리는 동안을 일 초가 한 시만큼 조비비는데 뜻밖에 어머니는 낯을 풀리며 눙친다.

"어디 말해 봐. 정말은 잃어버렸지. 그리고 두꺼비가 먹었다구 그랬지."

"응, 암만 찾아도 없어. 아마 두꺼비가 어쩐 거 같아."

두꺼비가 소리는 아주 풀 없는 소리. 할아범은 또 웃음을 터뜨린다. 그러다 아무도 웃지 않으니까 점잖은 얼굴을 하고 그리고 담배쌈지를 끄르더니 무엇인지 집게손으로 끄집어내어 눈 위에 쳐든다. 그것이 바로 구멍 뚫

어진 새 돈, 반짝반짝한 은돈이 아니냐.

"두꺼비가 먹은 놈의 돈, 내가 뺏었지."

할아범은 연해 싱글싱글 웃으며 수염만 비빌 따름. 그러나 노마는 아침에 할아범이 마당에서 돈을 얻어서 댓돌 위에 떨어뜨려 못 쓰는 돈인가 아닌가를 시험해 보고 그리고 담배쌈지에 넣고 단단히 끈을 동인 사실은 꿈에도 모르리라. 다만 어머니도 할아범도 모두 착하고 정답고 똘똘이까지 그럴 바엔 노마인들 그 축에 들지 못할 바 없을 텐데 어쩐지 비죽비죽 울음이 나와 덧문 뒤로 노마는 숨는다.

잣을 까는 집

성 그림자가 비탈 아래 양철 지붕을 덮고 낡은 판장 밑에서 막둥이는 얼굴에 울음을 만든다. 소매를 걷어 입은 검정 양복저고리에 몸뚱아리 전체를 넣고 앉아서 입가에 잔뜩 암상을 담았다. 그 옆에 옥이는 돌아앉아 땅바닥에 유리구슬을 굴린다. 짓궂은 막둥이 얼굴에 외면을 하는 태도다. 막둥이는 좀 더 울상을 한다. 불시에 막둥이는 제 고무신 한 짝을 비탈 아래로 던져 굴린다. 옥이는 모른 체 구슬을 굴린다. 막둥이는 또 한 짝 고무신을 굴린다. 옥이는 여전히 돌아앉아 아는 체를 않는다.

그리고 막둥이는 울음을 열 언턱거리를 얻었다. 제 고무신이 비탈 댑싸리나무 밑에 여기 한 짝, 저기 한 짝 남이 집어가도 모르게 굴러 있는데 옥이는 아는 체를 않는다.

"난 몰라, 난 몰라."

낡은 판장, 바삭바삭한 호박잎, 그 밑에 굴러 있는 사기 요강, 이런 풍경에 하나로 막둥이의 까맣게 마른 두 다리가 땅바닥을 버둥긴다. 그래도 옥이는 등을 오그리고 돌아앉는 위치를 고치지 않는데,

"아, 어린 동생 왜 울려."

그 소리가 두세 번 거푸자 옥이는 발끈 일어서 비탈을 내려간다. 조금 지나 더욱 성미를 돋우느라고 그러는 듯이 막둥이 앞에 고무신이 한 짝씩 날아와 떨어진다. 막둥이는 좀 더 멀리 집어 던지고는 또,

"난 몰라, 난 몰라."

"뭐냐. 울리지 말구 줘라, 줘."

"누가 나 가진 것 달라구 우나."

하고 옥이는 한 손에 한 짝씩 고무신을 들고 비탈을 올라오며 앙탈이다.

"아까부터 잣 달라구 그러는걸, 뭐."

"요년."

하고 어머니는 언제든 잣 말만 나오면 기겁을 한다. 마루청을 탕 구르고는,

"못 먹는 약야. 못 먹는 약을 몰라서 우리 막둥이가 잣을 달래? 어서 가진 것 있는 대로 다 줘라."

그러나 옥이는 입 속으로 쫑알거려,

"잣 달라구 그러는걸, 뭐."

그리고 암상맞게 손에 쥐었던 유리구슬을 막둥이 턱 밑에 내민다. 짐작한 대로 구슬은 막둥이 손에 옮겨 가자마자 비탈 아래로 구른다. 옥이는 좀 더 자기주장에 의심할 것 없는 자신을 갖는다.

"아까부터 잣이 먹고 싶어 그러는걸, 뭐."

비탈 댑싸리나무 밑 늙은 명아주풀 사이를 도작도작 구슬을 찾으며 옥이는 모두 잣 까닭이라고 단정을 한다. 잣이 먹고 싶어 막둥이는 만날 울기만 한다. 울기만 하니까 얼굴이 노랗고 빼빼 마른다. 옥이 아버지도 그렇다. 아버지도 막둥이처럼 잣이 먹고 싶은 것인지 모른다. 왜냐면 어머니가 잣을 까기 시작하며부터 벌이도 안 나가고 만날 집에서 심술만 낸다. 그걸 모르고 어머니는 만날 아버지 앞에서 잣만 깐다. 잣 한 말 까서 껍질을 군불 때고 알맹이는 키로 골라서 어머니가 머리에 이고 성안 장으로 가 돈과 바꿔 온다. 어머니 말대로 잣이란 정말 못 먹는 약일는지, 정말 그렇다 해도 그렇게 고소하고 맛이 좋고 얼마든지 먹을 수 있는 것인 바에야 약 아닌 것이나 다름없다.

옥이는 얼마든지 있는 대로 먹어 보일 테니 못 먹는 약 하늘에서 비처럼 쏟아져라, 그리고 모래처럼 어디든지 쌓이라고 구슬을 찾아 옥이는 참참이

비탈을 내려가며 풀섶을 도작도작 헤치다가는 엎어진 잣 껍질이 눈에 뜨일 때마다 온통 잣인가 싶어 모두 뒤집어 본다. 옥이가 더 잣 생각만 하게 어머니의 잣 까는 소리가 뚝뚝 뚝뚝 마루청을 울린다. 고개를 기우듬히 마룻전에 발을 모으고 앉아서 한 손으로는 잣을 섬기고 한 손으로는 집게를 놀리고 그러다가 옥이 어머니는 두 번째 집게 방울에 손을 물렸다. 판장 한편 머리에 햇볕이 졸아들고 동네 먼 데 소리가 가까이 들리고 그렇게 저녁질 때가 다가듦에 따라 옥이 어머니는 마음이 설렌다. 문득 치마를 털고 일어서 부엌으로 내려간다. 부엌으로 내려가서 쌀 항아리를 기울이고 손바닥으로 밑바닥을 긁어모아 보다가는 그대로 던져 두고 도로 마루로 올라가 잣 집게를 잡는다. 밀가루 전대에 가득히 담긴 잣을 저물기 시작한 해 안으로 까내려는 듯이 손 놀리기를 빨리 한다. 그러나 손은 마음을 따르지 않고 집게에 손끝을 물리길 세 번, 쳇! 하고 눈살을 찌푸리며 손을 입으로 가져가다가는 눈이 방 아랫목으로 가자 더욱 미간을 잡는다. 어둑한 밤 바람벽에, 발 하나를 걸고 번듯이 누웠는 남편의 얼굴은 만사태평이다. 이런 땐 더욱 그 아랑곳 않는 얼굴이 밉살맞다.

"장구헌 날 누워만 있으면 어떡헐 테유. 임자두 눈 있으니 저녁쌀 없는 것 보지. 귀 있으니 아이들 보채는 것 듣지."

그 말에 더욱 다급한 사정을 분명히 느끼고는 또,

"오래잖어 엄동은 닥쳐올 테구 나무 한 오리, 쌀 한 톨 장만헌 건 없구, 이러구 어떻게 살려구 그러는 거유. 먹을 것 입을 것 유산지산으로 장만해 놨수. 먹을 것 입을 것 걱정 없는 사람도 당신 같지는 않습니다."

그러나 옥이 아버지는 눈만 끔벅끔벅 천리만큼 멀다. 저렇게 얼굴이 둔하고 귀가 질기고야 여간 말로는 꿈적도 없으리라. 옥이 어머니는 입을 삼가지 않는다.

"어린 자식들 고생시키는 것 불쌍히 아는 생각은 손톱만치도 없지. 당장 저녁쌀이 없대두 왼편 눈 하나 꿈벅하지 않는걸. 자기 몸 하나만 편하면 수야, 이 두상아, 망할 두상아."

"누가 놀구 싶어 노는 거야. 주둥이 작작 놀려."

방이 울리는 악성으로 갑자기 옥이 아버지는 몸을 일으킨다. 천장이 얕고 구석이 컴컴한 방에서 성미가 나면 눈썹이 오그라 붙는 그 눈이 옥이 어머니께로 가까이 온다. 옥이 어머니는 자리를 피하듯 멈칫멈칫 뒤로 물러간다. 잣 담긴 목판을 앞으로 당기며 앙탈이다.

"놀구 싶어 노는 게 아니면, 잣두 좀 못 깔게 뭐야. 혼자 까든 것 둘이 깠으면, 못 해두 두 말은 까겠지. 두 말이면 삼십 전, 쌀 반 되 값은 떨어지겠지."

옥이 아버지는 잠시 아내를 흘기더니 그대로 마루 끝으로 간다. 신발을 찾는 것 같더니 걸터앉아 생각에 잠기듯 고개를 숙인다.

"석수일은 없어서 못 한다구 하구 왜 채석장에 나가 자갈은 좀 깨트리지 못할 게 뭐람. 뭐 창피가려서 못 허는 거야. 그것두 하루 양식거리는 떨어지겠지."

옥이 아버지는 여전히 대꾸가 없다. 무슨 생각을 하는 것이 아니라 생각에 잠기는 것처럼 고개를 떨어뜨리고 앉았다. 옥이 어머니는 푸념을 계속한다.

"친차좋차 지내던 터니 오늘 같은 날은 삼봉네 집두 좀 못 가 볼게 뭐람. 그 집은 벌이허는 집이니 설마 쌀 한 되 팔 돈은 없다지 않을 테지."

옥이 아버지는 문득 몸을 일으킨다. 일어설 때 서슬과는 반대로 잠시 멍하니 섰더니 한편 쪽 고무신 뒤축을 끌며 밖을 향해 나간다. 옥이 어머니는 그가 자기 말에 움직여 삼봉네 집엘 가는 것인가 하는 기대에서 또 한 번 저녁쌀이 없다는 귀를 울린다.

그러나 찌그러진 일각 대문을 머리를 수굿이 벗어 나가는 그 등 뒤가 몹시 을씨년스럽고 그 등어리에 매달린 자기네 세 식구가 더 을씨년스런 한숨을 쉬고 그리고 남편이 나간 휑한 빈자리를 돌아보며 또 한숨짓는다.

마침내 옥이는 유리구슬을 찾았다. 구슬은 댑싸리나무 밑에도 없고 명아주 잎 풀섶 새에도 없고 생각지 않게 울타리 밑을 돌아 아랫집 대문 밖 마당에 떨어져 있는 것이 아닌가. 옥이는 구슬을 집으러 비탈을 내려가 자박자박 울타리 밑을 돌아 마당으로 향한다. 마당엔 돗자리 위에 잣이 널려 있고 그리고 구슬은 잣과 함께 있다. 옥이는 그 구슬을 집기 위하여서만 돗자리 앞으로 간다. 그리고 그 구슬을 집기 위하여서만 허리를 굽혀 돗자리에 손을 댄다. 동시에 옥이는 구슬과 함께 잣 한 줌을 쥐고 돌아서 비탈을 긴다. 등 뒤에 동네 그 많은 사람의 눈이 한 곳으로 모여 따르는 듯 걸음이 급하다. 그러나 비탈을 올라서면 고만 비탈 아래 아랫집은 전대로 초가지붕이 조용하고 동네 올망졸망한 지붕마다 모두 그렇게 지금 옥이 손 안에 잣이 쥐어 있는 사실을 아무도 모른다. 아무도 모르는 가운데 옥이는 제 입에 잣 한 알을 넣고 막둥이 입에 한 알을 넣어 주고 그렇게 두 알을 넣고 세 알을 넣고 소리 나지 않게 가만가만 속으로 먹는다. 아마 가만가만 속으로 먹는 음식은 더 맛이 있나 보다.

다음 한 알은 먼저 한 알보다 갑절 맛이 있고 어머니가 못 먹는 약이라고 금하던 걸 먹는 데서 더 맛이 있다. 막둥이는 상이 풀리고 두 눈이 빛난다.

나중 한 알은 더 맛이 있다. 혓바닥 위에 남은 고소한 맛을 오래 연장하려고 되도록 천천히 씹는다. 그리고 다 먹고 나선 그걸 입에 대기 전보다 갑절 잣이 먹고 싶다. 옥이는 입맛을 다신다. 치마 앞을 뒤져 본다. 앞에 흘린 껍질을 뒤집어 본다. 그러다가 옥이는 막둥이 손에 구슬을 쥐어 주고 그리고,

"저리 던져라."

그 의미를 몰라 어리둥절해 쳐다보는 막둥이에게 옥이는 아랫집 마당 잣이 널린 돗자리를 손가락질해 가리키며,

"저리 던져라."

그리고 구슬은 막둥이 손에서 비탈 아래로 구르고 옥이는 구슬을 찾기

위하여서만 비탈을 내려간다. 댑싸리 마당 명아주 잎 풀섶 새를 도작도작 짐짓 옥이는 구슬이 간 데를 몰라 눈을 밝혀 두리번거리며 살금살금 아랫집 마당으로 향한다.

판장머리에 햇볕이 사라지자 옥이 어머니는 또다시 부엌으로 내려가 쌀 항아리를 기울여 본다.

손바닥으로 밑바닥을 훑어 바가지에 모은다. 몇 알 붙은 것까지 한 알씩 손가락으로 묻혀 내 모아도 쪽바가지 반을 차지 못한다. 손으로 싹싹 씻어 솥에 붓고 이걸로 네 식구 밥그릇을 채우려면 얼만큼 물을 부어야 할지 몰라 바가지로 물을 떠냈다 부었다 한다. 자기는 아니 먹어도 좋다 하고 물을 덜어 낸다. 그리고 지금 남편은 삼봉네 집엘 갔을 게니 저녁을 먹고 오리라고 싶어 또 좀 떠낸다. 또는 그전 말이지 은연중 사이가 벌어진 듯싶은 지금에 저녁 대접을 하랴 싶어 다시 물을 붓는다. 하지만 쌀 한 되 팔 값야 못 얻어 오랴 싶고 그땐 자기와 남편의 밥을 따로 안치리라 하고 또 좀 물을 떠낸다.

그러나, 옥이 아버지는 뭐 친구 삼봉 아버지를 찾아가려고 집을 나온 건 아니다. 그는 아내의 권이 있기 때문으로 도리어 가기가 싫다. 그 집과는 반대로 성 밑 좁은 길을 남향해 허리춤에 손을 찌르고 느럭느럭 걷는다. 그러나 머릿속엔 그 삼봉 아버지와 자기 간 일로 찬다. 하여튼 삼봉 아버지란 운이 좋은 놈이다. 한 가래꾼으로 같은 채석장에서 같은 석공일을 하던 그와 자기다. 같은 날 그곳 채석장이 파해 내년 다시 와 일을 할 사람들처럼 빈주먹으로 연장만 짊어지고 물러나오긴 일반인데 삼봉 아버지 그는 고 너머 산에 있는 채석장에 맞춰 놓았던 자리처럼 역시 석공으로 들어가게 되었고 자기는 다름없이 손이 놀아 허리띠만 조른다. 그렇다고 전에 너 나없이 지내던 친분이야 변할 리 없을 텐데 여전히 근심 없는 얼굴로 목덜미가 굵은 그 앞에 자기는 메마른 낙엽처럼 꺼칠한 손바닥만 썩썩 비비며 공연히 어깨에 풀이 죽는다. 그 대소를 먼저 느끼고 그러듯이 친구는 방패막이처럼 살기 어렵다는 우는소리만 한다. 살기 어렵긴 옥이 아버지 자기에게 비할 것이 아니다. 너는 벌고, 난 놀고 뭘 끼아칠까 봐 그러는구나 싶어 늬가 날 찾아보기 전엔 나도 널 아니 찾아가겠다고 발을 끊으면, 저편에서도 발을 끊는다. 실로 노엽다. 그 분풀이를 하고 싶어서도, 어서 일자리를 붙잡어야 할 텐데 참 성화다. 그야 오늘이라도 막다른 길로 나서 하다못해 채석장엘 나가 늙은이와 여인네들 틈을 헤집고 앉아 자갈을 깨뜨리려면 못할 것도 없는 일이나 그러나 그렇게 되는 날이면 석공인 자기 신세는 볼 것 다 봤다. 나중 자기 말로가 그렇게 될까 봐 겁이 난다. 그걸 아내는 어서 그 길로 몰아넣질 못해 눈앞에서 잣을 까 보이고 그런다.

벌써 응달이 싫고, 양지가 좋다. 발밑에 모래가 유난히 까실까실하다. 성이 그치고 길이 갈라진 모퉁이 야트막한 양철 지붕 행길로 난 방문 앞에 이르러 옥이 아버지는 걸음을 멈춘다.

"영감님 아직 안 들어오셨나."

낮이면 성안 거리에 나가 사주책을 펴고 앉았다가 해가 기울면 돌아오는 그 집 영감에게 옥이 아버지는 무슨 볼일이 있는 것은 아니다. 그를 기다리는 것처럼 하고 그 집 울 없는 방문 앞 양지쪽에 두 손 사이에 턱을 받치고 앉는다. 문지방 너머 부엌에서 영감의 늙은 아내가 웅크리고 앉아 잣을 깐다. 궁상맞다. 언저리 전체가 궁상맞아 보인다. 옥이 아버지는 그들이 살기가 궁하니까 잣을 까는 것이 아니라, 잣을 까니까 살기가 궁하다 싶다. 그렇게 그 꼴이 궁상맞다. 답답하다. 그러나 자기 집 아내의 같은 모양이 보기 싫어 밖을 나와서는 만만히 갈 수 있는 곳으로 찾아가는 데가 또 그런 곳인 데는 자각지 못하고,

"잣들은 왜 까는 거유. 뭐 떨어지는 거 있우. 영감님이 벌어 오는 거나 잡숫고 계시지 않구."

옥이 아버지는 제법 퉁명스럽다. 노파는 눈이 잰물거리는 상을 든다.

"영감이 번다는 게 오죽헐세 말이지. 자기 먹는 시량이나 댈세 말이지."

그러고 노파는 얼마나 살기 어려운 살림인가를 푸념한다. 먹을 때 되면 먹어야 하지, 입을 때 되면 입어야 허지, 하고 까맣게 그을린 부뚜막의 가난 때가 찌든 사기그릇 바가지짝 그것처럼 소리마다 궁상맞다. 옥이 아버지는 자기 집 아내 앞에서처럼 눈살을 찌푸린다. 점점, 앉은 자리가 거북해진다.

옥이는 세 번째 막둥이로 하여금 구슬을 굴리게 한다. 그리고 옥이는 세 번째 구슬을 찾기 위해서만 비탈을 내려간다. 댑싸리나무 밑을 갸웃갸웃 명아주풀은 도작도작 구슬을 찾기 위해서만 울타리를 돌아 아랫집 마당으로 내려간다. 그리고 구슬을 집기 위해서만 돗자리 앞으로 이르러 살며시 움츠리고 앉았다가 일어선 몸이 비탈을 향해 돌아서려 할 때 옥이가 끔찍이 조마조마하며 가슴을 졸이던 일이 그 갑절의 효과를 가지고 나타났다. 불시에 그 집 대문 안에서 뜻하지 않은 여자의 음성이 쫓아 나온다.

"저 뉘년의 집 애냐. 뉘년의 집 애야."

옥이는 그 집 여자가 자기 앞에 오기 전에 먼저 손에 쥔 것을 없애 버릴 것을 잊지 않는다. 벌레를 쥐었다가 내버리듯 버리고 그 손을 옷자락에 씻는다. 이만하면 옥이는 구슬을 집기 위하여서만 내려갔던 거나 다름없이 되었는데 또 목청을 높여 보탠다.

"내 구슬 집으러 왔는데, 구슬 집으러 왔는데."

그러나 겁난 걸음이 채 비탈을 오르기 전에 뒤로 저고리 등을 잡혀 지르르 비탈을 미끄러져 떨어진다. 그리고 옥이는 옥이 이상의 음성으로 비명을 올리고 또 그 소리를 누르고 남음이 있을 만한 소리로 아랫집 여자는 소리를 친다.

"네년 먹으라고 열 손가락이 닳도록 깐 줄 아니? 요 앙큼헌 년 밤에도 단잠을 안 자구 까구, 어린 놈 한 알 먹여 보지 못헌 잣을, 을마나 집어 갔니. 엉, 을마나 집어 갔어?"

옥이 어머니는 부엌에서 잠시 귀를 기울이고 섰다가는 손에 든 바가지 물을 짝 판장을 향해 끼얹고 그리고 발돋움으로 판장 위에 머리를 내민다. 비탈 아래서 옥이는 아랫집 여자에게 손목이 잡혀 그 지르는 비명보다 더 형세가 급하다.

"남우 집 어린애 왜 때류. 왜 때려."

대문 밖으로 나가 비탈 아래 여자를 마주 대하고는,

"어서 때려 죽유. 때려 죽여."

그리고 여자의 손에서 옥이가 풀려나옴으로써 한층 옥이 어머니는 기승해진다.

"당신도 자식 기르는 사람이지. 자식 기르는 사람이면 맘은 다 일반이지. 고 어린 게 잣을 집어 먹었으면 한 되를 먹었겠수, 한 말을 먹었겠수, 먹어 두 한두 개겠지."

"아, 그럼 잣 훔쳐 가는 것 보구두 어서 가져가라 하고 가만두란 말야, 응. 한 말 한 되를 못 훔쳐 가서 자식 역성야."

"어린 게 잣을 가져가서 정 원통허면 어른보고 물어내라고 허던지 않고, 어째 남의 자식 몸에 사매질을 허는 거야, 사매질을. 내 자식 매 맞는 것 보면 일천 마디 뼈가 다 아퍼. 뼈가 다 아퍼."

"내가 언제 사매질을 했어. 그래 내가 사매질에서 그 애 머리가 터졌어? 온 다리가 부러졌어? 잣 훔쳐 가는 것 보구 어서 가져가라고 허지 않았다고 악착야. 자기 집도 잣을 까니 잣 한 알이 귀한 줄은 알지."

"남의 자식 다리 분질러 놓지 못해서 큰소리야, 다리 분질러 놓고 싶건 어서 분질러 놔라. 어서 분질러 놔라."

옥이 어머니는 비탈 위에서 자기가 옳고 억울해 발을 구르고, 아랫집 여자는 비탈 아래서 또 자기가 옳고 억울하다. 아무리 잘살고 싶어도, 잘살 아지지 않는 그보다도 더 억울하고 분하다. 말이 모자라 자기 편 가까이 섰는 이웃집 여자를 향해 자기가 얼마나 억울한가를 하소연하기에 열고가

난다.

"글쎄, 한구석이 허룩하게 집어 갔구려. 왼종일 앉아 한 말을 까자면 팔목에 쥐가 나는 것 아뉴. 제 자식 먹이자구. 공들여 까진 않었겠지―"

그리고 옥이 어머니는 옥이 어머니대로 자기 편 가까이 섰는 사람을 향하고 또 그런다. 저녁 그늘이 스미는 성 아래 비탈을 의지하고 올망졸망한 오막살이 그 전체가 발하는 악이요, 하소연인 듯싶다.

앞이 터져 마루방 부엌 가난한 살림살이가 그대로 들여다보이는, 지붕 밑 컴컴한 속에 이 집 저 집 핼쑥한 얼굴이 나타난다. 더러는 집 밖으로 나와 싸우는 사람을 둘레로 멀리 가까이 개개지 않을 거리를 두고 허옇게 우뚝우뚝 선다. 모두 아랑곳없는 얼굴로 자신의 안전을 즐긴다.

성 밑에서 내려다보는 옥이 집은 막둥이, 옥이, 옥이 어머니 그 식구들의 모습을 닮아서 가련하고 을씨년스럽다. 더욱 옥이 아버지 눈에는 그렇게 보인다. 그른 성 밑 길가에서 구경을 하고 섰는 사람들 등 뒤에 몸을 가리고 서서 지금 아래서 떠드는 그것과는 아랑곳없는 사람인 양, 뒷짐을 지고, 짐짓 태연해지려 한다. 일상 가난한 살림을 짊어지고 애탄개탄하는 아내의 모양에 그러하듯이 옥이 아버지는 다만 상을 찌푸리는 정도로 바라보려 한다. 모두 아내의 속알지 없는 데서 생긴 일로 자기 잘못은 없다. 그러나 낯이 확확 달아오른다. 전부터 느껴 오던 가만히 있지 못할 불안, 지금 눈앞에서 아내가 악을 쓰고, 악정을 받고 하는, 그 전부의 원인이 옥이 아버지 자신에 있는 듯싶어지는 다급한 감을 어쩌지 못한다. 점점 마음은 다급해진다. 섰던 자리가 어색해진다. 옆에 섰던 한 사람이 움직이자 그도 그 뒤를 따라 걸음을 옮긴다. 왔던 길을 되밟아 성 밑을 남향해 간다. 성이 그치고 길이 갈라진 모퉁이 양철집 조금 전 그가 앉았던 자리에 이르러 의미 없이 걸음을 멈춘다. 문지방 너머 부엌에선 여전히 노파는 잣을 까고 앉았다. 잼물거리는 눈, 웅숭그린 등, 언제나 그런 궁상맞은 노파다. 옥이 아버지는 대체 이 노파를 보러 주먹이 단단히 쥐어지는, 다급한 마음으로 찾아

온 것인지 스스로 여유가 골라진다. 하여튼 여느 때 모양으로 그 옆에 한 손으로 턱을 고이고 앉아 본다. 그러다가 문득 몸을 일으켜 침을 탁 배앝고 주루루 언덕을 내려간다. 길을 왼편으로 골목 비탈을 더듬는다. 지금쯤은 삼봉 아버지 이놈이 채석장에서 집에 돌아와 있으리라. 진작 아내의 권하는 대로 그를 찾아가지 않았기 때문으로 오늘 이런 일이 생긴 듯싶게 마음은 급하다.

고만고만한 낡은 판장이 층층이 연한 좁은 길 구적지근한 수채가 질척질척한 길이 필요 없이 이리 굽고 저리 굽고 늘 다니던 길이나 이처럼 굴곡이 심한 줄은 몰랐다. 물미가 급한 길에 여기저기 발에 채는 돌, 그리고 그 길을 물지게가 가로막는다. 양손에 동나무 짝을 든 어린이가 가로막는다. 지금 자기가 찾아가는 삼봉 아버지 간 사이를 헤살 놓느라고 이렇게 길은 굴곡이 많고 돌이 발에 채이고 물지게가 앞을 가로막는 듯싶다.

뻔히 옥이 아버지의 운수란 순탄치가 않아 백사에 걸리는 것이 많다. 그래서 십 년 동안 붙어서 먹던 채석장에 일이 동나고 아내는 잣을 까고 이웃간 싸움을 하고 그런다. 옥이 아버지는 그 운수의 조애를 느낌으로써 더 마음은 다급해진다. 삼거리를 지나 우물 앞 골목 삼봉네 집엘 왔다. 여기서 옥이 아버지는 그 운수의 조애라는 것을 또 한 번 느끼지 않을 수 없다. 찾는 삼봉 아버지 대답은 없고 그 집 일각 대문 안에서 삼봉 어머니 음성이 매몰스럽다.

"삼봉 아버지 없우. 연장 가지고 나갔으니 볼일 있거던 대장간으로 가 봐요."

옥이 아버지, 자기의 음성을 모를 리 없는데, 대접이 괘씸하다. 그러나 옥이 아버지는 대장간을 가서는 또 좀 그 운수의 조애를 통감하고 만다. 거기도 삼봉 아버지는 없다.

"금방 여기 있었는데."

하고 대장간 화로에 정을 달구고 앉았던 속저고리 바람인 자는 일어서며 사방을 둘러본다.

"경수, 경수 없나?"

채석장 전용인 한데로 난 대장간에는 옥이 아버지와 안면이 익은 석공들이 모여 제각기 연장을 벼르기에 바쁘다. 다리를 뻗고 앉아 풀무질을 하는 자, 허리를 휘청거리며 해머를 휘두르는 자, 자기 차례를 기다리고 빈 마차 위에 앉아 있는 자, 그리고 대장간 밖으로 길 이편 저편에서 공전 논우매기를 하며 무더기 무더기 모여 섰는 자, 그 가운데 홀로 옥이 아버지가 만나려니까 없는 것처럼 삼봉 아버지는 없다. 그리고 있을 사람이 없는 것처럼 남들은 모두 자기가 맡은 바 천직을 즐기며 희희낙락하는데 옥이 아버지 자기는 꺼칠꺼칠한 손바닥만 비비고 섰다. 그들 즐겁게 일하는 사람들 옆에서 일할 것이 없어 그러고 섰기란 배고픈 자가 남 음식 먹는 앞에 바라고 섰는 것처럼 어색하다. 가뜩한데,

"자넨 요새두 노나?"

하고 그와 안면이 있는 속저고리 바람인 자는 화로 앞에 앉아서 옆으로 고개를 돌려 옥이 아버지를 아래서부터 위로 훑어본다. 그 같은 눈을 사방에서 받으며 옥이 아버지는 점점 어색해진다.

그러나 그는 누구와 다투기나 하는 마음으로 그곳에 머물러 삼봉 아버지가 돌아오길 기다리고 섰다. 뭐 아내의 권대로 저녁거리를 구처하려는 그것만이 아니다. 보다는 뜻대로 아니 되게 하는 것이 본의로 백사에 조애를 노는 운수 이놈에게 이기대서 기어이 삼봉 아버지를 만나 보고 말려는 마음이다. 주위에는 어둑어둑 어둠이 짙어 가고 그 어둠을 밝혀 대장간 화로에는 불이 확확 붙는다. 풀무가 푸우 푸 부는 대로 확확 불길이 이는 그대로 옥이 아버지도 홧홧 가슴속에 불길이 일고 있다.

성 밑 옥이 집을 둘레로 땅거미가 짙어 간다.

그 어둠 속에 사라지듯 우뚝우뚝 모여 섰던 사람들은 제풀에 하나 둘 돌

아가고 아랫집 여자도 싸움보다 저녁하기가 긴해 자기 집 부엌으로 돌아가 비탈 위에 홀로 옥이 어머니를 남기어 두었다. 지붕 밑이 컴컴한 판장 앞에서 옥이 어머니는 아직도 억울해 등에 어린애를 업고 서성서성 얼굴에 측은한 정을 지으며 듣고 섰는 다만 한 사람 건넌집 노파를 상대로 하소연이다.

"글쎄, 어른이 시켜서 잣을 훔치게 했다는군요. 어미 되고 그 자식에게 도적질 가르칠 년이 어디 있겠어요. 앰한 소리 들은 것 생각하면 치가 떨리는군요. 치가 떨려."

그리고 옥이 어머니는 앰한 소리를 한 아랫집 여자 이상으로 언덕 밑 담 모퉁이에서 홀짝홀짝 눈물을 짜내고 섰는 옥이에게 치가 떨리고 원수스럽다.

"모두 조년 조애지. 조년 조애야, 조년 아니더면……"

하고 온갖 억울한 성을 조년 조애로 밀며 옥이 어머니는 빗자루를 쳐들고 옥이를 언덕 밑 집 뒤 좁은 새로 쫓는다. 그 뒤를 막둥이란 놈이 엉엉거리며 따른다. 옥이는 울음을 높이며 다홍치마 자락을 갈팡질팡 배추밭으로 쫓긴다. 건넛집 마당으로 쫓긴다. 이 소요하고 가난한 행렬이 동네 저녁 하늘을 울리며 그 아래 비탈을 굴러 내리듯 달린다.

언덕 아래 우물 앞에서 옥이 어머니는 친분이 있는 동네 여인을 만나 새 판으로 억울한 하소연을 한다.

"글쎄, 조 어린 게 잣을 집어 먹었으면 을마나 먹었겠수. 저두 자식 기르는 사람이지. 자식 기르는 사람 맘은 일반 아뉴. 조 어린 걸 개 잡는 듯하는구려. 내 자식 매 맞은 걸 생각허면 치가 떨리는구려. 치가 떨려."

그리고 옥이 어머니는 바른편 언덕 아카시아나무 아래 피해 서서 겁먹은 울음으로 두 눈이 걷어질린 자기 딸 옥이가 무척 불쌍하고 측은하고 그래서 또 옥이 어머니는 빗자루를 쳐들고 옥이를 쫓아 종종걸음을 친다.

"네년이 달아나면 백 리를 갈 테냐. 천 리를 갈 테냐."

그리고 옥이는 백 리나 천 리로 달아날 걸음으로 내려온 길을 되돌아서 꼬불꼬불한 비탈을 긴다. 건넛집 마당으로 쫓긴다. 배추밭으로 쫓긴다. 나중엔 언덕 밑 집 뒤를 돌아 자기 집 대문 안으로 뛰어든다. 그리고 마루 위로 쫓기고 마루에서 다시 방 안으로 뛰어든다. 그 찌 얕은 방 한가운데 옥이 아버지가 컴컴한 속에 귀신처럼 앉아 있다.

아까부터 그러고 앉았던 모양으로 넙죽이 방바닥에 두 손으로 발목을 잡고 앉아서 숙인 고개가 깊다. 옥이를 쫓아 뛰어오던 옥이 어머니는 걸음이 멈칫한다. 잠시 그 모양을 아래위로 눈을 흘기듯 살피더니 옥이를 잡으려던 갑절의 분과 노여움으로 그 남편에게 대든다.

"모두 가장 잘못 둔 조애지, 가장 잘못 둔 조애야. 가장이 살림 건사를 잘해 자식들에게도 배불리 먹이고 그랬으면 남의 집 잣을 훔칠 리두 없구, 동네년들이 업신여기지두 않을 테지. 남에게 업신여김 받는 생각허면 치가 떨려, 치가 떨려."

그리고 옥이 어머니는 남편 앞으로 가까이 다가앉으며 턱을 댄다.

"당신은 어린 자식이 남에게 얻어맞어 병신이 되어두 아무렇지두 않우, 아무렇지두 않어."

아무렇지 않다는 듯이 옥이 아버지는 그 모양으로 움직임이 없다. 옥이 어머니는 일층 언성을 거슬린다.

"어린 자식 나가 얻어맞어 죽었대두 꿈쩍 안 헐걸. 금방 저녁거리가 없대두 왼편 눈 하나 끔벅하지 않는 위인인걸 뭐. 아, 삼봉네 집엔 좀 못 가볼 게 뭐야. 어린 자식들 고생시키는 거 불쌍히 아는 생각은 일호두 없지, 아, 자기 몸 하나만 편허면 고만야. 지 몸 하나만 편허면."

그리고 엄동은 닥쳐 오지, 먹을 것 땔 것 장만헌 것 없지 하고 어세가 격해지는데 갑자기,

"주둥이 작작 놀려."

하는 악성과 함께 문득 옥이 어머니 발 앞에 은전 몇 닢이 날아와 쇳소리를 내며 떨어져 구른다. 그리고 옥이 아버지의 노하면 눈썹이 오그라 붙는

그 눈이 컴컴한 속에서 희번덕이며 거친 음성이 왕왕 방 네 귀를 울린다.

"누군 생각 없이 노는 줄 알어. 생각 없이 노는 줄. 돌일 허기 시작헌 지 십 년야. 돌일 묘리 알기론 남 아래 가지 않는 이눔야, 망치질이던 노미추기던, 남 못 허는 거 없는 이눔야."

밖에는 성 위에 바람이 일고 언덕 밑 옥이 집 양철 지붕에 좍좍 모래를 끼얹는다.

좍좍 도깨비 장난처럼 모래를 끼얹는다.

골목

　맞은편 언덕을 넘어드는 햇빛이 푸르다. 강파른 비탈을 초가집 양철집이 벽을 연해 올라앉은 골목이다. 쓰레기통 위에 빈 지게 바람벽에 기대선 겻섬 서까래 밑이 컴컴한 골목 안을 아침부터 가난한 축음기 소리가 울린다. 대문에 푸른 철을 올린 집에서 리라 밖으로 난 들창 안에 여자의 웃음소리가 간드러지고 거기만 양명하다.

　－기차는 떠나간다. 구슬비를 헤치고.

　담 밑 응달에는 희끗희끗 서리가 남아 있고 쌀쌀한 바람이 한 가닥 두 가닥 초마가슬을 쓸며 그 소리를 휘몰아 간다.

　한 집 떨어져 건너편 그늘진 노닥노닥 조각을 모아 붙인 낡은 판장 일각 대문이 열리며 양복한 남자가 수그리고 나온다. 검정 양복 에리를 올려 목을 움츠리고 잠시 축음기 소리에 귀를 기울이는 듯 갈 방향을 생각하는 듯 멈추고 섰더니 바지 주머니에 두 손을 찌른 오그린 모양으로 비탈 층대를 내려간다. 그가 다 못 층대를 내려가서 급자기 쓰러지는 듯 판장문이 요란한 소리로 열리며 젊은 여자의 분 바른 흰 얼굴이 나타난다.

　"연필."

하고 그 손을 쳐들어 보이고,

　"아, 연필을 안 가지고 가면 어떡해요."

　검정 치마에 다리를 감기며 달음질로 층대를 내려간다. 아양처럼 한 층 한 층 내릴 때마다 어깨를 으쓱인다.

지척지척 어녹이는 수채의 얼음이 한 줄기 허옇게 비탈을 덮어 흐른 양지, 우물 두던에 사오 인 동네 여인이 햇볕에 옹기종기 팔짱을 오그리고 서서 그편에 눈을 모은다.

그들 여인의 눈이 숨김없는 비웃음으로 볼 수 있기에 알맞도록 사나이는 한 층 낮춰 서고, 여자는 한 층 높이 서서 남자의 등을 넘어 손아래 사람을 얼만지는 태도로 손수 남자의 양복 윗주머니에 연필을 넣어 준다. 올렸던 양복 에리를 접어내리고 모자도 바로 씌운다.

그러나 골목을 나가 언덕 밑 응달에 오그리고 가는 새우등이 외투 없는 솔기가 노란 검정 양복저고리하고 매우 을씨년스럽다. 그 모양이 비탈 아래 거의 사라질 때 여자는 생각난 듯 갑자기 소리를 친다.

"고무 잊어버리지 않구 가졌나 만져 봐요."

이때 우물 두던에는 서로 웃음을 과장한 얼굴을 번갈아 쳐다볼 일이 생겼다. 비탈을 내려가 아내의 시야에서 벗어나자 남자는 접었던 양복 에리를 다시 올리고 움츠리는 머리에 모자를 눌러쓰고는 더욱 등을 꼬부리는 것이다. 비탈 위에 여자가 돌아서 양말에 적은 고무신을 끌며 층대를 올라가자 웃음은 좀 더 낭자해진다. 그중 헌 양복저고리를 허리에 동여 입은 노파는 층대 위를 가리켜 입을 삐죽거린다.

"─호기찬 소리는 잘 허구, 트레머리는 했어두 나보다 날 건 없드라. 사내 꼬락서니하고."

"바깥사람은 뭘 한대요?"

하고 묻는 노랑 융저고리를 입은 여자는 다만 노파의 빈정거림을 듣기 위해 묻는 말이리라, 좌우를 돌아보며 눈을 끔벅한다.

"다달이 삼천 냥씩이나 녹을 먹는 월급쟁이라우."

"그런데 허구 다니는 꼴이 왜 그래요?"

"왜 허구 다니는 꼴이 어때서. 걸고 쓰러져도 양복쟁인데 그래."

그리고 하하하 주위에 간사한 웃음소리가 높고 노파는 더욱 비틀그러진다. 오늘 순사 시험을 보러 가는 사람인데 그러느냐. 그리고 내일은 순사가 되고 모레는 무엇이 되고—노파는 그들의 웃음을 돋아 건순진 입술이 일그러졌다.

노파는 그 집 아랫방에 세를 들었다. 건넌방 아랫방 사이에 서로 살림살이를 들여다보고 그리고 피차에 월세가 밀려 안방 주인 여자에게 졸리는 사정은 매일반이나 그러는 노파는 무릇 신식이라는 것하고는 수화상극으로 마뜩잖아한다. 그리고 건넌방 여자는 신식인 것이다.

건넌방 여자는 트레머리한 여자다. 집 안에서도 짧은 치마에 양말을 신고 나들이를 나가는 때면 오똑한 굽 높은 구두에 장단을 맞춰 팔을 저으며 비탈 층대를 깡충거리며 뛰어내리는, 이른바 그는 학교 공부생이다.

그러나 살림 치장은 남달리 두드러진 데가 없다. 방 윗목에 이부자리를 쌓아 올린 버들 상자가 하나, 이 구석 저 구석 뭉쳐 놓은 빨래 보퉁이. 처음 이사를 올 때 가장 되는 사람이 모 회사원이고 월급이 얼마고 하던 여자의 희떠운 소리에 합당한 아무것도 없다. 근처 아침저녁으로 봉지쌀 동나뭇단을 사들이는 여느 가난한 셋방살이와 조금도 나은 바가 없는 것이다.

그래서 더욱 그들 부처의 존재는 이웃 여인들 눈에 설고 그리고 여자는 더욱 남의 눈에 자기 존재를 똑똑히 하려는 것처럼 날마다 하는 몸치장이 곧 나들이를 나갈 사람 같다. 몇 번이고 경대 앞에 앉아 얼굴을 두들긴다. 머리를 다듬는다. 그 화장을 고치기 위하여 또 세수를 한다. 그리고 방 안에서도 긴 목다리 양말을 신고 사나이처럼 다리를 모으고 앉는다. 말하면 근처 무식하고 가난한 여인과 자기를 구별하여 신교육을 받은 바 아는 사람이라는 본분을 분명히 하려는 듯싶다.

문 앞에 지나가는 동네 학교 다니는 아이들을 붙들어 오늘은 무엇을 배웠느냐 같은 질문으로 책보를 끄르게 하고 동네 여인들 앞에 그걸 읽어 보인다. 또는 광고지나 편지 같은 것을 들고 오면 그는 읽고 또 긴 해석을 가했다.

그러나 노파는 비단 신식이란 이것으로만 건넌방 여자를 눈 밖으로 보는 것이 아닌가 싶다. 왜냐하면 건너편 푸른 대문집 여자도 말하면 신식이다. 속은 든 게 없다 해도 겉만은 신식을 좇아 머리도 짓고 구두도 신고 한다. 그럼 노파는 그도 건넌방 여자와 같은 눈으로 보느냐면 아니다. 보다 노파가 이웃집 여인들 앞에서 건넌방 여자를 자기만 못한 것으로 빈정댈 수 있기는 그 남편 되는 자와 자기 아들과를 비교해 보는 데서 더 그런다.

건넌방 남자는 그림자 같은 사나이였다. 아침저녁 문전을 드나드는 때도 사람의 눈을 피하듯 고개를 숙이고 급하게 마당을 건너는 세신단구의 오그린 새우등이 썩 가연스럽다. 되도록 자신의 존재를 희미하게 하려는 듯이 걸음을 걸어도 발소리 하나 없다.

반대로 노파의 아들은 되도록 자신을 똑똑하게 표현하려는 듯이 언어 동작이 왁살스럽다. 벌써 골목 밖에서부터 자기 집 가까이 왔음을 커다란 기침으로 알린다. 몸을 부딪듯 대문을 들어서는 붉은 얼굴에 좌우 어깨가 벌고 좁은 마당이 뿌듯해진다. 굵은 목에서 나오는 음성은 예사로 하는 소리도 지붕 밑을 울린다.

딴은 그는 얼마 전까지도 생업이 자기 존재를 널리 알리기 위하여 거리로 다니며 목청을 높이는, 말하면 고무신 행상이었다. 골목골목을 울리며 외는 탁한 음성이 검붉은 바탕에 말상인 그 얼굴과 아울러 넉살스럽다. 동네 여인들 간에도 붙임성이 좋아 이웃간에는 면 보아 본금으로 제공한다고 언구럭이고 여인들은 또 간장 고추장 같은 것으로 고무신과 맞바꿔 가기도 하였다.

고무신 금이 올라 장사하던 사람들이 꼭지가 물러나는 때도 궐자는 무사태평으로 더욱 붉은 얼굴에 싱싱한 열기가 나서 아랫방 툇마루를 오르내리는 데도 공연히 발을 구르고 하였다. 도리어 그는 앞이 편 셈이었다. 고무가 귀해짐에 따라 신다 버린 헌 고무신짝에 값이 생기었다. 궐자는 그 헌 고무신을 골목골목으로 다니며 걷는 패와 그걸 구해 들이는 회사 간 사이의 중도위 노릇으로 누런 양복에 각반을 차고 전일 싸구려 소리를 외던 갈라진 음성으로 이곳저곳 넝마전에 나타나 애교 있는 넉살을 부린다.

그와 건넌방 남자와는 한 집 안에서 뜰 하나를 사이에 두고 매일같이 서로 음성을 듣고 얼굴을 대하고 하는 터이나 으레 인사가 없이 지냈었다. 바깥 길거리에서 만나는 때도 한 자는 구루마를 끄는 싸구려 장수, 한 자는 어깨가 처진 무직자, 거리 많은 사람을 배경에 두고 피차 제 행색이 떳떳치 못하던 모양이다.

하던 궐자가 아마 그 반사 행동이겠지, 싸구려 장수에서 중도위로 업을 바꾼 그 즈음, 거리에서 건넌방 남자를 만나자 예에 반해 그를 술집으로 끌었다.

길 옆 공터에서 장기판을 둘러섰는 사람들 가운데 양복바지에 손을 찌르고 넘어다보고 섰는 건넌방 남자의 삐두름한 모자 을씨년스런 어깨가 그는 전에 없이 측은히 보였다. 말하면 그만큼 궐자는 현재의 자신이 복되고 떳떳했던 모양이다.

마침내 그는 구면 친구와 같은 익숙한 태도로,

"긴상."

하고 등을 찍어 불러냈다. 그리고 당황히 모자에 손을 얹는 그 팔을 제지해 내리며,

"저리 좀 갑시다."

하고 자기가 먼저 앞장을 서서 전찻길을 가로 건너 골목 안 선술집으로 갔다. 으레 제 뒤를 따라올 것처럼 뒤 한번 돌아보지 않았다.

그러나 건넌방 김은 궐자의 격에 벗어난 우좌스런 행동에 같이하지 못할 또 한 가지 이유가 있었다. 그는 궐자 앞에 자기 몸을 가치 이상으로 가지려는, 말하면 아내의 권을 좇는 것이 아니라면서도 궐자를 대하고는 회사원이나 거기 가까운 체면을 꾸미려 드는 자신을 어쩌지 못했다.

골목 안에서 궐자에게 어깨를 잡혀 끌리면서도 주춤주춤 몸을 바로 가지려는 노력이 등줄기에서 뻣뻣한 그였다.

처음 아내가 주인 여자에게 그를 회사원 운운으로 나발을 불어 놓은 것은 비단 쉽게 방을 얻기 위한 수단만이 아니던 모양이다. 혹은 먼저는 그 수단으로 썼던 것을 나중에 또 한 가지 용도를 발견한 것인지도 모른다. 아내는 그걸 자기 남편에도 강요하여 그를 이웃 사람들 앞에 회사원으로 꾸미기에 눈가를 붉히도록 흥분했다.

남들 회사를 다니는 사람이 출근하는 시간을 같이하여 집을 나갔다가 해가 지므로 그들이 돌아올 때를 맞춰 회사에서 사무에 시달려 그렇기나 한 듯이 눈등이 꺼진 몸으로 집엘 들어가는 연극이다.

당분간만, 하고 당분간은 그래 주어야 주인 여자며 이웃간에 자기 낯이 서겠다고 정색을 하는 아내였다. 그러나 보다 그 실속은 아침서부터 저녁까지 방 아랫목을 떠나 주는, 말하면 하는 일이 없이 몸만 게으른 남편을 방에서 거리로 내몰자는 수작이었다.

그렇지 않다 해도 그는 얼굴을 붉히지 않고는 그대로 들을 수 없었다. 가뜩이나 직업이 없어 어깨에 풀이 죽는 그였다. 하다못해 생명 보험 외교원을 지원하고 이력서를 들고 가 보아도 거절을 당할 때 그는 사람됨이 부족해 그런 것만 같아 스스로 존재가 불쌍해지는 터다. 이런 때면 그는 자기 위치를 세상 일반의 무릇 업을 갖지 못한 많은 사람 가운데 두고 보아 그리고 그 많은 실업자를 낸 세상을 탓함으로써 자기 사람됨이 못나지 않았음을 자신하던 그다.

그러나 아내는 남편의 그 점을 모르지 않으련만 모르지 않는 까닭에 더욱 그는 짓궂은 듯싶었다. 아내의 그 심술이나 울력으로는 남편 하나쯤 당금 안아다가 대문 밖에 내던질 만하지만 남의 눈을 꾸미려 하니까 소리를 죽인 음성으로 쫑쫑거린다. 병적으로 흰자가 번득이는 눈으로 흘긴다. 그리고 밖을 나가서는 오늘은 몸이 불편해 집에서 쉰다고 꾸며 놓고는 끼니때가 되어도 밥 지을 생각을 않고 아랫목 윗목 사이에서 서로 견딜성을 내기 하듯이 개와 고양이 노리듯 하는 것이다.

결국 그는 그 성화에 집을 나간다. 집을 나가는 것이 곧 아내의 뜻에 동의를 하는 것은 아니니까 그 뒤를 아내가 집에서 무엇으로 꾸미든 그는 아랑곳할 바 없었다. 다만 몸 둘 곳을 찾아 발이 시린 걸음을 동동거리며 거리를 도는 괴로움을 모두 아내의 탓으로 그의 미간이 죽은 욱상을 더욱 밉게 그려 볼 따름이었다.

그런데 우습다. 자기 못하지 않게 거리로 도는 것이 업인 궐자 고무신 장수를 길에서 만나게 되는 때다. 자연스럽게 외면을 하려는 태도만이 아니었다. 찾는 집이 있는 양 궐자가 있는 반대편 쪽 길가의 이 집 저 집 문패를 쳐다본다. 또는 급한 볼일이나 있는 듯 바지 주머니에 찔렀던 손을 빼고 걸음을 빨리 한다. 목적이 있어 걷는, 그리고 쓰이는 데가 있어 움직이는 몸이라는 것을 꾸미려는 걸음이었다.

지금도 그렇다. 구중중한 골목 안 까맣게 때가 낀 선술집에서 건넌방 김은 상대의 눈동자가 풀린 취안으로 스스럼없이 대하는 검붉은 얼굴을 그는 애써 서름서름 받으며 딱딱한 상면을 만들었다.

한 편이 골덴 양복의 앞가슴을 풀어헤친 어깨를 흔들며 가까이 다가들수록 그는 자기의 낡았을망정 컬러에 넥타이를 갖춘 신사복을 과장해 지키려, 말도 한 편이 이러슈 저러슈로 대하는데 그는 똑똑한 경어로 될 수 있는 대로 멀리 거리를 두고자 노력이었다. 이를테면 이 넝마전 중도위 앞에 자신의 회사원이나 그만한 높은 위치를 가리려는 태도이다.

그러나 궐자는 종시 그 위치를 안중에 안 두는 태도다. 하여튼 자기에겐 회사원이나 그만한 것으로 소개되었을 건넌방 김, 자기를 조금도 그렇게 대접해 주는 기색을 볼 수 없는 것이다.

한 손에는 술잔을 들고 한 손으로는 양복 속저고리 단추까지 풀어헤치며 그 사이로 드러나 보이는 실팍한 가슴, 그것을 자랑하듯이 제 과거를 들기에 감개가 무량했다. 자기는 얼마 전까지도 고무신 행상이나 중도위가 아니던 것, 시골 자기 큰집은 지금도 논밭전지에 머슴 부리고 살 만하다는 것, 그리고,

"사람의 운수란 모르는 거유. 이러다두 내일 팔자를 고치게 될지 뉘 알겠수."

하고 검붉은 얼굴이 대답을 구하여 건넌방 김의 눈을 아래로 감은 이마를 건너다보며 잠시 말이 끊기었다.

그러다가 몸을 돌이켜 술잔을 바꿔 두 손에 한 잔씩 들고 오더니,

"긴상은 뭘 하시지?"

하고 건넌방 김의 가슴 앞에 술잔을 내밀며 똑바로 건너다보았다. 그리고 건넌방 김이 그 술잔을 주저하더니 안색을 붉히며 머뭇거릴 새도 없이 외면을 한 소리로,

"아마 노시지."

그리고 낯을 돌려,

"나두 지내 본 일이지만 사람이 몸에 맨 일이 없으면."

하고 상대의 어색하게 일그러진 그 얼굴에 동정하듯이 딱한 표정을 지었다. 그러다가 문득,

"가만 있자."

하고 과장한 얼굴로 이 쓸 길이 없는 무용인, 건넌방 김에게 좋은 도리를 생각해 내려는 듯이 눈을 끔벅끔벅하더니 문득 뇌락한 웃음으로 그의 등을 두들겼다.

"나두 말야. 내일이라두 이 직업 고만둘 테야. 사람만 천해지고 생기는 건 없구."

그리고 더욱 어색해지는 상대가 입가에 웃음이 쓸쓸해지자 또 좀,

"나두 말야."

소리를 뇌며 이 조그만 가엾은 사나이를 위로하느라 연해 등을 두들긴

다. 그리고 그럴수록 더욱 어깨가 졸아드는 상대의 등을 두들기는 그 자신에 더욱 만족하기 위하여 술을 마시고 또 그렇게 건넌방 김의 쓸쓸한 얼굴에 술잔을 들이대었다.

그럴 리가 없는데 건넌방 김은 알 수 없이 발 디딜 곳을 잃은 듯 막막해졌다. 그처럼 고생으로 생각하던 그 일이니 도리어 몸이 가벼워져야 할 일이다. 하지만 그는 아침저녁 때를 맞아 집을 나가고 돌아오는 데 한 가지 안정을 느끼는 것도 사실이다. 또한 그만한 이점도 없지 않아 있었다. 아내는 회사원 운운으로 남의 눈을 꾸미는 동시에 그에게도 그만한 대우를 하였다. 조찬이 나와 밥상이 신문지에 덮여 기다리고 아내의 그 상을 쨍그린 암상이 없고, 말하면 회사원인 남편을 가진 가정의 고만 정도의 평화가 있었다.

그러나 지금이라고 그 평화를 아주 잃은 것은 아니다. 남이야 자기를 어떻게 알든 아내 그는 그걸 모르는 모양이니 거꾸로 아내 그 한 사람의 눈을 꾸며 집 밖을 나가만 주었으면 그만일 텐데, 그럴 텐데 건넌방 김은 궐자의 검붉은 얼굴 앞에 여지없이 조그맣게 몸이 졸아든 자신을 회복할 길을 몰라 했다.

술집을 나와 그는 궐자와 동행으로 집을 향해 가던 발머리를 돌려 그는 천변을 끼고 비틀거리었다. 어디다 몹시 몸을 부딪히고 싶은 걸음이었다. 그 걸음으로 그는 친구 윤을 찾아가 몸을 실리듯 어깨에 두 팔을 걸었다. 그리고,

"내가 더 못났나, 자네가 더 못났나?"

술 취한 그를 처음 대하는 친구를 또 좀 어리둥절하게 하고,

"나두 못나구, 너두 못났다. 못난 놈은 다 죽어라. 죽어 죽어 죽어."

밖에 친구의 젊은 아내가 한데서 떨고 있을 단칸방에서 그는 죽어 죽어 죽어 소리를 수없이 연발하였다.

푸른 대문집에서 축음기를 샀다. 길 건너 맞은편 건넌방 집 들창에 날이 밝으면 그 소리가 울려든다. 그 임자의 눈썹을 길게 그린 분바른 얼굴을 닮아 속된 유행가 나부랑이다. 건넌집 여자는 그의 조선옷에 외투를 입고 궁둥이를 디룩거리는 것과 아울러 저급한 취미라고 비웃는다. 그러나 축음기 소리가 나면 먼저 귀를 기울여 듣는다. 가사 곡조까지 입으로 옮길 만큼 정신을 모아 들으면서 건너편 들창 안에서 같은 것을 듣고 있을 그 집 주인 여자는 교양이 없어 축음기도 유행가만 듣는다, 한다.

그의 교양 운운은 여러 가지 의미가 있는 말이다. 먼저는 큰 행길 모퉁이 간이식당에 있던 여자다. 머리를 지져 굽슬리고 새빨간 저고리에 통 좁은 소매를 저으며 비탈을 오르내리는 모양은 동네 구경거리였다. 지금도 눈썹을 길게 그린 것은 그때 모습이지만 근처 땅 장수로 부자 된 사나이의 첩으로 들어가 때를 벗었다. 집도 사글세방에서 깨끗이 증축한 왼채집으로 옮기어 앉고 초가을부터 삼동날 석탄과 장작을 문간에 쌓긴 골목 안에서 그 집이 하나다.

그러나 그의 늙은 아버지는 아직도 남의 집 품물을 긷는다. 자기 딸은 같은 집에서 전에 나들이옷을 상으로 집 안에서 입고 미용원으로 머리 모양을 내러 가는 호강인데 영감님은 전일 술지게미를 끌어 먹던 때 한모양으로 건넌방 집 부엌에도 아침이면 꾸부정한 등으로 물을 길어다 붓는다.

아마 건넌방 여자는 자기 집 부엌에 물을 긷는 물장수의 딸이래서 더욱 그를 업신여겨 보는 것인지도 모른다. 그가 벨벳 치마를 입으면 그걸 입었대서 입을 삐쭉대고 팔뚝에 금시계를 감았으면 그랬대서 또 입을 그런다.

며칠에 한 번 그의 사나이 되는 자가 찾아오는 때도 그렇다. 창밖을 지나가는 발소리까지 알아듣고 그 소리만 나면 일어서 창틈으로 눈만 내놓고 사나이의 후리후리한 키, 눈에 검은 고리가 진 얼굴, 세세 틈틈이 살핀다. 그리고 땅 장수로는 나이도 젊고 기품 있게 생긴 모습이로되 또는 그런 여자를 첩으로 두었대서 그러는지 모른다. 역시 가장 경멸하는 표로 입을 삐쭉한다.

그러나 건너편 들창 안의 남녀가 주고받는 말소리까지 들으려고 귀를 모으다가는 창 앞을 물러설 때에는 두 볼이 불룩하게 까닭 모를 심술을 문다.

그 심술은 집을 돌아오는 남편을 대하고 갑절로 폭발한다.

건넛집과 자기 집을 비교로 더욱 남편의 까칠한 얼굴, 구지레한 주제가 천하의 못난 자로 내려다보인다. 뜻대로 못 사는 온갖 탓으로 윗목에 오그리고 앉은 그를 발길로 밀며 체면 없이 악정을 떤다. 이 여자가 엊그제까지 남편을 회사원으로 둡덮으며 위하던 아낸가 싶어 다시 쳐다보이도록 변했다.

그러나 궐녀는 근일 자기 남편으로 말미암아 이웃 여인들의 이목을 염려할 언턱거리를 벌이고 말았다.

차차 월세가 밀려 안방 주인마누라 입에서 불평이 나오며부터 건넌방 여자는 자승자박으로 낯을 붉히게 되었다.

"바깥양반의 월급이 삼천 냥이나 된다면서 고만 것에 실기를 한단 말유."

하고 주인마누라는 자기 입으로 희떠운 소리를 했으니 내 앞에 궁상은 떨지는 못하리라고 남자의 본색이 뭔가를 눈치 챈 후에도 그걸로 턱을 대는 거다.

"삼천 냥이면 을마유. 나 같은 사람 반 년 살 계량이 되고도 남을 월급을 타면서─"

하고 마룻전에 엉덩이를 들었다 놓으며 언구럭을 떨 때 건넌방 여자는,

"아니랍니다."

하고 먼저 다니던 회사에서 지난달에 나왔다, 운운으로 실토를 하되 매우 퉁명스럽다. 그는 남편이 제 소망대로 되어 주지 않고 끝끝내 거짓말이 되게 한데 실상은 자기가 먼저 속은 듯싶다. 알뜰히 둡덮어 외양을 꾸어 준 보람이 나 주지 않은 그 앙갚음이나 하는 듯이 이번에는 반대로 조인광좌

에 남편을 깎아내리기에 상벽이 났다.

하긴 그가 자기 남편을 회사원으로 남의 눈을 꾸며 거리로 내몬 데는 또 한 가지 까닭이 있다. 남편이 지금이라도 하고자 하면 할 수 있을 직업을 아니 하는 것이다. 말하면 순사 시험이다. 먼 촌 친척 되는 사람으로 시골서 보통학교를 졸업하고 집에서 빈둥거리고 놀더니 어떻게 그 시험에 합격이 되어 지금은 장가도 들고 아주 거드럭거리며 다닌다. 남편은 학력도 졸업까지는 못했어도 전문학교를 다녔고 어떻게 그런데 끈이 붙기만 했으면 차차 길이 열릴 텐데 용칠 않는다. 그 까닭은 턱 밑에 종주먹을 내대며 물어도 찌푸린 상을 수그리고는 종시 대꾸가 없는 남편을 그는 아직도 배고픈 고생을 덜해 그런다 하였다. 그리고 좀 더 못살게 굴어 남편으로 하여금 날래 굽혀 들도록 하고자 거리로 내몬 모양. 이날도 그렇다.

골목 모퉁이 솜틀 가게 앞에 중게중게 동네 여인들이 모여 섰는 앞을 건넌방 남자가 바지 주머니에 손을 찌른 오그린 걸음으로 골목을 꺾어든다. 잠시 여인들은 하던 이야기를 다물고 흘금흘금 그 뒷모양을 살핀다. 그 시선이 아내는 특히 구두 뒤꿈치 위로 드러난 벌건 살에 머무르는 듯싶다. 쳇쳇 혀끝을 차다가,

"사내 주변에 양말 하나 못 신고 저건 남부끄런 줄도 모르나."

그는 자기 남편을 그들 여인 앞에서 볼 때처럼 초란이 꼴로 보일 때는 없다. 그리고 그들 여인의 눈이 곧 제 눈이고 그 속이 제 속인 양. 얼굴이 화끈하자 지레 앞질러 그들의 속을 자기 입으로 표해 버린다.

"모자 쓴 꼴허구 꼴불견이다, 꼴불견야."

그리고 도리어 입장이 어색해지는 여인들 얼굴에서 자기가 너무 지나친 짓을 한 것 같아 그 변명으로 또 좀 한편을 헐게 되었다.

그리고 아랫방 노파는 노파대로 또 아래 윗방 사이에서 여자의 일거일동을 지긋한 눈으로 관찰해 가지고 동네 이 사람 저 사람 옮겨 들이기에 성사를 삼았다.

"자기 남편에게 반말을 쓰는 것쯤이면 고럴 만허게—"

하고 노파는 치마 앞자락에 콩나물을 사들고 돌아가다 이웃집 여자를 만나 길모퉁이서 승화작이다.

밖에서 돌아와 마룻전에 걸터앉아 구두를 벗는 남편을 걷어차기나 하는 것처럼 그 옆에 벗어 놓은 모자를 찬다. 남자가 잠자코 한 옆으로 집어치면 발길은 짓궂이 한 번 더 걷어차고 말아 필경은 뜰 아래로 굴러 떨어지게 하고 만다. 그제는 남자도 못 본 척 내버려 두고 방 안으로 들어가 버리고 여자는 여자대로 또 고집을 세우고 마주보고 앉았다. 모자는 마당에서 바람 부는 대로 이리 딩굴 저리 딩굴 구르다가 급기야 아랫방 노파의 손이 가서 먼지가 털렸다.

"바루 선모슴이 공 차듯 하드라니깐 그래. 학교 다녀서 배웠다는 운동인가 뭔가를 이런 데 써 먹는 게야 아마."

"그래 남자가 잠자코 그걸 당합디까?"

"욕 한마디 하는 법 없지. 세상에 그런 노래기 화를 내 먹을 놈이 어디 있겠수. 아무리 잘 벌어들이지 못해 떳떳하지 못하기루 그래 계집이 상전이란 말요, 할아비 조상이란 말요?"

나 같으면 곧, 하고 노파는 길모퉁이서 바람에 치맛자락을 날리며 주먹을 쥐어 우리는 시늉으로 올렸다 내렸다, 그걸 못하고 계집의 줌 안에 쥐여 사족을 못 쓰는 사내놈 처신을 보다 갑절 못마땅해하였다.

그러나 아랫방 노파는 그다지 건넌방 남자를 함부로 볼 게 아니니 그는 언제까지든 자기 아내의 줌 안에 쥐어만 있지 않았다.

그날은 더욱 건넌방 여자는 자기 남편의 시원치 못한 존재에 관자놀이가 욱신거리도록 울화가 올랐으니 푸른 대문집 여자가 옷 자랑을 왔다. 공짜 표가 생겼으니 같이 극장 구경을 안 가겠느냐고 새로 지어 입은 유행빛 모직 두루마기에 여우털 목도리를 두른 동그란 모양으로 마당엘 들어섰다. 그리고 아랫방 노파와 안방 주인마누라의 눈을 크게 뜨는 과장한 감탄을 그대로 받아 앞뒤로 돌아보이며 두루마기 값은 얼마를 주고 목도리 값은 얼마고, 예사로 하는 말도 자랑으로 들려 건넌방 여자는 눈귀가 뺏뺏해졌다. 더욱이 그와 마주 차리고 동행할 만한 나들이옷 한 벌 없는 그였음에라.

그리고 또 좀 눈꼴이 뒤틀리기는 노파의 아들, 아랫방 남자의 궐녀에게 하는 태도다. 대문을 들어서다가 무춤하고 궐자는 이 여우털 목도리를 두른, 그리고 남의 집 품물을 긷는 늙은 아버지를 가진 여자에게 허리를 굽실 인사를 하였다. 그리고 감기로 목에 붕대를 퉁퉁 감은 잠긴 음성으로 큰 행길 가게 터가 언론이 있더니 어떻게 흥정이 되었느냐고 눈가에 아첨하는 웃음을 짓는다. 아랫방, 찌 얕은 챙 밑에 머리를 수그린 모양까지 여자를 대하고 그러는 것인 듯 비위가 상했다.

온종일 건넌방 여자는 가라앉지 않은 암상으로 해가 저물어도 저녁 지을 생각을 하지 않았다. 어떻게 자기 남편을 꼼짝 못할 막다른 골로 몰아넣고 귀정을 지어야 속이 풀리겠다(어디 엄동에 냉방에서 빈속으로 밤 좀 새워 보아라). 그러나 자기가 먼저 견디기가 어려워 방바닥 냉기에 저려 오르는 궁둥이를 이 발 저 발로 고이며 그것도 모두 남편의 소위인 양, 밖에 나간 그가 돌아올 때 준비로 입술을 오그려 문다.

그런데 건넌방 김은 아내의 그 암수를 미리 알고 냉방에서 혼자 당하게 하려는 것처럼 다른 때 없이 돌아옴이 늦다. 창밖에 어둠이 짙어 갈수록 방바닥 냉기는 심하고 안간힘을 꽁꽁, 사지를 오그리며, 밤이 늦어서 남편이 돌아왔을 때에는 그 노기가 그대로 머리끝까지 올랐다. 핼쑥한 이마에 독살이 맺힌 눈으로 바깥 냉기를 몰며 문지방을 넘어서는 남편을 노렸다.

방 윗목에 우뚝 서서 아내의 그 얼굴을 잠시 마주 내려다보다가 남자는 불시에 모자를 벗어 때리듯 그 얼굴을 향해 던졌다. 그리고,

"소원대루 헐 테야."

"뭘 소원대루 헌단 말야. 이건."

"……."

그리고는 바람벽을 향하고 돌아서 그는 말없이 넥타이를 풀었다.

그처럼 다좇던 그 일이언만 급기야 남편의 입에서 소원대로 순사 시험을 치러 보겠노라는 말을 들을 때는 건넌방 여자는 매우 뜻밖인 듯싶었다. 그러나 좀 더 뜻밖으로 생각하긴 그 말을 한 당자인 건넌방 남자 자신이었다.

그날이 바로 친구 윤이 그 시험에 실격이 되어 시험장을 물러나오던, 그리고 고대 거리에서 그의 등을 두들기며 위로하고 탄식하고 하다가 돌아오는 길인데는 더욱 우습다.

본시 처지가 같아 가까이 사귀어진 친구였다. 외모도 한 자가 좀 키가 클 뿐 서로 비젓한 구두 뒤축이 일그러진 구지레한 주제다. 아내를 가진 단칸살이로 끈 붙은 생업이 없이 거리를 나가 도는 형편도 같아 피차의 모양에서 자기 꼴을 볼 수 있는 사이였다.

그 친구가 실없는 말처럼 그 시험이나 치러 볼까 하고 정색한 일면으로 웃었다. 그걸 진으로 받아 거진 등을 밀다시피 하는 권으로 그를 시험장으로 이끌어 가긴 건넌방 김이다. 말하면 그는 집에서 자기 아내에게 받은 그것을 밖에 나와 친구에게 옮기어 쓰던 셈이다.

그렇게 한편은 까닭을 모르게 행동이 갑갑했고 그만치 한편은 그를 권하기에 열심이어서 친구의 일에 손수 수험 원서를 맡아 오고 또 그걸 써다 바치고. 그런데 중학 때 성적은 우등이라면서 빙충맞게도 보통학교 졸업 정도로 보는 학술 시험에 낙제를 한다. 그럴 때마다 또 등을 두들겨 격려를 하고, 그것이 거듭되자 저편도 열이 생겨 같이 그 일에 몸을 달구었다.

그리고 그날은 요행인 것처럼 떡떡 그 시험 과정에 붙었다. 처음이 시험관의 입으로 부르는 걸 받아쓰는 서취, 다음은 지리 역사, 한 과정마다 전형을 가려 호명을 하는 그중에 그는 빠지지 않고 이름이 불렸다.

그러나 나중 신체검사에 아주 실격이 되고 말았다. 그곳 첫째 조건이 십오 관 이상의 건전한 사나이라는 것을 모르지 않고 또 거기 불안이 있어 짓궂이 그편에 외면을 해 오던 그라 십이 관 얼마로 시험관이 딱한 얼굴을 하는데 그는 당연한 것이 온 듯 오히려 태연했다.

운동장 붉은 벽돌담 밑에 웅크리고 섰던 건넌방 김은 그와 얼굴이 마주치자 잠깐 어색한 웃음이 얼굴에 머물렀다가 사라지고 그만이다. 먼저 앞장을 서 문 밖을 나갔다.

큰길을 담 밑으로 두 사나이는 묵묵히 걸음을 옮겼다. 바람을 등지고 그 바람에 불리어 가듯이 정한 곳 없이 얼마를 가다가 길이 굽어 바람을 옆으로 받게 되자 그걸 피해 골목으로 들어섰다. 그리고 조그마한 선술집으로 들어갔다. 거기서 젓가락을 쪼개며 비로소 그들은 서로 얼굴을 마주 쳐다보고 그리고 손으로 입을 가리며 킥킥킥 한숨을 웃었다.

물론 건넌방 김이 집에 돌아가 아내에게 호언을 한 것은 친구가 떨어진 그 시험에 합격될 무슨 자신이 있어서 한 것은 아니다. 그는 친구보다 조금이라도 가벼우면 가벼웠지 무겁지는 못할 체소한 몸이었다.

그러면 어째서—여기에 새우등인 조그만 사나이, 건넌방 김의 성격이 있는 것으로 그래서 더욱 그는 그 점에 머리를 돌려 생각지 않으려 하였다.

다만 이튿날 아내는 소매를 걷어 올린 가둥그런 옷매무시로 남편의 모자를 내다가 솔질을 하고 찌그러진 구두에 약칠을 해 반들반들 윤을 내고 그리고 아랫방 부뚜막 밑까지 이르게 마당에 빗질을 하여 그 방 노파를 놀래이었다. 아내의 그 기승기승한 새 활력이 만든 공기에 잠기며 건넌방 김은 하루하루가 무사하기만 바랐다.

—기차는 떠나간다. 구슬비를 헤치고.

언덕을 넘어드는 햇빛이 고기비늘처럼 연한 비탈 초가지붕 양철 지붕에 희다. 서리가 녹는 김이 오르고 똑같은 모양으로 지붕 밑이 컴컴한 그들 가난한 사람의 비명처럼 축음기 소리는 우물 두던에까지 멀었다 가까웠다, 바람에 불린다.

아랫방 노파는 밑바닥이 긁히는 우물에 두레박을 잠그고 서서 이 손 저 손, 입으로 가져가 김을 불며 아직도 건넌방 여자의 승화작이다.

"어쩌면 그렇게 여자가 변덕스럽소. 남편에게 반말 아니면 말을 못 하던 여자 아뉴. 그러던 여자가 지금은 자기 남편 가지고 위하는 꼴은 사람이 눈으로 볼 수 없구료."

"신식 사람들은 그런 거예요."

"계집이 변덕스러 그렇지, 신식 사람이라고 남이 어떻게 보는 줄도 모르고—"

하고 어떻게 건넌방 여자가 대문 앞에서 자기 남편을 만나 어깨에 팔을 걸다시피 하고 맞아들이던가를 몸 형용으로 그리는데 건너편 골목에서 당자인 건넌방 여자가 물통을 흔들며 층대를 내려온다. 옆에 섰던 노랑 융저고리를 입은 여자가 노파에게 눈짓을 해도 못 알아채고 여전히 그러다가 급기야 노랑 저고리가 팔을 잡아채고 턱으로 그편을 가리킬 때야 겨우 고개를 돌렸으나 이미 건넌방 여자는 수습하지 못할 거리에 이르렀다. 노파는 잠깐 무춤하다가는 지금까지의 자세를 그대로,

"그렇지 않소."

하고 건넌방 여자 그를 마주대고,

"밤낮 듣는 유성기, 이따는 못 틀우. 아침부터 저렇게 뭬유."

하고 노파는 그 축음기 소리가 나는 건너편 골목을 향하고 짐짓 입을 비죽 내밀었다. 그러나 건넌방 여자는 어색한 자리에 가장 자연스럽게 들어서며 그 말을 받는다.

"왜요. 그래야 다 남이 자기 잘사는 줄 알죠."

"아침부터 유성기 틀지 않으면 남이 못산다구 볼까 봐?"

"그럴까 봐, 금반지 금가락지 있는 대루 손가락 매디마다 끼고 다니구요."

그리고 건넌방 여자는 좌우에 웃음을 청하여 호호호호, 그 웃음소리는

건너편 골목 안에서 우러나오는 축음기 소리처럼 온동네에 들려지기를 원하는 것처럼 높다.

옷자락을 흔들고 달아나는 바람이 아주 맵다 해도 추운 겨울에서 벗어나 봄으로 향한, 얼마 안 있어 행복을 약속한 양명한 햇빛이고 그렇게 오늘 아침 그 시험장으로 내보낸 자기 남편의 결과도 복될 것만 같아 또 좀 호호호호 건넌방 여자는 얼마든지 그 웃음을 웃고 싶었다.

군맹群盲

서울 동편 외곽을 둘러막으며 가로누운 낙산(駱山)이 성 밖으로 가지가 갈라져 주봉을 이룬 뫼를 만수산(萬壽山)이라 한다.

한편 남향을 하고 밋밋이 흘러내린 두던은 갑자기 찍어낸 듯 급각도로 비탈이 져 끝이 잘렸다. 전에 채석을 하던 자리로 군데군데 부자연하게 모진 암면이 얼굴을 드러냈다. 그 깎아지른 측면을 의지하고 양철 지붕 거적 지붕의 토막이 한 채의 고층 건물처럼 거진 지붕 위에 거적담 조각 판장이 연해 층층이 올라앉았다.

지붕과 담 사이를 길게 금을 긋듯 좁다란 길이 집집의 수채물을 받아 흘리며 항상 질척질척 나선형으로 감아 올라갔다. 그 길은 동시에 각각 뜰이 되고 정지간도 되어 고무신짝 다비짝이 구르고 냄비가 걸린 화덕, 오지항아리, 사기 사발 조각이 놓이고 새끼 부스러기, 나무토막이 쌓이고 그리고 자기네들의 광고폭처럼 헌 누더기가 널리 퍼덕퍼덕, 코를 찌르는 악취가 또한 그래 한 덩어리의 쓰레기 더미란 감이다.

혹시 낯선 타처 사람이 이 길에 발을 들여놓게 될 때 여간 무신경한 자가 아닌 외엔 그는 태평한 마음으로 걸음을 걷지 못하리라. 알몸뚱이를 드러내듯 컴컴한 방 안에 중게중게 더벅머리가 들여다보이고 부뚜막 앞에 엎드린 여인의 궁둥이를 밀게도 된다. 따라서 그곳 주민들은 낯선 행인들을 예사로 보지 않았고 이웃간에는 뉘 집은 아침에 뭘 먹고 저녁엔 뭘 하고까지 서로 통했다. 그것은 동시에 서로 빈 구석을 노리고 약점을 잡아 자기들끼리 뜯고 비웃거리는 요점도 되었다.

그들 구적지근하고 비굴한 주민의 심장을 표하기나 한 듯 두던 위 동네를 눈 아래로 내려다보고 섰는 한 채가 초가지붕에 회색으로 퇴색한 한 조각 깃발이 파닥파닥 죄스럽게 나부낀다.

문복가라고 쓴 검정 글자가 지워지도록 닳고 찌들고, 햇볕은 그 깃발과 지붕 머리에 남아 붉고 마당엔 저녁 그늘이 짙다. 덧문을 닫힌 방, 거적을 내린 부엌 바람벽에 널어 놓은 시래기 타래가 바람에 바삭바삭하고 집 안은 빈집인 듯 쓸쓸하다.

누런 군대 외투의 등은 꾸부정 그 집 큰아들 만성은 심중에 무엇을 궁글리는 표정으로 미간을 찌푸린 상을 수굿하고 잠시 마당에 섰더니 마루 앞으로 가 쿵 소리와 함께 엉덩이를 내려놓는다.

뒤미처 방문이 탕 하고 열리며 노파의 얼굴이 눈만 괴물처럼 빠짝인다.

"인제 오니?"

많이 기다렸다는 음성이다.

"최 참위 최 의사 보았니? 아까 널 찾으러 왔던데."

만성은 대답이 없이 노파의 얼굴을 밀 듯 방 안으로 들어선다. 노파가 또 한 번 외는,

"최 의사 봤어?"

소리엔 역시 대답 없이 그는,

"밥 가져와요."

노파는 밥상을 날라 아랫목에 외투를 입은 채 도사리고 앉았는 앞에 밀어 놓는다. 그리고 얼마 동안 밥숟가락이 오르내리는 것을 잠잠히 바라보며 앉았던 그는 다시 입을 열어,

"아까 최 참위가 널 보러 와서 그러는데 땅 임자가 바뀌었다니 그게 정말이냐?"

그리고 아들의 기색을 살피는 것이나 그는 입안에 밥을 넘기기에만 바쁘다.

"글쎄, 아까 사람을 보냈다는구나. 땅이 팔리었으니까 그런 줄들 알고 집을 뜯어 가지고 옮겨들 가라고 기일까지 정하고 갔다는구나."

그래도 아들의 얼굴에서 기색이 동하는 표가 없자 노파는 언성을 좀 높인다.

"글쎄, 넌 걱정도 안 되니? 차차 날은 추워 가고 대체 집을 뜯어 가지고 가라면 어디로 가니, 어디로 가."

한숨을 짓고는

"갈 데가 있다더라두 글쎄, 집은 어떻게 뜯어 옮기고 집을 짓긴 어떻게 짓니. 모두 돈 드는 일인데. 글쎄, 노랑돈 한 푼 여축헌 거 없는 형편에."

만성은 보리 쌀 반의 한 그릇 밥을 닥닥 긁어 밥풀 한 알 남기지 않고 훑어 넣고는 물 한 그릇을 죽 마시자 상을 밀어 낸다. 그때까지 아들이 말문을 열지 않는 것을 밥을 먹기가 급한 까닭으로 미루며 기다리고 있는 노파는 역시 묻는 말에 대꾸가 없자 벌컥 노성을 낸다.

"넌 걱정두 안 되니? 넌 걱정두 안 돼. 글쎄, 날은 점점 추워 가고 어떡헐 셈이야."

"뭘 어떡헐 셈에요."

하고 딴청을 하며 다리를 뻗는다.

"뭘 어떡헐 셈이라니 지금 헌 말은 귀루 안 듣고 입으루 먹었니."

"글쎄, 어떡허긴 뭘 어떡해요. 될 대로 될 테니 어머닌 그런 것 걱정 마세요."

"글쎄, 걱정이 어떻게 안 되니. 생각해 봐라."

하고 뇌까리며 한숨과 함께 울상을 지으며,

"이 꼴 저 꼴 안 보고 내가 얼른 죽어야 해."

그러자 만성은 언성을 거슬려,

"걱정헌다구 일이 돼요. 걱정해서 일이 핀다면 을마든지 걱정만 허겠수."

하고 공연히 늙은이가 집 안에 앉아서 비위만 건다는 둥 두덜거리며 몸을

일으킨 그 화를 옮겨 그는,

"만수 이눔은 오늘두 안 들어왔수?"

하고 노모를 격한 눈으로 내려다본다.

"대체 그놈은 어떡헐 생각으로 그런다우. 어떡헐 생각으로 그런대."

노파는 자기에게 죄가 있는 듯이 아들의 험한 눈을 받자 머리를 돌리고 치마 앞을 옴치며 뒤로 약간 움칫하고 물러앉는다.

"무얼 어떡헐 생각이란 말이냐."

위치가 전도되어 조금 전 아들이 하던 같은 얼굴로 딴청을 한다.

"무얼 어떡헐 생각이라니, 어머니 눈엔 그눔 허는 짓이 모두 잘허는 것으로만 보이우? 젊은 놈이 자고 새면 핀둥핀둥 허는 게 뭐라우. 제때 들어와 잠이나 잘 줄 알아야지."

"그 앤 생각이 없어 그러겠니. 뜻대로 되지는 않구, 헐 건 없구. 전들 오죽해 그러겠니."

"사족이 멀정한 놈이 무얼 허면 못해 헐 게 없에요. 헐 게 없어 그래 계집애 궁둥이만 따라다닌다우."

계집애 궁둥이란 대문에 더욱 감정을 주어 언성을 거슬린다.

"큰소리 내지 마라. 남이 들으면 싸우는 줄 알겠다."

하고 노모는 자기가 당하는 공박인 듯이 당황해 아릿아릿하며,

"계집앤 웬 계집애란 말이야. 난 첨 듣는 소리로구나. 잘못 들은 소리지, 점잖은 게 설마 그러기야 허겠니."

하고 객쩍은 소리 말라는 얼굴을 하는 것이나 만성은 거기에 어기대듯,

"모르건 가만이나 있어요."

하고 꽥 소리를 지른다. 잠시 모자는 서로 감정이 어긋난 채 말이 없다가 노모는,

"젊은 아이들이 그러기루 숭될 것 있니. 눈맞아 지내는 여자가 있거든 장가라도 들라지."

148

"듣기 싫어요."

하고 만성은 또 한 번 꽥 소리를 지르고는,

"계집년두 된 걸 가지고 그래야 창피하지나 않지요. 남들이 어떻게 보는 줄도 모르고 미친년 같은 계집애와 부동을 해서 다니는 꼴은 제일 남부끄러서 볼 수가 없거든."

집 전체가 흔들리는 듯 우루루 물통이 떨어서 구르는 소리가 요란하고 그 소리에 귀를 모여 방 안은 잠시 잠잠해졌다. 바깥이 조용해지자 노파는 다시,

"그게 그리 걱정될 건 뭐 있니. 다른 걱정이 태산 같은데 사람이 궁둥이 붙일 제 집 한 칸인들 있어야지. 이 집마저 헐리게 되면 장차 어디로 간단 말이냐."

만성은 노모의 말엔 귀에 들어오지 않는다는 듯 아랫목 바람벽에 등을 기대 비스듬히 다리를 뻗고 앉으며 딴 생각에 잠긴다. 고개를 직수굿 눈살을 찌푸린 침묵을 깨뜨리듯 노모는 말을 건다.

"남 걱정을 말고 네 앞이나 잘 가리도록 해라. 내일부턴 양식도 떨어지고 땔나무도 없구 돈 가진 것 있건 좀 내놔라. 좀 내놔."

하고 메마른 손을 내밀고 다가앉는 것이나 만성은 돈 소리를 들을 때 언제나 하는 버릇으로 얼굴 먼저 찌푸린다. 노모의 내민 손을 막듯 조끼 주머니를 쥔 팔꿈치를 들며 언성을 높인다.

"돈은 샘이 솟는 줄 알우. 난 없우. 만수 놈에게 좀 말해 보구려. 왜 날마다 나만 가지고 못 살게 조르는 거유. 그 앤 혼자 다니며 돈 잘 쓴답니다."

"그 애가 돈이 어디서 나서 잘 쓰겠니. 객쩍은 소리 작작 해라."

"나 보겐 술집만 잘 다닙디다. 이놈 저놈 얼려다니며."

"그야 어디 제 돈 내구 먹는 거겠니. 어쩌다 친구들이 사 주는 거겠지."

만성은 더욱 언성이 격해진다.

"어머닌 어째서 그놈 말이라면 열 손을 벌리고 덮을라고만 그러는 거유.

자식은 그렇게 길러서 못씁니다. 그놈 버르장머리는 어머니가 그렇게 만들어 놓았지 뭐유."

그리고 만성은 몸을 일으켜 외투 단추를 여미며 나갈 준비를 차린다. 또한 번 노모는 그 앞에 손을 내밀고,

"돈 좀 내놓고 나가거라."

"난 돈 없에요. 난 내일부터 시량 댈 수 없으니 만수 보거든 좀 대라고 일루. 저두 배 좀 고파 보면 생각이 있겠지. 그만큼 멕여 살렸으니 사람 놈이면 염체가 있지. 어떻게 나이 삼십이 되도록 멕여 살리란담. 나두 이제부터 나 살 도리 좀 차려야겠수."

그 소리와 함께 그는 방문 밖으로 머리를 내간다. 어둑한 마루 아래서 수그리고 신을 더듬는 그를 향하고 노모의 깨우치듯 이르는,

"최 참위 최 의사 어른 잊지 말고 찾아가 봐라."

소리를 그는 등 뒤에 남기고 대답도 없이 문 밖으로 사라졌다.

골목은 땅거미가 져 얕은 지붕 밑이 컴컴하고 창마다 불빛이 희미한 비탈길을 몇 걸음 내려가다 만성은 걸음을 멈춘다. 아래서 고개를 숙이고 올라오는 검은 그림자가 만수인 것을 알자 그는 옆으로 몸을 피해 도랑도랑 어린애들의 이야기 소리가 들리는 집 뒤로 돌아가 담 밑에 선다. 그리고 만수가 대문 안으로 사라진 것을 다지고는 잠시 머뭇거리다가는 발길을 돌려 내려온 비탈을 되짚어 올라가 도둑놈처럼 발소리를 조심하며 자기 집 마루 가까이 이르러 노모와 만수가 있는 방 안에 귀를 모으고 섰는 것이다.

분명히 마루 아래 놓인 구두와 고무신을 보아도 만수의 노모는 방 안에 있을 터인데 빈 듯 조용하다. 만성은 문 밖에 섰는 자기의 존재를 눈치 채고 그런 것같이 점점 섰는 자리가 거북해질 즈음,

"글쎄, 날은 점점 치워 가는데 집이 헐리면 어디로 옮기어 앉는단 말이야. 형은 걱정도 안 되는지 귓등으로 듣드라만은."

하고 노모의 중단했던 말을 계속하는 궁상맞은 음성이 들린다. 밤낮 하는 소리가 그것뿐인 것처럼 듣는 것이나 그것은 자기가 듣고자 하는 것에 기대가 어그러진 초조에서리라.

"집을 헐면 그저 헐겠습니까. 이전비라도 나오겠죠."

"이전비란 게 나오면 을마나 나오겠니. 건너 동네 일 못 봤니. 단 오 원, 오 원이면 집 뜯어 나르는 품삯이라도 된다드냐."

"그래도 다른 데 땅이라도 정해 주겠지요."

"땅을 정해 준대도 어디 땅만 가지면 살 수 있니. 서까래 하날 엉구자도 돈 들어야 허는 일인데 맨주먹만 가지고 어떻게들 허니."

"어떻게 되겠죠. 우리 한 집만 당하는 일 아니고 뭐 걱정하실 것 없어요."

"어떻게 걱정이 안 되니. 너희들 마음은 다른가 보다. 아까 형도 내가 걱정을 해서 일이 안 되는 것처럼 도리어 나무래드구나."

그리고는 그 말에 연상으로 생각난 듯 노모는 화두를 돌린다.

"그런데 너 요새 웬 여자하고 같이 다닌다던데 그게 정말이냐?"

밖에 섰는 만성은 그 말에 번쩍 귀가 띄는 동작으로 방 편으로 머리를 기웃 귀를 잰다.

"여자라니요."

"아, 밤낮 붙어 다니는 여자가 있다던데 그래."

"그 말은 누가 그래요."

"아까 네 형이 그러드라. 창피해 그 꼴은 볼 수 없다고."

그리고 노모는 상대의 기색을 살피는 모양으로 잠깐 동을 띄었다가 음성을 낮추어 타이르는 어조로,

"여자 조심해 사귀어라. 공연히 허랑한 여자 가까이하였다가 망신 당하지 말고."

"여잔 무슨 여자예요. 듣기 싫어요."

하고 핀잔을 주고 만수는,

"아, 형님이 그런 말을 해요?"

"아까 형이 그러더라. 남이라고 보지 못헌 말 허겠니? 뭣 하는 여자야."

노모의 다조지는 어조가 어이없다는 듯 또는 형 그 사람을 비웃는 듯 만수는,

"흥."

하고 한마디 코웃음을 치고는 대꾸가 없다. 마당 컴컴한 가운데서 만성이도 마주 "흥" 하고 코웃음을 한다. 그대로 슬며시 밖으로 나가려는데 방문이 열린다. 만성은 얼른 몸을 돌리며 기침을 한 번 크게 하고 지금 밖에서 들어온 몸인 양 마루 위로 올라선다. 방문 밖으로 머리를 내민 노모는 만성과 마주치자 기겁해 놀란다.

"거 누구요?"

하고 겁에 질린 음성을 내다가 만성인 줄 알자,

"좀 인기척하고 다녀라. 난 웬 놈인가 하고 깜짝 놀랐고나."

그 말엔 대꾸 없이 만성은 방 안으로 들어선다. 아랫목에 앉았던 만수는 그를 한 번 힐끗 쳐다보고 몸을 옮겨 이부자리가 쌓인 방구석으로 움칫움칫 가 다리를 모으고 앉는다. 만성은 아우가 앉았던 자리에 외투 자락을 걷으며 앉는다. 잠시 방 안은 거북한 침묵 가운데 만수, 만성 두 사람은 서로 상대를 눈치를 드러나지 않게 살핀다. 먼저 만성이가 입을 열었다. 그의 소태를 먹은 듯 울상을 한 얼굴과는 반대로 말소리는 그래도 부드럽다.

"넌 그동안 어디 있었니?"

"어딘 어디에요. 아는 친구의 집에 좀 있다가 왔지요."

"어디 시굴?"

"아뇨."

"임마, 그럼 서울 안에 있으면서 집에 좀 들여다보고 나가지 못할 게 뭐여. 늙은 어머니가 기다리고 계실 걸 생각해서라두."

다리를 모으고 앉은 무릎 가까이 머리를 수그리고 직수굿이 형의 책망을

받으며 벙어리가 된 듯 말이 없더니 노모가 밥상을 날라와 앞에 놓자,

"밥 먹기 싫어요."

"왜 어디 불편하냐?"

"밖에서 먹고 들어왔어요."

하고 퉁명스런 한마디를 하고는 몸을 일으킨다. 모자를 찾아 두리번거리다 방구석에서 집어 들고 방문에 손을 대자 형은,

"게 좀 앉았거라. 나가지 말고."

하고 손을 내밀어 방 가운데를 가리킨다. 만수는 몸을 돌려 뿌루퉁한 상으로 한 번 형을 내려다보고는 잠잠히 가리킨 자리에 앉는다. 만성은 천천히 이쪽 저쪽의 두 주머니를 뒤지며 담배를 꺼내 문다. 만수도 따라 바지 주머니에서 담뱃갑을 꺼낸다. 이런 작은 동작에서도 두 사람은 서로 당황하는 표정을 발견하고, 또는 그걸 상대에게 나타내 보이지 않으려 하며 잠시 방 안은 조용하다.

성냥을 꺼내 두세 번 조급하게 탁탁 긋다가 동강이 나자 그대로 던져 버리고, 만성은 유유히 담배를 뿜는 만수의 모로 앉은 옆 얼굴을 바라본다.

"우리 오늘 똑똑히 얘기 좀 해 보자."

하고 조그맣게 뭉친 얼굴에 열을 올려 이맛살을 접어 눈을 걷어 뜨고 똑바로 건너다본다. 어쩐지 내심의 약점을 두고 그것에 어기대어 과장한 표정으로 속과 거죽이 걸맞지 않는 얼굴이다. 아우의 맘대로 해 봐라 한 배포 유한 태도에 더욱 그렇게 보인다.

"너두 인제 좀 철이 나 봐라. 한두 살 먹은 어린애 아니고 낼모레가 삼십야. 사람이 삼십이면 제 앞을 가릴 줄 알아야지. 대체 넌 어떡헐 셈이냐?"

하고 어떡헐 셈이냐를 어떠떠떠 하고 더듬다가는 더듬은 그것을 바로 하려는 것인 듯 의미를 강조함이런 듯 두 번 거퍼,

"어떡헐 셈야?"

만수는 묵묵부답이다.

"대체 넌 요즘 삼시 밥 먹고 나가서 허는 게 뭐냐? 허는 거 없어도 하루 세 끼 입으로 밥이 들어가니까 저절로 배가 불러지는 듯싶으냐. 네 눈으로 는 형놈허고 지내는 꼴 보지. 이눔은 깍쟁이 두목야. 깍쟁이 두목은 허고 싶어 허는 줄 아니?"

남의 일인 듯 만수는 여전히 얼굴이 씁쓸하다.

"몸에 양복때기만 걸치고 다니면 제일이냐? 건방지게, 너는 그리고 다니 는 게 잘난 듯싶겠지만 남들은 뒤에 돌려 세놓고 손가락질을 해."

만수는 약간 낯이 움직이며 제 몸을 돌아보듯 곤색 양복 소매와 무릎을 세운 바지 앞을 훑어본다.

"길에서 보면 참 그 꼴 장하더라. 빠리빠리한 양복 신사들하고 어깨를 걸고 다니며 이 집 저 집 술집에만 드나들고 어느 놈이 동대문 밖 산꼭대 기 거지촌에 사는 가난뱅이로 보겠니. 암, 겉으로 보면 백만장자의 외아들 부럽지 않지."

하고 입귀를 비쭉비쭉 빈정대 가며 음성을 높여,

"그놈들 대체 뭣 허는 놈들이냐. 너 두고 보라만 그눔들허고 어울려 다 녔다가는 네 신세 족치고 만다. 종말은 가는 데가 서대문 밖 철창살이를 면치 못할 게 뻔헌걸 뭐."

그리고 음성을 나직이 비창한 어조로,

"너두 들었겠지만 이젠 요 알량한 토막살이마저 쫓겨나게 됐어. 집을 뜯 어 가지고 떠나들 가라는 거야. 그렇게 되는 날이면 나도 이놈의 살림 걷 어치고 말 테다. 어떻게 노자나 만들어 가지고 대판으로 가든 함경도 광산 으로 가든 할 작정이야. 앞으론 너도 너 살 도리를 찾아보아라. 그야 넌 재 주가 좋으니까 나 같지는 않게 되겠지만두."

그리고 만성은 이번엔 단번에 성냥을 그어 담배를 피워 물고는 푸푸 고 개를 들어 연기를 피워 방 안을 자욱하게 만든다. 담배 한 개가 다 타도록 잠잠하다가 만성은 손끝까지 타오른 담배꽁초를 방바닥에 지워 끄고는 짐

짓 타이르는 어조로,

"그리고 너두 좀 철이 났건 집안 체면도 좀 생각해 봐라. 동네 사람들이 어떻게 보는 줄도 몰르고 나 어린 계집애하곤 왜 붙어 다니는 거냐?"

"계집애라니요?"

하고 그 말엔 낯을 돌려 만수는 의아한 눈을 뜬다.

"아, 덕근이 딸 말이다."

"덕근이 딸요? 덕근이 딸하고 내가 어쨌단 말예요."

"너는 남들이 모를 줄 아는지 모르겠다만 동네 일판서 손가락질 안 허는 사람이 없어."

의기를 찌르듯 꽤 음성을 높였다가는,

"사람도 된 걸 가지고 그러면 좀 남부끄럽지나 않겠다. 이건 미친년 같은 계집을 가지고 뭐냐. 소위 연애라는 거냐, 희롱이냐?"

"글쎄, 내가 그 애하고 어쨌단 말예요?"

"옳지! 듣자니깐 계집애년이 널 오빠라고 부르더라. 그러니까 남매간인 게로군. 잘됐다. 족보에 없는 누이 하나를 얻어서."

녀석 꼬락서니하고 하는 눈으로 만수의 아래위를 훑어보며 쩟쩟쩟 혀끝을 찬다. 만수는 '흥' 하고 코웃음을 치는 표정으로 형의 얼굴을 마주 노리는 눈에 점점 노기가 짙어 가더니 갑자기 몸을 일으키며,

"남 걱정은 말고 형님 체신이나 바로 갖도록 허슈."

하는 말과 함께 피해 달아나듯 방문을 열어 젖히며 마루를 쿵쿵쿵 뛰어 나간다.

"내 체신이 어떻단 말이냐."

하고 만성도 마주 벌떡 일어서며 아우를 따라 황급히 손을 내밀어 목덜미를 잡아낚듯 두어 발 쫓아가다가는 방문 앞에 멈추고,

"애, 말 좀 들어 보자."

그 소리는 마당 캄캄한 어둠에 남았을 뿐 만수의 급한 발소리는 대문 밖

으로 멀어졌다. 한동안 만성은 격한 감정을 눅이려는 듯 문기둥을 짚고 서서 허탈한 눈으로 어둠을 내다보고 있더니 갑자기 돌아서 방바닥에 놓인 모자를 차며 방 한구석에 오두망절해 섰는 노모를 무섭게 한 번 흘기고 아랫목에 쿵 몸을 내던지듯 궁둥이를 내려놓는 여세로 몸이 미끄러지자 그대로 누워 눈만 끔벅끔벅 천정을 바라본다.

골목은 길을 분간키 어렵도록 어둡다. 외투 주머니 속에 주먹을 쥐고 비탈을 더듬더듬 한 발짝마다 조심을 하며 만성은 주(酒) 자를 쓴 붉은 딱지가 붙은 판장 모퉁이에 이르자 걸음을 멈춘다. 판장 안에는 몇 사람 술꾼의 음성이 떠들썩하고 잠시 그는 귀를 기울여 음성을 가리는 듯하더니 허리를 굽혀 판장 가까이 몸을 붙이고 벌어진 틈새로 안을 살핀다. 아우 만수의 존재를 꺼리는 것이리라. 방 속에서 오는 침침한 불빛 아래 비지 찌개 냄비를 둘러섰는 삼사 인의 남자. 골덴 바지에 각반을 올려친 자, 동저고리 바람에 검은 조끼를 입은 자, 머리에 수건을 동인 털보.

판장 모퉁이를 돌아 만성은 미닫이로 된 널문을 지르르 밀어 제치고 머리를 들이민다.

"아, 만성인가."

털보가 돌아다보며 외치자,

"어서 들어오지."

하는 소리가 두어 입에서 같이 나온다.

까맣게 그을린 바람벽 한 편에 달아 맨 널 위에 김치 보시기 엎어 놓은 사기 사발, 먼지를 뽀얗게 쓴 빈 병, 두 칸 폭 길이로 좁다란 실내에 시큼털털한 술내와 김이, 연기처럼 풍기고 발을 문지방 넘어 들여놓으며 만성은 눈귀에 잔주름살이 잡히는 웃음을 짓는다.

"자네 만성이 마침 잘 왔네. 그러지 않아도 지금 막 자네 이야기를 허던 찬데."

하고 자기가 가졌던 술사발과 젓가락을 내밀며 털보는 만성을 향해 가까이

온다.

"무슨 얘기 말야."

만성은 주전자에 술을 퍼넣고 있는 주인 여자의 엎드린 궁둥이 앞에 서서 고개만 돌려 말대꾸다.

"지금 최 의사 집 갔다오는 길인가?"

"글쎄, 날 찾더라지, 그 영감님이."

"아직 안 가 봤나? 아까도 자네를 찾는 모양이던데."

"날 왜 보재?"

하다가 여자가 주전자를 들고 일어서자 술사발을 내밀며,

"그뜩이 부슈."

그리고 여자를 보고 하던 예의 눈귀에 잔주름살이 지는 웃음을 그대로,

"날 왜 보재?"

만성은 찌개 냄비가 놓인 앞으로 오고 한 사람 두 사람 술사발을 널상 위에 놓으며 그의 둘레로 모인다.

"자네 땅 임자가 바뀌었단 소리 못 들었나?"

"글쎄, 나도 지금 집에서 듣고 나오는 길이지만."

"그게 사실야."

"아까 사람이 와서 그러더라면서?"

"그랬대."

"사람은 어느 편에서 온 사람이래?"

"글쎄."

하고 털보는 옆에 검정 조끼를 돌아보며,

"어느 편에서 온 사람이랍디까, 새 임자 편에서?"

"글쎄, 그건 나도 몰르겠소만 하여튼 임자가 바뀌었다는 말을 하고 며칠 안으로 집을 뜯어 가지고 떠나들 가라고 합디다."

"자넨 요즘도 김권실네 집 다니겠네그려. 그런데 그런 소리 못 들었나?"

하는 털보의 말과 함께 눈치를 살피듯 여러 눈이 만성의 얼굴로 모인다.

"뭐 요즘은 그 집 안 가 본 지도 오래니깐."

하고 만성은 찌개 냄비에 젓가락을 박고 휘휘 저으며,

"하여튼 땅을 팔려고 내놨단 소리는 벌써 들었지만."

잠시 실내는 각각 불안에 잠기듯 잠잠해진다. 만성은 배추 줄거리를 집어 입에 넣고 씹으며,

"최 의사 그 영감은 날 왜 보재?"

"다른 거겠나. 자네보고 김권실네 말을 들어 보려는 거겠지."

하고 털보는 머리에 동였던 수건을 벗어 방 앞 부뚜막을 두어번 털고는 주저앉는다.

"하여튼 김권실 그놈이 고약한 놈이거든. 몇 해 전엔 산에서 채석을 하겠으니 옮겨들 가라고 남들 멀쩡히 집을 짓고 사는 터를 쫓아내더니 이번에 땅이 팔렸으니 옮겨들 가거라."

"그래도 그땐 옮겨 갈 터도 장만해 주고 이전비도 후허게 줬지만은."

하고 검정 조끼를 입은 자도 따라 구석에서 술통을 끄집어내다 앉는다.

"그때도 그렇지. 어디 이 낭떠러지에다 집을 질 것 지었나. 갈 데는 없고 그래도 정해진 터니까 헐 수 없이들 제비집 짓듯 얽어매 가며 지었지."

홀로 만성은 돌아서서 연해 카아카아 하며 술을 들이킨다. 주인 여자는 그가 내미는 사발에 주전자 아가리를 기울이며,

"그래 집들을 뜯어 가라면 장차 어떻게들 해요."

그 말엔 대답 없이 만성은,

"권 덕근이는 어딜 가셨수?"

"조곰 전에 최 의사네 집으로 올라간다고 나갔어요."

그 말에 따라 일깨듯 털보는 만성을 향하고,

"자네도 어서 가 보게."

"내야 가 보나마나지. 날 보면 무슨 뾰죽한 수 있나."

털보와는 외면을 한 채 술사발을 입 가까이 가져간다. 그 누런 군대 외투의 구부린 등에 험한 눈을 보내고 앉았던 털보는,

"뾰족한 수가 있건 없건 여러 사람들이 자네 오길 기다리고 있는데 안 갈 건 무언가."

하고 앉은 자리에서 벌떡 일어섰다.

털보의 갑작스런 움직임에 만성은 움찔하고 한 발짝 뒤로 물러서며 젓가락을 든 팔을 들어 머리를 가린다. 그리고 자기의 지나친 동작에 변명처럼 의외라는 듯 상대의 흥분한 검붉은 얼굴을 눈을 깜짝깜짝 바라본다.

"아, 안 갈 게 뭐냐 말야."

하고 몇 걸음 만성 앞으로 다가가 멈추며 털보는 매우 못마땅한 눈으로 아래위를 한 번 훑어본다.

"누가 안 간다는 거유. 나 같은 사람 보았자 별 뾰족한 수가 없다는 거지."

어이가 없다는 듯 말문이 막혀 꿀꺽 침을 삼키는 털보의 눈은 이유 없이 상대를 땅 주인 김권실로 대신 보는 것이리라. 또한 만성 자신도 이유 없이 자기가 일반 앞에 김권실의 대신으로 되어지는 것을 느끼며 그 변명으로,

"나 아니면 김권실의 말 들어 볼 사람이 없단 말유. 내가 무슨 김권실네 집 세간 청지기요 뭐요. 나도 같은 땅에 집 지닌 사람으로 남 당허는 일 다 같이 당헐 놈인데."

"그러니까 허는 말입니다."

하고 골덴 바지를 입은 자가 기대고 섰던 바람벽에서 등을 떼며 바로 선다.

"한동네 사시는 양반이면 누구나 동네 일이 곧 내 일이요, 내 일이 곧 동네 일인 게 아닙니까."

"그렇죠. 그렇구 말구요. 동네 일이 내 일이요, 내 일이 동네 일이지요."

하고 그와는 사이가 서름서름한 만성은 한 사람의 동인을 얻은 듯이 득의한 얼굴을 한다.

"그러니깐 말일세."

하고 얼마큼 흥분이 풀어진 털보는 평조로 가라앉은 음성으로,

"동네에서 그래도 김권실네 집에 가까이 드나드는 사람이 자네 아닌가. 그러니까 혹시 김권실에게서 무슨 들은 말이 없나 해서 자네를 보려는 것 아니겠나."

그 말에는 대꾸하지 않고 돌아서 그와는 등을 지고 골덴 바지를 입은 자만을 상대로 하는 어조와 얼굴로,

"동네선 날 무슨 김권실이가 믿고 부리는 심복인처럼 늘 보는 거거든요. 김권실의 심복인으로 동네를 팔고 돈만 얻어 쓰는 것으로 여기는 것이거든요. 내가 그 집 세간 청지기니 참 다달이 월급을 타겠습니까. 아닌 말로 심복인이니 뒷구녕으로 돈을 받아먹었겠습니까. 없지요. 이날 이때까지 쓴 술 한잔 얻어먹은 일 없습니다."

말을 함으로써 더욱 실정이 분명해지는 것이리라. 갑자기 그는,

"제밀헐."

하고 탁상 위에 술사발과 젓가락을 소리내어 던져 버리고,

"이날 이때까지 그래도 동네 일에 애써 온 눔은 이눔야. 주인과 동네 사람들의 이중 간에 끼어서 생기는 것 없이 시달리는 눔도 이눔이고, 자기네들 아쉬워서 남몰래 집을 짓곤 나종 김권실에게 책망이란 책망은 도맡아 당하게 허던 눔들은 누구야. 인정에 겨워서 차마 어찌 못 하고 그대로 두면 김권실은 내가 감시를 잘못해서 그런 것처럼 날만 가지고 나가거라 들어가거라 하고."

만성은 자못 분통한 얼굴로 다붙은 목에 조그맣게 뭉친 면상을 붉히고 좌우를 돌아본다. 그 기세에 눌린 듯 잠시 눈을 피하고 잠잠해진 침묵을 깨뜨리고 "흥" 하고 털보는 한 번 자기만 들을 정도로 코웃음을 치다가,

"참, 그래서 매우 억울하겠다."

"그럼 억울허지 않구."

하고 지지 않고 만성도 어기대며 노한 눈을 뜨자,

"아, 그래서 주인 허가 없이 짓는 집마다 십 원, 이십 원 뒷구녕으로 다니며 받아먹었남."

기가 막히다는 듯 어어 입을 벌린 얼굴로 취태(醉態)를 꾸미며 이 사람 저 사람 돌아보다가 그 얼굴을 깎은 머리에 수염이 검은 털보의 붉은 면상에 똑바로 정한다.

"십 원, 이십 원 뒷구녕으로 다니며 받아먹었다?"

짐짓 감탄하는 태도로 고개를 숙여 두어 번 끄덕끄덕하더니 나직한 음성으로,

"어떻게 그렇게 남의 일에 속속들이 자세히 아셨수?"

하고 친근하게 묻는 듯하다가 갑자기 발을 탕 구르며 맞추어 음성을 높여,

"내가 십 원, 이십 원 뒷구녕으로 다니며 받아먹은 집이란 뉘 눔의 집이요. 우리 한번 합시다. 그눔들 내 앞에 다 불러오시오."

그리고 "어서 불러와." 소리를 연발하며 비틀비틀 자기보다는 몸과 키가 건장한 털보의 멱살을 잡으려는 듯 팔을 내저으며 다가간다. 털보는 더러운 것을 피하듯 비굴한 웃음으로 주춤주춤 뒷걸음질로 물러가다가 그가 골덴 바지를 돌아보며,

"내가 뒷구녕으로 다니며 돈을 받아먹었으면 참말이지 내 어머니 뱃속에서 나온 놈이 아닙니다."

하고 머리를 흔들며 맹세를 다지는 만성은 부뚜막 앞까지 물러서 같은 웃음으로 무심히 바라보고 섰는 듯하더니 갑자기 달려들어,

"요 여생이 같은 자식을."

하는 한마디 소리에 따라 어깨 하나 차이로 내려다보이는 만성의 멱살을 잡고 흔들었다.

온몸에 뭉치고 뭉친 온갖 분노를 멱살을 잡은 팔 하나에 주어 털보는 단매에 부숴 버리고 말 것 같은 걷잡을 수 없는 힘을 제지하듯,

"이걸 이걸."

하는 외마디 소리로 한 번 부르르 떨다가는,

"증거를 모를까 봐 큰소리냐, 큰소리는. 요 천하에 여생이 같은 놈아."

나무토막과 같이 굳은 팔에 매달리듯 만성은 팔 오금을 꾹꾹 굽혔다가 펼 때마다 흔들리며 적을 노려보던 눈에 점차 약자의 강자에게 굽히는 비굴이 돈다. 그러면서,

"이것 못 봐."

손아귀에서 벗어나려 목을 좌우로 저으면서 그 소리는 끝이 비명처럼 졸아가며 꾹꾹 팔을 뻗을 때마다 뒤로 물린다. 잠시 각자 안전을 지켜 섰는 자리에 손을 놓고 보고만 섰던 자들이 마침내 싸움의 승패가 끝난 듯이 우루루 달려들며 말린다. 검정 조끼는 뒤로 돌아가 털보의 양 어깨를 잡아 흔들며,

"고만두슈. 고만들 두어, 쌈해 나는 것들 있우. 뭐 나는 것들 있어."

골덴 바지는 두 사람의 사이를 뻐기려 가운데 들어 양편의 가슴을 밀고,

"한동네 사시는 양반들이 싸움이 무엇입니까. 참으쇼. 참으세요."

그리고 주인 여자는 싸움터를 넓히려는 것처럼 앞뒤로 돌며 술통을 집어치고 방구리를 옮기고 하다가 찌개 냄비를 보호하듯 그편을 몸으로 가리고 서서,

"글쎄. 집들 어떻게 할까 도리는 생각하지들 않고 싸움들이 뭐유. 싸움들이 뭐야."

"싸움은 내가 싸움이요. 저 자가 가만히 있는 사람을 가지고 멱살을 잡고 그러지."

잠깐 늦추어진 손에서 목을 가다듬으며 만성은 턱으로 상대를 가리킨다. 뒤에서 검정 조끼가 어깨를 안아 잡아 당기는 대로 몸을 늦추던 털보는 나머지 여분을 왈칵 만성의 외투 자락을 몰아 쥐고 떠다 민다. 비틀비틀 중심을 잃고 몇 발짝 뒤로 밀리다 쓰러지는 위로 몸뚱이를 앙가슴에 받으며 주인 여자는,

"아이구머니."

하는 기성을 지르고 밀어내자 옆으로 술통을 엎으며 일부러 그러는 것처럼 구석에 반신을 걸고 나자빠진다.

"요놈아, 증거가 없어 큰소리냐. 뉘 집 뉘 집 조목조목 대래? 이름을 몰라 못 대겠니, 누구 체면을 봐서 못 대겠니."

양편에 팔이 잡혀 멈추고 서서 털보는 널상 밑 껌껌한 구석 바람벽에 비스듬히 누워 고개를 직수굿 미간을 접어 눈을 부릅뜨고 쳐다보는 상대를 승자의 기승한 태도로 내려다본다.

"받아먹었기로 상관이 뭐야, 상관이."

몸을 일으키려 팔꿈치를 세우며 반신을 움질움질한다.

"받아먹었으면 국으로 가만 있지 큰소리가 뭐냐, 큰소리가."

몸을 빼치려 어깨를 저으며 바른팔을 잡은 검정 조끼를 입은 자를 밀치고 앞으로 나선다. 그것을 한 자는 뒤로 잡아끌고 한 자는 가슴을 밀며,

"고만두슈. 고만두슈."

문 밖으로 몰아 나간다. 한동안 바깥 길바닥에는 털보의 게두덜거리는 소리와 그것을 말리는 자의 음성이 섞여 와자하더니 그 소리가 한 뭉치가 되어 길 아래로 멀어 간다.

바람 지나간 자리처럼 조용해진 가운데 만성은 땅바닥에 몸을 눕힌 그대로 움직임 없이 굴려진 술통 흘러내린 장작단을 걷어치우고 있는 주인 여자를 바라본다. 눈이 건너편 방 있는 편에 멈추자 약자의 비굴한 웃음을 입가에 짓는다. 언제 문이 열렸는지 반개한 미닫이를 짚고 서서 주인 덕근의 딸 점숙의 해동그란 흰 얼굴이 측은한 눈으로 자기를 지켜보고 있다.

계집아이 앞에 자기의 추한 모양을 나타내 보이는 것을 그래도 부끄럽게 아는 것이리라. 그 반동으로 만성은 잠을 자고 일어나듯 끙 소리를 내며 일어서 외투 자락을 턴다.

"털보 그놈이 멀정한 도적놈유. 그놈이 저녁마다 어디를 가는지 아슈?

내가 입 한번만 열면 당장에 오라를 지게 될 눔야. 자식새끼는 많구 인정에 겨워 그대로 두지."

하고 그런 놈에게 오늘 욕을 당하게 된 그 분을 풀려는 듯이,

"아주머니, 여기 술 부시유."

상 위에 사발을 탕 하고 집었다 놓으며 젓가락을 집는다. 그리고 방 쪽으로 머리를 돌려 점숙을 향해 빙그레 웃음을 띤 얼굴로 찬찬히 바라보고 섰더니 무엇을 발견한 것이나 같이,

"인젠 해라를 허기가 거북하더라. 뭐라고 헐까, 점숙 씨 헐까?"

그리고 주인 여자 편으로 고개를 돌리며 히히히 저 혼자 웃다가는,

"그래, 점숙이 허지."

스스로 정하고 육성을 고쳐 희롱처럼,

"점숙이, 나 오늘 속상헌데 그 창가 좀 들려주."

하고 대답을 구하고 잠시 쳐다보다가,

"뭐더라, 옳지."

하고 노래조로 목을 뽑아 웅얼거리는 소리로,

"황성 옛터에 밤이 되면 월색만 고요하고."

그리고 그 계속을 재촉하듯 젓가락으로 상을 두들긴다.

"그 담은 뭐지?"

하고 장단을 맞추던 젓가락을 멈추고 고개를 기웃, 다음 구절을 생각하는 듯 저편에 귀를 기울이며 기다리듯 하다가,

"자 어서."

하고 애정을 담아 익살스럽게 눈을 꿈벅하고 감았다 뜬다.

"월색만 고요하고 그리고?"

"난 몰라요."

매정스런 한마디로 미닫이를 탁 닫고 계집아이가 사라지자 히히히 허리를 굽혀 한참 웃다가,

"고것 참 예쁘다."

그리고 외투 소매로 입을 쓱쓱 씻고 주인 여자 편으로 돌아서며,

"덕근이 그 사람 딸 하나는 잘 두었거든. 얼굴 생긴 것하고 허는 모양허고 장래 제 부모를 앉혀 놓고 먹여 살릴걸."

"인물만 뻔하면 뭘 해요. 벌써부터 계집아이가 모양만 낼 줄 알구 소갈머리는 눈꼽만치도 없는데요."

널상 위에 걸레질을 하면서 모로 만성이 있는 편으로 가까이 오며 대꾸다.

"집안일을 좀 거들래도 암상만 부리는 앤데 부모 앉혀 놓고 먹여 살릴 애예요? 여보, 틀렸소."

"그래도 두고 보슈. 아주머니도 딸 덕 좀 보리라."

하고 방 있는 편을 힐끗 돌아다보고 다시 주인 여자를 향해,

"얼굴이 그만큼 나고 모양낼 줄 모르겠소. 아주머니가 그건 모르는 소리지. 여자는 얼굴을 다듬고 옷 탐을 내고 하는 데 다 수가 납네다."

그리고 여자가 무어라고 입을 열려고 하자 방을 가리켜 껌벅 눈짓을 하고 가만히 있으라 손짓을 하며,

"오죽 못났으면 이 좋은 세상에 집 속에 들어 앉아서 집안일이나 보고 공장에나 다니고 허겠소. 여자란 제 밑천을 어머니 뱃속에서부터 가지고 나오는 것이네다. 어머니 뱃속에서부터 가지고 나온단 말예요."

여전히 걸레질을 하며 여자는 대꾸가 없자,

"내 말 못 알아듣겠소?"

하고 잠깐 동을 띠었다가,

"말허면 여자란 얼굴이 밑천이란 말이거든."

하고 주인 여자 앞에 손을 내민다. 그는 무슨 의미인 줄 몰라 쳐다보며,

"뭘 말씀유."

"젓가락을 이리 달란 말유."

하고 여자 손에서 젓가락을 받아 들고,

"여자란 제 얼굴 잘생기고 못생긴 데 따라 이 담에 잘살고 못사는 팔자가 정허게 됩네다."

"난 그래 얼굴이 남만 못생겨 오늘날 이 고생을 헌답디까. 나도 저 애 나이만 땐 열 사람 모인 중에 가서 얼굴 잘생겼단 소리 못 들어 본 적이 없었다우."

"그야 밑천을 잘 타고 났다고 다 잘 되는 것은 아니지. 밑천은 든든히 가졌어도 그걸 활용을 잘해야 허는 거거든. 장삿속도 그렇지 않소. 허다못해 적은 밑천 가지고 싸구려 장사를 허는 데도 그렇지. 첫째 그걸 가지고 약삭빠르게 활용을 잘 해야 허는 거거든. 밑천만 가졌다고 장사가 다 잘된대서야 장사해 밑지는 늠도 없고 못살게 되는 늠도 없게. 그렇지 않소."

하고 여자의 등을 한 번 치는 척 가벼이 손을 댔다가 이어 귓가에 입을 가져다 대고,

"이 근처서 나만큼 장삿속 아는 사람은 없소. 내 자랑은 아니지만 내 말대루만 허슈. 내 뱃대끈 풀러 놓고 편히 앉아서들 먹고 살게 만들어 줄 테니."

하고 물러서 저편으로 가 찌개 냄비를 뒤적뒤적 젓가락으로 뒤진다. 여자는 잠시 손에 쥔 걸레를 멈추고 섰더니 방 안에 의식을 두고 하는 말이리라. 음성을 높여서,

"그럼 난 일테면 밑천을 잘 타고 났어도 그걸 활용할 줄 몰라서 오늘날 이 고생을 허는 셈인가."

"암 그렇지."

하고 그편으로 고개를 돌리며,

"다른 건 고만두고 김권실네 작은 집으로 들어간 춘섬네 딸 보슈. 좀 팔자 고쳤소. 크나큰 기와집에 하인 부리고 잘사니 제 몸 편하고 제 아비는 시골 목상으로 내려갔으니 팔자 고쳤고 우리네 같은 놈이 담구녕을 뚫은들 그렇게 되겠소. 글쎄, 여자란 얼굴이 밑천이라니깐."

방문이 방긋이 열리며 손만 내밀어 고무신을 방 밑에 내놓는다. 조금 지

나 점숙은 중발한 머리를 뒤로 돌아서 신을 신는다.

"어디 얼굴 좀 바루 보자."

만성은 눈귀에 잔주름이 잡히는 웃음으로 잠간 아래위를 훑어보며,

"밑천이 저만허면 제 호강은 젊어진 팔자다. 어디 가까이 좀 오너라."

하고 자신이 먼저 두어 발짝 다가간다. 점숙은 상기한 얼굴을 감추듯 등을 꼬부리고 문 밖으로 뛰어나간다. 그 뒤를 따라 쫓아 나가며,

"얘, 거기 좀 섰어. 거기 좀 섰어."

소리는 밤 어둔 골목을 울리며 컴컴한 비탈길을 통통거리며 달음질치는 점숙의 뒤를 따랐다.

조금 후 만성은 언 것 같은 입술이 퍼런 정색을 하고 술청 안으로 들어온다.

"저 앤 매일 저렇게 저녁마다 밖으로 나가우."

하고 화로 앞으로 가 옆으로 고개를 돌려 주인 여자를 보며,

"매일 나가는 데가 어디랍니까?"

"내가 아우. 어딜 가는지."

"아, 어딜 가는지 묻지두 못허슈?"

"물으면 바른 대로 말헐 줄 아우? 밤낮 평계가 동무 집에 놀러 간다는 걸."

"그래 과년한 계집아이가 저녁마다 나가는 걸 보고도 그래도 내버려 두우."

"그럼 어쩌우. 내가 말을 한다고 들어먹을 아일세 말이지. 어미를 알길 뭣처럼 아는 앤데."

그리고 어세를 고쳐서,

"내가 난 자식은 아닐지라도 그래도 내가 이 집에 들어온 지 십 년 동안을 길러내다시피 했구료. 난 어미나 조곰도 다를 것 없이 거둬 길렀지 않었겠수? 그 공은 모르고 내 말이면 코를 외로 들리는구료. 고런 계집애가

세상에 어디 있우?"

그 말엔 귀를 두지 않고 부뚜막 아까 털보가 앉았던 자리에 외투 자락을 젖히고 앉아서 만성은 딴 생각을 하는 듯 눈을 끔벅끔벅 하고 있더니,

"하여튼 저녁마다 나가는 데가 어딘 듯싶습디까? 아주머닌 짐작이라도 있을 것 아니유."

"난 모르겠소."

하고 토라진 태도로 돌아서 널상 위에 술 사발을 차례차례 엎어 놓는다.

"어디 좋아 지내는 사내놈이나 있어 만나러 다니는 것이 아닐까."

"낸들 아우. 어느 년을 만나러 다니는 건지, 놈을 만나러 다니는 건지."

잠시 무엇을 주저하는 듯 어색한 웃음으로 입귀를 움짓움짓하다가 태연한 어조로,

"요새도 내 아우 만수란 놈 자주 들릅디까?"

"가끔 저녁이면 오지요."

"만수가 오는 날도 점숙인 나갑디까?"

일손을 멈추고 주인 여자는 잠시 말이 없이 만성을 빤히 마주 보고 섰다. 그것이 무엇을 의미하는 것인지 새겨 보는 듯하다가 그 변명인 듯,

"나가기도 하고 안 나가기도 하고."

하고 돌아서 하던 일을 계속한다. 만성은 손바닥으로 얼굴을 쓱쓱 부비다가는 턱을 괴고 앉았다. 발아래 눈을 놓고 앉은 얼굴이 점점 침통해 가다가 문득 고개를 들어,

"덕근이 그 사람은 뭐래? 그래 과년한 계집아이가 밤늦게 나다녀도 아무 말 없습디까?"

"어디 그 사람이 성한 정신을 가진 사람유? 밤낮 주책만 떨고 한다는 게 밤이면 노름질이나 찾어다니고, 글쎄, 사람이 무슨 생각이 있어야 딸자식 어떡할 걱정이라도 할 것 아뉴."

무거운 것을 일으키듯 만성은 궁둥이를 들고 일어서며,

"더 바람나기 전에 하루바삐 서둘러 보슈. 당자보고도 알아듣도록 타이르고 덕근이보고도 사정을 깨달도록 이르슈. 그대로 내버려 두었단 공들여 길른 '봉' 놓쳐 버리리다."

그와 거진 옷이 닿도록 주인 여자는 가슴 아래턱을 쳐들고 서며 나직한 음성으로,

"그 사람 오늘도 만나 보셨우. 그래 뭐랍디까?"

"아까도 만나 보고 왔지만 글쎄, 이것은."

하고 바른편 다섯 손가락을 쥐었다 펴며,

"당장이라도 내놓겠대. 계약만 치르면."

"뭐 열 장?"

하고 여자가 다지자,

"그래, 열 장."

하고 만성은 또 한 번 손가락을 쥐었다 편다.

"지금 돈에 천 원이면 을마유. 술장사를 헌데도 큰거리에 나가 벌릴 만한밑천은 될 것이고 집을 뜯어 가지고 나가거라 들어가거라 하는 판인데 집 한 채를 얻을 수도 있겠고 한밑천 잡게 될 것 아뉴."

여자는 욕기가 도는 눈으로 깜짝깜짝 쳐다보다가 난처하다는 듯 고개를 떨어뜨리며,

"글쎄, 사람들이 어디 내 생각만 같을세 말이지. 아이 아버진 귓등으로 듣고 계집아이는 죽으려 보내는 것 같은 얼굴을 하고 허는데."

"당자만 허드래도 그렇지. 제 몸 편하게 호의호식하고 드나드는 사람들에게 귀염받겠고, 그리고 몇 해만 겪어 나면 제 빚 벗어나고도 돈만 모이게 된다니 그게 을마유."

하고 저 자신 허겁스런 어조로 말에 힘을 준다.

"글쎄, 저도 생각이 있지 생전 이 거지 구덩이에서 사는 게 원이랍디까. 어느 놈하고 눈이 맞어 시집이라고 간데도 제까짓 게 고생은 짊어진 팔자지."

하다가 문 밖에서 발자취 소리가 나자 멈추고 돌아다본다. 그리고 널문이 열리며 최 의사의 작은아들놈의 코 흘린 얼굴이 나타나자 저편에서 입을 열기 전에,

"그래, 지금 곧 올라간다고 그래라."

퉁명스런 소리를 질러 놓고 모자를 찾아 기웃기웃 상 밑 구석구석으로 눈을 돌린다.

널판자에 신문지를 바른 한 칸 방 이웃 방과 벽에 구멍을 뚫고 공동으로 불빛을 나눈 희미한 전등 아래 오륙 인의 장정이 서로 무릎을 모으고 웅숭 그리고 앉았다. 방 밖으로도 처마 밑에 자리를 깔고 삼 인이 무릎을 세우고 앉았고 각자 주위를 둘러막은 어두컴컴한 야기, 그것처럼 얼굴빛이 어둡다.

방 아랫목 구석에 책상으로 대용하는 개다리소반에 팔꿈치를 세우고 비스듬히 앉은 그 집의 주인 최 의사 최 참위는 코 아래 내려앉은 안경을 벗어 들고 재물재물한 눈과 안경알을 저고리 고름으로 닦으며,

"―하루는 선생 되는 자가 그 애를 불러 놓고 물었드래. 다른 때는 아침에 강도 잘 외고 하던 애가 얼굴빛도 초췌해 가고 알 만한 것도 번번이 불통을 허고 허니까 아마 궐자가 보기에도 무슨 곡절이 있는 듯싶었던 모양이지."

하고 작은 눈썹을 움질움질 빛 없는 안경을 굴리며 좌우의 이 사람 저 사람 돌아본다. 각자 납덩이를 삼킨 무거운 얼굴로 그것을 눅이려는 듯 몇 번이고 들어 외다시피 하는 노인의 이야기에 잠잠히 귀를 모은다.

"첫번은 입을 봉하고 여간해 말을 허지 않다가 하도 선생이 다져 물으니까 그제야 사실대로 얘기를 허드래. 밤에 집으로 돌아갈 때면 도중에서 젊은 여자가 기다리고 섰다가 애태를 꾸며 맞더란 얘기를. 선생은 그 여자가 맞기만 하고 다른 수작은 하는 게 없더냐 물으니까 그 말까지 했더라지 입을 맞추더라고. 몇 번을 맞추던, 세 번씩예요. 세 번 외엔 더 안 허던가,

네. 그리고 선생은 잠시 고개를 외로 흔들며 이상하다는 듯 생각을 하더니, 너 그 여자가 입을 맞출 때 네 입안으로 뭐 들어가는 것이 없던가, 있어요. 뭐디, 무슨 구슬 같은 게 널름 혓바닥을 핥고 나가요. 그럼 오늘 밤에 그 여자를 만나 네 입으로 구슬이 들어오거든 아무 말 말고 딱 입으로 물어 떼어 가지고 내게로 오너라 했더라지."

"그게 여의주라는 거지."

하고 한 자가 주를 달자,

"글쎄, 들어 봐."

하고 노인은 우각테 안경 다리를 조심스리 두 귀에 걸고 때에 찌든 입은 옷과 아울러 고태와 궁기가 검은 얼굴을 고쳐 든다.

"그날 밤 만나던 자리를 가자 여전히 소복을 헌 여자가 나타나 반색을 해 맞드라지, 그래 선생이 이르던 대로 입안에 무엇이 들어와 혓바닥을 핥자 입을 다물었대. 그러자 벌써 가져갔더래. 그러길 한 번, 두 번, 세 번째는 여자가 입을 갖다대자마자 앞니로 물어뗐다는구려. 그러니까 여자가 애걸허더래, 제발 이리 내라고, 나중엔 그걸 가지면 당장에 삼대 멸족을 헐 테니 이리 내라고까지 허며 이쪽으로 달아나면 어느 틈에 와 앞을 막고 그렇게 밤새도록 달아나고 막고 하다가 첫닭이 우니까 사라지더래. 그 길로 선생한테로 가니까 먼저 묻는 말이 가져왔니? 네. 그럼 이리 내놔라. 잘못해서 고만 삼키고 말았어요. 하니까 선생은 무릎을 치며 네 복이니까 허는 수 없다. 하늘이 주시는 것을 다른 놈이 가질 수 있겠니, 하고 그게 여의주다 허드랍디다. 여자는 늙은 구미호라며."

하며 빙그레 웃고 좌우를 돌아본다. 일반은 그다지 흥도 없이 잠잠하다가 혼잣말처럼,

"지금도 여의주란 게 있을까."

"있긴 있겠지. 우리가 몰라 그렇지."

"그런 것 하나만 얻었으면."

하고 엄청난 것을 바란다는 듯 껄껄 웃으며,

"이런 고생 안 허겠구먼두."

"이 사람 고생만 안 허게 되겠나. 세상 것이 다 자기 것이 될걸."

잠시 방 안의 사람은 그런 천내의 기적을 부러워하는 얼굴로 소리 없이 또는 소리를 내어 웃다가는 각자 자신의 주위를 돌아보듯 지금까지 간직하고 있던 가만히 있지 못할 불안을 뱉듯이 긴 숨을 내쉰다.

"만성이 그 사람은 뭘 허느라고 안 오는 거냐. 자네 집에 있다면서."

하고 한 자가 윗목 이부자리를 쌓아 올린 궤짝에 등을 대고 앉아 있는 덕근을 향하고 묻는다. 그는,

"글쎄, 난 못 보고 나왔으니간."

하고 맞은편 아까 술집에서 겪은 분을 그대로 뿌루퉁한 얼굴로 바람벽에 붙은 해묵은 월력표를 바라보고 앉아 있는 털보를 본다.

"자기 보았자 뾰죽헌 수 없으니깐 갈 것 없답디다."

하는 같은 퉁명스런 소리로 한 자가 받는다.

"뾰죽한 수가 없건 있건 아니 올 건 뭐야."

"내 그놈의 속 모르는 줄 아우. 빤히 유리를 박은 듯이 들여다보지. 같잖게 자식이 김권실허고 친분나치나 있다고 뱃대를 내밀고 그리는 거지, 뭐."

방 안은 공기가 잠깐 울끈해지는데 방문이 열리며 바쁘게 비탈길을 뛰어 올라오느라고 숨이 차 할딱할딱하며 최 의사의 작은아들놈은,

"지금 저 아래서 올라와."

하고 머리로 뒤를 가리키며 앉을 자리를 찾는다.

취태를 꾸며 만성은 한 발짝마다 꿍꿍 힘을 주며,

"아아, 그 길 올라가기 힘들다."

는 등 허풍을 떨며 방문 가까이 와서는 두어 번 헛기침을 울리며 자기의 존재를 알린다. 문 밖에서 두 팔을 벌려 문기둥을 짚고 서서 안을 들여다보며 몇 번 들어와 앉으라는 최 의사의 권을,

"여기도 좋습니다. 여기도 좋습니다."

들어앉을 자리가 만만치 않아 그러는 듯 자기와 외면을 하고 앉은 털보의 뿌루퉁한 얼굴을 꺼리는 듯 사양하다가는 최 의사가 내주는 아랫목은 황감스리 피하여 덕근이 옆에 끼어 앉는다.

"자네 좀 만나 보기 힘드는데."

하고 악의 없는 웃음으로 비꼬는 최 의사의 말에 고개를 움찔하고 황송스런 표정을 짓고,

"허는 것 없이 바빠서요. 지금에야 밖에 나갔다 들어오는 길인뎁쇼."

하고 짐짓 술 취한 사람이 몸을 단정히 가지려고 노력하는 표정을 꾸미며 실내의 침통한 얼굴들과는 다른 의미로 정색을 한다. 고난을 당하는 자와 그것을 하게 하는 자가 한자리에 앉은 것처럼 사이가 갈라져 방 안은 잠깐 거북한 침묵으로 잠잠하다가,

"자네도 들었겠네만 오늘 땅 임자가 바뀌었다고 사람이 왔던데 그게 사실인가."

방 밖에 있는 삼 인의 얼굴도 문 앞에 머리를 모여 들여다보고 자기 한 사람을 중심으로 모여드는 그 많은 사람의 시선을 피하는 듯 만성은 손바닥으로 얼굴을 쓱쓱 문지르며,

"글쎄, 저도 그건 금시초문입니다. 지금 덕근이 집에서 처음 들었는 걸요."

"자네가 몰랐을 리가 있나. 김권실네 집을 자기 집처럼 드나드는 사람이, 그야 우리보담 자네가 먼저 알고 있었겠지."

하는 어투와는 반대로 최 씨는 온건한 웃음으로 좌우를 돌아본다. 생판이라는 듯 만성은 눈을 휘둥글린다.

"정말입니다. 알았으면 알았다지 모른달 게 있습니까. 김권실네 댁엘 드나든다 하더라도 지가 하는 일 내게 일일이 고해 바치는 것 아니고."

"그야 다른 일이면 모르겠네만, 자네보고 관리를 맡긴 땅이 팔렸다는데

누구보단 자네에게 먼저 알렸을 게 아닌가. 경우로 봐서도."

"저도 요즘은 그 댁에 안 가 본 지도 오래고 그리고 땅이란 지금 있다가 이따 팔리는 수도 있고 그러는 것이니까 뉘가 압니까. 그새 임자가 나서 팔었지. 땅을 팔려고 내놨단 소문은 벌써부터 있었던 것이고."

하고 손을 내저으며 변명을 하는 말을 귀담아 듣지 않고 최 씨는,

"그건 하여튼."

하고 상대의 입을 막아 놓고,

"알었든 몰랐든 그걸 가지고 지금 시비를 가릴 건 없는 것 아닌가."

하다가는,

"암, 자네도 한동네에 사는 처지에 땅이 팔린 줄을 알고도 시침을 떼고 있겠나. 몰라 그랬을 테지."

하고 달래는 어조로 순순히,

"그럼 내일이라도 자네가 김권실을 찾아보도록 허게. 사실로 땅이 팔렸는가 아닌가를, 아직 언론 있고 팔리지는 않았다면 이왕 남에게 팔 땅이거든 지금 사는 주민들에게 팔도록 허게 하고, 어떻게 한 평에 얼마씩 금을 정해서 윈 다달이 월부로 꺼 가도록 헌다든가 하면 피차에 좋은 일 아니겠나. 그리고 벌써 임자가 바뀌었다면 또 거기 대해서도 이쪽 생각도 있고 허니까 그걸 자세 알아보도록 허란 말야."

"알아보긴 허겠습니다만."

하고 만성은 커다랗게 고개를 끄덕이는 것이나 그것이 믿어지지 않는 것이리라 최 씨는 다지듯,

"자네도 생각해 보게. 이 동네에 집을 지닌 호수가 팔십여 홀세. 팔십여 호에 한 집 다섯 식구만 치더라도 사백여 명 식구 아닌가. 사백여 명이 한꺼번에 궁둥이 붙일 곳을 잃고 이 치운 날에 거산을 허게 되는 꼴을 보게 되면 자넨들 마음이 좋을 건 없겠지."

"마음이 좋을 건 없다니요."

하고 만성은 은연중 자기만을 따로 거리를 두고 하는 의미를 깨닫자 고개를 들어 상대를 본다.

"저는 이 동네 사는 사람 아니고 무슨 문 안 다방골 같은 데 큰 집 지니고 사는 눔인 줄 아십니까. 한동네 같이 사는 눔이면 남 당허는 일 나도 같이 당허게 된 것인데요. 어째 마음이 좋겠습니까."

그리고 말을 하고 보니 분한 모양이다.

"난 그렇게 마음이 나쁜 눔 아닙니다. 나도 인정이 있고 눈물도 있고 헌 눔이에요."

"암, 그렇지. 그렇지."

하고 어색한 웃음으로 약간 당황해지다가,

"누가 자넬 나쁜 사람이라고 했나. 그건 잘못 들은 소리지. 피차 그렇게 되면 마음이 좋을 건 없다는 말 아닌가."

하다가,

"허기야 땅 가진 임자가 팔든 말든 제 땅 가지고 저 허고 싶은 대로 허는데 누가 뭐라겠나. 애초부터 그 땅에 집을 지니고 있는 우리들이 잘못이지. 언제는 집 지으라고 허는 땅에 집들 진 건가. 어느 때는 쫓겨날 때가 있을 것은 알고들 있었던 일이지만."

하고 최 씨는 추연한 얼굴을 들었다. 자칭 최 참위요, 심심소일로 펴 놓고 있는 동의보감의 지식으로 태음이다 소양이다 안경 너머로 사람을 보아 단정을 하며 더러 약방문을 내주는 것으로 일반에게 최 의사로 불리는 최 노인은 그래도 동네에선 식자요, 인망가다. 그의 말은 일반의 공통한 의견을 대표한 듯 방 안 사람은 각자 자기네들의 떳떳치 못한 위치를 까닭 모를 울분과 함께 느끼며 입을 다물고 묵묵하다.

"그렇습죠. 자기 땅 가지고 자기 맘대로 하는데 누가 뭐라겠습니까. 도대체 임자 있는 땅에 집을 진 우리가 잘못이죠."

최 씨 입에서 나온 같은 말이 만성이의 입에서 읊어지자 일반은 별다른

의미가 되어 들려졌다. 까닭 모를 울분의 대상을 잡은 듯 털보는 가만히
있지 못하고 참았던 것을 터뜨리는 급한 어조로,

"잘못은 누가 잘못이란 말야."

하고 거친 눈으로 만성을 흘겨본다.

"저 건너서 남들 곧잘 집 지니고 사는 땅 산에서 채석인가 뭔가 허겠다
고 헐어 가게 하든 사람은 누구야. 난 이리로 집 뜯어 가지고 옮겨 올 때도
줜의 간청으로 왔지 그냥 온 사람은 아뉴."

"저 건너 땅은 김권실의 땅 아니고 언제는 당신의 소유였우?"

하고 흥 하는 얼굴로 털보의 험한 눈을 받으며 만성은,

"그리고 이 땅에 줜 허가받고 진 집이 몇 집이나 된다고 그러우. 아마
팔십 호에 반수도 못 되리다. 그 나머지는 야밤에 도적놈처럼 들어와서 진
집들이고."

하고 머리를 좌우로 돌려 방 안 또는 방 밖으로 들여다보고 섰는 소위 도
적놈처럼 집을 지은 자의 몇몇 얼굴을 돌아본다.

"도적놈들이라니, 응."

응 하고 털보는 누런 잇몸을 드러낸 험한 상으로 다조지듯 만성을 향해
마주쳐 앉는다.

"이런 못 쓰는 땅에 집을 지었기로 도적놈 될 게 뭐냐 말야."

그 말에 따라 몇 사람의 기색이 움직인다. 그 욱기에 눌린 듯 만성은 빌
붙은 눈으로 돌아보다가,

"도적놈은 누가 도적놈이랬단 말유. 일테면 야밤에 와서들 임자 몰래 집
들을 지었단 말이지."

"도적놈들처럼은 도적놈들이란 말 아닌가."

하고 방 밖에서 등 뒤로 넘어다보고 섰는 한 자가 얼굴을 감추며 말을 넘
긴다.

"도적놈들이라니 들 자는 어째 부치는거냐, 들 자는. 우리가 도적놈이면

너도 도적놈이겠구나. 너는 임자 있는 땅에 집 짓고 사는 눔 아니냐."

하고 앞에 앉은 자의 사이를 뼈기며 털보가 반쯤 궁둥이를 들자 거기 대항하여 만성은 어기대어,

"그래 나도 도적놈유. 나도 도적놈이란밖에."

그리고 목을 넘어오는 충동을 참는 듯 입귀가 움질움질하다가,

"그래 도적질을 안 해서 대든 거야, 대드는 것은."

전과자라는 그의 과거를 두고 하는 것인지 또는 아까 술집 여자에게 하던 그것을 두고 하는 말인지 털보는 잠시 멍멍히 말문이 막혀 섰다. 어떻게 취할 태도를 잃은 듯 격한 눈으로 상대를 노려보기만 하다가 갑자기,

"나 도적질허는 것 네 눈으로 봤니? 네 눈으로 똑똑히 봤어?"

하고 앞에 앉은 사람에 걸리어 굽실하고 허리를 굽혔다 다시 일어서며 만성에게로 다가갔다. 그것을 한 자는 뒤로 안아 잡아 앉히고 한 자는 그와 만성 사이를 막아 나앉는다.

"아아―그만들 두게. 그만들 두어."

하고 최 의사는 부지중 일어서려던 몸을 도로 앉히며 점잖이 털보를 향해,

"고만헌 일을 가지고 떠들 게 뭔가. 조용조용히 해도 헐 말 다 헐 걸. 다들 없는 것이 잘못일세. 가진 것 없는 것이 잘못이야. 애초에 이 땅에 집을 짓지 않았드면 이런 소리 저런 소릴 안 들을 것 아닌가. 남의 소유지에 허가 없이 집들을 지었으니 그런 소리 들을 만두 하지, 뭐."

하고 최 씨는 좌우를 돌아보며 소리를 높여 허허허허 방 안의 긴장한 공기를 흐려 놓는다.

"저놈 가만두었단 큰일 나지 않겠습니까. 그놈 허는 말 좀 들어 봅쇼."

하고 사람이 어깨를 눌러 앉히는 대로 못 이기는 듯 털보는 앉아 앞사람의 등 너머로 만성을 한 번 흘긴다.

"하여튼 자네는."

하고 잠깐 조용해진 틈을 타서 최 씨는 그 옆 한 자에게 어깨가 잡혀 앉았

는 만성을 돌아보며,

"내일 아침 일찍이 김권실네 집을 가 보도록 허게. 말을 자세히 듣고 와. 이쪽 형편도 사정껏 말해 보고."

하고 얼른 자리에서 쫓아내려는 것처럼 어린아이에게 이르듯 하는 말을,

"네."

하고 대답을 하고는 만성은 아직도 남은 분이 있어 그러는 듯 여간해 몸을 일으키지 않았다.

동대문을 밖으로 포목전, 고무신 상점, 매약점 등 지붕이 얕은 상점을 좌우로 두고 낡고 먼지에 찌든 그 거리에 알맞게 한편으로 기우듬한 좁다란 장안에 어느 여급이나 색주가 여자인 듯싶은 한 장 채색 사진을 견본으로 내건 사진관, 검정 휘장 하나로 사장과 객실을 구별한 두 칸 거리의 좁다란 위층에서 만수는 유리창에 이마를 대고 바깥 밤거리를 내려다보고 섰다. 업으로 하는 사진관이라기보다는 할 일이 없어서 젊은 친구들이 모여 한담을 소일로 하는 장소라는 감이 합당한 사진관으로 만수도 일테면 할 일이 없어서 매일 찾아가는 사람 중의 하나다.

양복바지 주머니에 두 손을 찌르고 돌아섰는 만수의 등 뒤로 의자를 마주 놓고 앉은 두 사람의 젊은 자와 그 집의 주인인 테이블 모퉁이에 팔꿈치를 세우고 비스듬히 섰는 와이셔츠만 입은 자가 담화를 나누고 있다. 근일 화젯거리가 된 어느 무용가와 여배우 간에 일어난 연애 사건을 중심으로 이야기는 가지에서 가지로 번져 가다가,

"그건 만수도 잘 알 걸, 아마."

하고 주인 김은 '넉 사' 자로 꼬고 섰던 다리를 바로 내려놓으며 만수를 건너다본다.

"왜 만수도 나허고 전에 여러 번 놀러 간 적이 있지 않어. 복차 다리 못 미쳐 있던 홀 말야. 그 홀에 있던, 우리가 실비야 시드니 같다던 여자

말야."

　그 말에는 전연 귀가 없는 듯 만수는 등을 꾸부리고 섰는 그대로 자세를 고치지 않는다. 유리창 밖 어느 상점에서 울리는 가성을 내어 애소하는 여자의 울음소리 같은 축음기에서 나오는 속자가 멀고 그 음향에 끌려가는 사람들처럼 벤또 그릇을 덜그덕거리며 총총한 걸음으로 이삼 인씩 떼를 지어 가는 조선 바지에 각반을 올려친 무리, 어린애를 하나는 업고 하나를 앞세우고 가는 여인의 방심한 얼굴, 근처 제사 공장의 여공인 듯싶은 사오 인의 검은 머리와 노랑 분홍빛 등의 저고리 그 무리들은 포목전 앞 밝은 불 아래 반짝 드러나다가는 자기들의 초라한 모양을 감추려는 것처럼 다음 어둠 속으로 들어가 사라지고 한다. 만수는 자신의 심상을 나타내 보는 듯 침착한 비애에 잠겨 내려다보고 섰다.

　"아, 그 여자 몰라, 실비야 시드니 같던 여자 말야."

하는 김의 그 귀를 울리는 커다란 음성에 문득 돌아선다.

　"그 여자가 어쨌단 말야."

　"그 여자가 바루 지금 사진의 여주인공이거든."

　"바루 그 여자야."

하고 김의 과장스레 득의해 하는 표정에 답하듯 흥 없는 소리로 창 앞을 떠나 그 가까이 간다.

　"그럼 아주 출세했게."

　"출세헌 셈이지. 문 밖 찌꺼기 홀 여급에서 일류 여배우가 됐으니까. 그리고 이번에 일류 무용가와 연애원주라."

　"출세를 했건 연애를 하건."

하고 자기는 흥미 없는 일이라는 듯 쳇 하고 혀끝을 한 번 차고 김의 옆으로 테이블 위의 묵은 영화 잡지를 뒤적거리고 섰다.

　"지금도 그 늙은 어머니는 동대문 시장 어구에서 빈대떡을 부치고 있다는 거야."

하고 잠깐 동무의 응답을 기다리는 듯 동이 뜨이다가 의자에 앉았던 자가
두 팔을 벌려 한 번 기지개를 켜고 나서,

"그럼 내일 한번 그리로 빈대떡을 사 먹으러 가 볼까. 동경 있는 따님에
게서 소식이나 들었느냐고 하고."

하고 껄껄껄 하고 웃는 웃음에 합하여 모두 파안이 되는 가운에 만수는 홀
로 떨어져 등을 대고 섰더니 갑자기 탁 하고 상을 울리며 책을 집어던지고
돌아선다. 그리고,

"아아."

이마 아래로 내려진 머리를 치켜올리며 턱을 쳐든 그대로 천정을 바라보
고 영탄조로 긴 숨을 내쉰다.

"오늘은 웬일야, 만수가"

하고 그 어깨에 손을 얹으며 김은,

"오늘도 형님하고 또 싸우고 나온 모양이군그래."

"오늘은 아주 잘라서 말을 허는 거야, 집에 있지 말라고 네 맘대로 나가
살라고. 땅 소유자가 집을 뜯어 가지고 떠나가라고 그랬다나. 그렇게 되면
자기도 살림 고만둘 작정이라며."

홍이 깨진 얼굴로 잠시 만수에게로 눈이 모이다가,

"그거 안됐군그래. 요샌 돈 가지고도 집 얻기가 극난이라는데."

"그래도 옮길 장소 같은 건 정해 주겠지. 그것도 없이 떠나들 가래?"

"뭐 그런 소린 없는 모양인데."

"그건 좀 안됐는데."

그러나 만수는 그것이 걱정이 아니라는 듯 유유한 태도로 테이블 끝에
궁둥이를 걸고 반신을 접었다 펴며,

"뭐, 잘됐지, 잘됐어. 그렇지나 않으면 그놈의 토막 헐려 없어질 날 있을
라고, 난 그놈의 토막 없어질 걸 생각하면 아주 시원하거든."

그리고 자조하는 웃음으로 입귀가 일그러지다가,

"난 요즘도 가끔 꿈을 꾸는데 그 토막들이 활활 불이 붙어 없어지고 그 자리에 큰 문화 주택이 서고 정원에는 분수가 솟고 허는 꿈을."

"그리고 만수 자네는 그 집에 주인이 되어 쓱쓱 배를 문지르며 그 정원을 산보허는 꿈을 말이지."

하고 한 자가 만수의 말을 웃음으로 받았다.

"아이구, 이걸."

하고 만수는 갑자기 테이블에서 미끄러져 내려서며 엎어지듯 몸을 굽혀서 농을 하던 자의 넥타이와 아울러 그 목을 움켜쥔다. 그리고 상대의 볼따구니를 향해 바른편 주먹으로 겨누어 그가 앉은 의자가 반쯤 기울어지도록 밀며 노리다가는 농이라는 듯 손을 놓고 일어서며 파안을 한다. 진인지 농인지를 몰라 차츰 안색이 질려 가던 상대는 넥타이를 고치며,

"자식—난 별안간 미쳤나 했지. 참 놈 우악스럽기도 하다."

그 말에는 대꾸 없이 만수는 주먹을 쥔 바른팔을 굽혔다 폈다 하며,

"누구든지 덤벼라. 단 주먹에 없애 버리고 말 테다."

하고 실내를 한번 쓱 돌아본다. 그러다가는 또 픽 실소를 하고,

"요샌 웬일인지 남허고 싸움이 허고 싶어서 못 견디겠어. 어떤 놈 주먹 든든한 놈허고 내가 맞아 넘어지든 놈이 내 주먹에 맞아 거꾸러지든 한번 얼러 봤으면 속이 시원하겠는데 이런 땐 걸리는 놈도 없더라."

"그러게 너 같은 놈은 임마 권투 구락부에서도 받지를 않어. 너 같은 놈 기술 가르쳐 놓았다는 살인 나게."

"그렇게 싸움이 허고 싶건 기대리고 있을 건 뭐냐. 지금이라도 행길에 나가 지나가는 사람 뺨 한 대만 따려 보지. 허기 싫여도 싸움은 싫토록 허게 될 터니."

"그러지 않어도 오늘 낙원동 골목에서 한번 얼릴 뻔했다네."

하고 자기 앞을 서 가는 자가 이유 없이 밉살머리스러 짓궂이 어깨를 치고 지나가던 시늉을 내보이며,

"난 놈이 약이 올라 덤빌 줄 알고 잔뜩 어깨에 힘을 주고 있었는데 암만 기다려도 기색이 없는 거야. 그래 한번 돌아다보고 놀려 주었지. 그러니까 놈 겁이 난 모양이거든. 슬쩍 옆길로 새 버린 게 아닌가."

그리고 울 안에 갇힌 짐승처럼 뒷짐을 지고 좁은 시내를 뚜벅뚜벅 마루 창을 울리며 왔다 갔다 하더니 딱 멈추고,

"누구 뭐 먹고 싶은 것은 없어?"

하고 싱거운 웃음을 빙그레 이 사람 저 사람 번갈아 본다.

"양주가 먹고 싶은 사람은 빠로 모시고 요리가 먹고 싶은 사람은 관으로 모시고 허다못해 막걸리가 먹고 싶은 사람은 요 아래 추탕집으로라도 모실 테니 생각 있는 사람은 나서."

만수를 제한 세 사람은 서로 같은 싱거운 웃음으로 얼굴을 번갈아 보다가 아까 목을 잡히던 붉은 넥타이를 맨 자가,

"임마, 너 돈 가진 것 있고 그래."

만수는 홀쭉한 양복 주머니를 두들겨 보이다가는,

"돈 없어도 다 먹는 수가 있거든. 하여튼 자네들은 염려 말고 먹기들만 해. 뒷일은 다 내가 처리할 테니."

하고 이것 하나면 염려 없다는 뜻으로 바른편 팔뚝을 주물러 보며 장담을 하듯 정색을 하는 것이나 붉은 넥타이는,

"잘난 그 수 누구는 몰라 안 허는 줄 아니. 먹고 싶건 너나 가 실컷 먹어라. 그리고 나중 유치장 벤또밥도 너 혼자 실컷 먹고."

하고 삼 인이 함께 공소를 하되 그는 여전히 정색으로 실내를 왔다 갔다 머리를 숙이고 생각에 잠기는 듯하다가 얼굴을 들고,

"여봐, 남을 때릴 때보다 남에게 자기가 얻어맞을 때가 더 유쾌할 거 같은 생각 없나, 자네들은."

하고 눈을 똑바로 응답을 구하여 입을 다물고 섰다가 한 자도 거기 답하는 자가 없자 혼잣말처럼,

"어느 놈에게 한번 실컷 얻어맞아라도 봤으면 시원허겠는데 아주 널치가 되도록 한번 얻어맞아 봤으면."

"자식도 참."

하고 붉은 넥타이의 어이없어 하는 얼굴에 두 사람도 따라 표정을 같이 하여 픽 실소를 하는 것이나 그 속은 자타가 서로 통하는 공감되는 데도 있는 것이리라 잠잠히 피차 침묵에 잠긴다. 만수는 걷기를 그만두고 구석에 있는 의자를 끌어다 테이블 앞에 놓고 몸을 던져 앉는다. 그리고 허탈한 듯 머리를 뒤로 젖히고 눈을 감고 앉은 그 외양은 동료들이 '다상'이라고 별명 지어 부르는 그대로 벌어진 등판과 골격이 찬 면모, 힘줄이 두드러진 목, 그 늠름한 체구에 쓰이지 못한 채 남은 힘을 제 스스로 주체치 못하는 것이리라. 창밖에 들리는 거리의 음향이 가까워지듯 똑똑해지고 귓속이 징하도록 방 안에 침묵이 점차 부자연해질 때 아래에서 층계를 올라오는 쿵쿵 발소리가 난다.

언제나 손을 맞을 때 하는 동작으로 그들은 각자 앉았던 자는 일어나 의자를 내놓고 길을 치워 탁상을 바로 하며 한곳으로 주목을 모으고 있은 장면에 그들에겐 구면인 덕근의 딸 점숙이가 나타났다.

그는 간단한 목례로 인사를 표하고 눈으로 사람을 찾아 돌아다보다가는 만수와 눈이 마주치자 생긋 한 번 웃고는 아미를 숙이고 말없이 섰다.

그것이 무엇을 의미하는 것인지 모르지 않으면서 주인 김은 짖궂이,

"사진 찍으려 오셨습니까? 이리 들어오십시오."

"아녜요."

"그럼 누굴 보려 오셨습니까, 나요?"

그런 대화에는 아랑곳없이 만수는 벽에 걸린 모자를 떼어 쓰며 나갈 준비를 차렸다.

갈 곳을 잃은 사람처럼 사진관 앞 길가에 잠시 양복바지 주머니에 두 손을 찌르고 섰다. 그 등 뒤에 좀 떨어져 점숙은 모든 의지를 남자에게 맡긴

태도로 길 가는 사람들의 흘금흘금 쳐다보는 시선을 피하여 옆으로 배추 구루마를 둘러섰는 여인네들 편에 무심한 눈을 준다. 차츰 자기들의 존재가 거리 많은 사람들의 바쁜 움직임 가운데 동떨어져 가는 부자연을 느끼게 되자 만수는 고개를 돌려 점숙 편에 눈짓을 하고는 왼편으로 걸음을 옮기어 간다. 점숙은 말없이 그 뒤를 따른다.

반 썩은 과일, 본정통 어시장에서 쓸어 내온 머리 토막과 꼬리만 붙은 생선, 곰팡 슨 과자 부스러기, 컴컴한 속에 힘을 감추고 반짝반짝 윤을 낸 헌 구두, 근처 주민들의 외양처럼 구적지근한 물건들을 상점에서 나오는 불빛을 빌어 길가 땅바닥에 채채 벌려 놓고 제각기 객을 불러 외치는 소리와 그곳에 벌려 있는 물건 그것처럼 또한 구지레한 남녀가 모여 기웃거리는 길거리 노점가를 등을 밀리어 벗어나면 벌써 주위에 어둠이 짙은 적막한 거리다. 도장포 조끼방 조그만 전방 안엔 희미한 불빛 아래 조는 듯 사람의 움직임이 없고 노점가에서 들리는 웅성거림이 한덩어리가 되어 비명처럼 적어짐에 따라 거리에는 사람의 내왕조차 드물다.

듬성듬성 서 있는 가로수가 어둠 속에서 솟아나듯이 윤곽이 가까워졌다 사라지는 하나하나를 두 남녀는 앞서고 뒤선 거리를 줄이려지도 않고 지나며 말없이 걸음을 옮기고 있다가 한 가닥 바람이 낙엽을 날리며 몰아오자 점숙은 그것을 피하는 듯 몇 걸음 뛰어 만수의 옆에 가 섰다. 만수도 걸음을 늦춘다. 그대로 어깨를 나란히 말이 없이 한동안 걷다가 점숙은,

"목단강이라는 데가 어디에요?"

"만주 이쪽 끝게 붙은 도회지, 어디는 어디야."

"여기서 멀어요?"

"꽤 멀지."

"을마나 멀어요. 한 만 리?"

"글쎄."

"거긴 퍽 춥대죠?"

"그렇대두군."

"을마나 줄까?"

"……."

남자는 잠잠히 자기 걷는 길만 걷는다. 언제나 말이 적은 그인 줄은 모르지 않으면서 오늘따라 그 침묵이 가만히 있을 수 없게 갑갑하기는 상대가 그것은 왜 묻느냐고 반문이 있기를 기다려서리라. 점숙은 또 좀,

"얼마나 줄까요. 침을 뱉으면 땅에 떨어지기 전에 얼어붙는다지요."

"글쎄, 난 당해 보지를 않았으니까."

"거기도 조선 사람들 많이 살까요?"

"많이 산다드군."

고개를 들어 밤하늘을 쳐다보며 걷는 그대로 흥 없는 대답이다. 점숙은 상대가 고의로 반문을 피하는 것 같은 감이 들자,

"그런 데 가 보고 싶은 생각 없으세요, 오빠는?"

"왜 없어. 여비만 있다면 지금 이 밤으로도 경성역으로 나가 북행차를 타고 뚜루루."

하고 흘낏 고개를 돌려 눈치를 보듯 여자편을 보며,

"떠나고 싶은데."

그대로 잠깐 동을 띄었다가 찬찬히,

"뭐 누구 같이 가자는 사람이라도 있소?"

그렇다는 뜻으로 점숙은 생각에 잠긴 눈으로 말없이 고개만 끄덕끄덕 하다가,

"노비 대 주고 옷 사 주고 헐 테니 같이 가자는 사람이 있에요. 그리고 돈 천 원을 선금으로 주고."

한동안 고개를 바로 들고 묵묵히 걷기만 하더니 만수는 혼잣말처럼,

"노비 대 주고 옷 사 주고 그리고 돈 천 원씩 선금으로 주고 그것 참 조건 존데."

그리고 가까이 점숙의 얼굴을 들여다보며,

"왜 가 보지 그래."

그 말에 빈정거림을 느끼자 점숙은,

"오빠도."

하고 뇌까리는 눈을 한다.

그러다가,

"오빠라면 어떡헐래요. 오빠는 갈 테에요?"

"물론 가지."

"그럼 나라면 어떡헐 테요. 오빠는 나를 그런 데로 보내겠어요?"

그 말엔 대답 없이 정색을 한 채 묵묵하더니 만수는,

"내게 늘 헌 말이 있지 않소. 지금 허고 있는 생활을 면할 수 있다면 뭐든지 하겠다고. 어딜 가서 무슨 노릇을 하든 집을 나와야겠다고."

"그럴 생각허면 당장이라도 누구 가자는 대로 눈 감고 따라 가고 싶어요. 어디 가든 지금 살고 있는 토막살이는 안 허게 되겠죠. 허지만 딱 당허고 보니까 겁이 나요. 그리고 나 혼잔 못 갈 거 같아요."

"왜 혼자는 혼자야. 누군지는 몰라도 같이 가자는 그 사람이 있지 않소. 그리고 노비 대고 옷 사 주고, 돈 천 원 주는 바람에 따라갈 사람이 당신 한 사람뿐일 줄 아슈. 적어도 당신 같은 동료 열은 될걸."

하고 허허허허 자조하는 웃음을 공허하게 웃다가는 멈추며 따라 딱 걸음을 멈춘다. 모르는 사이에 그들이 이르는 주위는 어둠에 잠긴 논과 건너편으로 산 그림자가 컴컴한 벌판이었다.

목단강이나 그런 알지 못할 이역에 난 몸인 듯이 밤 어둠에 잠긴 벌판을 앞에 놓고 만수와 점숙 두 사람은 몸이 졸아드는 적막과 공허에 잠겼다. 정과 눈이 젖은 집을 멀리 떨어져 이향의 알지 못할 벌판에 섰을 때 느껴질 그것을 동시에 감하며, 그러면서 가까운 거리에 두 사람이 서서 같은 감정을 똑같이 느끼는 친밀에 잠기며 잠잠하다가 거기 어기대듯 문득 만수는,

"고만 돌아갑시다."

하는 퉁명스런 한마디와 함께 자기가 먼저 앞을 서 걸음을 놓는다. 무엇에 노한 사람처럼 분연한 걸음으로 뚜벅뚜벅 뒤를 따르는 점숙은 전연 안중에 없는 듯 한 번 뒤를 돌아다보는 일도 없이 걷고 있더니 갑자기 멈추고 돌아서며,

"대관절 그 사람은 누구요?"

하고 몇 간통 떨어진 거리를 줄이느라 고개를 숙이고 걸음을 빨리 하는 점숙을 향해 묻는다. 그 뜻하지 않은 격한 음성에 주춤하며 점숙은 쳐다보다가,

"누구 말씀예요?"

"아아, 그 같이 가자는 사람 말야."

"그 사람요? 그 사람을 내가 직접 만나 보지는 못했어요."

"그럼?"

하고 의아해하는 눈으로 내려다보는 만수의 얼굴을 마주 쳐다보다가는 능청스런 웃음을 빙긋 웃으며 고개를 숙이고,

"중간에 든 사람의 말만 들었어요. 그 사람이 누군 줄 알겠에요?"

"내가 그걸 알 수 있소?"

점숙은 손으로 입을 가리고 나오는 웃음을 참듯 킥킥킥 소리를 죽이며 웃다가 얼굴을 고쳐 들고,

"바루 오빠 형님 되는 분이세요. 만성이 어른 말씀예요."

말을 들으면 크게 놀랄 줄 알았던 기대와는 반대로 만수는 '흥' 하는 태도로 말없이 돌아서 걸음을 옮기다가 어이없다는 어조로,

"그 사람 하는 말을 곧이듣소? 내 형님이지만도."

"그렇지만 다른 것은 몰라도 나 같은 여자를 구허는 사람이 있을 것만은 사실일 것에요. 그리고 가는 곳이 목단강이라는 것도 그렇게 생각되지 않으세요? 오빠는."

하고 대답을 구하여 쳐다보는 것이나 만수는 응도 아닌 태도로 그러나 매우 못마땅한 얼굴로,

"흥."

한마디 코웃음을 치고는 밤하늘을 쳐다보며 다시는 개구치를 않는다. 그러다가,

"그래, 집안 사람들은 어떻게들 아시는 모양요. 어머니 아버지서껀."

"어머니는 말헐 것도 없이 내가 응락하기만 바랄 것이지요, 뭐."

"그럼 아버지는?"

"아버지는 반대세요. 허지만—어제는 술이 취해 들어오셔서 우시는 거예요. 내가 불쌍하다고요. 그것이 더 응락하도록 날 다조지는 것 같아요."

묻지 않아도 알 일을 묻고 묻고 한다. 이것도 일종 잔인한 것을 즐기는 마음에서리라. 만수는 또,

"그럼, 당신은 어떡헐 셈이오?"

"글쎄, 어떡했으면 좋을까, 그걸 오빠에게 묻는 것 아녜요. 아까부터."

하고는 고쳐 묻는 어조로,

"참 어떡했으면 좋겠어요. 오빠?"

"그걸 내가 아오. 사람마다 자기에 관헌 일은 제 좋은 대로 하는 것이 제일 똑똑헌 일이겠지. 자기 좋은 대로 해 보쇼. 따라가고 싶건 가 보는 것이고 싫으면 고만두는 것이고."

말끝마다 퉁명스럽게 엇나가는 만수에게 가벼운 실망을 느끼고 점숙은 가만히 한숨을 쉰다. 다시는 개구치를 않을 듯이 잠잠히 걷다가는 가슴에 불안을 참을 수 없는 듯이,

"그렇게 되면 내 신세는 어떻게 될까요, 내 말로는?"

"말로?"

하고 빈정대는 어조로 반문을 하다가,

"토막굴에서 자란 여자의 말로가 그건데 또 무슨 말로를 찾는 거야. 돈

에 팔려 가는 것이 말야."

하고 좀 더 격한 어조로 한 말을 되풀이하여,

"돈에 팔려 가는 것이 말로야. 돈에 팔려 가는 것이 말로야."

점점 언성이 격해 가다가 그 음향에 스스로 격동된 듯 길가 전선주를 발길로 걷어차며 미친 사람처럼 고성을 지르는 것이다.

"돈에 팔려가는 것이 말로야."

몇몇 길 가던 사람이 놀라 멈추고 서서 바라보고 만수는 자기의 갑작스런 광태의 원인이 상대에게 있다는 듯 잠잠히 점숙을 노려보고 있더니 돌아서 안정한 걸음을 옮긴다.

인가로 들어서 좌우편 길가 상점에서 나오는 불빛에 자기 몸을 비추이는 것을 꺼리는 듯 몇 걸음 거리를 두고 두 남녀는 사람이 좀 드물어진 상점거리 노점 앞을 지나고 사진관 앞을 지나고 긴 긴 길을 다 가도록 말이 없다가 호젓한 골목으로 들어서자 점숙은 만수 옆으로 따라가서 가만히,

"아무래도 혼자는 못 가겠어요."

그 말은 만수와 떨어져서는 못 가겠다는 의미도 되는 한편 그와 동행하면 가겠다는 뜻으로 들리는 말이로되 못 들은 척 여전히 울분한 내색으로 묵묵하다.

최 씨 집에서 얼만큼 떨어진 곳에 이르자 만성은 언덕 위 불빛이 희끄무런 그 집 창문을 쳐다보고 아마 그 방 안에 있을 털보와 그와 한편이 된 자들에게 하는 것이리라 눈을 한 번 무섭게 흘긴다. 그리고 자기보다 두어 걸음 앞을 서 가는 덕근을 향해,

"도적이 매를 든다고 아, 멀쩡 놈 같으니. 내가 입 한 번만 벌리면 당장에 신세를 족치게 될 터니까, 더 기승을 떠는 거유 저놈이."

덕근은 컴컴한 길에 비탈을 조심하느라 그러는 것처럼 등을 구부정 머리를 숙인 모양으로 대꾸가 없자 만성은 좀 더 어세를 돋는다.

"너 그런다고 의기가 죽어 가만 있을 줄 아니. 지금이라도 대라면 어디서 몇 시의 내 눈으로 보았느라고 장소하고 날짜 그 시간까지 메지메지 댈내야."

"그런 말 함부루 허지 마슈. 남들 들수."

골목을 울리는 큰 소리에 덕근이는 자기가 당하는 일처럼 조마조마하다가 주의를 시키듯 이르는 것이나 만성은 한술 더 뜬다.

"들으면 어때. 내가 뭐 보지 못헌 말을 가지고 아닌 말도 중난 낭설을 꾸미는 건가. 내 눈으로 똑똑히 본 말 허는데 들으면 어때."

말을 할수록 더욱 기승해 가는 만성이다. 덕근은 목을 움츠리는 태도로 그 자리에서 자기의 존재를 감추려는 듯 입을 봉하고 걸음을 빨리 한다. 만성은 그와 걸음을 같이하려 찍찍 비탈에 미끄러지며,

"그눔이 뒷구녕으로 다니면서 내 험담을 허고 다닌대지, 뭐라고 그럽디까?"

"난 그런 소리 못 들었소."

"못 들을 리가 있나."

하다가는 더 캐지 않고,

"그눔 내가 입 한 번만 벌리면 당장에 밝은 세상을 구경 못하게 될 놈인데 그래도 자식새끼들은 많고 여자 혼자 집에 남아서 고생헐 게 가엾어서 그대로 두는 줄은 모르고."

하며 끙 하고 개천을 건너뛰고 앞서 가는 덕근을 따라선다.

"나 이래 봐도 인정 볼 줄 아는 사람유. 그렇지 않소?"

"그렇지."

하고 코대답으로 받는다. 만성은 여전히 중언부언 자기가 인정이 많다는 것으로 털보의 험담을 하며 내려오다가 길이 갈라지는 어귀에 이르자,

"잠깐만."

하고 덕근의 어깨를 잡는다.

"나허고 이리 좀 갑시다."

"어디로 가잔 말여?"

"글쎄, 나만 따라와. 내 오늘 술 한잔 내지."

"술은 집에도 있는데 어딜 가잔 말여."

"아따, 자네 집에 술 있는 줄 내가 모르나. 이 아래 추탕집으로 가서 얼큰한 추탕 한 그릇에 술 한잔만 붓고."

하고 덕근의 어깨를 잡아 돌리며 등을 밀어 길 아래로 내려보낸다. 덕근은 못 이기는 척 하는 대로 따른다. 히히히히 만성은 싱겁게 웃다가는 정색을 하며 따라 음성과 태도가 아울러 달라져 덕근의 등에 손을 얹으며,

"덕근이 자네만 알고 있게만 사실인즉 이렇게 된 일이거든."

하고 귀 가까이 입을 대고 은근한 음성으로,

"김권실이가 땅을 팔기는 팔았나 봅디다. 진고개에서 시계폰과 뭔가 하는 사람에게. 그런데 그 사람은 땅을 사 놓고 나서 이 토막들이 있는 것을 안 모양이거든. 그래 지금 토막들을 없애 주든지 돈을 도루 물러 주든지 하라고 그 사람은 시비를 걸고 김권실이는 땅을 팔았으면 고만이지 돈 도루 물어 줄 수는 없다고 내대고 이런 사품에 끼었거든."

"그럼 우리는 어떻게 될까?"

"그래 뻔헌 일 아닌가. 양쪽에서 졸리게 될 거지. 뭐, 땅을 판 사람은 판 사람대로 우리만 가지고 집을 뜯어 가지고 떠나라고 독촉일 것이고 산 사람은 산 사람대로 또 그럴 것이고."

"그럼 어떻게 되는 거야. 허다못해 이전비라든가 옮겨 갈 장소를 마련해 준다든가 허는 일도 없이 말여."

"경우가 그렇게 될 게지. 산 사람은 산 사람대로 책임을 안 질려고 그러고, 김권실이는 그대로 또 책임을 안 질려고 허겠고 글쎄, 녹는 건 우리들이라니깐 그래."

"그것 참 야단났게."

하고 덕근은 불안한 얼굴을 한다. 그 얼굴을 만성은 똑바로 들여다보며,

"하지만 자네야 무슨 걱정이겠나. 야단은 우리 겉은 사람이 야단이지, 수중에 가진 것 없는."

"난 그럼 무슨 가진 것 있나. 다 일반이지."

"자네야 든든헌 밑천이 있겠다. 그만헌 밑천 가졌으면 장사를 낸들 못 내겠나, 집 한 채를 산들 못 사겠나."

덕근은 종시 의아한 눈을 뜨는 것이나 만성은 상대의 등을 한 번 탁치고,

"아따 이 사람아, 자네집 방 아랫목에 앉혀 놓고 시침을 떼나. 천 원짜리 밑천을 앉혀 놓고."

그제야 알아듣고 덕근은 못마땅한 듯 상을 찌푸리며 쓴 침을 뱉는다. 만성은 흘금흘금 곁눈으로 눈치를 살피며 잠시 동을 띄었다가,

"이 사람아, 그럴 게 아냐. 내 말을 좀 들어 보게."

하고 언성을 고쳤다.

"내가 이렇게 말허면 덕근이는 혹 저눔이 구문나치나 얻어먹을려고 저러는구나 속으로 생각헐는지도 모르겠네만 진심이지 난 덕근이 자네 집안을 위해서 허는 말일세. 자네 집안을 위해 허는 말야."

하고 정색을 하는 때의 사람이 달라진 듯싶게 당돌해지는 눈으로 덕근의 옆얼굴을 바라본다.

"암, 딸자식 길러 마땅한 자리에 예를 갖춰서 출가시키고 싶은 생각이 왜 없겠어. 사람이면 누구나 그러고 싶겠지. 하지만 내나 자네나 무슨 주제에 예를 찾겠나. 그리고 또 어디 지금 세상이 예 같은 걸 찾게 된 세상일새 말이지."

하고 남의 흉내를 내는 것 같은 어조로 말을 하다가 또 그런 기침을 두어 번 위엄을 갖추듯 하고,

"그야 허다못해 냉수 한 그릇을 떠 놓고도 성례를 헐 수는 있지. 허지만 그렇게 해서 시집이라고 보내 본들 무슨 시원한 꼴을 보게 될 새 말이지.

토막굴에 사는 색시 제아무리 인물이 똑똑허기로 제법헌 집에서 누가 데려갈 줄 아나. 우리네 같은 하루 벌어 하루 먹는 놈이 아니면 과직해야 공장 같은 데 다녀 월급나치나 타 먹는 놈이 데려갈 게니 생전 고생은 짊어졌지, 뭐."

하고 또 한 번 흘금 덕근의 눈치를 살핀다. 여전히 덕근은 못마땅한 얼굴이 풀리지 않는다. 만성은 한탄을 하는 어조로,

"자네 사람 될려면 아직 멀었네. 무슨 꿈속에 있는 사람 같거든. 첫째, 세상 어떻게 되어 가는 물정을 모른단 말야. 그래 가지고 대포술집이나마 장사를 어떻게 하겠나. 그러기에 남들은 같은 장사를 하다가도 솔솔 늘여 뒷술집을 낸다, 선술집을 낸다 허는데 자네는 만날 가도 그 모양이지."

한마디 대꾸라도 있을 터인데 덕근은 역시 뿌루퉁 불만을 문 상으로 묵묵부답이다. 그 속은 상대의 말에 귀가 솔깃하고 이끌리기는 하면서도 그대로 동하지 못할 일면이 있어 말하면 상대가 더욱 더욱 자기를 흔들어 주고 등을 밀어 주어 자기로는 어쩔 수 없이 이끌려 간다는 구실이 될 만한 행동과 말이 나와 주기를 바라기도 하는 태도리라. 그렇다고 만성 자기대로 단정을 하고는 더욱 더욱 상대를 흔들기에 열심이다.

"이것 봐."

하고 상대의 얼굴을 자기 편으로 돌리게 하고는,

"자네도 저런 집 지니고,"

하고 비탈 아래 내려다보이는 건너편 기와지붕 밑에 불빛이 환한 대청을 손으로 가리키며,

"먹을 것 입을 것 걱정 없이 영화 누리고 살고 싶은 게 소원이겠지. 자네나 내나 재주가 없어서 그렇지 한세상 났다가 남과 같이 살고 싶은 것은 누구나 매일반 아니겠나, 생각해 보게, 체면이라는 게 어디 있고 의리라는 게 어디 있는 거야. 그건 다 눈 감고 아웅 하는 식으로 남의 눈가림으로 하는 것처럼 해 보이는 것에 지나지 않지 실상 이 세상엔 없는 걸세. 사람마

다 맘속을 들여다보면 전연 제 양탁부터 헐려는 게 사람의 맘야. 자네는 안 그런가?"

그리고 턱을 대듯 언성을 높여서,

"그래 자네는 체면을 차리고 의를 지키느라고 지금 토막굴 속에서 이 고생을 하고 있는 건가?"

어둑컴컴한 토막 비탈길을 내려서 평지가 되며 좌우편에는 큼직큼직한 기와집이 섰다. 길 좌우편 반찬 가게와 미전 사이의 밝은 길을 덕근과 만성은 한 걸음쯤 떨어진 거리를 두고 잠잠히 걷다가 긴 돌축대가 연한 어둑한 길로 들어서자 만성은 덕근의 옆으로 나란히 서며 음성을 낮추어,

"그건 자네 딸 점숙이에게도 좋은 일을 시키는 거야. 그렇지 않은가. 생각해 보게. 좋은 집에서 편히 호의호식허고 찾어오는 손님들에게 귀염받고 아, 이 토막굴 속에서 고생허는 것에 대, 그리고 이삼 년만 지내면 제 빚 가리고 돈만 손에 쥐고 살게 되는 것이야. 그동안에도 좋은 사람 만나면 몸 빼주고 살림 차려 주고 허는 수도 없지 않다대만 그건 바라지 않는대도 당장 우리 형편에 돈 천 원은 을만가. 우리가 생전을 번들 그만 것 만져 보게 되겠나."

덕근은 양편 저고리 소매 안에 두 손을 찌르고 고개를 수긋 흥분한 걸음으로 만성보다 한 걸음 앞서 걷는 것으로 하는 거역을 표하는 것이나 귀는 열심으로 상대의 한 마디 한 마디를 외듯 명심해 받는 것이다. 만성이 눈으로 보면 그는 충분히 뿌리가 흔들린 것으로 거기다 최후의 일격을 가하듯 만성은 짐짓 근심스런 어조로,

"내 아랑곳할 건 아니네만 과년한 계집애를 뭇 사람이 모여드는 장사를 허면서 그대루 두었단 자네 망신허게 될 테니 두고 보게. 요새 계집애란 엉큼하기란 어른 뺨 때리게들 됐는데 누가 아나, 어느 잡놈허고 눈이 맞어 소위 연애니 뭐니 하고 죽는다 산다 허게 되면 자넨들 좋건 없겠지."

길은 돌축대를 지나고 양편으로 가등이 듬성듬성 기와집들이 담을 연한

골목이다. 만성은 아까부터 드문드문 오고 가는 사람마다 눈을 밝혀 주의해 보더니 저편 담배 가게 모퉁이를 돌아서는 두 남녀의 그림자가 나타나며 그것이 만수와 점숙인 것을 알게 되자 입가에 잠깐 교활한 미소를 나타내다가 지우며,

"저기서 오는 게 누구야?"

하고 고개를 숙여 땅만 내려보고 걷는 덕근의 어깨를 흔들었다.

처음부터 덕근을 이 길로 끌고 온 목적이 그로 하여금 자기 딸 점숙과 만수 사이를 자기 눈으로 목도하도록 하기 위함이리라. 추탕집을 가려면 사진관 앞을 지나야 하고 거기까지 이르는 중간 어디서 그들을 만날 것을 만성은 교활한 웃음을 빙그레 예산하였을, 그 같은 웃음으로 만성은 지금 덕근의 등 뒤에서 그의 골목 저편에서 올라오는 두 남녀를 보고 취할 표정을 살피는 것이다.

"거, 점숙이 아냐. 이 밤중에 어딜 갔다 오는 걸까?"

하고 만성은 어깨를 나란히 담배 가게 환한 불빛 아래 나타난 두 남녀를 자세히 밝히려는 듯 두 그림자가 불빛에서 사라져 어둠에 묻힐 때까지 고개를 들어 바라보고 있는 덕근이 그가 할 심중을 대신 표하듯 말했다.

"점숙이허고 같이 오는 사람은 누구야?"

덕근은 잠잠히 대꾸치 않는다. 만성은 스스로 주를 달아,

"거 만수란 놈 아냐. 저놈 사람 되긴 글렀어."

저편에서도 이편의 존재를 깨달은 모양으로 잠시 멈칫하고 걸음을 멈추었다가 둘의 사이를 벌려 점숙을 앞으로 만수는 몇 걸음 뒤떨어진다. 피차 보지 않을 짓을 보는 감으로 몸을 나타내기를 꺼리는 거북한 장면에 홀로 만성은 속으로 쾌야를 부르짖는다. 그리고 모처럼 얻은 기회의 효과를 노려,

"이 밤중에 두 남녀가 어딜 갔다 오는 거야? 아주 모르는 사람이 보면 내외간으로 알겠는데."

뒤에 오는 만수와 자기와는 아무 관계가 없는 걸음이라는 얼굴로 앞을

서 오는 점숙을 향하여 하는 농처럼 흘끔 덕근의 얼굴을 돌아보며 만성은 그의 비위를 돋운다. 그리고 몇 간통 뒤를 떨어져 못 본 척 고개를 숙이고 태연한 걸음으로 옆을 지나가려는 만수를 향하고는,

"거기 좀 섰거라."

로 걸음을 멈추게 하고는,

"이놈아, 밤늦게 다니는 데가 어디냐. 나 어린 계집아이를 데리고, 아서라 동네 소문난다. 동네 소문나."

만수만 듣도록 은근히 타이르는 어조로 음성을 낮추는 것이나 기실 덕근 귀까지 충분히 거리를 잰다.

"이놈아, 넌 좋아 그러고 다니는지 모르겠다만 내 체면도 좀 생각해 줘야지. 난 무슨 낯으로 동네 사람들을 대허라는 거야."

만수는 한바탕 대항을 할 것 같은 험한 눈으로 형 만성을 모로 서서 고개를 들어 노려본다. 만성은 마주 잠깐 노리다가는,

"날 노려보면 어쩔 테냐. 날 노려보면 어쩔 테야."

하고 몇 걸음 앞으로 다가간다. 만수는 더러운 것을 피해가듯,

"흥."

하고 진정 업신여기는 표정을 얼굴에 지으며 홱 뿌리치듯 어깨를 돌려 걸음을 옮긴다. 길바닥의 자갈을 밟는 구두 소리와 함께 우쭐거리며 멀어 가는 그 등을 향하여 만성은 턱질을 하며,

"고연 놈 같으니. 저놈이 저러고 다니다 뭐가 될려고 그래."

물론 그 시위는 아우 만수를 두고 하는 것만이 아니다. 보다는 몇 간통 떨어져 전선주 옆에 서서 이편의 거동을 보고 있는 덕근에게 효과 있게 보이기 위함에서리라. 그는 덕근이 편으로 가며 한탄하는 어조로,

"내 동생이지만 저놈 사람 되긴 틀렸거든. 될 성부른 나무는 떡잎부터 알아본다고 벌써 싹이 노란걸. 저놈 저러고 다니다는 오래잖어 제 신세 망치고 마는 꼴 우리 눈으로 보게 될 테니 두고 보구료."

하고 아우 만수의 험담을 하면 할수록 그것은 덕근으로 하여금 만수와 가까이 지내는 기색이 보이는 자기 딸 점숙의 위치를 생각게 하는 효과가 될 것이며 따라서 그것은 또 덕근이로 하여금 뿌리가 흔들리고 등을 밀리게 하는 이른바 최후의 일격이 될 것이다.

그렇다고 노리고 만성은 효과를 강조하여 더욱 자기 아우의 험담을 만들어 돌리기에 입에 침이 마르는 것이다.

"저눔 허는 짓 좀 보우. 제 꼴에 양복떼기나 걸치고 되지 못헌 놈들허고 얼려 다니며 남 등이나 쳐 먹으려 다니고, 그러단 나중엔 강도질로 나서게 될 게 뻔허우. 제 놈이 돈은 쓰고 싶고 생기는 덴 없고 그것밖에 더 있겠소."

사실 만성의 그 효과를 강조한 보람이 없지 않아 말하면 덕근으로 하여금 어쩔 수 없이 흔들리고 말았다는 구실을 얻게 하였던 것이리라. 마침내 추탕집에 이르러 서너 잔 막걸리가 뱃속에 들어가 풀리기 시작하며 그는 다물었던 입이 열리기 시작하여,

"그래 저편에서 준다는 건 틀림없을까, 천 원을 선금으로 준다는 건."

"글쎄, 건 염려 없대도 그래. 계약만 치르면 당장이라도 내놓겠대는데 그래."

하고 만성은 눈을 희번덕거리며 자기 말에 거짓이 없다는 것을 증명하기에 열심이었다.

덕근으로 하여금 만성의 권에 날래 흔들리게 한 또 한 가지 막다른 길은 미구에 집이 헐리게 된다는 말하면 딛고 섰는 발밑에 얼음장이 물러나가는 것 같은 불안일 것이다. 만성은 또한 그 점을 힘주어 강조해서 땅을 매매한 두 사람 사이에 시비가 생겨서 운운하고 되는 대로 지껄였던 것인데 그렇게 말을 해 놓고 보니 사실이 그럴 것 같은 염이 났다. 딴은 그렇다고 하고 미처 생각하지 못한 것을 깨달은 감이었다. 무릇 사람의 말은 한번 의심해 보고 반대로 해석해 보는 버릇이 있는 만성은 김권실이가 이런 이유로 땅이 팔렸기로 바른 대로 자기에게 말하지는 않은 것이 아닌가 필시 무

슨 이유가 있을 것이다. 이런 때 이유가 있을 것이다 하는 말은 자기에게 무슨 이점이 돌아올 무슨 언턱거리가 없을까 하는 의미가 들은 말이었다. 하여튼 이튿날 만성은 보다는 김권실 그 자의 속내를 한번 살펴보려는 심산으로 동대문 안 낙산을 등지고 앉은 그의 주택을 찾아가는 걸음을 서둘렀다.

만지면 손에 물이 들 것 같은 번쩍번쩍 니스 칠을 올린 대문 바람벽의 백토와 붉은 벽돌의 금이 하나 없이 반듯반듯한 외관과 김권실이라고 쓴 옥문패라든 한 번 보아 근자의 흥청망청한 세월을 타고 일어선 새 부자라는 감이 나는 집이다. 그 집 대문을 들어서자 응달과 양지가 선명한 오륙 간통 마당에는 추녀 밑으로, 몇 주의 키 얕은 사철나무가 푸른 한 옆에, 그것도 장만한 지 얼마 아니 되는 듯한 인력거 한 채가 놓였다. 그것으로 만성은 주인이 아직 집에 있는 것으로 단정하며 고개를 끄덕끄덕 무슨 깊은 생각을 하는 것처럼 잠시 의미 없이 섰다가는 말없이 행랑방 문을 불쑥 연다.

하삐를 입은 자가 돌아앉아 늦은 조반을 먹고 있다가 볼에 밥을 문 채 고개를 돌린다.

"아침을 지금 자시는 거요? 점심을 자시는 거요?"

"지금야 조반을 먹는 거여. 어디 좀 인력거를 끌고 갔다 와서."

그 집에 상노 겸 인력거꾼으로 행랑채에서 홀아비 살림을 하는 자다. 사람 좋은 웃음으로 궁둥이를 돌아앉으며,

"이리 좀 들어오시구려."

만성은 외투 주머니에 두 손을 찌르고 선 채 그 말에 대답지도 않고,

"어제 우리 곳엔 당신이 오셨었수?"

"난 간 일 없는데."

"그럼 누가 왔었나?"

"무슨 말인데 말여."

"땅 주인이 바뀌었다고 사람이 왔더라는데 거 어디서 보낸 사람인지."

"아마 사랑에서 누가 갔나 봅디다. 자세히 모르지만."

"그럼 일전에 언론이 있던 곳에 탁방이 난 모양이군."

하고 혼잣말처럼 하다가 방 문지방에 궁둥이를 걸고 앉으며 방 안을 들여다보고 은근한 음성으로,

"그런데 돌아댕기는 말엔 땅을 산 사람이 시비를 걸었대지. 그 땅에 집을 진 토막들을 헐어 가게 해 주든지 돈을 도루 물어 주든지 해 달라고."

하고 상대의 눈치를 살펴 똑바로 정시를 하는 것이나 그 자는,

"글쎄, 난 처음 듣는 소린데."

하고 고개를 젓다가는,

"하여튼 저 안으로 들어가 보슈. 그러지 않아도 지금 당신을 불러 오라고 하셔서 내가 가려던 참인데 잘됐소."

그 자가 턱으로 가리키는 사랑으로 들어가지 않고 만성은 안 대청으로 들어갔다.

유리를 많이 써야 집 안이 화려하게 꾸며지는 것처럼 창마다 유리, 여기저기 기둥에도 석경을 달아 번쩍거리는 사면에 현황한 듯 만성은 두 손을 쓱쓱 부비며 계면쩍은 웃음으로 부엌 편 축대 위로 올라서더니 서너 번 기침으로 존재를 알린다.

작으남은,

"아씨 계십니까?"

하고 불러 볼 것이로되 그 집 안주인이란 본래 기생의 몸으로 이 집에 후실로 들어온 몸이다. 그의 전신이 기생이요, 동대문 턱에서 사주책을 펴놓고 앉은 늙은이의 작은딸이다. 그럴진댄 만성이 자기와 그다지 지체가 오르내린 사이가 아니라는 오기에서리라, 그는 아씨라고 부를 경우에 기침으로 대신한다.

마침 마루로 나오는 안주인과 눈이 마주치자 굽실하고 허리를 굽혀 인사

를 표하고는 축대 앞으로 가까이 간다.

"자네 잘 왔네. 그러지 않아도 사람을 보내려고 하던 찬데."

하고 마루 끝 양지에 와 고양이처럼 웅그리고 앉으며,

"다른 게 아니라 내일쯤 할멈을 좀 보내게. 선황에 치성을 잡술려고 날을 받았어. 내일로."

"네, 그러겠습니다."

하고 고개를 숙였다 들며 만성은 음성을 고쳐서,

"우리게 땅을 파셨다죠. 바깥 나리께서."

"글쎄, 아마 그러셨나 보데. 그 일로 아마 자네를 보시자던가 보던데 저리 들어가 보게."

하고 얼굴을 들어 사랑으로 통한 샛문을 가리키고 주인 여자는 치마를 털며 일어섰다. 만성은 무슨 할 말이 있는 사람처럼 잠시 가리킨 편을 바라보았다가 주인 여자의 얼굴을 쳐다보았다 하다가는 단념한 얼굴로 축대 아래로 내려섰다.

유리창에 햇볕을 받고 단양한 분합 안으로 좀 떨어져 있는 방 안에서 주인 김권실은 손을 대하고 있는 모양으로 웃음이 섞인 말소리가 얕았다가 높았다가 한다. 만성은 몇 번 헛기침으로 인기척을 내다가,

"김 주사 나리 계십니까?"

하고 황감스레 가다듬은 음성을 내고는 그 응답을 기다려 귀를 기울인다. 방 안에는 아무 응구가 없이 자기대로 담화가 계속 된다. 만성은 그대로 고개를 기울여 그 담화의 내용을 한번 밝혀 보려는 듯 귀를 잰다.

"뭐, 땅 장수나 땅 거간들과는 다르다니깐 그래. 자기가 소용이 되어 사자는 거라거든. 무슨 별장을 진다는가 허느라고."

음성으로 보아 그 집에 익히 드나드는 땅 거간임을 알 수 있다.

"이쪽엔 말허는 금액이 과하든가 허는 게 아니거든."

"그럼."

"글쎄, 그 땅에 집을 짓고 있는 토막들만 없애 둔다면 요구하는 금액대로 내놓겠다는 거야. 당장이라도."

"허지만 지금부터 토막을 헐레 헌데도 어디 하루 이틀에 될 일일새 말이지. 거참."

하고 입맛을 다시는 듯 말이 그친다.

"그럼 이렇겐 안 될까."

하고 그 긴한 말을 할 때의 다급한 어조로 땅 거간은,

"하여튼 먼저 계약은 허지."

"그러면 토막 문제는 어떡허고 말요."

"그건 조건부로 그 정한 기한 안에 헐어 주기로 허고."

"그랬다가 기한 안에 못 당허거나 허는 날엔 어떻게 되오. 그거 성가신 일 아뉴."

"그건 어떻게 기한을 연기헐 수도 있고 어떻게든 될 일이 아뉴. 무엇보다 난 자리를 놓치는 것이 아까워서 허는 말이거든."

화초 담 밑으로 응달이 축축한 가운데 서너 개의 고석이 조화를 잡지 못한 채 아무렇게나 놓여 있고 양지가 바른 마당은 지붕 위로 올려다보이는 뽀얀 하늘빛과 어울려 거리의 소음이 딴 세상에서 오는 소리처럼 멀고 극히 아늑하고 조용하다. 만성은 축대 위에 올라서서 아무가 보아도 방 안의 귀를 기울이고 있거나 하는 것으로 보아지지 않도록 담배 물뿌리를 꺼내 종이 조각으로 닦으며 섰다. 방 안에는 잠시 말소리가 그치고 잠잠하다가 다시 웅얼웅얼 알아듣지 못할 음성이 계속되더니 미닫이가 열리며 주인 김권실의 얼굴이 나타난다. 만성은 입에 물었던 담배 물뿌리를 뽑아 들며 황감스럽게 허리를 굽혀 인사를 표하고는 예의 눈귀에 잔주름살이 잡히는 웃음을 짓는다.

"아, 자네 잘 왔네. 거기 잠깐만 섰게."

하고 다시 미닫이가 닫히고 한동안 음성이 낮추어진 담화가 계속되더니 방

문이 열리며 두루마기 동정이 까만 자가 나오고 그 뒤를 따라 주인 김 씨
도 나온다. 그리고 남은 말이 있는 듯 문 밖까지 나갔다가 허리춤에 두 손
을 찌른 웅숭그린 모양으로 김 씨는 신짝을 끌며 돌아 들어오며 만성을 쳐
다보고,

"자네, 그동안 왜 그리 볼 수 없나?"

"뭐, 안 뵌 지 오래 될 것 있습니까. 엊그저께도 뵈왔는뎁쇼."

"아, 그랬든가."

하고 그 말은 지워 버리고,

"이리 좀 들어오게."

하고 자기가 먼저 마루 위로 올라서며 뒤에 섰는 만성을 돌아다본다.

"여기도 좋습니다. 여기도 좋습니다."

로 만성은 자기의 주제와 위치를 돌아보듯 외투 아랫도리에 먼지를 털며
사양을 하다가는 주인이 권하는 대로 따라 방으로 들어간다.

방 아랫목 보료 위에 주인은 두 손을 목록 같은 인찰지 뭉치를 뒤적이고
앉았고 만성은 윗목에 거북스리 한 발로 궁둥이를 괸 자세로 황송스리 앉
았다. 잠시 피차 먼저 입을 열기를 기다리는 것처럼 잠잠하다가 만성이가
먼저,

"어제 저이게로 사람은 보내셨더래죠. 땅이 팔리었다고."

"음. 그랬지."

하고 눈을 들어 상대를 쳐다보며,

"어저께 그 땅은 팔아 버렸네. 인젠 난 그 땅과는 아무 상관없는 사람이
됐어. 허지만 이랬던 저랬던 몇 해 동안 서루 대차 관계를 맺고 지내 오던
터에 아니 알려 주지 않을 수 없어 어제 사람을 보낸 걸세."

하고 만성을 무슨 그곳 주민의 대표로 보듯 말을 하고는,

"그래 그 소리 듣고 동네 사람들은 어떻게들 허는 모양이던가."

"어떡허긴 뭘 어떻겠습니까. 그저 주인 나리의 처분만 바라는 거겠죠."

그러리라듯 잠시 고개를 끄덕끄덕 생각에 잠겨 앉았더니 주인 김 씨는 언성을 고쳐서,

"뭐 이건 내가 무슨 그런 의무가 있거나 해서 허는 게 아닐세. 이랬던 저랬던 지금까지 지내 온 인정상 허는 거야."

하는 전제를 두고 나서,

"그전 채석장에서 홋 옮겨 온 수는 몇 호나 되나, 한 사십 호 된다지. 그럼 그 사십 호에 대해선 매 호에 십 원씩을. 그리고 나머지 자기 마음대로 집을 진 집에는 매 호에 오 원씩을."

하고 다섯 손가락을 오므렸다 펴며, 분배하겠다는 말을 만성이 한 사람에게 하는 말처럼 언명하듯 내리는 것이다.

건너편 성 기슭에 해가 기울고 올망졸망한 양철 지붕에 저녁 그늘이 덮이기 시작하면 아침에 제각기 밥벌이를 찾아 성 안 거리거리에 헤어져 있던 패들이 한 사람 두 사람 무거운 얼굴과 걸음으로 모여든다. 이 집 저 집 거적으로 아랫도리를 가린 부엌에는 저녁을 끓이는 여인들의 그림자가 움직이고, 가는 연기가 지붕 위를 오르지 못하고 바람에 불린다.

성안 골목골목 쓰레기통에서 모아 들인 썩은 나뭇가지 새끼 부스러기를 태우는 일종 유독한 냄새를 가진 연기가 그 자신의 체취처럼 온 동리를 서릴 때 그 연내에 견디지 못해 피해 나온 사람들처럼 언덕 위 최 의사 집 둘레로 불안하고 안심을 잃은 얼굴들이 혹은 마당가에 팔짱을 찌르고 혹은 추녀 밑에 웅숭그리고 앉아 각기 불안에 잠긴 음성으로 수군수군 남의 귀를 꺼리듯 입안의 말로 수군거린다.

방문 앞에 앉아 눈을 끔벅끔벅 손가락을 꼽으며 무슨 궁리를 하는 얼굴로 잠잠히 앉아 있던 최 씨는,

"진정서를 적어도 여덟 장은 보내야겠거든."

하고 콧등에 내려앉은 안경 너머로 눈을 들어 좌우를 돌아본다.

"여덟요. 무슨 게 여덟 장이나 듭니까?"

연통 소제부가 업이라는 것을 광고하듯이 상판에 검정칠을 한 자가 이해 부득이란 눈을 뜬다. 그들은 진정서면 어딘지 한 장이면 족할 것으로 생각했던 모양이다. 그 말에 따라 최 씨 주위를 싸고 앉았던 몇몇 얼굴이 모인다.

"응, 여덟 장은 들어야겠어."

하고 자신 있는 눈으로 상대를 바로 보다가 그래도 이해치 못하는 얼굴을 하니까,

"어째 여덟 장이 만들까, 내 세여 볼게 들으슈."

하고 손을 내밀어 엄지손가락 하나를 곱아 보이고는,

"첫째 한 장은 총독부에 보내야 하거든. 그리고 또 한 장은."

하고 둘째 손가락을 오므리고는,

"경기도청에 보내야 허고 또 한 장은 소관 경찰서에 보내야 허지 않겠소."

그리고 잠깐 말을 끊고 그만하면 말하지 않아도 알 일이 아니냐는 듯이 쳐다본다.

"그리고 또 나머지는요."

"그 담은 관할 파출소에 보내지 않을 수 없고 그렇게 되면 이곳 동회에도 한 장은 보내야 허는 거거든."

하고 말을 끊자 목수가 업인 키 작은 자가,

"그럼 다섯 장이군요. 어디 여덟 장입니까."

"아, 참, 나머지 석 장은 각 신문사에 한 장씩 보내야 허고."

하고 컴컴한 곳을 보듯 안경 너머로 눈을 지릅떠 동의를 구하여 한 사람 한 사람 돌아보다가 한 자도 거기 응하는 것인지 또 불응하는 것인지 답하는 자가 없다. 목수의 얼굴에 눈을 정하고,

"경위가 그렇지 않은가 생각해 보게."

"그럼 진정서는 뭐라고 쓰나요. 내용은 뭐라고."

"그야 사실 있는 대로 사정을 아뢰는 것이지 별것 있나. 먼저 몇 해 전

에 어떠해서 그곳에 집을 짓고 살게 된 것, 그리고 현재는 호수가 몇 호에 주민이 얼만 것을 쓰고 그리고는 그 오백여 명 주민의 불성 모양인 생활을 아뢰고는 관가의 관후헌 처분을 진정해 보는 것이지, 뭐."

그 말에 따라 자기네들의 처지를 돌아보듯 잠잠하다가 최 씨 옆으로 좀 떨어져 앉았던 털보는,

"매 호에 오 원이 뭐야아, 그까짓 것 가지곤 애초에 예산이 될새 말이지."

"저 아래 모래밭만 허드래도 이전비도 여기보다는 후허고 그리고 집 옮아 갈 땅도 정해 주고 짐 실어 가랄 구루마까지 대주었답디다그려."

"거긴 나라 땅이니까 그렇지. 본래가 거긴 부소유지래."

그것을 부러워하는 듯 현재를 한탄하는 듯 한숨에 섞여 목수는 말을 낸다.

"남은 길을 내기 위한 공공사업을 허는데도 그러는데 원."

그 말에 응구를 하는 어조이기는 하나 얼굴은 잠잠히 앉았는 최 씨를 향하고 만성은 앉았던 자리에서 일어서며,

"글쎄, 나도 하두 신에 붙지 않는 소리 같어서 대꾸도 허지 않었드라니까, 이 땅 한 평에 적게 받어도 백 원은 넘겨 받었을 것 아녜요. 그럼 그것만 가져도 새 부자 하나 생긴 셈 아녜요. 그리고 애초엔 이 땅도 부소유지였더라죠. 그걸 김권실이가 대부를 받어 가지고 실컷 산에서 채석을 해 먹고 나머지 빈 땅은 또 땅대로 팔아 자기는 알로 먹고 꿩으로 먹으면서."

하고 가장 불만한 듯 입귀를 일그러뜨려 이죽거리다가는 옆에 한 자를 바라보며,

"그렇지 않소. 오 원이란 뭐요. 매 호에 오 원이란."

그리고 다시 최 노인에게로 말머리를 돌려서,

"진정서에 그 말도 넣으시죠. 김권실이 말도."

일반은 궐자가 참으로 하는 말인지 아닌지 그 진부를 가리지 못하면서 말하지 못할 자가 하는 말을 듣는 때처럼 약간 귀에 쓰게 받는다.

진으로 하는 말이라면 그 이면에 무슨 자기에게 돌아오는 이점을 두었을

것이며 다만 그것이 이곳 일반 주민이 바라는 같은 점에 있을 것은 아닐 것이다.

운동비라는 명목으로 매 호 삼십 전씩 걷기로 하였을 때도 만성은 예에 없이 일 원 한 장을 선뜻 꺼내었다. 조끼 단추 구멍에 줄을 꿰어 달은 지갑을 열고 눈 가까이 대고 뒤적뒤적하다가는 큰맘을 쓰는 얼굴로 일 원 한 장을 꺼내 그 금액을 똑똑히 알리려는 것처럼 뽀두둑 뽀두둑 소리를 내어 펴며,

"거스를 거 없이 그대로 일 원으로 적읍쇼."

하고 작은아들놈 공책장에다 금액과 성명을 적느라고 안경알이 흐려서 그러는 것처럼 연해 눈을 씀벅씀벅하는 최 씨의 그 눈앞에 내밀었다.

십 전 세 닢을 내놓는데도 차마 아까운 것을 내놓는 것처럼 서로 먼저 내놓기를 주저하는 가운데 더욱 선선해 보였다. 그들은 거기 눌린 듯 잠시 잠잠히 보고만 있다가,

"자네 큰맘 쓰네그려 아주."

하고 한 자가 입을 열자 거기 따라서,

"만성이는 그만 것 낼 만허지. 뭐, 우리네 같은 가난뱅이 아니고 자네 같은 부자는."

"부자랄 게 어디 있어. 부자면 토막굴에서 살라구."

"우리네에 비하면 부자 아닌가. 자네 못 돼도 저금헌 돈 천 원은 넘으리."

약간 야유하는 의미가 들은 말이로되 만성은 그대로 자기를 부러워하는 말로나 들은 모양,

"저금이 뭐야. 저금이."

하고 격에 없이 큰돈을 썼다는 그 의식에 스스로 취하여 흥분한 얼굴을 곧추들고 마당귀를 서성거리는 것이다.

결코 동네 일에 남 위의 금액을 선선히 내놓을 그가 아니다. 노모가 신을 집혔다고 동네 여인들이 찾아오는 대로 소반 위에 솔가지를 세워 놓고

흔들며 '나림'을 점쳐 주었다. 만성은 그것에도 이점이라는 것을 붙여 지붕에 문복가라는 깃발을 세우게 하고는,

"변변치 못하게 공연한 수공 들이고 그저 점을 쳐 줄 것이 뭐냐, 한푼이라도 돈을 받도록 해라."는 등 노모를 윽박질러 그로 하여금 난처한 얼굴을 하게 하는 그였다. 동네 아이들이 쓰레기통을 뒤져 모아 오는 넝마 나부랑이를 일 전 이 전을 다투어 가며 빼앗아 가듯 하는 그였다. 하긴 털보와 서로 눈엣가시처럼 지내는 원인이 여기 있다. 털보도 아이들을 상대로 하는 넝마 장수로 말하면 만성과는 장사의 적수로 그보다 수단과 밑천이 많은 만성은 아이들에게 미리 선금을 주어 쓰게 하고는 나중에 이자를 붙여 넝마로 받아들이는 것으로 동네 아이들을 자기 손아귀에 넣는 것이었다.

하여튼 그는 매사를 이점이라는 안목 아래 보는 것으로 거기엔 의리도 체면도 꺼리는 것이 없었다. 그런 것은 이 세상 잘 살아갈 수단이라는 것을 가지지 못한 자가 눈가림으로 내세우는 것이라는 것이다. 따라서 그는 이점을 잡는 데 또 눈이 밝았다. 그 주린 고양이처럼 탐욕스런 또릿또릿한 눈이 이번 일을 그대로 넘길 리 없다. 그는 동리 주민들의 말썽을 크게 벌어지게 하는 반면으로 토지 소유자와 주민 사이에 선 자기의 존재와 가치를 효과 있게 만들려는 데 있는 것이리라. 딴은 그 효과가 없지 않았다. 이튿날 땅주인 김권실의 사랑에서 주인과 대좌해 앉은 만성은 매우 근심스런 얼굴과 어조로,

"진정서를 보낸다는뎁쇼. 총독부로 도청으로 여덟 군데나 보낸다는뎁쇼. 벌써 거기 쓰는 비용도 모으고 가가호호 인장도 허던걸요."
하고 주인의 기세를 살펴 홀로 아랫목에 담배를 피워 물고 앉은 상대의 안면을 건너다본다.

"글쎄, 진정서는 보내 뭣들 헌다는 거야? 백 장을 보내들 보게. 무슨 소용이 있나."

"그래도 모래말 사람들은 진정서 보내서 옮겨 갈 장소도 얻게 되고 이전

비도 받게 되게 했다고 그것만 내세우던걸요."

"거긴 부소유지 아닌가. 부소유지허고 개인 소유지는 애초에 성질이 다른 걸세. 성질이 다른 거야."

하고 언성을 높이다가는 어조를 고쳐서,

"부소유지든 개인 소유지든 하여튼 난 이제부터 그 땅과는 아무 관계가 없는 사람야. 소유자가 바뀌었단 말일세. 글쎄, 내가 이전처럼 그 땅에 소유잘세 말이지. 그렇지 않은가 생각해 보게."

"허지만 저 사람들이 어디 그렇게 생각해야 말입쇼. 나리께서 땅을 파실 때엔 그 땅에 있는 토막 문제부터 먼저 해결해 주서야 헐 것들처럼 생각허는 모양인걸요."

그 말에는 귀가 없는 듯 아랑곳없는 어조로 김 씨는,

"내 말 좀 자세 들어 보게. 이번에 땅을 산 사람은 관청측으로도 유력한 사람야. 그리고 문제가 그렇게 되면 나도 전번에 말한 것 고만두겠네. 사람들이 허는 게 괘씸허거든, 나도 감정이 난단 말야. 저번 것도 내가 무슨 그걸 의무나 책임이 있어 낸다든가 그저 인정에 겨워서 그만 것도 준다는 건데 금액으로도 적은 건가 도합 육백 원 돈일세그려. 싫으면 다들 그만두래게. 다들 고만두래."

하고 언론이 끝난 얼굴을 하고 만성도 그런 얼굴로 앉았다가는,

"어떻게들 알고 허는 말인지 저 사람들은 아직 언론만 있고 땅은 안 팔린 것으로 아는 모양이던데요. 산다는 사람이 누구란 것도 알고."

"뭐 그렇게 못 믿겠거든 지금이라도 부청에 가서 알어들 보래게."

하고 벌컥 안색을 붉혔다가는 잠잠히 침사에 잠기 듯하더니 고쳐진 얼굴과 어조로 만성을 쳐다보았다.

"자네, 혹 좋은 도리 없겠나?"

최 의사를 선두로 삼사 인의 컴컴한 그림자가 어둑한 골목 비탈길을 감

아 내리며 이 집 저 집 한참씩 머물렀다가는 또 다음 집으로 옮기고 한다. 아직 축에 들지 않는 집은 호별 방문을 하여 진정서의 내용을 설명해 들리며 거기 받을 인장과 추렴을 걷으러 다니는 것이다.

양철 조각을 돌로 눌러 덮은 야트막한 지붕 밑에 땅속에서 나오는 것 같은 어린애들이 종알거리는 소리가 울려 나오고 기둥 모서리에 세워 놓은 지게에서 비웃 냄새가 나는 것으로 보아 생선 행상을 업으로 하는 집이리라.

그 집 가슴 아래 차는 얕은 판장 너머로 어두컴컴한 부엌을 들여다보며 최 씨는 점잖이 가다듬은 음성을 내어 주인을 부르자 어린아이들의 음성이 뚝 그치며 잠시 조용해지더니 탕 방문이 열린다. 올망졸망한 어린아이들의 문지방 너머로 내다보는 종다강이를 헤치고 여인의 겁먹은 얼굴이 나와 말없이 바라보다가는 최 의사인 줄 알자 파안이 된다.

"최 의사 어른, 어떻게 오셨에요?"

그리고 문 밖에 둘러섰던 이웃 사람들의 얼굴을 돌아보고는 그제야 깨달은 듯,

"땅 임자가 집들을 뜯어 가라는대죠. 그렇게 되면 어떻게 해요. 자식새끼들은 많고 갈 데는 없고 헌데들."

"뭐, 어떻게든 되겠죠. 염려헐 것은 없습니다."

로 간단히 그 말은 밀어 놓고는,

"바깥주인 계시오?"

하고 안을 들여다보자 허리춤을 조르며 나오는 주인과 얼굴이 마주친다. 그는 아직도 생선 비린내가 나는 손을 부비며,

"관청에 청원을 허신답죠. 어떻게들 허시는 겁니까."

"사실은 애초에 이렇게 된 일이거든."

하고 최 의사는 손에 말아 쥔 공책과 인찰지를 흔들며 여러 번 풀이해 옮겨 판에 박힌 어조로 사건의 자초지종과 진정서의 내용 그리고 그 효과를 말해 들이고는,

"노형도 물론 찬성이겠지."

하고 얼굴을 똑바로 바라보는 것으로 다지고는 진정서에 붙은 인찰지를 펴 인장 찍을 자리를 가리킨다. 그 자는 허리띠 끝에 달은 다홍 주머니를 헤 치고 때 묻는 도장을 끄집어내어 두어 번 입에 일부러 가리킨 자리에 찍고 나서는 또 한 번 그 효과를 다져 묻는다. 최 씨도 또 한 번 되풀이하여,

"허다못해 집 옮겨 갈 장소라도 정해 받도록은 될 것 아뉴. 아모러기로 단돈 오 원으로 물러 나가게 되지는 않겠지."

그다음으로 찾아 간 집은 늙은이 내외가 어린 두 손녀딸이 근처 제복 공 장에 다녀 벌어들이는 것으로 끼니를 이어 가는 집이다.

최 의사가 자리를 옮길 때마다 동네 사람들은 그의 뒤를 따라 옮기며 수 가 는다. 몇 번이고 들어 새로울 것이 없는 말이로되 그들은 무슨 신통한 것을 기대하거나 하는 것처럼 판에 박은 말을 옮기는 최 의사의 말에 귀를 기울였다가는 자기네끼리 수군거리고 한다. 그 집 노인은 최 의사 그 자에 게 진정을 하듯이 연해 허리를 굽혔다 펴며 손을 부빈다.

"난 그저 최 의사 어른만 믿소. 제발 궁둥이 붙일 곳이나 한 칸 마련해 주셨으면 제 생지 은인으로 알겠소."

등 애걸하는 듯 눈물을 찔금거리기까지 한다.

다음은 홀몸으로 반벙어리의 병신자식 하나를 거느린 떡 장수를 하는 과 부의 집이다. 호주의 이름이 누구인가를 몇 해 전에 죽은 남편의 이름을 대어,

"윤봉준이지 누구예요."

"그 사람은 죽은 사람인데 호주가 될 수 있나."

"그러믄요.."

"아들이 있지 않소, 아들이."

병신자식이 호주가 된다는 말에 여인은 스스로 어이없어하는 웃음을 지 었다가 한숨을 쉬었다 하며 아들의 이름 아래 자기가 대신 엄지손가락을

내밀어 지인을 찍는다.

그리고 만년필 행상을 하는, 사람을 대하면 죄 있는 자처럼 비슬비슬하는 사람의 집, 입으로는 무직이라면서 업 있는 사람보다 명주 바지에 팔뚝엔 시계를 감고 흥청망청 지내는 자의 집, 문 안에서 헌다하게 집을 지니고 사는 아들딸이 있다면서 이곳에 나와 홀몸으로 움을 짓고 사는 통칭 망태 할아범이라고 불리는 노인의 집, 영어도 할 줄 알고 청어도 할 줄 안다면서 술이 취하면 옛날 영문에서 하던 교련 흉내로 길 가는 사람을 자기 수하의 병대로 보고 하는 모양, 고래고래 호령을 하는 영감의 집, 차례차례로 들어 최 의사 일행은 마지막으로 길모퉁이 덕근의 집 앞에 이르렀다.

아직 초저녁인데 이날은 술청을 열지 않은 모양 문을 안으로 닫아 걸고 방 안에서 사람의 음성이 더렁더렁한다. 그중에 만성도 있는 모양, 그의 취하면 하는 '황성 옛터에 밤이 되면 월색만 고요하고'의 노래조로 하는 소리가 울려 나오다가는 밖에서 문을 흔들자 뚝 그치고 잠잠하다가 덕근의 아내가 나와 문을 연다.

"아, 최 의사 어른 오셨어요."

그리고 고개를 들어 방을 향하고,

"여보, 최 의사 어른 오셨소."

하고 누구를 향하고 하는 말인지 모를 말을 내었다.

방 안에는 몇 그릇의 청요리 접시가 놓인 술상을 둘레로 만성이, 덕근이, 그리고 노랑 저고리에 남치마를 입고 새색시처럼 웅숭그리고 앉았는 점숙이, 맞은편으로 사십 가까이 된 남자가 회색 양복이 적은 듯 비둔한 몸을 주체치 못하는 것처럼 바람벽에 등을 대고 앉았다.

최 의사가 왔다는 소리에 실내는 잠깐 어색한 침묵에 잠긴다. 그중에도 더욱이 만성은 계면쩍은 웃음으로 입귀가 일그러지더니 먼저 자리에서 일어서 방문 밖으로 고개를 돌린다. 그리고 문지방 넘어서는 최 의사와 눈이 마주치자,

"아, 최 의사 어른이십니까. 마침 잘 오셨습니다. 이리 들어오십쇼."

하고 멋지게 손을 내밀어 안내하는 시늉을 한다. 그러다가 최 의사의 등 뒤로 기웃거리는 이웃 사람들의 얼굴을 보자 그는 더욱 낭패한 표정을 하다가는 얼른 그것을 감추려는 듯,

"아, 도장을 받으러 오신 게로군. 저도 찍어얍죠."

등 엄벙땡하며 조끼 주머니에 손을 넣는다.

"자네는 저번 날 찍고 그러나. 우리 집에서."

"아 참, 그랬던가요."

하고는 고개를 돌려 등 뒤에 앉았는 덕근에게 눈짓을 찡긋 밖으로 나가라는 표정을 한다.

그리고 덕근이가 나갈 자리를 피하여 방문 옆으로 섰다가는 그대로 앉아 그가 도장을 찾아 들락날락하고 밖에서 최 의사 간에 벌어진 언론에는 귀가 없는 듯 쓱쓱 머리 뒤를 문지르며 숙이고 앉았다.

"난 먼저 가겠네."

하고 최 의사가 자기 존재를 일깨듯 방 안을 기웃거리며 하는 말에도 그는 자리에 앉은 채 머리만 내밀어 거기 답하고 만다.

최 의사가 돌아가고 전대로 자리가 수습된 후에도 방 안은 역시 파흥이 된 감으로 공기가 쓸쓸하였다. 어쩐지 남에게 드러내지 못할 장면을 들킨 것처럼 각자 앉은 자리가 떳떳치 못했다.

그중에도 만성이가 더욱 그렇다. 그는 조금 전 최 의사가 밖에서 문을 흔들 때에도 무슨 겁에 질린 사람처럼 이유 없이 가슴이 선뜻하였다. 그리고 최 의사가 온 것임을 앎으로써 가슴이 후련해지는 동시에 그는 자기가 은근히 그 장면에 자기 아우 만수의 존재를 꺼리고 있는 것임을 깨달을 수 있었다. 그도 마음 어느 한구석에는 만수에게 못할 짓을 한다는 미안지심이 있었던 것이리라. 그러나 그는 오래 같은 생각에 머물러 있을 위인이 아니다. 곧 스스로 떳떳해질 이유를 만들듯 '점숙이 그 계집애에게

정을 갖기는 만수 너뿐인 줄 아니, 나도 너만 못지않은 놈야. 허지만 바루 말이지 돈 앞엔 정이고 의리고 다 맡겨 눌 수가 없는 노릇야.'

그리고 돈 그 앞엔 하듯 바람벽에 등을 대고 앉았는 자에게 술잔을 내밀고,

"내 술 한잔 받읍쇼."

하고 자포스럽게 자위가 풀린 눈을 떠 바라보는 것이다. 그리고 차례로 술잔이 돌고 차츰 얼굴이 화해지자 만성은 조금 전 생각은 씻은 듯이 잊고 자기 옆에 앉은 덕근을 간사스럽게 고개를 기울여 얼굴을 바로 보며,

"자넨 아직 목단강이란 데 못 가 보았지. 못 가 보았으면 모르겠네만 거기 요즘 새로 발전된 도회로 물자 많고 돈 흔허고 참 사람 살기 좋다네. 여기서 빈손 들고 들어간 사람이 몇 해 안 되어 부자되는 걸 내 눈으로 봤네."

하고 자기 말이 거짓이 아닌 것을 증명하듯 맞은편 회색 양복을 입은 자를 건너다보고,

"그렇다죠? 물자 흔하고 돈 흔허고."

"그렇습니다."

그는 간단히 답하고는 젓가락을 집어 잡채 접시로 가져간다.

"그런데 나 같은 사람 가도 소용되겠습니까?"

"소용야 되겠죠. 성한 사람 어디를 가면 소용 안 되겠습니까?"

"아뇨. 한밑천 잡어 볼 벌이 구녕 같은 게 있을까 말입니다."

그 자는 잡채를 한 점 입에 넣고 씹으며,

"진상 같은 사람은 그런 곳에 가시면 성공허시리다. 세상 물정에 밝으시겠다."

하고 추켜올리는 말을 그대로 받아,

"그럼 나도 가야겠군. 어떻게 노자만이라도 만들어 가지고."

하고는 옆에 눈을 끔벅끔벅하고 앉았는 덕근의 등을 한 번 탁 치고,

"자네도 나허고 같이 가세. 이런 곳에 백 년을 있어 보게, 그 모양이 그

모양이지.”

하고 그 전축을 하듯 흥을 올려 또 한 차례 술잔을 돌린다. 그리고 취안이 도도한 얼굴을 들어 점숙을 바라보고,

“점숙인 좋겠다. 그런 존 데 가서 호강도 맘껏 허겠고 돈도 모겠고.”

점숙은 모든 감정을 죽인 무감한 표정으로 말없이 다소곳 아미를 숙이고 앉았다. 그러다가는 자기에게 주의가 엷어지는 틈을 타서 이 사람 저 사람 동정을 보듯 기색을 살피는 것은 내심 인물을 두고 그것을 가늠해 보는 표리라.

밖에는 무거운 덩어리가 몰려오듯 모진 바람이 양철 지붕을 흔들고, 그 바람에 눌린 사람들처럼 방 안에는 개다리소반을 가운데 놓고 서류를 뒤적이고 앉았는 최 의사를 둘레로 털보, 만성이, 연통 소제부, 그리고 낯이 선 이삼 인의 남자가 침침한 불빛 아래 둘러앉았다.

꼽추처럼 등을 꾸부리고 앉았는 자에게 인장을 받아 들고, 최 의사는 성명 삼 자 아래에 붉은 인이 찍힌 인찰지를 넘겨 맨 끄트머리에 차례차례 그 자의 이름과 인을 찍고 나서는 돌아다보며,

“인젠 인장을 받을 건 다 받은 셈이지. 팔십삼 명이니까.”

털보는 그것을 헤아리는 것처럼 여덟 장의 진정서 옆에 붙은 호주 일동의 이름 머리를 세어 보고는 말없이 소반 위에 던져 놓고는,

“누가 그러는데 땅은 아직 팔리지 않았답디다그려. 아직 흥정은 안 되고 지금 언론 중인데 살 사람은 토막들을 없애 주면 사겠다고 해서 김권실이가 더 발발 재촉을 허는 모양이랍디다그려.”

“글쎄.”

하고 최 씨는 얼굴을 돌려 만성을 보고는,

“자넨 그런 소리 못 들었나?”

“난 처음 듣는 소린뎁죠. 김권실 말은 땅을 팔았다니까요, 온.”

"그걸 산 사람은 누구라든가, 성명은 뭐고."

"그것도 모르죠. 말을 허지 않으니까 누군지 몰라도 관청측으로도 유력한 사람이라는데요. 이번에 땅을 산 사람은."

"누구는 이런 말도 허드군."

하고 한 자리 떨어져 등 뒤로 말없이 무릎을 세우고 앉았던 자가 입을 열었다.

"김권실이가 땅을 팔기는 팔었는데 그 땅에 토막들이 있는 걸 숨기고 팔었다드군. 그런데 산 사람은 그걸 나중에 알고 김권실을 걸어 고소를 했다드군요. 금액을 도로 물어 주든지 토막들을 헐어 내 주든지 해 달라고."

그 답변이 나오기를 기다리는 것처럼 방 안은 잠시 조용해진다. 흘금흘금 대답을 구하듯 여러 눈이 만성에게로 모이나 그는 모른 척 입을 봉하고 앉았다.

"그건 하여튼."

하고 최 씨는 그것은 하여튼 할 것은 해 보자는 듯이,

"그럼 이건 내일로 보내 봅시다."

"그러시죠."

하는 같은 말이 두어 입에서 동시에 나온다.

방 안은 한동안 묵묵한 침묵에 잠긴다. 밖에는 바람이 여전하고 그 바람이 몰아오듯 거리의 소음이 멀어졌다 가까워졌다 한다. 그 답답한 침묵에 견디지 못하는 것처럼 한 자가,

"난 먼저 가 봐야겠군."

하고 자리에서 일어서자 털보가 일어서고 만성이가 일어서고 나머지 사람도 무거운 궁둥이를 일으킨다.

방 안의 사람이 돌아가자 최 씨는 몽당 빗자루를 내어 한 옆으로 방바닥을 쓸어 붙이고 시렁 위에 뭉쳐 두었던 때 묻은 이부자리를 내려 아랫목에 편다. 그리고 두 다리를 쭉 뻗고 오금을 한참 주무르다가는 안경을 벗으려

고 하는 때 불시에 방문이 열리며 바람에 쫓긴 듯 만성이가 팔짱을 찌르고 오그린 등으로 들어선다.

"뭐."

하고 무얼 놓고 나간 것이 있어 찾으러 온 것으로나 해석한 모양으로 최 씨는 의아한 얼굴로 쳐다보다가 방 좌우를 돌아본다.

"아, 좀 말씀헐 게 있어서."

하고 만성은 외투 자락을 젖히며 방 한가운데 책상다리로 앉는다. 벗으려던 안경을 고쳐쓰고 최 씨도 따라 책상다리로 마주 앉는다.

한동안 말이 없이 만성은 심심해 그러는 듯 소반 위에 놓인 예의 서류를 집어 뒤적뒤적하다가는,

"받으실 건 다 받으셨습니까? 빠진 것 없이."

"그렇대지 않았나, 아까도."

"그럼 내일로 보내 보시겠습니까?"

"헐래면 하루래도 일찍 해 보는 게 낫겠지."

잠깐 동을 띄었다가 만성은 정색을 하는 때의 당돌하게 뭉친 얼굴을 들어,

"그래 그것 보내시면 무슨 뾰죽헌 수 있을 줄 아십니까?"

"뾰죽헌 수가 있건 없건 다 해 볼 게 아닌가. 나가란다고 그대로 물러나 갈 수는 없는 형편 아닌가."

하고 새삼스럽게 그것을 왜 묻느냐는 표정으로 안경알에 비쳐 더욱이 커 보이는 눈을 떠 바라본다. 만성은 손에 들었던 서류를 방바닥에 던져 버리고는,

"우리네보단 권력도 많고 수단도 능허고 헌 저 사람들인데 이쪽에서 진정서 같은 것 좀 보냈다고 왼편 눈 하나 꿈쩍할 줄 아십니까. 뭐든지 헐 수 있는 권력 가진 사람들인데."

"그럼 어떡허나, 그거라도 해 보는 수밖에."

"내 생각 같어서는 저 사람들 비위 건드릴 건 없을 것 같아요. 공연히

나오는 것도 들어가게 만들 것 없이.”

“글쎄, 나오는 것이 변변해야 말이지. 단돈 오 원으로 물러나갈 수는 없
는 형편 아닌가.”

“하여튼 저 사람들 비위 건드리게 될 것은 고만두십쇼.”

하고 어조에 힘을 주어 탁 잘라 말을 한다. 최 씨도 마주 거슬린 어조로,

“그렇지 않으면 무슨 다른 도리 있나. 우리네 형편에.”

“글쎄, 난 다른 좋은 도리가 있어서 하는 말입니다.”

하고 만성은 무슨 계획이 있는 듯 안정이 번쩍 빛나는 얼굴을 들었다.

“다른 좋은 도리란 뭔가?”

하고 최 의사도 기대와 의혹이 담긴 번쩍 안정이 빛나는 눈으로 똑똑히 건
너다본다. 만성은 그 시력에 눌린 듯 잠깐 눈을 피하여 고개를 숙인다.

“어디 그 사람 말대로 들을 수 있게 경우가 됐을세 말이지. 그래 자네는
어떤가. 자네는 저편 요구대로 단돈 오 원으로 물러 나가겠나?”

하고 턱을 대듯 허리를 펴며 묻는 것이나 만성은 그 대꾸는 하지 않고,

“자기 말대로만 들으면 제 소유 만들어서 집 한 칸씩 지어 주겠다는 거
던요.”

“집 한 칸씩 지어 준다니?”

하고 최 의사는 요령부득이란 다급한 어조로 묻는다. 만성은 여전히 느릿
느릿 일부러 그러는 듯 간을 느린 어조로,

“뭐 남의 일보다 제 발등에 불이 붙은 형편 아닙니까.”

“암 그렇지.”

하면서 상대의 그 심의를 몰라 눈을 꿈벅꿈벅 최 의사는 다음 구를 기다린다.

“어떻게 동네 사람들을 잘 달래서 자기 말대로 응허게만 허게 허면 자기
도 생각이 있다는 것이에요.”

“그러면?”

“그러면 자기 소유 만들어서 집 한 칸씩 지어 주겠다는 말예요.”

만성은 태연한 표정과 어조로 아무렇지 않게 말을 한다. 최 의사는 그래도 요령부득이란 얼굴로,

"좀 똑똑히 말을 허게."

하고 다조지다가는 자기가 주를 달아,

"집은 누구를 지어 준단 말인가. 그러니까 자기 요구대로 집을 뜯어 가지고 나가 주면 새로 집질 땅을 마련해 주겠다는 의민가?"

"아직도 내 말을 못 알아들으신 게로군."

하고 만성은 지금까지 어름어름 본의를 똑바로 밝히기를 주저하던 말을 가장 태연한 어조로 낸다.

"간단히 말씀하면 영감은 동네 대표쯤 되신 분 아니십니까. 영감 말씀이라면 동네 사람들도 잘 듣고 그러니까 이번 일도 어떻게 영감께서 나서서 동민들에게 저 사람 말에 응하도록 해 보시란 말입니다."

"그럼 집은 누구에게 지어 준다는 말인가, 제 소유 만들어서."

"그야 영감 한 분이시죠. 그렇게 해 주시기만 하면 일터면 그 대접으로 집 한 채 얌전히 지어 주겠단 말이죠."

최 의사는 그 말의 뜻을 속에 넣고 깊이 헤아리듯 잠잠히 앉았더니 고개를 젓는다.

"그건 안 될 말일세. 첫째, 내가 권한다고 저 사람 요구대로 응할 사람이라도 있을 줄 아나?"

"그야 영감 허시기에 달렸죠. 영감 수단 하나로 응하도록 만들 수 있지 않습니까?"

"수단 하나로? 난 그런 수단 없을 것 같은데."

"그만헌 수단야 헐려면 을마든지 있지요. 첫째, 동민들은 지금 관청에 진정서를 보냈다는 걸 믿고 그러는 거 아닙니까. 그러니까 먼저 그 믿는 구석을 없애 버릴 것이거든요. 그럼 헐 수 없어도 저 사람 요구에 응해 들어올 것 아닙니까."

최 의사는 고개를 기우뚱 긴장한 태도로 듣고 있다가 얼굴에 난색을 지어 말없이 고개를 젓고 앉았더니,

"그건 안 될 말이지, 의리상 어디 되었나."

"의리 말씀을 허시니 말이지 의리 지켜서 무슨 뾰죽헌 수가 있어야 그것도 지키죠. 저 사람 말은 관청에 진정서를 보낸다든가 하면 저도 감정이 난다는 것이거든요. 그렇게 되면 저 사람은 권력 없고 수단 없이 가만있겠습니까. 결국은 앰하게 될 건 이쪽 사람들이죠. 사실 말씀이지 이번에 동민들에게 저 사람 요구에 응하도록 허게 하는 게 실상 동네 사람들을 위허는 셈이거든요. 그렇지 않을까 생각해 봅죠. 공연히 섣부른 짓 했다가 준다는 것이나마 받지 못하게 되고 쫓겨 나가게 될 것보다는 낫지 않습니까."

최 씨는 여전히 안 될 말이라는 듯이 고개를 젓는 것이나, 만성 눈에는 속은 그렇지 않으면서 한 번은 그래 보는 것으로 보이는 모양인지 연해 상대의 눈치를 슬슬 살피며,

"남의 일보다 제 발등에 불이 붙은 형편이거든요. 먼저 제 발등에 불 먼저 끄고 나서 볼 일 아닙니까. 그러고 나서 의리고 뭐고 찾을 것 아닙니까."

최 씨는 여전히 얼굴에 움직임이 없고 만성은 상대의 동정을 지켜보듯 잠시 말을 끊고 바라보고 앉았더니,

"그리고 일도 좀 허기 쉬운 일입니까. 동네 사람들엔 진정서를 보냈다고 허고 차일피일 허게 허고 저쪽 요구에 응하도록 권하면 될 일이거든요."

방 밖에는 여전히 바람이 동네 전체를 흔들 듯 양철 지붕을 흔들고 판장을 흔들고 뭇 사람의 속 깊이 부르짖는 아우성처럼 그 소리는 멀어졌다 가까워졌다 하며 방 안의 정적을 더욱 그렇게 만든다.

밤 어둠에 잠겨 거뭇한 만수산 머리에는 몇 개의 별이 멀고 동네는 한 마리 짐승처럼 처참한 빛으로 희끄무레 연한 양철 지붕 밑에 주체하지 못한 불안과 상을 찌푸린 악심에 잠겨 납작하다. 한 가닥의 엷은 생명처럼

간간히 창마다 약한 불빛이 희미하고, 그와 대비를 만들 듯 저 건너편으로 내려다보이는 성안 거리에는 무수한 불빛이 찬란한 꿈처럼 길게 연했다. 그 찬란한 꿈에서 쫓겨난 사람들처럼 무한한 거리를 두고 최 의사 집 앞마당에는 동네 사람들이 중게중게 모여 혹은 깍지를 껴 무릎을 싸고 앉아서 거리의 불빛을 내려다보고 있다.

각자 그들은 속에 가만히 있지 못할 불안과 초조를 안은 채 어떻게 조금이라도 그것을 잊으려 하고 흐리려 하는 것이리라. 자기가 실제 겪기나 한 것처럼 억양을 붙여 가며 하는 첫날밤에 호랑이에게 남편을 물려 보내고 과부가 된 여자가 자살을 하려는 것을 구하고 그것이 인연으로 가난한 홀아비가 그 여자와 장가도 들고 처가집 덕에 벼슬도 하였다는 얘기, 고향서 산돼지 사냥을 하다가 불을 맞은 돼지가 덤벼드는 바람에 죽을 고비를 넘겼다는 전일 포수였던 자가 하는 경험담, 꿈에 하얀 노인이 나타나 인도해 가서 가리킨 장소에서 금줄을 얻게 되었다는 엉뚱한 성공담, 아무 근심 없는 사람들처럼 이야기하고 그것에 재미있는 듯 귀를 기울여 듣고 하다가는 한 사람 한 사람 그치고 좌우가 조용해지자 그들은 배전의 공허와 불안이 엄습하는 모양이다. 한동안 각자 주위를 돌아보듯 묵묵한 침묵으로 일치되다가는 아래서 비탈을 올라오는 발소리와 사람의 검은 그림자가 보이자 일시에 그편으로 눈과 귀가 모인다. 새우젓 장사를 다니는 자로 그제야 거리에서 돌아오는 모양으로 빈 통을 얹은 지게를 지고 나타난다. 반짝 하는 기대를 가지고 보다가 실망을 하는 모양으로 그 자임을 알자 몇 사람은 고개를 바로 가진다.

그 자는 앉은 사람의 얼굴을 알아볼 거리에 이르자,

"저녁들 자셨습니까?"

하고 인사말을 하고는 이어서 좌우를 돌아보며,

"오늘은 무슨 하회가 있었습니까? 진정서 보낸 데서."

잠시 한 자도 거기 대꾸하는 자가 없다가 목수가,

"오늘도 없는 모양입디다."

"신문에도 나지 않고."

목수는 그 대신 대답을 구하여 옆을 돌아보며,

"누구 오늘 신문 본 사람 없어?"

"봤어. 우리 동네 기사는 안 났습디다."

하고 한 자가 퉁명스러이 한마디하고,

"최 의사, 이 노인은 어디서 뭘 하는 거야. 오늘은 볼 수도 없게."

"아까 길에서 지나다 보니까 저 아래 추탕집에 있는가 보든데, 만성이하고."

"거기서 뭘 합디까?"

"아마 술을 마시나 보두군."

그들은 각자 잠깐 두 사람 심의를 의심해 보다가는 자기만 그것을 생각하고 남은 그렇지 않은 것으로 여기며 그만둔다. 새우젓 장수는,

"그럼 아직도 거기들 있는 모양인가, 저 아래 만성이 어머니가 찾아다니나 보든데."

"누굴 말요."

"만성이를 말이지 누굴 찾겠소."

그들 사이에는 또 한 번 김권실의 진정서에 대한 담화가 오고 가는데 비탈 아래서 만성 어머니가 이편을 향하고 소리를 친다.

"만성이 거기 있니?"

만성이에 대한 미움에서리라. 그 소리가 두세 번 연하도록 못 들은 척들한다. 마침내 그들 앞에 만성이 모(등 뒤엔 덕근이 아내도 따랐다)가 나타났다. 노파는 새우젓 장수에게 아들이 있는 곳을 듣고는 돌아서려다가 다시 서며,

"우리 만수란 놈 어디 있는 것 누구 보셨우?"

하고 좌중을 돌아본다. 한 자도 답하는 자가 없다.

"혹 덕근이 딸 점숙이도 어디서 본 사람 없우? 본 사람 없어?"

"못 봤는데요. 건 왜요."

하고 한 자가 묻자 노파는 다만,

"글쎄, 말요."

한마디로 돌아서 황황히 내려간다. 그들 두 여인의 그림자가 비탈 아래로 사라지자 앉았던 사람들은 은근한 예감으로 서로,

"만수허고 점숙인 왜 찾는 거야? 아마 무슨 일 난 게로군."

"아마 심상한 일이 아닌가 봅디다."

하고 그 말에 답하여 만성이 이웃집에 사는 목수가 입을 연다.

"아마 만수허고 점숙이란 애허고 배가 맞어 달아를 난 모양입디다."

"그럼 목단강인가 어딘가를 간다는 건 어떻게 되고 몸값으로 돈 천 원까지 받었다는데 그래."

"몸값을 받어 연놈이 노자로 쓰며 아마 멀리 뛴 모양이드군. 집 안엔 돈 한 푼 안 남겨 놓고 천 원 돈 몽땅 집어 가지고 달아났대. 고 참 앙큼한 계집애야."

"그럼 덕근이 내외는 닭 쫓든 개 지붕 쳐다보는 꼴이 되고 말았게. 딸 덕으로 팔자 고치게 되었다고 좋아들 허더니."

"요새 애들은 제 에미 애비 생각은 조곰도 않거든, 허는 짓들이."

그러자 털보는 앉았던 자리에서 무릎을 털고 일어서며,

"잘했다, 잘했어. 따는 놈은 따고 잃은 놈은 잃고 노름판 같은 세상이거든."

할 제, 자신 시원한 듯 한 번 두 팔을 벌려 기지개를 킨다. 주위에는 어둠이 짙어 몇 간통 앞을 분간키 어렵도록 캄캄하다. 그 어둠에 사로잡힌 듯 앞길이 캄캄한 울 안을 벗어나 두 남녀는 자기를 대신하여 밝은 세계로 달음질치는 것 같은 감을 느끼며 동시에 그들은 좀 더 자기 앞에 가로막힌 컴컴한 어둠을 자각하였다.

발跋

　현덕 형의 「남생이」가 1938년 조선일보 신춘당선 소설로 발표되었을 때 문단이 모두 독창적인 신인의 출현을 절찬으로 환영하였지만 나는 그와는 다른 의미에서 오랫동안 이 작가에 대해선 경탄을 마지아니하였다. 그 이유를 적으면 이러하다. 단지 작품 수준과 작가의 역량으로 보아 그전에는 물론 그 이후에도 현 형과 비견한 당선 작가는 나오지 않았다는 것이 한 가지 이유가 된다. 매년 몇 사람씩의 신인이 나왔고 또 현 형 이외에도 많은 당선 작가가 나왔지만 현 형이 들고 나온 「남생이」를 따를 작품은 없었고 또 현 형과 같은 역량을 발휘한 분도 없었던 것이다.

　둘째로는, 그리고 이것이야말로 문학적인 이유에 관하는 것인데, 묘사력이다. 우리 문학의 선배로 누구누구를 꼽고 또 리얼리즘이니 장편소설이니 산문의 본령이니 하여 누구누구를 그의 완성자로 손에 꼽지만 내가 보기에는 우리 소설 문학은 아직 충분한 묘사정신을 터득치 못했다고 생각하고 있었다. 현 형이 「남생이」 이후 연속적으로 발표한 「경칩」, 「골목」 등 일련의 작품이 표사한 적당하고 정확한 묘사력과 충분한 산문성과 그리고 위태롭지 않은 형상력은 그때 한참 이 방면에다 수련의 중심을 삼아 오던 나 자신을 크게 분발시켰었다. 한두 개의 작다란 주관적인 초점을 만들어 놓고 거기에다 위태롭지만 인형에 옷을 입힌 듯한 인물들을 붙여 놓고 그리고 기간(技簡)적으로 몇 개의 장경(場景)을 배치하여 구성을 째이게 하고 또 그 위에 약간의 시미(詩味)와 애매몽롱한 토속성과 유현미(幽玄美)를 비끼어 냄새를 풍기게 하는 것으로 일부 문학애호자를 만족시키기란 그다지 힘든 일이 아닐는지 모르나 나오는 인물의 심리와 행동과 사상을 충분히 알고 그리고 작자가 확실히 붙들고 있는 이러한 인물들로서 적확한 형상성을 가지게 하여 산문문학이 목적하는바 궁극의 정신을 완전히 실현하기란 결코 용이한 일이 아니며 그때 나 자신 이것을 터득하기에 전력을 다하였던 이유도 여기에 있었던 것이다.

그러므로 현 형을 만나서 내가 바란 것은 형의 일련의 작품의 주인공들이 '노마' 등의 소년인 것과, 그리고 '노마'의 눈을 통하여 세태를 관찰하려 한 것과, 그 펼쳐 보이는 세계가 소년들이 장난치며 노니는 골목 안인 것, 끝으로 풍부한 묘사에 비하여 주관의 형상화가 빈약한 것, 구성이 이완된 듯한 느낌을 주는 것은 이 주관 파지(把持)의 빈곤에 원인한 듯한 것, 때문에 내가 특히 희망한 것은 사람과 눈과 세계를 넓히고 강력한 주관에 의하여 작품의 근간을 이루도록 한 것 등이었다. 그런 의미에선 중단되고 말았지만 「녹성좌」라는 작품을 나는 퍽 주목하였던 것이다. 그러나 일상 태평양전쟁 강행 정책에 희생되는 오륙 년 동안 이미 상재되어 강호의 정평을 받은 『집을 나간 소년』의 소년소설을 남겼지만 형의 그 뒤의 노력은 크게 결실치 못한 채 8·15를 맞이하였다.

요컨대 현 형이 문단에 나온 시기가 문학사적으로 또는 사상적으로 보아 카프 해산 이후 중일전쟁 태평양전쟁 기간 중이라는 것이 여러 가지로 현 형의 문학에 영향하고 있었던 것 또한 부인할 수 없는 것으로 『남생이』에 수록된 작품의 사적 가치에 대해선 문학사가 뒷날 규정할 것이로되 저자가 많은 지우 중 특히 나의 글을 발문으로 붙이고자 하는 의도가 함께 소설을 공부하는 동시대인인 데 있다고도 보이므로 주로 이 면에 국한해서 두서없는 이야기를 늘어놓은 것이다. 해방은 반드시 현 형이 그 문학을 새롭게 앙양시키고 발전시키는 유일의 기반이 될 것을 믿는 바이며 병고를 무릅쓰고 문학운동과 문예공작에 종사하는 인간으로서 이 실천성이 반드시 문학적으로 결실할 것을 바라 마지않는 바이다.

1947년 7월 26일 문련회관(文聯會館)에서 김 남 천

기타 ●●●

녹성좌(綠星座)
층(屑)
이놈이 막내올시다

●●●

녹성좌 綠星座

　집집이 벽 지붕 먼지를 쓰고, 허옇게 퇴색을 한 자전거 한 채가 지나가
도 앞을 막는 먼지에 걸음을 멈추게 되는 길―동대문을 밖으로 뚝 떨어져
전찻길에서 오른편으로 꺾어진 다리 하나를 건너 구붓이 올라간 빈민굴로
유명한 이곳 가난한 동네에선 그래도 중심도로다.

　양편으로 이발소, 한약방, 떡집, 쌀집 등 납작한 초가지붕이 연하다가 갑
자기 한편 중간이 잘려 붉은 공터가 된다. 그리고 철봉들이 있고 장작더미
가 쌓이고 한 삼사 간통의 평지를 뒤로 직각에 가까운 강파른 언덕이 높다.

　그 쓰레기 더미 구정물이 지적지적 흘러내리는 비탈을 폭 좁은 층층대가
S자로 감아 올라가 중절모 형으로 오뚝한 □대에 낡은 판장이 아래 행길을
향하고 쓰러질 듯한 편으로 기울었다. 그편으로 판장과는 어울리지 않는
커다란 간판이 또한 한편 귀가 떨어져 기울어진 대로 판장 상반을 넘어서
뒤로 버듬히 누워 적은 바람에도 흔들흔들한다.

　흰 바탕에 검은 글자로 '동아사진관' 어쩐지 그것이 주위에 어울리지 않
는 어마어마한 호장으로 보인다. 보는 사람에 의하여는 한 개 상호를 쓴
간판으로보다는 낡은 판장의 대용을 하기 위하여 그렇게 내세운 것으로 알
기도 하리라.

　하지만 뭐 한 개 사진관으로 떳떳이 행세하지 못할 것이 없다. 현재 그
집 청색 뺑기칠을 올린 일각대문에서 마주 보이는 건넌방 덧문 한짝이 닫
혀 있는 그 단칸방 안 윗목에는 검정 휘장을 늘인 암실도 있고 책상 위 책

상 밑으로 질서 없이 놓여 있는 두어 개의 □□□□□□□□ 그리고 방구석에 세운 야외용의 삼각대와 검정 건판 '삭크' 등 빈약한 대로 작업실로의 내용을 갖추고 있다.

그러나 사장(寫場)은?―사장은 애초부터 그다지 가질 필요가 없는 것이다. 왜냐면 이 집 주인은 사진을 찍을 객이 자기를 찾아오기를 기다리고 앉았는 게으른 사진사가 아니라 사장을 일반 자연 풍경에 두고 그곳으로 객을 찾아나가는 말하면 출사 전문의 사진사인 까닭이다. 가까운 곳으로는 장충단 공원이나 남산공원 또는 한강이나 유원지, 그보다 멀리는 인천이나 원산 같은 지방으로까지 유객이 많이 모이는 장소를 찾아 광범위로 도는 돌팔이 사진사다.

지금 그 사진사 동민은 견본용의 사진액이 걸려 있는 바람벽 가장 아래 등을 대고 비스듬히 아랫목에 방심한 태도로 누웠다. 그것이 도리어 심중에 긴장한 일들이 있는 태도로도 보인다. 윤곽이 바르게 정돈된 얼굴인데도 소년다운 혈색이 없는 창백한 안색이 이목구비의 선을 흐리게 하고 천천히 감았다 뜨는 침울한 눈이 나이보다는 조숙한 지각이 들어 보인다. 그 눈에 띄는, 한번 충동을 받으면 물불을 가리지 않고 기울어질 열과 꿈이 잠겼기도 하리라. 일자로 다문 입은 강한 자존심으로 오만에 가깝다.

창밖 □□□ 추녀에 잘려서 네모가 반듯한 하늘이 한없이 푸르고 거기를 통해 드는 두꺼운 햇볕이 마당 한쪽에 장독대 그림자를 줄이며 정오를 향하고 가까이 간다. 이렇게 맑은 날 때가 이토록 방 안에 일없이 누워 있을 동민은 한가한 몸이 아니다. 고개를 떨어뜨리고 존다 하더라도 공원이나 그런 데 삼각대를 버티어 놓고 앉아 객을 기다리며 그럴 것이다.

그러나 그것을 다급히 느끼고 가만히 있지 못하기를 당장 동민보다는 그의 형수다. 안방에서 마루 하나를 사이에 두고 자기 딸 명희를 향하고 그 속을 발한다.

"아무 양반도 생각허면 불상하지. 불상해. 너 같은 년을 벌어 먹이지 못

해 단잠 하나 편히 못 자고 밤늦도록 행길에서 선굿을 허니."

그리고 자기는 그래서 몸을 한가히 놀리지 않는다는 변명이나 하는 듯 동작을 빨리 방바닥에 걸레질을 치다가 그 걸음이 윗목 구석에 오그리고 앉았는 명희 앞에 이르자,

"너는 밤낮 책만 들고 앉았으면 만사태평이냐? 그놈의 책 이리 내라 찢어버리게."

하는 격동한 음성과 함께 딸의 손에서 빼앗은 책이 마루를 날라가 건넌방 미닫이를 때렸다.

물론 건넌방 동민은 형수의 그것이 자기를 두고 하는 악성인 줄을 모르지 않는다. 여느 때 동민이라면 형수의 이만 것으로는 감성에 아무런 움직임도 받지 않을 만큼 예사로웠을 것이다. 그러나 오늘 그는 그만한 자극에도 신경이 설렜고 그리고 거기 둔감해지려 하고 태연해지려는 노력으로 또 미간을 접는다.

그런대로 동민은 바람벽에 등을 대고 누운 자리에서 움직임이 없고 형수는 좀 더 기세를 돋우어 안방과 건넌방 사이에 똑같이 통하는 푸념을 계속한다. 그리고 명희의 홀짝홀짝 눈물을 마시는 울음소리가 나고 그것으로 또 한바탕 꾸지람이 높아지다가 거기를 피해 나오듯 마루로 나온 형수의 거동이 건넌방 창 앞에 와 멈춘다.

"그저, 자우?"

이것이 세 번째 독촉이다. 동민은 그저 잔다는 듯 눈을 감는다. 그리고 미닫이가 경망하게 열리며 또,

"그저 자아?"

"……"

"오늘은 안 나가 보우. 이 좋은 날에 낮잠이 뭐유. 어제도 요 아래 산다는 색시 아이들이 찾아왔던데. 오늘 열두 시에 사진기계 가지고 꼭 장춘단 공원으로 나오라고 일렀답디다구려. 오래잖아 열두 시 되지 않겠수."

동민은 낯이 간지러울 만치 잠든 듯 감은 눈을 뜨지 않더니 돌려 벽을 향하고 모로 눕는다.

"아아— 어떡헐 테유. 안 나갈 테유."

"오늘은 볼일이 있어요."

"무슨 볼일, 낮잠 자는 볼일."

하고 엇나가다가,

"볼일 있는 사람이 낮잠만 자는 거유."

"기다리는 사람이 있으니까 그렇죠."

"기다리는 사람이 있어두 영업하는 사람이니 시간 맞춘 손님을 먼저 가볼 게 아뉴."

그러나 동민은,

"그 사람두 사진 박힐 사람예요."

하고 언성이 퉁명스럽고 거기 맞장구쳐서 또,

"난 모르겠소. 영업은 내가 하는 거유. 나가든 말든 맘대루 하구료."

하는 토라진 소리로 메다붙여 미닫이를 닫는 형수의 그 나머지 화풀이는 정한 듯이 명희에게 옮아가는 것이다.

사실 동민 그가 기다리는 사람이 있다는 것은 없는 일이 아니다. 아까의 누운 자세대로 형수의 말에 귀를 막듯 깍지 낀 손으로 목 뒤를 싸고 등을 꼬부린 검정 양복바지 주머니에는 아침에 받은 엽서 한 장이 반에 접히어 머리를 내밀고 있다. 전보문 같은 간단한 문구로,

'많이 기다렸을 줄 안다. 오늘 오정까지 나가지 말고 기다려라.'

연필로 흘려 쓴 매우 성급한 솜씨의 글이었다. 발신인은 김기환. 동민과는 보통학교 때부터 사귀어 오는 가장 친한 벗이다. 며칠 전 그가 동민을 찾아와 요즘 침식을 잊을 정도로 열중하는 연극과 영화에 대한 이야기를 급한 어조로 늘어놓다가는 문득 무엇을 주저하는 빛으로 어색한 낯을 짓고 하더니 마침내 그는 책상 위에 놓인 사진기계를 가리키며 오늘 하루만 빌

려라 하였다.

하긴 그보다 더한 것을 청한다 하더라도 거절하지 못할 만큼 그들 사이는 서로 희생을 즐기어하던 터이었지만 더욱이 동민은 친구의 그 끔찍이 주저해하고 미안쩍어하는 거기에 더 주저하는 마음을 두지 못했다. 그러나 그 후 사오 일이 지난 오늘까지 돌려보내 주지 않는 데는 애초부터 기환이는 그 예산이 있어 그처럼 미안쩍어했던가 생각하면 적잖이 불쾌하지 않을 수 없다. 그리고 그 사진기계는 경전(京電) 전차 감독을 다니는 그의 형에게서 나온 백 몇 원이라는 돈으로 장만한 것으로 형 부처는 거기다가 아우의 장래를 두고 어서 성가하기를 하루같이 바라는 것이다. 그들 눈앞에 동민은 없는 사진기계를 있는 것처럼 꾸미려고 집을 나갈 때에는 건판삭크에 흑보만을 덮어 눈을 피하여 나가고 하던 그 고충을 다만 '많이 기다렸을 줄 안다' 하는 한마디 말로 사하는 것도 매우 부족하다 생각되었다.

그러나 이미 오정을 지났는데도 아무 기척이 없고 안방에선 여전히 공기가 순탄치 않다. 엽서의 오정까지 기다리라는 사연도 사진기계를 전하려는 외에 무슨 다른 의미가 있는 듯싶은 알 수 없는 예감에 또 가슴은 저으기 설렌다.

이런 때 집 밖에 구둣발길 소리가 나며 함께 대문이 열리었다.

동민은 의심없이 친구 기환이가 왔을 것으로 단정하며 급히 상체를 일으킨다. 그러나 지금껏 조를 비비며 기다리었다는 그 표를 보이지 않으려고 저편에서 먼저 알리기를 기다리며 초조히 키를 재고 있는데 대문 밖에선 다시는 아무 기척이 없이 한동안 잠잠하다. 동민은 예기한 것이 깨어지는 실망으로 차츰 허리에 힘이 꺼지는 때에 뜻하지 않은,

"여보세요?"

"명희 오빠 계서요?"

하는 조심스런 소녀의 음성. 오정에 장춘당 공원으로 나와 달라던 소녀들이리라. 미처 안방 문이 열리며,

"아이고, 저 색시들이 또 왔네."

그리고 건넌방을 향한 소리로,

"기다리다 못해 집으로 찾아온 게로구료. 내 글쎄, 일찍이 나가 보라지 않었수."

형수는 득의를 한 듯 음성까지 양양하다. 동민은 그 형수에 대한 감정과 친구 기환이에게 대한 그것을 혼동하며 입가에 모멸하는 냉소를 짓는다. 그것은 또 일종 기대를 버린 자의 '니힐'이기도 하리라. 이제는 친구 기환은 완전히 아니 올 사람이라고 스스로 단념하고 만다.

"이리들 들어오너라."

하는 소리로 손을 맞는 한편,

"어서 나와 보슈."

하고, 동민을 불러내는 등 형수는 수선을 떤다.

그 형수 앞에서 동민은 그들 소녀를 맞는 거북한 감정에서 속히 벗어나려는 듯이 양복저고리 소매에 팔을 찌르며 구두 뒤꿈치를 끌며 하고 마당으로 내려선다. 그리고 그들 연초공장 직공인 배꽃과 같이 생기 없는 얼굴에 소녀다운 수줍음으로 낯을 붉힌 손에게는 한마디 사과도 없이,

"저리 나가시죠."

하고 마당 가운데 주춤주춤 들어서는 그들을 대문 밖으로 몰아 나간다. 다음날로 여기를 받거나 누구 동업자 한 사람을 소개해 주거나 할 작정이다.

그러나 그들 삼 인의 소녀는 동민이가 빈손으로 나오는 것에 자못 의아해 쳐다보고 하더니 자기네끼리 또 어떻게 해석하였음인지 얼굴에 실망한 빛을 짓는 것이다.

그러자 동민은 소녀다운 감상으로 그들에게 분수없는 동정이 가며 동시에 친구 기환이를 얼마든지 허물할 수 있는 것으로 감정이 부풀어 갔다. 오늘은 오늘은, 하고 사진기계를 돌려보내 줄 때를 기다리면서도 그의 집으로 찾아가기는커녕 그의 부친이 하는 동대문 근처의 미전 앞을 지나가기

도 주저가 될 만치 그는 친구의 인격을 믿어야 하였다. 그러나 지금은 얼굴에 가장 경멸하는 표정을 지어 가지고도 그를 속히 찾아갈 만하였다. 하지만 지금 가 본대도 자기 집에도 있는 때보다 밖으로 나가 도는 때가 많은 그라 만날 수 있을 리 없겠고, 보다는 근일 관계하고 있다는 극단으로 갔으면 빠르겠으나 그러나 기환이에게 늘 귀에 못이 박히도록 들은 그 극단이면서 집회장소가 어딘지를 들은 것 같으면서 생각이 아니 난다.

"녹성좌. 녹성좌."

하고, 그 음향에서 어떻게 집회장소가 알려질 것처럼 동민은 그 극단의 이름을 입 밖에 내어 외어도 본다.

소녀들은 앞서 비탈을 내려가고 있다. 경사가 급한 비탈에 모래가 미끄럽다. 소녀들은 엉거주춤 한 발짝마다 미끄러지며 주춤거린다. 그 뒤를 따라 내려가며 동민은 그들로 하여금 이유 없는 고생을 하게 한다는 그 책임으로 또 한 번 기환이에게 대하여 분연한 것을 느끼어 보며, 동시에 무심히 고개를 들어 내려다본 언덕 아래 당자 기환이가 웃는 얼굴로 쳐다보고 섰다. 동민은 무춤하고 걸음을 멈추었다. 그리고 상대를 바로 보지 못할 부족으로 문득 낯을 붉히며 외면을 하다가 돌이켜서 입가에 어색한 웃음을 지어 마주 내려다본다.

그러자 동민은 또 한 번 무춤하였다. 기환이 옆으로 몇 걸음 떨어져 탈모에 안경을 쓴 얼굴이 가까이 오며 동민을 향하고 굽실 머리를 숙여 인사를 한다. 그 얼굴 모습이 심히 익으면서 얼른 생각이 들지 않는다. 그리고 생각이 날 듯 날 듯 머리에서 뱅뱅 도는 안타까움이 비탈을 다 내려가도록 계속하다가 상대가,

"오래간만입니다."

하고 손을 내밀어 악수를 청할 때에야 비로소 깨달을 수 있어,

"오오 이재수 씨."

하고 경의에 가까운 소리를 쳤다. 그만치 그의 나타남은 의외였고 또 경의

였다.

천정이 벗어진 이마와 아래로 선이 굵은 턱, 그리고 안경알 너머 번득이는 일층 범하지 못할 패리와 명랑한 빛이 도는 눈－일찍이 동민이 기억하는바 그의 인상은 결코 첫눈에 못 알아보거나 할 사람이 아니었다.

동민이 이날까지 접해 온 그다지 좁다 할 수 없는 인간 체험 가운데 가장 깊이 남았던 인물로 항상 그 거취를 궁금해하던 그가 아니냐.

그러나 그와 동민의 지금이 세 번째 기우(奇遇)로 그 세 번째 모두 문자 그대로 기우여서 장소와 내용은 다를지라도 방식이 같은 생각지 않은 장면에 불시에 나타나 놀라게 하는 이것은 또 무슨 기연이랄지－

그를 처음 대하게 되기는 동민이 동경서 방랑생활을 할 때다. 서울서 다니던 중학교를 월사금 체납으로 이학년에서 쫓기어나고 또 한 분 계시던 어머니를 잃던 해 가을 그 절기에 푸른 하늘을 이것이 마지막이란 감에서 갑절 푸른 것으로 느끼며 집을 떠났다. 그러나 동경의 거리는 떨어져 구르는 가로수 낙엽이 아스팔트에 쓸쓸하였고 또 그것처럼 동민은 집을 떠날 때 품었던 가지가지의 포부와 기대를 하나하나씩 길바닥에 굴려버리지 않을 수 없었다. 처음 다만 구하기가 쉽다는 이유로 몸을 두게 된 것이 신문배달부. 그러나 월여를 못 가 견뎌나지 못했으니 아침저녁 허리가 휘는 신문뭉치를 메고 골목골목을 달음질을 치는 것쯤은 감당 못할 것이 없겠지만 고질은 배달이 끝난 후로 집집이 권유를 다녀야 하는 것이다. 번시 존재가 빈약한 삼류나 그쯤 가는 신문으로 매달 독자의 이동이 심하였고 그 벌충은 각자 배달비가 과중한 부담을 지게 되었다.

따라서 원치 않는 신문을 구변 하나로 권하는 노릇이라 스스로 자존(自尊) 어리는 것을 팔지 않을 수 없었다. 그러나 그날 하루의 성적 여하로 그곳 신문 점포의 늙은 주인은 기색이 달라졌고 그 영향은 그날 식사에까지 미쳐 밥그릇과 반찬 접시에 가감이 생기었다. 동민의 하루하루 자존을 파는 마음엔 비굴이 자랐고 또 그러는 자신에 매질을 가하고 하는 이런 때 그 앞에 나타난 사람이 모 사립대학의 교모를 쓴 이재수 그다.

동민의 눈에 비친바 그의 일거일동은 모두 놀라움과 특이한 것으로 보이지 않을 수 없었다. 동민 자기가 그처럼 있기 불편하고 좋아할 수 없는 점포다. 그 집 이층으로 오르는 때가 까맣게 오른 층층대를 오르고 내릴 때에도 발소리를 조심하는 자기와는 반대로 일부러 그러듯이 버적버적 집이 울리는 소리에도 무관심이다. 내 집에나 있는 듯 동작이 유유하고 태연하고, 태연한 거기에 또 일종 패리와 매력이 있어 그를 둘레로 항상 사람이 모이었고 그 앞에서만은 주인 영감도 찌푸린 이맛살을 펴고 웃음을 짓는다. 그의 같은 태도는 신문 권유를 하는 데에도 나타나 동민이 하루종일 다녀서 겨우 이삼 장을 얻기 어려운 그것을 그는 그 수의 십 배, 이삼십 장을 하루 예사로 하였다. 그것도 남이 애걸이나 강청 같은 수단으로 상대를 귀찮게 굴어 얻는 그런 것이 아니다. 족히 상대가 즐겨 응할 수 있게 그는 태도가 당당하였다. 그만치 그는 사람의 심기를 간파하는 눈이 예민하였고 한 번 무슨 끝을 잡으면 추군히 감아들며 물러날 줄을 몰랐다.

그러나 동민이 좀 더 그로 하여금 놀라게 되긴 그와 헤어질 임사에 더하였다. 그때가 마침 신년 독자 확장을 하게 된 연말이어서 점포에서는 대대적으로 상을 걸어 권유를 하게 하였다. 그들 배달부들이 잡거하는 위층 바람벽에는 그 세명서가 붙어 백 장을 권유하는 때엔 상금이 십 원, 이백 장엔 이십 원 이렇게 올라가다가 그것이 오백 자리에 올라가서는 도두고 뛰어 일금 일백 원이란 상금이 붙어 누구나 거기 침을 흘리게 되었다.

그러나 이것은 점포 늙은 주인의 교활한 타산에서 나온 일종 기만에 가까운 것이니 왜냐면 한 사람이 한 달이란 동안에 오백을 얻기는 도저히 이루기 어려운 것으로 대개는 중간에서 낙오되고 마는 것인데 말하면 점포 주인은 그 낙오되는 중간 숫자에 이득을 앉아서 보려는 뱃심일 게다.

그런데 문제는 재수, 그가 노주인의 예산을 깨뜨리고 그 막음이 끝나려는 날 똑똑히 오백의 납인이 찍힌 신문 구독청구서를 내놓았다. 그러나 노주인은 천천히 그 장수가 정확한가 아닌가를 두어 번 세어보고 나서 간단히 그 공을 사하고는 상금은 그 오백구의 수금이 완전히 끝난 후에야 주게 된다 하였다. 허나 수금이 그 달 안에 끝날 수는 없는 일이요, 또 몇 개월을 두고 한다더래도 완전을 기할 수는 없는 일이었다.

마침내 옥신각신 시비가 되다가 일은 단판싸움이 되고 말아, 재수 그는 천천히 일어서 그 오백 장의 청구서를 들은 오른손을 불이 한참이는 난로 구멍을 향해 겨누었다.

단순한 그것은 위협만도 아니리라.

"난 이까짓 것 뒤짓값도 못 되니까."

하고 그 오백 장의 종이 뭉치를 난로 가까이 가져가는 그의 노기를 감춘 침착한 태도엔 정말 그것을 불 속에 넣어 버리고 말 것 같은 결연한 빛이 보였다. 그러자 노주인도 마침내 꺾이어 당황해졌다.

"잠깐만."

하고 점잖이 정좌하고 앉았던 자세를 □□ 그와 난로 사이를 가로막듯 손을 내밀었다.

그리고 지금까지의 강경하던 태도와는 반대로 몸을 낮추어 타협을 청할 그만치 재수 그의 태도는 당당하였고 끝끝내 같은 태도로 굽히지 않는 여기에 또 동민으로 하여금 크게 감격케 하였다.

그리고 동민은 소년다운 감동으로 그의 일거일동이 무슨 영웅이나 그런 사람을 대하는 듯 갑절 호장해 보였고, 그리고 그와 자기 몸을 비교함으로써 자기를 적게 보았고 자기를 그와 같이 하고자 채찍질을 가함으로써 또 자기 몸을 크게 보고 하였다.

두 번째 그와 동민과의 해후는 또 좀 의외로운 장소였다. 그때가 마침 동경에서 고향 서울로 돌아가는 경부선 기차 안이라 한층 놀라웠다. 십이월의 흰 눈을 입은 적막한 풍경을 바라보는 차창 유리에 비친 건너편 자리에 어느 때 어디서 올라탔는지 어디로 호송되어 가는 듯싶은 미결수 한 사람이 앉아 있다. 그때는 심상히 고개를 돌려 잠시 건너다보고는 말았으나 그다음 기차가 머문 역에 내려가 벤또 하나를 사 가지고 들어오는 그때 용수를 벗고 벤또를 푸는 그 미결수의 얼굴이 마주쳤다. 그 얼굴이 바로 이재수, 그였다. 동민은 놀라 벌린 입을 다물지 못하고 섰는데 그는 아까부터 보았던 모양으로 미소를 지은 얼굴로 말없이 목례를 하는 것이다. 그 안색은 약간 파리하고 창백하나 그러나 전일의 패기와 자신이 넘친 그 인상 그대로 오히려 어떤 감추지 못할 자긍으로 어깨를 들고 앉았는, 그것으로 미루어 그가 지금 처해 있는 위치란 결코 사람을 대하길 부끄러워할 성질의 것이 아님을 알 수 있었다.

도리어 동민 자신은 차창 밖에 가까이 오고 멀어 가는, 산, 들, 집, 적막한 풍경의 전폭이 자기 자신의 생애를 말하는 듯 지내 보낸 과거와 맞이하는 미래에 대한 한 푼어치의 미련이나 애착도 가져지지 않을 만큼 동경에서 보낸 삼 년간의 기억은 머리에서 날래 잊어버리고만 싶도록 생각하기도 진절머리가 났고, 지금 가까이 달려가고 있는 서울의 그것도 결코 시원한 것이 못 돼서 자못 심리가 우울하던 때라 그 대소로 더욱 상대가 위대하게 보였다.

그러나 지금 동민 앞에 나타나 단단히 손을 잡는 재수 그는 얼른 알아보지 못할 만치 외모와 인상이 변하였다.

몸뚱아리 전체가 동그랗게 보이도록 전에 없이 지방이 풍부해진 굵은 목, 윤기가 흐르는 안면은 전일에 보던 예각적인 선이 둔해진 반대로 안후무치란 감이 앞서도록 정한하고 당돌해진 감으로, 말하면 보는 사람으로 하여금 예사놈이 아니구나 하는, 조심을 갖게 하였다.

그러나 그 눈과 음성에는 전일과 다름없는 아기와 열이 있어 사람을 이끄는 힘이 있다. 바로 이재수 이 사람이 친구 기환이 늘 화제에 올려 말하던 동경서 조선인 중심으로 조직된 어느 좌익 계통의 예술극단의 단원의 일원이던 사람으로 연극에 천재적 재능이 있다는 사람인가. 그렇다면 그가 그 극단에 관계하기는 신문 점포에서 동민과 헤어진 후일 게고 그럼 경부선 열차 안에서의 그 일도 그 극단으로 말미암은 것이던가.

그것은 하여튼 친구 기환은 자기가 소개를 하기 전에 먼저 친면이 있는 사이라는 데 자못 놀라는 모양으로 또 쉽게 가까워진 사이를 무척 기뻐한다.

"아아, 전부터 아시는 분들야, 어디서?"

하고 괴상한 표정으로 놀라며 이 사람 저 사람 번갈아 본다. 그리고 재수의 간단한 설명이 있자 아아, 이분이 바로 늘 경의를 한다 말하던 분이야고 큰 소리를 쳐 두 사람은 약간 낯을 붉힌 웃음이 잠시 높았다가는 다시 묵묵해진다.

동민은 이 귀한 손님을 어디로 맞아들일지 몰라 망설이고 섰는데 문득 재수는 입을 열어,

"저리 좀 가시죠."

하고 자기가 먼저 앞을 서 어깨를 젓는 걸음으로 옮기어 갔다.

급하지 않은 경사다. 구붓이 돌아내린 길을 추녀 끝이 연한 상점 응달 밑으로 세 사람의 청년은 말없이 걸음을 옮기어 내려가고 있다.

앞장을 선 이재수는 어깨가 번 몸에 유행과는 먼 동빛 가까운 올이 굵은 양복바지 주머니에 두 손을 찌르고 침사에 잠긴 표정으로 고개를 수긋이 발밑을 내려다보며 걷는다. 그 옆으로 잠깐 떨어져 재수의 그 철이 늦은 터분한 양복이 더욱 그렇게 보이게 기환은 날씬한 청회색 여름양복을 모던뽀이답게 후리후리한 키에 알맞도록 입고 머리엔 넙적한 캡을 삐두름이 쓴 얼굴은 매우 유쾌한 듯 소리는 아니 나나 휘파람을 부는 입을 하고 좌우를 돌아보며 가벼이 걸음을 놓는다. 그 뒤로 한걸음 떨어져서 동민은 여름겨울 구별 없이 입는 검정 세루양복이 몸에 덥다는 듯 앞을 헤쳐 샤쓰만 입은 가슴을 내밀고 길가의 아카시아나무 잎을 따 조금씩 찢어 바람에 날리는 무심한 동작과는 반대로 그 내심은 자못 설레는 모양. 그것은 사람이 지금까지 어떤 환경에서 다른 예측할 수 없는 방향으로 바꾸어지려는 때

느끼는 그 주저와 호기심이 섞인 불안으로 지금 동민은 재수를 맞이한 놀라움과 함께 직감적으로 느낀 무슨 예감과 같은 그 불안에 초조로웠다.

이렇듯 동민 그는 장차 자기 머리 위에 이루어지고 무슨 운명의 장난과 같은 그 실마리를 당초부터 직감한 이것은 그의 병적 심성의 소위라고만 할 수 있을까.

하여튼 동민은 지금 자기 집 층층대 아래 먼저의 소녀들이 자기를 제외하고 나중 온 사람들과 더불어 멀어가는 자기의 뒷모양을 매우 토라진 낯으로 바라보고 섰는 존재에는 전연 깨단할 여지가 없을 만큼 그의 심중은 다사로웠다.

길을 평지로 내려가 마침 앞을 달려 지나간 한 채의 자동차가 풍기고 간 뽀얀 먼지 가운데 삼 인은 잠시 걸음을 멈추었다. 그리고 허옇게 뒤집어쓴 먼지를 털며 두 사람은 각기,

"아아, 그 먼지 굉장하다."

"그 먼지 참 굉장한데요."

그리고 동민을 향하고는,

"난 너이 집 자주 나올려도 먼지 무서워 못오겠더라. 어서 떠나라. 떠나."

그제야 동민은 입을 단단히 다문 긴장에서 풀려 무어라 대꾸를 하지 않을 수 없었고 동시에 자기가 얼마나 긴장하고 있는가를 알 수 있었다.

그리고 다시 걷기 시작한 걸음이 긴 영미다리를 건너 그 앞뚝도 내왕의 전차 선로 근처에 이르렀을 때 마침 아래에서 올라오는 전차와 긴 흙구루마가 보이며 후미끼리가 내려와 길을 막았다. 그것이 열릴 때를 기다리며 서로 등을 밀고 섰는 사람들 옆에서 벗어나와 기환은 다리 난간을 앞으로 원경을 바라보며 오락가락하고 섰다. 그 뒷짐을 진 손에 동민은 눈이 가자 그가 사진기계를 아니 가지고 왔음을 비로소 깨달았다. 동시에 자기 집 층층대 아래 두고 온 소녀들의 존재도 생각이 나,

"아 참, 깜박 잊었군."

하고 경동한 듯 갑자기 큰소리를 쳤다. 그 소리에 기환도 멈추고 돌아본다.

"뭘 말야."

"날 찾아온 아이들이 있었는데."

"아까 그 소녀들 말이냐. 뭣 하러 온 아이들인데?"

그 소녀들의 온 뜻을 말하게 되자 동시에 그것은 은연중 기환에게 그 사진기계를 채근하는 폭도 되었다. 그것을 의도하고 한 것 같아 스스로 면난쩍어지는 한편 또 기환이 그의 응답을 기다리는 마음도 없지 않았다. 그러나 기환은 딴청을 하듯이,

"오늘 날 무척 더운데. 아마 사십 도는 될걸."

하지만 동민은 이 경우에 다잡아 그것을 채근해 물을 수는 없었다.

마침내 길이 열리고, 그들보다 몇 걸음을 앞을 서 가며 재수는 고개를 기웃기웃 무엇을 찾는 듯 양편 길가의 선술집 간이식당 같은 내부를 살피며 간다. 그리고 전찻길이 있는 삼거리에 이르자 멈추고 서서 뒤의 사람이 가까이 오기를 기다린다.

그리고 어깨를 나란히 서는 동민을 돌아보며,

"우리 조용히 이야기할 말도 있고 하니 저리 들어가시죠."

하고 길 건너편 호떡집같이 초라한 청요릿집을 가리키며 자기가 먼저 길을 건너갔다. 그 뒤를 따라 그 집 컴컴한 층대를 올라가며 동민은 자기가 예견하는바 불안이 차츰 사실로 되어가는 듯싶은 감에 가슴은 저으기 두근거리었다.

동민 삼 인이 안내된 방은 어둡고 구중중한 외부에 비하여는 거기만 딴판처럼 밝고 조용하였다. 남향으로 난 창밖에는 훤하게 넓은 벌판 배추밭에 연한 물빛이 신선하고 커텐자락을 날리며 들어오는 시원한 바람이 그치지 않는다.

재수는 양복저고리를 벗어 빈 의자에 던져두고 자기는 창 앞 바람마지에 등을 향하고 앉는다. 그리고 자기를 찾아온 손에게 도리어 대접을 받게 되

는 주객이 전도된 미안지심으로 황공한 듯 손을 맞붙잡고 섰는 동민을 향해 맞은편 의자에 앉기를 권한다.

"이리 앉으시죠."

그 소리가 두세 번이 거듭되도록 언제든지 그렇게 서 있을 것처럼 사양을 하다가 그것이 또한 사양이리라. 의자 끝에 궁둥이를 겨우 올려놓은 거북한 자세로 재수의 정면에서 모로 앉는다. 재수는 목 뒤와 안면을 씻은 손수건으로 안경알을 닦아 바로 쓰고는 상대를 다시금 고쳐보는 눈으로 건너다보며,

"이것이 몇 해 만이신가, 아마 오륙 년 됐죠."

"글쎄, 그렇게 됐을 걸요."

"그동안 나두 퍽 변했겠지만 박 형두 퍽 장성하셨었는데."

그 장성이란 말에 동경서 겪은 이래 자기의 보잘것없었던 과거에 대한 빈정거림이 있기나 한 것처럼 느끼며 동민은 스스로 낯을 숙인다. 그러나 재수는,

"내가 그 신문 점포에서 나온 후로도 박 형은 오래 계셨던가?"

"아뇨, 저두 곧 나왔세요."

"그럼 그 후 뭘 하시고 생활하셨누."

"한 건 많죠. 철공장 임시공으로도 있어 보고 사진관 견습생으로도 있어 보고 하다못해 노가다 한비에도 있어 보고."

하고 연달아 외다가는 그것이 모든 궁상스런 나열인 데 스스로 낯이 붉어지는 속을 웃음으로 버무린다. 재수도 따라 웃다가는 문득,

"아 참."

하고 비로소 생각나는 듯,

"언젠가 한번 경부선 기차 안에서 만난 적 있지 않소?"

"네, 그랬죠. 그때가 바로 지가 동경서 나오던 길이었습니다."

고개를 끄덕끄덕 무엇을 회상하는 기색이더니 재수는,

"그 후 나는 만주로 동경 등지로 돌아다녔지만 박 형은 그동안 서울 한 곳에만 계셨던가?"

동민의 대답이 있기 전 벽 휘장이 열리며 주문한 음식접시가 들어왔다. 먼저 한 접시의 잡채와 반반근의 배갈병이 들어와 식탁 위에 놓인다. 그리고 기환이가 자기 앞에 술병을 들어 잔에 따르는 그 첫잔에 술이 따라지는 때 일치되는 심상한 긴장을 타고,

"오늘 박 형을 찾아온 뜻은ㅡ"

하고 이 자리에 있어 가장 요긴한 담화가 가장 무심한 태도로 나왔다. 그리고 그 술잔에 손을 가져가며,

"내가 극계에 상관하고 있는 것은 김 군에게 들으셨겠지만 우리 극단에 박 형을 사원으로 모셔 들여오고 싶어서요."

하고 상대의 응답을 기다리는 기색은 없이 천천히 술잔을 입으로 가져가 마시고 나서 카아ㅡ 소리와 함께 벌린 입에 잡채 한 줌을 집어간다. 그리고 빈 잔에 술을 따라 말없이 동민 앞으로 밀어놓으며

"연극 하면 흔히 천하게들 생각하는 것은 사실입니다. 더욱이 우리 조선 사람들 간에 심한데 그러나 어느 나라 어느 민족의 문화사를 들춰보면 거기엔 형식이나 방법은 다를지라도 연극이 가진 한 역할이 있습니다. 그 당시 현자들에게 천시를 받든 후대를 받든 그것과 상관없이 연극문화에 공헌을 해 왔던 것입니다. 혹은 종교에 혹은 정치에 타협을 당하면서 제 자신의 인생을 무대 위에 축도해 보이는 예술행동을 해 왔던 것예요."

동민은 자기 앞에 놓여 있는 술잔을 다음 자리로 돌릴 생각도 못하고 있다가 당황히 그것을 도로 재수 앞으로 밀어놓는다. 재수는 그것을 또 말없이 기환이 앞으로 밀어가다가 그가 손을 내젓자,

"왜 못들 하셔?"

하고 두 사람을 번갈아 본다.

"술 자셔들 보지 않구 그래."

그러나 그다지 권하려지도 않고 다음부터는 자작자음으로 혼자 따라 혼자 마신다.

　"연극이란 결코 한 사나이가 그 일에 떳떳이 자기 일생을 바칠 만한 사업이 못 되지 않습니다. 요리가 제일의 감을 가지고 할 수 있는 적은 수효 중에 하나란 말예요."

하고 재수의 그 상대를 압도하고 마는 눈이 동민의 수그린 이마 위에 머물러 떠나지를 않는다.

　"조선에 신극운동이 있은 지는 오래지요. 그중엔 신파극의 일류로 몰아버릴 것과 또는 정치운동의 한 부문으로 신극운동이라는 걸 한 때와, 그리고 일부 교양인들이 문화적 입장에서 그것을 한 때도 있습니다. 그러나 그것은 신극운동의 계몽이나 개척을 위한 운동은 될지언정 신극 그 자체의 건설이나 수립은 아닙니다. 인제 신극운동의 서곡은 끝났습니다. 이제부터는 신극 그 자체의 수립을 이 땅에 해야 할 때입니다."

하고 재수 그의 점점 연극조로 결해 가던 어조를 그것을 바로잡으려는 듯이 뚝 끊고 제 자신 침착해지려 한동안 사이를 둔다. 그리고 나직이 가라앉은 음성과 얼굴로,

　"말하면 우리 녹성좌는 진정한 의미의 극문화를 이 땅에 수립하기 위해 나온 극단입니다. 그러자면 그 일에 성실한 좌원을 얻어야겠세요."

　여전히 동민은 머리를 수그린 자세대로 단단히 입을 다물고 앉았다. 그것이 재수 그의 말에 불응을 표하는 것인지 또는 수긍을 하는 표인지 분간이 아니 섰다. 그러나 심중 예사롭지 않은 충동을 받았음은 틀림없으리라.

　마침 유난히 삐걱삐걱 소리가 요란하게 나는 층대를 올라오는 소리가 나며 세 그릇의 만두가 날라 왔다. 그것으로 실내의 딱딱해진 공기가 부드러워져 서로 얼굴이 화해진다. 그러나 기환 재수 앉은 자리 순서를 따라 놓여지는 만두 그릇이 그때까지 실내의 변화에도 상관없이 머리를 숙이고 앉았는 동민 가슴 앞에 놓이자 그는 비로소 깜짝 놀라 고개를 들고 그리고

자기 앞에 만두 그릇이 놓인 사실에 당황하도록 황감해한다. 그가 그 만두 그릇에 젓가락을 대기까지는 재수의,

"어서 드시지요. 어서 드시지요."

하는 재삼의 권과 그 갑갑한 태도에 화를 내어,

"어서 먹으려무나."

하는 기환의 퉁명스런 핀잔이 있었다. 그만치 동민 그는 재수에게 대접을 받는다는 사실이 미안쩍었다.

식사가 속한 재수는 두 사람이 아직 절반도 이르지 못한 사이에 한 그릇 만두를 뚝 따먹고 입을 씻는다. 그러나 동민은 자기도 따라 먹던 그릇을 물려 젓가락을 놓지 않을 수 없었다.

재수의 젓가락짝으로 식탁선을 두들기며 식후의 부른 배를 내밀고 앉았더니 문득,

"여봐."

하고, 남은 어떻든 자기 목아치의 음식은 식성껏 다 먹고 만다는 듯 남은 만두를 입으로 가져가기에 골몰한 기환을 향해 주의를 끌었다. 그러나 이 것은 보다 동민을 두고 하는 말이리라. 기환에게 이번이 처음이 아닌 꿈을 꾸는 듯한 자기들의 장래 극단을 처음인 듯 본다.

"하여튼 이번 공연에 한번 번쩍하게 녹성좌란 존재를 사회일반에게 알릴 거거든. 그러면 물론 많은 출자자도 나설 게고 그때엔 극단 기초가 확립됨에 따라 적어도 연극회 중앙공연과 또 지방공연 그리고 영화제작도 해볼 생각이거든. 그리곤 어떻게 극장의 지수경영을 하도록 해야겠어. 글쎄, 똑똑한 극장 하나 갖지 못하고 어떻게 극문화의 발전을 바랄 수 있을새야 말이지."

하고 기환을 바라보던 눈을 동민에게로 돌려,

"그렇지 않소?"

"그렇겠죠."

하고 상대가 기환을 보고 말할 때 정시하던 동민은 그와 눈이 마주치자 다시 고개를 숙인다.

　그리고 먹기를 다한 기환이가 와이셔츠 앞을 헤쳐 널며 창을 향하고 돌아서 밖을 내다보고 섰고 동민과 재수 두 사람만이 마주 대하고 앉았는 거북한 침묵을 구하려는 듯이,

　"그러니까 댁의 살림을 누가 하시나?"

　"그야 형님이 하시죠."

　"그럼 박 형은?"

　"저야 뭐 수입이 있습니까. 그저 놀고 먹는 심이죠."

　"그러시면 우리 사업에 어느 때든지 나오실 수 있는 몸이시구면그래."

　이 다짐하는 의미가 포함한 말에 동민은 여전히 긍도 부도 아닌 태도로 고개를 숙인다. 마침 중국인 소동이 찻주전자를 들고 들어온 것을 기회로 일어서 삼 인은 밖으로 나갔다. 그리고 걸음 갈려지는 삼거리 담배 가게 모퉁이에 이르자 걸음을 멈추고 재수는,

　"이따 저녁 여덟 시쯤 해서 저리 나오시죠. 오늘은 몇몇 단원들도 모일 게니 인사도 하실 겸."

　그 모이는 장소를 모른다는 얼굴을 하자 기환이가 나서 종로 오정목 몇 번지 조끼방 아래 하고 집을 알리고 돌아서려는 그를 동민은,

　"얘."

하고 불렀다. 그 의미를 말하기 전에 알아채고 기환은,

　"아아, 사진기계 말이냐?"

하고 그 얼굴을 동민에게서 재수에게로 돌렸다.

　"아아, 사진기계 말씀이죠."

하고 재수는 기환이 그의 말을 받아 외듯 하고 잠깐 고개를 기웃 얼굴에 난색을 보이고 섰더니 태연한 어조로,

　"하여튼 이따 저리 나오시죠. 저녁 잡숫고 곧 저리 나오세요."

그리고 마침 정류장에 머물렀던 전차가 움직이려 하자 재수 기환 두 사람은 그편을 향하고 걸음을 빨리 다투어 간다.

그들과 헤어져서 동민은 고개를 수굿이 생각에 잠긴 머리와는 반대로 걸음은 자못 흥분한 보조로, 그러나 전에 없는 자신이 머무른 듯 발뒤꿈치에 힘을 주어 땅을 구르며 간다.

그 거동이 뚝도행 전차선로 앞에 이르자 하는 버릇으로 고개를 들어 좌우를 살피다가는 자기가 지금 가고 있는 방향을 깨달은 듯 문득 걸음을 멈춘다.

동시에 그 길이 자기 집으로 향한, 그리고 멀지 않은 거리에 그곳으로 이를 자기 몸임을 생각하자 컴컴한 방, 상을 찌푸린 형 내외의 자기를 맞이할 얼굴, 그런 연상이 일며 동시 지금 자기가 취하고 있는 흥분이 얼마나 높은가를 그 대소로 말미암아 더욱 선명하게 느끼었다. 따라서 그 흥분을 그대로 가지고는 자기 집으로 들어갈 수 없을 것 같은 불안이 앞섰다.

그러자 그는 발길을 돌이켜 오던 길을 되밟아 삼거리로 나와 거기서 또 전찻길을 옆으로 뚝 아래 내려간다. 거기서 얼마 아니 되는 거리에 있는 임업 시험장 수풀길을 걸으며 오늘의 부푼 감정을 정리하고 싶었다.

양편 거리가 적막해지며 따라 또 그만 정도로 걸음을 걸은 탓이기도 하리라. 동민의 머리는 차츰 식어 시험소 울창한 수풀을 바라보며 긴 뚝 위를 걸을 때에는 제법 조리 있는 생각을 할 수 있었다.

사실 오늘 재수에게서 들은 그만 정도의 연극에 대한 이해나 지식쯤은 동민 자기로도 모르는 바 아니요, 또 일찍이 친구 기환에게 익히 들은 바이기도 하다. 그러나 그것은 기환에게 듣고 또 그의 권을 받을 때에는 자기 같은 자로는 섞일 수 없는 먼 거리의 것처럼 느껴지던 그것이 한번 재수 그 사람의 입을 통해 들려지자 같은 말 같은 의미의 그 뜻이 그처럼 생생 자극을 가지고 머리를 때리는 것은 동민 자기로도 알 수 없다.

애초부터 거기 그만한 이해와 지식이 있었고 그리고 친구의 알선이 있었으면서도 다만 자기의 타고난 염인증으로 낯선 장면에 자기 몸을 나타나게 될 때의 불안이 앞서 엄두를 못 내던 것을 재수 그에게 손을 잡아 이끌림으로써 그 불안이 사라진 까닭인가.

그러나 동민은 아까 재수를 대하고 그의 권을 받을 때 한 번도 응하는 기색을 보이지 않았으며 도리어 그 반대의 기세까지 보였을 것이다. 하지만 재수는 상대의 그 말 없는 침묵을 말 있는 긍정으로 접고 들며 후림을 쓰는 여기에 자신은 어느 정도로 어기대면서 부지불식간에 그 손에 넘어가고 마는 여기에 또 재수 그의 인식적 매력이 있음을 동민은 깨닫지 못하리라.

임업시험장, 우중충한 나무 아래엔 오후의 그늘이 짙었다. 뚝 아래 빨래터에는 이삼 인의 여인이 남아 마지막 빨래에 방망이질을 하고 있다.

그 동떨어진 음향이 쩡쩡 사방에 울리도록 그 넓은 구역에는 구석구석 그늘이 깊을 뿐 사람의 그림자가 허하다. 잣나무 느릅나무 등 키 높은 나무의 깊은 녹색과 대조로 모래가 흰 길 위를 동민은 고개를 기웃이 뒷짐을 지고 십여 간통의 거리로 오락가락한다. 그의 가슴속에는 재수를 자기 집 비탈 아래서 처음 대하였을 때 느끼던 그 불안, 무슨 자기의 운명의 열망을 예감하고 싶은 그 불안이 서서히 그러나 굳게 뛰고 있는 맥박과 함께 뛰고 있다. 그리고 그 불안이 있는 동안 거기에 기대어 이끌리지 않으려는 노력이 있어 또 입가에 버릇인 냉소를 지어 단단히 문다.

'하여튼 사진기계를 가지러 갈 겸 한번 가 보기는 할 일이다.'

그러나 그 속은 그 사진기계에 예사롭지 않은 무엇이 있음을 느끼면서도 깊이 캐지 않으리만큼 그 일에 끌리고 있는 자신임을 모른다.

숲 밖으로 그가 나왔을 때에는 생각보다 때가 늦어 거리에 모색이 둘렀다. 동민은 얼마간 재수가 오라던 그 장소를 향하고 가거나 하는 것처럼 한 걸음 두 걸음으로 느리어 바짓가랑이가 좁게 계단을 빨리 자기 집을 향해 갔다.

그렇게 자기 집 비탈 층층대를 한 걸음에 둘씩 셋씩 건너뛰며 올라간 대문 안에는 뜻하지 않은 화가 그를 기다리고 있었다.

일각 대문을 들어선 맞은편 마룻전에 동민 자기 형이 대야에 두 발을 담그고 앉았다. 한 칸 마루가 뿌듯하도록 비대한 몸, 검붉은 얼굴이 구부려 발을 씻고 있던 자세에서 돌리며 마당을 들어서는 동민의 아래위를 매우 못마땅한 눈으로 훑어본다. 마침 부엌에서 밥상을 들고 나오는 형수의, 그를 흘낏 떠보는 그것도 역시 내심에 일물이 있는 눈이다. 자기가 집에 없는 동안 그들 사이에 무슨 짬짜미라도 있었으리라. 동민은 자기를 중심한 집 안의 냉랭한 공기를 등줄기가 서늘해지도록 느끼며 그러나 손수건을 꺼내 수그린 이마와 땀을 씻는 태연한 걸음으로 형 그가 있는 마루를 향하고 갔다. 그리고 그 옆을 지나 건넌방 문을 열려 할 때 마침내 형은 그를 불러 멈추게 하였다.

"거기 좀 섰거라."

그리고 씻을 것을 다한 발 하나를 올려 마루를 딛고 몸을 반쯤 돌려 쳐다보며,

"너 오늘 사진 몇 장 찍었니?"

동민은 그 말 속에 비꼬는 의미를 느끼자 말이 없이 건넌방으로 들어가 버린다. 형은 언성을 거슬리었다.

"너 사진 영업 그만둘 셈이냐. 그만둘 셈야. 네 말 좀 들어 보자."

그러자 밥상을 날라오던 형수가 그를 달래듯 사이를 막는다.

"점심도 안 먹고 나갔는데 헐 말이 있더라도 저녁이나 먹고 나거든 하시구려."

그리고 건넌방 동민 앞에 밥상을 날라다 놓고 그 옆에 도사리고 앉더니 귀 가까이 입을 가져다 대고 은근히 묻는다.

"사진기계는 어쨌우. 이 방엔 없으니 말유. 병이나 고치려 갖다 맡겼우?"

"……"

"혹 어디다 잃어버린 건 아뉴? 잃어버리진 않았을 테지."

"그럼 옹색해 어따 갖다 맡기고 돈을 돌려썼거나 한 건 아뉴? 설마 그렇지는 않았을 테지."

동민은 여전히 말이 없는 입에 밥을 떠 넣기에 바빴다. 그렇게 먹기에 바빠 그런다는 듯 형수의 묻는 말엔 함구가 된다. 창밖에 형은 퉁명스런 언성으로 그 형수를 불러내었다.

"발 씻을 걸레 가져와. 발 씻을 걸레."

그리고 마루로 나간 형수가 요구하는 것을 대령해 가져다줌으로써 한층 그 심술을 듣는다.

"아, 이게 발 씻으라고 가져온 거야? 아무리 속알지가 없기로. 여기다 발이 씻어져? 아무거나 세수수건이고 이리 가져와."

그리고 또 마땅한 것을 찾노라 거래를 해서 형의 음성은 더 거슬러지고 그 재촉에 몰려 말대로 정말 세수수건을 내 주자 형의 그것은 마침내 탄식이 되고 만다.

"이러고 집 안이 온전할 수 있나, 온전할 수 있어. 여편네는 들어앉아서 세수수건으로 발걸레를 하고 어떤 아이는 사진 영업한다고 벌려는 놓고 정작 사진기계는 어따 없애 버렸는지 없애 버리고 찾아오는 손님 쫓아 보내기 일쑤고."

하고 마룻바닥을 탕 구르고 그 소리에 한층 자극이 되어 또,

"이놈은 아침새벽에 집을 나가면 밤 열두 시까지 거리에서 선긋을 하는 놈야. 다리에 부증이 나서 걸음을 걷지 못해도 약 한 첩 써 본 적 없는 이 놈야."

그러나 건넌방 동민은 형의 그것이 심해질수록 더욱 입가에 냉소가 일그러진다. 오늘 형으로 하여금 화를 내게 한 것은 곧 그로 하여금 술을 마시게 할 언턱거리를 제공한 것이나 다름없는 일인 것이다. 조금 지나면 그는 강장 아우의 일을 탄식하는 듯 한숨을 치쉬고 내리쉬고 그리고 그 화풀이를 구실로 만만히 안해의 눈을 꾸밀 수 있게 된 것을 내심 즐기면서 몸이

달아 다니는 술집으로 나설 것이다. 그리고 안면이 있는 사람이라도 만나면 취한 몸을 흔들거리며 아우 잘못 둔 푸념을 늬며 자기는 얼마나 술을 마시지 못할 처지에 있는가를 변명하기에 수고로우리라.

동민은 그 형에 대한 냉소와 함께 급히 집어 든 밥을 목 너머로 넘기려 숭능 대접을 기울여 물을 마시고 마루로 나왔다. 그리고 구부려 구두끈을 조이고 일어설 때 형은 그를 문문히 내보내지 않았다. 양복 자락을 잡아낚듯 한걸음 다가앉으며

"대체 사진기계는 어따 없앴니. 어따 없앴어?"

동민은 형의 그 추에 가까운 검붉은 얼굴을 똑바로 바라보며 내심 무슨 경풍을 할 끔찍한 말을 해주고 싶은 충동을 꾹 참고 있다가는,

"누굴 좀 빌려 주었어요."

한마디 말을 남기고 집을 뛰어 밖으로 나갔다.

동대문 돌아서 종로통을 왼편으로 올라가 조끼방 아랫집 2층, 아까 기환이가 일러 주던 그 집 위치와 외양을 머리에 그리면서 동민은 일상 다녀서 눈에 익은바 포물전 자전거포 새우젓도가 등 단층 혹은 이층의 나지막한 점포를 처음 대하는 듯 한 집 한 집 기웃거리며 걷는다.

마침내 양약방을 지나고 전기상점이 되고 몇 집 건너 조끼상이 있는 어름에 가까이 이름에 따라 때가 늦어 짙어 가는 어둠 그것처럼 저으기 설레는 가슴을 뚜벅뚜벅 힘주어 걷는 걸음으로 진정하며 옮기어 갈 때 등 뒤에서 자기 이름을 부르는 소리가 났다. 처음에는 무심하였고, 두 번째 소리에 돌아보자 고대 지나온 양약방 모퉁이 골목 어귀에 기환이가 손짓을 하고 섰다. 동민은 돌아서 그에게로 가까이 가며,

"어디냐? 모이는 데가."

"요 아래지만 여기서 잠깐만 기다렸다 가거라."

"건 왜?"

"글쎄, 좀."

그러나 동민은 더 묻지 않고도 곧 그 뜻을 알 수 있었다. 십여 간 거리를 올라간 곳에 거기만 둥그렇게 밝은 조끼방에서 나오는 전광을 등 뒤로 하고 두 사나이가 섰다. 한 자는 동저고리 바람에 단장을 든 사오십된 사나이. 그 자의 네 활개를 벌이고 섰는 위세 있는 자세 아래 매우 움츠러든 동작을 하고 섰는 사람이 바로 이재수다. 그의 말소리는 적고 아니 들리는데 궐자의 말짓 손짓으로 하는 언성은 길 가는 사람의 걸음을 멈추게 할 만큼 크고 거칠다.

"……누구 다른 사람을 들이려구 그러는 것두 아냐. 내가 직접 쓸 일이 있어 그러는 것이거든. 그리구 난 뭐 댁 좋은 일 하자구 많은 세금 물고 집 지니고 있는 사람이 아닌 줄은 당신도 알 텐데 젊은 사람이 그렇게 염의 염체가 없우."

그리고 두 사람 사이에 동작과 언성이 어지러워지다가 한층 돋아진 기세로,

"……월세구 뭐구 다 고만두구 지금으로 집을 내슈, 집을 내줘. 암, 당신 네들은 아마 크나큰 일들을 하시나 봅디다만은 내가 보긴 그렇지들 않던가 보던데, 그렇지들 않던가 봐."

기환이 옆으로 두 사람의 청년이 어깨를 나란히 등을 바람벽에 기대고 섰다.

한 자는 키가 후리후리하고 귀 옆으로 머리가 덥수룩한 예술가풍의 청년. 그와는 어깨 하나쯤 내려앉은 작은 키에 안색이 창백한 신경질의 연소한 청년. 두 사람은 지금 조금 떨어진 곳에서 일어나고 있는 풍파와는 아랑곳없는 얼굴로, 또 그런 화제를 나누고 있다.

"「페페·르·모코」에 나오는 '짱·갸방'의 동작 말야. 우리 눈으로 보아선 좀 부자연한 것 같은데. 그걸 그대로 무대 위에 올려놓고 보란 말야. 너무 호장으로 보이지 않을까? 말하면 어떤 형에 잡힌 것 같은."

"하지만 난 그 유유한 태도와 추군추군한 신경엔 감탄했는데. 아마 내게 없는 것을 놈이 가진 것 같아 더욱 그렇게 보였는지도 모르지만."

　기환은 동민이 예기하지 못한 장면에 당황한 기색을 감추지 못하는 그 반사로 입가에 어색한 웃음을 지어 담는다. 그리고 또 그 반사 행동이리라. 담배를 꺼내 주며 이어 성냥을 긋는다.

　그들 두 사람이 말없이 서서 바라보는 거리에는 어둠이 짙어 가 더욱 사람의 움직임이 어지럽다. 영화 이야기를 하던 등 뒤의 두 사람도 잠잠하더니 그 침묵에 오래 견디지 못하겠다는 듯,

　"나는 먼저 가 봐야겠는데."

하는 한마디로 키 작은 청년이 모자를 벗었다 쓰는 간단한 인사로 돌아서 어둠 속으로 멀어간다. 그때까지도 건너편의 풍파는 가라앉지 않은 모양이더니 키가 큰 한 사람마저 움직이려 할 때 재수는 그들 앞에 소리 없이 나타났다. 그리고 간단히,

　"고만들 올라가시죠."

　"어떻게 됐습니까?"

하는 이편의 다급한 물음에는 다만,

　"돈 십 원 주어 보냈습니다."

하는 한마디로 돌아서 앞을 서 간다.

　그 뒤를 좀 떨어져 동민은 □□□□ 듯한 컴컴한 속을 더듬어 층대를 올라간 그들의 집합소인 삼촉 전등이 침침한 천정이 얕은 실내에서 재수와 얼굴이 마주치자 그는 반색을 하며 앉았던 의자에서 일어선다. 그리고 자기가 앉았던 의자를 내주며 앉기를 권하는 말에는 귀가 없는 듯 동민은 실내 한가운데 모자를 쥐고 선 대로 사방을 돌아본다.

　칠 벗은 한 개의 탁상과 오륙 개의 의자. 그리고 더러운 벽지를 가리듯 바람벽에 붙어 있는 몇 장의 포스터와 일정표 등 하나하나 더듬어 가던 그의 눈이 실내 동편 구석에 둘러막은 검정 휘장의 한쪽이 들린 침대 위에 걸터앉아 있는 한 젊은 여자 그 인형과 같이 움직임 없는 얼굴에 머무르자 자기가 지금 서 있는 위치도 잊은 듯 무춤하고 놀랐다.

그 놀라움이 얼굴에 나타나도록 동민은 무춤하였다. 허나 곧 그러는 자신이 스스로 우스워지는, 그리고 그것을 남이 보았을 때 아니 놀랄 것을 놀란 것 같아 스스로 낯이 붉어지는 그런 놀라움이다. 그렇게 그는 범연하다면 범연한 일개 여자에 지나지 않았다.

그러면서 첫눈 있을 수 없는 것이 있는 것처럼 그 장면에 있어 그의 존재는 일종 기이하게 보이지 않을 수 없는 것도 또한 사실이다. 조금 전까지 자리에 누워 있었던 듯싶은 상체를 비스듬히 옆으로 팔을 짚은 자세로 가까스로 지탱해 앉았는 저고리 앞섶이 쿠렁쿠렁하도록 파리한 몸. 병색이 짙은 백조와 같이 투명한 얼굴에, 그러나 병자다운 초조가 없이 고고(孤高)하도록 침정한 이마와 어떤 정심된 신념으로 움직임이 없는 눈.

북으로 어둠이 검은 세 개의 창이 있는 외로 네 귀가 번듯한 실내다. 무늬가 큰 청색 반자지를 바른 삼면의 벽, 찢어지고 비가 새어 죽죽 얼룩이 지고 한 군데군데 「밤주막」 등 선정적인 글과 그림이 그려 있는 오랜 포스터가 붙은 옆으로 무채색의 화려한 근일의 모 극단 예고 광고, 그 사이에 간간이 붙은 '병자는 먼지와 담배연기를 싫어합니다.' 또는 '예술은⋯⋯' 등의 표어. 이런 것을 비친 침침한 전등 아래 탁상 위 탁상 밑 어지러이 벌려 있는 등사기와 거기 드는 사용지 이런 소잡한 분위기 가운데 그 여자는 홀로히 정숙하고 정돈된 듯 표정이 차도록 고요하다.

동민 말고도 누구나 이 실내에 처음으로 들어오는 사람은 여자에게 기이(奇異)의 눈을 떠 보지 않을 수 없으리라.

피녀 당자도 그것을 느끼고 약간 웃음을 다문 얼굴을 숙이고 재수도,

"아, 인사하시죠."

하고 두 사람 사이로 성큼성큼 나오며 먼저 동민을 가리켜,

"이분은 오늘부터 우리 극단의 단원이 되어 주기로 한 박동민 씨."

하고 정해진 소개를 한 다음은,

"이분은"

하고 여자를 가리켜서는 한마디,

"최명희 씨."

"최명희 씨요?"

하고 동민은 심히 귀에 익은 이름 같아 고개를 들어 여자를 고쳐 바라보았으나 그러나 그것은 다만 자기 형수의 딸, 동민에겐 또 위조카가 되는 명희와 같은 이름이란 우연밖엔 다른 인연이 없었다.

"네, 최명희요."

하고 여자는 자기를 안다는 듯한 얼굴을 하는 동민을 쳐다보다가는 동민이 고개를 숙이자 "앞으로" 소리는 연속으로 하고,

"가까이해 주십시오."

하고 여자는 가벼이 머리를 숙여 예를 한다. 동민은 진정 가까이하고 싶다고 생각하며 마주 머리를 숙였다.

그다음 역시 재수의 소개로 서로 성명을 알리게 된 아까의 그 예술가풍의 청년은 이 극단의 장치부 일을 맡아 보는 사람으로 일찍부터 화단에 이름이 있던 수재형의 화가 한철 씨.

"자아, 오늘 일은 이만큼 되고."

하고 재수는 허리를 구부려 탁상 밑에 흐트러진 등사 사용지를 주섬주섬 집어 들고 일어서며 고개를 들썩, 이마 아래로 떨어져 내린 긴 머리를 치켜올리는 얼굴이 한철과 상대하게 되자,

"내일은 전부 단원들을 모이게 해야 될 텐데. 한 사람도 빠지지 말고."

"모이게만 하면 뭐 합니까. 점심 한 끼만 궐하면 벌써들 한 사람, 두 사람 해서 돌아가 버릴걸요. 첫째 조건이 비용예요. 비용을 먼저 만들어놓고 할 일예요."

"아냐. 이번에 저기 섰는 김기환 씨가 책임지고 비용을 만들어 보시겠대."

하고 건너편 벽 동민이 앉은 의자 옆에 섰는 기환을 턱으로 가리키며 묻는다.

"김 군이?"

하고 짐짓 놀라는 얼굴을 그려 그를 건너다보며,

"정말야?"

"응!"

하고 한마디 기환은 고개를 끄떡해 보인다. 그러나 한철은 재수에게로 다시 고개를 돌리며,

"하두 돈 댄다는 사람도 많고 하두 고만두는 사람도 많으니깐 원 믿을 수가 있어야지. 아, 효과부일 보면 윤희찬 그가 소개한 사람은 채용증서까지 받아 가지고 가서도 자빠지지 않았어요."

"그렇지만 이번 김 군이 말하는 자리는 조금도 염려 없다니깐."

그러자 그는 정색을 하고 또 한 번,

"정말야?"

하고 기환을 보고 기환도 역시 "응." 하고 고개를 끄덕, 자신있는 얼굴을 하였다.

이것 봐라 하는 얼굴로 못 믿어지리만큼 희한한 말이라는 듯 기환의 그 자신이 가득한 빙그레 미소를 지어 웃는 얼굴을 화가 한철은 마주 바라본다. 그러다가 가만히 있지 못하겠다는 듯 문득 의자에서 몸을 일으켜 성큼성큼 그 앞으로 가까이 가더니 기환 그 어깨 위에 두 손을 걸어 흔들며 또한 번,

"아, 정말야?"

"왜 나는 그것만 못될 사람 같애 그려슈?"

"그야 그렇지도 않지만."

"그럼?"

하고 묻는 얼굴로 쳐다보는데 한철은,

"너무 의왼 것 같은데. 지금까지 가만 있다가."

"의외될 것도 없지, 뭐."

"그럼 왜 진작 해 보지 않고 그랬어. 사람들 고생 좀 덜 시키게 하고."

"그야 지금까지 어디 가만 있기야 했나. 말하면 오늘까지 그걸 계획하고 있었소."

"그래 그 계획이 뜻대로 된단 말유?"

"그래서 하는 말 아뇨."

한철은 잠시 어안이 벙벙한 표정으로 눈을 끔벅끔벅 말이 없이 섰다가,

"얘, 이것 봐라."

하고 뜻하지 않던 것을 얻은 사람의 눈을 크게 뜨는 호장한 표정으로 좌우를 돌아본다. 실내는 잠시 공소와 미소로 얼굴들이 환해진다. 그러나 한철의 그 호장한 표정을 그대로 진으로 받아 기뻐하는 웃음에는 자타가 일반이리라.

그만치 그들의 극단 녹성좌는 간판을 붙인 지 삼사 개월에 한 번의 공연도 가져 보지 못한 채 출자를 말하는 자로 성실을 보여 주는 한 사람도 없었고, 그 좌의 책임자인 이재수의 얼굴에 살이 붙어 있는 것이 기적으로 보이리만치 한 때의 밥과 한 갑의 담배를 구하기도 어려웁도록 마음과 주머니 속이 아울러 궁한 그들이었다.

웃음이 멎고 실내를 바람벽가로 뒷짐을 지고 돌고 있던 화가 한철은 아직도 그 진의를 곧이 믿지 못하는 양 기환이 옆에 와 서며 정색한 음성을 나직이 묻는다.

"그래 출자를 한다는 사람은 대체 누구요?"

"그건 차차 알게 되겠죠."

그러나 재수는 이 연소한 친구 기환을 신청부와같이 믿는 모양, 내일의 계획을 꾸미기에 바쁘다.

"자아."

하고 손에 들은 대본을 보고 있던 머리를 들어 안경알이 번쩍이는 눈으로 좌우를 돌아본다.

"그럼 출자는 정한 것으로 하고 우리 내일부터라도 공연 준비를 하기로

합시다."

그리고 그 눈이 기환이 얼굴에 이르자 속을 다지는 의미로 되묻는다. 그 뜻을 알아차리고 기환은 고개를 끄떡,

"그럽쇼. 염려 없습니다."

"그러면 각본 선택은 어떻게 할까?"

하고 재수는 다시 고개를 좌우로 돌리며 잠깐 사이를 둔다. 잠시 아무도 답이 없다가 문득 한철이 입을 연다.

"뭐 별것 있나요.「광명을 등진 사람」을 공연하기로 하죠. 그것 좋더군요."

그 답이 있기를 기다리었던 듯 재수는 손에 든 대본에 눈을 주며(그것이 그 각본의 대본인 모양),

"그럼 내일 좌원들이 모인 때 다시 이야기하겠지만 각본은 그것을 공연하기로 하고 배역을 어떻게 정하면 좋을까? 그동안 발을 끊은 좌원도 있고 한데."

하고 재수는 아까 처음 앉은 자세대로 의자에 발을 모고 단정히 앉았는 동민을 향하고 다시,

"아까 동민 씨를 처음 댁에서 뵈었을 때도 그것을 생각했지만 남주인공 윤달성 역을 동민 씨에게 하시도록 하였으면 똑 적임이실 것 같습니다."

그리고 기환을 턱을 들어 가리키며,

"김 군은 어떻게 생각하슈?"

"글쎄요, 그것도 좋죠."

그러자 한철이 동민의 앉아 있는 모양을 당자가 면난쩍도록 위아래로 훑어보다가는,

"글쎄, 좀 나이 젊으신 것 같군. 윤달성은 적어도 삼십 전후의 사람일 텐데."

"그야 분장하게 달렸지."

하고 재수는 그편을 끊고 말머리를 동민에게 돌려,

"동민 씨 어떠십니까? 한번 맡아 출연해 보시지요."

그리고 동민이 '글쎄요.' 하고 손을 비비며 어색해하는 것은 안중에 없는 듯,

"윤달성의 성격은 대개 이렇습니다."

하고 재수는 대본을 열어 안경 가까이 가져다 대며 가다듬은 음성을 내어 읽었다.

"―외모, 우울성이 있는 과묵한 청년이나 의지적인 강한 성격의 소유자. 어떠한 역경에 있어서는 바늘구멍만한 활로라도 놓치지 않으려 하며 역경을 순경으로 고쳐 거기다 자기의 생을 영위하는 능동적인 인물."

하고 외다가는 의자에서 궁둥이를 들어 한 걸음 동민 앞으로 다가가며 손에 든 그 대본을 내밀어 흔든다.

"박 형이 천천히 읽어 보슈."

동민은 재수의 외는 그 소리가 왕왕 귀에 울리도록 흥분한 자신을 안정하고 그 의미를 똑똑히 가리려 긴장한 귀를 기울이고 수굿이 앉았다가 당황한 듯 두 손을 내밀어 그것을 받는다.

겉표지에는 작가의 이름이 없이 다만 제목만 커다랗게 「광명을 등진 사람」이라 하였을 뿐. 그 장을 한 장 넘긴 다음 대문에는 등장인물과 그 성격이 씌어 있다. 동민은 자기에게 맡아 하라는 인물의 것은 재수에게서 들은 것을 한으로 접어 두고 먼저 이 각본의 전체를 꾸미고 있는 듯한 여주인공 김혜자의 대문을 두 눈에 똑똑히 주의를 모아 읽는다.

"―연령, 이십팔 세, 외모 모나리자 형의 미모로 성격은 온화하고 내향적인 일견 소극적으로 보이면서 내심 침청한 열정과 깊은 정의심이 있어 무엇에든지 신념을 가지지 못하고는 살지 못하는 여자. 한번 의에 부딪히는 때는 생각지 않은 행동으로 사람을 놀래인다. 그러나 일상은 시인과 같이 고요하고 명상적이다."

동민은 읽은바 그 여주인공 김혜자라는 여자의 나이 외모 그리고 성격이

어쩐지 지금 침대 위에 걸터앉아 있는 최명희 그를 처음 대하였을 때 느낀 그것과 일맥상통되는 것이 있는 것 같아 의아해하는 마음으로 고개를 들어 건너편 침대를 건너다보았다. 그러자 저편에서도 이편을 바라보고 있다. 서로 눈이 마주치자 움츳하고 두 사람은 동시에 고개를 돌려 외면을 한다. 그리고 두 사람이 동시에 서로 보고 서로 외면을 하고 하는 여기에 또 동민은 자기가 지금 느낀바 각본 속에 김혜자와 침대 위의 최명희 간 사이가 한층 의아해지는 것이었다.

「광명을 등진 사람」의 각본은 삼막오장으로 이루어져 있어 장소와 등장인물은 대략 이렇다.

제일막 제일장

장소　농촌, 여주인공 김혜자의 집.
　　　감나무가 지붕을 덮고 부엌문 옆에 벌통이 섰고 한 평범한 농가.
인물　김혜자─학원 선생.
　　　백 씨─그의 모.
　　　김의원─그의 부.
　　　기타─구장, 동네 사람, 아동 등 오륙 인.

제이장

장소　'바랙크'의 작고 초라한 학원.
인물　김혜자
　　　윤달성─학원 선생.
　　　기타─구장, 아동 오륙 인.

제이막 제일장

장소　서울 북촌의 어떤 골목 안 오막집.
인물　김혜자.
　　　홍영팔─회사원.
　　　황수덕─금광업자.

채기섭-문학청년.

기타-심부름하는 노파, 집주인 등.

제이장

장소 거리 컴컴한 밤 번지를 들린 상점을 뒤로 한 길모퉁이.

인물 김혜자.

윤달성.

채기섭.

제삼막 제일장

장소 병원 지하실 컴컴하고 천정이 얕은 무료 환자실.

인물 김혜자.

윤달성.

기타-의사 간호원 등 수명.

장면과 등장인물만을 보아도 대강 짐작할 수 있듯이 김혜자란 한 여자를 중심으로 그의 기구한 생애가 꾸며낸 사건으로 동민은 그 줄거리를 알게 됨으로써 더욱 그것이 지금 침대 위에 앉아 있는 최명희 그의 과거를 말하는 것이나 아닌가 싶은 마음이 더했다.

「광명을 등진 사람」-그 각본이 이름하는바 제명은 반대로 '광명을 구하는 사람'의 의지가 포함되어 있음을 감하게도 한다.

따라서 주인공 김혜자의 그것도 '광명을 구하는 사람'의 일종이었다. 극의 시작은 한의생인 아버지와 기독교 신자인 어머니를 가진 가정을 버리고 나간 이단의 딸, 즉 김혜자가 낙척된 몸으로 돌아온 데서 제일막 첫 장이 열린다. 어머니는 누가복음에 있는 '귀가한 방탕한 아들'을 대하듯이 호장한 감격으로 맞이하며 그로 하여금 회개하여 날래 하느님의 은혜를 받으라고 음으로 양으로 기도를 올린다 수선이고, 아버지는 동네의 소문거리가 됨을 두려워하며 한숨이었다.

그러나 김혜자 궐녀의 괴로움은 자기 집에 있으면서도 손님이나 다름없는 불안이라든가 동네 사람들의 자기를 대하는 조소라든가 하는, 주위에 용납해지지 않는 그것보다는 그 현실과 자기 자신을 긍정할 조그마한 신념도 가지지 못하는 데 있었다. 일찍이 이 땅의 선각한 여성이 그러하듯이 그도 한때 세상을 흔들던 태풍에 공명하며 따라 그 길에 앞을 선 선배 한 사람을 알게 되었고, 그와 뜻을 같이 함으로써 열과 정을 바쳐 그가 이끄는 대로 이끌리며 동경으로 만주로 행동을 같이하였다. 그러다가 그것이 또한 태풍으로 상대가 일조에 지금까지 가졌던 신념을 버리자 그들은 부부로서의 애정도 식고 말았으니 그들 사이에는 피차 상대를 모멸하는 냉소밖에 남은 것이 없었다.

이것이 이 각본의 무대 위에 올라 행동하기 이전의 전체 배경을 이룬 '동'으로 주인공 김혜자가 무대에 오르기는 그가 지금까지 길을 같이 하던 반려자를 잃음으로써 소신하던 바 신념에도 흔들림이 생기어 그 빈자리에 이것이 또한 하나의 서명처럼 자리를 잡게 된 것이 자타를 배우는 '니힐'한 조소였다. 기독교 독신자인 자기 모친을 선양한 한의생인 부친을, 그리고 좁은 마을 적은 세상은 그러는 혜자 자신을 또 일거일동을 가리켜 조소하였다.

제이장에서 주인공 혜자는 동네 학원에 교편을 잡게 된다. 그러나 그의 정심할 수 없는 '니힐'한 마음은 그 일에도 오래 참아 나지 못했으며, 그 학원의 같은 교원, 윤달성의 말없는 침묵 가운데 소신하는 바 신념을 잃지 않고 허용되는 적은 기회를 붙잡고도 자신의 생을 영위하는 그를, 십 년이 여일하게 변함없이 독신하는 기독 신자 모친을 보는 같은 눈으로 보며 조소함으로써 쾌해하였다.

제이막에서는 마침내 그의 허무는 자기 자신을 세상 일반에 조소의 대상으로 만드는 길을 밟게 되었으니 자기 고향을 떠나 상경. 그리고 일반 여자가 지키는 도덕을 역행하는 생활이 시작되었다. 밤거리를 돌며 뭇 사나이들에게 자신을 짓밟히고 또 그를 짓밟음으로써 쾌해하였고, 그런 데서나 사귈 수 있는 자로 얌전한 회사원 홍영팔을 알고, 야수적 성격인 금광업자 황수덕을 알고, 감상벽의 문학청년 채기섭을 알고. 그리고 컴컴한 밤 사나이의 어깨에 몸을 실리고 그날의 마지막을 즐기려 길모퉁이를 돌 때 그 앞에 나타난 사람이 윤달성. 넉넉지 못한 대로 심 있는 몇몇 지우들과 더불어 예술극단을 조직하는 일을 마치고 그날도 자기 처소로 돌아가는 그와 자기와의 대조로 김혜자는 한층 허무해져 몸을 흔들며 소리를 높이 앙소하는 것이었다.

그러나 마침내 자기 손으로 자신의 묘비(墓碑)를 깎는 자의 마지막 날은 오고 말았으니 밤거리에서 윤달성을 조소한 것으로 웃을 것을 다 웃은 듯이 그날을 마지막으로 그의 얼굴에는 일그러져 조소가 없어지며 따라 쓰러진 몸이 옮겨진 데가 시료병원의 컴컴한 지하실. 그곳을 매일같이 말없는 얼굴로 찾아오는 사람이 한 사람 윤달성이다. 그리고 김혜자 그의 일그러진 조소가 사라진 얼굴에는 차츰 전일의 그 하나의 떳떳한 신념을 가진 자의 침정한 열정 깊은 정의감으로 움직임 없는 정신의 빛이 돌기 시작하였다.

이것이 각본 「광명을 등진 사람」의 대강 줄거리다. 동민은 그 대본을 덮고 잠시 고개를 숙인 채 모색에 잠기어 본다.

김혜자와 최명희— 두 인물을 어느 정도로 가까웁게 추측하면 옳을는지. 주인공 김혜자의 생애가 그대로 최명희의 과거에 속한 것인가 아니면 거기다 얼마만큼 문학적으로 가필한 것인가. 그렇지 않으면 전연 가공에 속한 사실인가. 그러면서도 동민은 무턱대고 각본의 주인공 김혜자의 생애가 그대로 지금 자기 눈앞에 앉아 있는 최명희의 그것처럼 생각되는 마음을 숨길 수 없었다.

실내는 동민을 제외하고는 내일의 계획으로 저으기 얼굴들이 흥분하였다. 앉았던 사람은 앉고 하여 각기 자기가 맡은 일에 자리만 정할 때 홀로 동민은 손에 말아 쥔 대본을 만지작만지작 다리를 모고 의자에 앉은 채 무심한 듯 그러나 한곳에 주의가 뭉친 태도로 앉아 있다.

그 모양이 주위에 거북하도록 동떨어져 보인다. 마룻바닥에 구부리고 돌아앉아 등사판에 납원지를 맞추고 있던 재수는 고개를 돌려 그 동민을 바라보더니 주위를 일깨듯 불렀다.

"동민 씨!"

그 소리가 두 번이 거듭되도록 귀가 먹은 듯 멍멍히 앉았다가 세 번째의,

"동민 씨!"

하는 정도를 넘은 큰 소리가 실내를 울리자 그 음향에 놀라듯 동민은 깜작 놀라 고개를 들고 그리고 자기를 중심으로 모이는 웃는 얼굴들을 돌아보며 어색한 웃음으로 낯을 붉힌다. 그러면서 동민은 유독 최명회 그가 보는 앞에서 어색한 짓을 하였다는 생각으로 낯이 붉어지는 것같이 넌즈시 곁눈을 주어 그편을 살피는 것이었다.

"이리 오셔서 이것 좀 거들어 주십쇼."

하고 재수는 턱으로 앞에 놓인 등사판을 가리키었다.

그 밤으로 모자라는 대본을 등사에 올려 만들 것, 그리고 내일은 직원 전원이 모이는 대로 배역을 정하는 한편 곧 독회를 시작하자는 것으로 재수는 벌써 아홉 시를 넘어선 시계를 쳐다보며 다급해한다. 그가 납원지 위에 롤―라를 밀어 백면내는 종이를 동민은 한 장씩 걷어 내어 마룻바닥에 편다. 그리고 잉크가 마르는 대로 절반에 접어 장수를 맞추는 것이다. 일은 그다지 수고로울 것이 없는 것이나 동민은 무척 힘이 드는 일을 하는 것인 양 종이 한 장을 드는 데에도 천근의 힘을 준다. 최명회 그가 보는 앞에 두 번 실수를 거듭하지 않으리라는 조심이리라. 그러나 동민의 그 과도한 주의는 도리어 행동의 부드러움을 잃고 말아 두 번째 실수를 저지르고 말았다. 몸을 돌이키다 뒤퉁스럽게도 옆에 놓인 잉크병을 쳐 엎질러 마룻바닥과 몇 장의 종이를 더럽히었다. 일은 간단히 재수가 걸레를 가져다가 씻어 버리는 것으로 아무의 주위도 이끌지 않고 끝났으나 그러나 동민의 미안한 마음은 좀처럼 까라앉지 않아 그의 배전의 주의를 들인 행동은 더욱 윤활

함을 잃고 말아 세 번째의 어색한 짓을 저질렀다.

동편 최명희가 앉았는 자리에 등을 대고 돌아앉았으면서도 동민은 그의 일거일동의 움직임을 전신경을 모아 소경처럼 감하고 있다. 그가 침대에서 몸을 일으킨 것 그리고 사뿐사뿐 소리 없이 걸음을 옮기어 자기 등 뒤에 와 또 소리 없이 선 것을 눈으로 본 듯 똑똑히 안다. 그러면서 동민은 자기가 그렇게 그편에 신경을 모고 있는 내색을 보이지 않으려 모른 척 고개를 숙이고 돌아앉은 채 하던 일을 계속한다. 그러다가 최명희 그가 보고 있던 등사지에서 오자를 발견하고 눈을 들어 재수를 건너다보며,

"이것 보세요."

하는 소리에 동민은 불시에,

"네, 뭡니까?"

하는 기성에 가까운 황당한 소리와 동시 몸을 일으켰다. 그것이 바로 궐녀가 허리를 접어 재수 편에 팔을 내민 그 중간으로 그의 머리는 피녀의 옷가슴을 받았다. 그리고 당황해하는 그것이 또 정상을 잃은 것이어서 보는 사람은 웃음을 참지 못할 만하였다. 그러나 동민은 그 여자에 적잖이 주의가 이끌리고 있는 그만 정도로 또 그 내색을 부정하려는 노력이 또한 대단하였다.

밤이 깊어지며 한 사람 두 사람 자리를 떠나 돌아가고 마침내 최명희 재수 이 방의 주인을 제하고는 동민과 기환 두 사람만이 조용해진 실내에 그림자가 호젓하게 남아 있게 되었다. 그때까지 뭄칫뭄칫 궁둥이를 들었다 놓았다 자리를 뜨지 못하고 앉았던 동민은 자신이 그렇게 최명희 그 여자 곁을 떠나길 애석해하는 태도로 어떤 의미해석이 되자 해석이 되는 그 일에 또 불안해 스스로 자타에 변명을 하노라 자기는 사진기계를 돌려받아야겠노라고 그것을 호장해 생각하며 채권자와 같이 직수굿이 앉았는 것이다.

하긴 그 의미가 없지 않아 있어 마지막으로 기환이가 벽에 걸린 모자를 떼어들 때 재수는,

"같이 나갑시다."

하고 두 사람의 뒤를 따라 덜그덕 덜그덕 요란한 소리를 내며 층대를 내려 갔다. 그리고 아래채 캄캄한 속을 더듬어 바깥 행길을 나와 밤이 깊어 번 지를 들인 상점을 가까스로 몇 걸음 묵묵히 옮기어 가다가 세 사람은 동시 에 걸음을 멈추었다. 그리고,

"박 형의 사진기계는―"

하고 재수는 허두를 열고는 잠시 주저하는 듯 사이를 끊었다.

동민은 상대가 주저하는 정도로 문득 긴장해 귀를 기울이며 고개를 숙이 고 다음 말이 나오기를 기다렸다. 그러나 그다음 나온 재수의 태도는 반대 로 뇌락 그것으로 선선하였다.

"이렇게 좀 하실 수 없을까?"

하고 등에 손을 얹는 정 있는 얼굴과 음성으로,

"며칠만 더 찾지 마시고 내게 맡겨 두실 수 없을까. 한 사오 일간만."

그리고 "어째서"라는 얼굴을 들어 쳐다보는 동민을 또한 적심 그대로 일 점의 사기 없는 얼굴로 마주 보면서,

"김 군의 돈이 될 때까지 불가부득 쓸 일이 있어서요. 사실은 이렇게 됐 습니다만."

하고 전당표 한 장을 꺼내 보이며 동민을 보던 얼굴을 돌려 기환을 보며 그 변명처럼,

"사오 일간이면 넉넉할까?"

"네, 사오 일간이면 넉넉해요."

그리고 상대의 처분이 있기를 기다리며 말이 없이 바라보고 섰는 그에게 동민은,

"네, 좋습니다."

하는 말로 호의를 표하고는 싶을지언정 그 반대의 것은 느낄 수조차 없었 다. 그만치 그는 재수 그를 배경으로 꾸며지고 있는 일종 순수한 분위기

말하면 자신의 이익을 밖으로 한 일에 몸을 달구는 오늘 자기 눈으로 본 바 그 실내의 흥분한 공기에 감동한 것이리라. 문득 그는 그 일에 자기 사진기계가 들어가 도움이 되었다는 사실에 가만히 있을 수 없는 만족한 기쁨까지 느끼었다.

그러나 그와 단단한 악수를 나누고 돌아선 걸음이 한 보 한 보 가까이 가고 있는 곳이 다름없는 자기 집으로 지금 형과 형수는 주먹을 단단히 쥔 형세로 자기가 돌아올 때를 벼르며 기다리고 있을 것을 생각하면 적잖이 우울해졌다. 따라서 자기에겐 결코 적은 것이 아닌 그 사진기계를 다만 "좋습니다" 한마디로 허하고 만 것이 끔찍이 경솔한 것을 한 것 같아 후회롭기도 하다. 동시에 그 모든 책임이 자기 옆으로 나란히 걸음을 옮기고 있는 기환에게 있는 듯 그에게 이유없는 원한이 가기도 한다. 그 속을 동민은 말없는 침묵으로 표하며 흥흥 코를 울리며 걷는다.

그 속을 기환이도 짐작 못하지 않는 모양. 몇 번 상대의 그 묵연한 얼굴을 곁눈으로 보다가는 변명을 하듯 한 말을 또 된다.

"넉넉잡고 한 사오 일이면 염려 없어. 한 사오 일만 기다려라."

"사오 일이면 무슨 뾰족한 수가 있나?"

"글쎄, 계획하는 것이 있어 그래."

"네나 내나 계획이 무슨 계획이냐. 빤히 들여다보이는 네 형편에."

그 빈정거리는 감이 있는 말에 기환은 무춤하며 상대를 똑바로 쳐다본다. 그리고,

"왜, 니 사진기계가 뜰까 봐서 그러니?"

이 말에 동민은 움찔한 태도로 입을 봉하고 기환도 다시는 입을 열지 않는다.

밤이 깊어 사람의 그림자가 호젓한 거리에는 이따금씩 전차 자동차가 빠른 속력으로 바람을 일며 달아난다. 여름밤 깊은 하늘의 별이 잔잔한 아래엔 빈거리에 전선이 희고 초가을과 같이 선선한 바람과 그런 정감으로 일

층 주의는 적막하게 된다. 다른 때 같으면 이 별개의 세상으로 보이는 거리에 합당한 정서로 취객과 같이 서로 어깨를 안지 않을 수 없을 그들이었으나 두어 간 거리를 두고 같은 길을 걷는 그만 정도로 각기 합하지 못할 생각에 잠기며 걷는다.

그러다가 동대문을 지나 서로 길이 갈라지는 자동차포 근처에 이르자 먼저 기환이가 입을 열었다. 그리고 지금까지 그것을 생각하고 있었던 어조로,

"그야 지금 내 형편에 천 원이란 큰돈을 출처해 냈단 것이 곧이 안 들릴 것도 사실이겠지. 더욱 너는 그럴 것이다. 하지만 나도 며칠 전 그걸 문득 생각하기 전에는 전연 뜻하지 못하던 일이거든."

"무슨 일인데?"

"그건 직접 실행을 하기 전까진 아무에게도 이야기 안 할 작정이다."

"그건 또 무슨 이유로?"

"이유? 이유는 단순하지, 뭐. 일테면 그걸 실행하기 전에 먼저 말부터 내어 남에게 알리면 첫째, 그 일에 긴장을 잃을 것 같아서."

"그럼 실행만 하면 되긴 꼭 될 일이냐?"

"그러니까 내가 장담하는 것 아니냐."

"천 원 돈이 말이지?"

"천 원은 고사하고 잘 되면 천 원의 십 배 만 원도 될 것 같은데 그래."

"아, 만 원이냐?"

"응. 하지만 나 자신을 위해서는 도저히 할 수 없는 일야. 하나의 떳떳한 문화 사업을 한다는 정의감이 없이는."

하고 동민의 놀라움과 의문으로 눈을 크게 뜨는 얼굴을 기환은 유유하게 수수께끼 같은 웃음으로 내려다보는 것이다.

친구 기환의 호기찬 장담은 호기찬 반대로 동민에겐 전혀 풀 수 없던 수수께끼로 생각되지 않을 수 없었다. 더욱이 그의 가정형편이나 그가 점하고 있는 위치를 잘 앎으로써 그렇다. 동대문 근처서 그의 부친이 하는 미

전은 날로 번창해 가는 형편인 것은 그의 내민 아랫배에 점점 살이 올라가는 것을 보아도 알 일이다. 그러나 부가 늘수록 더욱 인색해져 아침저녁 얼마 아니 되는 찬용을 얻는 데에도 돈을 꺼낼 때 하는 버릇으로 쳇 하고 혀끝을 차는 그 쳇 소리를 일일이 들어야 하는 형편으로 기환이가 차 한 잔 값을 주변하려도 적잖이 자기 어머니를 괴롭게 하여야 했다는 처지다. 더욱이 요즘은 문안 어디다 살림배치를 한 서모간 시앗 다툼으로 가정에 풍파가 자는 날이 없다는 것이다. 그 집안에서 그만한 비용이 양해하게 나오리라고는 생각할 수 없고 더욱이 그 사업에 출자를 자원하고 나올 사람이 있으리라고는 상상하기조차 어려운 일이다.

그만치 상대의 입을 단단히 다문 심중에 꾸며지고 있는 소위 계획이란 것이 무엇인지 동민은 추측을 가할 언턱거리가 막연하였다. 어마어마한 범위로 상대가 상식을 탈선하고 행할 수 있는 가지가지의 행위를 머릿속에 그리어 보다가는 그것이 스스로 등줄기가 선뜻해지는 극도에까지 미치자 그 생각을 지워 버리려는 듯이 그는 문득 입을 열어 이런 말을 물었다.

"양심을 파는 일은 아니냐, 양심을 파는 일은."

"그런 말은 좀 묻지 말아 다우. 당분간은 내 행위에 비판을 가하고 싶지는 않다."

그리고 두 사람은 잠잠히 입을 봉하였다. 기환은 자신의 뜻하는 바 계획에 스스로 취하는 듯 머리를 들어 밤하늘을 쳐다보며 확연히 어깨를 저며 뚜벅뚜벅 구두 뒤꿈치를 울리는 걸음을 옮기고, 그 뒤로 한 발짝 떨어져 동민은 고개를 수굿이 모르는 동안 자기가 따르지 못할 정도로 높이 성장한 것같이 생각하며 자기보다 한두 살 아래로 이십 전후로 보이는 상대를 십 년 이십 년 연장의 어른처럼 우러러 쳐다보는 감으로 따라간다.

그리고 길이 바뀌는 골목 모퉁이를 이르러 두 청년은 걸음을 멈추고 무슨 남은 말이 있는 것 같아 한동안 서로 묵묵히 섰다가는 잊었던 것을 깨닫는 듯 갑자기 상대의 손을 잡고 심히 감격한 어조로 동민은,

"성공해라."

"응, 고맙다."

하는 그때가 밤이 아니면 그리고 서로의 얼굴이 똑똑이 보이었더라면 행하지 못했을 만한 신파극조에 가까운 작별을 하였다.

기환과 떨어져 걸음이 혼자 되자 동민은 일층 마음이 다사로웠다. 고대 친구 기환이에게서 받은 풀 수 없는 불안한 수수께끼, 최명희 그 여자의 검정 휘장 하얀 천대를 뒤로 앉았는 고요한 인상과 각본 「광명을 등진 사람」의 주인공 김혜자와의 관계, 그 실내의 침침한 전등 아래 이 사람 저 사람의 건장한 얼굴, 이런 질서 없는 상념의 해결과 정돈이 되지 않은 그 초조와 호기심 그것과 아울러 울도하도록 가슴이 답답하였다. 그것은 한 걸음 두 걸음이 옮기어지며 따라 까닭을 모르게 그 정도를 가해 가다가 마침내 전찻길에서 길을 오른편으로 접어 다리 앞을 이르러 그 길이 자기 집으로 향한, 그리고 지금 자기를 기다리고 있을 형과 그 형수가 있는 곳을 향하고 가까이하고 있는 걸음을 깨닫자 동시 아까부터의 가슴이 울도하던 그 이유를 깨달은 듯싶었다. 확실히 자기 집으로 향한 그 길은 가슴이 답답하도록 울민한 것이었다.

동민은 그 마음을 안정하려는 듯 다리 난간에 걸터앉아 와이셔츠 앞을 헤치었다. 다리 위엔 불어오는 거리가 알아질 듯한 일종 쓸쓸한 정서를 가진 바람이 천천히 불었다. 그 바람에 동민은 흥분한 머리를 식히며 차근차근히 자신의 귀취를 예산해 본다. 지금쯤 자기 집엔 필연 술이 취해 돌아온 자기 형이 술을 마신 그 변명으로 더욱 자기를 벼르며 기다리고 있을 것이니 그와 부닥뜨려 귀찮은 노릇을 당하느니보다 여기서 지체를 하다가 그가 기다리다 못해 제풀에 잠이 들 때를 보아 살며시 들어가자는 속심이다.

그러나 그의 그 알뜰한 예산은 이내 깨지고 말았으니 고개를 돌이켜 바라본 건너편 길가 등 아래 조그만 소녀 하나가 당황한 걸음과 울음으로 나타났다가 어둠 속으로 사라져 이편을 향하고 가까이 온다. 그것이 바로 자기 조카 명희임을 알자 동민은 부지불식간 벌떡 다리 난간에서 몸을 일으켰다.

다리 난간에서 일어선 동민은 놀라지 않을 준비를 하는 것처럼 소녀가 자기 앞에 이르기를 기다리며 한동안 움직임 없이 섰다. 그러나 소녀 명희는 그의 노랑저고리가 남빛으로 보일 만한 거리에 이르러서는 멈추고 서서 또한 움직이지 않는다. 이편의 우뚝 섰는 검은 그림자에 두려움을 느낀 까닭인지 혹은 어디로 갈까 방향을 주저하고 섰는 것인지.

하여튼 동민은 그에게 안심을 주기 위하여 이편의 존재를 알리지 않을 수 없었다.

"명희 아니냐?"

그 소리에 소녀는 섰던 자리에서 걸음을 빨리 오다가 상대의 얼굴을 알아볼 수 있는 거리에 이르자 그쳤던 울음을 내여 얼굴을 손으로 가린다. 얼마나 자기가 지금 무서운 사실 앞에 처해 있는가를 말하는 울음이다. 묻지 않아도 짐작하는 일이로되 동민은,

"대체 이 밤중에 무슨 일이냐?"

그 꾸짖음이 있는 말에 한층 소녀는 울음을 높이며 쓰러지는 듯 동민의 옷가슴에 이마를 대고

"어머니가 집을 나갔에요. 아버지하고 싸우고 나 죽는 것 좀 볼라느냐고 하고―"

동민은 조금 전 가슴이 답답하도록 무엇인가를 예측하고 울도하던 그 실상을, 여기서 보는 듯 있을 것이 있는 감으로 오히려 예사로웠다.

"흥."

하고 자각한 사람의 탄식을 하고,

"고만 집으로 들어가자. 아즈머닌 뭐 어찌거나 할 사람이 아니다. 네가 찾아나가지 않아도 삼봉네 집 같은 데 있다가 때가 되면 돌아오실터니."

그러나 명희는,

"아녜요. 삼봉네 집에도 가봤에요. 복우물에도 가 보고, 그리고 칠성당에도 가 보고."

"칠성당은 왜?"

하고 묻다가 동민은 며칠 전 그곳 홰나무에 목을 맨 사람이 있었던 생각을 하자,

"아아."

하고 조그마한 조카 명희의 곡진한 진정 찔린 듯 감탄과 탄식 그 두 가지를 겸한 소리를 내었다.

형수가 동민 자기 형에게로 오기는, 형이 상처를 하던 이듬해 전남편의 유복자인 명희를 데리고 말하면 헌몸으로 개가를 해 들어온 것이었다. 따라서 자기는 조강지처가 아니라는 한 가지 결점으로 스스로 그 가문에 있어 존재가 빈약하게 생각되는 형수는 남편이 가정에 재미를 붙이지 못하고 밖으로 나가 방탕을 하는 그 모든 이유를 자신의 떳떳치 못한 위치에 두고 해석을 하는 모양. 그래서 더욱 자기가 데리고 들어온 딸 명희의 모양은 자신의 가진 그 오점을 똑똑히 하는 그 증명을 보였을 것이며 그럴 때마다 형수는 그를 눈엣가시처럼 학대하기를 일삼았다. 그리고 동민의 형은 자기의 방탕한 생활의 변명으로 아내가 부족으로 생각하는 그 점을 이용하였고 따라서 자기도 명희의 존재에 거친 눈을 뜨지 않을 수 없어 아내의 그것에 가편을 하던 것이다.

같은 의미에서 동민 자기도 그 형의 방탕한 생활을 하는 구실을 제공하는 존재로 그것은 동시에 형수의 푸대접을 의미하는 것이었다.

따라서 오늘 자기로 말미암아 일어난 부부싸움에는 처음에는 양편에 똑같이 어느 정도의 연극이 있을 것이며 연극이 연극인 동시에 연극이 가진 성질을 좇아 두 사람은 호장할 수 있는 대로 감정을 호장하였을 것이며 또 그것이 진실로 연극일진댄 자기네들의 그것을 당자인 동민 자기 눈에 보여

서 스스로 존재가 미안해지도록 꾸며졌을 것이다.

동시에 지금 형수가 자살을 호언하고 집을 나갔다더라도 결코 그것을 실행할 사람은 아니고 일테면 당자에게 보이고 싶은 호장한 연극으로 동민 자기가 집에 돌아와 보고 놀라 자기를 찾아나와 주기를 어떤 위급을 가장할 만한 장소에 기다리고 섰을 것이다. 그렇다고 생각을 하자 동민은 그 소원대로 그를 맞이하러 가는 자신에 적잖이 불쾌하지 않을 수 없었다.

그러나 보다 조그마한 소녀 명희에게 슬픔을 주기는 더욱 견디기 어려운 일이어서 동민은 명희가 가 보자는 대로 그곳에서 동편으로 떨어진 곳에 있는 기차선로를 향해 걸음을 옮기었다.

넓은 천변을 끼고 내려가는 좁은 길은 컴컴한 어둠 그것의 흔들림처럼 바람과 야음이 쓸쓸하고 쳐다보는 밤하늘의 아득하게 먼 별 그것처럼 또 인생이 멀고 떨어진 곳을 걷는 듯 감회가 자못 적막하다. 이런 데를 걷는 여인의 마음은 그가 애초엔 뜻하지 않았다가도 돌연 죽음의 유혹을 느낄 성싶기도 하고 혹은 그렇게 명희가 눈물을 재물거리며 무서워하는 사실이 그대로 실현되지 않을까 하는 불안이 돌기 시작하였다.

동민의 불안이 점점 어린 조카 명희의 그것처럼 가슴이 두근거리는 단순한 겁으로 변해 가는 즈음에 형수는 어둠 속에서 그들 앞에 나타났다.

왼편으로 어두컴컴한 개천을 끼고 길게 가로놓인 폭 좁은 길, 맞은편에 희끄무레한 사람의 그림자 하나가 이편을 향하고 오는 것인지 반대로 없어져 가는 것인지 분간이 없이 흐늑거리다가 이편에서 가까이 가므로 그런 것처럼 차츰 그 거리가 어느 정도까지 졸아들다가는 갑자기 그 모양이 절반으로 적어지며 움직임이 없다. 그것이 바로 동민의 형수였다. 그는 이편의 존재를 먼저 알았던 모양으로 토라진 모양으로 개울을 향하고 길가 풀밭에 오그리고 앉아 사람이 가도 고개 하나 들지 않는다.

처음 동민은 무심히 그 옆을 지나려 할 때 명희가 먼저 알아보고 소리를 쳤다. 그 놀라는 소리에 따라 놀라 걸음을 멈추고는 그러고 앉았는 형수를 보자 동민은 안심을 하는 마음보다 먼저 속았다 하는 마음이 앞을 섰다. 짐작대로 상대가 연극을 한다는 것이다.

동민의 그 속을 반사하듯이 형수의 태도도 냉랭하기가 자못 무섭다. 기겁을 해 달려드는 자기 딸 명희를,

"저리 가거라."

하는 일보를 범하지 못할 야무진 소리로 물리치고는 앉은 자세를 고치지 않는다. 동민도 이런 장면에 있어야 할 한마디 말이나 동작이 없어 그와 자기는 아랑곳없는 사람이라는 듯한 곳에 말뚝처럼 미동이 없이 섰다.

그 사이의 부자연한 침묵이 또한 부자연하도록 오래다. 다만 명희의 자기 어머니와 동민의 중간에 서서,

"집으로 가세요. 집으로 가세요."

하는 자기의 존재처럼 가련한 음성이 애원에서 차츰 울음으로 변해 갈 때 형수는 문득 고개를 돌이켜 입을 열었다.

"담배 가졌건 하나만 주슈."

그것을 일종의 도전처럼 느끼며 동민은 청하는 대로 담배와 성냥을 이쪽저쪽 주머니에 손을 넣어 찾는, 그 급하게 움직이는 동작에 내심이 적잖이 초조하고 있는 자신을 감하며 있다.

형수는 한 모금 깊이 마시었던 최초의 담배 연기를 토하며 따라 푸념이 뒤를 이었다.

"이년이 박씨 가문에 들어와 구들을 친 지 오 년이 넘는구료. 오 년이면 반 십 년 아뉴. 반 십 년 동안 구들을 졌으면 자기 집 부리던 하인이라도 그럴 수 없겠수. 글쎄, 이 밤중에 나가라고 사람을 내쫓는구료. 나가라면 못 나갈 나유. 못 나갈 나 아니지. 못 나갈 나 아냐."

하고 동민을 보고 하던 그것은 마침내 얼마 전 자기 남편을 향하고 하던 그것으로 변해,

"내가 자기 집 들어가 못한 게 뭐냐. 저이 어머니 삼년상도 내 손으로

아침저녁 조상식 받들며 마쳤지. 귀밑머리 풀고 마당 폐백을 아니 올렸을 따름이지 조강지처나 다를 게 뭐냐. 아, 반 십 년 동안 가진 골액을 들여 구들을 쳐 주니까 아닌 밤중에 내쫓는거냐, 내쫓는거야. 어디 나 내쫓고 얼마나 잘사나 보자, 얼마나 잘사나. 확 어느 잡년을 맞어들이지 못해 그러니. 응, 어느 잡년을 맞어들이지 못해 그래."

그리고 그 말머리가 다시 근청을 하는 듯 고개를 수긋이 두 손을 맞잡고 섰는 동민에게로 돌아오며,

"글쎄, 사진기계는 어쩌고 사람 억울한 소리를 듣게 하는 거유. 내가 간수를 잘못해서 그랬다니 글쎄, 도련님이 가지고 하는 걸 내가 간수를 잘하면 어떡하고 못하면 어떡하우."

하고 다시 음성을 나직이 책망하는 어조로,

"그건 도련님도 잘못했지. 글쎄, 영업하는 기계를 어쩌자고 남을 빌리우. 남을 빌려."

그리고 고개를 들어 고쳐 보는 눈으로 아래위를 훑어보며,

"그래 사진기계 찾아 오셨우?"

"……."

"찾아 오셨어?"

동민은 그 대답처럼 맞잡고 섰는 빈손을 감추려지도 형수의 독한 응시에 맡기고 섰다. 형수는 '흥' 하는 태도로 고개를 돌려 그 입에 담배를 가져가며 토라진 소리로,

"난 모르겠소. 하여튼 오늘 집엔 다 들어갔소. 다 들어갔어."

피차에 사이가 막힌 침묵이 깊다. 밤 야기에 젖어 축축한 벌레 소리가 멀리 가까이 그쳤다 연했다 하고 그 적막에 견디지 못하는 듯 명희는 또,

"집으로 가세요."

그 소리에 자극이 된 듯 갑자기 형수는,

"네년 하나 때문으로 맘대로 못하지. 너 하나 없으면 혈혈단신 어디를

간들 못 살겠니. 무슨 대천지원수로 따라다니며 애를 바치니, 애를 바쳐."

그리고 팔을 낚아 엎드려진 어린 등줄기에 험한 욕과 매가 내리기 시작하였다.

동민에겐 명회의 존재처럼 이 세상에 있어 애련한 것으로 보이는 것은 없었다. 아동 잡지의 동화를 읽고도 그 초현실한 세계에 곧 동감이 되어 동경에 잠긴 먼눈을 뜨고 눈물을 흘리고 하는 소녀로 동민과 그는 자기 집에 있어 형 부부의 미움받이가 되는 처지가 같다는 것 외에 같은 꿈을 가진, 어떻게 자기와 영을 같이한 동류의 인간을 대하는 듯 나이와 위치를 떠나 감정이 같이하여졌다. 그만치 형 부부의 위협을 그대로 받아 오그라지는 그가 애련하였고, 또 그것을 즐기는 것처럼 자기네들의 화를 푸는 대상으로 삼는 형 부부가 극악한 것으로 보였다. 이런 때면 동민은 그 의분에 가까운 분연한 감으로 부풀은 가슴을 풀려는 듯 거리를 나가 돌았고 그 나머지 감정으로 야시 같은 데서 달늦은 헌 잡지 같은 것을 사다가 말없이 명회 앞에 던져 주는 것이었다. 그리고 명회는 보통학교 오학년을 중도에서 나온 지식으로 구석구석 어머니의 눈을 피하여 숨어 앉아 읽고는 그 세계와 현실을 바꾸어 자기가 감격한바 외국 동화의 의로운 기사(騎士)를 보는 눈으로 동민을 올려다보는 것이며 동민은 동민대로 또 어린 조카 명회를 지키는 의로운 기사로서의 임무를 하였다.

마침내 동민은 그 명회의 비명에 견디지 못하겠다는 듯 오랜 침묵과 부동의 자세를 풀어 쳇 하고 거칠게 혀끝을 한 번 차며 동시 한 걸음 그 사이를 나가 막고는 명회를 등 뒤로 불러 멀리하고,

"가십시다. 가세요."

거친 명령을 하는 어조로 명회의 손목을 잡아 이끄는 그것으로 형수 그를 이끌듯 자기가 앞을 서 걸음을 옮기었다.

그러자 형수는 또 그렇게 동민에게 손목을 잡아 이끌리듯 앉았던 자리에서 몸을 일으켜 그 뒤를 따라가며 그것이 또한 그에게 이끌려 가는 어색한

감정에서이리라.

"너구 나구 나가 죽자. 나가 죽어. 우리 두 몸 없어지면 고만 아니냐."

거침없이 발하는 그 말과는 반대로 걸음은 동민이 이끄는 방향을 따랐다.

이 소란한 일행을 이끌고 가는 동민은 마음속에 자기 형에게 대한 단단한 전투의식을 준비하며 그 위용을 갖추는 듯 와이셔츠 앞을 헤친 가슴을 그대로 밤 야취가 생생한 공기를 가슴깊이 마시었다, 토하며 자기 집을 향해 갔다.

그렇게 자기 집 비탈 층층대를 한 층 두 층 올라가면서도 적에 가까이 향해 가는 겁 많은 병사처럼 가슴이 두근거리는 불안과 그것을 누르고 남은 힘을 모아 단단히 만든 뱃심을 가지고 거칠게 들어선 대문 안은 쥐 죽은 듯 잠잠하다. 마당엔 불빛 하나 없이 어둡고 그 앞을 가리지 못할 만큼 컴컴한 어둠 그것이 또 한 가지 형의 자기를 향한 의□인 듯 동민은 등줄기가 서늘하도록 냉기를 느끼었다.

지금 형은 불 꺼진 방 안에 부엉이처럼 눈을 끔벅거리며 자기가 돌아올 때를 기다리고 앉아 있거니.

그러나 동민과 그 뒤를 따른 일행이 마당을 들어서는 인기척에도 아무 대꾸가 없다가 조심스런 형수의 걸음이 마루로 올라서 방문에 손을 대이자 불시에 요란한 소리로 그 문이 열리며 형의 검붉은 얼굴이 야수처럼 뛰어 나오리라는 예기와는 반대로 들리나니 방 안 캄캄한 속에 코를 고는 소리.

동민은 주먹을 단단히 쥐는 긴장을 벼린 마음을 일층 자포적인 허무로 바꾸며 그 동작으로 거칠게 구두를 벗고 자기 처소로 정한 건넌방으로 들어가 내버리듯 양복저고리 양복바지 하나하나씩 벗어 방바닥에 내동댕이친다. 그러면서도 그 일편에는 형의 얼굴을 보지 않게 된 안심이 없지 않고 내일하고 모레고 어느 때고 간에 자기가 나타나는 장면에는 그렇게 코를 골아 주었으면 하는 소원이 없지 않다.

그러나 동민의 그 소원은 겨우 이튿날 이른 아침 형의 출근 시간이 이르기 전까지의 하룻밤을 유지하였을 따름이다.

이튿날 아침 전날 밤의 겪은 일은 십 년 전에 잃은 듯 형수는 여느 때 다름없이 제때에 일어나 아침 준비를 하노라 부엌에서 덜그덕거리고 또 그렇게 늘어진 기지개와 함께 잠을 깬 형은 마루로 나오자 아우 동민의 벗어 논 구두가 눈에 띄며 동시 어제 일을 회상한 것이리라. 그는 곧 어제의 그 뒤풀이를 얼굴에 지으며 동민이 자는 건넌방 문을 거칠게 열어젖혔다.

방문이 열리기 전에 동민은 그 방패막이를 할 수 있어 좋았다. 가장 자연스럽게 자기 형의 눈을 가릴 수 있는 태도로 네 활개를 벌리었던 사지를 오그리고 모로 눕는 동시 상체로부터 안면을 이불을 끌어올려 덮는다. 그리고 그는 완전히 껍질 속에 오그린 소라가 된다.

딴은 그 효과가 없지 않아서 형은 이불 한 겹을 통해 아우의 얼굴을 매우 못마땅한 눈으로 한번 흘기고 그 눈을 가져다 머리맡으로 윗목 구석구석 책상 위 책상 밑 낱낱이 살핀다. 그리고 이내 찾는 것을 얻지 못하자 일층 못마땅한,

'흥.'

한마디로는 부족한 그 속으로 틈 하나쯤 열려던 문을 요란히 매단다.

그리고 그 당자가 아니라는 데서 일층 퉁명스런 어조로 부엌을 향하고,

"사진기겐 어따 버렸답디까. 정말 누굴 빌린 거랍디까. 어따 버린 거랍디까?"

"빌렸는지 내버렸는지 내가 아오."

"아, 살림하는 사람이 모르면 누가 알아?"

"살림하는 년이 어떻게 시아즈멈 영업하는 것까지 참견을 한단 말유."

필시 어제의 시작도 이 방식으로 얼렸을 것이리라. 그러나 그 결과가 어제와 같이 않아지긴 오늘은 연극을 꾸밀 필요가 없는 까닭인 모양. 그는 아침 출근 시간에 몰린 바쁜 동작으로 아내와의 시비를 바꿔 머리에 모자를 없는 한편 손으로는 양복단추를 끼고 하며 마룻바닥을 울려 궁둥이를

내려놓고 앉은 발에 운동화를 낀다. 그리고 건넌방 편으로 고개를 돌려 둔한 질그릇을 두들기는 소리를 내었다.

"행길을 막고 물어봐, 인마. 영업하는 기계를 남을 빌리는 사람이 있나."

그리고 그 자신 매우 비뚱그러진 소리로,

"저는 그런 것 몰라 그랬을라고. 어른의 안을 채느라고 짓궂어 그랬지. 어디 얼마나 그러나 두고 보자. 나두 누구만 밸 없는 사람이냐."

사실 형의 그 말은 단순한 엄포만이 아니었다. 그 형이 집을 나가고 그가 남기고 간 불안한 공기를 더욱 똑똑히 하기 위한 것처럼 형수는 동민을 향해 부엌에서 마루로 마루에서 부엌으로 오르고 내리며 타이르듯 나무라듯, 남편의 뒤를 이었다.

"─사정에 못 이겨 잠시 빌렸다가도 곧 찾을게 아뉴. 어디 그 기계 사느라고 얻은 월수인들 다 꼈수. 어서 형님 들어오시기 전에 찾아다 갖다 노슈. 찾아다 갖다 놔요."

두 번 세 번 재촉되는 그 말에 어기대듯 동민은 입을 봉하고 앉아 날러다 주는 밥상을 받고 또 말없이 그것을 물리고, 그리고 갈 데 없는 사람같이 방 한가운데 팔을 베고 누워 눈을 끔벅거린다. 그 속은 형수의 독촉과는 반대로 아까 형이 나갈 때 하던 말 '나두 누구만 밸 없는 사람이 아냐'를 뇌까려 본다. '그 장한 밸이 있으면 날 어떻게 할 테야.' 하고 형의 말대로 애초부터 그 의안을 채기 위하여 한 일처럼 한껏 배를 내밀어 본다.

하긴 동민의 자기 형을 대하는 그러한 태도에는 스스로 하나의 또 해석을 갖고 있으니, 한마디로 말하면 형이 자기를 위한다고 하는 모든 행위는 자기를 떼어 버리려는 타산에서 나온 것이라는 것이다. 월수를 얻어 아우에게 사진기계를 장만해 준다. 그리고 당자보다 몸이 달아서 하루바삐 성가하기를 바란다. 그것은 동시에 아우로 하여금 하루바삐 경제적 독립을 하게 하여 자기에게 끼침이 돌아오지 않기를 도모하는 행위로도 볼 수 있다. 지금도 동민은 '며칠 안 남았수. 몸이 달아 그러지 않아도 당신네들 집에서 나가 주리다.' 하는 토라진 생각과 함께 입가에 냉소를 지어 문다.

동민의 그 생각을 사실로 증명하기 위한 것처럼 회사에 나갔던 그 형의 발소리가 불시에 마당에서 났다. 돌아올 때가 아닌 오정 전으로 형은 그 일로 말미암아 온 것인 양, 그의 예사로운 얼굴도 동민은 지금까지의 자기를 향한 감정이 뭉친 표정으로 보였다.

그렇게 형은 방바닥에 일어 앉아 수그린 동민의 이마를 흘겨보았다. 그리고 입을 연 그 첫마디가 마지막인 말이 나왔다.

"너 그렇게 네 맘대루 하려거든 오늘부터 아주 나가 네 맘대로 살아라. 아주 나가 네 맘대로 살아."

동네를 요란케 할 악성이 나올 줄로 알고 마음에 그 준비를 하고 있었더니만치 반대로 그것을 속에 품은 침착한 말이 되어 나온 여기에 더욱 동민은 그 말이 진으로 들렸다. 오래전부터 계획하였던, 그리고 동민 자신이 어느 때고 그 말이 나올 때가 있을 것을 기다리고 있었던, 말하면 그런 종류다. 그리고 동민은 그것을 들었을 때 비로소,

'흥, 나가라면 못 나갈까. 당장 자기 눈앞에서 나가보일 테다.'

그 말에 이끌리듯 동민은 무연히 몸을 일으켜 방 한가운데 우뚝 섰으나 그러나 그다음 동작을 잊은 듯 멍멍히 섰다. 형은 그 동민에게 매질을 하듯 다시,

"너두 소견이 있건 생각을 해 봐, 인마. 그 기계 살 때 얻은 월수돈 한 머리고 네 힘으로 번 적 있어? 네 눈으로도 그 월수돈 졸리는 건 보지, 인마."

그리고 한층 음성을 돋아서,

"행길을 막고 물어 봐, 인마, 영업하는 기계 남을 빌리는 놈이 세상에 있나. 그건 그렇다고 하고 어저께 내가 그만큼 말했으면 깜짝 놀라 도루 찾아 올 게지 어슬렁어슬렁 빈손을 들고 와, 인마. 그렇게 네 마음대로만 하려거든 지금이라도 나가 마음대로 살아라. 빌어먹든 어쩌든 나는 인제 모른다."

마침내 동민은 이 경우 자기가 가질 태도를 정한 듯 방 네 귀를 한번 천

천히 돌아본다. 집을 떠나는 사람의 마지막을 섭섭해하는 표정이리라. 그렇게 그 방에 놓인 제구를 하나하나씩 살핀다. 사진업에 관한 검정건판 '사크' 삼각대, 네모진 대접, 정든 것을 보는 눈으로 바라보다가 차마 버리기 아까운 물건인 듯 손에 집어 든 것이 모 시인의 시집 한 권. 그것을 양복저고리 주머니에 집어넣다 꺼냈다 하며 그것이 마음을 진정치 못하고 주저하는 표이리라. 그러다가 동민은 그 시집을 집어넣은 양복주머니를 겉으로 한 번 탁 소리를 내어 두들기고는 이어 발뒤꿈치를 돌려 마루로 나갔다. 그리고 등 뒤에 자기를 흘겨보는 형의 무서운 시선을 느끼며 그 반항으로 일부러 땅을 굴러 구두에 먼지를 털고는 마당을 건너 대문으로 향한다.

그 뒤를 장독대에서 내려선 그의 형수가 대문 밖까지 쫓아 나온다.

"형님은 오죽해 그러시겠소. 노엽게 생각지 말고 이 길로 가서 곧 사진기계를 찾아 오도록 하슈, 찾아 오도록 해요."

동민의 아무 응답이 없는 그 대신처럼 형의 거친 음성이 판장을 흔들며 넘는다.

"그놈 사진기계 안 가지곤 영 집에 들어올 생각 말라고 그래, 사진 기계 안 가지곤."

동민은 그 모든 음향에서 몸을 피하듯 고개를 수굿, 걸음을 빨리 비탈 층층대를 내려간다.

그 속은 집을 버리고 나가는 항연한 마음에서 어쩐지 까닭을 모르게 점점 집을 쫓기어 나가는 비애가 자리를 잡는다. 그것을 참듯 미간을 찌푸린 상에 콧속이 매웁도록 그 슬픔에 부풀어 갈 때 언덕 위에서,

"오빠!"

하고 자기를 부르는 명희의 음성. '아저씨!' 하고 부를 경우에 '오빠!' 하고 부르는데 숙질간으로서 딱딱한 간격을 넘은 친밀이 있었다. 동민은 걸음을 멈추고 고개를 돌려 쳐다본다. 언덕 위에는 조고만 소녀 명희가 얼굴에 기겁한 정색을 만들고 미끄러지듯 비탈을 빠른 걸음으로 내려온다. 그리고

그 적은 손에 무엇을 감하였는지 놓지 아니 하려는 듯 동민의 양복 자락을 잡으며,

"오빠, 어딜 가세요?"

동민은 그 명희에게 무어라고든 위로를 위안의 말을 꾸며 돌려보내려는 마음보다 먼저 그 소녀에게만은 심중에 진실을 말하여 들리고 싶은 충동을 다문 입속에 꾹 참으며 말없이 그 손목을 이끌어 걸음을 옮기어 간다. 그 걸음이 자기 집에서 한동안 떨어져 다리 앞에 이르기까지 서로 말없는 속에 한줄기 감정이 통하며 걸어가다가 명희는 또 한 번,

"오빠, 어딜 가세요?"

"나 말이냐?"

하고 고개를 돌려 딴청인 얼굴을 하다가 동민은,

"하여튼 난 당분간은 집에 아니 들어갈 생각이다. 그러나 조금도 걱정할 것은 없어. 지금 나는 내 새로운 길을 얻기 위하여 나가는 길이니깐 그건 차차 담에 얘기하겠지만 나는 지금 네가 들어서 기뻐할 길을 걷고 있다는 것만 알아다우."

상대가 어린 소녀라는 것도 잊은 듯 일러들이는 그 말은 보다 자기 자신에게 일러들이는 힘이 큰 말이었다.

동민은 어린 조카 명희에게 호언한 대로 자기 집을 나가 향해 가는 그 길이 정말 운명의 개척을 의미한 새로운 출발이 될는지―.

모이기로 약속한 시간보다도 세 시간 앞서 집을 나와 동민은 그 남은 시간을 주체스럽게 생각하며 걸음을 천천히 천변을 끼고 흐르는 물줄기를 따라 동향해 내려간다. 넓은 벌판과 하늘이 열리고 차츰 인가에서 멀어지자 생각지 않고 정처 없는 곳을 나온 것처럼 멈추고 서서 좌우의 푸른빛으로 통일된 밭, 논, 잔잔한 두던을 돌아본다. 그러다가는 때가 얼마나 지났는지 대중을 몰라 발뒤꿈치를 돌려 먼저보다는 적이 빠른 걸음으로 오던 길을 되돌아 올라간다. 그러나 다리 앞 이발소 앞에 이르러 들여다본 시계는 아

직도 시간이 멀어 동민은 실망을 한 듯 다리 난간에 갈 곳 없는 사람처럼 입을 벌리고 섰다가는 문득 걸음을 옮겨 오던 길을 또 걸어 보고 하며, 오후 두 시 모이기로 정한 시간보다는 일 분이라도 먼저 가기가 싫은 주저와 그 시간이 어서 이르기를 기다리는 초조 가운데 오락가락 천변가 좁은 길을 오르고 내린다.

그러나 실상 그 집회장소, 동대문을 밖으로 나가 왼편으로 야트막한 상점가를 내려가다가 그중 채색한 조선기와의 낡은 지붕 아래 '극단 녹성좌'란 다섯 글자가 밖으로 난 유리창 한 간 한 간에 검은 빛으로 드러나지 않게 써 있는 아래층, 유난히 삐걱 소리가 나는 층대를 올라갈 때에는 이미 정한 시간이 지난 때여서 머리 위 실내에서는 많은 사람의 움직임으로 자못 웅성거리었다.

한층 한층 소리를 내지 않으려고 조심을 기해 올라간 이층, 열리어 있는 출입구 앞에 동민이 몸을 나타내자 실내는 잠시 조용해지며 밝은 데 있다가 실내로 들어간 때의 앞이 아찔하고 어두운 현기 가운데 거기만 똑똑하게 윤곽이 선명한 낯선 얼굴 많은 시선이 한곳으로 모여든다. 동민은 주춤하고 낯이 붉어지는 얼굴을 숨기지 못하고 섰다가 그 전체에 대하여 고개를 숙여 목례를 하고 들은 눈에 건너편 창틀에 팔꿈치를 대고 비스듬히 섰는 기환의 얼굴이 보이자 자기의 몸둘 곳을 찾은 듯 그편을 향해 갔다. 그리고 나란히 창을 등 뒤로 두고 서서,

"인제 집에서 나오는 길이냐?"

하는 기환의 물음에는 고개를 끄덕일 뿐 아직도 자기가 뭇 시선의 살바지가 되어 있는 감으로 낯이 취해지는 얼굴 둘 곳을 몰라 난처해 섰다가 오른편 바람벽에 눈이 가자 그편에 시선을 정하였다.

그편 바람벽 전면을 가리어 일정표 '메모' 배역표 연습일정표 등 큼직큼직한 종이에 아직도 먹이 마르지 않은 채 그 글자 한 자 한 자가 의미 이상의 가치를 빛내어 붙어 있다.

그날부터 연기 연습을 하기로 정한 모양으로 그날의 일부도 시작하여 낭독 대사 연습 동작 연습 연습 비판 총연습 등 앞으로 십오 일간을 예정하고 나누어진 연습 조목 중 첫 조목인 낭독이란 대문에는 검정 줄이 쳐 있다.

그럼 벌써 각본 낭독은 끝났는가 싶어 동민은 그것을 물으려 기환이가 있는 편으로 고개를 돌리자 어느 틈에 왔는지 재수가 뒷짐을 지고 서서 자기가 보는 것과 눈을 같이하며 얼굴에 사람 좋은 웃음을 짓는다. 그리고 동민과 얼굴이 마주치자 기환은,

"오늘부터 연기 연습을 하기로 하였습니다."

"네에."

하고 동민은 동의와 반문을 겸한 고개를 끄떡하다가,

"벌써 각본 낭독은 끝났습니까?"

"네, 조금 전 끝났습니다."

"벌써요?"

하고 자기가 정한 시간을 어긴 미안한 얼굴을 하는 것은 안중에 없는 듯 기환은,

"그러지 않아도 곧 대사 연습을 시작하려고 박 형이 오시기를 기다리고 있던 차이에 잘됐습니다."

하고 그는 눈을 배역표가 붙어 있는 편으로 돌리며,

"배역은 이렇게 정했습니다."

하는 말과 함께 그편을 향해서 몸을 옮기어 갔다. 동민도 그 뒤를 따라가다가 그가 멈춘 곳에 어깨를 나란히 하였다.

연제 「광명을 등진 사람」 삼막오장 하고는 역시 작자의 이름이 없는 채 바로 등장인물의 배역이 시작된 그 첫 인물인 여주인공 '김혜자'란 아래에는 최명희라고 이름이 씌었다.

"아, 최명희 씨가 맡아 하세요?"

하고 의외인 듯 동민은 눈을 크게 떠 재수를 보았다.

"네, 최명희 씨가 맡아 보시기로 되었습니다."

하고 재수는 도리어 동민의 놀라는 얼굴을 의아해서 쳐다보는 것이다.

"네에, 최명희 씨가요?"

하고 동민은 마침내 재수의 당연해하는 얼굴에 화하는 것이다. 그러나 아직
도 의문이 풀리지 않는다는 듯, 그리고 그 의문을 풀기 위한 것처럼 비로소
그는 최명희 그가 앉아 있는 건너편 구석 검정 휘장이 둘러 있는 편으로 고
개를 돌리었다. 허나 그 속은 그편에 눈을 보낼 수 있는 언턱거리를 얻게
된 것을 은근히 기뻐하는 일면도 없지 않다. 동민은 그 실내에 첫발을 들여
놓을 때부터 먼저 최명희 그가 앉아 있을 방향에 주의가 이끌리면서 주의
가 이끌리는 그 의식이 클수록 그것을 숨기려는 일념도 대단해 낯을 화끈
거리며 그편에 지그시 외면을 하고 있었던 것이다.

여전히 최명희 그는 검정 휘장을 둘러막은 침대 한편에 파리한 몸을 겨
우 한편 팔에 지탱하듯 비스듬히 실리고 앉았다. 그 눈 그 얼굴 표정은 역
시 실내의 수선한 공기와는 별개의 세상을 꾸미고 있는 존재처럼 차고 조
용하고, 그리고 밤이 아닌 까닭에 그 안색은 한층 창백한 정도가 심해 그
가 성격에 처참미를 가하고 있다.

동민은 제 자신 태연한 얼굴을 하려 노력하였고, 또 태연한 얼굴을 한
자신으로 그편을 향하였으나 최명희 그와 정면이 되자 그를 처음 대하였을
때처럼 주춤하고 낯을 붉히었다. 낮에 보는 그의 인상은 또 별다른 면으로
동민을 놀래이었다. 그는 순간 그 내색을 숨기려 고개를 숙여 인사를 하고,
그리고 그 고개를 들며 동시 "고맙습니다." 한 그 말이 뜻에 반하여 정도
이상으로 커서 또 실내의 주의를 모았다. 그리고 이 경우 이편에서 감사를
표할 아무 언턱거리가 없는 것을 한 것 같은 생각으로 동민은 또 저으기
존재가 어색해졌다.

이 난처한 경우에서 구해 내듯 재수는 입가에 어색한 웃음으로 두 손을
맞잡고 섰는 동민의 등에 손을 얹어,

"그리고 그다음은."

하고 상대와 더불어 아까의 배역표가 붙어 있는 벽을 향해 몸을 돌이키었다.

주인공 김혜자를 다음으로 배역된 인물은

　　백 씨(그의 모)—이숙자.

　　김의원(그의 부)—장규섭.

　　구장—남해진.

　　윤달성—박동민.

　　홍영팔(회사원)—김성호.

　　황수덕(금광업자)—마완길.

　　채기섭(문학청년)—홍남철.

　　의사—김기환.

그리고 식모 집주인 간호원 동리사람 외 어린아이 수명 등 이 극에 있어 그다지 중요치 않은 인물에 대한 배역은 미정인 채 '뒤스텝'으로 들어가 연출 무대감독을 겸해서 이재수 그리고,

　　장치—한철.

　　조명—박병국.

　　효과—마완길.

　　선전—김기환.

그 배역표에서 눈을 떼자 동민은 비로소 그 배역된 인물이 누구누구인지를 가려보려는 듯이 고개를 돌려 차근차근히 실내를 돌아보았다.

처음 자기가 뭇 시선의 중심이 되어 있으리라는 의식과는 반대로 실내는 자기 존재에 심상해하는 것에 가벼운 실망과 함께 동민은 어깨가 가벼워지는 정심을 회복하였다.

각본 「광명을 등진 사람」의 등장인물들이 가진 각자 성격을 상징하고

나온 사람들처럼 그 좁지 않은 실내에 혹은 앉고 혹은 서고 각기 생긴 외모
가 같지 않은 그대로 양복바지에 와이셔츠만 입고 방 한가운데 의자를 갖
다 놓고 앉아 있는 아래턱에 수염테가 검은 자 그자와 얼굴을 상대하고 섰
는 맞은편 창틀에 등을 대고 섰는 머리에 쓴 맥고모를 삐뚜름 어디로 곧 외
출을 할 사람처럼 넥타이를 단정히 갖춘 차림과는 달리 끊임없이 계속해
나오는 능변으로 무슨 의견을 주장하는 모양 최고도의 음성을 높이 떠드는
자, 그자의 말에 귀를 기울이고 있는 태도로 기환과 나란히 역시 창틀에 팔
꿈치를 대고 섰는 화가 한철과 얼굴이 상대 되자 그는 고개를 굽실 인사를
표하는 동시 무슨 할 말이 있는 웃음을 동민이 섰는 편으로 가까이 왔다.

"박 형, 혹시."

하고 한철은 서너 간 거리에서 동민을 향해 오며 좀 높은 음성으로 허두를
열다가 말고, 가까이 이르러 어깨를 나란히 하며 음성을 나직히,

"혹시 여자 한 분 아시는 분 없으시겠습니까?"

"여자라니요?"

하고 이해부득이란 얼굴을 하니까, 재수가 나서며,

"다른 게 아니라 이막에 나오는 식모 역과 삼막에 나오는 간호부 역을
맡아 할 사람이 없어서요. 식모 역은 일막의 백 씨 역을 하게 된 이숙자
씨에게 분장을 고쳐서 등장하게 하면 그대로 통하겠지만 간호 역을 할 사
람은 아주 없는데요."

"하지만 저야, 뭐."

하고 생각해 보는 기색도 없이 발을 빼려 할 때,

"왜 조카 되시는 분이 한 분 계시다는데요?"

하고 한철이 가로막아 다 알고 있다는 웃음으로 대한다.

"조카요? 어린앤데요."

"몇 살인데요?"

"열세 살인가요?"

286

"열세 살요?"

하고 어이없는 웃음을 짓다가 그 얼굴을 기환이 편을 돌이켜 반문하는 표로 바라본다.

"왜 나어린 간호부는 없나."

하고 그편으로 걸음을 옮기어 가면서,

"소녀 간호부라고 하지, 뭐."

"그래도 세상에 열세 살 먹은 간호부가 어디 있나? 여보게."

"한군데 가보면 되긴 될 곳이 있으나 좀 나중 일이 성가셔서."

하며 기환은 무심한 태도로 옆에 섰는 한철의 어깨에 팔을 걸려 하자 그는 한 보 물러서 그것을 피하여,

"어떻게 되는 여잔데?"

그 말대답은 없이 기환은 자기 옆에 모로 섰는 동민의 어깨를 치며,

"너 술 먹을 줄 알지. 그럼 너 나하고 이따 어디 좀 가보자."

"어딜 말야?"

하고 그가 반문하는 얼굴을 돌리는데 건너편 실내 정면으로 탁상을 앞에 놓고 삼사 인 둘러앉아 있는 사람들 중 하나가,

"뭐?"

하고 귀가 번쩍 띈 기세로 의자에서 일어서 이편으로 오며,

"술은 나도 먹을 줄 알아."

"당신 같은 사람은 안 돼요. 곧 무전취식자로 알 테니까."

"뭐, 술 먹을 줄 알아야 되는 일이라면서. 술 먹는 좌석에 대감이 안 가면 갈 사람이 누구야. 대감이 안 가면."

하고 그 표로 불룩한 아랫배를 두들겨 보이는 자는 김혜자의 부친 김의원 역을 맡은 장규섭. 그 표정과 동작으로 장내는 잠시 웃음이 와자해진다.

그 웃음소리가 잔잔해질 즈음 불시에 와이셔츠만 입고 앉은 아래턱에 수염터가 검은 자, 조명부 일을 보는 조병국이가 속에 일물이 있는 목소리로

칵, 기침을 하고 그 입을 방구석에 놓인 타구로 가져가 또 그런 소리로 속에 다문 가래를 뱉는 동시,

"글쎄, 지금 준비도 없이 연기 연습은 해 뭘 하는 거야. 사람들도 참."

하고 매우 빈정거리는 어조로 혼잣말처럼 하고, 또 그렇게 한편 어깨를 씰기죽, 일반과 떨어져 먼저 앉았던 의자로 옮기어 간다.

"벌써 몇 번이야. 몇 번. 난 고만 헛물 좀 켜겠수."

사실 그의 빈정거림은 그들 일반이 공통으로 가진 은근한 불안을 자극하기에 넉넉하였다. 자못 흥분한 태도로 낯이 붉어 섰는 기환 그의 이십을 넘을까 말까 한 아직도 애티가 남아 있는 그 연소한 나이에 더 그러리다. 그 책임을 구하듯이 흘금흘금 그의 얼굴로 시선이 모인다. 그 답변을 준비하듯 다문 입이 열리기 전에 재수가 나서서 그를 옹호하는 태도로,

"병국 씨는 왜 그렇게 매사를 소극적으로만 생각하슈. 번번이 결과가 병국 씨 말대로 헛물로 돌아갈 것을 단언해 말할 수는 없는 일 아뉴?"

"뭐 뻔한 일이죠. 말만 가지고 허는 일 제대로 되는 것 나 하나 못 봤네."

"그야 말이 있으면 실행이 따르는 것 아뉴. 안 될 것도 되도록 만들어 보는 것에 우리는 도리어 열정이 가져지던데. 조 군은 그렇지 않수?"

"난 그런 건 믿을 수 없어요."

그러자 지금까지 입을 봉한 채 흥분해 섰던 기환이가 그의 앞으로 주먹을 단단히 쥔 형세로 다가갔다.

그만큼 기환은 그 일에 가진 바 자신이 큰 것인지, 또는 그것을 가장하는 허세인지—하여튼 그는 매우 모욕을 당한 얼굴로 상대 조병국 앞에 멈추고 서서 잠시 말이 없이 내려다보던 그 기세와는 달리 다음에 나온 말은 또 매우 침착하였다.

"당신이 나 한 사람을 신용하든 아니 하든 그건 당신의 자유요. 하지만 당신 혼자 나를 못 믿겠거든 가만있을 게지 어째 빈정거리는 거요. 빈정거리긴."

"빈정거리다니. 내가?"

하고 당치 않은 말을 듣는다는 듯 눈을 크게 뜨다가,

"난 빈정거린 적 없소. 다만 난 그렇단 말이지."

그러나 그것이 또한 빈정거리는 표로 기환에게서 모로 돌아앉으며,

"난 말만 가지고 하는 일은 도시 신용을 할 수 없으니까. 실속 없는 말처럼 또 호기 찬 건 없지. 제기."

그러자 기환이 발끈해서 다가서며,

"이건 누굴 놀리는 거유. 시비를 거는 거유?"

"이건 왜 남 말끝마다 얼굴에 핏대를 올리며 대드는 거야?"

하고 마주 멀어선 그 사이를 들어서며 재수는,

"고만들 두슈. 고만들 두어."

그 둘을 매우 윤활하게 이쪽저쪽으로 갈라놓으며,

"뭐 박 군은 조명부 일을 맡으신 분이니 당분간만 그대로 구경을 하고 계시게 하고 우리는 우리대로 또 연습준비를 시작합시다그려."

그리고 뇌락한 웃음으로 그 박병국을 바라보며,

"하여튼 당신은 잠자코 당분간만 구경을 하고 계시구려. 그럼 혹 실패가 되더라고 당신만은 헛물을 아니 켜게 될 것이니."

실내의 공기가 다소 부드러워지자 재수는 얼굴에 그 웃음을 그대로 정색을 한 어조로,

"실패를 염려해서 계획 그것을 버릴 수는 없는 일 아뇨. 아무리 실패를 거듭하더라도 목적과 계획이 단단하면 어느 때든 성사는 하게 되는 것이 정칙인 것은 다른 외국의 극 단체나 우리 조선의 지난날의 녹음 등을 보더라도 알 일 아뉴. 그리고 뜻대로 성사를 하게 돼서 정한 레퍼토리대로 대중 앞에 공연을 하게 되는 그 하룻밤에 십 점의 가치가 있다면 좌원이 모여서 그 일을 계획하고 연마를 가하고 하는 여기에도 또 칠이나 팔 점의 가치가 있을 것이요."

　　아직도 박병국은 '흥' 하는 태도로 그러나 다시는 입을 열지 않고 얼굴을 곧추들어 창밖을 내보고 앉았고 그 잠잠해진 실내의 무거운 침묵을 부드럽게 하려는 듯이 재수는 문득 동민을 향하고,

　　"아 참, 인사들 하시지요."

하고는 실내를 돌아보았다.

　　그리고 가까이 있는 사람부터 차례로 성명을 나누기 시작하여 주호를 자칭하고 나서던 적은 키에 몸집이 절구통 같은 장규섭, 조금 전에 능변으로 떠들던 맥고모를 쓴 자는 문학청년 채기섭의 역을 맡은 홍남철. 탁상을 앞으로 의자에 앉아 있던 회사원 홍영팔 역을 맡은 여자와 같게 얼굴 윤곽이 가늘고 빛깔이 흰 김성호. 그리고 그자와는 대서적으로 검은 얼굴이, 역을 맡은 구장 그대로 촌티가 있어 보이는 남해진. 차례차례로 혹은 일어서 악수를 하고 혹은 허리를 굽혀 절을 하고 또는 의자에 앉은 그대로 고개만 끄덕하고 자기 교양과 성격에 따라 인사를 나누며 다니던 동민과 재수의 걸음이 방 남편에 이르러 멈추게 되자 재수는 지금까지 그편 바람벽에 다리 하나를 들어 걸고 마룻바닥에 돗자리를 깔고 누워 있는 사람 실내의 소란한 움직임에는 전연 무관심한 태도로 유유자적하게 콧노래를 부르는 자를 향하고 소리를 쳤다.

　　"자넨 인사 안 할 텐가?"

　　그러자 비로소 고개를 들어 재수와 동민을 아울러 백치 같은 웃음으로 쳐다보고 누웠더니 하나 둘 셋 소리와 함께 허리를 꺾지 않고 제웅처럼 몸을 꼿꼿이 직립한다. 그리고 고개를 옆으로 기우듬 애교 있는 동작으로 인사를 하며,

　　"저는 마완길이란 사람이올시다."

　　아, 이 사람이 금광업자 황수덕의 역을 겸해 효과부 일을 보는 바로 마완길이란 사람이든가 하는 의외라는 생각으로 동민의 같이 머리를 숙여 성명을 아뢰는 그 등 뒤에서 한철의,

"별명은 하마구요."

하는 소리가 왁자한 웃음소리와 함께 들리었다.

별명 그대로 하마같이 하관이 넓은 얼굴에 사람 좋은 웃음으로 입귀가 길다. 자기가 실내의 웃음거리가 되는 것을 스스로 만족하는 듯 아랑곳없는 얼굴로 둘러보며,

"다들 떠들었소?"

그리고 지금까지 그 고만둘 때를 기다리고 있었다는 듯 두 팔을 벌려 체조하는 시늉으로 기지개를 한 번 켜고는 그 눈이 맞은편 벽 배역표에 머무르자,

"이숙자 씬가 뭔가는 이름만 걸어 놓고 얼굴은 볼 수 없으니 대체 누구야?"

"조금 있으면 올걸. 궁금해?"

하고 마주 대꾸하는 사람은 화가 한철.

"대체 뭣 하는 여잔데?"

"왜 몰라? 다방 목단장에 있던 여자."

"목단장에 있던 여자라니?"

"왜 그 키다리 양장걸 몰라?"

"아, 그 말괄량이가 어떻게?"

"이번에 다방을 고만두고 어떻게 극계로 진출해 보시겠단다우."

그러자 지금까지 실내에 그런 회화에는 아랑곳없이 아까의 흥분을 식히려는 듯 돌아서 창밖을 내다보고 섰던 기환이가 일께인 듯 몸을 돌이키며 옆에 섰는 동민의 어깨를 쳤다.

그리고,

"참 나구 좀 가 보자."

하고 벽에 걸린 모자를 떼어 쓰며 빠른 걸음으로 문을 향해 간다. 동민도 그 뒤를 따르며 재수 한철 자기와 시선이 마주치는 몇몇 사람에게 머리를

숙여 목례를 하고 그리고 여전히 신부와 같이 고요히 앉아 있는 최명희 그가 자기를 보든 말든 가장 경의를 표해 허리를 굽혀 예를 하는 자신에게 끔찍이 만족하며 그곳을 나왔다.

거리에는 오후의 햇볕이 길바닥에 타고 훗훗한 열기가 이는 먼지와 함께 답답하다. 기환은 상점 추녀 밑 응달을 밟으며 당돌한 표정과 걸음으로 옮기어 가고 그 뒤를 한 보 떨어져 동민은 고개를 수굿이 생각에 잠기며 따른다. 그러다가 고개를 들며 동시 한 걸음 껑충 뛰어 기환과 어깨를 나란히 하며 지금까지 생각에 잠기여 있던 그 의문을 풀려는 듯 이런 말을 묻는다.

"최명희 씨가 김혜자 역을 맡아 하신다니 거 어렵지 않을까?"

"어렵다니?"

동민은 첫째, 최명희 그의 걸음을 옮기고 말을 하고 하는 것까지 신기하게 보이리만치 파리한, 그리고 그 대리석상과 같이 침정하고 고요한 몸을 움직여 무대 위에 올라 동작을 한다는 것부터 연상할 수 없는 일 같이 생각되었다. 기환도 그 불안이 없지 않은 모양.

"글쎄."

하고 잠시 뜸을 띠었다가,

"허지만 이번 공연하게 된 각본은 최명희 그 사람 한 분을 위한 것이라고도 할 수 있는 것이니까."

"건 어째서?"

"말하면 그의 성격을 살리기 위한."

동민은 눈을 끔벅끔벅 기환을 바라보는 얼굴을 그대로 잠시 무엇을 모색하는 듯하다가,

"그럼 혹 이렇게 된 일은 아닌가. 각본 「광명을 등진 사람」의 내용이 바루 최명희 그 사람의 과거에 속한 것이거나 한."

"글쎄."

"그럼 대체 그 각본의 작자는 누구야. 작자는?"

"그건 아마 이재수 최명희 두 사람의 합작일걸. 말하면 소재라든가 대사의 어느 부분은 최명희 그가 제공하고, 그리고 그걸 정리하고 구성하긴 이재수 씨고."

동민은 머리를 커다랗게 끄덕이며 감탄하는 듯하다가 문득 어색한 낯을 지어 잠시 주저를 하더니,

"이재수 최명희 두 사람의 관계는 어떻게 된 사이야?"

"어떻게 된 사이라니?"

그 반문에 더욱 어색해지며 동민은,

"일터면 동거생활을 허는."

"그야 한 방 안에 기거를 같이하고 있으니까."

"아니, 부부간이냔 말야."

"그렇지 않을 걸."

"그럼 상애하는 사인가?"

"글쎄."

"그럼 각본의 김혜자와 윤달성 그 사이를 바루 최명희 이재수 두 사람의 사이로 볼 수 있을까?"

그 대답도 여전히,

"글쎄."

기환의 대답은 일층 동민으로 하여금 알고자 하는 마음을 초조롭게 할 따름이었다. 그러나 그 초조로운 의문은 오래 가지 않아 풀 수 있었다.

기환이 찾아가는 곳은 그의 말을 빌리면 후일이 성가시어서 스스로 멀리하려 하던 여자가 있는 집으로, 말하면 이편에서는 그 뜻이 없는데 한편에서만 이루어지지 못할 애정으로 가슴을 태우는 상대로 결코 실없이 대할 수 없는 사이나, 그러나 이편의 웬만한 요구는 대개 응해 줄 사람이라 한다. 그가 가던 길을 멈추고 삼거리 우편통이 있는 모퉁이에서 손가락질해

가리키는 골목 안 선술집이 있고 청요릿집 푸른 판장이 보이고 한 맞은편 밖으로 난 유리창에 국채색의 그림이 그려 있는 '홀 광명'이란 어마어마한 이름과는 어울리지 않게 매우 외관이 초라한 그 집 붉은 포장자락을 제치며 동민이 들어선 집 오후 객 없는 장내엔 탁상 위에 놓인 어항에 금붕어가 한가롭다.

동민은 친구가 일러준 대로 탁상 밑에 물을 뿌리는 소동에게 맥주 한 병을 청하는 동시,

"여기 방영숙이란 여자 있지. 좀 나오라고 그래."

그리고 사람 없는 카운터 뒤로 돌아 들어간 소동이 나와,

"곧 나와요."

한마디로 실내 구석구석 먼지를 피워 비질을 다하도록 갑갑하다가 급기야 수그린 얼굴 높이로 어린아이처럼 주문한 맥주병을 쟁반에 받쳐 들고 흰 모시 적삼 감빛 저리 멘 치마의 수수한 차림을 한 여자가 나타났다. 지금껏 낮잠을 자고 있었던 모양 눈가슬과 두 볼이 불그레 상기가 된 얼굴을 그대로 나오게 된 것을 부끄러워하는 듯 다소곳 아미를 숙인 표정이 처음 예상하던 것과는 달리 그런 장소에 있기는 의외로운 사람이란 감으로 고쳐서 다시금 쳐다보아진다.

"방영숙 씨십니까."

자기의 이름을 아는 낯선 손님에게 의외로 반기는 표정을 섞은 얼굴로 술병을 들기 전에 먼저 주저를 하는 그에게 동민은 한번 다지고는 친구가 전하라던 종이쪽을 내주었다.

그 종이쪽을 받을 때의 그 여자의 표정, 먼저는 그처럼 받기를 주저하던 그가 김기환이란 이름을 듣고는 안색이 변해지는 것과 그 내용을 읽고 나자 처음 놀라는 표도 일 없이 휘둥그런 눈으로 사방을 돌아보고 하는 끔찍이 좌우를 경계하는 그것은 다만 피녀가 기환에게 기울이는 애정이 그만큼 크다는 표정으로 보면 고만일 것이다.

그러나 동민은 일찍이 기환이 말한바 자기 몸을 위하여서는 할 수 없는 일이라던 앞으로 무슨 끔찍한 것을 예감케 하던 그 계획이 이 여자와 더불어 꾸며지는 듯한 생각으로 기환이가 기다리고 있는 장소로 나간 피녀가 돌아올 때까지 맥주 한 병을 앞에 놓고 앉아 한 모금씩 천천히 마시며 자기도 친구가 계획하는 그 일에 한몫 참석한 자격으로 지금 그 자리에 앉아 있는 감으로 적이 가슴을 두근거려 본다.

동시에 동민은 최명희 그 여자를 중심으로 배치될 이재수와 동민 자신의 위치, 그리고 오늘 저녁부터 시작될 대사 연습에 있어 그것에 다만 대사 연습이란 범위 안에 일이라고는 하지만 최명희 그와 잠깐 사이의 가까운 거리에서 나누어질 일종의 담화를 하게 될 때 자기 자신의 감정ㅡ그 모든 생각을 지금 가슴을 두근거리고 있는 그 사실과 성질을 혼동하며 앉았다. 동민은 그 여자가 돌아올 때를 기다린 때에는 매우 오랜 것 같았으나 그의 모양이 문에 나타나자 또 매우 짧은 시간인 것같이 느끼며 자리에서 몸을 일으켰다.

처음 문 밖으로 상대를 보러 나갈 때에는 그처럼 당황해하는 표정과는 반대로 여자는 매우 명랑한 웃음과 얼굴로 들어왔다. 그리고 그 여자의 표정과는 또 반대로 동민이 그곳을 나와 친구가 기다리고 섰는 삼거리 우편통 앞을 이르러 방심하듯 한 손으로 허리를 짚고 섰는 기환의 낯을 찌푸린 우울한 상을 보자 동민은 두 사람의 일치되지 않는 그 표정에 또 예사롭지 않은 것을 느끼며 상대의 다음 나올 말을 조마조마하며 지킨다.

그러나 먼저 입을 연 기환에게선 기대에 반하여 평범한 말이 나왔다.

"일은 아주 쉽게 됐어. 허지만 저 여잔 아무것도 모르고 그저 나와 가까이 지내게 된 것만 기뻐하는 모양이지만 나는 일이 성가시거든. 나는 그와 나 사이를 조금도 현재 이상의 정도를 넘고 싶지 않은데 상대는 그렇지 않어 되도록 그 정도를 넘지 못해 고심할 것이니 장래가 겁이란 말야."

그러다가는 모든 것을 자연에 맡긴다는 듯 쳇, 하고 혀끝을 한 번 차는

동시,

"될 대로 되어라. 지금 그까짓 걸 걱정할 건 아니고."

저녁 집회엔 낮에 볼 수 없던 새 얼굴도 이삼 섞이었다. 다방 목단장에 있던 여자라는 백 씨 역을 맡은 이숙자, 기환의 처지로 처음 오게 된 예의 방영숙, 그리고 명색을 모를 두 사람의 청년 등, 의자에 걸터앉은 사람, 창 앞에 섰는 사람, 마룻바닥에 핀 돗자리에 무릎을 안고 앉은 사람, 각자 처해 있는 위치에 따라 동작을 달리하며 떠든다.

방영숙은 기환의 뒤를 따르듯 따라다니며 위치를 변하다가 그걸 피하는 기색이 있자 최명희가 앉았는 침대 옆에 신부처럼 수줍은 태도로 섰다. 실내에 안면이 있는 사람이 많은 이숙자는 자기 집에나 있는 듯 스스럼없이 사나이들 틈에 섞이어 사나이처럼 농을 주고받는다.

따라서 실내의 주의는 그와 그 상대역을 하는 마완길이 중심이 되어 웃음을 일으킨다.

그 웃음이 한참 낭자해서 실내가 어지럽게 되자 재수는 문득 일어서 탁상을 두들겼다. 그리고 조용해진 그 침묵을 잡고 좌우를 돌아보며,

"이젠 보일 분도 다 보이고 하였으니 대사 연습을 하기로 합시다."

하고 이어서 여기저기 분산해 있는 의자를 모으고 각자 배역된 인물의 좌석을 정한다. 먼저,

"이리 와 앉으십쇼."

하고 긴장해 섰는 동민을 불러 자기가 앉은 정면에서 왼편에 앉히고 그 맞은편 의자에 의심 없이 최명희가 불리어 앉을 줄 알았는데 반하여 이숙자가 불리어 앉는다.

그리고 연해서 장규섭, 남해진, 김정호, 마완길 등, 끝으로 방영자에 이르기까지 지리를 정하면서 최명희 그 한 사람은 침대 위에 앉은 대로 남기어 둔다. 그럼 그만은 침대 위에 앉아서 참석하도록 하려나 보다.

그러나 다음 실제 연습으로 들어가 재수의 입으로 제일막 첫 장의 장면

이 읽어지고 따라 대사가 시작되어 주인공 김혜자의 모친 백 씨와 그의 부친 김의원과의 대화가 있다가 마침내 주인공 김혜자가 나올 대목에 이르렀다. 동민은 문득 긴장한 낯을 들어 그 의문을 풀려는 듯 재수를 쳐다본다. 대화는 잠깐 중단되다가 그 변명을 구하듯 재수는 얼굴을 들어 건너편 침대 최명희를 건너다보자 그는 약간 낯을 붉혀 고개를 수그리고,

"저는 여기서 속으로 하겠습니다. 어서들 계속하세요."

그러자 그와는 먼저부터 그 내약이 있었던 모양 그는 웃음으로 동의를 표하며,

"그럼 최명희가 하실 대화는 내가 대신하겠습니다."

하고 되도록 당자의 음성에 가까이하려는 듯 억양을 가다듬으며,

"─어머니 진정으로 저를 위하십니까? 진정으로 저를 위하시거든 제발 제가 보는 앞에서 그 회개하라는 기도 좀 올리지 말아 주세요."

최명희는 자기의 속깊은 사정을 대변해 주는 것을 듣는 사람의 표정으로 두 눈에 곡진한 감정을 모으고 건너다보고 앉았다.

동민은 일막 이장과 이막 이장에서 잠깐 그리고 삼막 전부가 그의 연출 장면이다. 한 장면 한 장면 넘어가며 따라 동민은 최명희 그의 진정에 이그러지지 않으려는 노력이 점점 이재수를 사이에 두고 무슨 호소를 하는 듯싶은 감으로 그 한 마디 한 마디에 열과 정이 부어지는 자신을 어쩌지 못했다.

전막을 끝내고 동민이 대본을 덮자 재수의,

"아주 능란하신데요. 처음 하시는 연기라고는 볼 수 없을 만합니다. 많이 해 보신 경험이 있는 것 같으신데요."

하는 감탄에 따라 여기저기서 같은 내용의 말이 동민의 흥분을 더하였다. 그는 자신이 생각하여도 자기가 그만큼 열이 담아지긴 의외인 듯싶었다. 그는 십 분 동안의 휴게 시간이 다 가도록 그 흥분으로 얼굴이 취해 앉았다. 그리고 그 흥분이 있는 동안 동민은 최명희를 바로 보지 못할 조심으

로 그와는 반대 방향을 향해서 등 뒤의 그의 진정을 보내는 시선을 느끼며 돌아앉았다.

그러나 그가 최명희 그들과 좀 더 가까운 생활을 하게 되기는 그날 밤 그 연습이 끝난 후부터이었다. 동민은 내심 은근히 그것을 근심하면서도 친구 기환에게 자기가 집을 버리고 나왔다는 말을 못하기는 그것으로 어떻게 최명희 그와 사이를 가까이하려는 행동으로 보아질 불안이 있어 더욱 그러리라. 그는 자신을 옴치고 뛰지 못할 궁지로 몰기 위한 듯 궁둥이를 움칠움칠 시간이 열 시가 넘어 모였던 사람이 한 사람 두 사람 돌아가기 시작할 때에도 재수와 기환 두 사람의 눈치만 살피며 입을 다물고 앉아 있었다.

그러다가 마지막으로 기환이가 일어서 나가려 할 때 그는 비로소 그를 으슥한 곳으로 끌고 가 가만히 귀속이듯 자신의 딱한 사정을 알리었다.

기환은 어째서 하는 얼굴로 동민을 쳐다보다가 마침내 그 뜻을 깨달은 듯,

"아아."

하고 탄식하는 한마디를 발한다. 동무로 하여금 집을 버리고 나오게 한 그 책임이 자기에게 있음을 깨달음으로써 더욱 그러리라.

"그거 안됐구나."

하고 잠시 고개를 떨어뜨려 난처한 안색을 짓다가 문득 얼굴을 들며,

"잠깐만."

하고 동민을 그 자리에 남기어 두고 건너편 탁상 앞에 앉아서 흐트러져 있는 대본을 주워 맞추고 있는 재수가 섰는 편으로 간다. 그리고 수군수군 잠시 공론이 있다가 이편으로 고개를 돌이킨 재수의 얼굴은 일호의 난색이 없이 매우 선선한 웃음으로,

"그거 미안하게 됐습니다."

하고 동민이 섰는 자리로 걸음을 옮기어 오며, 그러나 염려 없다는 듯,

"뭐 여기서 나하고 같이 지내 보시지요."

그리고 매우 미안한 얼굴로 난처해하는 동민을 위로하듯,

"뭐 상관없습니다. 상관 없어요."

하고 그 동의를 구하는 얼굴로 건너편 침대 최명희를 건너다보자 그도 그 속을 눈치 챈 모양 동의를 표하는 웃음으로,

"뭐 상관없습니다."

그리고 동민은 어쩔 수 없이 그들 두 사람에게 감사를 표해 미안한 웃음으로 입귀가 일그러진 고개를 숙이지 않을 수 없었다.

그러나 동민이 좀 더 난처하긴 기환이가 안심하고 있으려는 듯 친구의 등을 두들기고 돌아간 후 재수와 자기간 잠잘 자리를 정하게 되는 때였다. 창밖 거리에 전차 가는 소리가 따로 떨어져 길게 멀어 가며 밤이 이슥하였다.

"고만 주무십시다."

하고 재수는 앉았던 의자에서 일어섰다. 동민도 마주 일어서 상대가 비를 들어 마룻바닥에 먼지를 쓰는 대로 이리저리 자리를 옮기어 그 비 끝을 피하며 그가 하는 대로 맡기어 둔다. 그러면서 동민은 장차 잠자리로 정해질 그 위치 여하로 최명희와 재수간 관계를 밝히어 보려는 일념이 또 없지 않다. 재수는 대강 마룻바닥의 먼지를 쓸고는 창이 있는 편으로 바람이 시원한 자리를 골라 의자를 서너 개 옮기어다가 일자로 연해 놓는다. 그리고 홑이불 자락으로 탁탁 먼지를 털고는 동민을 바라보고 턱으로 그 의자를 가리키며,

"여기 와 주무십시오."

그러면 재수 자신의 침실은 실내에는 두 번 그 임시의 침대를 만들 무슨 남은 의자가 있지도 않고 침석으로 대용할 남은 물건이 있지도 않다. 그러나 동민은 재수가 이 방에 주인일진댄 그 자연한 추측으로 눈을 건너편 최명희가 차지하고 있는 두 사람이 쓰긴 촉박할 성싶은 그 검정 휘장을 둘러막은 침대로 가져가 자기대로 침상을 정하였다. 그리고 하라는 대로 그 급조 침대에 양복저고리를 벗어 걸고 우선 걸터앉아 되어가는 경로를 바라보

기로 한다.

그러나 재수는 마룻바닥의 돗자리를 걷어 먼지를 털고는 창밑 바람맞이에 간다. 그리고 헌 잡지 몇 권을 포개어 그것을 베개로 누우려다가는 일어서 종이를 동그랗게 말아 전등을 가리며,

"고만들 주무시지요."

그러자 최명희도 따라 다리를 하나씩 침대 위로 오므려들이며,

"안녕히들 주무세요."

하는 두 사람에게 향한 인사를 남기고 검정 휘장자락을 가린다.

동민은 주인보다 높은 자리를 차지하게 된 미안을 사려지도 않고 편안치 않은 자리에 몸을 누인 대로 최명희 그가 누웠는 침대 가까이 숨소리가 들릴 거리에 잠자리를 정한 가슴이 두근거리는 흥분으로 오래 잠들지 못했다.

차츰 사위가 조용해지며 두어 간통 떨어진 검정 휘장 안에서 들리나니 피녀의 그 고독한 표정과 같이 고요한 숨소리. 그것을 동민은 하나하나 수를 헤이듯 가슴에 받으며 그와 흐름을 같이하는 행복에 취해 본다. 그러나 그것을 헤살하는 듯 재수의 기탄없이 발하는 코를 고는 소리. 그 소리를 지워 최명희 그의 가느다란 숨소리를 헤아리려 그는 피녀를 사이에 두고 무슨 암투나 하는 듯 재수의 존재에 손을 가린다. 최명희에게 향한 동민의 그 태도는 소위 연모라든가 그런 한마디 말로 규정지어 버릴 성질의 것이 아니다. 자기 어린 조카 명희에게 가져지는 애정이 숙질간의 그것도 아니면서 또 이성간의 연애감도 아닌 그 정도로 지금 최명희에게 감하는 그것도 연모는 아니면서 그것 이상으로 심저 깊이 감정의 동요를 느끼는 이것이 이른바 연애 이상의 감정이랄까.

자기는 조금도 잠들지 못할 줄로 알며 최명희 몸 가까이 누워 있다는 흥분에 잠긴 대로 그 자신이 잠이 든 동민은 꿈에서 현실로 이를 때의 그 윤곽이 커지는 착각으로 바로 귀밑에서 울리는 듯싶은 최명희 그의 자지러지는 기침 소리에 무슨 끔찍한 예감을 느끼며 놀라 잠이 깨었다.

기침은 아까부터 계속하였던 모양으로 엎드러진 듯 등을 꼬부리고 두 손으로 입을 가린 얼굴을 베개에 파묻고 엎드려 어깨를 들먹거리며 터져 나오는 기침을 막으려 한다. 그 앞에 재수는 한 손에 타구를 든 채 어떻게 손을 댈 여지를 잃고 섰다. 기침 소리는 차츰 콜록콜록 하는 속 빈 나무통을 두들기는 소리에서 목이 멘 울음으로 가까워지며 졸아든다. 기침이 멈춘 후에도 한동안 자세대로 엎드려 있다가는 손을 내밀어,

"수건 좀 집어 주세요."

재수는 침대 머리맡 난간에 걸려 있는 수건을 떼어 준다.

그리고,

"안정하십시오. 몸을 바로 누이고 가만히 안정하세요."

하고 손을 내밀어 얻으려 할 때 피녀는 고요히 몸을 일으켜 곧추앉으며 입가에 쓸쓸한 웃음을 짓는다.

"뭐 좋습니다."

하고 감사와 잠을 깨이게 한 미안을 사하는 태도로 고개를 솔깃 이마와 목 뒤에 땀을 씻는다. 재수는 또 한 번,

"몸을 바로 누이고 가만히 안정하세요."

그 말에 순종하듯 그는 홑이불 자락을 여미며 바로 누워 가만히 눈을 감는다. 이런 일이 매양 있었던 모양으로 재수는 그다지 동요된 기색도 없이 피녀 가까이 의자를 옮겨다 놓고 앉는다. 그리고 다시는 자리에 누울 생각은 않고 아마 그것이 연출 대장을 꾸미는 것이리라. 무릎 위에 노트를 열어 놓고 만년필을 날리며 무엇을 적는다.

동민은 상반신을 일으켰던 몸을 누이고 도로 눈을 감았다. 그러나 조금 지나 재수를 부르는 피녀 최명희의 음성에 다시 눈을 떴다.

"이 선생님!"

하고 불러 놓고는 잠시 눈을 감은 채 잠잠히 말이 없다가,

"이 선생님은 혹 이런 불안을 느끼실 때 없어요? 자기 몸이 지금 메튜스

호(號)의 뗏목을 타고 흘러가는 듯싶은."

"메튜스 호의 뗏목이라니요?"

"왜 모르세요? 천팔백십 몇 년엔가 아프리카 연안을 항해하던 불란서 군함 메튜스 호가 암초에 좌초가 되어 일백오십 명이나 가까이 되는 사람이 선채를 뜯어 만든 길이 이십 메들 폭 칠십 메들의 뗏목을 타고 열대 지방의 뜨거운 햇볕 아래 정처 없이 흘러갔단 얘기 말씀예요. 정말 있었던 얘기라죠."

"네, 정말 있었던 기록이랍니다."

"그 일백오십 명 승조원 중에 다만 한 사람의 여자가 있었더라지요. 부엌일을 보라고 고용한 여자랍니다. 그 여자의 당한 처지를 바로 지금 자기가 당하고 있는 듯 그 감정이 그대로 느껴지는 거예요. 더러는 파도에 휩쓸려 떠내려가고 더러는 정신이상이 생겨 자살을 하고 그리고 나머지 사람들은 또 자기네끼리 야수처럼 계획적으로 학살을 감행하고, 이렇게 자기 주위에 한 사람 한 사람씩 사라져 가는 것을 볼 때 그 여자는 장차 자기가 당할 최후가 그렇게 차례차례로 다가드는 공포를 느꼈을 것예요."

하고 그 자신 그 공포에 감기듯 말이 막혀 잠시 잠잠하다가 적은 음성으로 가만히,

"저는 요즘 하루하루 보내는 날이 자기가 당할 최후를 향하고 하루하루 가까이 가는 듯싶은 공포가 시시로 느껴지는 거예요. 이렇게 주위가 조용할 때면 더욱 그래요."

그리고 상대를 진정시킬 한마디 야무진 말을 준비하듯 만년필을 쥔 손을 멈추고 잠시 가만히 있는 재수의 앞을 질러 하는 것처럼,

"호호호호."

가벼이 자조적으로 웃고,

"의지가 얼마 정도로 감정을 제어해 줄 수 있는 힘이 있는지 알 수 없에요. 저는 특별히 의지가 약해 그런지도 모르겠습니다만."

"그건 말하자면 의지라기보다 그 의지를 지탱하고 있을 신념이 굳지 못하신 까닭이라고 하지 않을까요. 일테면 그 메튜스 호의 벌목을 타고 흐르는, 승조원들에서 장차 자기들 앞에 구조선이 나타나리라는 확신이 있었더라면 그런 절망에서 나온 자살이라든가 발광, 살육이 없었을 것입니다. 그 모든 행동은 확신을 갖지 못한 절망에서 나온 것에 지나지 않는 것이니까요."

재수는 잠시 말을 끊고 생각에 잠기듯 천정을 응시하고 누웠는 상대의 옆얼굴을 냉시에 가까운 눈으로 바라보다가 음성을 나직이,

"사실 그들 앞엔 구조선이 나타났으니까요. 그리고 그들은 지금까지 살육을 감행하던 무기를 각기 바다를 향해 던져 버리고 하늘을 우러러 감사하며 맹서했다지 않았습니까. 다시는 그런 참극 저지르지 않겠다고."

그리고 음성을 고쳐 약간 책망하는 어조로,

"어째서 명희 씨는 신념을 잃은 자의 절망한 감정을 동감하시면서 그들 앞엔 구조의 길이 있었다는 사실은 왜 생각해 보지 않으십니까? 그럼 명희 씨는 우리들의 사업도 그처럼 장래를 절망되게 생각하시는 겁니까?"

"아뇨"

하고 시선을 천정으로 정한 그대로 고개를 가벼이 젓다가는,

"지가 말씀한 뜻은 그게 아녜요."

"그러면요?"

"보다는 저 한 사람 일신에 관한 얘기예요. 저 한 사람 생명을 지탱하고 있는 건강 상태를 가지고 한 말씀예요."

하고 재수를 쳐다보는 얼굴에 쓸쓸한 웃음을 지으며,

"저는 앞으로 자기가 얼마나 명을 지탱해 갈 수 있을까. 그날이 무슨 일정표를 보는 것처럼 알아지는 것 같아요. 그리고 하루라도 그날을 향하고 가까이 가는 듯싶은 감을 어쩔 수 없는 것예요."

"그건 너무도 내가 명희 씨에게 바라는 것과는 딴판의 말씀인데요. 너무나 딴판의 말씀예요."

"그렇습니다."

하고 상대의 말을 그대로 긍정하는 눈을 뜨며,

"이 선생께서 그 컴컴한 밤 시료환자실로 매일같이 저를 찾아 주실 때 저는 재생의 신념을 가질 수 있었던 것예요. 그리고 지금까지 제가 생을 지탱할 수 있었던 것도 그 여택일 것입니다."

"그러면 지금은, 지금은 그 신념을 잃으셨단 말씀인가요?"

"천만에요. 지금이라고 그 신념을 잃기야 하겠습니까. 나날이 더욱 굳어지기는 할지언정. 하지만 그것과는 반대로 제 가슴속에서 폐를 좀먹고 있는 병균은 저 갈 대로 또 진행하고 있는 것예요. 그리고 지가 가진 생을 한시 한시 조리고 있는 것예요."

하고 스스로 자기 말에 감동한 듯 눈가슬이 붉게 상기한 얼굴을 가리어 두 손을 얹는다. 그러다가는 얼굴을 들어 재수를 열 있는 눈으로 똑바로 쳐다보고는,

"저는 그 나머지 날을 주검이란 대상이 없이 하루하루를 절대적으로 충실하게 살아볼 방법을 찾아도 보았어요. 그러나 시시로 느껴지는 그 생의 불안을 제어할 수는 없에요. 아마 제겐 그만한 의지가 없나 봐요."

그리고 지금도 그 불안에 잠기듯 가만히 눈을 감는다. 재수는 잠시 그 눈을 감은 얼굴을 바라보다가 그 상대를 상하지 않을 정도로, 그러나 자신 있는 음성으로 나직이,

"그건 명희 씨 한 사람의 주관적 해석에 지나지 않습니다. 그 병이라고 덮어놓고 절망을 할 것은 아니니까요. 얼마든지 완전히 건강을 회복한 사람들을 볼 수 있는 것이 아닙니까. 그리고 내가 보기에도 명희 씨는 결코"

하고 그 병으로 어쩌지는 않으리라는 말을 다 마치기도 전에 피녀는 이미 생을 단념한 사람의 적막한 미소를 지어 고개를 젓는다.

"아녜요. 제 일신에 관한 일은 이 선생님보다도 저 자신이 더 잘 알 것입니다."

"아닙니다. 그건 명희 씨가 사실이 없는 감성을 주관으로 만드시는 것입니다. 마치 무대에 오른 배우가 어떤 표정과 동작을 함으로써 한 감정이 생기듯이 명희 씨는 주관으로 한 불안을 만드시는 것 아닐까요. 그렇다면 내가 명희 씨를 위하여 각본 「광명을 등진 사람」을 쓴 의의는 어디 있고 그것을 이번 공연에 명희 씨로 하여금 주인공으로 출연하시게 한 의의는 어디 있습니까. 그리고 그것을 응하신 명희 씨 자신의 의의는 또 어디 있는 것입니까. 일찍이 명희 씨가 내게 재출발을 약속하시고 그 실행으로 「광명을 등진 사람」의 출연을 자진하신 그 뜻을 다시 한 번 생각해 보십시오."

그러나 피녀는 여전히 같은 웃음으로,

"그러지 않아도 지가 오늘까지 명을 지탱해 오긴."

하고 잠시 동을 띠었다가,

"그 하룻밤의 공연, 그 하루를 목적하고 긴장하는 그 힘일 게야요."

자기 말에 스스로 감동하여 얼굴이 붉게 취하는 흥분에 잠기듯 피녀는 잠시 눈을 감는다. 그리고 눈을 떠 자기 앞에 고개를 옆으로 돌려 말없이 바라보고 앉았는 재수를 마주 쳐다보며,

"제 몸이 그 시료병원 지하실로 옮기어 갔을 때 저는 이미 이 세상을 다 산 사람이었에요. 그 나머지 여생을 이 선생이 제 앞에 나타나시었음으로 해서 든든한 신념으로 공허를 느끼지 않게 된 것만으로도 저는 퍽 행복해요. 그리고 그 마지막 최후를 꽃다웁게 장식할 걸 생각하면 참 행복해요."

"마지막 최후라니요?"

"저는 「광명을 등진 사람」을 공연하고 나는 그날을 마지막으로 일테면 불놀이할 때 공중에서 탕 하고 터지는 화광이 한순간 번쩍하고 스러지는 그것처럼 저는 제 최후를 하룻밤 번쩍하게 장식하고는 명이 마쳐 질 것만 같아요."

"그건 명희 씨 병이 만드신 감상입니다. 병적 감상예요."

"그 준비로 몸 하나 움직이는 것을 아끼며 힘을 모으고 있는데 감상예

요? 그리고 기침도 될 수 있는 대로 참아 보고요."

"기침이 참아집니까?"

"그건 저도 이상하게 생각하는 것예요. 낮이나 초저녁 사람이 모인 앞에 선 그걸 보이지 않으려고 긴장을 모으고 앉았으면 웬만한 기침은 멈춰지는 것예요. 그러다가 밤이 되어 그 긴장이 풀어지면 모였던 것이 터져 나오듯 이 심해지는 것예요."

"더욱 긴장하십시오."

하고 재수는 의지를 끌어 한 발짝 다가앉으며,

"그 긴장의 힘이 반드시 병마를 물리칠 것입니다. 병을 요량하는 데 있어 그 병이 중하면 중할수록 당자의 정신력 여하로 좌우되는 수가 많으니까요. 외국 아나토리움에서도 첫째 조건을 환자의 정신적 긴장에 중점을 준다니까요. 그리고 그건 한 사람의 생활 태도에 있어서도 마찬가지일 것입니다."

재수의 그 말을 속으로 새기듯 눈을 깜박깜박 듣고만 있다가 피녀는 빙 긋이 웃고는,

"하긴 생의 불안이라든가 공포는 절망과는 의미가 다른 것인가 봐요. 왜 냐면 제가 철저히 절망을 하였다면 동시에 지금까지의 불안이라든가 공포 도 스러졌을 것 아닙니까? 아직껏 지가 공포심을 버리지 못하는 것도 말하 면 그만큼 생에 집착되어 있는 증거가 아닐까요?"

"그렇습니다."

하고 재수는 상대의 한 보 앞에서 넘겨짚는 말에 당황하다가 피녀가 그 속 에 무엇을 꾀하고 있는가를 간파한 듯이 또 한 듯이 넘겨짚는 말로,

"명희 씨, 혹 이런 걸 생각하신 것은 없으십니까? 지금은 그 하룻밤의 공연을 두고 긴장하며 생을 충실해 가다가 그 목적을 달하며 틈새에 따라 서 자신의 신병에는 한 고비를 넘기게 되어 그대로 긴장한 정신과 생활이 계속될 것 같은."

"하지만 그건 있을 수 없는 기적을 바라는 마음이 아닐까요?"

"어디 기적이라는 게 별것입니까? 필연적 현상이 그것이지요. 다만 사람들은 그 요인을 헤아리지 못할 때 그걸 기적이라고 할 따름이지요. 그리고 그만한 기적은 일상생활에 얼마든지 있는 일입니다."

"정말 얼마든지 있는 일일까요?"

"정말 얼마든지 있는 일입니다."

눈은 똑똑히 긴장해 쳐다보며 다짐을 구하고 또 긴장한 어조의 얼굴로 다짐을 주고, 그리고 피차 그것을 깊이 하고 무게를 가하기 위한 것 같은 침묵이 한동안 깊다.

그 장면은 실로 감격할 만한 것이었다. 그리고 그 감동의 효과로 감격하기는 그들과는 등을 돌리대고 그 의자를 이어서 만든 침석 위에 돌아누워 있는 동민 자신이었다. 그는 한 자세를 오래 지속치 못하고 연해 몸을 뒤채며 그들 두 사람이 하나는 검정 휘장을 가리며 안으로 사라지고 재수는 재수대로 자기 침석에 돌아누운 후에도 오래 잠들지 못했다.

그리고 그 잠들지 못한 흥분으로 의자바닥이 젖도록 등에 부쩍부쩍 땀이 흐르면서 그러면서 그 흥분을 더하기나 하는 것처럼 그는 주먹을 단단히 쥐는 형세로,

'―어떤 일이 있든지.'

하고 어떤 일이 있든지 자기 몸을 희생해서라도 불우한 연인 최명희 그로 하여금 각본 「광명을 등진 사람」을 무대에 올려 공연하게 하도록 하겠노라고 결심하는 것이었다.

그러자 동시에 그는 그 같은 마음이 재수나 친구 기환에게도 있을 것이며 따라서 그의 행동─더욱이 기환의 그 내용을 밝히지 않는 계획이란 것도 차츰 여기다 착안을 두고 헤아리기 시작하였다.

친구 기환의 그처럼 틀림이 없이 장담하던 그 계획이란 건 사흘이 지나고 나흘이 가고 마침내 기약한 날이 당도하여도 여전히 호언한 대로의 성

과를 보이지 않는다. 이제는 그의 실속 없는 장담이나 재수의 응원만으로는 도저히 여기저기서 울근거리는 좌원들의 불평을 제어해 갈 수는 없었다.

서편 바람벽 연습일정표 옆에 붙어 있는 메모에도 그 불평은 나타났다.

연출 연기 장치 효과 선전 진행 등—여섯 칸으로 나누어진 전면은 남은 여백이 없도록 그 불평과 질의로 찼다. 먼저 제일 첫 칸.

연출—'이번 공연에 우리 극단 녹성좌란 존재를 버젓하게 사회 일반에 알리고 못 알리긴 여러분의 열성과 분투에 달렸소. 좌원들의 일심단련을 바라오.'

—이재수.

'연출은 염려 마오. 보다 염려할 것은 자금이오. 우리들의 열성과 분투에 보답할 만한 확실한 승산이 있는가 없는가 그 확답을 바라오.'

'자금 염려 마시오. 내가 책임지고 감당하겠소.'

—김기환.

'당신의 염려 없소란 도대체 믿을 수가 없소. 장담이 공담이 되지 않는단 무슨 똑똑한 증거를 보여 주시오.'

그리고 그 외 내용이 대동소이한 문답이 어지러운 한편에는.

'아, 냉면이 먹고 싶다. 연극도 먹어야 하겠소. 먼저 우리에게 빵을 주시오.'

그 답변으로 또,

'사람은 빵으로만 살 수 없느니라.'

그리고 그와는 아랑곳없이,

'무대는 나의 집이요 나의 무덤이다.' 등

그다음 연기라고 쓴 칸에도 역시 재수의 이름 아래 '우리 극단은 노력하는 천재가 필요하다. 여러분은 연기, 특별히 대사, 표정과 동작에 능숙하도록 노력합시다.' 한 아래엔 '노력을 아니 하는 것이 아니다. 노력이 수포로 돌아갈 것을 두려워할 따름이다.' 등, 다음 장치 효과 선전 진행에 이르며 따라 그 한 칸마다 재수의 주의사항이 있는가 하면, 각자 저마다 의견이 있다는 것을 보이기 위한 것처럼 질의와 반문이 벌떼 같다. 그 공통한 내용인즉 재수의 그 장담하는 바 계획이란 것에 신용을 갖지 못하는 것으로, 따라서 전일 여러 번 같은 실패와 고배를 마신 그들은 그 결과를 속단하고는 일에 열의를 잃고 마는 것이다. 그것은 직접 행동에도 나타나기 시작하여 실내는 질서가 문란해갔다.

각 좌원들의 출석 시간이 정확치 않아 들쭉날쭉이다. 출석했다가도 연습 연습을 하러 오는 것이 아니라 심심한 소일로 오던 것처럼 재수가 연습 시간을 고하며 정한 좌석에 앉기를 정하더라도 자기 차례를 당한 사람만 앉아 열없는 소리로 외다가는 변소를 가는 핑계로 일어서 나가고는 돌아올 줄을 모른다. 나머지 사람들도 연습이 시작되건 말건 자기네끼리 패패로 □과 잡담으로 일이다.

실내 한가운데 누구의 맥고모자를 놓고 단장을 거꾸로 쥐고는 골프 치는 시늉으로 휘휘 젓고 있는 마완길은 마침내 하나 둘 셋 소리를 맞추어서 탕 - 소리를 내고 날아간 맥고모자가 맞은편 벽을 부딪고 떨어져 구른다. 그리고 왁자한 웃음소리가 일며 그 모자는 이 사람 저 사람의 발길에서 풋볼처럼 논다.

그러자 지금까지 한편 구석 돗자리에 반듯이 누워 가장 불만스런 얼굴로 천정을 바라보고 있던 조병국이가 벌떡 일어서며 깜짝 놀라 악성을 쳤다.

"여기가 운동장인 줄 아니. 운동장인 줄 알아?"

그리고 벽에 걸린 양복저고리를 떼어 입으며 문을 향해 나가던 걸음을 멈추고 재수를 돌아다보며,

"난 오늘부터 이 극단에 고만두겠소. 내 이름은 제명해 주시오."

"그러지 말고 이리 와 앉으시오. 이리 와 앉아. 그럴 게 뭐 있소. 기환 군이 한 말도 있고 한데."

"난 그 사람 말 믿을 수 없어요."

그 서슬에 실내가 조용하던 가운데 누구의 음성인지,

"대체 기환 씨가 꾸미는 계획이란 무어라우? 시원하게 알기나 합시다."

그리고 뭇 시선이 그 답변을 구하듯이 기환의 얼굴로 모인다. 그러나 여전히 재수 옆에 의자 한편 귀를 쥐고 섰는 대로 기환은,

"그건 차차 알게 되겠지요."

그 말은 일반을 이끌기보다는 실망을 주기에 알맞았으리라. 못 믿는 얼굴로 서로 빈정거림을 지어 바라본다. 그중 동민 자신도 차차 친구의 태도에 어떤 의혹의 눈을 떠 보아졌다. 자기가 최명희 그에게 갖는 같은 마음으로 기환은 피녀에게 생을 이어 주기 위한 다심한 일념에서 무슨 확실한 계획이 있기 전 먼저 그것이 있는 것처럼 가장하는 동행이 아닐까. 그리고 동시에 그것은 현재보다 장차 미래에 속한 일이 아닐까. 이 경우 동민에 있어 '아닐까'는 그대로 '그렇다'는 단정인 것과 성질이 다를 바 없는 것으로, 그렇다면 자기 알뜰한 사진기계를 돌려받을 기약도 잃고 마는 셈이다. 그러나 동민은 그건 염두에도 없이 친구 기환에게 자기도 한편이 되는 태도로 자못 공기가 불온한 실내를 돌아보며 지금까지의 방관을 하던 침묵을 열어 처음으로 발언을 하였다.

"적어도 한 나라의 문화를 위한 사업에 그처럼 단 한 번의 실패를 무서워할 게 뭡니까. 이번 일이 실패라면 어떱니까. 대체 그대들은 얼마나한 손실을 보는 것입니까. 자아, 가고 싶은 사람은 가십시오. 남은 사람만 남아 일을 계속하시지요."

『조선일보』, 1939. 6. 16~7. 26.

층層

일상 찾아오던 거지 어린 계집아이가 얼굴을 보이지 않는다고 무어 아쉽게 여기거나 할 사람은 없다.

다만 늙은 안잠자기가 하루 부엌에서 설거지를 하다가 밀린 찬밥덩이를 보고, 그리고 오늘도 그것을 자기가 먹어 치우지 아니 하면 아니 될 실미지근한 찬과 함께 그는 문득 거지 계집아이가 머리에 올라 옆에서 약탕관에 부채질을 하고 앉았는 주인 아가씨를 향해 입을 열었다.

"요샌 그 거지 아이년을 볼 수 없으니 웬일예요?"

"누구 말인가?"

"왜 늘 오는 사팔뜨기 거지 아이 말입쇼."

"어디루 이사 간 게지."

"이산, 시굴서 살 수 없어 이리로 왔다던데 또 가요?"

"그럼 죽은 게지. 그게 어디 성한 애든가 병 있는 애지."

그리고 주인 아가씨는 가슴이 선뜻하는 아니 날 생각이 났다. 거지 계집아이에 대한 불길한 예측에 이어 그는 지금 달이고 있는 약의 임자인 작은아들의 병이 심상치 않아 혹 하늘이 무심해 저러다 어쩌지나 않을까, 하는 방정맞은 생각이 났다. 그러나 주인 아가씨는 그것을 지워 버리려는 듯이 부채질하던 손에 힘을 주어 재빨리 놀리었다.

집 좌우편이 이발소, 국수집, 반찬 가게 같은 가게가 늘어선 조촐한 거리에서 기름집 옆으로 골목 하나를 들어서 기둥이 딸린 막다른 집 조고만 바둑개가 있는 집은 계집아이 거지를 보고도 개가 짖지를 않게 되었다. 바둑개 눈에 그 집 식구의 한 사람으로 보이리만큼 고 계집아이는 하루 한 번은 찾아와 크고 둥근, 그리고 사팔뜨기인 퀭한 눈이 중문설주에서 머리만 내놓고 서서 안을 들여다본다.

무얼 요구하는 일도 없고 중문설주에서 한 발도 더는 들어서려지도 않고 언제든지 그렇게 말없이 보기만 하고 섰는 계집아이에게 집안 사람도 차차 심상이 여기게 되었다.

혹 늙은 안잠자기가 보고 부엌에서 찬밥그릇을 쳐들어 보이며 손짓을 해 불러도 계집아이는 그 섰는 자리에서 움직이려지 않는다.

"너 청맹과니냐? 들어와 가져가래두. 찬밥야."

그러나 소녀는 다만 낯을 붉히고 주빗주빗할 뿐.

"왜 개가 무서워 그러니? 물지 않는다."

그래도 소녀는 부엌과 안방 편을 번갈아 바라보며 더욱 수줍은 듯 낯을 붉히는 것이다.

"그애 보게. 너 누구 내외허는 사람 있니? 내외허는 애가 어떻게 남의 집으로 구걸을 다니니."

하고 늙은 식모는 쑥스럽게 여기는 것이나, 그러나 소녀는 이 집에 한해서만 찬밥 한 덩이를 원하지 않았다.

소녀가 이 집엘 오는 때면 반드시 안방 미닫이가 열리며 덥수룩한 머리 하얗게 센 얼굴이 나타나 문지방에 턱을 걸고 소녀를 내다본다.

더벅머리 도령의 그 눈은 소녀 자신과 같이 퀭한, 마치 소녀가 해 저물녘에 지친 몸으로 집을 향해 돌아가면서 지나간 날의 어머니를 생각할 때처럼 그렇게 가라앉고 쓸쓸한 눈으로 어느 때까지나 물리지 않고 바라본다.

소녀는 그가 보는 앞에서는 제 남루한 주제를 보이기 싫었고 더욱이 다리 절름발이인 그 몸을 보이기 꺼리었고, 그리고 철난 색시가 사나이를 대할 때 느끼는 그런 부끄러움을 비로소 깨닫는 것이다.

그리고 무한 부끄러우면서 그러면서 그 앞을 조금도 떠나가고 싶지 않은 마음, 그 마음은 더벅머리 도령 그도 같았음인지 도령의 어머니 되는 주인 아가씨가 앓는 몸에 바깥바람이 좋지 못하다고 굳이 문을 닫기를 권하는 것이나 도령은 못 들은 척 같은 눈으로 소녀를 건너다본다. 심지어는,

"너두 어미 말 좀 들어 봐라."

하고 화를 내어 미닫이를 닫아도 도령은 여전히 열어젖히고 소녀의 얼굴에서 낯을 돌리려 하지 않는다.

소녀는 이것만으로 무한 감사하고 남아 전일 구멍 뚫어진 백동전 한 닢을 얻어 손에 쥐어 보았을 때보다도 더 만족하였다.

소녀의 집은 남향에 바다를 내려다보고 앉았는 언덕 위 토막집이 닥지닥지 붙은, 소녀가 제법 거지 아이로 행세할 수 있는 동네에 산다. 이곳에서 소녀는 웬만한 장정보다 못하지 않아 늙은 할머니와 병들은 아버지를 능히 소녀의 가녀린 팔목이 이끌어 갔다.

동네 여인들은 이 다리병신이요 사팔뜨기인 소녀를 부러워하여,

"저런 건 우리 아이아범보다두 낫지. 모두 저 애만 같았으면 애써 아들 발원할 사람이 누구유."

하고 소녀의 늙은 할머니를 감격해하였다.

"저게 얻어다 주는 밥을 옮겨 먹게 될 줄을 누가 알았겠수."

하고 노파는 재물재물한 눈을 저고리 고름으로 씻으며 사람이 오래 사는 것이 얼마나 욕된 것인가를 탄식하였다.

그리고 소녀는 소녀대로의 즐거움이 없지 않았다. 아랫집 노마와 토담 밑에서 붉은 석양빛을 받고 앉아서 그날 한종일 거리에서 보고 들은 바 새로운 지식을 옮겨들려 줌으로써 자랑하였다.

"참 이전거리서 대국 사람이 요술 부리는 거 너 어떻게 재밌는데."

하고 뱀을 옆으로 넣어 코로 빼는 것, 어린아이를 공중으로 던져 공기 놀리듯 하는 것, 소녀는 몸과 손짓으로 시늉내 보이면서 듣는 노마보다 자신

이 더 신기해하고 즐거워한다.

그러나 소녀는 요즈음 노마에게 이것보다 더 크고 즐거운 소식을 들려주고 싶은 것이 있으면서 그러면서 가슴속 깊이 숨기어 두고는,

"너 썩 재밌는 얘기 해 줄래?"

하고 겉만 퉁길 뿐, 노마가,

"무슨 얘기 말야?"

하고 물어 다러 대들어도,

"그 얘길 네까짓 거에게 해 줘."

하고 앵도라지는 것이나, 그러나 자기 자신도 말로 옮기기에는 너무나 막연한 기쁨인 저잣거리 바둑개가 있는 집 더벅머리 도령이 자기를 보아 주는 때 그 눈이었다.

다만 그것을 뒤에 숨기어 두고 노마를 대할 때 얼마나 자기들이 위대하고 상대가 적은 것인가를 스스로 느끼게 된다.

하루 소녀는 바둑개가 있는 집 중문 안 설주에서 전일과 같이 안방을 향해 눈을 보내고 있을 때 그 집 큰아들이 바지귀천을 움켜쥐고 찍찍 고무신을 끌며 변소를 향하고 가다가 소녀를 보고 멈추고 서서,

"너 누굴 보러 왔니?"

하고는 안방을 머리로 가리키며,

"너 저 앨 보러 왔지?"

그리고 고개를 들어 더벅머리를 보고,

"얘, 네 색시 왔다. 왜 가만 있니, 어서 맞아들이지 않구."

하고 흥흥흥 코를 물리며 건넌방 모퉁이를 꺾어 돌아선다.

더벅머리 도령은 어색해진 낯으로 미닫이를 닫았다.

소녀는 몹시 얼굴이 취했다. 가슴이 두근거린다. 달아나듯 그 집 문밖을 나와 골목을 벗어 나와도까지 진정이 안 되고 뛰노는 가슴. 선술집 검둥개에게 치마꼬리를 물려 찢기었을 때보다도 더 오래 두근거리기는 처음이다.

그 일로 인해 그럴 리는 없다 싶어 이것이 아마 고질인 속앓이가 일어날 증후가 아닌가고 쓰레기통 옆에 가만히 오그리고 앉아 본다. 그러나 쳐다보는 하늘이 파랗게 드높고 그 하늘 전폭에 알 수 없는 기쁨이 꽉 차서 깊어 가고 소녀는 그대로 그 푸른 속에 사라져 버려도 좋다 싶었다.

문지방에 앉아 저물어 가는 바다를 내려다보는 것은 이미 심상해진 지 오래 일인데 소녀는 새삼스레 무슨 커다란 기다림을 가지고 바다 저편 끝을 노상 바라본다.

점점 멀어가듯 어둠이 짙어 가는 거무레한 갯바탕에 한줄기 은빛 고랑을 따라 하나 둘, 바람을 안고 돌아드는 배는 선창으로 가는 정어릿배, 나룻배임에 틀림없는 것으로되 소녀는 어느 때 누구에게 들었는지 모르는 먼 어머니의 기억과 함께 남아 있는 옛날얘기, 그 가운데 나오는 불쌍한 소녀의 어머니가 하얗게 소복을 차리고 지금 저 배를 타고 오는 듯싶은, 그래서 전일 그렇게 소녀의 뜻을 잘 알아주는 어머니(여기서 옛날얘기의 내용은 그대로 소녀 자신의 사실이 되고 만다)가 소녀의 처지를 불쌍히 알고 그 요술 지팡이를 들어 노작노작 양철조각을 이어 오막살이 지붕을 툭 치니까 금방 더벅머리 도령이 사는 집 이상의 커다란 기와집이 되고 아랫목에 콜록거리고 누웠는 아버지를 툭 치니까 금방 외양이 달라져 더벅머리 도령의 아버지 되는 바깥사랑의 얼굴 붉은 사람보다 더 점잖고 잘난 사람이 되고, 그리고 나중에 소녀 자신을 그 지팡이로 툭 치니까 금방 다리 절름발이도 사팔 뜨기도 아닌 아주 찬란하게 치장을 차린 어여쁜 색시가 되어 어엿이 더벅머리 도령이 맞아들이기에 떳떳한 인물이 된다. 그러나 이것은 꿈이 아니면 할 수 없는 일이고 꿈은 생시로 도저히 바꿀 수 없는 일이고 아아ㅡ.

소녀는 다시금 그럼 더벅머리 도령이 맞아들일 만한 생시의 사람은 대체 어떻게 생긴 사람이어야 할 것인가고 곰곰이 모색해 본다. 그것은 마땅히 삼거리 싸전집 작은딸 같아야 할 것이다. 연둣빛 저고리에 무늬 있는 남치마를 입고, 그리고 적은 고무공과 같이 가볍게 몸을 놀리며 귀염성스럽게 고개를 갸웃거리는 색시, 그 색시면은 더벅머리 도령이 맞아들이기에 넉넉하리라. 그러나 소녀 자신은 아아.

소녀가 노마를 대할 때보다도 더 값없고 초라하게 내려다보아지는 자기 자신을, 소녀는 싸전집 색시와 자신을 비교해 보고 느끼고는 고만 발끈 상기가 되리만큼 그 색시에게 샘이 가는 것이다. 그리고 눈앞에 그 색시가 있었으면 얼굴이라도 쥐어뜯을 그런 동작으로 소녀는 갑자기 치마를 털며 일어선다.

삼거리 싸전집 앞 행길에서 동네 아이들과 더불어 줄넘기를 하고 있던 그 집 작은딸에게 난데없는 짚신짝이 날아와 머리를 때리었다.

시궁창에서 건져낸 더러운 물이 흐르는 짚신짝이다. 색시가 옷과 얼굴을 더럽히고 소동을 하는 그 모양을 두어 간 떨어진 담모퉁이서 가장 통쾌한 듯 일그러진 웃음을 입귀에 흘리며 바라보고 섰는 거지 계집아이를 아이들은 보았다. 그리고 그가 무슨 이유로 그랬음인지 몰라 잠시 의아하다는 그 사팔뜨기인 눈에 성한 사람이 아닌 번뜩임을 보자 그들은 미친 아이로 돌려 멀찍이 떨어져 달아날 준비 아래 바라본다.

그러나 소녀는 다리를 절룩절룩 그 짚신짝을 집어 휘두르며 쫓기어 달아나는 아이들을 킥킥킥 열퉁적은 웃음을 속으로 웃으며 섰다.

소녀는 평소의 성미까지 극히 비틀그러져 남이 가라면 짓궂게 아니 가고 남이 오라면 짓궂게 아니 오는 고집불통이 되어 갔다.

마침내 소녀는 한 가지 은근한 즐거움을 가질 수 있었다. 자기 몸을 그 싸전집 색시와 외양이 가깝게 만드는 일로 소녀는 컴컴한 얼굴에 차츰 영채가 돌았다.

색시가 신은 같은 양말, 같은 댕기, 같은 저고리 이렇게 한 가지 한 가지씩 장만해 가는 데 따라서 한 걸음 두 걸음 색시와의 거리가 줄어들고, 그리고 그 다리를 건너서 더벅머리 도령에게 가까워져 간다. 그 기쁨은 실로 큰 것이어서 소녀로 하여금 어려운 것을 모르게 하였고 또 극히 인색해져

316

댕기 한 감, 양말 한 켤레를 사기 위하여는 군것질을 하던 한 푼 두 푼에 치를 떨었고 또 아버지에게 담배를 사다 주는 전례도 버리었다. 따라서 싸전집 바깥담에 널린 색시의 저고리와 치마를 몰래 줄에서 걷어 내린 일쯤 그다지 소녀를 괴롭히지 않았다. 보다는 물건 하나를 장만하였을 때 만족된 마음은 쉽게 모든 불안을 물리칠 수 있었다.

그리고 그 기쁨을 좀 더 똑똑하게 느끼기 위하여 다만 딴사람 노마에게만 넌지시 사람 없는 곳으로 불러 그것을 꺼내 보이는 것이다.

"너 이런 것 봤어?"

하고 치마 밑에서 숙고사 댕기감을 노마보다 자신이 먼저 놀라는 낯으로 꺼내 보인다. 그리고 노마의 얼굴에서도 이윽고 눈이 동그래지는 표를 보자 자신의 기쁨이 얼마나 확실한 것인가를 다진다. 이렇게 양말을 보이고 운동화를 보이고 한 가지 한 가지를 장만하는 데 따라서 노마를 놀래이며 소녀의 기쁨은 날로 커 갔다.

드디어 소녀는 싸전집 색시의 허울을 고대로 한 벌 완전히 갖추게 되었다. 저고리, 치마, 댕기, 양말, 운동화, 그리고 이것을 날 밝은 날을 가리고 아버지가 잠들고 할머니가 등 너머로 나무를 주우러 가는 때를 가려서 넌지시 소녀는 자기 몸에 옮기어 본다.

그리고 따라서 소녀가 생각한 대로 커다란 기적이 생기었다. 다만 옷 한 가지를 갈아입었기로 사람이 이렇게 달라질 수가 없다. 속마음이 달라지는 것은 물론 얼굴 외양까지 때를 벗어서 조금도 싸전집 색시에게 질 바 없는, 그리고 더벅머리 도령이 맞아들이기에 어엿한 몸임을 소녀는 스스로 자신한다. 비단 소녀 혼자만이 그렇게 아는 것도 아니다. 소녀가 밖을 나갔을 때 자기를 보는 첫째 노마의 놀라 마지않는 얼굴에서도, 우물 앞에 모여 섰는 동네 여인들의 자기를 보는 그 얼굴에서도 소녀는 자신이 분명히 자기 이상의 딴사람이 되었음을 의심할 수 없었다.

그러나 소녀는 누구보다 먼저 더벅머리 도령 앞에 자기 몸을 나타내보이고 싶으면서 그러면서 어쩐지 그 집이 가까워질수록 걸음은 줄아들고, 그래서 싸전집 앞을 피해 간다는 이유로 멀리 길을 외돌아가고 한다. 그리고 그 집 골목 안에 들어서서는 자기보다 앞서 기름장수가 들어가자 또 그 기름장수가 다녀나오기를 기다린다는 이유로 서성거린다.

만약에 이날 그 집 바둑개가 소녀를 보고 꼬리를 쳐 반기며 앞장을 서서 맞아들이지 않았던들 소녀는 도저히 그 집 문지방을 넘지 못하였을 것이다.

더벅머리 도령은 소녀가 기대한 바에 어김없이 미닫이를 열고 문지방에 턱을 건 전일의 모양으로 소녀를 내다본다. 소녀는 물론 이전처럼 문설주에 몸을 숨기거나 하지 않고 떳떳하게 자기 몸을 그 앞에 나타내 보이는 것을 잊지 않았다.

그러나 도령은 전일과 조금도 다름없는 똑같은 그 얼굴 그 표정으로 멍하니 건너보기만 할 뿐 조금도 그 이상 더 행동에 움직이려는 기색이 없다. 그래도 소녀는 고개를 다소곳이 다음 처분이 내리기만 간절히 기다린다. 더벅머리 도령은 만들어 놓은 등신처럼 여전히 같은 자세로 어느 때까지나 묵묵할 뿐이다.

다만 늙은 식모가 부엌에서 나오다 보고 아는 체를 하며 그동안 무슨 일로 발을 끊고 오질 않았느냐 하며, 그리고 오늘은 오래간만이래서 청하지 않은 찬밥덩이를 뚝배기에 담아 가지고 나온다.

"너 그동안 어디 앓았니?"

하고 가까이 이르러 뚝배기를 내밀다가는 전일처럼 치마 앞을 벌리려지 않는 소녀에게 노파는 의아하여 고쳐서 보고는 그제서야,

"너 호사했구나. 분두 바르구."

그리고 노파는 생각을 내느라고 신문지를 얻어다 싸서까지 갖다 준다.

그러나 조금 지나 소녀가 돌아간 후 그가 섰던 문지방 밑에서 그 신문지 뭉치를 집어들고 노파는 무슨 영문인지 몰라 고개를 기웃거리었다.

❖❖❖ 『조선일보』, 1938. 6. 16~19.

이놈이 막내올시다

어떻게 된 일로 결혼식장에서 비로소 처음, 신랑인 M박사는 신부인 아내에게 전실 소생인 삼 형제 아들을 차례차례로 상오리를 시키었다.

신부의 나이라는 것이 금년에 중학교를 졸업한 둘째 아들과 한두 살 차이로 어슷비슷한 터라 신랑 M박사를 사이로 왼편 바른편으로 갈라선 어머니와 아들은 보다 남매나 그런 사이로 보였다. 하여튼 아버지의 대를 이어 의학교를 다니는 큰아들이 먼저 허리를 굽실하고, 나이로 따지면 손아래인 계모에게 인사를 드리고 물러섰다. 다음엔 둘째 아들, 그리고 끝으로 중학생인 막내아들 차례로 이르렀다. 그는 먼저 두 형이 고개를 숙인 채 물러나간 것에 반하여 남의 눈에도 민망하리만큼 빠안히 계모의 얼굴을 쳐다본다. 그의 두 눈엔 격한 감정으로 염으렀다. 금방 그의 입에선 무슨 식장을 소란케 할 탈선된 말이 나올 것 같다. 지금까지 이런 장소에 따르는 부화한 기분에 잠기어 있던 장내는 금시 긴장한 공기로 잠잠한 침묵이 일치되었다. 소문 높은 이 결혼식의 똑바른 비판을 여기서 구하려는 듯싶은 호기심에 찬 여러 눈들이 소년에게로 모인다.

맏이로 전문학교를 다니는 장남한 아들로, 아래는 아직 학령기에 이르지 않는 어린 딸이 있는 사남매 자손을 거느린 M씨의 가정은 누가 보든지 행복한 가정이었다. 그가 갑자기 사십이 넘은 조강지처를 이혼하고 동시에 한 달이 넘지 않아 그의 결혼 청첩을 받은 일반 친지는 또 한 번 놀라지 않을 수 없었다. 더욱이 신부가 일찍이 그의 병원에서 시료를 받은 젊은 여환자였음에랴.

둘은 몰지각 운운으로 충고를 하는 자, 패덕한 운운으로 비난을 하는 자야 많았지만 M씨는 M씨대로 또 뻐젓이 내실 만한 변명이 없지 않았다.

—유복한 가정에 한 귀여운 처녀가 눈병이 났다. 처음엔 대수롭지 않아 매약국에서 파는 안약을 사다가 쓰는 정도로 심상하게 여기었다. 그러던 것이 차츰 안약 그놈을 넣기 때문으로 그런 듯이 더해 간다. 처녀의 늙은 노모는 애오개 거북점을 치는 장님의 집으로 묻구리를 가 보았다. 대답은 상문을 통해 그러니 풀어 주란 것이다. 노모는 물론 시키는 대로 시행하였다. 그래도 역시 영험이 없어 이번엔 사직을 쪽지에 여북하게 점괘를 나려 보았다. 거기선 손이 막힌 날 못을 박아 그렇다 한다. 그리고 보면 딴은 얼마 전에 못을 박은 일이 없지 않았다. 노모는 집 안의 못이란 못은 모조리 빼 버리고, 그리고 시키는 대로 또 풀어 주었다. 그대로 역 영험은 나타나지 않을 뿐더러 오히려 귀신의 조화인 듯이 병은 점점 심해서 거진 실명을 해 앞을 가리지 못할 정도였다. 그제는 노모도 일찍부터 양의라는 것에 신용을 가진 않던 전래의 고집을 버리고 A병원으로 M씨를 찾아 딸의 눈을 보이었다.

그런데 M씨는 그 노모의 절망에 이른 마음을 위호하느라고 그러는 듯이 아주 선선히 어렵지 않게 고쳐 보이겠다고 장담을 하는 것이다. 그리고 그 장담대로 되었다. M씨의 치료를 받기 시작한 지 두 달 남아에 처녀는 완인이 되어 전일에 놓다 두었던 잘디잔 명주실 자수를 계속해 놀 만하였다.

그런데 M씨의 처녀로 하여금 백일을 다시 볼 수 있게 하여 준 보상은 또박또박 현금으로 받은 치료비와에 뜻하지 않은 엄청난 것으로 나타났다. 그 후 눈병이 인연으로 처녀는 때 없이 M씨를 찾아가고 M씨는 M씨대로 피녀의 집엘 흉허물 없이 드나드는 사이가 되었다. 그 M씨를 하로는 피녀의 노모가 은근히 안방으로 불러들이었다. 그리고 자못 안색을 비통하게 만들더니,

"선생이 아니면 명을 건지지 못할 중병자가 우리 집에 한 사람 있는데

인명 하나 구해 주시료? 안 구해 주시료?"

하고 노파의 다조지는 영문을 몰라 M씨는 어리둥절하지 않을 수 없었다. 더욱이 자기가 아니면 고칠 수 없는 병이란 대체 무슨 병인지 몰라 맥맥한 얼굴로 하여튼 진단을 해 보겠다고 청했다. 그러나 노파는 병 그것은 선생의 손을 빌지 않고 자기 혼자라도 족히 알 수 있는 것이나 병을 고치긴 선생이 아니면 될 수 없다 하며 "애 아가!" 하고 장지 밖을 향해 불러들인 사람이 바로 눈병을 앓던 처녀다. 그리고 M씨는 마침내 옴치고 뛰지 못할 궁지에 빠지고 말았으니 피녀의 노모는 피녀를 M씨 앞으로 가까이 이끌어 앉히며 선생 아니드면 아이가 밝은 세상을 볼 수 있었겠느냐, 그 은혜를 뭘루 갚겠느냐, 금이면 갚겠느냐, 은이면 갚겠느냐, 그리고,

"이 애 역 그 은혜를 몸으로 갚지 못하면 명을 끊어 갚겠노라고 벌써 사흘째 곡기를 끊고 그러니 몸을 받으시랴우, 명을 받으시랴우."

하고 거진 강조짐을 하다시피 하며 M씨의 손을 이끌어다 피녀의 손 위에 쥐어 주는 여기엔 M씨는 어쩔 수 없이 노모가 하는 대로 맡기어 두지 않을 수 없었다.

그러나 이런 통속소설 비슷한 내용과는 별다른 숭굴숭굴한 일설이 M씨와 가까이 지내는 일패들 중에 듣고 있다.

그것은 M씨가 애초부터 피녀에게 과정하게 굴었다는 것이다. 그는 처음 늙은 노모에게 손목을 이끌려 자기를 찾아온 처녀에게 마음에 적지 않은 움직임을 받아 자기의 배운 바 전부의 기량을 기울여 성한 사람으로 고쳐놓길 장담한 것은 물론, 예에 없이 치료비까지 받기를 사양하였다. 얼마를 지나서는 앞 못 보는 눈으로 먼 길에 내왕을 하는 피녀의 수고를 덜기 위하여 M씨 자신이 손수 왕진하고 돌아오는 길에 피녀의 집에 들르기로 하였다. 그리고 M씨의 정성을 기울인 보람이 나타나 처녀는 날로 눈이 밝아간다. 따라서 M씨의 기쁨도 자랐다. 마침내 처녀가 전쾌된 눈으로 밝은 세상을 볼 수 있을 때엔 M씨 자기 자신의 세상이 그만큼 밝아진 듯 기쁨이

컸으니 소녀의 병에 대해 관심이 컸던 나머지는 어느덧 M씨는 피녀를 사랑하는 마음으로 옮기어 갔으며 그것이 상대편에게도 옮기어져 마침내는 시악씨의 몸에 이른바 사랑의 결정체란 하나의 새로운 생명이 자라고 있었다. 그리고 M씨는 가장 일을 양심적으로 처리하여 오늘날 떳떳이 친구들을 초대한 앞에서 화촉의 예를 이룰 수 있게 하였다.

그러나 이것과는 또 좀 내용을 달리한 듣는 사람으로 하여금 눈살을 찌푸릴 소문이 M씨를 패덕한 운운으로 비난하는 패들 사이에 돌고 있으니 그전 A병원에서 M씨의 치료를 받은 예의 시악씨가 자기도 모르게 배가 부르기 시작한 것으로 따라서 이만큼 일을 규정짓는 데는 M씨와 피녀의 오라범 되는 자 간에 꽤 울근불근한 알력을 겪었다는, 말하면 신문에 삼면 기사거리 됨 직한 추문이었다.

하여튼 그 어느 편을 곧이 믿든 이 결혼식장에 모인 그 많은 사람의 각자에 맡기기 시작하고, 그리고 또는 그 많은 사람의 궁금한 의문을 대표하고 나서서 질문이나 하려는 듯한 안색으로 지금 신랑 M씨의 작은아들은 두 눈에 심상치 않은 격정을 다물고 신부를 노려보고 섰다.

소년의 그 눈은 점차 신부에게서 신랑 되는 아버지 얼굴로 옮기어 간다. 따라서 장내는 또 좀 긴장한다. 이런 공기를 당자인 신랑 M씨가 모를 리 없다. 잠시 낭패한 빛이 들더니 문득 낯을 돌려 객석을 향하고,

"이놈이 막내올시다."

하고 음성을 커다랗게 가장 뇌락한 웃음으로 소개 아닌 소개를 한다. 그러자 근처에 있던 친구 한 자가 냉큼 그 말을 받아,

"이 사람, 막내라니. 앞으로 또 을마를 날지 모르는데, 막내야."

그리고 장내는 와자하고 웃음 바닥이 되었다.

다행히 어려운 고비를 넘긴 안심을 느끼기는 비단 신랑 M박사뿐이 아니리라. 장내의 공기는 일층 부활해진다.

❖❖❖ 『조광』, 1939. 1.

소년소설

작품집 〈집을 나간 소년〉●●●

하늘은 맑건만

중문 안 안반 뒤에 숨겨 둔 공이 간 데가 없다. 팔을 넣어 아무리 더듬어도 빈탕이다. 문기는 가슴이 두근거리기 시작하였다.

'혹 동네 아이들이 집어 갔을까?'

도리어 그랬으면 다행이다. 만일에 그 공이 숙모 손에 들어가기나 했으면 큰일이다.

문기는 아무 일 없는 태도로 전일과 다름없이 안마당에서 화초분에 물을 준다. 그러면서 연해 숙모의 눈치를 살핀다. 숙모는 부엌에서 저녁을 짓는다. 마루로 부엌으로 오르고 내릴 때 얼굴이 마주치는 것이나, 문기는 자기를 보는 숙모 눈에 별다른 것이 없다 싶었다. 문기는 차츰 생각을 고친다.

'필시 공은 거지나 동네 아이들이 집어 갔기 쉽지. 그렇잖으면 작은어머니가 알고 가만있을 리가 있나.'

조금 후, 문기는 아랫방으로 내려갔다.

그리고 책상 서랍을 열어 보았을 때 문기는 또 좀 놀랐다. 서랍 속에 깊숙이 간직해 둔 쌍안경이 보이질 않는다. 그것뿐이 아니다. 서랍 안이 뒤죽박죽이고 누가 손을 댔음이 분명하다.

'이제 얼마 안 있으면 작은아버지가 회사에서 돌아오시겠지. 그리고 필시 일은 나고 말리라.'

문기는 책상 앞에 돌아앉아 책을 펴 들었다.

그러나 눈은 아물아물 가슴은 두근두근 도시 글이 읽히질 않는다.

며칠 전 일이다. 문기는 저녁에 쓸 고기 한 근을 사 오라고 숙모에게 지전 한 장을 받았다. 언제나 그맘때면 사람이 붐비는 삼거리 고깃간이다. 한참을 기다려서 문기 차례가 왔다. 문기는 지전을 내밀었다. 뚱뚱보 고깃간 주인은 그 돈을 받아 둥구미에 넣고 천천히 고기를 베어 저울에 단 후 종이에 말아 내밀었다. 그리고 그 거스름돈으로 지전 아홉 장과 그 위에 은전 몇 닢을 얹어 내주는 것이 아닌가.

문기는 어리둥절하였다. 처음 그 돈을 숙모에게 받을 때와 고깃간 주인에게 내밀 때까지도 일 원짜리로만 알았던 것이다. 문기는 돈과 주인을 의심스레 쳐다보았다.

허나 그는 다음 사람의 고기를 베느라 분주하다.

문기는 주빗주빗하는 사이 사람에게 밀려 뒷줄로 나오고 말았다. 그러나 다시 생각하면 정말 숙모가 일 원짜리를 준 것인지 아닌지 모르겠다. 아니라면 도리어 큰일이 아닌가. 하여튼 먼저 숙모에게 알아볼 일이었다.

문기는 집을 향해 돌아가면서도 연해 고개를 기웃거리며 그 일을 생각하였다. 내가 잘못 본 것인가 고깃간 주인이 잘못 본 것인가 하고.

골목 모퉁이를 꺾어 돌아섰다. 서너 간 앞을 서서 동무 수만이가 간다. 문기는 쫓아가 그와 나란히 서며,

"너 집에 인제 가니?"

하고 어깨에 손을 걸고,

"이거 이상한 일 아냐?"

"뭐가 말야?"

"고길 사러 갔는데 말야, 난 일 원짜리로 알구 냈는데 십 원으로 거슬러 주니 말야."

"정말야? 어디 봐."

문기는 손바닥을 펴 돈과 또 고기를 보였다.

수만이는 잠시 눈을 꿈벅꿈벅 무슨 궁리를 하는 듯 문기 얼굴을 보고 섰

더니,

"너 이렇게 해 봐라."

"어떻게 말야?"

"먼저 잔돈만 너이 작은어머니에게 주거든."

"그리고 어떡해."

"그리고 아무 말 없거든 내게로 나와. 헐 일이 있으니."

"무슨 헐 일?"

"글쎄, 그러구만 나와. 다 좋은 일이 있으니."

마침내 문기는 수만이가 이르는 대로 잔돈만 양복 주머니에서 꺼내 놓았다. 숙모는 그 돈을 받아 두 번 자세히 세 보고 주머니에 넣고는 아무 말 없이 돌아서 고기를 썻는다.

그래도 문기는 한동안 머뭇머뭇 눈치를 보다가 슬며시 밖으로 나갔다. 그리고 문 밖엔 수만이가 이상한 웃음으로 그를 맞이하였다.

수만이가 있다던 좋은 일이란 다른 것이 아니었다. 거리에서 보고 지내던 온갖 가지고 싶고 해 보고 싶은 가지가지를 한번 모조리 돈으로 바꾸어 보자는 것이다.

그러나 문기는,

"돈을 쓰면 어떻게 되니."

"염려 없어. 나 하는 대로만 해."

하고 머뭇거리는 문기 어깨에 팔을 걸고 수만이는 우쭐거리며 걸음을 옮긴다.

하긴 문기 역시 돈으로 바꾸고 싶은 것이 없지 않은 터, 그리고 수만이가 시키는 대로 하기만 하면 남이 하래서 하는 것이니까 어떻게 자기 책임은 없는 듯싶었다. 그리고 수만이는 수만이대로, 돈은 문기가 만든 돈, 나중에 무슨 일이 난다 하여도 자기 책임은 없으니까 또 안심이었다. 이래서 두 소년은 마침내 손이 맞고 말았다.

그래도 으슥한 골목을 걸을 때에는 알 수 없는 두려움에 가슴이 두근거렸으나 밝은 큰 행길로 나오자 차차 다른 기쁨으로 변했다. 길 좌우편 환한 상점 유리창 안의 온갖 것이 모두 제 것인 양 손짓해 부르는 듯 했다.

드디어 그들은 공을 샀다. 만년필을 샀다. 쌍안경을 샀다. 만화책을 샀다. 그리고 활동사진 구경도 갔다. 다니며 이것저것 군것질도 했다.

그리고 그 나머지 돈으로 또 한 가지 즐거운 계획이 있었다. 조그만 환등 기계 한 틀을 사자는 것이다. 이것을 놀려 아이들에게 일 전씩 받고 구경을 시킨다. 그리고 여기서 나오는 것으로 두고두고 용돈에 주리지 않도록 하자는 계획이다, 하고 오늘 저녁부터 그 첫 착수를 하자는 약조였다.

그러나 이 즐거운 계획을 앞두고 이내 올 것은 오고 말았다. 안방에서 저녁상을 받고 앉았던 삼촌은 문기를 불렀다. 두 번 세 번 문기야 소리가 아랫방 창을 울린다.

방 안에서 문기는 못 들은 양 대답지 않는다. 그러나 네 번째는 안방 미닫이를 열고 삼촌은,

"문기 아랫방에 없니?"

댓돌 위에 신이 놓여 있는데 없는 양 할 수는 없다. 기어이 문기는 그 삼촌 앞에 나가 무릎을 꿇고 앉지 않을 수 없었다.

삼촌은 잠잠히 식사를 계속한다. 그 상 밑에, 안반 뒤에 숨겨 두었던 공이 와 있다. 상을 물릴 임시에 삼촌은 입을 열었다.

"너 요새 학교에 매일 갔었니?"

"네."

삼촌은 상 밑에 그 공을 굴려 내며,

"이거 웬 공이냐?"

"수만이가 준 공예요."

"이것두?"

하고 삼촌은 무릎 밑에서 쌍안경을 꺼내 들었다.

"네."

"수만이란 얼마나 돈을 잘 쓰는 아인지 몰라두 이 공은 오십 전은 줬겠구나. 이건 못 쥐두 일 원은 넘겨 줬겠구."

그리고 삼촌은,

"수만이란 뭣 하는 집 아이냐?"

문기는 고개를 숙이고 앉아 말이 없다. 삼촌은 숭늉을 마시고 상을 물렸다.

"네 입으로 수만이가 줬다니 네 말이 옳겠지. 설마 네가 날 속이기야 하겠니. 하지만 남이 준다고 아무것이고 덥적덥적 받는다는 것두 좀 생각해 볼 일이거든."

삼촌은 다시 말을 계속한다.

"말 들으니 너 요샌 저녁두 가끔 나가 먹는다더구나. 그것두 수만이에게 얻어먹는 거냐?"

문기는 벌겋게 얼굴이 달아 수그리고 앉았다. 삼촌은 잠시 묵묵히 건너다만 보고 있더니 음성을 고쳐 엄한 어조로,

"어머님은 어려서 돌아가시구 아버지는 저 모양이시구, 앞으로 집안을 일으킬 사람은 너 하나야. 성실치 못한 아이들하고 얼려 다니다 혹 나쁜 데 빠지거나 하면 첫째 네 꼴은 뭐구, 내 모양은 뭐냐. 난 너 하나는 어디까지든지 공부도 시키구 사람을 만들어 주려구 애쓰는데 너두 그 뜻을 받아 주어야 사람이 아니냐."

그리고 삼촌은 어떻게 뒤뚝 맘 한번 잘못 가졌다가 영 신세를 망치고 마는 예를 이것저것 들어 말씀하고는 이후론 절대 이런 것 받아들이지 말라는 단단한 다짐을 받은 후 문기를 내보냈다.

문기는 아랫방에 내려와 혼자 되자 삼촌 앞에서보다 갑절 얼굴이 달아올랐다. 지금까지 될 수 있는 대로 생각지 않으려고 힘을 써 오던 그편에 정면으로 제 몸을 세워 놓고 보지 않을 수 없었다. 그러자 자기라는 몸은 벌써 삼촌의 이른바 나쁜 데 빠지고 만 것이었다. 그야 자기는 수만이가 시켜서 한 일이니까 잘못이 없다는 것이지만 당초에 그것은 제 허물을 남에

게 밀려는 얄미운 구실이 아니고 뭐냐. 그리고 문기는 이미 삼촌을 속였다. 또 써서는 아니 될 돈을 쓰고 말았다.

아아, 일찍이 어머니를 여의고, 아버지란 사람은 일상 천냥만냥하고 허한 소리만 하면서 남루한 주제에 거처가 없이 시골, 서울로 돌아다니는 사람이고, 어려서부터 문기를 길러 낸 사람이 삼촌이었다. 그리고 조카의 장래를 자기의 그것보다 더 중히 알고 염려하며 잘되어 주기를 바라는 삼촌이었다. 문기도 그 삼촌의 기대에 어그러지지 않는 인물이 되어 보이겠다고 엊그제도 주먹을 쥐고 결심하던 문기가 아니냐. 생각할수록 낯이 뜨거워지는 일이다.

마침내 문기는 공과 쌍안경을 집어 들고 문 밖으로 나갔다. 어둑어둑 저물어 가는 행길이다.

문기는 골목으로 들어섰다. 대낮에 많은 사람 가운데서 거리낌 없이 가지고 놀던 그 공이 지금은 사람이 드문 골목 안에서도 남이 볼까 두려워졌다. 컴컴해질수록 더 허옇게 드러나 보이는 커다란 공을 처치하기에 곤란해 문기는 옆으로 꼈다 뒤로 돌렸다 하며 사람의 눈을 피한다. 쌍안경이 든 불룩한 주머니가 또 성화다.

골목 하나를 돌아서 나올 즈음, 문기는 모르고 흘리는 것인 양 슬며시 쌍안경을 꺼내 길바닥에 떨어뜨렸다. 그리고 걸음을 빨리 건너편 골목으로 들어간다.

개천가 앞에 이르렀다. 거기서 문기는 커다란 공을 바지 앞에 품고 앉아서 길 가는 사람이 없기를 기다린다.

자전거가 가고 노인이 오고 동이 뜬 그 중간을 타서 문기는 허옇게 흐르는 물 위로 공을 던져 버렸다. 이어 양복 안주머니에 간직해 두었던 나머지 돈을 꺼내 들었다. 그것도 마저 던져 버리려다가 문득 들었던 손을 멈춘다. 그리고 잠시 둥실둥실 물을 따라 떠나가는 공을 통쾌한 듯 바라보다가는 돌아서 걸음을 옮긴다.

문기는 삼거리 고깃간을 향해 갔다. 그리고 골목으로 돌아가 나머지 돈을 종이에 싸서 담 너머로 그 집 안마당을 향해 던졌다.

　그제야 문기는 무거운 짐을 풀어 논 듯 어깨가 거뜬했다. 아까 물 위로 둥실둥실 떠가던 그 공, 지금은 벌써 십 리고 이십 리고 멀리 떠갔을 듯싶은 그 공과 함께 문기는 자기의 허물도 멀리 사라져 깨끗이 벗어난 듯 속이 후련했다. 그리고,

　'다시는 다시는……'

하고 문기는 두 번 다시 그런 허물을 범하지 않겠다고 백번 다지며 집을 향해 돌아간다.

　그러나 문기는 그것만으로는 도저히 자기 허물을 완전히 벗을 수 없었다. 그가 자기 집 어귀에 이르렀을 때 뜻하지 않은 것이 기다리고 있다 나타났다.

　"너 어디 갔다 오니?"

하고 컴컴한 처마 밑에서 수만이가 튀어나오며 반긴다.

　"지금 느이 집 다녀오는 길이다."

　그리고 문기 어깨에 팔 하나를 걸고 행길을 향해 돌아서며,

　"어서 가자."

　약조한 환등 틀을 사러 가자는 것이다. 극장 앞 장난감 가게에 있는 조그만 환등 틀을 오고 가는 길에 물건도 보고 금도 보아 두었던 것이다. 그리고 오늘 낮에도 보고 온 것이건만 수만이는,

　"그새 팔리지나 않었을까?"

하고 걸음을 재촉한다. 문기는 생각 없이 몇 걸음 끌려가다가는 갑자기 그 팔을 쳐내리며 물러선다.

　"난 싫다."

　수만이는 어리둥절해 쳐다본다.

　"뭐 말야. 환등 틀 사기 싫단 말야?"

"난 인제 돈 가진 것 없다."

"뭐?"

하고 수만이는 의외라는 듯 눈이 둥그래지다가는 금세 능청스런 웃음을 지며

"너 혼자 두고 쓰잔 말이지? 그러지 말구 어서 가자."

"정말 없어. 지금 고깃간집 안마당으로 던져 주고 오는 길야. 공두 쌍안경두 버리구."

하고 문기는 증거를 보이느라고 이쪽저쪽 주머니를 털어보이는 것이나 수만이는 흥 하고 코웃음을 친다.

"누군 너만 못 약을 줄 아니?"

그리고 연신 빈정댄다.

"고깃간집 마당으로 던졌다? 아주 핑계가 됐거든."

"거짓말 아니다. 참말야."

할 뿐 문기는 어떻게 변명할 줄을 몰라 쳐다보기만 하다가 고개를 떨어뜨리고 울상을 한다.

"오늘 작은아버지에게 막 꾸중 듣구. 그리고 나두 이젠 그런 건 안 헐 작정이다."

"그래도 나구 약조헌 건 실행해야지. 싫으면 너는 빠져도 좋아. 그럼 돈만 이리 내."

하고 턱 밑에 손을 내민다.

"정말 없대두 그래."

수만이는 내밀었던 손으로 대뜸 멱살을 잡는다.

"이게 그래두 느물거려."

이런 때 마침 기침을 하며 이웃집 사람이 골목으로 들어서자 수만이는 슬며시 물러선다. 그러나,

"낼은 안 만날 테냐, 어디 두고 보자."

하고 피해 가는 문기 등을 향해 소리쳤다.

이튿날 아침이다. 학교를 가는 길에 문기가 큰 행길로 나오자 맞은 편 판장에 백묵으로 커다랗게 김문기는 하고 그 밑에 동그라미 셋을 쳐 공공 공했다 하고 써 있다. 그리고 학교 어귀에 이르러 삼거리 잡화상 빈지판에 도 같은 것이 쓰여 있는 것이다.

문기는 이번에도 무춤하고 보다가는 얼른 모자를 벗어서 이름자만 지워 버렸다.

그러는 것을 건너편 길모퉁이서 수만이가 일그러진 웃음으로 보고 섰다. 그리고 문기가 앞으로 지나가자,

"왜, 겁이 나니? 짓게."

하고 뒤를 오면서 작은 소리로,

"그래, 정말 돈 너만 두고 쓸 테냐? 그럼 요건 약과다."

그리고 수만이는 추근추근하게 쫓아다니며 은근히 골렸다. 철봉틀 옆에 정신없이 선 문기를 불시에 다리 오금을 쳐 골탕을 먹게 하였다. 단거리 경주 연습을 하는 척 달음박질을 하다가는 일부러 문기 앞으로 달려들어 몸째 부딪는다. 그리고 으슥한 곳에서 단둘이 만나는 때면 수만이는,

"너, 네 맘대루만 허지. 나두 내 맘대루 헐 테다. 내 안 풍길 줄 아니? 풍길 테야."

하고 손을 들어 꼽는다.

"풍기기만 하면 첫째, 학교에서 쫓겨날 것이요. 둘째, 너희 집에서 쫓겨 날 것이요. 그리고 남의 걸 훔친 거나 일반이니까 또 그런 곳으로 붙들려 갈 것이요."

하고는 또,

"풍길 테다."

사실 그다음 시간 교실을 들어갔을 때 문기는 크게 놀랐다. 칠판 한가운 데 '김문기는 공공공했다.'가 커다랗게 쓰여 있다.

뒤미처 선생님이 들어왔다. 일은 간단히, 선생님이 한 번 쳐다보고 누구

장난이냐, 하고 쓱쓱 지워 버리고는 고만이었지만 선생님이 들어오고 그것을 짓기까지의 그동안 문기는 실로 앞이 캄캄했다.

그러나 수만이는 그것으로 고만두지 않았다. 학교를 파해 거리로 나와서는 한층 심했다. 두어 간 문기를 앞세 놓고 따라오면서 연해 수만이는,

"앞에 가는 아이는 공공공했다지."

그리고 점점 더해 나중엔 도적질을 거꾸로 붙여서,

"앞에 가는 아이는 질적도 했다지."

하고 거리거리 외며 따라오는 것이다.

문기 집 가까이 이르렀다. 수만이는 문기 앞으로 다가서며 작은 음성으로 조졌다.

"너, 지금으로 가지고 나오지 않으면 낼은 가만 안 둔다. 도적질했다 하구 똑바루 써 놀 테야."

문기는 여전히 못 들은 척 걸음만 옮긴다. 자기 집 마당엘 들어섰다. 숙모는 뒤꼍에서 화초 모종을 하는지 여기 심어라 저기 심어라 하고 아랫집 심부름을 하는 아이와 이야기하는 소리가 날 뿐 집 안엔 아무도 없다.

그리고 눈앞에 보이는 붙장 안 앞턱에 잔돈 얼마와 지전 몇 장이 놓여 있다. 그리고 문 밖엔 지금 수만이가 돈을 가지고 나오기를 기다리고 섰다. 여기서 문기는 두 번째 허물을 범하고 말았다.

"진작 듣지."

하고 빙그레 웃는 수만이 얼굴에다 뺨을 때리듯 돈을 던져 주고 문기는 달아났다. 급한 걸음으로 문기는 네거리 하나를 지났다. 또 하나를 지났다. 또 하나를 지났다. 걸음은 차차 풀이 죽는다. 그리고 문기는 이런 생각을 하였다.

'자기는 몰래 작은어머니 돈을 축냈다. 그러나 갚으면 고만 아니냐. 그 돈 값어치만큼 밥도 덜 먹고 학용품도 애껴 쓰고 옷도 조심해 입고, 이렇게 갚으면 고만 아니냐.'

몇 번이고 이 소리를 속으로 되뇌이며, 문기는 떳떳이 얼굴을 들고 집으로 들어갈 수 있을 만한 뱃심을 만들랴 한다. 그러나 일없이 공원으로 거리로 돌며 해를 보낸다.

날이 저물어서 문기는 풀이 죽어 집 마루에 걸터앉았다. 숙모가 방에서 나오다 보고,

"너, 학교에서 인제 오니?"

그리고 이어,

"너 혹 붙장 안의 돈 봤니?"

하다가는 채 문기가 입을 열기 전에 숙모는,

"학교서 지금 오는 애가 알겠니. 참, 점순이 고년 앙큼헌 년이드라. 낮에 내가 뒤꼍에서 화초 모종을 내고 있는데 집을 간다고 나가더니 글쎄, 돈을 집어 갔구나."

문기는 잠잠히 듣기만 한다. 그러나 속으로는 갚으면 고만이지 소리를 또 한 번 외 본다.

그날 밤이었다. 아랫방 들창 밑에 훌쩍훌쩍 우는 어린아이 울음소리가 났다. 아랫집 심부름하는 아이 점순이 음성이었다. 숙모가 직접 그 집에 가서 무슨 말을 한 것은 아니로되 자연 그 말이 한 입 건너 두 입 건너 그 집에까지 들어갔고, 그리고 그 집 주인 여자는 점순이를 때려 쫓아낸 것이다. 먼저는 동네 아이들이 모여 지껄지껄하더니 차차 하나 가고 둘 가고 훌쩍훌쩍 우는 그 소리만 남는다. 방 안의 문기는 그 밤을 뜬눈으로 새웠다.

이튿날 아침이다. 문기는 밥을 두어 술 뜨다가는 고만둔다. 그 돈을 갚기 위한 그것이 아니다. 도무지 입맛이 나지 않았다.

학교엘 갔다. 첫 시간은 수신 시간, 그리고 공교로이 제목이 '정직'이다. 선생님은 뒷짐을 지고 교단 위를 왔다 갔다 하며 거짓이라는 것이 얼마나 악한 것이고 정직이 얼마나 귀하고 중한 것인가를 누누이 말씀한다. 그리고 안경 쓴 선생님의 그 눈이 번쩍 하고 문기 얼굴에 머물렀다 가고 가고

한다.

그럴 때마다 문기는 가슴이 뜨끔뜨끔해진다. 문기는 자기 한 사람에게만 들리기 위한 정직이요 수신 시간인 듯싶었다. 그만치 선생님은 제 속을 다 들여다보고 하는 말인 듯싶었다.

운동장에서도 문기는 풀이 없다. 사람 없는 교실 뒤 버드나무 옆 그런 데만 찾아다니며 고개를 숙이고 깊은 생각에 잠기거나 팔짱을 찌르고 왔다 갔다 하기도 한다. 그러다 누가 등을 치면 소스라쳐 깜짝깜짝 놀란다.

언제나 다름없이 하늘은 맑고 푸르건만 문기는 어쩐지 그 하늘조차 쳐다보기가 두려워졌다. 자기는 감히 떳떳한 얼굴로 그 하늘을 쳐다볼 만한 사람이 못 된다 싶었다.

언제나 다름없이 여러 아이들은 넓은 운동장에서 마음대로 뛰고 마음대로 지껄이고 마음대로 즐기건만 문기 한 사람만은 어둠과 같이 컴컴하고 무거운 마음에 잠겨 고개를 들지 못한다. 무엇보다도 문기는 전날처럼 맑은 하늘 아래서 아무 거리낌 없이 즐길 수 있는 마음이 갖고 싶다. 떳떳이 하늘을 쳐다볼 수 있는, 떳떳이 남을 대할 수 있는 마음이 갖고 싶었다.

오후 해저물녘이다. 문기는 책보를 흔들흔들 고개를 숙이고 담임 선생님 집 앞을 왔다가는 무춤하고 섰다가 그대로 지나가고 그대로 지나가고 한다. 세 번째는 드디어 그 집 문 안을 들어서서 선생님을 찾았다.

선생님은 문기를 안방으로 맞아들였다. 학교에서 볼 때 엄하고 딱딱하던 선생님은 의외로 부드러이 웃는 낯으로 문기를 대한다.

문기는 선생님 앞에 엎드려 모든 것을 자백할 결심이었다. 그런데 선생님의 부드러운 태도에 도리어 문기는 말문이 열리지 않았다. 다음은 건넌방에서 어린애가 울어 못 했다. 다음은 사모님이 들락날락하고 그리고 다음엔 손님이 왔다. 기어이 문기는 입을 열지 못한 채 물러나오고 말았다.

먼저보다 갑절 무겁고 컴컴한 마음이었다. 도저히 문기의 약한 어깨로는 지탱하지 못할 무거운 눌림이다. 걸음은 집을 향해 가는 것이지만 반대로 마음은 멀어진다. 장차 집엘 가서 대할 숙모가 두려웠고 삼촌이 두려웠고 더욱이 점순이가 두려웠다.

어느덧 걸음은 삼거리를 건너고 있었다. 문기 등 뒤에서 아주 멀리 뿡뿡하고 자동차 소리와 비켜라 하는 사람의 소리가 나는 듯하더니 갑자기 귀밑에서 크게 울린다. 언뜻 돌아다보니 바루 눈앞에 자동차 머리가 달려든다. 그리고 문기는 으쓱하고 높은 데서 아래로 떨어져 가는 듯싶은 감과 함께 정신을 잃고 말았다.

얼마 동안을 지났는지 모른다. 문기가 어렴풋이 눈을 떴을 때 무섭게 전등불이 밝아 눈이 부셨다. 문기는 다시 눈을 감았다. 두 번째 문기는 눈을 뜨자 희미하게 삼촌의 얼굴이 나타나며 그것이 차차 똑똑해지더니 삼촌은,

"너, 내가 누군 줄 알겠니?"

하고 웃지도 않고 내려다본다.

문기는 이것도 꿈인가 하고 한번 웃어 주려면서 그대로 맑은 정신이 났다. 문기는 병원 침대 위에 누워 있었다. 어디 아픈 데는 없으면서도 몸을 움직일 수는 없다. 삼촌은 근심스런 얼굴로 내려다본다.

"작은아버지."

하고 문기는 입을 열었다. 그리고,

"저는 마땅히 받아야 할 벌을 받은 거예요."

하고 문기는 눈을 감으며 한 마디 한 마디 그러나 똑똑하게 처음서부터 끝까지 먼저 고깃간 주인이 일 원을 십 원으로 알고 거슬러 준 것, 그 돈을 써 버린 것, 그리고 또 붙장 안의 돈을 자기가 훔쳐 낸 것, 이렇게 하나하나 숨김없이 자백을 하자 이때까지 겹겹으로 몸을 싸고 있던 허물이 한 꺼풀 한 꺼풀 벗어지면서 따라 마음속의 어둠도 차차 사라지며 맑아지는 것을, 문기는 확실히 깨달을 수 있었다. 마음이 맑아지며 따라 몸도 가뜬해진다.

내일도 해는 뜨고 하늘은 맑아지리라. 그리고 문기는 그 하늘을 떳떳이 마음껏 쳐다볼 수 있을 것이다.

잃었던 우정

"아래층입니다. 나리실 분은 전부 나립시오."

하는 소리와 함께 승강기는 멈추었습니다. 그 승강기를 조종하는 소녀 명희가 쇠창살 문을 지르르 밀어제치자 그 안에 가뜩이 탔던 손님들은 앞을 다투어 나갑니다. 그리고 동작이 둔한 시골 여인의 뚱뚱한 몸이 마지막으로 나갈 사람이 다 나가자 이어서 밖에 기다리고 섰던 사람들이 타기 시작하였습니다. 그중에 맨 앞에 선 여학교 교복을 입은 소녀와 얼굴이 마주치자 명희는 무춤하고 빨갛게 낯을 붉힙니다. 그리고,

"숙자, 너 웬일이냐?"

"웬일은 무슨 웬일. 너 좀 보러 왔지."

하고 명희와는 반대로 숙자는 태연히 웃으며 들어섭니다. 그리고 뒤를 이어 우르르 몰려 들어온 사람이 이삼 인을 제하고는 대개가 올봄에 명희와 같이 보통학교를 졸업하고 고등여학교에 입학을 한 동무들입니다.

명희는 더욱 얼굴빛이 붉어졌습니다. 헌다한 여학교 교복에 번쩍이는 교표를 단 가슴을 내밀고 섰는 그들 앞에 자기의 백화점 복장을 한 초라한 꼴이 부끄럽고 계면쩍었습니다.

그다음 승강기가 움직이기 시작하자 명희는 '올라갑니다.' 소리를 하기가 또 좀 부끄러웠습니다. 머뭇머뭇하다가 간신히 목 넘어 소리로,

"올라갑니다. 다음은 이 층입니다."

소리를 하기는 하였으나 어떻게 이상스런 음성이 되고 말아 이 구석 저

구석에서 킥킥킥 웃음을 참는 소리가 높아지다가 결국은 하하하 큰 웃음소리가 되었습니다.

명희는 한층 안색이 붉어지고 말았습니다. 그리고 승강기가 다음 층계에 머물러서도 명희는 차마 입을 열지 못하고 섰는데, 그중 넉살이 좋은 아이 하나가 "내가 대신 해 줄까?" 하더니 음성을 흉내 내어,

"이 층입니다. 나리실 분은 말씀합쇼. 양품부 서적부가 있습니다."

그 소리가 또 익살맞아 웃음소리는 왁자해지고 명희는 더욱 붉어진 낯을 숙이고 들지 못했습니다.

그리고 삼 층 사 층 승강기가 멈추고 떠나고 할 때마다 그대로 음성을 흉내 내어 익살을 부리고 그럴 때마다 또 웃음소리는 높아지고, 명희는 얼굴이 홧홧 불이 나도록 달았습니다. 모두 자기를 놀리고 비웃는 것으로만 여겨져 나중에는 창피한 정도를 넘어 분하고 원통하였습니다.

오 층 종점에 이르러 승강기를 멈추자 내버리듯 그대로 승강기를 두어 두고 명희는 곧 쓰러질 듯한 걸음으로 옥상을 향해 뛰어 올라갑니다. 그리고 보는 사람이 없는 한편 구석에 머리를 박고 서서 참았던 울음을 터뜨리며 어깨를 들먹입니다.

제일 분하고 야속하기는 숙자 그 애까지 자기를 놀림감으로 다른 아이들과 같이 웃고 떠든 것입니다. 그와 명희가 한 보통학교에 다닐 때엔 남달리 사이가 정다웠습니다. 한 학급 한 교실에 앉기도 한 책상에 같이 앉았습니다. 운동장에 나와 노는 때나 학교를 파해 돌아가는 때도 같이 짝을 지어 다니는 것이 똑 친형제 같았습니다. 남들도 그렇게 보고 자기들도 친한 형제나 다름없이 마음과 뜻을 같이하여 서로 돕고 서로 양보하고 하던 사이였습니다.

그러던 중에 명희 아버지가 갑자기 돌아가시어 집안이 가난해지자 의복도 같은 감, 같은 모양으로 지어 입고 다니던 명희는 차츰 주제도 남루해지고 보통학교를 졸업하고도 숙자는 뻐젓하게 상급학교를 가는데 명희는

백화점에 들어가 승강기를 부리지 않을 수 없는 형편이 되고 말았습니다.

그렇게 처지가 달라지며부터 자주 찾아오던 숙자가 발길이 드물어지고 요즘으로는 영 오질 않아 명희는 은근히 야속하던 터입니다.

명희는 누구보다도 그 숙자에게 업신여김을 당하는 것이 더욱 분하다 하였습니다. 하여튼 숙자는 명희를 상대로 웃고 떠들던 학교 교복을 입은 아이들과 한편이 되어 있었던 것은 틀림없는 사실입니다. 어쩌면 애초부터 자기를 그렇게 웃어 주기 위하여 숙자는 같은 학교 아이들을 끌고 와 일부러 승강기를 탄 것이 아닌가고까지 생각되었습니다.

그렇게 생각하면 할수록 더욱 분함과 야속함이 사무쳐 명희는 울음을 더합니다. 곧 뒤이어 승강기에 손님을 태워야 하는 자기 책임도 잊어버린 모양입니다. 감독이 자기를 부르는 소리도 모르고 있습니다. 그러다가 겨우 감독의 성난 손이 어깨를 흔들 때에야 정신을 차리고 고개를 들었습니다.

명희는 깜짝 놀라 눈물을 거두었습니다마는 때는 이미 늦었습니다. 성난 감독의 뒤를 따라 아래층 사무실로 이끌려 가지 않을 수 없었습니다. 그리고 한참 동안 혹독한 꾸지람과 엄한 단속을 받고야 물러나왔습니다. 이날은 실로 명희에게 있어 운수가 나쁜 날인가 봅니다. 승강기에 올라 손님을 접대하다가도 또 두 번이나 실수를 하고 톡톡히 손님에게 책망을 당했습니다. 이 층을 삼 층이라고 하기도 하고 머물러야 할 곳을 그대로 지나 보내기도 하고 하였습니다.

해가 저물어 그곳 백화점 일을 마치고 집으로 향해 돌아가면서도 아까의 마음이 그대로 남아 명희는 자꾸 울고 싶어지는 마음을 참기에 매우 힘을 썼습니다. 급기야 자기 집에 당도하자 명희는 문지방을 넘어서기가 바쁘게 자기 어머니에게 화풀이를 합니다. 아무렇게 구두를 벗어 버리고 소리가 요란하게 벤또를 마룻바닥에 내던집니다.

명희 어머니는 까닭 모를 그 행동에 눈이 휘둥그레지십니다. 그리고,

"너, 왜 그러니? 누구하구 다퉜니? 어디가 아프냐……?"

명희는 입을 단단히 다물고 말이 없습니다. 어머니는 더욱 애가 타십니다. 이마에 손을 얹어 보시며,

"글쎄, 웬일이냐. 말 좀 해라."

그러나 명희는 어머니가 다정히 하시면 더욱 울음이 나와 상을 찌푸립니다. 갑자기 퉁명스럽게 어머니의 그 손을 쳐 버리고는

"성가시게 왜 이래요. 저리 가세요, 저리."

하고 음성을 거슬리다가는 이내 울음을 쏟아 어머니가 성가시게 굴어 울기나 한다는 것처럼 엉엉 소리를 냅니다. 그리고 아랫목에 오그리고 쓰러져 훌쩍훌쩍 이 손등 저 손등으로 눈물을 씻어 내고 누웠더니 제풀에 잠이 들었습니다.

얼마 후 명희가 눈을 떴을 때엔 방 안에 전깃불이 밝았습니다. 명희는 일어나 앉아 새로운 결심으로 숙자에게 이런 편지를 썼습니다.

너는 헌다헌 고등여학교 학생이고 나는 보잘것없는 백화점 승강기를 부리는 여자니까 마음대로 업신여기거나 놀려도 그야 상관없겠지. 그렇지만 나는 오늘부터 너를 동무로 생각하지 않기로 결심하였다. 다음부터는 나와 너와는 동무도 아무것도 아니니까 네가 아무리 나를 놀리고 비웃을지라도 나는 조곰도 눈물을 내거나 야속하게 생각하지는 않을 것이다.

여기 전에 네가 내게 선물로 준 반지하고 편지를 보내는 것이니 받아라. 그리고 네게 보낸 편지며 다른 것도 없애지 않았거든 돌려보내 주었으면 고맙겠다.

이런 내용의 편지를 쓰고는 명희는 이것으로 숙자와 자기와는 완전히 남이 되고 만 것같이 생각하였습니다.

그러나 명희는 그날 밤 다른 때 없이 숙자와 지내던 일을 가지가지 생각하거나 하는 것처럼 그 애의 꿈을 많이 꾸었습니다.

꿈에는 이전과 같이 사이가 정다웠습니다. 언젠가 원족을 나간 적이 있는 넓고 푸른 벌판을 명희는 숙자와 손목을 맞잡고 걸었습니다. 뒤에는 많

은 아이들이 따르고 그 아이들보다 앞서고 싶어 둘이서는 걸음을 빨리하였습니다. 그러다가 어딘지 나무가 거하고 산이 깊은 곳에 이르러 명희는 갑자기 걸음이 걸리지가 않아 섰는데 숙자는 모른 척하고 앞을 서 갑니다. 아무리 불러도 뒤 한번 돌아보지도 않습니다. 그래도 명희는 있는 목청을 다해서 "숙자야!" 하고 부르면서 명희는 눈을 떴습니다.

밤이 깊었는데 어머니는 주무시지를 않고 머리맡에 앉아 걱정스런 눈으로 명희를 내려다보고 계십니다. 그리고,

"무슨 잠꼬대를 그렇게 하니."

하고 명희 머리에 손을 얹어 보시더니 또 한 번 놀라십니다.

"아이고, 몸이 부닥듯 끓는구나. 어디가 아프냐, 어디 아퍼?"

그제야 명희는 자기 몸이 몹시 더운 것과 머리가 아픈 것을 알 수 있었습니다. 명희는 한마디,

"머리가 아퍼요."

하고는 가만히 눈을 감았습니다.

이튿날도 여전히 몸이 끓고 머리가 아파 다니는 회사에도 못 나갔습니다. 명희는 온종일 자리에 누워 있으면서, 몸이 끓고 머리가 아프고 하는 것도 모두 숙자 때문으로 그렇기나 한 것처럼 그를 야속하게 생각하는 마음이 아직도 머리에서 떠나지 않았습니다.

그날 저녁때 숙자에게서 이런 편지가 왔습니다. 아마 명희가 보낸 편지를 받고는 한시를 가만히 있지 못하고 곧 회답을 쓴 모양입니다. 속달우편으로 보냈습니다.

오늘 네 편지를 받고 나는 대단 놀라고 또 설워하였다. 다시는 동무로 생각지 않겠다니 어쩌면 그렇게 인정 없는 소리를 하니. 하긴 어제 여러 아이들과 같이 너를 그곳으로 찾아간 것은 참 잘못하였다. 애초는 나 혼자 너를 보러 갔던 것인데 승강기를 기다리고 섰으려니까 그 애들이 몰려오더라.

그리고 참말이지 어제 너를 놀리거나 업신여기거나 한 기억은 조곰도 없다. 다른 아이들이 웃고 떠들 때에도 나는 네가 어떻게 생각할까 봐서 그 애들에게 여러 번 눈짓을 하여 말렸던 것을 너는 모르겠지. 그리고 그 애들과 곧 헤져서 너를 보러 갔더니 금방 어딜 갔는지 암만 찾아도 없더구나. 대체 어딜 갔었니?

너는 아마 그동안 내가 너이 집으로 찾아가지 못한 것도 잘못 오해하는 모양이나 사실 나는 그동안 틈이 없었다. 나는 교복을 입고 너는 상점복을 입었다고 친하던 정이 달라질 리야 있겠니. 만약 그 때문으로 그리 됐다면 나는 오늘부터 이 교복을 벗어 버리고 너와 같이 상점복을 입겠다.

내일 오후에 찾아가마. 그때엔 나를 이전과 다름없는 웃는 낯으로 맞아 주겠지.

유숙자 올림.

그러나 명희는 이런 내용이 쓰여 있는 줄은 모르고 편지를 받아들고 그것이 숙자가 보낸 것인 줄을 알자 발끈 화를 내 가지고 읽어 보지도 않고 박박 찢어 버렸습니다. 그리고 또 무슨 놀림이나 당한 것처럼 이불을 머리 위까지 뒤집어쓰고 누워 버렸습니다.

그 이튿날도 명희의 병은 차도가 없습니다. 오히려 병세가 더해 가는 셈입니다. 몸에 열도 더하고 머리도 더 아픕니다. 아무렇지 않던 가슴까지 답답하고 거북해지기 시작하였습니다.

그날 오후 명희 어머니가 탕약을 짜 가지고 들어와 혼곤히 잠이 든 명희를 가만히 흔들어 깨울 때입니다. 대문 밖에서 어떤 소녀의 음성으로,

"명희야, 명희야!"

하고 부르는 소리가 납니다. 그 음성이 숙자인 줄을 알자 명희 어머니는 반색을 하며 일어서 대문을 열러 나가려고 하는데 명희는 그 치맛자락을 잡아끕니다. 그리고,

"난 보기 싫어요. 보기 싫어요. 가라고 그래요."

그러나 어머니는 어쩐 영문을 몰라 어리둥절하십니다.

"뭐라는 소리냐?"

"난 그 애 죽어도 보기 싫어요. 없다고 그러세요."

그래도 어머니는 오래간만에 찾아온 동무를 어째서 보기 싫다는지 그 뜻을 몰라 멍멍히 섰다가,

"무슨 일로 보기 싫다는 거냐. 응?"

하고 다시 묻지 않을 수 없습니다. 그러자 명희는 갑자기 음성을 거슬려 우는소리로,

"난 안 볼 테에요. 생전 안 볼 테에요. 가라고 그래요. 어서 가라고 그래요."

하며 이불을 쓰고 정말 울음을 냅니다.

명희 어머니는 어쩔 수 없이 명희는 나가고 없다고 따돌려 보내지 않을 수 없었습니다.

그 다음날도 숙자는 와서 명희를 불렀습니다마는 다름없이 명희는 소리를 질러 그럽니다. 그 다음날 또 다음날에도 그러고 그러면서 명희의 병은 점점 정도가 심해 갔습니다. 열도 몹시 높아져 헛소리를 하고 사람이 들고 나는 줄도 모릅니다.

명희의 병은 급성폐렴이라는 대단히 급하고 위험한 병이었습니다. 이러한 위급한 경우를 당하고도 의사 한 사람 청해 볼 수 없는 명희 집 형편입니다. 어머니는 그 답답한 사정이나마 누구 하나 의논할 사람도 없어 더욱 입에 침이 마를 지경이었습니다.

이런 때 숙자가 찾어와 명희를 부르는 소리가 나면 어머니는 명희가 모르게 슬며시 나가 가슴 답답한 하소연을 하고 하였습니다. 명희의 병은 날이 갈수록 점점 어려워 갔습니다.

거진 낮이고 밤이고 구별이 없는 정신이 몽롱한 상태가 일주일이나 더 계속하였습니다. 여기가 죽고 살기가 갈라지는 경계선입니다.

그러다가 하늘이 도운 것같이 명희는 하루아침 그 사생을 방황하는 몽롱

한 상태에서 벗어나 맑은 정신으로 눈을 떴을 때입니다. 명희는 지금 자기가 누워 있는 자리가 자기 집 방 안이 아니고 낯선 곳인 데 놀랐습니다. 그리고 이것도 꿈이 아닌가 하고 자세히 사방을 살펴봅니다. 하얀 침대가 있고 꽃병이 놓인 탁자가 있고 벽에 성모를 그린 그림이 걸려 있고, 어쩐지 전날 숙자와 같이 여러 번 놀러 간 적이 있는 숙자 아저씨가 하시는 병원 같아 또 한 번 놀랐습니다.

그러나 이것은 꿈이 아닙니다. 명희가 병들어 정신이 없이 누워 있을 때 숙자는 진정을 다해 자기 아저씨에게 사정을 말하고 불쌍한 동무를 구해 주길 간청하였습니다.

그 친절한 정성에 마침내는 아저씨도 감동이 되시어 자기 병원에 입원을 하게 하고 치료를 하시던 것입니다. 그걸 모르고 명희는 아직도 꿈으로만 알고 눈을 두리번두리번 방 안을 살핍니다. 그 침상 머리맡에 숙자가 학교에도 가지 않고 동무의 병을 간호하느라고 근심스런 얼굴을 하고 섰습니다.

명희는 그 숙자의 얼굴과 그의 아저씨를 번갈아 쳐다봅니다.

그러나 숙자는 명희가 눈을 뜬 것만 기뻐서 반색을 하며 그의 손을 잡습니다. 그리고 그 아이가 일전에 그처럼 자기를 보기 싫다고 하던 명희인 것도 잊은 듯이 기쁨과 안심이 가득히 넘치는 얼굴로,

"명희야, 나 알아보겠니, 응? 난 숙자다. 숙자야."

하고 명희 얼굴 가까이 자기 얼굴을 가져다 댑니다. 그리고,

"아, 인제는 염려 없다. 아저씨께서도 인전 걱정 없다고 하시었다. 안심하여라."

하며 숙자는 자기가 먼저 안심을 하며 기뻐합니다.

명희는 묻지 않아도 모든 것이 알아졌습니다. 아니, 숙자의 그 얼굴 하나만으로도 자기가 어째서 이 다정하고 친절한 동무를 의심하고 야속해하고 하였는지 아무리 생각해도 이상해질 지경입니다.

명희는 아무 말 없이 손을 내밀어 숙자의 손을 잡아 이끌어 자기 가슴

위에 얹었습니다. 그리고 뉘우침과 감사의 말을 가슴 가득히 담은 채 입을 열지는 못하면서, 다만 그 표를 한 줄기 눈물을 소리 없이 흘림으로써 나타냈습니다.

조용한 방 안 창밖에는 첫여름의 푸른 하늘 아래 버드나무 그늘이 짙고 새소리가 맑습니다. 숙자는 문득 입을 열어,

"어서 나아 일어나거라. 그리고 우리 전처럼 풀밭에 나가 풀싸움 해 보자."

그리고 두 소녀는 지난날 재미있게 놀던 그 유희를 생각하며 입가에 가만히 웃음을 지었습니다.

나비를 잡는 아버지

황혼의 종로로 방향을 돌려서
버스는 떠난다. 경쾌스럽게.

건들어진 노랫소리가 푸른 언덕을 넘어온다. 바우는 송아지를 뜯기며 밤나무 그늘에 앉아 그림 그리는 책을 펴 들었다. 송아지가 움직이는 대로 자리를 옮아 앉으며, 옆으로 풀을 뜯는 송아지 모양을 그리느라 열심히 들여다보고 연필을 놀리고 하더니 잠시 멈추고 귀를 기울인다. 그리고 "흥!" 하고 빈정거리는 웃음을 한 번 웃고는 그 소리가 듣기 싫다는 듯 그편에 등을 대고 돌아앉는다.

'겨우 서울 가서 공부한다고 배워 가지고 온 것이 유행가 나부랭이냐. 그리고 나비 잡는 것하구.'

지난해 봄에 바우와 경환이는 한날에 그곳 소학교를 졸업을 하였다. 그리고 경환이는 서울로 상급학교를 가고 바우 자기는 집에서 꾸벅꾸벅 땅이나 파며 있지 않으면 아니 될 때 바우는 무척 슬퍼하고 억울해하고 따라서 경환이를 부러워도 하였다.

바우 자기가 값없이 보내는 그 하루하루에 경환이는 좋은 학교, 훌륭한 선생 아래서 날마다 새로워 가고 높아 갈 것을 생각할 때 바우는 가만히 있지 못했다. 그 상급학교에 가지 못하는 벌충을 여기다 하려는 듯이 틈 있는 대로 그림을 그렸고 또 그것으로 즐거움이 되었다.

그리고 얼마 전에 그 경환이가 하기 휴가를 하고 서울서 집에 돌아왔다. 그러나 전보다 얼굴빛이 희어지고 바지통이 넓은 양복에 흰 테두리한 모자를 멋있게 쓴 것이 달라졌을 뿐, 서울이 얼마나 좋고 자기 다니는 학교가 얼마나 훌륭한 곳인가를 자랑하는 것과 또는 활동사진 배우 중 누구는 어떻고 누구는 어쩌고, 그리고 잡된 유행가를 부르며 동네 어린아이들을 몰고 다니며 나비를 잡는 것이 하는 일이었다. 아마 경환이 자기는 이러는 것으로 전일 보통학교 때 늘 바우에게 성적으로 머리를 눌려 오던 분풀이를 하려는 듯이 뻐기며 다니는 것이다. 바우는 그 꼴이 곱게 보일수 없었다.

　　꽃피는 남산으로 방향을 돌려서
　　버스는 떠난다. 가로수 그늘.

노랫소리는 점점 가까워 온다. 그리고 잠시 언덕 너머가 떠들썩하더니 호랑나비 한 마리가 피로한 나래로 갈팡질팡 날아와 밤나무 가지에 야트막하게 앉는다.

바우는 그 나비를 쉽게 잡을 수 있었다. 그리고 잠깐 그 호사스런 모양, 찬란한 빛깔을 들여다보다가 도로 날려 보내려 할 즈음, 언덕 위로 동네 아이들의 머리가 불쑥불쑥 나타나며 뒤미처 경환이가 나비 잡는 채를 휘두르며 뛰어 내려온다.

경환이는 바우가 앉았는 밤나무 그늘로 들어서며,

"너, 호랑나비 어디로 날러가는 거 봤니?"

하다는 바우 손에 잡혀 있는 나비를 보고는 반색을 한다.

"나 다우."

하고 으레 줄 것으로 알고 손을 내미는 것이나 바우는 그 손을 툭 쳐 버리고 몸을 돌린다.

"넌 무슨 까닭으로 어린애들을 몰고 다니며 앰한 나비를 못살게 하는 거냐?"

"뭐?"

하고 경환이는 뜻하지 않은 말에 잠시 멍하니 바라보다는,

"누가 장난으로 잡는 거냐? 학교서 숙제를 냈어. 동물 표본을 만들어 오라구."

"장난 아니믄, 벌써 너 나비 잡기 시작한 지가 며칠이냐. 그동안에 못 잡아도 백 마리는 잡았겠구나. 거 다 동물 표본 만들고도 모자라서 또 잡는 거냐?"

"모두 못 쓰게 잡았으니까 그렇지. 날개가 상하구."

하다가는 경환이는 변색을 하고 한 발자국 다가서며,

"넌 남이 나빌 잡건 말건 무슨 상관이냐 건방지게."

"나두 상관할 만해서 그런다."

"무슨 상관야."

"너 때문으로 해서 담부턴 나비 구경을 못 하게 되겠으니까 하는 말이다."

하고 바우는 경환이 얼굴을 마주 노리다가

"늬가 동물 표본을 만들기에 나비가 필요하다면 난 그림 그리는 데 필요한 나비야. 너만 위해서 생긴 나비는 아니지."

그러나 경환이는 "흥!" 하고 코웃음을 친다. 바우는 한층 음성을 높여 계속한다.

"그리고 어린아이들에게 잡된 유행가는 너 왜 가르치는거냐? 부르고 싶으면 너나 부르지."

이 말엔 매우 괘씸한 모양, 경환이는 낯을 붉히며 대든다.

"이 동네서 나 하는 거 시비할 사람 없어. 건방지게 왜 이래?"

하는 그 말 속엔 분명 자기는 마름집 외아들로서 지위가 높은 몸, 너 같은

소나 뜯기는 놈에게 시비를 받을 몸이 아니라는 빈정거림이 있다.

바우는 썩 비위가 상해서,

"흥!"

하고 마주 코웃음을 치고 그리고 좀 더 골을 올리려고 두 손가락에 날개를 접어 쥔 나비를 이것 너 줄까 하는 시늉으로 경환이 등을 향해 두어 번 겨누다는 그대로 공중으로 날려 버린다.

나비는, 방향이 없이 어지러이 한 바퀴 맴을 돌더니 언덕 아래로 높았다 낮았다 날아간다. 경환이는 갑자기 몸을 날려 그 나비를 쫓아간다. 그러다가 나비가 아래 논 가운데로 날아가자 뒤돌아서 바우를 무섭게 한 번 눈을 흘겨보고 그리고 돌 하나를 집어 근처에서 풀을 뜯고 있는 송아지를 때리고는 언덕 아래로 달아났다.

그러나 경환이의 심술은 이것만으로 고만두지 않았다. 송아지에게 먹을 만치 풀을 뜯기고 언덕 아래로 몰고 내려와 수수밭 모퉁이를 돌아섰을 때 바우는 다시금 놀랐다. 개울 건너 바우네 참외밭에서 경환이란 놈이 나비 잡는 채를 휘두르며 날뛰고 있다. 그까짓 송장나비를 잡으려고 그러는 것이 아닐 텐데 경환이는 그 나비를 쫓아 구두 신은 발로 지금 한창 참외가 열리기 시작하는 넝쿨을 함부로 질겅질겅 밟으며 이리 뛰고 저리 뛰고 한다. 일부러 그러는 것이 분명하다. 나비를 잡는 척 참외밭으로 몰아넣고 참외 넝쿨을 결단 내는 것이리라.

바우는 눈이 뒤집혔다. 더욱이 그 참외밭은 장차 햇곡식 나기 전까지의 바우 집 식구들의 식량을 거기다 예산하고 있는 것이요, 바우 자기도 잘 열면 책 한 권쯤 사 달라려고 벼르고 있던 터다. 바우는 나는 듯 개울을 건너 뒤로 쫓아가 한 번 등줄기를 우리고 그리고,

"인마, 눈 없어! 이거 못 봐!"

하고 낭자한 그 자취를 손으로 가리키며,

"넌 남의 집 농사 결단 내두 상관없니, 인마?"

그러나 경환이는,

"우리 집 땅 내가 밟았기로 무슨 상관야."

하고 기가 막히다는 듯 피이 하고 고개를 옆으로 돌린다.

그러나 사실 기가 막히기는 바우다.

"우리 집 땅?"

하고 허 참, 하늘을 쳐다보고 탄식하고,

"땅은 너이 집 거라두 참이 넝쿨은 우리 집 거 아니냐. 누가 너이 집 땅
을 밟는데서 말야. 우리 집 참이 넝쿨을 결단 내니까 말이지."

그러니 경환이는 머리에 썼던 운동모자를 벗으며 한 발자국 다가선다.

"너이 집 참이 넝쿨은 그렇게 소중히 알면서, 어째 남의 나비 잡는 건
훼방을 놓는 거냐? 나두 장난으로 잡는 건 아냐."

"장난이 아닌지도 몰라도 넌 나비를 잡는 거고 우리 집 참이 넝쿨은 거
기서 양식도 팔고 그래야 헐 것이거든. 그래 나비가 중하냐, 사람 사는 게
중하냐?"

바우는 팔을 저어 시늉하며 어느 것이 소중하냐고 턱을 대는데 경환
이는,

"나두 거기 학교 성적이 달린 거야."

하고 피이 하고 업신여기는 웃음을 짓더니,

"너이 집 집안 살림을 내가 알 게 뭐냐."

하고 같은 웃음으로 좌우를 돌아본다. 개울 건너 길가에 동네 아이들이 모
여 섰고, 그 뒤로 지게를 진 어른들도 섰다. 바우는 낯이 화끈 달았다.

"뭐, 인마?"

하고 대뜸 상대의 멱살을 잡고,

"그래서 남의 참이밭 결단 내는 거냐? 나빈 우리 집 참이 밭에만 있구
다른 덴 없어. 인마?"

경환이는 멱살을 잡히우고 이리저리 목을 저며,

"이게 유도 맛을 보지 못해 이래. 너 다 그랬니, 다 그랬어?"

하고 어르다가 날래게 궁둥이를 들이대고 팔을 낚아 넘겨 치려 하나 그러나 원체 나무통처럼 버티고 섰는 바우의 몸은 호리호리한 경환의 허리 힘으로는 꺾이지 않았다. 도리어 바우가 슬쩍 딴죽을 걸고 밀자 경환이 자신이 쿵 나둥그러졌다.

그러나 쓰러졌다가 다시 일어설 때 경환이는 손에 돌을 집어 들고 그리고 얼굴에 울음을 만들고는,

"이 자식아, 남 나비 잡는 사람, 왜 때리고 훼방을 놓는 거야, 왜!"

하고 비겁하게 돌 든 손을 머리 위로 쳐들어 겨누는 것이다.

결국 싸움은 이때껏 아이들 등 뒤에 입을 벌리고 서서 보고만 있던 동네 어른 하나가 성큼성큼 개울을 건너가 사이를 뜯어 놓고, 그리고 경환이를 참외밭 밖으로 이끌어 나간 것으로 끝났으나 그러나 경환이가 손목을 이끌려 가면서 연해 뒤를 돌아보며 어디 두고 보자고 벼르던 그 말이 허사가 아니었다.

바우가 자기 집 장독간 앞에서 벌통을 들여다보고 앉았는데, 경환이 집에서 부엌 심부름을 하는 계집아이가 왔다. 바우는 까닭 없이 가슴이 성큼했다.

"바우 어머니 집에 있수?"

하고 계집아이는 안방과 부엌을 기웃거리다가 마당에 섰는 바우를 보고,

"너, 우리 집 서울 학생 때렸니?"

하고 쳐다보다가 대답이 없으니까,

"너 야단났다. 우리 집 아씨가 막 역정이 나서 너이 어머니 불러 오래, 애."

마침 우물에서 돌아오는 바우 어머니를 보고 계집아이는 다시 한 번 그 말을 옮겨 들리며 함께 문 밖으로 사라졌다.

'난 잘못한 거 없으니까.'

하면서 바우는 가슴이 두근거렸다. 일없이 뒤꼍으로 갔다 마당으로 나왔다

하며 어머니가 돌아올 때를 기다리면서 조마조마한다.

먼저 아버지가 뒷밭에서 돌아왔다. 이맛살을 찌푸린 얼굴로 아버지는 기색이 좋지 못하다. 호미를 마당 가운데 던지더니 아버지는 갑자기 큰 소리를 냈다.

"참이밭에서 누구하구 싸웠니?"

바우는 벌통 앞에 돌아앉아서 말이 없다.

"너두 눈 있거든 참이밭에 좀 가 봐. 넝쿨 하나고 성한 게 있나. 인마, 그 밭에 도지가 을만지 아니? 벼루 열 말야. 참이는 안 되두 낼 것은 내야지. 그리고 허구헌 날 먹을 건 먹어야지. 그런 걱정은 없구, 인마, 참이밭에서 싸움이 뭐냐, 싸움이."

바우는 벌통 앞에서 일어서며 볼멘소리로,

"누가 싸웠나. 경환이가 나빌 잡는다고 참이밭에서 막 넝쿨을 밟길래 말린 거지."

그러나 아버지는 일층 음성을 거슬렸다.

"내가 뭐랬어. 참이밭 근처서 멀리 떠나지 말고 지키랬지. 그놈의 그림책 이리 내놔라. 그것만 잡고 앉았으면 정신없다가 참이밭을 결단 내는 것두 몰랐지, 인마."

하고 그 그림책을 찾는 것처럼 두리번거리고 뒤꼍으로 가며 아버지는 혼잣말로 서울 가서 공부한 것이 나비 잡는다고 남의 집 참외밭 결단 내는 거냐고 중얼중얼 울타리에서 호박잎을 따고 있다. 아마 부러진 참외 넝쿨을 그것으로 이어 보려는 것이리라.

조금 후 아버지는 호박잎을 따 가지고 나오며,

"너이 어머니 어디 갔니?"

그러나 바우는 경환이 집에서 어머니를 불러 갔다는 말은 아니 나왔다. 묵묵히 바우는 대답이 없다. 하지만 아버지는 더 묻지 않아도 좋았다. 바로 그 어머니가 상기한 얼굴로 대문을 들어섰다.

어머니는 다짜고짜로 바우에게로 달려가 등줄기를 우리고는,

"자식이 어떻게 했으면 어미 망신을 그렇게 시키니. 어서 나비 잡아 가지고 가서 빌어라, 빌어."

그리고 아버지를 향하고는,

"당신도 가 보우. 바깥사랑에서 부릅디다."

아버지는 어리둥절하여 바우와 어머니를 번갈아 쳐다보다가,

"어떻게 된 일야, 응?"

그러나 어머니는 바우를 향해서만 또,

"남 나빌 잡거나 말거나 내버려 두지. 어줍잖게 왜 다니며 훼방을 놓는거냐?"

"누가 훼방을 놓았나. 남의 참이밭에 들어가 그러기에 못 하게 말린 거지."

"아, 늬가 밤나뭇골 언덕에서 손에 잡았던 나비까지 날려 보내며 뭐라구 그랬다는데 그래."

그리고 어머니는 경환이 집 안주인이 꾸중꾸중하더라는 것, 그리고 바우가 나비를 잡아 가지고 와서 경환이에게 빌지 않으면 내년부턴 땅 얻어 부칠 생각을 말라더란 말을 옮기며 또 바우에게,

"어서 나비 잡아 가지고 가서 빌어라, 빌어."

아버지는 연해 꿍꿍 땅이 꺼지는 못마땅한 소리로 뒷짐을 지고 마당을 오락가락하며 무섭게 눈을 흘겨 바우를 본다. 그리고 바우는 어머니가 등을 미는 대로 부엌으로 뒤꼍으로 피하다가는 대문 밖으로 나갔다.

그러나 담 밑에 붙어서서 움직이지 않는 바우를 어머니는 쫓아 나와 다조진다.

"이렇게 고집을 부리고 안 가면 어떡헐 셈이냐. 땅 떨어져도 좋겠니? 너두 소견이 있지."

그러나 바우는 어슬렁어슬렁 길로 나가더니 우물 앞 정자나무 앞에 이르

자 걸음을 멈추고 그리고 동네 노인들이 장기를 두고 앉았다는 것을 넋을 놓고 들여다보고 섰다. 장기가 두 캐가 끝나고 세 캐가 끝나고 모였던 사람이 헤어져도 바우는 자리를 뜨지 않는다. 바우는 다만 자기가 조금도 잘못한 것이 없는 것, 그러니까 누구에게든 머리를 굽힐 까닭이 없다는 고집이 정자나무통만큼 뻣뻣할 뿐이었다.

해가 저물었다. 지붕 너머로 바우 집 굴뚝에도 연기가 오르고 그리고 그 연기가 잦아든 때에야 바우는 슬슬 눈치를 살피며 대문을 들어섰다.

그러나 건넌방 쪽에 눈이 갔을 때 바우는 크게 놀랐다. 아궁지 앞에 위하던 그림 그리는 책이 조각조각 찢기어 허옇게 흩어져 있다. 바우는 그 앞에 이르러 멍멍히 내려다보고 섰는데 등 뒤에서 아버지 음성이 났다.

"인마, 남은 서울 학교 다녀서 다 나비도 잡고 그러는 건데 건방지게 왜 다니며 훼방을 노는 거냐, 훼방을."

그리고 바우가 그림 그리는 것과 그것은 아랑곳 없는 일일 텐데 아버지는,

"담부턴 내 눈앞에 그 그림 그리는 꼴 보이지 말어라. 네깐 놈이 그림 그걸루 남처럼 이름을 내겠니, 먹고 살게 되겠니?"

하고 돌아서 문 밖으로 나가려다가 다시 돌아서며 아버지는,

"나빈 잡아 갔지?"

하고 다져 묻는다.

바우는 고개를 숙인 채 묵묵하다. 아버지는 기가 막힌 듯 잠시 건너다보기만 하다가 언성을 높혔다.

"이때껏 나가서 뭘 했어. 인마, 간 봄에 늙은 아비가 땅 얻어 붙이느라고 가진 애 다 쓰던 것을 네 눈으로도 보았지. 가뜩한데 너까지 말썽일 게 뭐냐. 어서 가서 빌지 못하겠어."

아버지는 담뱃대 끝으로 바우의 수그린 머리를 찌를 듯 겨눈다. 그러는 대로 바우는 무침무침 피할 뿐 조금도 걸음을 옮기려지 않는다.

"그래도 네 고집만 실 테냐. 그럴라거든 아주 나가거라 아주 나가."

하고 아버지는 빗자루를 들고 나섰다. 이런 때 어머니가 방에서 나와 그걸 빼앗아 던져 버리고,

"가서 빌기만 허면 뭘 하우. 나빌 잡아 가야지. 그리고 지금은 어둬서 잡겠수. 내일 잡아 가라지."

그리고 어머니는 바우의 등을 밀며,

"어서 올라가 저녁이나 먹어라."

하지만 아버지는 여전히 못마땅한 눈으로 흘겨보며,

"저런 놈 저녁은 먹여 뭘 해. 아주 내쫓으라니깐 그래."

하고 자기가 먼저 문 밖으로 나간다.

어머니는 그 아버지가 들어오기 전에 어서 저녁을 먹으라고 권한다. 그러나 바우는 섰는 자리에 그대로 고개를 숙이고 어머니가 달랠수록 더 짜증만 낸다. 한종일 아버지 어머니에게 애매한 미움을 받고 또 그림책을 찢기우고 한 그 억울한 감이 가슴속에 벅차 다른 무엇이 들어갈 여지가 없었다.

이튿날 아침이다. 건넌방 모퉁이서 바우는 아버지와 얼굴이 마주쳤다. 아버지는 어제와 다름없는 그 얼굴 그 음성으로 부엌에서 아침을 짓는 어머니를 향해 소리쳤다.

"오늘도 저놈이 제 고집만 세고 나빌 잡아 가지 않거든 밥 주지 말어."

그리고 바우를 향해서는,

"오늘은 나빌 잡아 가지고 가 봐야 허지. 그러지 않으랴거든 영 집에 들어올 생각 말어라, 인마."

그 아버지가 보이지 않는 곳에 이르자 어머니는 부엌에서 나와 작은 음성으로 바우를 달랜다.

"아버지 속상하시게 하지 말고 오늘은 나빌 잡아 가지고 가 봐라. 땅이 떨어지거나 하면 너는 좋겠니? 생각해 봐라."

바우는 여전히 말이 없다. 어머니는 그것을 바우가 순종하는 뜻으로 여긴 모양, 부엌에서 아침을 차리기에 분주하였다.

"얼른 밥 차려 줄게. 먹고 나가 봐."

그러나 바우는 어머니가 밥상을 날라오기 전에 자기가 먼저 슬며시 집 밖으로 나갔다. 밥을 열 끼를 굶는 한이 있더라도 그 경환이 앞에 나비를 잡아 가지고 가서 머리를 숙이기는 무엇보다 싫었다. 아들의 그만한 체면쯤 보아줄 줄 모르고 자기네 요구만 고집하는 아버지가 그리고 어머니까지 바우는 무척 야속했다. 노여웠다.

바우는 동구 밖 아랫마을로 가는 길가 축동, 버드나무 그늘 밑을 고개를 숙여 생각에 잠기며 걷는다. 아침부터 요란스레 매미는 울고 그리고 속상하게 눈에 보이는 것은 여기저기 풀 위로 너풀거리는 나비다.

바우는 그 나비를 피해 가는 듯 문득 걸음을 바꿔 뒷산으로 올라갔다. 거기서 바우는 일상 하던 버릇으로 풀을 베어 넣고 그 위에 벌렁 나둥그러져 하늘을 쳐다본다. 집에서보다 갑절 어버이에게 대한 야속함과 노여움이 사무친다.

'아버지 말대로 정말 집을 나오고 말까? 그러면 아버지도 뉘우칠 때가 있겠지. 그리고 서울 같은 도회로 나가서 어떻게 고학이라도 해 볼까?'

바우는 정말 그렇게 해 볼 것처럼 벌떡 일어선다. 그리고 걸음 걸리는 대로 따라 산 아래로 내려간다.

산 중턱쯤 이르렀다. 건너다보이는 맞은편 언덕 너머 모밀밭 두덩에 허연 사람의 그림자가 엎드려졌다 일어섰다 하며 무엇을 쫓는 모양으로 움직인다.

'흥! 경환이 저놈이 또 나비를 잡는구나.'

하고 바우는 입가에 업신여기는 웃음을 짓는다. 산을 또 좀 내려와 바라볼 때 경환이로 본 그것은 어른이 분명했다.

'흥! 경환이란 놈이 저이 집 머슴을 시켜 나비를 잡게 하는구나.'

그리고 바우는 또 한 번 같은 웃음을 웃는다.

바우는 산을 내려와 맞은편 언덕 위로 올라섰다. 그리고 가까운 거리에서 모밀밭을 내려다보았을 때 그는 놀라 벌린 입을 다물지 못했다. 경환이집 머슴으로 본 사람은 남 아닌 바로 자기 아버지였다. 아버지는 농립을 벗어 들고 나비를 쫓아 엎드렸다 일어섰다 하며 그 똑똑치 못한 걸음으로 밭두덩을 지척지척 돌고 있다.

바우는 머리를 얻어맞은 듯 멍하니 아래를 바라보고 섰다. 그러다가 갑자기 언덕 모래 비탈을 지르르 미끄러져 내려가며 그렇게 빠른 속력으로 지금까지 잠겨 있던 어둔 마음에서 벗어나 그 아버지가 무척 불쌍하고 정답고 그리고 그 아버지를 위하여서는 어떠한 어려운 일이든지 못 할 것이 없을 것 같고, 바우는 울음이 되어 터져 나오려는 마음을 가슴 가득히 참으며 언덕 아래 모밀밭을 향해 소리쳤다.

"아버지─"

"아버지─"

"아버지─"

군밤장수

"너 김성만이 알지?"

하고 학교를 파해 돌아가며 말없이 골목길을 걷고 있던 인환이는 문득 그 옆에 기수를 돌아보며 입을 열었다.

"김성만이라니?"

"김성만이 몰라? 소학교 때 그림 잘 그리던 애 말이다."

그 김성만이라면 기수가 모를 사람이 아니다. 소학교 때 학업 성적으로 늘 너나를 다투어 오던, 말하면 경쟁 상대였다.

"그래, 그 성만이 어디서 봤니?"

하고 기수는 다급히 묻는다.

"어제 우리 아즈머니 집에 가는 길에서 봤다."

"지금 어디 산다디?"

"어디 사는 줄은 몰라두 길거리에서 군밤을 팔고 섰더라. 꼴두 말이 아니고."

"뭐, 성만이가 군밤을 팔어? 정말야?"

하고 기수는 의외라는 듯 눈을 크게 뜨다가는 제풀에 픽 웃고,

"늬가 잘못 봤지. 설마 그 애가 군밤장수를 하겠니?"

그러나 이번엔 인환이가 픽 웃는다.

"잘못 보긴 내가 성만이를 몰라서 잘못 봐?"

"그래두 성만이가 행길에서 군밤을 팔 것 같지는 않은걸."

"그렇지만 내 눈으로 똑똑히 봤는 데야 어떡해."

그래도 기수는 아니 믿는 얼굴로 머리를 기웃기웃하니까,

"그럼 내가 거짓말을 하는 것 같아서 그러는 거냐?"

하고 인환이는 화를 낸다.

그러나 기수는,

"아니, 그런 게 아니라 너무 뜻밖에 일이니까 그런다."

사실 성만이가 길거리에서 군밤을 팔고 있으리라고는 인환이 자신도 뜻밖이었다.

소학교 때 성만이는 남 위에 뛰어나게 공부를 잘했다. 더욱이 천재라고 일컬을 만큼 그림도 잘 그렸다. 학교에서 여는 전람회 때는 물론이고 신문사나 그런 데서 여는 전람회에도 당당히 입상이 되어 신문에 이름이 크게 나고 또 상을 타고 하던 아이다. 누구나 일후에 그 길로 나서 크게 성공하리라고 믿는 성만이다.

"나두 처음엔 딴 아인 줄 알았거든. 그래 자세 봤지. 암만 봐두 성만이야."

"그래, 성만이하고 얘기두 해 봤니?"

"어쩨 좀 창피해서 아는 체는 안 했다."

기수는 잠잠히 고개를 숙이고 생각에 잠긴다. 인환이도 그 일에 다시 입을 열지 않는다.

어느덧 두 소년의 걸음은 길이 갈라지는 담배 가게 모퉁이에 이르렀다. 기수는 걸음을 멈추었다. 그리고 잘 가거라 하고 기수의 어깨를 치며 돌아서 인환이가 몇 걸음 옮겨 가자 기수는,

"얘, 인환아."

하고 그 옆으로 뛰어가 나란히 선다.

"너, 어제 성만이를 어디서 봤다고 그랬지? 너의 집에서 머냐?"

"이 아래 사거리 우편소 앞야. 그리 멀지두 않지, 뭐."

"그럼 너, 나허구 같이 가 볼 생각 없니?"

"그건 가 봐 뭣 하게."

"글쎄, 하두 오래간만이니 말야."

"난 싫다. 가 보고 싶건 너 혼자 가 보렴."

"가기 싫을 건 뭐냐. 그러지 말구 같이 가 보자, 애."

하고 기수는 팔을 잡아끌고 인환이는 안 끌리려고 하고 서로 툭탁거리다가,

"그럼 나, 군밤 사 줄 테냐? 사 준다면 가지."

"그래, 사 줄게 가자."

그리고 두 소년은 어깨를 나란히 걸음을 맞추어 골목을 나오고 다리를 건너고 그리고 다시 골목길로 들어서 전찻길로 나섰다. 거기서 왼편으로 꺾어 한참 내려가면 우편소가 있는 사거리다.

마침내 기수는 붉은 편지통 앞에 이르러 걸음을 멈추었다. 건너편 전선주 옆에 조그만 풍로를 앞에 놓고 꼬부리고 앉아 고개를 기우듬히 부채질을 하고 있는 소년의 뒷모습이 딴은 성만이다.

인환이는 성큼성큼 그 등 뒤로 가까이 가더니,

"군밤 파우?"

하고 고개를 돌려 기수에게 한 번 빙끗 웃어 보이고는 소리를 친다.

"네, 을마치를 드립갑쇼?"

하고 종이 봉지를 집어 들고는 일어서며 고개를 돌린다. 그리고 인환이를 보자 깜짝 놀라 무춤하더니 갑자기 얼굴이 벌개지며 입가에 어색한 웃음을 짓는다. 그리고 다만,

"어."

하고 한마디하고는 어엿한 중학교 정복 정모를 쓰고 가슴을 내밀고 섰는 인환이를 잠시 바라보기만 한다.

"굵은 걸루 십 전어치만 주우."

하고 인환이는 모르는 사람처럼 딱딱한 얼굴로 그런다.

성만이는 오래간만에 만나는 이 보통학교 때 동무가 정말로 그러는 건지 농으로 그러는 건지 몰라 어리둥절하며 또 어색해진다.

그러나 인환이는 또 한 번 시침을 떼고,

"아, 십 전어치만 놓으라니깐두루."

하고 눈을 부릅뜨다가 허허허 웃을 때는 기수도 그 옆에 이르러 성만이 어깨에 손을 얹는다.

"이거 성만이 아냐. 참 오래간만이로구나."

"참 오래간만인데."

하며 성만이는 이전 보통학교 동무들 앞에 자기의 구구한 꼴을 나타나게 된 것을 부끄러워하면서 한편은 또 무한 반가워하고 즐거워한다.

"너희 둘은 한 학교에 다니니?"

그 말엔 대답 없이 기수는,

"너, 지금 어디서 사니? 먼저 살던 동네선 떠났다더구나."

"응, 거기선 떠난 지 오래다."

"그런데 왜 그렇게 한 번도 볼 수 없었니?"

"그저."

하고 성만이는 면난쩍은 얼굴을 돌리더니 다시 들며,

"우리 학교 졸업생 중에 너희 학교 다니는 애 많지?"

"아마 우리 둘뿐일 걸."

하고 기수는 옆에 인환이를 돌아보며 말한다. 성만이는 다시,

"그전 동창생들 지금은 어디서 무엇들 하구 있을까?"

그러나 기수는 그런 말을 하는 성만이 자신의 일이 더 알고 싶다. 또 한 번 때 묻고 해진 조선바지에 양복저고리를 입은 그 주제꼴, 몰라보도록 여윈 얼굴을 살피며 그 연유를 묻고는 싶으면서 어떻게 말을 낼지 몰라 머뭇머뭇하다가는,

"너, 지금도 그림 그리니?"

"그거 고만둔 지 벌써 오래다."

"그러면?"

하고 성만이와 밤 굽는 철바구니를 번갈아 보며 어떻게 이런 데서 밤을 구워 팔게 됐느냐고 묻고 싶으며 말을 못하고 섰는데 경망한 인환이는 예모 없이 덤벙거린다.

"너, 내겐 군밤 안 팔 테냐. 십 전어치만 놓으래두 그래."

그리고 성만이가 농으로 여겨 싱글싱글 웃기만 하고 섰으니깐,

"정말야, 돈은 기수가 낼 게구."

하고 성만이 손에 종이 봉지를 집어 준다. 챗 하고 기수는 혀끝을 차며 그 인환이를 옆으로 밀어내며 작은 소리로,

"왜 이리 까부니?"

"너, 아까 말헌 거 실행 안 헐 테냐."

"글쎄, 저리 가, 사 줄게. 까불지 말어."

기수는 무한 면난쩍어하고 어색해하는 성만이에게 돈 내고 군밤을 살 수는 없었다.

그러자 길을 가던 양복한 어른이 멈추고 서며 밤을 청하고 또 건너편에서 어린아이들이 몰려와 앞에 둘러선다. 그리고 기수는 밤을 팔기에 분주한 성만이에게 간단히 내일도 이 자리에 와 팔겠느냐고 다져 묻고는 이날은 그대로 헤어졌다.

집을 향해 돌아가면서도 성만이에 대한 일이 머리에서 떠나지 않는다. 이전 보통학교를 다닐 때엔 집안이 넉넉지는 못하다 하여도 거리에 나와 밤을 구워 팔 지경은 아니었었는데 대체 어찌 된 일일까. 그렇게 급작스레 집안이 가난해졌을까? 혹은 성만이 자신에게 무슨 잘못이 있어 그리 됐을까.

그리고 보다 아깝게 생각되기는 그 재주였다. 전람회 같은 때에는 그가

그린 그림 앞에 학부형이며 선생님이 둘러서서 모두 그 놀라운 솜씨에 칭찬을 마지않던 그 재주 있는 손으로 거리에서 군밤을 굽게 될 줄은 몰랐다. 지금쯤은 어느 유명한 선생 밑에서 독실히 그림 공부를 하고 있으려니 하고 믿던 성만이가 아니냐. 기수는 아무리 생각해도 그 속을 알 길이 없었다.

이날도 기수는 학교를 파해서 길을 멀리 외돌게 되는 것도 불구하고 어제 성만이가 있던 그 우편소 근처로 갔다.

이날도 성만이는 같은 자리에서 군밤을 팔고 있다. 기수를 보자 어제보다는 덜 어색한 웃음으로 반기며 맞는다.

"너희 집이 이 근처냐?"

기수는 아니라는 뜻으로 머리를 젓고,

"너희 집은 지금 어디서 사니?"

"여기선 좀 멀어. 저 성 밖야."

"너희 아버진 그저 철도국에 다니시니?"

"아버지?"

하고 성만이가 되묻다가,

"우리 아버지 벌써 돌아가신 지 오래다."

"뭐, 돌아가셨어?"

하고 기수는 눈을 크게 뜬다.

"어째서, 무슨 병환으로 말야?"

"기차에 다리를 치어 앓으시다가 이내 그걸루 돌아가셨지."

하고 아무렇지 않은 말로 태연히 말하는 것이나 성만이의 그 얼굴은 아버지를 여읜 외로움과 그 후 얼마나 살기에 고생스러웠던가를 감추지 못한다. 더 묻지 않아도 아버지가 돌아가시고 그 가난한 살림을 성만이 자신의 잔약한 어깨에 짊어지게 되고는 결국 거리에 나와 군밤을 구워 팔게쯤 이르는 그 경로가 눈에 환하다.

"흥!"

하고 기수는 한마디 탄식을 하고는 만다. 그러다가,

"그래두 넌 타고난 재주가 있으니 어떻게 그 길을 밟아 보지 않구 그러니. 허다못해 간판 그림을 그릴지라도."

"그림 말이냐?"

하고 성만이는 문득 밤 하나를 집어 껍질을 벗기는 척하더니 도루 던져 버리며,

"지금도 그림을 그려 보고 싶은 생각은 태산 같어, 자나 깨나 머릿속엔 그 생각밖에 없어. 허지만……."

하고 성만이는 더 말을 계속지 않는다. 기수도 잠잠하고 만다.

"그래두."

하고 기수는 어떻게 위로를 해 주고 싶은 마음에서,

"아주 고만두지 말구 틈틈이 그려 보는 게 좋지 않어."

"그런 거 그릴 틈도 없지만 첫째, 종이 한 장이고 연필 한 자루고 살 여유가 있어야지."

하고 고개를 숙이고 컴컴한 얼굴을 하더니 문득 허리를 구부려 날밤이 담긴 전대를 뒤적뒤적하더니 때가 까맣게 묻은 그림 그리는 책 한 권을 꺼내 먼지를 툭툭 털고 기수 앞으로 내민다.

"요새 여기 앉아 좀 그려 본 건데 좀 봐 다우."

기수는 말없이 그걸 받아들었다. 그리고 첫 장을 넘겼다. 때가 케케 묻고 해지고 한 겉모양 보아선 그 속도 변변치 않을 거로 생각되던 거와는 딴판으로 기수는 첫 장을 열고 거기 그려진 그림을 보고는 허허 하고 감탄하지 않을 수 없었다. 그림은 간단히 시골 여인이 한 손엔 어린애를 이끌고, 한 손엔 머리에 인 광우리를 잡고 섰는 모양인데, 그 선 하나 점 하나에 힘이 흐르고 움직임이 있고 산 사람을 보는 듯싶다. 그야 기수의 그림을 보는 눈이 높지 못하다 해도 그것은 날카로운 관찰과 깊은 사랑하는 마

음이 없고는 그렇게 살아 움직이는 듯 종이 위에 옮겨 놓지 못할 것이다 싶어졌다.

"참 잘 그렸는데, 전보다두 훨씬 늘었는데."

"뭐 늘었어. 정말야?"

하고 어린아이처럼 성만이는 만족해한다.

"아냐, 늘었어."

하고 기수는 그다음 장을 넘겼다. 거긴 세 아이의 소녀가 돌아선 뒷모양, 다음엔 구루마를 끄는 차부, 그 한 장은 한 장마다 새롭고 느낌이 날카롭다.

"아냐, 훌륭해."

하고 기수는 감탄해 마지않다가는,

"그동안 어디 전람회 같은 데 출품해 보지 않았니?"

"글쎄, 머릿속엔 생각해 둔 것도 있지만 뭐 여가가 있어야지. 그리고 재주도 없구."

그리고 성만이는,

"너희 학교 도화 선생님은 누구시냐. 그림 잘 가르치시니?"

하는 둥 그림에 대한 얘기를 하며 따라 점점 얼굴에 화기가 돌며 눈이 빛난다. 기수는 찬찬히 그림을 다 보고 나서 내 주며,

"너, 내게 그림 한 장 줄 수 없겠니?"

"줘두 좋지만……."

하고, 하지만 남부끄럽다는 듯 낯을 붉힌다. 기수는 그 첫 장의, 시골 여인이 광우리를 인 그림을 떼어 가졌다. 그리고 양복 주머니를 홈척홈척하더니 성만이보다 좀 더 낯을 붉히며 무엇인가 성만이 손에 쥐어 준다.

"이건 뭐냐."

하고 이상해서 펴 보는 성만이 손바닥엔 생각지 않은 돈 일 원 한 장이 나타났다.

"어떻게 생각지 말고 도화지나 사 써라. 그림 값이다."

그리고 어리둥절해 섰는 성만이가 무어라고 입을 열기 전에 또 만나자는 인사 한마디로 돌아서 간다. 그 등 뒤에서 성만이가 부르는 소리가 연거푸 난다.

"기수야, 기수야."

그러나 기수는 피해 달아나듯 걸음을 빨리 우편소 모퉁이를 돌아섰다.

며칠 후, 기수는 또 도화지와 연필을 사 가지고 와 그림과 바꿨다. 그리고 다음엔 또 돈으로 바꾸고 뭐 그림 그것이 가지고 싶어서보다 기수는 무슨 이유를 붙여서든 조금이라도 성만이를 도와주고 싶어서다. 그리고 만날 때마다,

"언제든 천재는 흙에 묻히고 마는 법이 없다. 어느 때고 꽃을 피울 날이 있을 것이니 낙망치 마라."

하고 격려도 한다.

그러나 기수의 그 학용품 살 가운데서 절약해 모은 십 전 이십 전의 돈이나, 그 성사 없는 격려하는 말로만은 성만이에게 있어 뭐 그다지 큰 도움이 된다고는 할 수 없다. 역시 거리에서 밤을 구워 파는 그 형편은 면할 수 없고, 그럴 바엔 거기서 성공의 길이 열리기를 바랄 수는 없는 것이 아니냐.

기수는 좀 더 근본적으로 이 가난하고 재주 있는 동무를 도와줄 도리가 없을까 하는 생각에 잠기며 학교 운동장에 턱을 괴고 앉았다. 그러다가 기수는 무릎을 탁 치고 일어서며 이어 옆의 인환이 등을 또 탁 친다.

"인환이 너, 너희 아버지 관청에 다니시지?"

"그래."

"그런데 사람 하나 쓸 수 없을까. 어떻게 말 좀 해 봐라."

"대체 누군데."

"성만이 말이다."

"성만이?"

하고 인환이는 뻔히 쳐다보더니 어이없이 웃는다.

"아, 군밤장수가 관청에 취직이 뭐냐. 우리 아버진 그런 거 천거하시는 사람 아니다."

하고 무참하도록 핀잔을 주더니 그는,

"그렇게 성만이에게 정성이 뻗쳤거든 너희 작은아버지에게 왜 말씀해 보렴. 큰 회사에 주임으로 계신다면서 그러니."

그야 기수인들 먼저 그 생각을 못 한 것이 아니로되 그 엄하고 가까이할 수 없는 삼촌에게 자기의 사정이 통해져 뜻대로 이루어질까 싶질 않았다.

그러나 인환이에게 핀잔을 당하고 보매 기수는 또 인환이보다 삼촌에게 먼저 말을 해 보는 것이 옳다 싶어졌다. 아무리 삼촌 앞에 말을 내기가 어렵다 하더라도 그래서 어떻게 성만이가 업을 얻게 되고 동시에 야학 같은 데를 다니면서라도 제 길을 열게 되는 도움이 되어진다면 기수 자신의 수고쯤은 아낄 것이 없다 싶었다.

그날 오후, 기수는 집을 향해 돌아가는 길에 삼촌의 집엘 들렀다. 그리고 기수는 먼저 성만이가 그린 그림을 자기가 그린 것인 양 숙모에게 내보였다.

숙모는 이윽히 바라보시더니 네게 이런 재주가 있었던 줄은 몰랐다는 듯한 놀라움과 감탄하는 빛이 얼굴에 돈다. 그러자 기수는 깔깔깔 웃고,

"지가 그린 그림이 아녜요."

하고 바른대로 고하고 이어 성만이의 자초지종을 얘기한다. 철도국에 다니던 아버지가 돌아가고 갑자기 집안이 어려워서 어머니 혼자 남의 집 삯바느질 같은 것을 하며 애탄개탄하는 꼴을 보다못해 그렇게 장래가 있고 재주 있는 손으로 거리에 나와 군밤을 까지 않으면 아니 되게 된 일, 그리고 기수는,

"어떻게 작은아버지 다니시는 회사에 주선해 주셨으면 좋겠어요. 그래서

낮엔 일을 보고 밤에 야학 같은 데 다니며 그림 공부를 하게 했으면 좋겠어요. 그 재주를 그대로 썩히는 것이 참 아까워요. 너무 아까워요."

"그러나 요새 세상에 취직이란 그렇게 쉰 일이냐. 그리고 점잖은 자리에 계신 작은아버지께서 그런 것 천거하시는 것도 좋아 안 허시겠고."

"그렇지만 그 재주가 아깝지 않아요. 그 애가 가엾지 않아요. 누가 조금만 뒤를 보아 주었으면 반드시 장래에 크게 성공할 아이예요."

"정 그러면 이따 작은아버지께 늬가 말씀해 보렴. 난 모르겠다."

사실은 숙모를 통해 삼촌께 말씀해 보려던 것이 이렇게 되고 보니 이제는 어렵다 하여도 기수 자신이 직접 삼촌께 입을 열지 않을 수 없었다.

그리고 신문이 오고, 전깃불이 들어오고, 차츰 삼촌이 돌아올 때가 가까워지며 따라 기수는 가슴이 설렜다. 마침내 대문 여는 소리가 나며 삼촌은 마당엘 들어섰다. 기수는 삼촌의 얼굴이 갑절 엄하고 가까이하기 어렵게 보였다.

삼촌은 방 아랫목에 밥상을 받고 앉았고 기수는 윗목에 무릎을 꿇고 앉았다. 그리고 기수는 준비한 말을 열 적당한 기회를 기다리며 조마조마한다.

이런 때 숙모가 숭늉 그릇을 들고 들어오다가 기수를 보며,

"어서 말씀 여쭈어 봐라."

그리고 삼촌을 향해서는,

"쟤 동무 중에 그림 잘 그리는 애가 있는데 작은아버지께 청이 있다우. 말씀 좀 들어 보우."

그리고 기수는 어려운 입을 열었다. 차근차근히 아까 숙모에게 하던 같은 내용의 말을 아뢰고 나서 기수는 고개를 다소곳이 삼촌의 처분만 기다린다.

삼촌은 묵묵히 듣기만 하고 앉았더니,

"지금 뭘 하구 있어?"

"거리에서 군밤을 팔구 있어요."

"회사에선 아무 때나 사람을 쓰는 것도 아니고, 또 아무 사람이나 쓰는 것이 아니다. 사람을 쓰는 데는 상당한 사람의 추천을 받아야 하고 추천한 사람은 또 그 사람에게 절대 책임을 져야 하는 규칙이 되어 있어."

그리고 삼촌은 엄한 음성으로 고쳐서,

"그 애가 그림은 을마나 잘 그리는지 몰라도 거리에서 군밤을 파는 군밤장수가 아니냐. 중학교에 다니는 학생이 거리의 군밤장수하고 섞이어 논다는 것도 좀 생각해 볼 일이거든. 사람은 첫째, 친구를 잘 사귀어야 하는 거야. 친구 한번 잘못 사귀었다 몸을 망치는 수도 있고, 또 친구를 잘 사귀어서 덕을 보는 수도 있거든. 앞으로는 조심해서 사람 골라 사귀도록 하여라."

"허지만 성만이는 사람이 못났거나 나뻐서 군밤장수를 하는 건 아니에요. 아버진 돌아가시고……."

하고 기수는 전에 없이 삼촌의 말씀에 변명을 하던 것이나 성사가 나지 않았다.

삼촌은 어른 말씀에 대꾸를 한다 싶어 괘씸히 생각한 것이리라. 좋지 못한 얼굴로 삼촌은 볼일이 있다 하고 밖으로 나갔다.

그러나 기수는 이것으로 고만두지 않았다. 다시는 삼촌 앞에 입을 열지 않는 것이나 말없는 침묵으로 기수는 같은 요구를 계속하던 것이다. 매일 학교를 파하고는 삼촌의 집으로 와 입을 다문 뚱한 얼굴로 삼촌 앞에 무릎을 꿇고 앉았다가는 말없이 돌아가고 돌아가고 한다. 물론 삼촌도 기수의 그 속을 모를 리 없다. 이러기를 사흘이 지나고 나흘이 지났다.

그리고 닷새 되던 날이다. 삼촌은 건넌방 서재에서 기수를 불렀다. 삼촌은 책상 앞에 성만이가 그린 그림을 펴놓고 앉았다. 삼촌은 그림을 보던 눈을 들어 기수를 보며,

"내 눈으로 성만이란 사람을 본 적은 없다만 허지만 너하구 친한 사람이

면 믿을 만한 사람일 거 같고 또 마침 회사에 사람 쓸 궐이 났기로 내 말을 했다. 그리고 보아하니 그림 재주도 있는 아인 듯하니 사무도 거기 맞는 것을 보도록 할 테고 될 수 있는 대로 그 길에 길을 열도록 힘써 주마. 하여튼 그 사람을 한번 내게 다리고 오너라."

"네ー"

하고 기수는 삼촌 앞에 깊이 머리를 숙여 감사를 표하고는 불시에 몸을 일으키더니 마루를 퉁탕거리며 구두 끈도 죌 새 없이 밖으로 뛰어나간다. 그 기수를 다시 불러 삼촌은 웃음을 지으며,

"뭐, 지금 보지 않아도 좋으니 내일 회사로 오도록 하렴."

그러나 기수는 한시바삐 이 기꺼운 소식을 동무에게 알려 주고 싶어 말할 수 없는 기쁨에 가슴을 뛰놀리며 성만이가 있는 사거리 우편소 앞을 향해 달음질친다.

고구마

　농업 실습으로 심은 고구마 밭이었다. 더욱이 6학년 갑조 을조가 각기 한 고랑씩 맡아 가지고 경쟁적으로 가꾸는 그 밭 한 모퉁이 넝쿨 밑의 흙이 어지러이 헤집어지고 누구의 짓인지, 못 돼도 서너 개는 고구마를 캐냈을 성싶다.

　"거 누가 그랬을까?"

하고 밭가슬에 둘러서 있는 아이들 등 뒤에서 넘어다보고 서 있던 기수가 입을 열자 "흥!" 하고 인환이는 코웃음을 웃으며 다 알고 있다는 얼굴을 한다.

　"누구란 말야?"

　"누구란 말야?"

하고 인환이 편으로 눈이 모이며 아이들은 제각기 한마디씩 묻는다. 인환이는 여전히 그런 웃음을 얼굴에 지으며 말이 없이 서 있더니,

　"누구긴 누구야."

하고 퉁명스럽게 한마디하고 그리고 음성을 낮추어서,

　"수만이지, 뭐."

　"뭐, 수만이야?"

하고 기수는 의외라는 듯 눈을 크게 뜬다.

　"그건 똑똑히 네 눈으로 보고 하는 말이냐?"

　"보지 않아두 뻔하지 뭐, 설마 조무래기들이 그랬을 리는 없고 우리들

중에서 그런 짓을 할 애가 누구냐. 수만이밖에."

"그렇지만 똑똑한 증거 없이 함부로 말할 수 없지 않어?"

그러나 인환이는 '피!' 하는 표정으로 입을 삐쭉한다.

"똑똑한 증건, 남 오지 않는 아침에 일찍 학교에 오는 놈이 한 짓이지
뭐냐. 어제 난 청소 당번으로 맨 나중에 돌아갈 제 보았을 땐 아무렇지도
않았는데."

하고 인환이는 틀림없이 수만이라는 듯 아주 자신 있는 얼굴을 한다. 그리
고 다른 아이들도 인환이 말에 응해서 제각기들 아무도 없을 때 오는 놈이
한 짓이라고 입을 모아 말한다.

하긴 수만이는 매일 아침 교장 선생님 댁의 마당도 쓸고 물도 긷고 하
고, 거기서 나는 것으로 월사금을 내 가는 터이라, 남보다 일찍이 학교엘
왔다. 그러나 아이들이 수만이에게 의심을 두기는 다만 아무도 없는 때 학
교엘 온다는 이 까닭만이 아니다. 보다는 지나치게 가난한 그 집 형편과
헐벗은 그 주제꼴이 아이들로 하여금 말은 아니 하나 까닭 모르게 이번 일
과 수만이를 부합해 보게 되는 은근한 원인이 되었다.

그러나 기수만은 아니라는 뜻으로 머리를 젓는다.

"학교엘 먼저 온다는 이유만으론 정녕 수만이가 그랬단 증거가 못 돼.
그리고 수만이는 내가 잘 알지만. 그런 짓 할 애가……"

하고 아니라는 말도 하기 전에 인환이는 듣기 싫다는 듯 손을 젓는다.

"수만이를 잘 알긴 누가 잘 알어?"

하고 기수 앞으로 가까이 다가서며,

"그 애 집 근처에 사는 내가 잘 알겠니, 한 동네 떨어져 사는 니가 더
잘 알겠니?"

그리고 인환이는 전에 수만이 누이동생이 남의 집 밭의 감자를 캐는 걸
자기 눈으로 보았다는 것, 또는 남의 것 몰래 훔쳐 가기로 동네에서 유명
하다는 등을 말하며 수만이까지 한통으로 몰아 인환이는 얼굴에 업신여기

는 표를 짓는다. 그리고,

"넌 수만이 일이라면 뭐든지 덮어 주려고만 하니, 그 애가 무슨 너희 집 상전이냐? 상전이래도 잘 하고 못 한 건 가려야지."

"뭐, 수만일 덮어 주려고 그러는 게 아냐. 잘 허지 못했단 무슨 증거가 없으니까 허는 말이다. 그리고……."

하고 잠시 인환이 얼굴을 쳐다보다가 기수는 다시 말을 이어,

"네 말대루 정말 수만이 동생이 남의 집 밭의 감자를 캤을지 몰라도, 어린애니까 그러기도 예사고, 또 그걸로 오늘 수만이가 고구마를 캤다는 증거가 될 수는 없지 않느냐 말이다."

그러나 아무리 기수의 말이 경위에 옳다 하더라도, 수만이를 의심하는 아이들의 마음을 풀게 하는 힘이 되지는 못했다. 도리어 아이들은 기수가 수만이 허물을 덮어 주려고 그러는 줄 아는 모양, 아이들은 더욱 인환이 편으로 기울어 간다. 그리고 인환이가,

"그럼, 넌 수만이의 짓이 아니란 무슨 똑똑한 증거가 있니?"

하고 턱을 대는 데는, 기수도 할 말이 없었다. 다만,

"수만이 그 애의 인격을 믿고 말이다."

하고 한마디하였다가,

"인격?"

하고 여러 아이들의 비웃음을 받고 말았다.

그러나 다음 하학 시간에도 기수는 고구마밭의 헤집어진 자리도 전처럼 매만져 놓고, 그리고 벌써 수만이의 짓이란 것이 드러나기나 한 것처럼 떠드는 아이들의 입을 삼가도록 타이르기에 힘을 쓴다.

"너희들 저렇게 떠들다가 나중에 선생님까지 아시게 되고 그리고 아니면 어떡헐 셈이냐?"

"겁날 게 뭐야. 수만이가 아닐새 말이지."

"어떻게 넌 네 눈으로 똑똑히 본 것처럼 말하니?"

"그럼, 넌 어떻게 그렇게 수만이가 아닐 걸 네 눈으로 본 것처럼 우기니?"

하고 인환이와 기수는 서로 싸우기나 할 것처럼 얼굴을 붉히며 대들다가 무춤하고 물러선다. 바로 당자인 수만이가 이쪽을 향하고 온다.

아이들은 일시에 조용해졌다. 수만이는 한 손에 찻주전자를 들고 그편으로 고개를 기우듬 땅만 보며 교장 선생님 댁에서 나온다. 그 걸음이 밭 가까이 이르러 아이들 옆을 지나치게 되자, 겨우 얼굴을 들어 어색한 웃음을 지어 보이고는 지나간다. 아이들의 가득하게 의심을 품은 여러 눈은 수만이 한 몸에 모여 아래위를 훑어본다. 그 한편 양복 주머니가 유난히 불룩하다. 겉으로 드러난 것만 보아도 고구마나 거기 가까운 것이 들어 있을 성싶다.

밭두둑을 올라 교실을 향해 가는 수만이 등 뒤를 노려보고 있던 인환이는 갑자기 소리를 친다.

"수만이 너, 주머니에 든 게 뭐냐?"

"뭐 말야."

"양복 주머니의 불룩한 것 말이다."

"뭐."

하고 주머니를 굽어보며,

"운동모자다."

그러나 운동모자가 아닌 것은 갑자기 얼굴빛이 붉어지는 것이며 끔찍이 당황해하는 것으로 넉넉히 알 수 있다. 그리고 걸음을 빨리 교실 모퉁이를 돌아가는 등 뒤를 향해 인환이는,

"먹을 것이거든 나두 좀 주렴."

그리고 또,

"그 고구마 혼자만 먹을 테냐?"

하고 소리친다. 수만이는 못 들은 척 대꾸가 없이 피해 달아나듯 뒤도 안

돌아본다.

아이들은 다시 와자하고 제각기 입을 열어 떠든다.

"틀림없는 고구마지."

"고구마 아니면 뭐야."

"멀쩡하게 고구마를 운동모자라지."

그리고 인환이는 신이 나서,

"내 말이 어때. 수만이래지 않았어."

하고 기수를 향해 오금을 주듯 말한다. 그러나 기수는 이번에도 머리를 젓는다.

"설마 고구마라면 그걸 양복 주머니에 넣구 다니겠니? 생각해 봐라."

"그럼, 운동모자란 말야?"

"정말 운동모자잔지두 모르지."

"운동모자가 그렇게 퉁퉁해?"

"그야 운동모자도 들고 다른 것도 들었으면 그렇지, 뭐."

"그렇지 암, 운동모자도 들고 고구마도 들고 말이지."

하고 인환이는 빈정거린다. 끝끝내 기수는 말을 하면 할수록 도리어 아이들로 하여금 더욱 수만이를 의심하게 하는 도움이 되게 하고 말았다.

그리고 그다음, 운동장에서 수만이를 만나서 기수 자기 역시 얼마큼 수만이를 의심하는 눈으로 고쳐 보지 않을 수 없었다. 교실 모퉁이를 돌아나오는 수만이와 얼굴이 마주치자, 기수는 먼저 수만이 양복 주머니로 갔다. 그리고 기수는 다시금 눈을 크게 떴다. 아까는 퉁퉁하던 그 호주머니가 홀쭉해졌다. 그 안에 들었던 걸 꺼낸 모양. 그리고 또 좀 이상한 것은 운동모자 같은 것을 넣었다 꺼냈다면 그다지 어색할 것이 없을 텐데, 기수의 눈이 자기 호주머니로 가는 것을 알자 수만이는 아주 계면쩍어하며 어색하게도 그 호주머니에 두 손을 찌르고 기수 옆에 와 모로 선다.

두 소년은 한동안 말이 없이 땅만 내려다보고 서 있다.

마침내 기수는 망설이던 입을 열었다.

"너 혹 고구마 밭에 누가 손을 댔는지 알겠니?"

"왜?"

하고 수만이는 그걸 왜 내게 묻느냐는 듯한 얼굴을 들더니,

"난 몰라"

하고 다시 얼굴을 돌린다.

"누가 서너 개나 캐낸 흔적이 났으니 말야."

수만이는 고개를 숙인 채 아무 대꾸가 없다. 기수는 다시,

"거 누가 그랬을까?"

혼잣말처럼 하고 슬슬 수만이 눈치를 살핀다.

수만이는 여전히 고개를 숙이고 묵묵히 서 있다. 차츰 기수는 어떤 의심을 두고 그 수만이 아래위를 흘끔흘끔 본다. 낡고 찌든 양복 주머니에 손을 찌르고 수그린 머리, 약간 찌푸린 미간. 그 언젠가 수만이 누이동생이 남의 고추를 따다 들키고 주인 앞에 고개를 숙이고 서 있던 그 모양과 지금 수만이에게서도 같은 것을 느끼며 기수는,

'아무리 집안이 가난하기로 사람이 어쩌면 이처럼 변한단 말이냐.'

하고 자못 업신여겨 보기도 한다.

수만이 아버지가 살아 있고 집안이 넉넉하였을 적 수만이는 퍽 쾌활하고 명랑한 아이였다. 공부도 잘하고 그리고 기수와도 무척 친하게 지냈다. 그러던 아이가 자기 아버지가 다니던 회사에서 나오게 되고, 그리고 그 진티로 병을 얻어 돌아가자 갑자기 집안이 어려워져 수만이 어머니는 남의 집 삯바느질이며 부엌일까지 하게 되고, 수만이는 차츰 사람이 달라 갔다. 몸에 입은 주제가 남루해지며 따라 풀이 죽어 활기가 없고, 남과 사귀기를 싫어하고 혼자 떨어져 담 밑 같은 데 앉아 생각에 잠기고 하는 사람이 되어 갔다. 그러나 기수만은 전과 다름없이 가까이 대하려 하나 역시 수만이는 벙어리가 된 듯 언제든 다문 입을 열려 하지 않는다.

　그래도 지금 자기 옆에 고개를 숙이고 서 있는 수만이를 대하고 볼 때 기수는 업신여김이나 미움은 잠시고 보다 가엾은 동정이 앞을 섰다. 그래 넌지시 지금 남들이 고구마 일로 너를 의심하는 중이니 조심하라고 일러 주고 싶으면서 어떻게 말을 할지 몰라 주저하고 있는데, 마침 인환이를 선두로 여러 아이들이 우루루 몰려왔다.

　수만이를 가운데 두고 아이들은 주루루 둘러선다. 잠시 수만이 아래위만 훑어보고 서 있더니 인환이는 말을 건다.

　"너 혹시 고구마 누가 캤는지 알겠니?"

　"어딨는 거 말이냐."

　"저 농업 실습 밭의 것 말이다."

　"난 그런 것 지키는 사람이냐? 못 봤다."

　"아니, 넌 남보다 일찍이 학교엘 오니 말이다."

　수만이는 더는 입을 열지 않고 외면을 한다. 그 성난 듯한 말 없는 얼굴을 인환이는 흘끔흘끔 곁눈질해 보고 서 있더니 갑자기 옆에 서 있는 한 아이의 양복 주머니를 가리키며,

　"너 인마, 그 속에 든 게 뭐야?"

　"뭐긴 뭐야, 운동모자지."

　"운동모자가 그렇게 퉁퉁해. 고구마 아니냐?"

　아마 그 아이는 인환이가 정말로 그러는 줄 아는 모양, 주머니 속에서 운동모자를 꺼내 털어 보인다.

　"자, 이것밖에 더 있어?"

　그러나 인환이는 그걸 날래게 툭 채 쳐들고,

　"이게 운동모자야? 고구마지. 아, 멀쩡하다."

　그리고 또 한 아이가 인환이 손에서 그 운동모자를 가로채 들고,

　"고구마 나두 좀 먹자. 너만 먹니?"

　하고 그걸 고구마처럼 먹는 시늉을 하며 가지고 달아난다. 그 뒤를 모자

임자가 좇아 따라가고 잡힐 듯하게 되면, 또 다른 아이에게 던져 주고, 그걸 받은 아이가 또

"아, 그 고구마 맛있다."

하고 맛있는 시늉으로 달아나고 이렇게 모자 임자를 가운데 두고 머리 너머로 던지고 받고 하더니 인환이 손에 들어가자, 그걸 수만이에게 던져 주며,

"옜다, 너두 좀 먹어 봐라."

그러나 수만이는 어깨 위에 떨어지는 모자를 못마땅한 듯 "쳇!" 하고 혀끝을 차며 땅바닥에 집어 버리고는 어슬렁어슬렁 자리를 피해 간다. 그 등 뒤를 향하고 연해 운동모자가 날아간다.

"옜다, 고구마 너두 좀 먹어 봐라."

"옜다, 고구마 너두 좀 먹어 봐라."

하고 제각기 떠들며 수만이 뒤를 따라간다. 그 꼴을 보다 못해 기수는 선두로 선 인환이 앞을 가로막았다. 그리고 수만이가 듣는 앞에서는 소리를 크게,

"너희들 가만 있는 사람 왜 지근덕거리니?"

그리고 음성을 낮추어,

"아, 글쎄, 왜들 떠드니? 증거두 없이."

그러나 인환이는 눈을 부릅뜬다.

"증거가 왜 없어?"

하고 바로 수만이 뒤 책상에 앉은 아이를 이끌어 세우며,

"증거는 이 애한테 물어 봐라."

하고 득의양양한 얼굴을 한다. 그 아이 말인즉 수만이 책상 속에 고구마 같은 것이 있는 걸 책상 뚜껑을 열 때마다 보았다는 거다. 그러나 기수는,

"그게 정말 고구마라면 어디다 못 둬서 책상 속에다 두겠니? 고구마 아니다, 아냐."

"책상 속에 못 둘 건 어딨어. 도리어 다른 데 두는 거보다 안전하지."

그래도 기수는 아니라고 머리를 저으니까 그럼 정말 그건가 아닌가 가서 밝히자고 인환이는 기수의 팔을 잡아 끈다. 수만이는 건너편 담 밑에서 양복 주머니에 손을 찌른 그 모양으로 오락가락하며 흘끔흘끔 이편을 본다. 그 수만이가 보는 데서 기수는 그의 책상 뚜껑을 열어 보러 갈 수는 없었다. 인환이에게 팔을 잡아 끌리며 주춤주춤 하는데 마침 상학종이 울었다.

그리고 그다음 점심시간이었다. 아이들은 각기 책상 뚜껑을 열고 도시락을 꺼낸다. 수만이도 책상 뚜껑을 열었다. 그러나 그가 끄집어낸 것은 도시락이 아니다. 남이 볼까 두려워하는 듯 한 번 좌우를 살피고는 검정 책보 밑에서 넌지시 한 덩이 고구마 같은 걸 꺼내 양복 주머니에 넣고는 슬며시 일어난다. 그걸 수만이 뒤에 앉은 아이가 보고 재빨리 인환이에게 눈짓을 한다. 그리고 인환이는 기수에게 또 눈짓을 하고 수만이는 태연히 일어서 교실 밖으로 나간다. 그가 낭하로 내려서자 인환이가 뒤를 쫓아 나간다. 그리고 그 뒤를 또 기수 또 누구누구 몇 아이도 따르고 수만이는 소사실 뒤 언덕으로 올라간다. 그를 멀찍이 두고 아이들은 하나둘 뒤를 밟아 간다. 언덕을 올라서 다박 솔밭 사이를 한참 가더니 수만이는 버드나무 앞에 이르러 두리번두리번 사방을 돌아보고 그 밑에 앉는다. 언덕 이쪽 편 풀섶 사이에 엎드려 거동을 살피는 기수 눈에 돌아앉은 수만이가 무릎 사이에 들고 앉아 먹기 시작한 그것이 정녕 고구마였다.

기수는 자기 눈을 의심할 만큼 놀랐다. 그리고 알 수 없는 노여움에 몸이 떨린다. 그 수만이의 모양이 짝 없이 추하고 밉다. 기수는 자기가 먼저 앞장을 서 나갔다. 그리고 등 뒤에 가까이 이르러,

"너 거기서 먹는 게 뭐냐?"

하고 갑자기 소리치자 수만이는 깜짝 놀라 무춤하더니 얼른 먹던 걸 호주머니에 감추고 입안에 씹던 걸 볼에 문 그대로 고개를 돌린다. 그리고 기수와 인환이 또 여러 아이들의 얼굴을 보자 다시금 놀란다.

기수는 엄한 얼굴로 그 앞에 한 발짝 다가선다.

"너 지금 먹든 거 이리 내놔라."

"……."

"먹든 것 이리 내놔."

수만이는 눈을 끔벅 입안의 걸 삼키고,

"대체 뭐 말이냐."

"인마, 저 호주머니에 감춘 거 말야."

하고 인환이가 소리를 친다.

"아무리 먹고 싶어두 인마, 농업 실습으로 심은 고구말 캐 먹어?"

"뭐, 내가 언제 고구말 캐 먹었어?"

"그럼 저 호주머니에 감춘 건 뭐야."

"……."

"호주머니에 감춘 건 뭐야."

"남의 호주머니에 든 게 뭐든 알아 뭐 해."

"남의 호주머니?"

하고 인환이는 어이없다는 듯 한 번 웃고,

"그 속에 우리가 도적맞은 물건이 들었으니까 허는 말이다."

"내가 대체 뭘 훔쳤단 말야, 멀쩡한 사람을……."

"뭘 훔쳐? 고구마 말이다. 고구마."

"고구말 내가 훔치는 걸 네 눈으로 봤어?"

"그럼, 저 호주머니에 감춘 건 뭐야."

"……."

"호주머니에 감춘 거 냉큼 못 내놓겠니?"

"……."

"아, 못 내놓겠어?"

수만이는 여전히 입을 봉하고 서 있더니, 갑자기 한마디로 딱 끊어서,

"못 내놓겠다."

그리고 할 대로 해라 하는 태도로 양복 주머니를 두 손으로 움켜쥔다. 인환이는 좌우로 눈을 찡긋찡긋 군호를 하더니 불시에 수만에게로 달려들어 등 뒤로 허리를 껴안는다. 그리고 우우 대들어 팔을 붙잡고, 다리를 붙잡고, 그래도 몸을 빼치려 가만 있지 않는 수만이 호주머니에 기수는 손을 넣었다. 그리고 수만이는 최후의 힘으로 붙잡힌 팔을 빼치자, 동시에 기수는 호주머니 속에 든 걸 끄집어내었다. 그러나 눈앞에 나타난 것은 딱딱하게 마른 누른밥, 누른밥 한 덩이였다. 묻지 않아도 수만이 어머니가 남의 집 부엌일을 해 주고 얻어 온 것이리라. 수만이는 무한히 남부끄러움에 취해 고개를 들지 못하고 서 있다. 그러나 그 수만이보다 갑절 부끄럽기는 인환이었다. 아이들이었다. 기수 자신이었다. 손에 든 한 덩이 누른밥을 그대로 어찌할 줄을 몰라 멍하니 서 있더니, 그걸 두 손으로 수만이 손에 쥐어 주며 다만 한마디 입안의 소리를 외고 그 앞에 깊이 머리를 숙인다.

"용서해라."

월사금과 스케이트

 마지막 시간 하학종이 울렸다. 제각기 아이들은 집에 돌아갈 준비를 하기에 분주하다. 기수도 책보를 싸며 오른편으로 한 자리 건너 책상 동훈이가 앉았던 자리를 고개를 돌려 본다. 아침에 자기 집으로 월사금을 가지러 간 그대로, 자리는 지금껏 쓸쓸히 비어 있다.

 아침에 출석부를 부르고 나자 선생님은 교단 위에서,

 "오늘두 월사금 안 가지고 온 사람은 일어서 봐라."

하고 실내를 돌아보시었다.

 그러자 지금까지 월사금을 아니 낸 사람이 누구인가를 보려는 듯이 제가끔 아이들도 흘금흘금 머리를 돌려 살피는 그 많은 눈이 한곳에 모인 책상 맨 뒷줄에 동훈이가 홀로 일어서 무섭게 붉힌 얼굴을 숙이고 섰다.

 "너두 눈 있거든 좀 보아라. 지금까지 월사금 안 낸 사람이 한 사람이나 있나."

하고 선생님은 매우 못마땅한 눈으로 건너다보다가 음성을 거슬러서,

 "너, 집에서 월사금 내라는 돈 받아 가지고 나와서 써 버리는 거 아니냐? 활동사진 구경 다니구 군것질하구."

 사실 그렇지 않던 아이가 점점 학업 성적도 떨어져 가며 월사금도 석 달씩 밀리고 하니 이상히 생각하지 않을 수 없었다. 동훈이는 아니라고 머리를 들어 젓는 것이나 선생님은 또 좀 음성을 거슬렀다.

 "아냐? 아니거든 지금으로 너희 집에 가서 월사금을 달래 봐. 설마 살림

하는 집에서 한 달에 그만 것이 없어서 못 내는 것은 아니겠지."

그리고 결국 동훈이는 모자도 안 가지고 훌쭉한 키를 꾸부렁 고개를 숙인 채 교실 밖으로 나가고는 학교가 파하도록 아니 돌아오는 것이다.

선생님도 그 일이 거리끼는 모양이다. 교단에서 내려와 몇 걸음 문을 향해 가다가는 돌아서 급장 기수를 불렀다.

"박동훈이 책보하고 모자하고 저이 집으로 갖다 주어라. 그리고 무슨 이유로 아니 왔는지 알고 오너라."

그러나 기수는 난처한 얼굴로 머뭇머뭇하니까,

"왜?"

하고 선생님은 기수를 똑바로 건너다본다.

"전 집을 몰라요."

"집을 몰라? 그럼 누구 박동훈이 집 아는 사람 없나?"

하고 선생님은 사방을 둘러보나 한 사람도 안다는 아이가 없다. 동훈이와 한책상에 앉은 인환이를 향하고,

"너두 모르니?"

"전 번지수는 알어두 가 보진 않았어요."

"그럼 김기수하고 둘이서 찾아가."

하고 선생님은 돌아서 나가고 인환이와 기수는 서로 얼굴을 쳐다보고 큰일 났다는 표로 혓바닥을 널름하였다.

사실 바람은 차고 숙제할 것은 많고 집에 돌아가기도 바쁜데 가깝지도 않은 모르는 길을, 더구나 번지만 알고 찾아가긴 수월한 일이 아니다.

하지만 기수는 선생님의 분부보다는 동훈이 일이 궁금해 싫은 얼굴을 할 수는 없었다.

그러나 인환이는 교문 밖을 나오며부터 짜증이었다.

"건방지게 누굴 부려 먹을려고 떡 버티고 앉어서 안 오는 거냐, 이건."

하고 인환이는 동훈이와 한책상에 같이 앉는 사이면서도 몸에 냄새가 난다

는 둥 공부 시간이면 졸거나 한눈만 판다는 둥 하다가,

"그 애, 선생님 말씀대루 정말 월사금 타 가지고 나와서 써 버리는 거 아니냐?"

하고 기수 얼굴을 쳐다보는 것이다. 그는 아니라는 뜻으로 머리를 젓는다.

"그렇지만 이상하지 않어. 전에는 공부도 잘하고 허든 아이가 성적도 떨어지고 책상에 앉으면 졸기만 하고 허니까 말이다."

"설마 월사금 타 가지고 구경 다니느라고 그러겠니. 자기 아버지가 인쇄소에 다니시다 병환으로 누웠다더니, 아마 살림이 어려워져 그러는 게지."

"그러면 월사금은 밀린다 해도 공부도 못할 것은 뭐냐?"

"그야, 집안이 어려워지면 공부도 편하게 헐 수 없으니깐 그렇겠지."

"집안이 어려워지면 더 열심으로 공부를 헐 것이 아냐. 놀지도 않고 말야."

하긴 기수 역시 동훈이가 월사금으로 구경을 다니고 그런다고는 생각되지 않으나 그러나 요즘으로 공부하기에 열심이 없어 보이는 것은 사실이라,

"글쎄."

하고 자기도 얼마쯤 의심하는 듯한 말을 아니 할 수 없었다.

"글쎄가 아니고 정말이다, 정말야."

하고 인환이는 며칠 전에도 학교를 파해 나와 저녁때가 되도록 집에 돌아가지 않고 책보를 옆에 낀 채 극장 앞에서 빙빙 돌고 있던 동훈이를 자기 눈으로 보았다 하며,

"지금도 어느 극장에 앉어 있는지 누가 알어."

하다가 인환이는 정말 그런 양 화를 더럭 낸다.

"남은 좋아서 구경을 하고 앉았는데 우리는 둘씩이나 추위에 떨면서 책보를 갖다 줄 게 뭐람."

하고 화난다는 듯이, 책보가 동훈이인 듯 탕탕, 주먹으로 때리다가는 길이

갈러지는 삼거리 앞에 이르자,

"잠깐만 가지고 있거라."

하고 가졌던 동훈이 책보를 기수에게 맡기고는 자기 집 가는 길을 향해 처연히 돌아서 가는 것이다. 기수는 어리둥절하다가,

"너, 어디 가니?"

"어디 가긴 어디 가, 우리 집 가지, 동훈이 집은 둘씩이나 갈 게 뭐냐. 너 혼자도 넉넉히 갈걸."

"난 집도 모르는데 어떻게 하라고 그러니?"

"누군 집 아니? 나도 번지만 알긴 일반인걸. 난 모르겠다."

하고 피해 달아나듯 걸음을 빨리한다.

"애, 인환아! 인환아!"

하고 불러도 돌아다보지도 않으매 기수는 더욱 애가 달었다.

"내 말 잠깐만 들어. 내 좋은 것 줄게."

"뭘 주겠단 말야?"

하고 그제야 인환이는 멈추고 돌아선다.

"그럼 너 가진 연필 깎는 칼, 나 줄 테냐?"

"그래, 그것 줄게, 내 말 잠깐만 들어 봐."

그래서 인환이는 손을 내밀며 기수 앞으로 가까이 왔다.

그러나 기수는 준다던 것을 꺼내려지는 않고,

"그러지 말고 같이 가자. 가는 길에 운동구점에 들어가 구경도 할 겸."

하고 인환이 팔을 잡아끌며 기수는,

"가는 길에 운동구점 많지? 우리 한 집 한 집 차례차례로 들어가 보자."

그들은 벌써부터 스케이트를 사기로 약속을 하였었다. 한 사람의 힘으로 장만하긴 어려우니까 둘이서 돈을 모아, 하나를 사 가지고 서로 번갈아 가며 쓰기로 하고 돈을 모아 오던 터이다.

마침내 두 소년은 삼거리에서 전찻길 옆으로 처마를 연해 있는 상점들의

유리창 안을 기웃거리며 어깨를 나란히 서서 간다.

이윽고 번화한 사거리를 몇 번 지나고 두어 집 운동구점에도 들러 진열장 안의 여러 가지 스케이트도 구경하고 거리가 차차 쓸쓸해지며 성문 밖 산 밑 비탈에 오막집이 닥지닥지 붙어 있는 가난한 동네에 이르렀다. 번지만 가지고는 집을 찾기 곤란한 동네여서 여러 번 길을 물어 꼬불꼬불한 길을 돌아, 겨우 언덕 위에 올라앉은 동훈이 집을 찾았다.

그는 양철집 찌그러진 대문 앞에 이르러 기수는 여러 번 소리를 높여 동훈이를 불렀으나 나와 보는 사람은 없고 안에서 어른의 음성으로 누구를 꾸짖는 소리만 요란하였다. 기수와 인환이는 서로 쳐다보고 난처한 웃음을 웃다가 기수가 앞장을 서서 그 얼그러진 대문을 열고 들어섰다. 그리고 조고만 마루 앞에 이르러 또 한 번 동훈이를 부르자 방 안의 꾸짖는 음성이 조용해지며 탕 하고 방문이 열렸다.

이 사람이 바로 동훈이 부친이리라. 병색이 깊은 해쓱한 얼굴이 나타나 험한 눈으로 기수와 인환이를 번갈아 보더니,

"너이들은 누구냐?"

하고 거친 음성으로 물었다. 기수는 무춤하다가 공손히 인사를 하고 동훈이의 책보와 모자를 내놓으며, 선생님이 이르던 말을 하였다. 그러나,

"동훈이 학교 말이냐? 동훈이는 오늘부터 학교 고만두겠다."

하고 그 사람은 고개를 돌려 방 안을 향해, 조금 전의 계속으로 꾸짖는 소리를 냈다. 그 컴컴한 방구석에 동훈이가 찌푸린 상으로 고개를 숙이고 앉았다.

"인마, 네깐 놈이 호강스럽게 공부가 다 뭐냐. 먹고 입고 살 것 있는 집안에서 공부지. 아, 조석이 간데없는 집에서 공부만 허면 배부르냐, 배불러?"

그리고 기수를 향하고는,

"학교 가서 선생님 뵙거든 박동훈이는 오늘부터 학교 고만두겠다고 말씀 여쭈어라."

하고는 탕 하고 도로 방문을 닫았다.

기수와 인환이는 무안을 당한 듯이 머쓱해서 섰다가 돌아서 집 밖으로 나갔다.

그리고 집 앞 비탈길을 반쯤 내려왔을 때 그 집 대문이 요란하게 열리며 주제가 구지레한 여인 한 분이 신짝을 끌며 쫓아 나왔다.

"얘들아, 잠깐만 섰거라."

하고 불러 멈추게 하고 그 앞으로 가까이 내려오더니,

"지금 그 어른이 역정이 나셔서 그러는 말씀이니 너이들 어떻게 생각지 말어라. 그리고 내일 학교 가서도 선생님 뵙고 아무 말씀도 말어 다우. 내일은 어떡하든 동훈이를 학교에 보내겠다. 너이들도 생각해 봐라."

하고 동훈이 모친인 듯싶은 그 여인은 인제 졸업도 몇 달 안 남았는데 지금 고만두면 여섯 해 동안 학교 다닌 들인 전공이 아깝지 않느냐고 아주 원통해하였다.

"그렇죠. 그렇죠."

하고 기수도 그 여인과 같이 원통한 얼굴을 하였다.

"전들 오죽 속이 상하겠니. 남들은 중학교에 갈 준비를 하느니 허는데 소학교나마 월사금을 못 내 졸업도 못 하게 되니. 날마다 밖으로 나가 돌기만 하고, 집에 들어오면 심술만 내고 그 꼴은 참 눈으로 볼 수 없구나."

하고 연해 눈물 맺힌 흔적을 감추려 코를 풀고 하는 것이다.

그 앞을 떠나 돌아가면서도 기수는 마음에 찔려 몇 번이고 동훈이 집께를 돌아다보고 하였다.

그러나 인환이는 주책없이 동훈이 부친이 하던 음성을 흉내 내어,

"인마, 공부만 허면 배부르냐, 배불러?"

하고 혼자 킥킥킥 웃고 한다.

거리로 나와서도 인환이는 아까 싫도록 보았건만 운동구점을 지날 때마다 멈추고 서서 진열장 안의 스케이트를 한참씩 들여다보고 하였다. 그리

고 동경에 가 있는 자기 큰형이 동기 휴가로 돌아올 텐데 그 형에게 말하면 모자라는 돈은 채워 줄 것이라며,

"우리 이왕이면 저 경기용을 사자. 저게 좋지 않어?"

하고 인환이는 한 손으로 유리창 안을 가리키며 한 손으로는 기수의 등을 두들긴다.

하긴 기수도 스케이트를 보는 때면 마음이 기뻐지는 것은 사실이다. 저것을 사 가지고 꾸준히 기술을 익힌 다음 훌륭한 선수가 되어 경기 대회에도 나가고 또 올림픽에도 나가 세계 기록을 짓고 하는 꿈을 하루에도 몇 번씩 머리에 그려 보고 하던 것이다.

"그야, 이왕이면 경기용을 샀으면 좋겠지만."

하고 기수도 따라 마음이 기뻐져,

"연습용을 사기도 돈이 모자라는데 저걸 어떻게 사니?"

"아냐. 내일 동경에서 나오시는 우리 큰형에게 말하면 모자라는 돈을 을마든지 채 줄 게야, 뭐."

하고 인환이는 벌써 그것을 사서 발에 신기나 한 것처럼 길바닥 얼음 위를 쓱쓱 스케이트를 타는 시늉으로 궁둥이를 저으며 운동화 신은 발로 얼음을 지치자 기수도 그 뒤를 따라 그랬다.

이튿날 아침, 기수는 학교 운동장에서 어제 일이 생각나 동훈이 얼굴을 찾으나 볼 수가 없다. 상학종이 울어도 없고, 교실 안에 들어가서도 동훈이 책상은 어제대로 비어 있다. 오늘도 아니 온 모양이다. 선생님도 먼저 기수에게 그 일을 물었다.

"어제 박동훈이 집 가 봤나?"

"네."

하고 기수는 잠시 동훈이 부친 말대로 할지 모친의 말대로 할지 몰라 주저주저하다가 나중 모친이 말대로,

"오늘은 틀림없이 학교에 온다고 그랬는데요."

하고 아니 온 까닭은 자기도 모르겠다는 얼굴을 하였다.

사실 까닭을 모를 일이었다. 자기 부친 말대로 학교를 고만둔 것인가, 아니면 아직 월사금을 변통치 못해 못 오는 것인가.

하학 후 운동장에서도 기수는 그 일을 생각하며 철봉틀 옆으로 걸음을 옮기고 있는데 불시에 누가 어깨를 탁 쳤다.

"무슨 생각을 허는 것이냐?"

하고 인환이가 기수의 놀라는 얼굴을 보고는 깔깔댄다. 그리고,

"오늘 아침 차로 우리 큰형님 나오셨다."

"그래 스케이트 살 돈 말씀해 봤니?"

"아직 말은 아니 해도 되긴 될 거야. 염려 없어."

하고 아주 기뻐서 못 견디겠다는 듯이 몸을 날려 철봉틀에도 매달려 보고 한다.

허나 어쩐지 기수는 그와 같이 마음이 기뻐지지 않았다. 그날 학교를 파해 집으로 돌아가는 길이다. 마침 동훈이 일을 생각하며 길을 걷고 있는데 맞은편에서 당자인 동훈이가 양복바지에 손을 찌른 풀 없는 걸음으로 걸어오는 얼굴과 마주쳤다. 기수는 이유 없이 깜짝 놀라 무춤하다가,

"너, 어디 가니?"

"너, 어디 가니?"

하고 동훈이도 무춤하며 같은 말을 하였다.

그리고 두 소년은 잠시 말이 없이 길모퉁이에 땅바닥을 내려다보며 섰다.

그러다 기수는 먼저 입을 열어,

"너, 어째 오늘도 학교에 안 왔니?"

"학교 말이냐?"

하고 동훈이는 문득 얼굴을 들어 쳐다보다가,

"난 오늘부터 고만두겠다."

"고만두다니. 몇 달만 다니면 졸업을 헐 텐데 졸업도 안 허고 고만둬?"

그러나 동훈이는,

"난 학교 졸업보다 돈벌이가 급한 사람이다."

하고 빈정대는 듯하더니 고개를 숙이며 작은 음성으로,

"그렇지만 월사금 낼 형편이 돼야지. 아버지 병환은 더해 가시며 날마다 화만 내시고 살림은 어려워 가고."

하고는 오늘도 어떻게 공장이나 회사 같은 데 직업을 구해 볼까 하고 돌아다니는 길이라 한다.

"하지만 취직도 학교 졸업이나 하고 헐 게지, 소학교 졸업장도 없이는 어렵지 않어."

그러나 기수의 그 말은 도리어 상대를 괴롭게 하는 말밖에는 아니 되었다. 당자도 그것을 잘 알 것이며 그래서 더욱 안타까워하고 서러워할 것이 아니냐. 기수는 더는 입은 열려 하지 않았다.

두 소년은 잠잠히 말이 없이 땅만 보며 걸음을 옮기다가 삼거리 모퉁이에 이르러 서로 헤어졌다.

자기 집에 돌아가서도 기수는 머릿속에 볼이 홀쭉한 듯싶은 동훈이의 얼굴, 그리고 모친의 눈물을 찔끔거리며 하던 말이 들리기나 하는 듯 그 생각이 떠나지 않았다.

마침 저녁밥을 먹고 났을 때 요란히 대문을 박차 열며 인환이가 뛰어들어왔다. 그리고 숨이 차 벌떡벌떡하며 말을 못 하다가,

"됐다, 됐어."

하고 기어이 자기 큰형에게 경기용 스케이트를 살 만한 돈을 얻었노라고 마당을 경정경정 뛰며, 지금으로 그것을 사러 가자고 재촉이 야단이었다.

하여튼 기수는 그를 따라 집 밖으로 나갔다. 그리고 골목을 나오고 다리를 건너고 삼거리 모퉁이에 이르러 기수는, 운동구점이 있는 곳을 향해 걸음을 빨리하는 인환이의 어깨를 잡아 멈추게 하였다. 그리고,

"너, 학교 공부가 중하냐, 스케이트가 중하냐?"

"물론 학교 공부가 중하지."

하고 인환이는 어째 그런 것을 묻는지 영문을 몰라 기수의 얼굴을 쳐다본다.

"그럼, 우리 스케이트는 다음 사고 이 돈으로 동훈이 월사금 내 주자."

"뭐, 동훈이를 주어?"

하고 어이가 없는 듯 인환이는 눈을 똑바로 쳐다보다가,

"그래, 동훈이 월사금 내 주자구 벌써 몇 달을 두고 쓸 것도 못 쓰고 돈을 모았드란 말이냐?"

"일 년을 두고 모은 돈이면 어떻냐. 이것만 가졌으면 그 애는 공부도 계속하겠고 또 졸업도 하게 되겠고."

그러나 인환이는 그 말은 들으려지도 않고, 어제도 연필 깎는 칼 좀 빌리려도 아니 주던 그런 놈이라며,

"주고 싶건 네 돈으로 주렴. 난 싫다."

하고 어깨를 잡는 손을 뿌리치며 돌아서 휘적휘적 저 갈 데로 가는 것이다.

이튿날, 학교에 가서도 기수는 진정 노여워 될 수 있는 대로 인환이와 얼굴을 대하길 피했다. 그처럼 자기와 생각이 멀고 뜻이 같지 않은 아이인 줄은 몰랐다. 운동장엘 나와서도 그가 있는 반대편으로만 다녔다.

그리고 학교를 파해 돌아가는 길이다. 전찻길을 건너 골목으로 들어서려 할 때 등 뒤에서 인환이가 부르며 쫓아왔다.

"너, 노했니?"

하고 기수와 어깨를 나란히 서며,

"오늘 강에서 스케이트 경기 한다더라. 우리 구경 가자."

"난 싫다. 너나 가렴."

"그러지 말고 같이 가자. 돌아오는 길에 스케이트도 살 겸."

"난 스케이트 살 돈 없다. 돈 있건 너나 사렴."

사실 그는 자기가 모은 돈만으로도 어떻게 도와 주려고 지금 동훈이를 찾아가는 길이다. 그는 인환이의 어깨를 잡으려는 팔을 쳐 내리며 걸음을 빨리하였다. 그 뒤를 한참 말없이 따라가더니 인환이는,

　"내가 잘못했다."

하고 기수의 손을 쥐었다. 그리고,

　"늬 말이 옳다. 일 년 십 년을 모은 돈이면 어떻냐. 스케이트가 뭐냐. 그 돈이 있으면 한 사람이 소학교 하나를 졸업헐 텐데."

　두 소년은 서로 어깨동무를 하고 갑절의 두터운 우정을 느끼며 성문 밖 가난한 동무의 집을 향해 걸음을 옮겼다.

집을 나간 소년

　정거장 대합실 안이다. 아까부터 기수는 오늘 동경에서 나오시는 자기 큰형님을 맞으러 나온 것도 잊은 듯이 두리번두리번 사람 구경을 하고 섰다. 그 넓은 대합실 안은 차를 타러 나온 사람, 또는 누구를 마중이나 배웅하러 나온 사람으로 와글와글하다. 양복한 점잖은 신사도 있다. 학생도 있다. 괴나리봇짐에 바가지짝을 매달은 촌사람도 있다. 조랑조랑 어린아이들을 거느린 여인도 있다. 그중에 사람의 눈을 피하듯 캡을 얼굴 깊이 눌러 쓰고 걸상 한모퉁이에 오그리고 앉은 소년 하나가 있다. 그 모습이 어쩐지 올봄에 소학교를 같이 졸업한 동무의 모습 같아 무춤하다가는 그 옆으로 가까이 가며 자세히 살핀다. 딴은 그렇다. 기수는 반색을 하고 그의 등을 한 번 딱 때리고는,

　"너 인환이 아니냐?"

　그러자 소년은 기겁을 해 깜짝 놀라 "어!" 하고 한마디하고 고개를 돌려 기수를 보고는 적이 안심한 얼굴로,

　"난 누구라고."

　그 너무나 놀라는 모양에 기수는 하하하 소리를 높여 웃고,

　"내 목소리가 그렇게 무서우냐. 아주 깜짝 놀라게."

　"무섭긴. 난 넌 줄 몰랐으니까 그렇지."

　"그럼 나 말고 누구 무서워하는 사람이 있나 보구나."

　인환이는 입가에 어색한 웃음을 지으며 대답이 없다가 기수가 재차 독촉

하듯 묻자,

"무서워하는 사람이 있긴 누가 있어."

하고는 말머리를 돌려서,

"넌 정거장에 뭣 하러 나왔니?"

그러나 기수는 인환이 그가 뭣 하러 정거장엘 나왔는지 먼저 알고 싶었다. 학생 양복에 캡을 쓰고 옆에는 가방을 가진 행색이 어디 길을 떠나러 나온 듯싶다. 기수는 가방과 인환이를 번갈아 보며,

"너, 어디 길 떠나니?"

"응."

"어디, 먼 데냐?"

"응."

"무슨 일로 가니. 여행이냐?"

여전히 인환이는 "응." 하고 멋없는 대답으로 기수와는 반대편을 보다가 문득 고개를 돌리며 음성을 나직이 이런 당부를 하였다.

"너, 당분간만은 나 봤단 소리 누구보고두 말어 다우."

기수는 무슨 영문을 몰라 눈을 끔벅끔벅하다가,

"왜?"

"그저, 좀."

"너희 집에두 말이냐?"

"응, 우리 집에두."

"아, 너희 어머니께두 말야?"

"응. 우리 어머니께두."

하고 인환이는 아무렇지 않은 듯 말하는 것이나 기수는 더욱 까닭이 몰라졌다. 말없이 의심 깊은 눈으로 인환이 얼굴을 바라보기만 하다가 음성을 나직이 다급하게 묻는다.

"대체 어디냐. 너희 어머니께두 알리지 않구 가는 데가. 너 혹시 아주 너

희 집 버리고 나온 건 아니냐?"

"……."

"너희 집 버리고 나온 건 아냐?"

그러나 인환이는 대꾸가 없이 수심에 잠기듯 머리를 숙이고 앉았더니 갑자기 얼굴을 들고 거진 애원하는 소리로 딱 잘라 말한다.

"그건 좀 묻지 말어 다우. 내 소원으로."

이내 두 소년은 잠잠히 침묵에 잠긴다. 기수는 더는 입을 열어 묻지는 못하나 더욱 인환이의 일이 궁금하지 않을 수 없다. 무슨 큰일 날 짓을 저지른 것만 같아 무한 걱정이 되는 한편, 그것이 무엇인지 몰라 이리저리 생각을 하고 섰는데 먼저 인환이가 입을 열었다.

"저번 신문에서 보니까 넌 그예 소원하던 그 중학교에 합격이 되었더구나."

"응. 너, 신문에서 봤니?"

"퍽 지원자가 많았지?"

"십 대 일이니까 적은 수도 아니지."

"넌 보통학교 때 성적도 좋고 하니까 으레 합격될 줄 알았지만."

"허지만 난 그날 아마 운수가 좋았든가 봐."

하고 자기에 관한 말은 간단히 하고는,

"넌 어떻게 됐니?"

하고 인환이 그도 상급학교를 지원하던 터라 그 일을 물었다.

그러나 인환이는,

"내 형편에 상급학교가 뭐냐."

"왜, 너희 아저씨 되시는 어른이 부자시라면서? 그 어른께 어떻게 잘 말씀해 보면 될 것 같다고 하더니 그러니."

"그건 틀린 지 벌써 오래다."

"틀리다니?"

"사람이 돈이 있어야 제일이지 공부는 해 뭐 허느냐는 어른이신데, 뭐. 그리고 허시는 말씀이 정 공부가 허고 싶건 자기가 허시는 전당국에 나와 서기 노릇 허는 공부를 허라시는 거야."

더 듣지 않아도 뻔한 일이다. 집안은 가난하고 아버지는 주야로 술 자시는 일밖에는 모르시는 어른이고 믿었던 아저씨마저 그렇다면 그렇게 가고 싶어하던 상급학교는 틀리고 말았으니 인환이의 그 속이 어떨 것은 묻지 않아도 짐작할 일이고, 그리고 그 일과 지금 자기 집에도 알리지 않고 길을 떠나려는 것이 어떻게 부합된 일이나 아닌가고 기수는 다시금 인환이의 얼굴을 쳐다보는데 인환이는,

"지금 네가 마중하러 나온 어른이 바루 동경 가서 공부하고 계시다던 분이냐?"

"응, 바루 그 형님야. 올에 대학을 마치시고 나오시는 길야. 내가 이번에 상급학교에 합격만 되면 나오실 때 사진기계 한 틀을 사다 준다고 하셨는데 아마 잊지 않고 사 가지고 나오시겠지."

하고 잠시 말을 끊었다가 기수는,

"사진기계가 생기거든 먼저 너를 찍어 보려고 했더니만."

하고 매우 섭섭한 낯을 하더니 그 얼굴은 금세 무한 야속해하는 빛으로 변하며 그러나 정 있는 소리로,

"너 정말이지, 지금 어딜 떠나는 길이냐. 내게 말 못 할 게 뭐냐. 날 못 믿어 그러는 거냐?"

"뭐, 널 못 믿어 그러는 건 아니지만."

"그럼 내게 말 못 할 게 뭐냐. 너 전에 우리 둘 사이에는 비밀이 없이 지내자고 그랬지?"

인환이는 더욱 얼굴이 침통해지더니 문득 고개를 들어 사실은 하고 사실은 집에 다시는 아니 들어갈 생각으로 나왔다는 말을 하자 기수는,

"뭐, 정말야?"

하고 다시금 놀랜다. 그리고,

"그럼 장차 넌 어떡헐 생각이냐. 그리고 집에 계신 너희 어머니는 어쩌고."

"우리 어머니 말이냐. 어머니에겐 잘 이해하시도록 써서 지금 편지를 띄웠으니까 내일은 받아 보시겠지. 그리고 언제는 내가 집에 있어서 어머니 보양해 드렸니. 나 없어두 그대로 사시겠지."

"허지만 너 하나를 바라고 사시는 어머니 아니냐. 네가 집을 버리고 나간 걸 아시면 오죽허시겠니."

"나두 그 생각을 못 허는 건 아냐. 허지만 허구헌 날 집안에 들어앉아서 어머니 눈앞에 답답한 꼴을 보시게 하여 속을 태우시게 허는 것보다는 차라리 낫지. 남들은 상급학교엘 가느니 허는데. 그리고 아저씨 말씀대로 전당국에 나가 서기 노릇 하는 걸 배운다 하더라고 남들은 같은 시간에 훌륭헌 학교에서 좋은 선생님 아래 날로 향상해 가는데 나는 뭐냐."

"그럼 지금 넌 뭘 목적허고 어디로 떠나는 길이냐?"

"지금 가는 데는 대구다. 뭐, 거기가 다른 데보다 좋아서 가는 것은 아냐. 돈 자라는 데까지 차표를 끊으니까 거기밖에 안 되더구나."

"그리곤 어떡헐 생각이냐?"

"뭐, 어떻게든지 되겠지."

"어떻게든지 되다니?"

"아무런들 집에서 아버지 주정을 받는 거나 아저씨 전당국에 나가 꾸벅거리고 앉았는 것보다는 낫겠지. 그리고 지금 집을 나가는 것이 다음엔 도리어 어머니께두 효가 될는지도 몰라. 어머니는 은근히 내가 일후에 크게 성공하여 헌다헌 인물이 되어 주길 바라시는 거야."

"그럼 지금 넌 무슨 성공헐 길이 있어 집을 나온 거냐. 대구엔 누구 아는 사람도 없을 텐데."

"성공?"

하고 인환이는 지금까지의 꿈이 깨진 듯 잠시 멀뚱멀뚱 바라보기만 하더니 다시 말을 계속한다.

"그렇지만 기수야, 너 가끔 이런 생각허는 때 없니? 산 같은 데 올라 먼 곳을 바라보는 때 말야. 산 너머 먼 저편엔 무슨 여기보다 행복한 생활이 있을 것 같은. 그리고 거기를 가기만 허면 어쩐지 곧 자기 몸이 행복될 것 같은……."

"그래, 넌 지금 그걸 믿고 집을 버리고 나온 거야?"

하고 기수는 어림없는 소리라는 듯 퉁명스레 말하자 인환이는,

"아니."

하고 잠시 얼굴이 붉어지더니,

"허지만 지금 떠나는 길이 꼭 불행하게 되리라고만 생각헐 수는 없지 않어. 그리고 수족이 성허니까 어디 가서 무엇을 하든 제 밥벌이는 할 수 있겠지."

하고 애써 걱정 없는 얼굴을 하려 하는 것이나, 기수는 그 말을 바로 들을 수는 없다. 하지만 덮어놓고 말릴 수도 없어 몇 마디 듣기 좋은 말로, 네가 생각하는 것과 실사회와는 다르다는 뜻을 말하자 인환이는 그 말에 귀를 막듯 갑자기 언성을 거슬린다.

"얘, 듣기 싫다. 듣기 싫어."

하고 손을 젓고는,

"누구는 너만 생각을 못 해 집을 버리고 나온 줄 아니. 너는 넉넉한 집안에 부족한 것 없는 몸이니까 그렇겠지만 난 잠시를 견딜 수 없는 집안 형편야. 남의 사정 모르는 소리 좀 작작해라."

기수는 덤덤히 입을 다물고 만다. 사실 충고를 하여 인환이로 하여금 집으로 돌아가게 한다 하더라도 그것으로 인해 조금도 그의 형편이 전보다 좋아질 리는 없고, 또 좋게 해 줄 기수 자신의 힘도 없다. 그럴 바엔 성사 없는 말로 공연히 마음을 괴롭힐 것은 없다 싶었다. 그러나 정처 없이 떠

나려는 동무를 앞에 놓고 측은하고 섭섭한 생각을 금할 수 없어 위로 한마
디 못 하면서 다만 소리 없이 한숨 쉴 따름이다.

두 소년은 각기 생각에 잠기며 묵묵히 섰다. 어디론지 차 떠나는 신호가
들리며 정거장 내는 일층 떠들썩해진다. 차표를 사는 사람, 두 팔에 하나씩
짐을 들고 개찰구 앞으로 나가는 사람.

기수와 인환이는 똑같이 무춤하고 고개를 들어 시계 있는 편으로 돌려
시간을 본다. 각각 기다리는 시간을 향하고 시계는 일 초 일 초 가까이 가
고 있다.

기수는 문득 인환이 어깨에 팔을 걸려 나직한 음성으로,

"정 어려운 경우를 당하거든 잊지 말고 내게 기별을 해 다우. 내 힘 자
라는 데까지는 해 볼게."

"고맙다."

한마디로 인환이는 간단히 감사를 표하며 기수의 한 편 손을 잡는다.

이런 때 건너편 문 앞, 빽빽하게 둘러섰는 사람들 너머로 어떤 여자의
음성이 누구를 부르며 당황해하는 기색이 있다. 그 소리가 어쩐지 인환이
어머니 음성 같아 인환이와 기수는 동시에 가슴을 두근거리며 그편으로 눈
을 든다.

마침내 사람들의 사이를 헤집고 나타난 여인은 딴은 인환이 어머니가 분
명하다. 거진 실성한 사람처럼 매무시가 흘러내려 치마가 땅에 끌리는 것
도 돌아보려지 않고 당황한 눈을 이리저리 돌려 살피며 갈팡질팡한다.

그 어머니를 보자 인환이는 한층 더 당황해하며 쩔쩔매다가는 맞은편에
있는 공중전화를 보자, 기수에게는 나 보았다는 소리 아예 하지 말아 달라
는 당부를 하고는 뛰어가 그 안에 몸을 숨긴다.

여전히 인환이 어머니는 실성한 사람처럼 아무나 보고는 이러저러한 얼
굴 모습에 이러이러한 옷을 입은 소년을 보았느냐고, 창피와 염치를 가리
지 않고 자기 아들을 찾기에 상성이 났다.

기수는 인환이 어머니를 나가 맞아야 할지 어쩔지 몰라 망설이고 있는데 저편에서 먼저 보고 자기 아들을 만난 듯이나 반색을 하며 가까이 온다.

　"너, 우리 인환이 여기 안 나왔니?"

　고대 이 자리에 인환이가 있었던 것을 보기나 한 것처럼 얼마간 안심하는 빛을 얼굴에 보이며 기수를 본다. 그 얼굴을 바로 쳐다보지 못하고 기수는 고개를 숙이고는 모르겠다는 뜻으로 머리를 젓는다. 금세 인환이 어머니는 실망을 한 듯 안색이 어두워지며,

　"혹 다른 데 어디서도 본 적 없니?"

　기수는 역시 머리를 젓자, 인환이 어머니는 기운을 잃고 그 옆 걸상에 꿇어앉는다. 그리고,

　"그럼 이 애가 어딜 갔단 말이냐. 글쎄, 요즘 며칠을 두고 눈치가 수상해 은근히 걱정을 하지 않았겠니. 그랬는데 오늘 잠깐 어디 좀 나갔다 들어오니까 늘 장 위에 있던 가방이 보이질 않아. 그래 자세 살펴보니까 장 속에 둔 그 애 속옷 나부랭이도 없어지고 책상에 책도 몇 권 없어지고 하였구나. 그래 분명 이 애가 집을 버리고 나간 것 같애 먼저 정거장으로 뛰어나왔다만……."

하고는 기수 얼굴을 똑바로 쳐다보며,

　"네 생각은 어떠냐. 이 애가 분명 집을 버리고 나간 거지?"

　"글쎄요."

하고, 기수는 여전히 알 수 없다는 얼굴을 하는 수밖에 없었다.

　"전에두 혹 네게 그런 눈치 보인 적 없디? 이 애가 집을 버리고 나간 게 아닐까?"

　기수는 어색한 웃음으로 어물어물하는데 인환이 어머니는 그걸 아니라는 뜻으로 아는 모양이다.

　"아니었으면 작히나 좋겠느냐마는, 이 애가 분명 집을 버리고 나갔어."

하고는 가만히 있을 수 없는 듯 불시에 걸상에서 몸을 일으킨다. 그리고,

"어쩌면 아이가 그렇게 철딱서니가 없니. 저희 집 형편을 제 눈으로도 뻐언히 보는 바 아니냐. 보통학교도 어디 다닐 걸 다녔니. 글쎄, 상급학교에 못 간다고 앉으면 한숨이고 밤에도 잠꼬대로 그 말이로구나. 그야, 같이 다니던 아이들이 모두들 상급학교엘 간다는데 자기만 못 가니 그도 그렇겠지. 하지만 제 집 형편도 생각해 볼 줄 알어야 허지 않니. 그리고 제 아저씨 되시는 어른이 전당국을 허시는데 거기 와 있으라고 해도 거기는 죽어도 가기 싫다는구나. 글쎄, 싫을 게 뭐냐. 당장은 싫여도 그 어른 눈에 착실히만 보이면 다음에 장사도 내 주고 허실 것 아니냐. 그래 어젠 나도 그 말을 허고 저이 아버지도 좀 나무래고 했더니 그걸 아마 뇌까린 모양이드구나."

그리고 개찰을 하기 시작하여 그편 개찰구 앞에 모여 섰던 사람들이 움직이기 시작하자, 그 틈에 인환이가 섞여 있기나 한 듯이 한 사람 한 사람 차례차례 살피다가는 다시 기수를 향하고 탄식이다.

"이 애가 가진 것도 없이 집을 나갔으니 고생인들 오죽허겠니. 먹기는 뭘 먹고 잠은 어디서 자고……. 내 자식이 나가서 갖은 고생을 허는데 내가 어떻게 입에 밥이 들어가고 밤에 잠을 자겠니."

하고, 기수 어깨에 손을 얹으며 거진 애원을 하듯이,

"기수야, 너는 알겠지. 우리 인환이가 어디 간 걸 너는 알겠지. 인환이에게 무슨 말 들은 것이라도 있을 테지. 숨기지 말고 제발 말 좀 해 다우. 착하지. 착하지."

실로 기수는 난처하였다. 이 가엾은 여인에게 끝끝내 입을 봉하고 있을 수는 정말 어려웠다. 그러나 동무가 당부하던 말도 잊을 수 없어 멍멍히 섰는데 마침 부산서 떠난 열차가 도착하였다는 보고가 들리며 그편으로 사람들은 몰려간다. 더는 그 자리에 머물러 있을 수 없다. 그러자 갑자기 고개를 들더니 울 듯한 표정으로 걸음을 빨리 공중 전화가 있는 편으로 가며,

"인환아, 인환아."

마침내 전화실 문이 열리며, 숨바꼭질을 하다가 들킨 때처럼 어색한 얼굴로 인환이는 나왔다. 그리고 기수가 그의 손을 잡고 무어라고 입을 열기전에 인환이 어머니는 달려와 아들의 어깨에 매달렸다.

"네가 나를 두고 어딜 간단 말이냐. 나 죽기 전엔 못 간다. 못 가."

그의 울음 섞인 음성을 들으며 기수는 동경서 나오는 자기 형님을 맞으러 그 자리를 떠나지 않을 수 없었다.

차 안에서 꾸역꾸역 내리는 사람들의 뒤를 이어 기수 큰형님도 내렸다. 그리고 기수를 보자 웃는 낯으로 먼저 양복 주머니에 손을 넣어 약속한 사진기계를 꺼내는 형님에게 간단히 내용을 알리고 인환이와 그의 어머니가 있는 대합실 안으로 이끌려 왔을 때에도 풍경은 아까와 조금도 다르지 않다.

사람들이 둘러섰는 가운데 인환이는 고집을 세우고 버티고 섰고 어머니는 어떻게 달래서 집으로 돌아가게 하기에 상성이었다.

"정 가고 싶건 나구 같이 가자. 천 리가 되든 만 리가 되든 같이 가서, 먹어도 같이 먹고 굶어도 같이 굶자. 글쎄, 네가 나가 고생을 허는데 내가 집에서 혼자 밤잠인들 잘 수 있고 밥인들 입에 들어갈 줄 아니."

그래도 여전히 움직임이 없이 버티고 섰으니까 둘러섰는 사람들을 돌아보며 어머니는 또 그런다.

"저는 큰 뜻을 품고 집을 나간다는 것이지만 요새 세상이 어디 뜻대로되는 세상입니까. 넉넉헌 사람도 객지에 나가면 고생이라는데 빈주먹만 들고 나간 몸이 고생인들 오죽허겠습니까."

그리고 다시 인환이를 향하고는,

"집으로 가자. 제발 이 어미를 불쌍히 생각해서라도 가자. 가자."

그러자 입때껏 말없이 바라보기만 하고 섰던 기수 큰형님이 앞으로 나가 인환이 등에 손을 얹었다. 그리고 그제야 고개를 들어 보고 기수 형님인걸 알자 굽실하고 인사를 하는 그를 조용한 곳으로 이끌어 가며 나직나직

이렇게 타이른다.

"암, 상급학교에도 가고 싶겠지. 그리고 여기보다 좋은 환경을 찾아 먼 길을 떠나고 싶기도 허겠지. 허지만 백 사람이 그렇게 집을 나가서 그중 좋은 환경을 만나게 되는 사람은 한 사람이 되기도 드문 것이 이 세상 일이거든. 그리고 공부란, 사람이 자기 자신과 자기가 살고 있는 사회를 잘 알고 잘 이해하려는 데 보다 큰 목적이 있는 것으로, 그것은 반드시 학교 엘 가서만 배워진다는 것은 아니야. 알려고 노력만 허게 되면 어떠한 환경에서든 그걸 배울 수 있는 것이거든. 오늘은 우선 너이 집으로 돌아가거라. 그럼 내가 아는 사람도 있고 또 나도 계획허는 사업이 있어 사람을 쓰게 될 것이니까 어떻게 업을 가져 낮에는 일을 하고 밤에는 야학 같은 데를 다니게라도 해 줄 터이니 내 말대로 해라."

급기야 인환이는 기수 큰형님 앞에 머리를 숙이며 그 뜻을 좇기로 하였다. 그리고 그의 어머니가 기수 큰형님에게 무수히 감사를 표하며 걸어오는 앞장을 서서, 인환이와 기수는 서로 어깨를 걸고 가벼이 걸음을 옮기며 기수는 이런 말을 하였다.

"우리 얼른 집으로 가서, 이 사진기계로 네 얼굴 먼저 백혀 보자."

모자帽子

성만이는 가슴이 선뜻하였다.

삼거리 모퉁이 담배 가게 옆에 갑동이란 놈이 좋지 못한 얼굴로 뒷짐을 지고 섰다. 아마 성만이 오기를 지키고 섰는 모양, 그러나 성만이 못 본 척 태연한 걸음으로 그 앞을 지나 길을 오른편으로 꺾어 갔다. 그 등 뒤에서 갑동이가 못난이 음성을 내어,

"무김치."

그리고 제 음성을 고쳐서,

"무방구."

그리고 또,

"피이, 구립다."

이렇게 연달아 소리친다.

성만이가 걸음을 멈추고 돌아서 노려보니까 갑동이는,

"왜 봐."

하고 입을 비죽대며,

"누가 널 보고 그랬어. 그럼 네 이름이 정말 무김친 게로구나, 돌아다 보게."

그러나 성민이가 돌아서 걸음을 걷기 시작하면 또 커다란 소리로,

"무김치."

"무방구."

도시락 반찬에 늘 무김치만 가지고 온대서 성만이는 별명이 '무김치', 그것이 자라서 또 '무방구'가 되었다.

성만이는 무김치가 식성에 맞아서 그것만 가지고 다닌 것이 아니다. 철도국에 다니던 아버지가 다리를 다치고 앓고 있는 지 오래고, 어머니 혼자 남의 집 삯바느질로 근근히 부지해 가는 성만이네 집 형편이다. 어머니가 도시락 반찬을 담을 때면 성만이는 은근히 트집을 부려도 보나 어머니의 마음만 상해 놀 뿐, 그런다고 없는 장조림이 나올 리 없었다.

다만 성만이는 가난해서 받는 억울한 마음을 거기다 앙갚음하려는 듯이 잠시를 손에서 책을 놓지 않고 공부를 하는 보람이 나타나 자기 학급에선 물론, 전교를 통해 성적은 우등생이었다.

그리고 갑동이는 성만이보다 성적이 한 자리 떨어져 둘째면서 언제나 성만이의 첫째를 뺏어 보려고 애를 쓰는, 말하면 경쟁자였다. 따라서 갑동이는 은근히 성만이를 시기했고 또 미워했다. 자기는 공부가 성만이만 못해 첫째를 못 하는 것이 아니다, 담임 선생님이 성만이는 귀애하고 자기는 미웁게 보아 성만이는 점수를 후하게 주고 자기에겐 박하게 주는 까닭에 그렇다, 하고 집안 어른들께도 그렇게 말했고, 동무들에게도 자랑하듯 그러고 다녔다.

오늘도 그렇다. 끝에 시간은 주산이었다. 선생님이 한 참 일 전, 십 전으로부터 천 원, 만 원에까지 올라가며 부르다가는 뚝 끊고 누구, 하자 냉큼 손을 든 것이 갑동이다. 그러나 호기 찬 소리로 "십칠만 오십……." 하고 외나 중간에서 선생님은 고개를 외로 저며,

"틀려."

그리고 뒤미처 손을 든 성만이가 바로 맞혀 냈다.

번번이 이러기를 세 번 네 번, 그다음부터 갑동이는 손을 들지 않았다. 아마 자기 딴은 꼭 맞은 것 같은데 선생님이 성만이 것을 추켜세우려고 일부러 제 것은 틀렸다고 하는 것으로 아는 모양이다. 마지못해 주판 알을

튀기기는 하나 되는 대로 하고, 연해 곁눈질로 선생님과 성만이를 번갈아 보았다.

그리고 그걸 앙심으로 먹었다가 이런 데 나와 성만이에게 푸는 갑동이다.

"무김치."

"무방구."

그 소리가 점점 가까이 와 바로 귀밑에서 울리더니, 갑동이는 서너 간쯤 성만이 앞을 선다. 그리고 몸을 한 편으로 씰기죽, 그편 다리 하나를 오그리고 절뚝절뚝, 성만이 아버지 걸음걸이를 시늉 내는 거다.

성만이는 자기의 별명을 부르는 것쯤은 또 참을 수 있었다. 허나 이것은 그대로 두고 보지 못했다. 몸을 날려 갑동이 등줄기를 책보로 후려 때리며 목덜미를 찌그려 누르기는 했으나 갑동이는 성만이가 이렇게 먼저 손을 걸기만 기다리며 준비를 하고 있던 차다. 익숙한 솜씨로 슬쩍 옆으로 피해 몸을 구부렸다 궁둥이를 들며 넘겨치자 성만이는 제가 도리어 공중제비로 땅바닥에 나가떨어졌다.

"가만 있는 사람, 왜 때리니. 왜 때려."

그리고 사정없이 내리치는 주먹과 발길, 성만이는 엎드려지면서 상대의 아랫도리를 안고 매달렸다. 그러나 연거푸 구둣발길로 머리를 얻어맞고는 정신이 팽 돌아 그대로 땅바닥에 맥을 놓고 엎어지고 말았다. 원체 갑동이는 크게 정미소를 하는 집 둘째 아들로서, 힘센 주먹과 단단한 몸집은 도저히 멀쑥하게 키만 큰 성만이 기운으로는 당치 못했다.

늘씬이 얻어맞고 엎드렸다 성만이가 고개를 들었을 때 길 저쪽 편 담 밑으로 갑동이가 자기 모자를 공 차듯 탁탁, 길바닥에 먼지를 피며 차 굴리고 가는 모양이 멀찍이 보였다.

'옳지, 내 모자를 없애 주기만 해 봐라.'

그러나 성만이는 걱정이 안 될 수 없다. 몸을 일으켜 슬슬 그 뒤를 따라

갔다.

길이 옆으로 꺾인 모퉁이에 이르러 갑동이 모양은 아주 아니 보였다. 그러나 성만이는 거기 어디 모자가 떨어져 있지 않나 하여 구석구석 눈을 밝히며 간다. 마침내 갑동이 집 문 앞에까지 이르러도 이내 모자는 없다.

한동안 성만이는 그 문 앞에서 서성거린다. 그래도 갑동이가 모자를 내다 주기를 기다리는 거다. 아무 기척이 없다. 그러다,

'어디 내 모자를 없애 주기만 해 봐.'

하고, 단단한 결심을 한 듯 그 앞을 떠나 걸음을 옮겼다.

표가 아니 나도록 성만이는 옷에 흙을 말끔 털고 책보로 얼굴을 문지르고 하였지만 잔등어리에 묻은 흙은 전혀 몰랐다. 어머니가 그걸 보고 크게 놀란다.

"저게 웬 흙이냐. 어디서 넘어졌니?"

"아녜요."

그러나 어머니는 좀 더 놀란 음성으로,

"누구하고 싸왔구나. 구둣발길 자죽이 있는데 그래."

"아니라니깐요."

마침내 방 아랫목에 누워 있던 아버지가 머리를 들어 바라보더니 혀끝을 찬다.

"자식두. 저게 언제나 철딱서니가 나."

아버지는 몸을 일으켜 앉으며 상을 찌푸려 음성을 높인다.

"이 자식아, 인제 낼 모레면 보통학교를 졸업해. 집안이 어떻게 살아갈 걱정은 없구, 다니며 남하구 싸움이 뭐냐, 싸움이."

그리고 거진 탄식하듯이,

"아비는 이 꼴이구, 이젠 네가 집안 살림을 걱정헐 몸야. 그걸 생각하면 남하구 싸울 염이 나니. 그럴 시간이 있거든 글자 한 자라두 더 보두룩 해, 인마."

책상을 향해 돌아앉은 성만이는 숨이 막힐 듯 가슴이 답답해 올랐다.

아버지는 벽을 의지해 몸을 일으켰다. 방에서 마루까지 나가는 데는 한 손으로 벽을 짚고 어린아이가 앙감질하듯 한 발로 깡충깡충, 그리고 마당에 내려서서는 아까 갑동이가 시늉하던 똑같은 모양으로 지팡이에 몸을 실리고 절뚝절뚝, 문지방을 넘느라 뚝딱거리며 밖으로 나갔다. 행길 반찬 가게 앞에서 한종일 장기판을 들여다보고 앉았는 동네 일 없는 사람 중에 성만이 아버지도 한 사람이 되었다.

성만이도 방에서 나와 마당으로 내려갔다. 건넌방 모퉁이 판장 앞에 돌아서서 찍찍, 공책장을 찢으며 숙이고 섰다.

측은한 얼굴로 어머니는 그 모양을 한참 두고 보더니 등 뒤로 가까이 가 흙을 털며 달랜다.

"가뜩이나 얻어먹질 못해 빌빌 허는 몸에 구둣발길로 얻어맞았으니 오 직 아프겠니. 아버지 말씀 고까 생각지 말고 들어가 누워라, 누워."

그러나 성만이는 금방 울음이 터질 것 같아 소리를 친다.

"성가시게 왜 이래요. 저리 가요."

밤이 깊어서 성만이는 무서운 가위에 눌린 듯 몸에 식은땀을 흘리고 갑자기 잠이 깨어 눈을 떴다.

그때까지 바느질을 하고 있던 어머니는 성만이 이마를 짚어 보던 손을 떼며 근심스레 묻는다.

"어디가 어떻게 아파서 밤새도록 앓는 소리냐. 속 시원하게 말이나 해라."

성만이는 꿈속에도 몹시 허구리가 아프더니 역시 거기가 몸을 움직일 때마다 결렸다. 그러나 그다음보다 더 큰 무슨 걱정되는 일이 있는 것 같으면서도 얼른 그것이 머리에 들지 않았다. 일어나 냉수를 한 사발 키고, 그리고 문득 모자 잃어버린 일이 비로소 생각났다. 그러나,

'어디, 내 모잘 없애 주기만 해 봐. 가만두지 않을 테니.'

하고 속으로 외며 다시 이불을 쓰고 누웠다.

이튿날 아침, 성만이가 학교를 가려고 집을 나갈 때 어머니가 그 모자를
쓰지 않은 맨머리를 보고 소리를 냈다.

"애, 모자 안 쓰고 가니?"

그 소리를 듣지 못한 양 성만이는 대문 밖으로 뛰어나갔다.

그러나 아버지가 또 들창 밖으로 머리를 내밀고 소리를 쳤다.

"아, 모자 안 쓰고 가?"

그 소리를 등으로 받으며 성만이는 달아나듯 달음박질해 골목을 벗어 나
왔다. 뒤에서는 여전히 아버지의,

"아, 성만아—"

하고 부르는 소리가 자그맣게 계속하였다.

학교 가는 어귀에서 성만이는 갑동이 오기를 기다리고 섰다. 옆으로 무
수한 학생들이 지나간다. 모두 한결같이 모자들을 썼고, 그중 성만이만 맨
머리 바람이고.

마침내 갑동이는 왔다. 그러나 어제와 다름없는 적을 보는 눈으로 흘끔,
아래위 한 번 훑어보고는 그대로 지나간다. 그 등을 향해 성만이는,

"내 모자 줘."

"뭐?"

"내 모자 어쨌느냔 말야?"

갑동이는 좀 눈이 휘둥그래진다.

"어저께 이발소 앞 전봇대 뒤에 왜 걸어 놨었는데 너, 못 봤니?"

못 보았노라고 성만이는 고개를 옆으로 젓는다.

"정말이냐?"

그제야 처음 보는지 갑동이는 성만이의 맨머리를 보고 다시금 놀란다.
그리고,

"이것 좀 가지고 있거라."

하고 책보를 맡기고는 오던 길을 허둥지둥 달음박질해 간다.

한참 후, 갑동이는 역시 빈손으로 돌아왔다.

"없으니, 거 웬일이냐."

갑동이가 모르는 웬일을 성만이가 알 리 없다. 잠잠히 서로 옆으로 고개를 숙이고 섰더니 불시에 갑동이는 급한 소리로,

"무슨 일이 있든지 너, 선생님에겐 말허지 말아 다우. 그럼 내 새 모자 사 줄게."

"……."

"응, 참말이다."

그래도 말이 없으니까 갑동이는 애가 달았다. 가지 못하게 앞을 막고 서서 울상으로 빈다.

"네가 말만 하면 난 고만이다. 당장 퇴학일걸, 뭐. 그렇게 되면 우리 집에서도 쫓겨날 게구."

그리고 날 어떡헐 테냐, 네 말 한마디로 죽일 테냐, 살릴 테냐, 하고 비는 얼굴로 성만이의 처분을 기다린다.

성만이는 문득 측은한 생각이 났다. 이내 고개를 끄덕끄덕하고 만다. 그래도 갑동이는 못 믿어지는지 연해 다진다.

"정말이지? 정말이지?"

"응, 정말이라니깐."

그 말 한마디를 듣고는 낯이 풀어져 갑동이는 고만 앞을 서 달아난다.

그때는 벌써 상학종이 울고 운동장에 학생들이 제자리를 찾아 헤맨다. 성만이도 그 뒤를 따랐다.

아침 조회 시간이다. 전날과 같이 라디오 체조를 하고 교장 선생님의 간단한 말씀이 끝난 후, 이어 선생님은 웬 모자 하나를 머리 위에 높이 쳐들고 흔든다.

"이 모자 임자는 앞으로 나오너라."

틀림없는 성만이 모자였다. 성만이는 갑동이를 보았다. 그는 눈을 끔벅 끔벅, 무슨 군호를 하는데 그것이 나가지 말라는 것인지 나가되 말하지만 말라는 것인지 성만이는 머뭇머뭇하였다.

또 한 번 선생님은,

"이 모자 임자 없나?"

성만이는 열에서 나와 앞으로 나갔다. 갑동이 옆을 지날 때 그는 성만이 허리를 꾹 찔렀다.

"이게 네 모자냐?"

"네."

잠시 선생님은 마땅치 않은 눈으로 성만이를 내려다보더니 얼굴을 고쳐 들고 일반 학생을 향해 음성을 높였다.

"이 중에서 누구, 제 모자를 행길에다 흘려 본 사람 있나? 있거든 손들 어 봐."

하나도 손을 드는 아이가 없다.

"한 사람도 없지."

그리고 선생님은, 머리에 쓰는 의관은 특별히 소중히 가져야 할 것, 더욱 이 교표가 붙은 그것을 허술히 굴리는 것은 학교 그것을 욕되게 하는 거나 일반이라는 것을 명심할 것 등을 말씀하고는 성만이를 돌아보고,

"이따 하학 후 사무실로 와."

성만이는 종시 고개를 숙이고 만들어 놓은 사람처럼 섰다가는 자기 반 행렬이 움직이기 시작하자 겨우 걸음을 옮겨 그 뒤를 따라갔다.

교실에 들어가서는 또 담임 선생님이 성만이를 불러내었다. 그 시간은 성만이가 좋아하는 역사 시간이었다. 선생님은 성만이를 불러내어 한편 귀 퉁이에 세워 두고는 천연히 자기 할 일만 한다. 흘끔흘끔 아이들의 여러 눈이 성만이 얼굴로 모인다. 그 눈을 피해 성만이는 붉어진 낯을 돌려 유 리창 밖 운동장을 내다본다. 갑동이도 성만이 마찬가지로 상기된 얼굴로

열심히 칠판을 쳐다보고 있다.

급기야 선생님은 가르칠 것을 다 가르치고 나서 성만이에게로 머리를 돌렸다.

"모자를 행길에다 내버린 거냐, 잃어버린 거냐, 응?"

성만이는 머리를 숙이고 서서 응답이 없다.

"급장이요, 모범생이란 놈의 품행이 겨우 제 머리에 쓰고 다니는 모자를 길바닥에 흘리고 다니기야. 그리구 널 담임해 가르치는 선생된 내 체면은 그게 뭐냐. 인마, 교표나 떼고 내버리든지 잃어버리든지 허지."

그리고 선생님은 일층 음성을 크게,

"바른대로 말해 봐."

하고 엄한 얼굴로 성만이를 내려다본다.

"설마 등신이 아닌 바에야 제 머리에 쓰고 다니는 모자를 행길에서 잃어버릴 리는 없겠지. 대체 어느 놈의 장난이냐. 어서 말해."

그러나 성만이는 여전히 벙어린 듯 말이 없다.

선생님은 이번에는 실내를 둘러보며 소리를 질렀다.

"누구냐, 그런 장난을 헌 놈이. 냉큼 손을 들어 봐."

하나도 손을 드는 아이가 없다.

갑동이는 고개를 숙이고 일없이 책장을 넘기고 있다. 선생님은 앞줄에 앉은 키 작은 학생을 불러일으켰다. 행길에서 그 모자를 얻어 가지고 온 학생이다.

"너는 알겠지. 본 대로 숨기지 말고 말해 봐."

"전 몰라요. 전봇대에 웬 우리 학교 모표가 붙은 모자가 걸렸길래 떼 왔을 뿐예요."

사실 그는 아무것도 몰랐다. 마침 하학종이 울자 선생님은 성만이에게,

"사무실로 와."

하고 앞서 나가고 그 뒤를 성만이는 홀쭉한 키를 꾸부정, 고개를 숙이고

따라간다.

사무실에 들어가서 선생님은 얼굴이 좀 풀렸다. 그리고 은근한 목소리로,

"어느 놈의 장난이야. 아마 갑동이지."

사실 전날의 품행을 가지고 보아도 성만이가 제 모자를 길바닥에 흘리고 다니거나 할 아이로는 선생님도 생각되지 않았다.

"그놈의 장난이지? 필시."

그러나 성만이의 굳게 다문 입은 여전히 열어지지 않았다.

"그럼 아주 학교를 구만둘 생각으로 모잘 내버린 거냐. 그렇진 않을 테지."

여전히 성만이는 말이 없다.

선생님은 화를 벌컥 낸다.

"왜 말을 않는 거냐, 응."

그리고 숙인 이마를 잠시 노리다가는,

"아, 그래도, 그래도."

하고 그 모자를 쥐고 성만이의 이쪽저쪽 뺨을 때리다가는 그대로 머리 위에 던져 주고,

"저리 가."

성만이는 그 자리를 떠나 다시 교장 선생님 앞에 서게 되었다. 그리고 아까 조회 시간에 듣던 같은 내용의 훈계를 한참, 머리를 숙이고 듣다가 물러나왔다. 결국 성만이는 모범생이라는 전날의 품행을 보아 특별한 용서를 받게 된 것이다.

성만이는 교실에서나 하학 후 운동장에서나 될 수 있는 대로 갑동이 편에 눈을 주지 않았다. 어쩌다 눈이 마주치면 얼른 머리를 돌렸다.

그러나 성만이는 끝에 시간에 변소에서 뛰어나오다 딱 갑동이와 마주쳤다. 두 소년은 깜짝 놀라 주춤하고는 그대로 못 본 척 머리를 돌렸다.

학교를 파해 집을 향해 돌아가는 길이다. 성만이는 또 한 가지 걱정이 남았다. 아침에 집을 나올 때 아버지가 부르는 것도 대답지 않고 달아난 그것이다. 반드시 아버지는 성만이를 그대로 두지 않으리라. 성만이는 아주 풀이 죽어서 남이 보기에 이상하리만큼 어깨가 축 처졌다.

큰길을 지나 골목길로 들어섰다. 누군지 등 뒤로 신발 소리 없이 와 성만이 어깨에 팔을 거는 사람이 있다. 갑동이었다. 슬며시 손 하나가 나와 성만이 한 편 손을 꼭 잡는다. 그리고,

"용서해라."

조고만 목소리다. 그러나 정 있는 음성이었다.

성만이는 손을 잡힌 대로 잠잠히 말이 없다. 조금이라도 입을 열면 곧 울음이 될 것 같았다. 오고 가는 사람이 없는 호젓한 골목길이다. 두 소년은 다시 떨어지지 않을 사람처럼 그렇게 어깨를 서로 건 채 잠잠히 걷는다.

권구拳球시합

"김일성."

"김일성."

등 뒤에 자기를 부르는 소리를 들으면서 일성이는 못 들은 척 그대로 골목을 꺾어 돌아섰다. 피해 달아나듯 걸음을 빨리 반찬 가게 앞을 지날 때, 뒤에서 바삐 덜걱덜걱하고 책보 흔드는 소리가 가까워지며,

"일성아."

하고 기수의 붉은 얼굴이 모자를 벗어 손에 들고 달음박질로 따라온다. 일성이는 걸음을 늦추지 않을 수 없었다.

기수는 씨근씨근 일성이 옆에 이르러 나란히 선다. 그리고 모자로 이마의 땀을 씻으며,

"왜 불러두 대답이 없이 가기만 허니?"

하고 책망하듯 퉁명스레 한마디하고 숨이 차 그런지 한동안 말이 없이 걸음을 옮긴다. 다리를 건너 천변가 조용한 길로 들어섰다. 기수는 문득 입을 열었다.

"너, 그래 정말루 쎔이라고 생각하고 아까 우긴 거냐."

"뭐, 말야."

"아까 찜뿌 시합할 때 말이다. 어디 양심으로 말해 봐라."

하고 똑바루 상대의 얼굴을 쳐다본다.

일성이는 말문이 막혔다. 묵묵히 고개를 숙이고 만다.

오늘 학교에서 권구 시합을 할 때 일이다. 육학년 갑조 을조가 각각 팀을 만들고 때때로 시합을 해 오던 터이나 오늘은 특별히 연필 한 다스를 상으로 걸고 하는 내기라 처음부터 성벽이 났다.

본시 양편의 수가 어슷비슷해 이날도 한두 점을 사이에 두고 다투어 나가다가, 마지막 회에 이르러서 갑조 기수 편이 두 점이 앞서 수비로 물러나가고 일성이 편이 들어섰다. 그리고 일성이가 공을 칠 차례가 왔을 때엔 투 아웃에 풀 베이스가 되었다. 일성이 손 하나에 승패가 달렸다.

그는 주먹을 단단히 쥐고 나섰다. 두 번 세 번, 투수가 던지는 공을 무르기만 하더니 네 번째 갈긴 공이 백선을 그며 날아 우라잇 머리를 넘어 홈런이 되었다. 일성이는 세컨드를 돌고 서드를 거쳐 홈을 향하고 내달린다.

이때다. 홈, 홈, 홈, 소리가 일어나며 뒤미처 쫓아들어 온 기수가 날아온 공을 받으며 일성이가 몸을 날려 베이스에 발을 들여놓자 이어,

"쎔이다."

"아웃이다."

하는 소리가 두 편에서 동시에 일어났다. 한 편은 세이프라고 외치며 날뛰고 한 편은 아웃이라고 외치며 날뛰고 그러나 당자 일성이는, 사실 자기가 기수 옆을 지날 때 확실히 왼편 팔에 스친 공을 느낄 수 있어 자기는 아웃으로 알았는데 의외의 세이프란 소리에 어리둥절하였다. 그러다 나중엔 자기도 뱃심이 생겨서 그럼 아닌 척 제법 큰 소리로 세이프라고 우기게끔 되었고, 결국 시합은 승부가 없이 각기 자기 편 주장을 우기며 떠드는 것으로 헤지고 만 것이다.

"너, 나한테두 쎔이라고 우길 수 있겠니. 어디 양심으로 말해 보라니깐."

하고 기수는 또 한 번 여무진 소리로 다조진다.

일성이는 그 양심으로 말을 하라는 데는 고만 낯이 붉어지고 말았다.

고개를 숙인 채 작은 소리로,

　"잘못했다."

하고 주먹이 내려올 것을 잠잠히 기다렸다.

　허나 기수는 다신 거기 대해 말이 없다.

　국숫집 모퉁이를 돌아 골목으로 들어섰다. 문득 기수는,

　"이따 너 우리 집으로 오너라. 같이 도화지 사러 가자."

하는 음성은 전날과 다름없이 부드럽다. 속에 아무것도 품은 것이 없는 그런 정 있는 음성이다. 일성이는 다시금 기수의 따뜻한 우정을 느끼며 고개를 끄덕끄덕 동의를 표했다.

　그들은 반이 각각이긴 하나 아래윗집 사이에 남달리 정다웁게 지냈다. 마음이 통하고 생각이 같고 할뿐더러 뜻한 바 장래 포부도 같아 그림을 즐겨 그리며 일후에 큰 미술가를 같이 꿈꾸었다.

　그날도 일성이는 기수를 집으로 찾아가 같이 도화지도 사고 또 같이 집 뒤 너른 마당에 나가 풍경도 사생을 하며 아까 학교에서 일은 씻은 듯 잊어버린 듯이 오히려 그 일로 말미암아 좀 더 사이가 두터워진 듯이, 두 소년은 예전의 따뜻한 우정을 느끼며 어느 때까지고 서로 곁을 떠나길 섭섭해하였다.

　그 이튿날이다. 학교에서 일성이가 시간을 마치고 운동장으로 나왔을 때 철봉틀 옆에서 불시에 갑동이가 등을 친다. 그리고 깜짝 놀라 돌아보는 일성이 얼굴을 한번 통쾌한 듯 웃고 나서,

　"집에 가지 말고 기다려라. 시합이다."

　어제 결말이 없이 헤지고만 찜뿌 시합을 오늘 뒤풀이로 다시 한다는 것이다.

　일성이는 잠시 멍멍히 섰다가 돌아서는 갑동이 어깨를 잡으며,

　"난 고만두겠다."

하고 진정 하기 싫다는 표로 상을 찌푸렸다.

　"왜?"

하고 갑동이는 의아해 바라보더니,

"몸이 불편해 그러니?"

일성이는 아니라는 뜻으로 머리를 젓고,

"사실은 말야."

하는 잠시 말하기 어려운 듯이 낯색을 붉히다가 어제 시합할 때 일을 사실대로 고백하고 그리고,

"그럼 어제 시합은 진 것으로 하고 오늘은 새 판으로 하는 걸루 허자."

하고 일성이는 긴하게 쳐다보는 것이나 갑동이는 뭐, 하고 펄쩍 뛴다.

"아, 연필 한 다스는 거저 뺏기구 말야. 그런 못난 소리가 어딨어."

"그래도 난 저편에 내 할 말은 할 테다."

"연필 한 다스 너 혼자 물 테냐. 혼자 물 테거든 맘대루 하렴."

이 말에 고만 일성이는 기가 죽었다. 벙벙히 머리에 손을 얹고 섰는데 갑동이는 그 등을 밀어내며,

"바보 소리 고만 하구 어서 공이나 받어라."

그때엔 벌써 운동장에 편을 따라 선수들이 모여 공을 주고받고 있다. 일성이는 사방을 둘러보며 기수는, 하고 찾았다. 그러나,

"공 간다."

하고 십여 간 건너 버드나무 그늘에 기수가 서서 공을 던질 동작으로, 팔을 저으며 웃는 얼굴로 이편을 본다. 그 얼굴은 말없이 시합하기를 즐겨 권하는 것이었다. 일성이가 주저할 사이도 없이 공이 날아온다.

그는 손을 벌려 받지 않을 수 없었다. 그리고 받은 공이니 다시 던져 주지 않을 수 없고, 이렇게 던지고 받고 하다 금 안으로 걸음쳐 두 소년은 옮겨 갔다.

마침내 시합은 벌어졌다. 일성이와 기수는 각기 자기 편 자리로 갈리었다.

담 밑 응달에 앉아서 자기 공 칠 차례가 오기를 기다리고 있으면서도 마음이 편치 못했다.

기수는 셋째 베이스를 지킨다. 무릎에 두 손을 짚고 구부려 엎드리고 서서 공이 날아오기를 노린다. 그러다가 일성이와 눈이 마주치면 빙그레 웃어 보이고 그리고,

"오라이. 오라이."

하고 타자가 헛손질을 할 때마다 무릎에 짚었던 손을 비비며, 마치 자기 앞으로 날아올 줄 알았던 공이 어그러진 듯이 소리치다가 다시 엎드리어 노린다.

일성이는 될 수 있는 대로 그 기수 손에 잡혀지도록 자기 편이 친 공이 날아가 주었으면 하여졌다. 말하면, 되도록 자기 편이 져 주기를 바라는 것이다. 어떻게 그렇게나 되어 주어야지 미안하고 꺼림한 마음이 조금이라도 풀릴 것 같았다.

"퍽!" 하고 주먹에 공이 맞아 나가는 소리가 나며, 딴은 이편이 친 공이 투수의 머리를 넘어 기수가 섰는 자리를 향해 날아간다. 문득 일성이는 앉았던 자리에서 일어섰다.

그러나 기수가 오그린 손 사이를 빠져 공은 땅에 떨어져 통통 뛰며 굴러간다. 일성이는 자기 편이 실수를 했다 해도 이렇게 안타깝지는 않았을 것이다.

"쎔!"

하는 소리와 박수 소리가 왁자하게 일어난다. 일성이는 이전처럼 조금도 신이 나지 않는 것은 물론, 도리어 그 소리가 듣기 싫었다.

다음은 일성이 차례다. 갑동이가 옆으로 와 앉으며 어깨에 팔을 건다. 일성이는 더워서 그러는 듯이 그 팔을 툭 쳐 버리고 멀찍이 물러앉는다. 그러나 갑동이는 짓궂이 따라가 가까이 앉으며,

"이번엔 이겨야 한다."

그리고 음성을 낮추어 은근하게,

"이기기만 허면 넌 연필 한 자루 더 주마. 정말이다."

하고 너만 믿는다는 듯 몸을 두들긴다.

사실 갑동이가 대장이기는 하나 키가 크고 주먹이 센 까닭으로 대장이 되었지 일성이 기술을 믿지 않고는 남하고 시합을 걸 만한 자신 있는 팀이 못 됐다.

"응, 정말이다."

하고 열고가 나 다조지는 갑동이 팔을 성가시다는 듯 쳐 버리고 일성이는 말없이 일어서 베이스 앞으로 나갔다. 그가 칠 차례가 온 것이다.

저편 투수인 인환이는 공 든 손을 뒤로 돌리고 몸을 비스듬히 던질 자세를 지으며 일성이 얼굴을 건너다본다. 어떻게 공을 달라는 것인가, 의향을 묻는 얼굴이다.

일성이는 알맞게 주먹을 내밀고 흔든다. 그 왼편 셋째 베이스에 기수가 웃는 얼굴로 박수를 친다. 자기를 환영하는 그것인지 또는 네 공은 내가 잡아 보겠다는 손뼉인지 모르면서 일성이는 먼저 얼굴이 화끈 달았다.

공이 날아왔다. 일성이는 주먹을 후린다. 헛손질― 그럴 것이, 그저 되는 대로 함부로 휘둘러 버린 주먹인 것이다.

두 번째 공은 날아왔다. 역시 일성이는 되는 대로 주먹을 후린다.

그런데 의외에 퍽 소리와 함께 공이 주먹에 맞아 날아간다. 그것이 공중에 백선을 긋고 우라잇을 넘어 홈런―주위에 요란한 박수 소리와 함성이 일어난다.

그러나 일성이는 기뻐야 할 장면에 도리어 마음이 썼다. 찌푸린 상으로 천천히 베이스를 돈다. 서드, 기수 앞을 왔다. 기수는 그 귀밑에 팔을 내밀어 박수를 친다. 물론 빈정거리는 건 아닌 줄 알면서 일성이는 그 기수 얼굴을 쳐다보기가 어쩐지 부끄러웠다.

돌아설 때 공으로 찍는 시늉으로 등을 치며 기수는,

"아웃."

하고 소리를 친다. 일성이는 정말 공으로 찍혀서 아웃이 되었으면 싶었다.

홈으로 들어오자 갑동이가 저 혼자 좋아서 입이 벌어진 얼굴로 맞는다.

"홈런왕, 홈런왕."

하고 팔을 쳐들고 소리치다가 뒤로 일성이 어깨를 붙들고 흔들며,

"어떡허냐. 우리 홈런왕아."

그리고 은근한 소리로 또,

"이번엔 이겨야 한다."

그러나 일성이는 몸을 흔들어 갑동이 손을 떼치며 건너편 담 밑 응달로 간다. 갑동이가 기뻐하는 반대로 일성이는 속이 상했다. 할 수 있으면 그 갑동이 코가 납작해지도록 지게 되었으면 하였다.

사실 일성이는 더욱 함부로 하였다. 공도 아무거나 되는 대로 치고 위험한데도 베이스도 함부로 간다. 그런데 뜻에 반하여 그것이 도리어 좋은 효과를 가져왔다. 하긴 저편이 예에 없이 실수를 많이 한 것도 사실이나, 일성이는 투수의 손에 공이 쥐어 있어 도저히 베이스를 건너가지 못할 줄 알면서 그대로 건너간다. 두말없이 잡힐 줄 알았는데 공교히 세컨드가 공을 놓치고 세이프, 내친 걸음에 셋째 베이스로 건너가자 이번엔 공이 삐뚜루 나가 일성이가 홈으로 느럭느럭 들어가도 좋도록, 공은 기수에게서 먼 데로 굴러갔다.

이날은 일성이 외에 다른 선수들도 손속이 좋았다. 늘 아웃만 하던 선수들도 떡떡 점수를 얻고 갑동이까지 두 번이나 홈런을 쳤다.

그리고 이편이 호조인 반대로 저편은 개개 실수만 거듭하는 것이다. 일성이와 적수로, 홈런왕이란 소리를 듣는 인환이도 시원스레 성적을 못 냈다. 기수 역시 전에 없이 받을 만한 공도 놓치고 홈을 냈다.

결국 성적은 십이 대 칠로 일성이 편이 다섯 점을 앞선 채로 구회 말이 되었다. 기수 편으로는 유일의 마지막 기회다. 일성이는 멀리 우라잇을 보면서, 이번엔 남의 눈에 표가 나서 시비를 당하는 한이 있더라도 자기 앞으로 오는 공은 전부 놓쳐 보낼 작정이었다. 그리고 무릎에 손을 짚고 엎

드리고 서서 마음을 조비빈다.

그러나 그 일성이 앞에 한 번도 공이 와 보지도 못하고 투 아웃이 되고 말았다. 그리고 홈런왕 인환이가 흥분한 얼굴로 팔을 걷고 나섰다. 두어 번 투수가 던진 공을 무르며 벼르더니 픽 하고 주먹을 맞은 공이 공중으로 솟는다. 솟는다. 솟는다.

까맣게 솟았다가 떨어질 때, 그 밑에 갑동이가 고개를 쳐들고 두 손을 모고 서서,

"가만둬, 가만둬."

하고 근처에 다른 선수가 오질 못하게 하더니 딴은 놓치질 않고 받아 그 공을 머리 위에 쳐들고 경정경정 뛰며 춤을 추는 것이다.

이것으로 완전히 승부는 결정이 되었다. 갑동이 둘레로 그편 선수들은 우루루 몰려들어 갑동이와 맞추어 경정경정 뛴다.

그러나 이런 때 그들이 전혀 생각지 못한 일이 생겼다. 인환이가 건너편 버드나무 밑으로 가 양복저고리를 입더니 갑자기 돌아서며, 상으로 정한 한 다스 연필 뭉텅이를 쳐들고 소리를 쳤다.

"어제 우리가 이겼을 때 생떼를 쓰고 안 줬지. 우리도 안 줄 테다."

그리고 어이가 질려 멍멍히 섰는 아이들 앞에서 인환이는 돌아서 유유히 교문을 향해 간다.

그러자 갑동이가,

"가만 있어."

하고 쫓아 나간다.

인환이는 뒤를 흘금흘금 피해 가더니 마침내는 달음박질로 달아난다. 갑동이는 그대로 뒤를 쫓아 운동틀을 돌고 교사 뒤를 돌고, 쫓고 쫓기고 하며 다시 운동장으로 나와, 인환이는 걸음을 멈추고 갑동이를 마주 대했다.

이때엔 선수들의 의견도 각기 두 패로 나누어져 연필을 주어야 옳다는 것과 아니 줘도 좋다는 소리가 뒤섞여 떠들썩하다가는 하나 둘 조용해지고

그 두 편의 의사를 대표하고 나선 것처럼 갑동이와 인환이가 마주 노리고 섰다.

"시합에 졌으면 약조한 걸 줘야지. 비루하게 가지고 달아나긴 왜 달아나는 거냐."

"어제 우리가 이겼을 때 안 주고 떼를 쓴 건, 그건 비루한 것 아냐?"

"우리가 안 줬어? 너이들이 쎔을 아웃이라고 생떼를 쓰고 안 줬지."

"아, 쎔은 그게 쎔야. 아웃이지."

"아웃? 아웃이란 무슨 증거 있어?"

"그럼 넌 쎔이란 무슨 증거 있어?"

"증거 있다."

하고 사방을 둘러보며 일성이를 찾다가 아이들 머리 너머로 일성이의 미간을 찌푸린 얼굴이 혀끝을 차는 것을 보고는 슬쩍 그편에 등을 돌려 대고 돌아서며,

"대체 어저께 일은 왜 끄내는 거냐. 그럼 오늘 한 것은 증거가 없어서 가지고 달아나는 것이냐?"

"어제 우리가 이겼을 때 안 줬으니까 우리도 안 주겠단 말이지."

하고 연필 든 손을 들어 시늉을 하는데 불시에 그 손목을 갑동이가 탁 친다. 연필은 땅바닥에 떨어졌다.

두 소년은 동시에 몸을 구푸리고 손이 한곳으로 모인다. 그러나 서로 머리가 부딪치자 그대로 달라붙어 차고 받고 주먹으로 지르고 두 몸이 얼싸안은 채 쓰러져 땅바닥에 구르고. 나중에 인환이는 갑동이 무릎 밑에 깔려 머리를 얻어맞더니 그대로 고개를 땅에 박고 만다.

급기야 쌈은 인환이 코에 피를 내고 진정되었다. 사무실에서 선생님이 손에 철필을 든 채 달려왔을 때 인환이는 땅에 머리를 숙이고 앉아 코피를 떨어뜨리며 있다.

선생님은 곡절을 묻지 않고 두 소년을 사무실로 이끌어 갔다. 선생님 뒤

에 인환이가 코를 쥐고 가고 그 뒤에 갑동이가 또 어깨가 처져 간다. 그리고 그 뒤를 아이들이 몰려가고, 빈자리에 일성이와 기수가 남아 마주 섰다.

기수는 어색하게 일그러진 웃음으로 일성이를 본다. 일성이는 고개를 숙였다. 그리고,

"용서해라."

나직한 그 소리는 가늘게 떨렸다.

기수는 말없이 그 어깨에 팔을 걸었다. 걸음을 옮겨 그들이 버드나무 밑으로 왔을 때 사무실에서 소사가 부르러 나왔다.

기수의 뒤를 서서 일성이는 사무실로 들어갔다. 선생님 앞에 갑동이와 코에 솜마개를 한 인환이가 숙이고 섰다. 그 옆에 기수와 일성이가 이르러 나란히 섰다.

선생님은 갑동이를 보던 눈을 옮겨 기수를 본다.

"어제도 찜뿌 시합을 하였나?"

"네."

"그때 네가 정녕 일성이를 찍었던가?"

선생님은 쌈의 자초지종을 캐려는 것이다. 기수는 말이 없다.

"정말 찍었어?"

기수는 문득 고개를 들어 옆의 일성이와 그리고 인환이를 번갈아 바라보더니,

"못 찍었어요. 쌤예요."

이번엔 일성이가 문득 고개를 들었다. 그는 기수의 뜻하지 않은 대답에 어리둥절하였다.

그러나 선생님은 인환이와 그 기수를 노려보며,

"그럼 어째 약조헌 걸 실행치 않고 떼를 쓴 거야. 오늘도 그러구. 나뻐."

선생님의 그 커다란 꾸짖는 소리에 일성이는 또 좀 어리둥절하였다. 그리고 한 발짝 나서며 입을 벌리려 할 때 선생님은 일성이를 향해,

"너이들은 고만 나가."

갑동이는 일성이 허리를 꾹 찌르고 돌아서 나간다.

일성이는 다시금 어리둥절하였다. 혼자 머뭇머뭇하고 섰으니까 선생님은 거친 음성으로,

"왜 안 나가고 섰어."

일성이는 깜짝 놀라 허리를 굽실하고 절을 하고 그 자리를 물러서 나간다.

사무실 문을 나왔다. 문 밖에 갑동이가 기다리고 섰다가 혓바닥을 널름 내밀어 보인다. 무사하게 되어 안심이란 뜻이리라. 그 갑동이를 보자 일성이는 놀란 듯 무춤하더니 갑자기 몸을 돌이킨다. 그리고 갑동이가 잡아당기는 손을 뿌리치며 다시 사무실 안으로 들어갔다.

모든 걸 선생님 앞에 바른대로 자백할 결심이다. 물론 자기가 응당 받아야 할 벌이 내리리라. 그리고 등 뒤에서 갑동이가 "말만 하면 가만 안 둔다." 하던 말도 엄포만이 아니리라. 그러나 일성이는 부끄럼 없이 기수를 대할 수 있는, 무엇보다도 그 떳떳한 마음이 갖고 싶었다.

눈사람

사람 영이
      노마
      어머니
      거지(소리만 남)

해 설

펄펄 눈이 내립니다. 노마 집 대문 밖 행길에도 함박눈이 펄펄 내립니다. 모두 하얗게 눈이 덮였습니다. 지붕에도, 나뭇가지에도, 길바닥에도, 딴 세상처럼 눈이 덮이고 또 자꾸 내립니다. 영이하고 노마는 아까부터 자기 집 문 앞에서 눈사람을 만들기에 날이 저물어 가는 줄도 모릅니다. 몸뚱이가 되었습니다. 머리가 되었습니다. 그리고 눈, 코, 입, 이렇게 차츰차츰 사람 모양이 되어 가는 중입니다.

> 해설을 읽는 동안 음악 반주. 곡은 바그너 작의 가극 〈유랑하는 오란다인〉
> 중의 '실 감는 노래'.
> 해설이 끝나자 곧 두 남매의 노래가 시작된다. 곡은 반주곡과 같음.

노 래

둥글둥글 눈 굴려서
눈사람을 만들자.
눈, 코하고 입은 벌려 크게.

여기까지 노마, 영이 둘이서 부르다가, 노마는 아아아, 하는 단음으로
곡조만 따라 부르고 영이만 가사를 부른다.

둥글둥글 눈 굴려서
노마 얼굴 만들자.

노마   뭐?

영이, 노래를 그 구절만 되풀이한다.

영이   노마 얼굴 만들자. (노래하는 소리로)

노마   싫어. 내 얼굴처럼 만드는 거 난 싫어.

영이   그럼 어떡허니. 사람 얼굴같이 만들려니깐 네 얼굴처럼 만드는 수
밖에 없지 않어. 너, 눈 있고, 코 있고, 입 있고, 그렇지? 그러니까
눈사람도 네 얼굴처럼 눈도 만들고, 코도 만들고······.

노마   난 그럼 누나 얼굴처럼 만들 테야. 누나도 눈 있고, 코 있고, 그러
니깐 눈사람도 눈 만들고, 코 만들고, 입 만들고 그럴걸, 뭐.

영이   에계계, 왜 내 얼굴이 눈사람처럼 저렇게 하얀가. 내 얼굴처럼 만든
다게.

노마   그럼 내 얼굴은 뭐 눈사람처럼 하얀가. 내 얼굴처럼 만든다게.

영이   그럼, 하얗지 않구 숯덩이처럼 까맣냐?

노마   그럼 누나 얼굴은 숯덩이처럼 까매?

영이   왜 내 얼굴이 숯덩이처럼 까맣냐. 네 눈으로 못 봐. 어디 까매?

노마   그럼 왜 나는 까매.

영이   누가 까맸댔어. 하얗댔지.

노마   내 얼굴이 어째 하얘?

영이   하얀지 까먼지, 네 눈으로 네 얼굴 볼 수 있어? 볼 수 있어? 볼 수
있어?

노마, 잠시 말이 막힌다. 그러다가

노마 홍흥흥, (우는소리로) 그래도 난 내 얼굴처럼 만드는 거 싫어. 싫어.

영이 그럼 어떡허니. 사람처럼 만들려니까 너처럼 만들지 않구. 그럼 개
     처럼 만들까?

노마 개두 싫어.

영이 그럼 돼지처럼?

노마 돼지두 싫어.

영이 소처럼 만들까?

노마 소두 싫어.

영이 그럼 말처럼?

노마 말두 싫어.

영이 그럼 마차처럼 만들까?

노마 마차두 싫어.

영이 그럼 마차 부리는 마부처럼 만들까?

노마 마부?

영이 그래, 사람처럼 말야, 사람. 너처럼, 나처럼, 어머니처럼, 아버지처
     럼, 사람처럼 말야, 사람.

곧 이어서 노래를 부른다. 노마도 따라 부른다.

노 래
둥글둥글 눈 굴려서
사람처럼 만들자.
눈, 코하고 입은 벌려 크게.
둥글둥글 눈 굴려서
눈사람을 만들자.

코, 입하고 눈은 떠서 크게.

곡조, 먼저 노래와 같음.

노마   누나, 눈은 뭘루 만들우?

영이   뭘루 만들긴 뭘루 만드니. 숯덩이로 만들지.

노마   그럼 코는?

영이   코는 눈 한 움큼 뭉쳐다 붙이고.

노마   그럼 입은?

영이   입은 나뭇가지 꺾어다 물리고.

노마 집 들창문 열리는 소리 나며 어머니 음성이 나온다.

어머니 애들아, 고만들 놀고 들어오너라. 눈 고만 맞고 들어들 와. 감기 든
다. (좀 떨어진 소리로)

영이   노마야, 어머니 보시지 않게 얼른 눈사람 가리고 섰거라.

노마   그래, 이렇게 말이지.

어머니 아, 날이 저물면 집에 들어올 줄을 알아야지. 어서들 들어오너라.
(가까운 소리다.)

노마   안 돼, 안 돼, 어머니. 이쪽으로 내다보면 안 돼.

영이   어머니, 조곰만 더 놀다가. 그리고 어머니, 이쪽으로 내다보면 안
돼요.

어머니 아이들도, 참. 그럼 조곰만 더 놀다가 들어들 오너라, 응?

들창문 닫는 소리 난다.

영이   우리, 어머니가 들창으로 보시고 깜짝 놀라시게 눈사람 얼굴 아주
무섭게 만들자.

노마   그러자. 아주 무섭게, 응. 그럼 눈은 어떻게 만들까?

영이   눈은 이렇게 검정 숯으로 부릅뜬 눈 만들고.

노마   그럼 코는 어떻게 만들고?

영이   코는 이렇게 눈 한 움큼 뭉쳐다 주먹코 만들고.

노마   그럼 입은?

영이   입은 이렇게 길쭉한 나뭇가지로 성난 입 만들고, 자아, 어때. 아주 무섭지 않어?

노마   아주 무서운데. 어머니가 보면 아주 놀래겠지?

영이   아주 놀라시겠지. 참 재밌다.

영이   어머니, 어머니, 들창으로 좀 내다보우.

노마   어머니, 어머니, 들창으로 좀 내다보우.

들창문 열리는 소리 난다.

어머니 왜들 길가에서 떠드니. 눈 고만 맞고 들어들 오라니깐.

영이   어머니, 저건 뭔데?

노마   어머니, 저건 뭔데?

어머니 뭐긴 뭐냐, 전봇대지.

영이   아니, 전봇대 옆으로 말예요. 고개를 더 쑥 내밀고 봐야 뵈지, 뭐.

어머니 자, 이렇게? 참 거 뭐냐, 허연 게. 누가 눈을 맞고 그러고 섰니?

영이   하하하하, 눈사람야, 눈사람.

노마   하하하하, 눈사람야, 눈사람.

어머니 눈사람야? (짐짓 놀라는 소리로)

영이   하하하하, 참 재밌다.

노마   하하하하, 참 재밌다.

어머니 난 사람으로 봤구나. 거 어수허게 만들었다. 얘, 밤에 길 가든 사람이 보면 깜짝 놀라겠다.

영이　하하하하, 참 재밌다.

노마　하하하하, 참 재밌다.

어머니　인젠 고만들 들어오너라. 저 머리서껀 어깨서껀 왼통 눈이로구나.
　　　털어라, 털어. 털구들 어서 들어오너라.

영이　그래두 난 지나가는 사람이 눈사람 보구 깜짝 놀라는 걸 좀 보구
　　　들어갈걸.

노마　나두 사람이 눈사람 보구 깜짝 놀라는 것 좀 보구 들어갈걸.

어머니　이 들창에선 못 보니. 여기선 더 잘 보인다. 어이구, 저 바람 부는
　　　것 봐라. 어서들 들어와.

　　　　　　　　　　바람 부는 소리 난다.

영이　난 들어가 볼 테다.

노마　나두 들어가 볼 테다.

　　　　대문을 여닫는 소리와 이어 좀 사이를 두고 마루를 퉁탕거리는 소리가
　　　　　　　　난다. 그리고 방문이 좍 열리며

영이　내가 일등이다.

노마　내가 일등이다.

어머니　넘어들질라. 이렇게들 급한가. 천천히들 좀 못 들어오니.

노마　어머니, 나두 좀 들창 밖으로 뵈 줘.

영이　나두 좀, 어머니.

어머니　저 발판 갖다 놓고 올라서서 내다들 보렴.

영이　들창에서 내다보니까 눈사람이 더 사람같이 보이는구나.

노마　응, 아주 산 사람 같애.

영이 길 가는 사람이 보면 정말 깜짝 놀라겠지. 그치?

노마 그럼 눈사람은 그걸 보구 깔깔 웃을걸.

영이 아이, 바보 같으니. 눈사람이 어떻게 웃니?

노마 그럼, 나두 추면 눈사람두 춥구, 그렇지, 뭐.

영이 에계계, 눈사람이 어떻게 춘 줄을 아니?

노마 그럼 옷두 안 입구 바깥에 섰는데 안 춰.

영이 아이 참, 세상에 옷 입은 눈사람이 어디 있니?

노마 그래두, 그래두.

잠시 노마, 말이 막힌다. 이때에 바람 부는 소리 요란함.

어머니 고만 문 좀 닫어라. 이거 얼어 죽겠구나. 아이구, 저 눈 들이치는
　　　 것 좀 봐. 고만들 내려와.

들창문 닫는 소리 난다.

영이 아―춥다.

노마 아―춥다.

어머니 이리들 화로 앞으로 와 앉어라. 왼종일 눈 속에 나가 살었으니 몸
　　　 인들 오죽 얼었겠니.

영이 어머니, 노마 좀 보우. 눈사람이 저처럼 취한다구 그런다우. 옷두
　　　 안 입구 그랬다구.

어머니 어이구, 주제에 제가 추니까 눈사람도 춘 줄 알구.
　　　 (들창문이 흔들리며 밖에 바람 소리 요란하다.) 저 봐라. 이 바람 부는 한데서
　　　 눈사람이 추워서 혼자 떨구 섰을 것 같지? 네 생각엔 그렇냐, 노마야.

노마 응, 벌벌 떨구 섰을 것 같애. 아이 추워, 아이 추워, 하구.

영이 나두 눈사람이 춰서 떨구 섰을 것 같어.

밖에 계속해 바람 부는 소리 난다.

어머니 이런 날은 참 어려운 사람들 고생하겠다. 뜨뜻이 입지도 못하고 방
에 불도 변변히 못 때구.

노마 그럼 눈사람두 없는 사람이지. 옷두 못 입구 한데서 떨고 섰으니까.

영이 참, 그런가 봐. 눈사람두 없는 사람야. 옷두 못 입구 한데서, 아이,
가엾어라. 방으로 옮겨다 놀까 봐. 그리고 대야에 담아다 윗목에 놔
두지.

어머니 소견 없는 소리두 헌다. 방으로 옮겨다 놓으면 그게 녹지, 남어나니?

노마 그럼 내 두루마기 갖다 입힐까, 춥지 말라구.

영이 참, 그럴까 봐. 그랬으면 좋겠어.

어머니 허허허허, 참 별소리들을 다 허는구나. 눈사람은 눈으로 만들었으니
까 추위를 안 탄단다. 걱정들 마라.

영이 그래두, 그래두.

노마 그래두, 그래두.

어머니 그게 산 사람이래 봐라. 이 눈보라 치는 밤에 찬 데서 잠시인들 살
어 있겠나. 얼어 죽지.

영이 눈사람이 산 사람이라면 참 가엾지?

노마 그렇지, 어머니?

어머니 그야, 산 사람이라면 인정에 그대루 두고 있겠니. 참, 영이 말대루
대야에 담아다 윗목에 둘지언정. 옛날에두 이런 일이 있었드란다.
어느 사람이 먼 길을 가다가 날이 저물어서 여관엘 들었드래. 그날
도 아마 오늘 밤처럼 이렇게 눈이 오고 바람이 불고 허는 밤이었나
보드라. 그래 그 길 가든 사람은, 방에다 불을 더웁게 때 주니깐 덧
문을 꼭꼭 닫고 이불을 덮고 잠을 자는데 어디서 어린아이들 음성
으로 "아이구, 추워." "아이구, 추워." 하는 소리가 나드래. 그래 하

두 이상해서 일어나 살펴보면 방 안엔 아무도 없거던. 자기밖엔. 그
래 다시 자리에 누워 눈을 감으면 또 "아이구, 추워. 아이구, 추워."

이때에 바람 소리와 함께 들창 밖에서 먼 소리로
소리 아이구, 추워. 아이구, 추워.

영이　어머니, (겁난 소리) 밖에서두 누가 "아이구, 추워. 아이구, 추워." 그
　　　러는 것 같애.

어머니　어디?

노마　어디?

잠시 침묵. 들창 밖에는 바람 소리만 요란할 뿐.

어머니　소린 무슨 소리가 난다구 그러니. 바람 소리밖엔.

영이　정녕 "어이구, 추워. 어이구 추워." 그랬는데.

노마　어머니, 그러구 고담은 어떻게 됐수?

어머니　그래서 눈을 떠서 살펴보면 또 아무것두 없구 눈을 감으면 또 "아
　　　이구, 추워. 아이구, 추워." 암만 해두 이상스러 가만히 귀를 기울여
　　　들으니까 이불에서 그 소리가 나는 것 같더래. 정말 이불에서 나는
　　　소리거든. 이불에서 "아이구, 추워. 아이구, 추워." 헌단 말야.

영이　아이, 어쩌면.

노마　이불에서 어떻게 소리가 나우?

어머니　그러니까 이상스럽거든. 그래 그 사람은 하두 이상스러서 여관 주
　　　인을 불러, 그 이불이 어디서 난 것인지 물어 보지 않었겠니. 그러
　　　니까 주인 대답이, 근처 고물상에서 샀다고 그러드란다. 그래 그 이
　　　튿날, 손님은 그 고물상을 찾어가 이불을 누구에게 샀는가를 물으
　　　니까, 단골로 다니는 빚놀이 허는 사람에게서 샀다고 허드래. 그래,

또 빚놀이 허든 사람을 찾어가고, 이렇게 차츰차츰 밟어가 알어보니, 사실이 이렇드란다. 어느 곳에 의지 없는 두 남매를 남기고 한 분이든 어머니가 고만 병을 앓다 돌아갔드란다. 그래 두 남매만 남어 얼마 동안 집 안의 세간을 하나 둘 팔아 밥을 지어 먹고 살어갔드래. 그러다가 나중엔 이불 한 채만 남고 말었드란다. 그 이불이 없이는 냉방에서 잘 수가 없으니까 팔지 못하고 추면 이불을 둘둘 말어 덮고 몸을 녹이고 하는 그 이불을. 하루는 빚놀이를 하는 사람이 빚을 받으러 왔다가 가져갈 것이 없으니까 그 이불을 벗겨 갔드래. 그래 두 남매는 이불 없이 냉방에서 견디다 못하고 거리로 나가 헤매다가 고만 눈 속에서 서루 꼭 껴안은 채 두 남매는 꽁꽁 얼어 죽었드란다.

영이 아이, 어쩌면 가엾어라.

노마 아이, 어쩌면 가엾어라.

어머니 오죽 춥고 오죽 원통해야 이불에서 다 아이구 추워, 소리가 났겠니. 세상에는 몹쓸 사람도 다 많지. 어떡허면 추위에 사람 이불을 벗겨 간담.

들창 밖에 바람 소리 요란하며, 그 바람에 날리는 듯 아까보다 가까운 거리에서 소리 아이구, 추워, 아이구, 추워.

영이 저 봐. 아이구 추워, 아이구 추워, 허지 않어.

노마 참, 누가 아이구 추워, 아이구 추워, 그래.

어머니 글쎄 말이다.

잠시 침묵. 바람 소리와 함께 또 좀 똑똑하게

소리 아이구, 추워. 아이구, 추워.

영이 아이구, 무서, 어머니.

노마 아이구, 무서, 어머니.

어머니 거참, 누가 그러는 소리냐.

노마 눈사람이 추워서 그럴까?

영이 참, 눈사람이 추워서 그럴까?

어머니 듣기 싫다. 객쩍은 소리 작작 해라.

소리 아이구, 추워. 아이구, 추워.

어머니 암만 해두 이상한데? 내가 좀 봐야겠군.

들창문 여는 소리 난다.

어머니 거, 누구요. 거기 누구 있소?

잠시 침묵. 바람 소리만 들린다.

영이 눈사람이 추워서 그러나 봐.

노마 응, 눈사람이 추워서 그러나 봐.

어머니 에라, 듣기 싫다. 저게 뭔가? 담 밑에 꺼먼 게. 거, 누구요. 담 밑에
      누구 섰우?

소리 아이구, 추워요. 아이구, 추워요. 춰 죽겠어요.

어머니 조고만 아이로구나. 너 누군데 남의 집 담 밑에 그러고 섰니?

소리 춰 죽겠어요. 나 좀 살려 주세요.

어머니 너이 집은 없니? 왜 너이 집으로 가지 않구 남의 집 담 밑에 그러
      고 섰어.

소리 집두 없구 아무두 없는 사람예요. 나 좀 하룻밤만 재워 주세요.

영이 거지 아인가 봐.

노마 거지 아인가 봐.

어머니 거지 아이로구나. 키는 영이만 하구. 어린애가 이 눈 오는 밤에 참 가엾다. 허지만 (들창 밖으로 향한 소리로) 우리 집은 사람 안 재운다. 어서 다른 집으로나 가 봐라. 더 눈 쌓이기 전에 어서 가 봐.

소리 여러 집 다 당겨 봤어요. 다들 다른 집으로만 가라구 그래요. 이전 걸음두 걸리지 않어요.

어머니 사정은 박하다만 우리 집은 사람 잴 데가 없어. 허구 많은 장안 만 호에 하필 우리 집만 집이냐. 어서 다른 데로 가 봐라.

소리 인젠 걸음두 안 걸려요. 아이구, 추워요. 나 좀 살려 주세요.

영이 방으로 불러들이지 않구, 어머니.

노마 방으로 불러들이지 않구.

어머니 에라, 듣기 싫다. 거질 어디로 불러들인단 말이냐.

노마 그래두 아까 그 이불 없는 아이처럼 되면 어떻게 해. 이불에서 아 이구 추워, 소리가 나구.

영이 저러다 이불 없는 아이처럼 되면 어떡해. 아이, 가엾어, 어머니.

어머니 사위스런 소리들만 허는구나. 아무리 어린애기루 생각이 있지. 글 쎄, 거질 어디루 불러들이재. 몸에서 냄새는 나구 이는 끓구, 너이 들은 더러운 생각두 없니. (들창 밖으로 향해 고성을 지른다.) 아닌 밤중에 왜 남의 집 들창 밑에 와서 우는소리냐. 어서 썩 물러나 가거라. 물 러나 가.

모지게 들창문을 닫는 소리 난다.

어머니 아아, 별꼴을 다 보겠네.

영이 저러다 이불 없는 아이처럼 되면 어떡해, 어머니.

노마 응, 어머니. 저러다 이불 없는 아이처럼 되면 어떻게 해, 어머니.

어머니 (성난 소리로) 듣기 싫대두 그래.

잠시 침묵. 들창 밖엔 바람 소리.
소리 아이구, 추워. 아이구, 추워. 아이구, 추워.
그 소리가 점점 줄어들며 쿵, 하고 바람벽에 몸 부딪는 소리 난다.

영이 거지가 땅에 쓰러지는 소린가 봐, 어머니.
노마 거지가 땅에 쓰러졌나 봐, 어머니.
어머니 저걸 어쩌나, 저걸 어쩌나, 저걸 어쩌나.

황급히 들창문 여는 소리 난다.

어머니 아이구, 저게 눈 위에 쓰러졌네. 영이야, 노마야, 어서 나가 봐라.
나가 봐라. 나가 봐라. (다급한 소리로)

방문 열어제치는 소리, 마루를 퉁탕거리는 소리.

꿩과 닭

사람　노마
　　　　영이
　　　　동네 할아버지
　　　　기동 어머니

장소　해동머리의 농촌

한가하고 조용한 농촌 정서를 낼 수 있는 음향―멀리 개 짖는 소리, 닭
우는소리(여기 적당한 레코드가 있으면 더욱 좋다.)―그 소리를 배경으로
하고 탕탕, 간격을 맞춰서 도끼로 장작 패는 소리 잠시 계속한다.

노마　　아아, 참 힘들다. 거 당초에 안 패지는 게, 무슨 나무가 이렇게
　　　　단단하담. 아이, 땀 나는 것 보게. 어, 더웁다. 어, 더웁다. 후
　　　　후…….

하고 땀을 씻는 소리, 잠시 계속한다.

노마　　이번엔 저고리를 벗어 놓고 한번 이렇게 패 보자. 이렇게 일으
　　　　켜 세워 놓고 요길 요렇게 노리고서, 하나 둘 셋― (하고 이어서
　　　　탕, 하고 도끼 소리) 에잇, 틀렸는데. 거참, 나무 단단하다. 그럼 이
　　　　번에는 이렇게 요길 노리고서. (퉤퉤, 하고 손에 침을 뱉는 소리) 하나
　　　　둘 셋 (하고 이어서 탕!) 에잇, 또 틀렸어. 무슨 나무가 산 것처럼

경정경정 뛰는 거야. 에라, 이놈의 나무, 실컷 매나 맞어 봐라. 이래두, 이래두, 이래두, 이래두. (그 소리마다 탕탕, 도끼 소리 따른다.) 아, 이놈의 장작이 점점 더 뛴다. 정말 살었나. 에잇! 에잇! 에잇! (급한 그 소리에 따라 도끼 소리도 급하다.)

할아버지 (멀리서 오는 소리로) 노마야, 얘, 너 거기서 뭘 허니. 뭘 허는 거야. (그 소리 점점 가까이 오다가) 도끼 가지고 무슨 장난이냐. 얘, 다칠라, 다쳐. 아, 다친다니깐 그래.

노마 (도끼 소리 멈추며) 장난하는 게 아녜요. 이따 저녁에 땔 장작을 패는 건데요. 누가 장난하는 건가요.

할아버지 아, 무슨 장작을 그렇게 팬단 말이냐. 무슨 장작을 개 잡듯 허는 거야?

노마 그럼 어떡해요. 암만 패두 안 되는걸요. 꼭 산 것처럼 경정경정 뛰기만 허구. (좀 어색한 소리로) 아마 이 장작 살었나 봐요.

할아버지 살어? 살다니.

노마 그런 것 같애요.

할아버지 허허허허, 장작이 살었다.

노마 그럼 보세요. 산 것처럼 경정경정 뛸 테니. 자. (하고 이어서 탕탕탕, 소리 서너 번 연한다.)

할아버지 (놀리는 소리로) 딴은 도끼로 때리니까 "어이구, 아퍼. 아이구, 아퍼." 허는 것 같은데. (하다가 갑작스런 소리로) 에이, 이놈. 장작을 팰 줄 모르니까 허는 소리가 참, 허허허허. 도끼 이리 내라. 도끼 이리 내.

노마 자요. 할아버진 뭐 별 재주 있남.

할아버지 별 재주 있나 없나. 나 패는 것 좀 봐라. 으흠. 자, 먼저 도끼를 이만치 쥐거든. 이만치 쥐고서. 퉤퉤. (손에 침을 뱉고는) 자세히 봐. 장작 한편 끝을 이렇게 발로 밟거든. 발로 밟고서는 이렇게 요

	길 노리고, 자, 봐라. 에잇! (소리와 함께 탕!) 자, 어떠냐. 단번에 나가지 않았니?
노마	할아버진 어른이니까 장작이 무서워서 꼼짝 못허구 가만있으니까 그렇지, 뭐.
할아버지	옳아, 너는 어린애니까 장작이란 놈이 업신여기고 강정강정 뛰구. 듣구 보니까 이치가 그럴듯헌데. (하다가 큰 소리로) 예끼, 이눔. 저 장작 팰 줄 모르는 건 생각지 못허구 또 바보 소리만 헌단 말야. 자, 내 가르켜 줄게. 나 허라는 대로 어디 패 봐라. 자, 도낄 이렇게 쥐고.
노마	자요. 어떻게요. 이렇게요?
할아버지	쳇 쳇, 도낄 그렇게 쥐는 눔이 어딨니. 자, 이렇게 끄트머리를 단단히 쥐구.
노마	자요.
할아버지	그리구 장작 한쪽 끝을 이렇게 한쪽 발로 밟고서.
노마	자요. 이렇게요.
할아버지	옳지, 옳지. 그리고 요쪽 머리끝을 겨냥허구서 단단히 힘을 모아서, 자.
노마	에잇! 에잇! 에잇! (그 소리에 따라 탕탕탕)
할아버지	에라, 에라. 고만둬라, 고만둬. 틀렸다, 틀렸다. 도끼 이리 내라. 너, 올에 몇 살이냐?
노마	열 살예요.
할아버지	열 살 먹은 놈이 도끼 하나 쥘 줄 몰라. 남은 너만 나이면 멧갓에 가서 나무 한 짐 헹하니 해 오는데. 자, 나 허는 것 자세 봐. 자, 이만치 도끼 자루를 쥐고 이렇게 이쪽 끝을 발로 밟고서, 자아, 츠츠츠. (따라서 탕탕탕 소리) 봐라. 어떠냐. 두 동강이 나지 않았니.

노마	헤헤헤, 할아버진 참 잘 패시는데.
할아버지	자아, 이번에도 봐라. 단번에 쩍쩍 나갈 테니. 자아, 츠츠츠. (따라서 탕탕탕 소리)
노마	아주 썩 잘 패시는데.
할아버지	자아, 이번엔 또 요 옹두라지를 겨냥허고 츠츠츠츠…….
노마	아주 잘 패시는데. 아주 잘 패시는데. 아주 잘 패시는데. (탕탕, 하는 도끼 소리에 맞춰 한마디씩 하며 그 소리 점점 멀어 간다.)
할아버지	(도끼 소리 멈추며) 노마야, 너 어디 가니, 응? 어디 가. 슬그머니 장작 패든 것 떠다 맡기고 너 어디 가는 거야.
노마	저기 내 잠깐만 다녀올게요. 할아버지, 잠깐만 거기서 장작 패구 계세요. (그 소리 점점 멀어 간다.)
할아버지	저눔, 저눔. 어벌쩡허구 어딜 가는 거야. 어딜 가는 거야.
노마	(더 좀 먼 소리로) 잠깐만 거기서 장작 패구 계세요. 그럼 내 할아버지 꽁 잡어다 드릴게요.
할아버지	꽁? 꽁을 잡어? 그눔 염치가 없으니까 헌단 소리가. (혼자 하는 소리로) 아, 그눔헌테 꼼박 속았거든. 어벌쩡 장작 패든 것 떠다 맡기고 슬그머니 뺑소니를 친단 말야. 허허허허, 고연 놈 같으니, 그눔 겉으로 보긴 어리석은 듯해두 속은 아주 능청맞단 말야. 하하하하, 참. (탕탕탕…… 잠시 장작 패는 소리만 계속한다.)
영이	할아버지, 거기서 뭘 허세요. (좀 떨어진 거리에서 가까이 오며) 장작 패세요?
할아버지	(화가 난 소리로) 그래, 장작 팬다.
영이	뉘네 장작예요? 할아버지네 장작예요?
할아버지	아니다. 노마네 장작이란다.
영이	노마네 장작을 왜 할아버지가 패세요?
할아버지	아, 노마란 놈헌테 꼼박 속았다. 그눔, 지가 패든 장작 내게 어

벌쩡 떠다 넘기고 아, 뺑소니를 치는구나. 그런 줄 몰랐더니
아, 그눔 허는 짓이 아주 능청스럽거든.

영이 할아버지가 노마한테 꼼박 속으셨네. (손뼉을 치며)
아하하하. (노래하는 소리로)

할아버진 할아버진 맘이 좋아서
노마한테 노마한테 꼼박 속았지.
할아버진 할아버진 맘이 좋아서
노마한테 노마한테 꼼박 속았지.

할아버지 나 속은 게 그렇게 고수허구 좋냐. 그눔 그래 놓군 헐 소리가
없으니까 뻔뻔스럽게 꽁 잡어다 주마는 거야. 허허허, 어이가
없어서, 참.

영이 그래 지금 꽁 잡으러 갔어요?

할아버지 꽁 잡어다 줄 터니 거기서 장작 패고 있으라구 그러구 달아나
더라. 허, 참.

영이 아이, 그런 줄 알었드면 나두 같이 따라갈걸 그랬네.

할아버지 넌 그 말을 곧이 믿니. 저두 염체가 없으니까 허는 소리를. 아
마 지금은 어디서 메싹 파 먹느라고 정신 없을 게다.

영이 아녜요. 정말 꽁 잡으러 갔을 거예요. 벌써 그끄저께부터 등 너머
삼밭에 꽁 덫을 놓고 하루에도 몇 번씩 가 보고 허든데요.

할아버지 그랬어? 꽁은 잡어다 뭘 헐야구.

영이 꽁 잡어다 할아버지 드린대요. 할아버지가 그걸 보시고 깜짝
놀라실 걸 생각허면 참 재미있다고 허며 좋아허든대요.

할아버지 정말 노마란 놈이 그러디?

영이 정말 그랬어요. 꽁을 잡어다 할아버지 몰래 할아버지 방에 산

446

것처럼 갖다 놓고 달아나겠다든데요.

할아버지   옳지, 옳지. 그눔이 저번에 내가 소증이 난댔더니 그 소릴 듣고 그러는 게로구나. 아니 듣는 척해도 그놈 속은 아주 멀쩡허거 든. 허허, 참.

이때 멀리서 구구구, 하고 닭 부르는 소리 들린다.

할아버지   저, 기동 어머니 목소리지?

영이   네, 그런가 봐요.

할아버지   가만히 섰지 말고 저 장작이나 이리 날러 오너라. 허든 일은 끝을 마치고. (하고 이어서 츠츠츠, 소리와 함께 탕탕탕, 도끼 소리 연한다.)

영이   뭐요, 이거요? (좀 동을 띄었다가) 자요. (하고 장작개피를 쏟아 놓는 소리 난다.)

할아버지   (계속해 도끼 소리 나며) 옳지, 옳지. 그리고 이 팬 건 저리 초마 밑 으로 옮겨다 놓고.

기동 어머니   (구구구, 소리 점점 가까이 오다가) 참봉 할아버지, 우리 수탉 혹 어디 간 것 아십니까?

할아버지   수탉이라니, 제 발 가지고 저 다니는 즘생, 어딜 가 있는지 내 가 알 수 있나. 난 모르겠네.

기동 어머니   아뇨. 혹시 어디서 노는 것 보셨느냐 말씀예요?

할아버지   난 못 봤다는데.

기동 어머니   영이 너두 못 봤니?

영이   나두 못 봤어요.

할아버지   암탉 노는 데 가 보지 그래.

기동 어머니   가 봤어요. 다른 닭은 다 있는데 우리 수탉만 보이지 않으니, 이상헌 일 아닙니까.

할아버지	그럼, 아마 또 면장네 수탉허고 쌈을 허는 게지.
기동 어머니	거기도 가 봤어요.
할아버지	그럼 아마 삵이 나려와 물어 간 게지.
기동 어머니	아까 아침에도 노는 걸 봤는데요. 삵이 물어 갔다기로 대낮에 나려와 물어 갔겠습니까. 기동이 월사금도 내야겠구, 집안에 쓸 일은 많고, 다음 장날엔 내다 팔려고 먹이도 많이 먹이고 헌 닭인데, 이거 큰일 났네.
할아버지	저리 다니며 더 찾어보슈. 설마 대낮에 누가 잡어먹었을 리는 없겠구. 거기 어디서 놀구 있겠지. 더 자세 찾어봐요.
기동 어머니	저 아래 샘터로 나가 볼까. 혹시 거기 놀고 있나. 구구구구. (그 소리는 점점 멀어 간다.)
영이	거 웬일일까요. 닭이 어딜 갔을까요?
할아버지	글쎄 말이다. 가긴 어딜 갔겠니. 거기 어디서 놀고 있겠지. (하고 몇 번 탕탕탕, 장작을 패다가) 아아, 허리 아프다. (툭툭, 허리 치는 소리 난다.) 잠깐 앉어서 담배 한 대 피구. 으응, 담뱃대를 내가 어따 두었나? 영이야, 거기 어디 내 담뱃대 있나 찾어봐라.
영이	어디요?
할아버지	거기 어디 찾어봐.
영이	암만 찾어도 없는데요.
할아버지	없어? 그럼 내가 어따 놓았나. 옳지, 옳지. 내 정신 보게. 아까 김오장네 사랑에 갔다 놓고 온 모양이다. 내 얼른 갔다 올게 영 일랑 여기서 팬 장작이나 저리 옮겨 놓고 있어라, 응?
영이	그럼 할아버지, 얼른 댕겨오셔야 해요.
할아버지	(좀 떨어진 거리에서) 오냐, 오냐.

영이, 장작을 옮겨 놓느라 오락가락하며 노래를 부른다. 따라서 그 소리

멀어졌다 가까워졌다 한다.

새야 새야 파랑새야
녹두밭에 앉지 마라.
녹두꽃이 떨어지면
청포장수 울고 간다.

이 노래가 두 번째 불리자 멀리서 노마가 그 소리를 받아 합창하며 점점
가까이 온다.

영이   (큰 소리로) 노마야, 너 가슴에 안고 오는 게 뭐야. 너 정말 꽁 잡
         었니?

노마   (멀리서 노래하는 소리로) 그래, 이것 봐라. 정말 꽁 잡았다.

영이   어디, 어디 보자. (퉁퉁퉁, 발 구르는 소리 나며 멀리 간다. 잠시 조용하다가)

영이   (좀 떨어진 거리에서 차츰 가까이 오며) 이게 어디 꽁이냐, 닭이지. 네
         눈엔 이것이 꽁으로 뵈니?

노마   누가 꽁이랬어. 산닭이랬지.

영이   산닭이라는 게 뭐냐?

노마   산닭이, 산에서 사는 것이 산닭이지, 뭐야.

영이   하하하하, 그 애두 참, 남의 집 닭을 잡아 놓고 산닭이래요. 옳
         다. 아까 기동 어머니가 닭 찾으러 대니든데 바루 이게 기동네
         닭이구나. 너, 큰일 났다. 너, 큰일 났다. (놀리는 소리로) 어떡허나,
         어떡허나.

노마   (어색한 소리로) 기동네 닭이 왜 돗에가 친담. 산에서 산닭이 나려
         오다가 꽁처럼 친 거지.

영이   왜, 기동네 닭은 돗에 치지 않는 법 있나. 다 돗 건처에 가면
         치는 거지, 뭐.

노마   왜 기동네 닭이 삼밭에까지 가니. 기동네 집 건처에서만 노는
            닭이.

영이   왜, 제 발 가진 즘생, 어딘 못 가나. 너, 큰일 났다. 너, 큰일 났
            다. 어떡허나. 어떡허나. 어떡허나.

노마   아냐, 아냐, 아냐, 산닭야, 산닭야.

영이   에계계, 분명 기동네 닭인데, 뭐.

노마   (그 말에 지지 않으려는 듯이) 산닭야, 산닭야.

영이   (영이도 그 말에 지지 않으려는 듯이) 기동네 닭야, 기동네 닭야.

노마   산닭야.

영이   기동네 닭야.

노마   산닭야.

영이   기동네 닭야.

            두 아이 경쟁적으로 서로 같은 말을 주고받으며 점점 높아 가는데 멀리서
                      구구구, 기동 어머니의 닭 부르는 소리 들린다.

영이   저거 들어 봐라. 저, 기동 어머니 목소리 아니냐. (잠시 귀를 기울
            이는 모양, 잠잠하다. 구구구, 소리 점점 가까이 온다.) 내 뭐랬어. 내 말이
            정말이지.

노마   …….

영이   (걱정스런 소리로) 너 어떡허니. 기동 어머니 오기 전에 그 닭 어디
            다 감춰라. 어디다 감춰.

노마   (겁먹은 입안의 소리로) 산닭인데, 뭐. 산닭인데, 뭐.

            기동 어머니 구구구 소리, 점점 가까이 온다.

영이   (급한 소리로) 기동 어머니 저기 오신다. 어서 감춰라. 어서 감추

450

래도.

기동 어머니 암만 찾어다녀도 없으니, 이 닭이 어딜 갔나. 암만 해두 닭 한
마리 잃어버린 게로군. 노마 너, 우리 집 수탉 봤니?

노마 ……

기동 어머니 우리 집 수탉 봤어? (대답을 기다리느라 잠깐 동을 띄었다가) 얘가 벙어
리가 됐나. 왜 대답이 없어. 너, 뒤에 감춘 게 뭐냐. 뭐야, 어디
보자. 얘가 뭘 감추고 당초에 보질 못하게 해.

영이 아녜요. 산닭예요. 산닭예요.

기동 어머니 어디 좀 보자.

　　　　　　　　노마, 아니 보일려고 바재는 모양.

기동 어머니 얘가, 얘가, 얘가. (기겁한 소리로) 아이구머니나, 이거 우리 집 수
탉이로구나. 대강이가 아주 박살이 됐네. (어이가 없는 듯 잠깐 동을
띄었다가) 아, 어린애가 참 앙큼스럽다. 남의 집 닭을 박살을 해
놓고 감추긴 왜 감추는 거냐. 감추면 내가 모를 줄 아니. 감췄
다가 나 못 보는 데 가서 삶어 먹으려거든 게로구나. 어린애가
앙큼스럽게. 이 세상 닭이 다 너이 집 닭인 줄 아니. 너이 집
닭이래도 그럴 수 없겠다. 아, 어린애가 그 큰 닭을 어떻게 때
려잡었니. 어느새부터 어린애가 이렇게 앙큼스러서. 자라면 뭐
가 될려구 그러니. 좀 자라면 남의 집 담도 뛰어넘어 들어가겠
구나. 난 몰른다. 난 몰라. 이 닭 살려 놓든지 물어내든지 해라.
이 닭이 어떤 닭일 줄 아니? 백 마리 천 마리 있는 닭일 줄 아
니? 한 마리밖에 없는 닭야. 돌아오는 장날엔 장에 내가 팔려고
먹이도 많이 먹이고 살을 올려 논 닭야. 기동이 월사금도 내야
겠구, 씨앗도 사야겠구. 금덩이 같은 닭이다. 금덩이 같은 닭야.

할아버지　(좀 떨어진 거리에서 가까이 오며) 거, 왜들 떠느니. (가까이 온 소리로) 어른이 어린애들하고 무슨 시비요. 악성을 치며. 구만두, 구만둬.

기동 어머니　글쎄, 큰소리 내지 않을까 보십쇼. 우리 집 수탉을 이 애가 박살을 했군요. 그런 걸 몰르고 입때껏 왼종일 동네방네 찾어다녔군요. 닭도 이만저만헌 닭입니까. 다음 장에 내가 팔려고 포동포동 살을 올려 논 닭 아닙니까. 그래 놓곤 어린애가 앙큼스럽게 내가 보니까 얼른 감추는군요. (노마를 향한 소리로) 감추기만 허면 다 네 것이 될 줄 아니. 난 모르겠다. 난 몰라. 이 닭 살려 놓든지 돈으로 물어내든지 해라. 돈으로 물어내든지 해.

할아버지　노마야, 그래 너, 이 닭 정말 네 손으로 때려잡었니?

노마　(울음 섞인 소리로) 아녜요. 저어, 꿩 잡을려고 돗을 놓았드니 이 닭이 치었어요.

할아버지　옳아, 옳아. 그렇게 된 일이라. 꿩을 잡으려다 닭을 잡었다. 하하하하, 그러기도 용혹무괴지. 아모튼 잘됐다, 잘됐어. 너는 아마 내가 꿩고기를 좋아할 줄 아나 보지만 나는 실상 닭고기를 더 좋아해. 그렇지 않어도 닭고기가 먹고 싶어 늘 벼르든 차에 잘됐다. 기동 어머니, 이왕 장에 내가 팔 닭이거든 내게 파시유. 내가 살 테야. 그 닭 포동포동 살이 찐 게 아주 맛있겠는데. (돈을 내주며) 이만허면 되겠지.

기동 어머니　이걸 받어서 어떡해요. 온, 염체 없이.

할아버지　아따, 별소리 말고 어서 받게. 자, 노마야, 우리 집으로 가자. 영이 너두 가자. 다 같이 가자. 우리 이 닭 뜯어서 국도 끓이고 볶기도 허고 한번 푸지게 먹어 보자. 어허허허……．

기타 ●●●

행진곡
아름다운 새벽

●●●

행진곡

— 2회

어둑어둑 저물어 가는 북악산 밑 아람드리 장송이 하늘을 덮은 골짜기에
는 마지막 빨래꾼이 돌아가자 심산유곡 그대로 물 흐르는 소리만 높았다.

성만이는 걸음을 멈추고 두리번두리번 사람을 기하는 듯 또는 앉을 자리
를 찾는 듯하더니 건너편 너럭바위에 자기가 먼저 가 앉는다.

"이리 와 앉지?"

하고 지금까지 도깨비에게 홀린 듯 긴장과 흥분으로 뻘겋게 상기한 얼굴로
말없이 따라오던 기수를 돌아보았다. 말없이 기수는 그 옆에 와 앉는다.

두 소년은 잠시 물소리에 귀를 기울이는 듯 잠잠히 앉았더니 먼저 성만
이가 입을 열었다.

"너도 자기의 장래나 또는 한 보 나가 우리 조선의 운명에 대해서 생각
하겠지?"

그렇다는 뜻으로 기수는 고개를 끄덕하였다.

"우리의 장래에는 무엇이 우리를 기다리고 있는 것이냐. 다만 죽음뿐이
다. 그것도 자기 나라를 위해 죽는다든가 또는 더 큰 의미로 인류의 행복
을 위한 좋은 일에 목숨을 바친다면 누가 무어라겠니. 자기가 먼저 나가
목숨을 바쳐야겠지. 그러나 이건 아무것도 아니다. 우리를 사십 년 동안이
나 못살게 굴고 들볶고 살을 벗겨 먹고 피를 빨아먹는 저놈들 일본 제국주
의의 침략을 위해서는 개죽음이다. 억울한 죽음인 것이다. 우리 가운데 징
병으로 학병으로 이끌려 애매한 죽음 한 자가 수천수만이 넘는 것이다. 다

음은 우리 차례다. 우리가 억울하게 나가 죽을 차례란 말이다."

놀라운 말이었다. 또 모두 옳은 말이었다. 기수는 그 한 마디 한 마디가 아리듯 가슴에 사무치는 것이었다. 성만이는 또 좀 격한 어조로,

"너도 잘 알겠지만 우리들을 억울한 죽음으로 몰아넣는 것은 저들 일본 뿐이 아닌 것이다. 첫째, 학교 선생들을 보아라. 일본 황제의 적자니 신성하고 거룩한 임무니 하고 알 수 없는 소리로 우리들에게 명예로 알고 나가 죽으라는 것이다. 그리고 우리가 존경하고 믿고 있던 선배들은 또 좀 낫다는 것이 결국은 조선의 장래를 위하여, 말하면 나머지 조선 사람들의 행복을 위해여 죽어 달라는 것이다. 어째 우리가 나가 죽는 것이 조선 사람의 행복이 된단 말이야. 나는 아무리 생각해도 모르겠다. 모두 가면이고 기만인 것이야. 제 목숨이 두려워 우리를 죽이려는 것이야. 우리는 누구 말을 믿고 누구를 좇아야 한단 말이냐?"

성만이는 곧 울음이 터져 나올 듯 음성이 흐려지더니 그것을 참는 듯 잠시 말을 끊는다. 기수도 가슴이 부들부들 떨리는 것을 진정치 못했다. 한동안 잠잠하다가 진정된 음성으로 성만이는,

"나는 이렇게 생각한다. 싫은 것을 억지로 끌려 나가 보람 없는 죽음을 할 바에는 이편에서 자진해 나가 진정한 의미로 정말 조선을 위하여 이해받는 조선 사람을 위해 목숨을 바치는 것이 옳지 않을까 생각한다. 넌 이점에 어떻게 생각하니?"

기수는 자기도 동감이라는 뜻으로 또 한 번 고개를 끄덕하였다. 그러다가,

"그럼 어떻게 어떤 방법으로?"

하고 비로소 입을 열어 묻는 것이다.

"응. 그렇다면 네 말에 대답을 하기 전에 먼저 네게 다질 말이 있다."

하고 정색한 눈으로 기수를 본다.

"무슨 말이냐?"

"이만큼 내 뜻을 말했고 내 말에 네가 옳다고 찬동을 했으면 너는 내 동지가 된 것이다. 그럼 지금부터 목숨을 걸고 행동을 같이 해야 한다."

하고 성만이는 또 좀 긴장한 얼굴로 쏘는 듯 기수의 눈을 마주본다.

"그러나 한 가지 여기 맹세하는 증거를 보여 주어야겠다."

"무슨 증거를?"

"이것은 너뿐 아니라 누구나 우리 동지가 될 때에는 하는 것이다."

하고 양복저고리 속주머니에서 흰 손수건과 예리한 주머니칼 하나를 끄집어내어 기수 편으로 내미는 것이다. 그리고 불안한 눈으로 쳐다보는 상대를 향해,

"여기 네 피를 묻혀라."

말하면 단지를 하라는 것이다. 기수는 선뜻 손이 나가 그것이 받아지지 않았다. 먼저 두려웠다. 컴컴한 주위와 우뚝우뚝 서 있는 소나무가 무서웠고 성만이의 그 격한 말과 그 말에 따른 사실이 무서웠고 또 칼과 흰 손수건이 무서웠다. 잠잠히 고개를 숙이고 앉았으니까,

"왜 못 하겠니?"

성만이는 족치듯 묻는다. 종내 기수는 수그린 고개를 들지 못하자,

"어이 비겁한 놈, 비겁하다. 비겁하다……."

그 모욕에 참지 못하는 듯 기수는 선뜻 고개를 들고 손을 내밀어 칼과 손수건을 집어 들었다. 그리고 칼날을 내어 왼손 무명지에 대고 눈을 감자 한 번 이를 악물고 힘을 주었다. 선뜻하고 온몸의 신경이 오그라지며 짜릿한 아픔이 전신에 통한다.

"좋다. 고만해 둬라."

소리와 함께 성만이는 날래게 기수의 손에서 칼을 뺏어 버리고 그 손에 수건을 가져다 대인다. 삽시간에 흰 손수건은 시뻘겋게 물이 들었다. 잠시 두 소년은 부들부들 떨기만 하더니 어느 편에서 먼저 나왔는지 한편에서 울음이 나오자 서로 얼싸안고 울음을 터뜨린다.

　한동안 킥킥킥 소리를 죽인 울음이 높아 가더니 엉엉엉 하는 통곡으로 변하자 먼저 성만이가 떨치고 일어선다.

　"고만 두어라. 고만 두어라. 고만 울고 우리 동지들이 모여 있는 곳으로 가자."

하고 기수의 엎드린 등을 가만가만 두들기는 것이다. (계속)

『진학』, 1946. 3.

아름다운 새벽

― 2회

전달까지의 대강 이야기

창수는 일찍이 부모를 여의고, 지금 삼촌 집에서 자라고 있는 가여운 소년입니다. 삼촌집은 구차하여 다달이 내는 후원회비도 정한 날에 갖다 드리지 못하여 선생님에게 꾸지람을 잘 들었습니다.

어느 날 창수, 삼촌이 후원회비로 선뜻 내주신 백 원짜리 한 장과, 심부름 삯으로 아주머니가 주신 뜻 아니 한 십 원을 얻어, 기쁨에 가슴을 울렁거리며 집을 나섰습니다.

창수는 학교에 가는 길에, 거리에 앉아 있는 거지 아이를 보았습니다. 마음 착한 창수는 적이 가엽게 생각하여, 십 원 중에서 일 원을 꺼내어 그 거지 앞에 놓고 달음질쳐 학교에 갔습니다.

그런데 큰일 났습니다. 교실에서 돈을 꺼내 봤더니, 백 원짜리는 없고, 모자라야 할 잔돈이 그대로 십 원 남아 있지 않겠습니까? 창수는 거지 아이에게 고만 백 원짜리를 모르고 내준 것입니다.

영문을 모르시는 선생님에게 꾸지람을 듣고, 창수는 그 시간이 파한 뒤에 거지 아이가 있던 곳에 가 보았으나, 거지는 간 곳이 없고 담배 가게 집 주인 말로, 그 거지가 백 원짜리로 담배를 사 갔다는 걸 알았습니다.

다시 학교에 돌아온 창수는 선생님 말씀도 잘 들리지 않아 다시 꾸지람을 들었습니다. 그리고 그 위에 내일은 꼭 후원회비를 가져오라는 다짐을 받게 되었습니다.

학교 하학 시간이 되어 집에 돌아오는 길에, 창수는 종지 속에 주사위를 엎고 흔들며 "맞히면 오 곱을 드립니다." 하고 섰는 사람과, 1에서 6까지 적어 논 판자에 모여든 사람들을 보았습니다.

창수는 십 원을 가지고 백 원을 만들어 보려는 생각으로, 처음에 일 원을 삼에다 놓았더니, 이게 맞아서 대뜸 오 원이 되었습니다. 그러나 다음에는 자꾸 잃어서 결국 오 원이 남았습니다. 창수는 잃어버린 돈이라도 찾으려고, 삼 원을 오자 위에다 놓았습니다. 그리고 눈을 감고 속으로 오, 오 하고 열심히 외다가 눈을 번쩍 뜨고 목판 위를 보았습니다.

창수가 눈을 뜨자 종지도 열리었습니다. 그러자,

"오다!"

하고 소리치며 창수는 날래게 손을 내밀었으나, 그러나 그보다 먼저 남자의 손이 덥석 창수의 손목을 붙잡았습니다.

"오긴 이게 오야?"

하고 똑똑히 보아라 가리키는 주사위를 자세 보니, 딴은 오가 아닙니다. 오처럼 생긴 육자입니다. 그는 머쓱해서 물러앉고 말았습니다.

창수는 더욱 몸이 달았습니다. 마지막 남은 일 원을 마저 꺼내 들었습니다. 이것을 가지고 잃은 것도 회수도 하고 하지 않으면 안 됩니다. 입술이 바작바작 타오르는 조바심으로는 이번에도 일 원을 다 놓아 보고 싶은 것이나 겁이 앞섭니다. 십 전짜리 열 닢으로 바꾸어 들고 그 한 닢을 먼저 맞혀 본 삼 자 위에 놓아 봅니다. 이상하게 그것이 맞아서 십전이 오십 전, 여기에 재미를 붙여서 그 자리에 오십 전을 그대로 놓아 봅니다. 그리고 나타난 수는 이렇게 적은 것은 따고 많은 것은 잃으며, 몇 번 계속하는 사이에 어느덧 창수의 수중에는 십 전 두 닢이 남게 되고, 그것이 마지막 놓았던 숫자에서 어긋나 역시 그 자의 커다란 손이 쓰윽 훑어 들어가고는 고만입니다.

"오 곱 오 곱을 드립니다. 일 원이면 오 원."

하고 지금 자리 앞에서 창수가 당한 일은 조금도 모르는 얼굴로 외칩니다.

이제는 창수는 빈손을 털고 물러나지 않을 수 없습니다. 그런데 닢을 잃은 듯 창수는 그대로 멍하니 앉아 있습니다. 그 등 너머로 여전히 손들이 나와 각기 돈들을 놓습니다. 그리고 따는 사람은 따고 잃는 사람은 잃고, 또 종지가 흔들리고 사람들은 돈을 놓고 이런 걸 몇 차례 거듭해 보고 앉 았더니, 창수는 갑자기,

"야바우다!"

하고 소리를 지르며 벌떡 일어섭니다. 그리고 발로 목판을 걷어차며 또,

"멀쩡한 야바우다!"

"뭐가 야바우야."

하고 그 캡을 쓴 젊은 자도 따라 일어섭니다. 창수도 마주 다가섭니다.

"내 눈으로 당장 똑똑히 봤어. 멀쩡하게 종지를 열 때."

하고, 종지를 열 때 슬쩍 보아서 돈이 적게 놓인 편으로 주사위의 숫자를 돌려놓는 것을 똑똑히 보았다 하며,

"멀쩡한 야바우 아니면 뭐야. 내 돈 먹은 거 다 내노우?"

하고, 창수는 그 자 앞에 손을 내미는 것이나 그 자는 도리어 기세가 높습 니다.

"이게 누굴 도적으로 몰려들어."

하고 멀쩡하게 돈을 잃고 할 수 없으니까 그러는 것이라고 창수의 멱살을 잡았습니다.

"인마, 누가 멀쩡해. 너두 먼저는 돈 먹을 생각으로 했을 테지. 잃었으면 갈 게지 무슨 생떼냐."

그러나 창수는 창수대로 고래고래 소리를 지르고, 주위에 사람들이 모여 들며 점점 그 젊은 자의 처지가 곤란하게 되어 가는 판에, 아까부터 구경 을 하고 섰는 것처럼 근처에 있던 한 자가 나서서, 젊은 자를 저쪽으로 밀 어 버리고 그 자 대신 창수 앞을 막아 쌈을 말리는 척,

"고만두어라, 고만두어라."

창수의 등을 밀며 길 건너편으로 몰아갔습니다.

6

창수가 등을 밀리어 길 건너편 공동변소 앞까지 이르렀을 때엔, 주사위를 굴리던 자는 어디론지 자취를 숨기었습니다. 몸을 뿌리치고 그 자를 쫓아 길 아래 골목으로 창수는 뛰어갔으나, 벌써 그림자도 볼 수 없습니다. 그리고 창수가 다시 골목을 돌아서 거리를 나왔을 때엔, 시비를 말리는 척 등을 밀던 그 자도 보이질 않았습니다.

모였던 사람은 흩어지고, 그리고 창수 혼자 빈 주머니에 손을 찌르고 어찌할 바를 모르고 우두커니 거리에 섰습니다.

아무래도 집으로 돌아가는 수밖에 없습니다. 그리고 숙모에게 오늘 일을 사실대로 고하고, 또 한 번 후원회비를 청하는 수밖에 도리가 없습니다. 허지만 무슨 얼굴을 들고 숙모에게 또 후원회비를 달라고 손을 내밀지 생각만 해도 낯이 붉어지는 일입니다.

가뜩이나 넉넉지 못한 살림입니다. 삼촌이 이른 새벽에 인쇄소엘 가, 해가 저물어서 과로한 얼굴로 돌아오고 하여, 얼마 아니 되는 월급을 타면 타는 그날 여기저기 외상을 갚고 하고 나면 이튿날부터 또 돈에 쪼들리는 숙모며, 삼촌입니다. 어려서 어머니를 여의고 아버지는 어머니 살았을 때 집을 나가 돌아오질 않고, 고아나 다름없는 창수를 데려다가, 친아들이나 다름없이 학교도 보내고, 또 장래에 잘되기를 바라는 삼촌이며, 숙모입니다. 그 은혜를 감사히 생각하는 마음에서 더 창수는 넉넉지 못한 살림을 눈앞에 보고는, 학용품 같은 것이 필요할 때도 쉽게 사달라는 말을 못하고 속을 졸이는 것입니다.

사실 그 살림에서 창수의 후원회비를 대기에도 삼촌은 전차값이나 담배용까지 절약해야 할 것이며, 숙모는 찬용을 줄이어야 될 것을 창수는 잘 압니다.

그날도 창수는 집에 돌아가 있는 대로 사실을 알리어야 하겠으면서도 차마 입이 열리지 않아 숙모의 눈치 먼저 보는 것입니다.

다른 때보다 늦게 돌아온 창수를 숙모는 아랫목에 앉히고, 어디서 났는지 고사떡을 요 밑에서 꺼내셨습니다. 그리고,

"아까 전기 장수에게 큰 욕을 봤다. 글쎄, 전깃불 값 안 냈다고 전등을 떼 가겠다는구나. 전등을 떼 가면 어떡하니. 네 시험 때도 가까워 오고 그랬는데. 오늘은 간신히 빌어 보냈다마는."

하고 숙모는 가벼운 한숨을 쉽니다.

"내일 또 온댔는데. 내일은 어떻게 불 값을 만들어 줘야겠는데……."

하고 혼잣말처럼 하며 연해 숙모는 걱정스레 얼굴을 하십니다. 숙모의 그 걱정을 덜어 드리지는 못할망정, 더 좀 걱정을 하시게 차마 창수는 그 숙모에게 말을 낼 수가 없었습니다. 더욱 창수는 말문이 막히었습니다.

그러나 내일 일이 큰 걱정입니다. 오늘 학교에서 선생님에게 그처럼 말을 했으니, 내일은 세상없어도 후원회비를 가지고 가야만 될 형편이 아닙니까? 창수는 또 한 번 숙모의 기색을 살핍니다. 윗목에서 바느질을 하는 숙모의 수그린 이마에는 아까의 근심이 그대로 남아 있어, 수심이 가득합니다. 창수는 얼굴을 돌리고 맙니다. 그리고 삼촌이 오시면 하고 삼촌이 오면 꼭 말을 하리라고 단단히 벼르며 초조히 기다리었습니다. (계속)

❖❖❖ 『어린이세계』, 1947. 5.

3

동화

작품집 〈포도와 구슬〉●●●

●●●

물딱총

기동이는 물딱총을 가졌습니다. 대야에다 물을 떠다 놓고 꾸욱 뽑아 올려 듬뿍 물을 재 가지고는 찌익찌익 아무 데고 물을 뿜습니다. 담벼락을 적십니다. 서까래를 적십니다. 공중을 대고 놓아 판장 너머로 남의 집 장독에 물을 끼얹습니다.

그리고 기동이는 막 뻐깁니다. 사실 그럴 만도 합니다. 높다란 버드나무 위까지 물은 튀어 올라갑니다. 나뭇가지에서 한눈을 팔고 앉았던 까치도 깜짝 놀라 푸드득 달아납니다. 게까지 물이 올라갈 줄은 까치 그놈도 뜻밖이던 게지요.

골목 안 아이들은 모두 신기해합니다. 둘레에 모여 서서 그 놀라운 힘에 입들을 벌립니다. 그렇지 않던 기동이가 퍽 잘난 사람으로 보입니다. 그리고 기동이도 자기가 아니면 할 수 없는 재주를 부리는 듯 뻐기는 것입니다.

"너희들은 팔매를 치고 난 물딱총으로 하구, 누가 멀리 가나 내기해, 내기해."

물딱총 그리고 기동이는,

"뎀벼, 뎀벼."

연해 큰소리를 치며 노마를 쳐다봅니다. 어서 덤비라는 것이지요. 그러나 노마는 대들지 않습니다. 팔매를 쳐 이긴댔자 별 신통할 게 없습니다. 물딱총은 물딱총 같은 것끼리 서로 내기를 해야 재미스럽지 않겠습니까.

기동이는 여전히 큰소립니다.

"뎀벼. 뎀비라니깐 어림없구나."

그리고 골목 밖 큰길을 향해 찌익찌익, 그야 물딱총만 가졌으면 노만들 하지 못할 재주가 아닐 텐데, 노마는 입에 손가락을 물고 물끄러미 바라보기만 합니다.

그러다,

"나두 좀⋯⋯."

"뭐?"

"나두 좀 해 보자."

노마는 손을 내미는 거지만, 기동이는,

"물 떠 오면 주지."

그래 노마는 자기 집 부엌에 가서, 어머니 몰래 물 한 대야를 떠 내왔습니다.

그러나 기동이는 시침을 뗍니다. 연방 쭈욱 빨아올려다는 찌익, 쭈욱 빨아올려다는 찌익, 그러는 대로 대야의 물은 줄어 갑니다.

노마는 주기만 기다리고 있다가는 안 되겠습니다.

"너 물 떠 오면 준댔지?"

"이번 한 번만 하구."

그러나 한 번만 한 번만으로 또 거의 대야의 물을 말리는 것입니다. 물은 자꾸 줄어듭니다. 마침내 노마는 기동이 앞을 가로막습니다.

"너 물 떠 오면 준댔지?"

"이번 꼭 한 번만 하구, 정말야."

그리고 천천히 뽑아 올려 듬뿍이 물을 재 가지고는 일어서더니 갑자기,

"옜다, 받아라."

노마 얼굴에다 대고 찌익. 고만 노마는 물벼락을 맞고 어이어이 웁니다.

어머니가 들창으로 내다보시더니 신을 끌며 나와 노마를 이끌어 가십니다.

"그런 나쁜 애하고는 당초에 놀지 말랬지. 이게 무슨 꼴이냐."

치맛자락으로 노마 얼굴을 씻기고 혼자 마당에서 놀라고 발판을 내주십니다. 전에도 노마는 그걸 가로 타고 자동차라고 뿡뿡 뿡뿡 하며 놀던 것입니다. 그러나 지금은 그건 거들떠보지도 않고,

"나두 물딱총 사 줘."

그리고,

"기동인 그것 가지고 막 뻐기는데 난 없구, 흥."

"그 애는 있는 집 아이니까 그렇지. 어떻게 없는 집 자식이 남과 똑같이 하자니?"

아무리 조른대야 소용없는 노마 집 형편입니다. 그러나 노마는 새로운 설움으로 울음이 나오고, 그 눈물 어린 눈으로 보면 부지깽이도 빨랫방망이도 기둥까지도 모두 물딱총으로 보이고, 노마는 차츰 어떡하면 물딱총을 만들 수 있을까, 울음을 그치고 곰곰이 생각해 봅니다.

바람은 알건만

—— 둥둥둥 둥둥둥.

—— 둥둥둥 둥둥둥.

솜사탕 장수 북소리가 납니다. 그 소리를 바람이 지붕 너머로 실어 옵니다.

분홍 치마, 노랑 치마, 파랑 치마, 초가집 문지방에 세 아이가 앉았습니다. 노랑 치마가 돈 한 닢을 가졌습니다. 그리고 솜사탕 장수 오기를 기다립니다. 분홍 치마도 기다립니다. 파랑 치마도 기다립니다.

—— 둥둥둥 둥둥둥.

—— 둥둥둥 둥둥둥.

지붕 너머로 그 소리를 바람이 실어 옵니다. 바람은 초가집 문지방에 분홍 치마, 노랑 치마, 파랑 치마 세 아이가 지금 솜사탕 장수 오기를 고대고대하고 있는 줄을 다 압니다. 그래서 둥둥둥 둥둥둥, 그 소리를 가져 옵니다.

길 위로 기름 장수 할멈이 꼬부랑 꼬부랑 지팡이를 짚고 내려옵니다. 솜사탕 장수 있는 곳에서 오는 게지요.

세 아이는 차례차례 묻습니다.

분홍 치마 —— 솜사탕 장수 어딨는 거 봤우?

기름 장수 —— 나 몰라.

노랑 치마 —— 솜사탕 장수 어딨는 거 봤우?

기름 장수 —— 나 몰라.

파랑 치마 —— 솜사탕 장수 어딨는 거 봤우?

기름 장수 —— 난 모른대두.

그래도 여전히

—— 둥둥둥 둥둥둥.

—— 둥둥둥 둥둥둥.

솜사탕 장수 북소리가 납니다. 바람이 그 소리를 지붕 너머로 실어 옵니다.

길 아래서 막동 어머니가 막동이를 업고 올라옵니다. 솜사탕 장수 있는 곳에서 오는 게지요.

세 아이는 차례차례 묻습니다.

파랑 치마 —— 솜사탕 장수 어딨는 거 봤우?

막동 어머니 —— 난 못 봤다.

노랑 치마 —— 솜사탕 장수 어딨는 거 봤우?

막동 어머니 —— 난 못 봤다.

분홍 치마 —— 솜사탕 장수 어딨는 거 봤우?

막동 어머니 —— 난 못 봤대두.

그래도 여전히

—— 둥둥둥 둥둥둥.

—— 둥둥둥 로로로.

솜사탕 장수 북소리가 납니다. 지붕 너머로 바람이 그 소리를 실어 옵니다. 바람은 초가집 문지방에 분홍 치마, 노랑 치마, 파랑 치마 세 아이가 지금 솜사탕 장수가 오기를 고대고대하고 있는 줄을 다 압니다. 그리고 그 솜사탕 장수가 어디 있는 것도 다 압니다. 그래서 둥둥둥 둥둥둥, 그 소리를 가져옵니다.

세 아이는 차례차례 묻습니다.

—— 바람아, 너는 알지. 가르쳐 주렴.

—— 바람아, 너는 알지. 가르쳐 주렴.

—— 바람아, 너는 알지. 가르쳐 주렴.

그래도 여전히

—— 둥둥둥 둥둥둥.

—— 둥둥둥 둥둥둥.

지붕 너머로 바람은 그 소리만 가져옵니다.

옥수수 과자

기동이가 옥수수 과자를 먹고 있습니다. 저고리 앞자락에 한 움큼 감추어 쥐고 하나씩 빼 먹습니다. 그 앞에 영이가 마주 앉았습니다. 아무도 없는 골목 응달입니다. 기동이는 옥수수 과자를 혼자만 먹습니다. 하나를 먹습니다. 둘을 먹습니다. 셋, 넷을 먹습니다. 그 앞에 영이는 말없이 보고만 앉았습니다.

마침내 영이는 입을 엽니다.

"맛있니?"

"그럼."

"다냐?"

"그럼."

그리고 기동이는 영이가 더 먹고 싶어하라고 일부러 더 맛있게 먹어 보입니다. 하나를 꺼내 들고 얼마나 맛있는 것인가 한참씩 눈 위에 쳐들고 보다가는 넙죽넙죽 돼지 입을 하고 먹습니다. 그 손이 오르고 내릴 때마다 영이 눈도 따라 움직입니다. 기동이는 옥수수 과자를 혼자만 먹습니다. 다섯을 먹습니다. 여섯을 먹습니다. 일곱, 여덟을 먹습니다. 그 앞에 영이는 말없이 보고만 앉았습니다.

마침내 영이는 입을 엽니다.

"난 우리 어머니가 이따 고구마 삶아 준다고 그랬다누."

"피, 그까짓 거. 우리 어머닌 이따 우유 사 준다고 그랬는데, 뭐."

그러나 영이는 지지 않고,

"우리 할머니 집엔 낼 빈대떡 부친다누. 그래서 나두 간다누."

"피, 그까짓 거. 우리 집은 낼 고사떡 하는데, 뭐."

그리고 기동이는 영이가 더 먹고 싶어하라고 일부러 더 맛있게 먹어 보입니다. 아홉을 먹습니다. 열을 먹습니다. 열 하나, 열 둘을 먹습니다. 넙죽넙죽 돼지 입을 하고 기동이는 옥수수 과자를 혼자만 먹습니다. 그 앞에 영이는 말없이 보고만 앉았습니다.

마침내 영이는 입을 엽니다.

"난 인제 우리 어머니하구 우리 아는 집 혼인 잔치에 간다누."

"피, 그까짓 거. 난 인제 우리 아버지, 어머니하구 화신상 식당에 갈 거, 뭐."

그러나 영이는 지지 않고,

"우리 아버진 인제 벌이 많이 한다누. 그럼 나 새 신 사 준다고 그랬다누."

"피, 그까짓 거. 우리 아버진 인제 벼 팔면 내 새 구두하고 새 양복 사 준다구 그랬는데, 뭐."

그리고 기동이는 옥수수 과자를 혼자만 먹습니다. 열하고 셋을 먹습니다. 넷을 먹습니다. 다섯, 여섯을 먹습니다. 돼지 입을 하고 넙죽넙죽 혼자만 먹습니다. 다 먹었습니다. 다 먹고 빈 종이로 입을 씻습니다.

"아아, 맛있다."

영이는 고만 성을 발끈 냅니다.

"너구 안 놀아. 당최 안 놀 거, 뭐."

그리고 영이는 흙 한 줌을 끼얹어 주고 저의 집으로 달아납니다.

새끼 전차

—— 냉냉냉 냉냉냉.

—— 냉냉냉 냉냉냉.

골목 안에서 새끼 전차가 떠납니다. 노마가 앞장입니다. 운전수지요. 만이가 뒤를 봅니다. 차장이지요. 그리고 가운데는 손님이 탑니다. 모래 돈다섯 닢 내고 종이 표 사고 탑니다.

전차가 골목 모퉁이 전선주 앞에 닿았습니다.

—— 종로요. 화신상 앞요.

—— 종로요. 화신상 앞요.

앞장 운전수가 외칩니다. 꽁무니 차장도 그럽니다. 가운데 탄 손님도 그럽니다. 모두 큰 소리로 골목을 울립니다.

똘똘이가 종이 표를 내고 내립니다. 영이가 모래 돈을 내고 올라탑니다.

"어디 가우?"

"한강 가우."

기동이도 모래 돈을 냅니다.

"난 정거장 가우."

그러나 노마는,

"넌 못 타. 못 타."

"왜, 난 못 타?

"너 옥수수 과자 혼자만 먹었지? 넌 안 돼."

"그럼 난 모래 돈 열 개 낼게."

"그래두 안 돼."

전차는 그대로 떠납니다. 할 수 없이 기동이는 그 뒤를 따라갑니다. 냉냉냉 냉냉냉. 전차는 골목을 돌아서 한길을 향해 달립니다.

전차가 한길 이발소 앞에 닿았습니다.

—— 남대문요. 정거장 앞요.

—— 남대문요. 정거장 앞요.

영이가 종이 표를 내고 내립니다. 똘똘이가 모래 돈을 내고 올라탑니다.

"어디 가우?"

"용산 가우."

이번에도 기동이는 모래 돈을 냅니다.

그러나 노마는

"넌 못 탄대두."

"난 왜 못 타?"

"너 물딱총 혼자만 가지구 놀았지? 넌 안 돼."

"그럼 난 모래 돈 썩 많이 낼게."

"그래두 안 돼."

전차는 그대로 떠납니다. 할 수 없이 기동이는 그 뒤를 따라갑니다. 냉냉냉 냉냉냉. 전차는 한길을 담 밑으로 달립니다.

전차가 기동이 집 골목 앞에 닿았습니다.

—— 한강요. 철교 앞요.

—— 한강요. 철교 앞요.

똘똘이가 종이 표를 내고 내립니다. 영이가 모래 돈을 내고 올라탑니다. 이번에도 기동이는 안 들일 작정. 그대로 전차는 떠납니다.

그러나 기동이는 저의 집 앞이니까 기운이 나는 게지요.

"나 안 태면 못 가. 못 가."

하고 기동이는 두 팔을 벌리고 전차 앞을 가로막습니다.

"이게 칠라구 그래. 칠라구 그래."

노마는 전차니까 기운이 셉니다. 그리고 사정 볼 거 아무것도 없지요.

"난 체두 몰라. 체두 몰라."

하고 두루루 기동이를 새끼로 말아 막 뭉깁니다. 고만 기동이는 땅바닥에
나둥그러져 어이어이 울고 맙니다.

싸전 가게

―― 싸구려. 싸구려. 막 파는구려.

―― 싸구려. 싸구려. 막 파는구려.

문지방 밑 응달에 노마가 싸전 가게를 벌였습니다. 한길 싸전 가게 뚱뚱보 영감처럼 노마는 두 팔을 걷어 올리고 사람이 오기를 기다립니다. 모래 돈 열 닢 내면 가루 흙 한 줌, 모래 돈 스무 닢 내면 가루 흙 두 줌, 이렇게 막 파는 가겝니다.

영이가 쌀을 사러 왔습니다. 모래 돈 열 닢을 냅니다.

"을마치요?"

"이거예요."

노마가 모래 돈을 하나 둘 소리 높여 셉니다. 그리고 가루 흙 한 줌을 내줍니다. 영이는 치마 앞에 쌌습니다. 영이 할머니처럼 꼬부랑 꼬부랑 건너편 담 밑 응달로 갑니다. 거기다 영이는 광을 짓고 쌀을 모읍니다. 한 줌을 모읍니다. 두 줌을 모읍니다.

―― 싸구려. 싸구려. 막 파는구려.

―― 싸구려. 싸구려. 막 파는구려.

문지방 밑 응달에서 노마가 쌀을 팝니다. 한 줌을 팝니다. 두 줌을 팝니다. 세 줌, 네 줌을 팝니다. 그러는 대로 야금야금 쌀은 줄어 갑니다. 그러는 대로 야금야금 모래 돈은 늘어 갑니다.

영이가 쌀을 사러 왔습니다. 모래 돈 스무 닢을 냅니다.

"을마치요?"

"이거예요."

노마가 모래 돈을 하나 둘 소리 높여 셉니다. 그리고 가루 흙 두 줌을 줍니다. 영이가 영이 할머니처럼 꼬부랑 꼬부랑 담 밑 응달로 가져다 모읍니다. 영이네 광엔 야금야금 쌀이 늘어 갑니다. 노마네 가게엔 야금야금 쌀이 줄어 갑니다. 그러고 모래 돈이 야금야금 늘어 갑니다. 그럴수록 영이네 광엔 쌀이 늘어 갑니다. 그럴수록 노마네 가게엔 돈이 늘어 갑니다. 돈이 늘어 갈수록 쌀은 줄어 갑니다. 줄어 갑니다. 늘어 갑니다. 늘어 갑니다. 줄어 갑니다.

마침내 노마는 쌀을 다 팔았습니다.

그리고 모래 돈이 퍽 많습니다.

마침내 영이는 쌀을 다 샀습니다. 그리고 모래 돈은 없습니다. 노마는 돈이 많습니다. 영이는 쌀이 많습니다.

—— 싸구려. 싸구려. 막 파는구려.

—— 싸구려. 싸구려. 막 파는구려.

이번엔 영이가 싸전 가게를 벌였습니다. 담 밑 응달에서 한길 싸전 가게 영감처럼 두 팔을 걷어 올리고 사람이 오기를 기다립니다.

노마가 쌀을 사러 왔습니다. 모래 돈 열 닢을 냅니다.

"을마치요?"

"이거예요."

영이가 모래 돈을 하나 둘 소리 높여 셉니다. 그리고 가루 흙 한 줌을 내줍니다. 노마는 바지 앞에 받습니다. 그리고 꼬부랑 꼬부랑 문지방 밑 응달로 갑니다.

노마네 광엔 야금야금 쌀이 늘어 갑니다. 영이네 가게엔 야금야금 돈이 늘어 갑니다.

맨발 벗고 갑니다

맨발 벗고 살살 영이는 다리를 건너갑니다. 다리는 외나무다리, 다리 아랜 물이 철철, 영이는 살살 맨발 벗고 건너갑니다. 그저 건너고 싶어 건너는 것입니다. 그러니까 영이는 무섭지 않습니다.

다리 건너는 언덕길 길바닥엔 왕모래가 따끔따끔, 그래도 영이는 살살 맨발 벗고 갑니다. 그저 가고 싶어 가는 것입니다. 그러니까 영이는 아프지 않습니다. 살살 영이는 그림자 보며 갑니다.

버드나무 앞엘 왔습니다. 게서 영이는 기동이를 만났습니다. 기동이는 묻습니다.

"영이 너, 어디 가니?"

그래도 영이는 살살 그림자만 보며 갑니다.

"영이 너, 어디 가?"

기동이는 영이를 따라옵니다. 그러니까 영이는 가는 데가 있는 듯싶었습니다. 아주 바쁜 걸음으로 맨발 벗고 갑니다.

우물 앞엘 왔습니다. 게서 영이는 노마 어머니를 만났습니다. 노마 어머니는 묻습니다.

"영이 너, 어디 가니?"

그래도 영이는 그림자만 보며 갑니다.

"영이 너, 어디 가?"

하고 노마 어머니는 또 묻습니다. 그러니까 영이는 더 가는 데가 있는 듯

싶었습니다. 아주 바쁜 걸음으로 맨발 벗고 갑니다.

언덕을 넘었습니다. 고추밭 앞엘 왔습니다. 그대로 기동이는 영이를 따라옵니다. 기동이는 묻습니다.

"영이 너, 고추 따러 가니?"

그래도 영이는 말없이 그림자만 보며 갑니다. 아주 바쁜 걸음으로 맨발 벗고 갑니다.

고추밭을 지났습니다. 호박 밭 앞엘 왔습니다. 그대로 기동이는 영이를 따라옵니다. 기동이는 묻습니다.

"영이 너, 호박 따러 가니?"

그래도 영이는 말없이 그림자만 보며 갑니다. 아주 바쁜 걸음으로 맨발 벗고 갑니다.

호박 밭을 지났습니다. 돼지 우릿간 앞엘 왔습니다. 그대로 기동이는 영이를 따라옵니다. 기동이는 묻습니다.

"영이 너, 돼지 보러 가니?"

그래도 영이는 말없이 그림자만 보며 갑니다. 아주 바쁜 걸음으로 맨발 벗고 갑니다.

돼지 우릿간 앞을 지났습니다. 영이는 다시 개울 하나 건넛집 뒤 울타리 밑으로 갑니다.

마침내 기동이는 영이 앞을 가로막습니다. 두 팔을 벌리고 기동이는,

"어디 가는지 가르쳐 주지 않으면 못 가, 못 가."

그러니까 영이는 아주 가는 데가 있는 듯싶었습니다. 영이는 지금 아주 썩 좋은 곳을 가는 길인데 기동이가 못 가게 막는 것만 같습니다. 그래서 영이는 소리를 높여 아이 아이 아이……

내가 제일이다

노마가 돌 축대 위에 올라섰습니다. 노마는 무척 키가 커졌습니다. 축대 아래 기동이가 조그맣게 눈 아래로 보입니다. 똘똘이도 그렇게 눈 아래로 보입니다. 노마는 팔을 쳐들고 소리칩니다.

── 내가 제일이다. 어림없구나.

기동이가 아래서 쳐다봅니다. 똘똘이도 거기서 쳐다봅니다. 모두 노마를 으뜸으로 보는 얼굴입니다. 노마는 더 팔을 쳐들고 소리칩니다. 마침내 기동이도 제일이 되고 싶었습니다. 신을 벗고 돌 축대를 기어 올라갑니다. 발 놓을 데를 더듬고 손 잡을 데를 고르고 한 층을 올라갑니다. 두 층을 올라갑니다. 세 층, 네 층을 올라갑니다. 기동이는 돌 축대를 다 올라갔습니다. 다 올라가서 팔을 쳐들고 소리칩니다.

── 내가 제일이다. 어림없구나.

── 내가 제일이다. 어림없구나.

노마도 제일입니다. 기동이도 제일입니다. 하지만 똘똘이는 꼴찌입니다. 축대 아래서 아주 그런 얼굴로 쳐다봅니다. 더 노마는 팔을 쳐들고 소리칩니다. 더 기동이도 팔을 쳐들고 그럽니다.

마침내 똘똘이도 제일이 되고 싶었습니다. 신을 벗고 돌 축대를 기어 올라갑니다. 발 놓을 데를 더듬고 손 잡을 데를 고르고 한 층을 올라갑니다. 두 층을 올라갑니다. 그렇게 똘똘이는 돌 축대를 다 올라갔습니다. 다 올라가서 팔을 쳐들고 소리칩니다.

—— 내가 제일이다. 어림없구나.

—— 내가 제일이다. 어림없구나.

노마도 제일입니다. 기동이도 제일입니다. 똘똘이도 제일입니다. 모두 똑같이 제일입니다. 그러니까 노마는 조금도 기동이보다 잘날 것이 없습니다. 기동이는 조금도 똘똘이보다 잘날 것이 없습니다. 그리고 똘똘이는 조금도 누구보다 못날 것이 없습니다. 그러니까 아무도 제일 될 게 없어졌습니다.

마침내 노마는 아무도 못하는 제일이 되고 싶었습니다. 축대 아래 길바닥을 향해 다리를 옴질옴질 두 팔을 훨훨, 그러다가 펄쩍 아래로 뛰어내립니다. 노마 아니면 못할 재줍니다. 노마는 팔을 쳐들고 소리칩니다.

—— 내가 제일이다. 모두 어림없구나.

—— 내가 제일이다. 모두 어림없구나.

기동이도 똘똘이도 축대 위에서 내려다봅니다. 모두 노마를 제일로 아는 그런 얼굴입니다. 노마는 더 팔을 쳐들고 소리칩니다.

마침내 기동이도 제일이 되고 싶었습니다. 다리를 옴질옴질 두 팔을 훨훨, 그러다가 펄쩍 축대 아래로 뛰어내렸습니다. 기동이는 노마와 똑같아졌습니다. 노마는 기동이보다 제일일 게 없습니다. 기동이도 노마보다 못할게 없습니다. 하지만 똘똘이는 꼴찌입니다. 축대 위에서 아주 그런 얼굴로 내려다보기만 합니다. 노마는 똘똘이보다 제일입니다. 기동이도 똘똘이보다 제일입니다. 모두 팔을 쳐들고 소리칩니다.

마침내 똘똘이도 제일이 되고 싶었습니다. 다리를 옴질옴질 두 팔을 훨훨, 그러다가 펄쩍 축대 아래로 뛰어내렸습니다. 이제는 모두 똑같아졌습니다. 노마도 같습니다. 기동이도 같습니다. 똘똘이도 같습니다. 그렇지만 다같이 팔을 쳐들고 소리칩니다.

—— 내가 제일이다. 어림없구나.

—— 내가 제일이다. 어림없구나.

—— 내가 제일이다. 어림없구나.

아버지 구두

기동이가 커다란 구두를 신고 나왔습니다. 아버지 구두입니다. 아버지 구두를 신고 기동이는 아버지만큼 점잖아졌습니다. 활개를 치고 배를 내밀고 아주 뽐내는 걸음으로 아이들 노는 데로 갑니다.

—— 저리들 물러나거라.

—— 저리들 물러나거라.

기동이는 아버지 구두를 신고 아버지 음성으로 아버지처럼 소리칩니다. 기동이는 아버지 구두를 신었으니까 아이들은 아버지만큼 기동이를 무서워할 것입니다. 기동이는 더 무서워하라고 모자 쓰고 양복 입고 단장 휘두르며 가는 아버지처럼, 활개를 젓고 배를 내밀고 아주 뽐내는 걸음으로 아이들 노는 데로 갑니다.

—— 저리들 물러나거라.

—— 저리들 물러나거라.

그러나 아이들은 조금도 기동이를 무서워하지 않습니다. 골목 응달에서 돗자리 깔고 노마, 영이, 똘똘이가 둘러앉아서 공기를 놉니다. 아마 기동이가 아버지 구두를 신은 것을 모르는 것이지요. 기동이는 발을 구르고 큰기침을 하고 그리고 아버지처럼 소리칩니다.

—— 저리들 물러나거라.

—— 저리들 물러나거라.

그러나 아이들은 조금도 아버지 구두를 신은 기동이를 아버지만큼 무서워하지 않습니다. 노마는 그저 기동이를 보는 얼굴로 기동이를 돌아다 봅니다. 영이도 그런 얼굴로 기동이를 봅니다. 똘똘이도 그런 얼굴로 기동이를 봅니다. 하지만 기동이는 아버지 구두를 신었으니까 아버지만큼 잘났습니다. 활개를 치고 배를 내밀고 아버지 음성으로 아버지처럼 소리칩니다.

—— 저리들 물러나래두.

—— 저리들 물러나래두.

그러나 아이들은 아버지 구두를 신지 않은 기동이나 다름없이 조금도 기동이를 무서워하지 않습니다. 아마 기동이가 아버지 구두를 신은 걸 모르는 게지요. 기동이는 발을 구르고 큰기침을 하고, 그리고 아이들 공기 노는 복판에 아버지 구두를 신은 커다란 발을 들여놓습니다.

—— 저리들 물러나지 못해?

—— 저리들 물러나지 못해?

그러나 아이들은 조금도 기동이를 무서워하지 않습니다. 아버지 구두를 신지 않은 기동이나 마찬가지로 노마는 성이 나 일어섭니다. 영이도 그럽니다. 똘똘이도 그럽니다. 다 같이 성이 나 댑니다.

—— 그까짓 어른 구두 신으면 제일이야?

—— 그까짓 어른 구두 신으면 제일이야?

—— 그까짓 어른 구두 신으면 제일이야?

과자

기동이가 과자를 가졌습니다. 주머니 불룩하게 많이 가졌습니다. 하나씩 꺼내 아주 맛있게 먹습니다. 그 앞에 똘똘이가 아주 먹고 싶어하는 얼굴로 섰습니다. 영이도 그러고 섰습니다. 노마도 그러고 섰습니다. 기동이는 더 맛있게 혼자만 먹습니다.

마침내 똘똘이는 기동이 턱 밑에 손을 벌렸습니다.

"나 하나만. 그럼 나 너구만 놀게."

그래서 기동이는 선뜻 과자 하나를 주었습니다.

영이도 기동이 턱 밑에 손을 벌렸습니다.

"나 하나만. 그럼 나 너구만 놀게."

그래서 기동이는 과자 하나를 선뜻 주었습니다.

노마도 기동이 턱 밑에 손을 벌렸습니다.

"나 하나만. 그럼 나 너구만 놀게."

그래서 기동이는 선뜻 과자 하나를 주었습니다.

기동이는 퍽 호기스럽습니다. 기동이는 과자가 많습니다. 그리고 자기하고만 놀 사람이 많습니다. 아주 호기스런 걸음으로 골목을 나갑니다. 그 뒤를 똘똘이가 기동이하고만 놀 사람처럼 따라갑니다. 영이도 그렇게 따릅니다. 노마도 그렇게 따릅니다. 마침내 똘똘이는 과자를 다 먹었습니다. 영이도 다 먹었습니다. 노마도 다 먹었습니다. 하지만 기동이는 과자가 많습니다. 맛있게 혼자만 먹습니다. 마침내 똘똘이는 기동이 턱 밑에 손을 벌렸습니다.

"꼭 하나만. 그럼 생전 너구만 놀게."

그래서 기동이는 선뜻 과자 하나를 주었습니다.

영이도 기동이 턱 밑에 손을 벌렸습니다. 그리고 똘똘이처럼 말했습니다. 그래서 기동이는 선뜻 과자 하나를 주었습니다. 노마도 영이처럼 그랬습니다. 그래서 기동이는 선뜻 과자 하나를 주었습니다.

기동이는 퍽 호기스럽습니다. 기동이는 과자가 많습니다. 그리고 자기하고만 생전 놀 사람이 많습니다. 아주 호기스런 걸음으로 골목 밖 국숫집 앞으로 갑니다. 그 뒤를 똘똘이가 생전 기동이하고 놀 사람처럼 따라갑니다. 영이도 그렇게 따릅니다. 노마도 그렇게 따릅니다.

마침내 똘똘이는 과자를 다 먹었습니다. 영이도 다 먹었습니다. 노마도 다 먹었습니다. 그리고 기동이도 다 먹었습니다. 기동이는 과자가 없습니다. 그리고 똘똘이도 없습니다. 영이도 없습니다. 노마도 없습니다. 다 같이 과자가 없습니다. 그러니까 똘똘이도 영이도 노마도 기동이도 모두 똑같아졌습니다.

그래도 기동이는 퍽 호기스럽습니다. 과자는 없어도 생전 자기하고만 놀 사람이 많습니다. 아주 호기스런 걸음으로 이발소 앞으로 갑니다. 하지만 그 뒤를 똘똘이는 생전 기동이하고 놀 사람처럼 따라가지 않습니다. 영이도 그럽니다. 노마도 그럽니다. 똘똘이는 똘똘이대로만 놀고 싶었습니다. 영이도 그랬습니다. 노마도 그랬습니다. 기동이는 혼자 되었습니다. 혼자 이발소 앞으로 갑니다. 그러다가 똘똘이, 영이, 노마를 보고 소리칩니다.

──너 생전 나구만 논댔지?

──너 생전 나구만 논댔지?

──너 생전 나구만 논댔지?

귀뚜라미

귀뚤귀뚤 귀뚤귀뚤.

귀뚤귀뚤 귀뚤귀뚤.

귀뚜라미가 웁니다. 응달 축대 밑에서 조용조용 혼자서 웁니다. 해 기울어 버드나무 그림자 길고, 축대 앞에서 혼자서 노마가 가만히 귀를 기울이고 앉았습니다. 가만히 노마는 귀뚜라미 마음이 되어 봅니다. 노마는 점점 귀뚜라미를 닮아 갑니다. 귀뚜라미는 점점 노마를 닮아 갑니다.

귀뚤귀뚤 귀뚤귀뚤.

귀뚤귀뚤 귀뚤귀뚤.

귀뚜라미가 웁니다. 응달 축대 밑에서 귀뚜라미는 점점 노마를 닮아 갑니다. 응달 축대 앞에서 점점 노마는 귀뚜라미를 닮아 갑니다. 그래서 노마는 점점 귀뚜라미 마음을 알게 되었습니다. 축대 밑에서 귀뚜라미는 지금 노마처럼 어서 아버지가 돌아오기를 기다립니다. 그래서 어서어서 어서어서 하고, 어서 돌아오라고 그럽니다.

귀뚤귀뚤 귀뚤귀뚤.

귀뚤귀뚤 귀뚤귀뚤.

귀뚜라미가 웁니다. 응달 축대 밑에서 조용조용 혼자서 웁니다. 해 기울어 버드나무 그림자 길고, 축대 앞에 영이가 왔습니다. 그리고 노마 옆에 노마처럼 가만히 앉았습니다. 그리고 가만히 영이는 귀뚜라미 마음이 되어 봅니다. 영이는 점점 귀뚜라미를 닮아 갑니다. 귀뚜라미는 점점 영이를 닮아 갑니다. 그래서 점점 영이는 귀뚜라미 마음을 알게 되었습니다. 축대 밑에서 귀뚜라미는 지금 영이처럼 어서 집 뒤 밤나무의 밤이 익기를 기다립니다. 그래서 어서어서 어서어서 하고, 어서 밤이 익으라고 그럽니다.

귀뚤귀뚤 귀뚤귀뚤.

귀뚤귀뚤 귀뚤귀뚤.

귀뚜라미가 웁니다. 응달 축대 밑에서 조용조용 혼자서 웁니다. 해 기울어 그림자 길고, 축대 앞에 똘똘이가 왔습니다. 그리고 영이 옆에 영이처럼 가만히 귀를 기울이고 앉았습니다. 그리고 가만히 똘똘이는 귀뚜라미 마음이 되어 봅니다. 똘똘이는 점점 귀뚜라미를 닮아 갑니다. 귀뚜라미는 점점 똘똘이를 닮아 갑니다. 그래서 점점 똘똘이는 귀뚜라미 마음을 알게 되었습니다. 축대 밑에서 귀뚜라미는 지금 똘똘이처럼 어서 어른만큼 키가 자라길 기다립니다. 그래서 어서어서 어서어서 하고, 어서 자라라고 그럽니다.

귀뚤귀뚤 귀뚤귀뚤.

귀뚤귀뚤 귀뚤귀뚤.

귀뚜라미가 웁니다. 응달 축대 밑에서 귀뚜라미는 점점 노마를 닮아 갑니다. 영이를 닮아 갑니다. 똘똘이를 닮아 갑니다.

그리고 점점 노마는 귀뚜라미를 닮아 갑니다. 영이도 귀뚜라미를 닮아 갑니다. 똘똘이도 그럽니다. 모두 귀뚜라미를 닮아 갑니다. 그래서 다 같이 입을 열어 귀뚜라미 소리를 냅니다.

귀뚤귀뚤 귀뚤귀뚤.

귀뚤귀뚤 귀뚤귀뚤.

귀뚤귀뚤 귀뚤귀뚤.

싸움

담 모퉁이에서 기동이와 똘똘이가 만났습니다. 기동이는 성난 것처럼 똘똘이 아래위를 봅니다. 똘똘이도 그렇게 기동이 아래위를 봅니다. 서로 보기만 하고 말이 없습니다. 기동이는 똘똘이를 어제도 보고 아침에도 보고 또 아까도 보았으니까 무어 얘기할 말이 없습니다. 똘똘이도 그래서 무어 이야기할 말이 없습니다. 그저 성난 것처럼 기동이 아래위를 봅니다. 기동이도 그저 똘똘이 아래위를 봅니다.

마침내 기동이는 얘기할 말을 얻었습니다.

"아까 영이하구 무슨 이야기 했니?"

"그건 알아 뭣 해?"

"너 영이하구 내 숭봤지?"

"언제 네 숭을 봤어?"

"그럼 무슨 얘기 했어?"

똘똘이는 아까 영이하고 무슨 얘길 했는지 아주 까맣게 잊었습니다. 눈을 끔벅끔벅 생각하다가,

"그건 말하기 싫어."

"숭 안 봤으면 왜 말 못 해?"

"말하지 않으면 다 숭본 거야?"

"그럼 숭 안 봤으면 왜 말 못 해?"

마침내 기동이는 정말 똘똘이가 자기 숭을 본 걸로 알았습니다. 아주 성

이 나서 주먹을 들고 대듭니다.

"숭 안 봤으면 왜 말 못 해?"

"그럼 영이한테 가 물어봐. 나허구 무슨 얘길 했나."

그래서 기동이하고 똘똘이는 영이를 찾아 골목 안으로 갔습니다. 거기서 영이는 노마하고 놀고 있었습니다. 기동이는 물었습니다.

"아까 똘똘이하구 무슨 얘기했니?"

"그건 알아 뭣 해?"

"너 똘똘이하구 내 숭봤지?"

"언제 늬 숭을 봤어?"

"그럼 무슨 얘길 했어?"

영이도 아까 똘똘이하고 무슨 얘길 했는지 까맣게 잊었습니다. 눈을 깜박깜박 생각하다가,

"그건 말하기 싫어."

"숭 안 봤으면 왜 말 못 해?"

"말하지 않으면 다 숭본 거야?"

"그럼 숭 안 봤으면 왜 말 못 해?"

마침내 기동이는 영이하고 똘똘이가 정말 자기 흉을 본 걸로 알았습니다. 아주 성이 나서 주먹을 들고 대듭니다.

"숭 안 봤으면 왜 말 못 해?"

그러나 영이는 기동이가 조금도 무서울 것이 없습니다. 기동이는 혼자지만 영이는 옆에 똘똘이가 있고 뒤에 노마가 있습니다. 아주 피——하는 웃음을 웃고 마주 대듭니다. 똘똘이도 영이처럼 마주 대듭니다. 노마도 가만히 있지 않고 그럽니다. 그리고 다 같이,

"숭봤으면 네까짓 게 어쩔 테야?"

"숭봤으면 네까짓 게 어쩔 테야?"

"숭봤으면 네까짓 게 어쩔 테야?"

포도와 구슬

기동이는 포도 한 송이를 가졌습니다. 노마는 유리구슬을 여러 개 가졌습니다. 기동이는 얼마나 맛있는 포도인가를 보이기 위하여 노마 앞에서 한 알씩 따서 한참씩 눈 위에 쳐들어 보다가는 먹습니다. 노마는 얼마나 가지고 놀기 좋은 구슬인가를 보이기 위하여 기동이 앞에서 한 알씩 구슬을 땅바닥에 굴립니다.

말없이 기동이는 아주 맛있게 포도를 먹습니다. 말없이 노마는 아주 재미있게 유리구슬을 굴립니다.

그러다가 노마는 구슬 하나를 내밀고 입을 열었습니다.

"너 이것하구 바꿀까?"

"뭣하구 말야."

"포도하구 말야."

"이런 먹콩 같으니."

"그럼, 구슬 두 개허구."

"난 일없어."

"그럼, 세 개허구."

"그래두 일없어."

"그까짓 먹는 게 존가. 가지고 노는 구슬이 좋지."

"그래두 난 일없어."

그리고 기동이는 가지고 노는 구슬보다 먹을 수 있는 포도가 얼마나 좋은 것인가를 보이기 위하여 노마 앞에서 아주 맛있게 포도를 먹어 보입니다. 노마는 먹는 포도보다 가지고 놀 수 있는 구슬이 얼마나 좋은가를 보이기 위하여 기동이 앞에서 아주 재미있게 구슬을 굴려 보입니다.

그러다가 노마는 구슬 네 개를 내밀고 입을 열었습니다.

"그럼, 이것하구 바꿀까?"

"몇 개하구 말야."

"구슬 네 개허구."

"난 일없어."

"그럼, 구슬 다섯 개허구."

"그래두 일없어."

"그럼, 구슬 다허구."

"그래두 일없어."

"그까짓 먹는 게 존가. 가지고 노는 구슬이 좋지."

"그래두 난 일없어."

그리고 기동이는 가지고 노는 구슬보다 먹을 수 있는 포도가 얼마나 좋은 것인가를 보이기 위하여 노마 앞에서 아주 맛있게 포도를 먹어 보입니다.

마침내 기동이는 포도 절반을 먹었습니다. 또 반의 반을 먹었습니다. 그리고 세 알이 남았습니다. 두 알 남았습니다. 나중에 한 알이 남았습니다.

그러다가 기동이는 한 알을 내밀고 입을 열었습니다.

"너 이것하구 바꿀까?"

"무엇하구 말야."

"구슬 다허구 말야."

"이런 먹콩 같으니."

"그럼 구슬 다섯 개허구."

"그래두 일없어."

"그럼 구슬 세 개허구."

"그래두 일없어."

"그럼 구슬 한 개허구."

"그래두 난 일없어."

"그까짓 가지고 노는 게 존가. 먹는 포도가 좋지."

"그래두 난 일없어."

그리고 노마는 먹는 포도보다 가지고 놀 수 있는 구슬이 얼마나 좋은 것인가를 보이기 위하여 기동이 앞에서 아주 재미있게 구슬을 굴려 보입니다.

여자 고무신

1

노마는 새 옷을 입었습니다. 새 바지, 새 저고리 그리고 새 조끼를 입고 학생 모자를 썼습니다. 노마는 새 옷을 입고 어머니 심부름으로 아는 아주머니 집엘 갈 참입니다. 노마가 학생 모자를 머리에 썼다가 벗었다가 하는 동안 어머니는 보자기에 바느질한 옷을 싸십니다. 비단 옷입니다. 비단 저고리가 셋, 두루마기가 하나, 어머니가 방에서 보자기에 옷을 싸시는 동안 노마는 머리에 학생 모자를 썼다 벗었다 하면서 마루로 나왔습니다. 마루에서 다시 마당으로 내려가려고 고무신을 신었습니다. 그런데 노마의 고무신이란 울이 미어지고 뒤축이 떨어지고 한 아주 해진 고무신입니다. 노마는 그 고무신을 신고 어떻게 하면 성한 고무신으로 보일까 하고 발을 오그리고 가만가만 마당을 걸어 봅니다. 그러나 워낙이 해진 고무신이니까 하는 수가 없습니다. 신 뒤축이 너털너털합니다. 새 옷을 입었으니까 신도 새것을 신어야 할 텐데요. 노마는 썩 속이 상했습니다. 노마는 다시 마루로 올라갔습니다. 그리고 어머니 앞에 모자를 벗어서 탁 내던지고,

"난 가기 싫어."

하고 방구석에 고개를 숙이고 돌아섰습니다. 어머니는 노마가 왜 그러는지 까닭을 모르십니다.

"너 심부름 가라고 새 옷 입혔지? 그럼 그 옷 벗어."

그래도 노마는 고개를 들지 않으니까 어머니는 사정을 하십니다.

"너두 생각해 봐라. 남들 저녁 짓는데 우리 집만 가만히 있으면 좋겠니? 그리고 밥 못 지으면 너부터 어렵겠지. 어서 가 봐라."

그리고 어머니는 노마의 등을 두들기시며 달래십니다.

"내 이번에 받아 오는 돈에선 뚝 잘라서 네 새 고무신 한 켤레 사 줄게, 응?"

그러나 노마는 아직도 퉁명스럽습니다.

"아주 너털너털하고 해진 고무신인걸, 뭐. 난 저 신 신곤 가기 싫어."

그제야 어머니는 노마가 어째서 그러는지 까닭을 아셨습니다. 어머니는 마루로 나가 노마의 그 해진 고무신을 들고 뒤적뒤적 앞뒤로 보고 서 계시더니 가지고 밖으로 나가십니다. 그리고 노마가 마루로 나와서 머리에 학생 모자를 썼다 벗었다 하는 동안 어머니는 웬 성한 고무신 한 켤레를 들고 들어오십니다. 노마 발에 꼬옥 맞을 성싶은 고무신입니다. 이만하면 노마는 마음이 피었습니다. 아주 입이 벌어졌습니다. 그리고 노마는 매우 좋아서 발 하나를 내미는데 그런데 노마 앞에 놓인 성한 고무신이란 볼이 홀쭉하고 코 끝이 뾰족한 여자 고무신입니다. 금방 노마는 얼굴이 실쭉해졌습니다. 노마는 남자이니까 신도 남자 신을 신어야 합니다. 남자 되어서 여자 신은 체면에 신을 수 없습니다. 그래서 노마는 또 머리에 썼던 학생 모자를 벗어 탁 마루에 던져 버리고, 그리고 방구석에 고개를 숙이고 돌아섰습니다,

"남자가 여자 신을 어떻게 신어, 뭐. 난 그거 신곤 가기 싫어. 가기 싫어."

2

진정 노마는 남자 되어서 여자 신은 체면에 신을 수 없어, 싫어 싫어 하

고 머리를 젓습니다. 하지만 어머니는,

"그럼 새 옷도 입기 싫고 밥도 먹지 않을 테거든 고만둬라. 아무러면 해진 신에 댈라구. 여자 신이면 어떻담."

그래도 노마는 싫어 싫어 하고 머리를 저으니까 어머니는 사정을 하십니다.

"노마 너, 한두 살 먹은 어린애냐? 어린애 아니지? 어린애 아니면 어미 사정도 볼 줄 알아야지. 어미가 밤새도록 자지 않고 바느질하는 거 네 눈으로도 보았지? 그걸 좀 갖다 주라는데 마대? 그런 인심이 세상에 어디 있담."

그렇습니다. 어머니는 노마가 어젯밤 자리에 누웠을 때도 바느질을 하셨습니다. 그리고 노마가 아침에 눈을 떴을 때에도 또 노마가 밖에 놀러 나갈 때에도, 놀고 들어올 때에도 어머니는 바느질만 하셨습니다.

어머니는 또 노마의 등을 두들기며 달래십니다.

"이번에 받아 오는 돈에선 뚝 잘라서 네 새 고무신 한 켤레 사 줄게. 응?"

노마는 하는 수 없이 그 여자 고무신을 신었습니다. 그리고 머리엔 학생 모자를 쓰고 등엔 바느질한 보퉁이를 걸머지고 집 밖으로 나갔습니다. 노마는 여자 고무신을 신고 여자처럼 가만가만 땅만 보고 걷습니다. 이런 땐 노마는 남자 아니고 여자라면 좋겠습니다. 여자 고무신 신고 여자처럼 가만가만 걷습니다. 노마는 기동이 집 앞을 왔습니다. 기동이가 문 앞에 앉았다가 노마를 보고 일어섭니다.

"노마 너, 학생 모자 쓰고 어디 가니?"

그리고 기동이는 노마가 신은 여자 고무신을 보고 또 이상스러워 묻습니다.

"노마 너, 신은 것 뭐냐? 여자 고무신이로구나. 여자 고무신야."

노마는 잠자코 땅만 보고 걷습니다. 기동이는 따라오며 더 이상스러워합니다.

"노마 너, 학생 모자 쓰고 여자 고무신 신고 어디 가니?"

노마는 여전히 여자 고무신 신고 여자처럼 땅만 보고 걷습니다.

기동이는 따라오며 노마 여자 고무신을 옆으로 보고 뒤로 보고 합니다. 기동이가 신은 것은 물론 남자 신입니다. 반들반들한 노랑 구두입니다. 노마는 골목을 나왔습니다.

그리고 영이 집 앞을 왔습니다. 영이 집 문 앞에 영이가 슬픈 얼굴을 하고 섰습니다. 보니까 영이는 남자 고무신을 신었습니다. 뒤축이 너털너털한 바로 노마 고무신입니다. 노마는 영이 앞에 멈추고 섰습니다. 영이는 노마가 신은 그 고무신을 보고 머리에 쓴 학생 모자를 보고 등에 걸머진 보통이를 보고 합니다. 기동이는 옆에 서서 노마가 신은 여자 고무신을 보고 영이가 신은 남자 고무신을 보고 하며 아주 이상스러워합니다.

"어엉, 남자는 여자 신을 신고, 여자는 남자 신을 신고. 어엉?"

그리고 기동이는 손바닥을 치며, 마주 보기만 하고 섰는 노마와 영이를 노래 부르듯 놀립니다.

── 남자는 여자 고무신 신고, 여자는 남자 고무신 신고.

── 남자는 여자 고무신 신고, 여자는 남자 고무신 신고.

3

노마는 영이도 자기처럼 여자 되어서 남자 고무신은 체면에 신기가 싫을 것을 잘 압니다. 그래서 아주 미안해 가질 못하고 섰습니다.

하지만 영이는 노마가 자기처럼 그럴 줄은 조금도 모르나 봅니다. 노마는 새 고무신이 신고 싶어서 헌 신하고 바꿔 신은 줄만 아나 봅니다.

영이는 노마 앞으로 한 발짝 다가서며 입을 열었습니다.

"노마 너, 내 새 신 신었구나?"

그리고 영이는 아주 남자 고무신이 싫은 얼굴로 노마 얼굴을 보고, 노마가 신은 자기 새 고무신을 보고 합니다. 노마는 아주 미안해서 가질 못하고 섰습니다. 그리고 노마가 더 그러라고 영이는 그런 얼굴로 자꾸 노마를 보고 그 신을 보고 합니다.

그런데 기동이는 반들반들한 노랑 구두를 신었습니다. 기동이 노랑 구두 앞에서 노마는 더 여자 고무신이 여자 고무신으로 보여 싫었습니다. 영이도 기동이 노랑 구두 앞에 더 남자 고무신이 남자 고무신으로 보여 싫었습니다.

그리고 기동이는 노마와 영이가 더 그러라고 노래 부르듯 이런 소리를 합니다.

—— 남자는 여자 고무신 신고, 여자는 남자 고무신 신고.

—— 남자는 여자 고무신 신고, 여자는 남자 고무신 신고.

영이는 더욱 슬픈 얼굴을 하고 노마는 더욱 가질 못하고 섰습니다.

이런 때 영이 집에서 영이 어머니가 나왔습니다.

"영이야, 너 노마 심부름 갔다 올 때까지 마당에서 놀라니까 왜 나가 그러고 섰니?"

그리고 영이 어머니는 영이 등을 두들기며 가만히 달래십니다.

"아까 노마 어머니가 뭐라고 그러셨니? 노마가 심부름 갔다 올 때까지 고무신 잠깐만 빌리면 너 감 사 준다고 그러셨지? 너 감 먹고 싶지 않으냐?"

아직도 노마는 가질 못하고 섰는데 노마 집에서 노마 어머니가 나왔습니다.

"노마, 왜 심부름 가지 않고 그러고 섰니?"

그리고 노마 어머니는 숙이고 섰는 노마 머리를 쓰다듬으시며 달랩니다.

"너 가지 않고 이러고 섰으면 어떡할 테냐. 어서 돈을 받아 와야 네 새 고무신도 사고 허지. 너 새 신 신고 싶지 않으냐?"

노마 어머니와 영이 어머니는 서로 보고 웃습니다. 그리고 영이 어머니는 영이를 데리고 영이 집으로 갔습니다. 노마 어머니는 노마를 데리고 골목 밖으로 나갑니다. 골목 모퉁이에서 노마 어머니는 멈추고 섰고, 노마는 혼자서 한길을 갑니다. 머리엔 학생 모자를 쓰고 등에 보퉁이를 걸머지고 그리고 여자 고무신을 신고 여자처럼 가만가만 땅만 보고 걷습니다.

노마는 국숫집 앞을 지나고 이발소 앞을 지났습니다. 어머니는 점점 멀어 가는 노마 모양을 바라보며 이런 생각을 하십니다.

'이번에 받아 오는 돈에선 세상없어도 뚝 잘라서 노마 새 고무신 한 켤레를 사 줘야지.'

대장 얼굴

노마하고 기동이하고 똘똘이하고 아주 정답게 손목 잡고 갑니다. 기동이
가 돈 한 닢을 가졌습니다. 그리고 한길 장난감 가게로 장난감을 사러 갑
니다. 아주 좋아서 대장 걸음으로 발을 구르며 갑니다. 똘똘이도 좋아서 그
러고 갑니다. 모두 정답게 손목 잡고 갑니다. 골목을 나왔습니다. 그리고
초가집 구멍가게 앞엘 왔습니다. 아주 가난한 가겝니다. 지금 노마, 기동이,
똘똘이가 찾아가는 가게는 이렇게 유리구슬, 석필, 딱지 같은 것밖에 없는
구멍가게가 아닙니다. 거기는 기차가 있습니다. 자동차가 있습니다. 고무로
만든 개, 물소, 코끼리도 있습니다. 노마, 기동이, 똘똘이가 머리로 생각할
수 있는 모든 것이 노마, 기동이, 똘똘이 자신의 세계처럼 조그만 모양으로
귀엽게 만들어져 있는 장난감이 많이 있는 가겝니다.

한길 장난감 가게를 더 커다랗게 생각하려고 노마, 기동이, 똘똘이는 초
가집 구멍가게 앞에 멈추고 섰습니다. 그리고 유리구슬, 석필, 딱지 같은
것이 놓여 있는 구멍가게는 더 가난해 보이고, 한길 장난감 가게는 더 커
다랗게 생각되었습니다.

그래서 노마, 기동이, 똘똘이는 차례차례 입을 열어 이런 소리를 하였습
니다.

——피이, 이까짓 가게.

——피이, 이까짓 가게.

——피이, 이까짓 가게.

그리고 노마하고 기동이하고 똘똘이하고 아주 정답게 손목 잡고 갑니다. 한길 장난감 가게로 장난감을 사러 갑니다. 기차, 자동차, 코끼리 모두 노마, 기동이, 똘똘이가 어서 보고 싶은 것처럼 노마, 기동이, 똘똘이가 어서 오길 기다리고 있을 것입니다. 모두 좋아서 대장 걸음으로 발을 구르며 갑니다.

한길로 나왔습니다. 그리고 장난감 가게 앞엘 왔습니다. 기차가 있습니다. 자동차가 있습니다. 고무로 만든 개, 물소, 코끼리가 있습니다. 그리고 노마, 기동이, 똘똘이가 조금도 생각지 못한 것까지 있습니다. 아주 가지가지로 수없이 있습니다. 그 앞에 노마, 기동이, 똘똘이는 멈추고 서서 눈을 둘레둘레 보기만 합니다. 눈을 둘레둘레 동전 한 닢으로 바꿀 장난감을 찾습니다.

그러다가 기동이는 종이로 만든 대장 얼굴을 하나 샀습니다. 그리고 수염 난 대장 얼굴을 얼굴에 쓰고 기동이는 대장이 되었습니다. 대장 걸음으로 발을 구르며 앞을 서서 돌아갑니다. 하지만 노마는 아무것도 가진 게 없습니다. 똘똘이도 아무것도 없습니다. 아무것도 없으니까 노마, 똘똘이는 아무것도 아닙니다. 대장 얼굴을 쓰고 대장이 되어서 대장 걸음으로 발을 구르며 가는 기동이 뒤를 노마, 똘똘이는 아주 섭섭한 얼굴로 따라갑니다.

둘이서만 알고

담 모퉁이에 혼자 기동이가 있습니다. 기동이가 혼자 섰는 앞을 노마하고 영이가 지나갑니다. 아주 정답게 어깨동무를 하고 갑니다. 담 모퉁이에 혼자 기동이를 두고 둘이서만 갑니다. 기동이는 혼자서 아주 쓸쓸해졌습니다.

그래서 기동이는 입을 열어 물었습니다.

"너희들 둘이서 어디 가니?"

그러나 노마는 가는 곳을 말하지 않습니다. 영이도 가는 곳을 말하지 않습니다. 둘이서만 알고 둘이서만 아주 정답게 어깨동무를 하고 갑니다. 아주 쓸쓸해 기동이는 그 뒤를 따릅니다.

전선주 앞엘 왔습니다. 전선주 앞을 지나 골목 안으로 들어섰습니다. 그리고 노마 집 앞엘 왔습니다. 인젠 기동이는 노마하고 영이가 가는 곳을 알았습니다.

그래서 기동이는 입을 열어 말했습니다.

"으응, 너희들 노마 집 가는구나."

그러나 노마는 조금도 기동이에게 자기가 가는 곳을 알리고 싶지 않았습니다. 영이도 그렇게 알리고 싶지 않았습니다. 둘이서만 알고 둘이서만 정답게 어깨동무를 하고 가고 싶었습니다.

그래서 노마 집 앞에서 노마는 돌아섰습니다. 영이도 그렇게 돌아섰습니다. 오던 길을 돌아서 골목 밖으로 나갑니다. 둘이서만 알고 둘이서만 아주 정답게 어깨동무를 하고 갑니다. 기동이는 혼자서 아주 쓸쓸해졌습니다.

그래서 기동이는 입을 열어 물었습니다.

"너희들 둘이서 어디 가니?"

그러나 노마는 가는 곳을 말하지 않습니다. 영이도 가는 곳을 말하지 않습니다. 둘이서만 알고 둘이서만 아주 정답게 어깨동무를 하고 갑니다. 아주 쓸쓸해 기동이는 그 뒤를 따릅니다.

골목을 나왔습니다. 전선주 앞엘 왔습니다. 전선주 앞을 지나 큰길로 내려갑니다. 그리고 이발소 앞엘 왔습니다. 인젠 기동이는 노마하고 영이가 가는 곳을 알았습니다.

그래서 기동이는 입을 열어 말했습니다.

"으응, 너희들 이발소 구경 가는구나."

그러나 노마는 조금도 기동이에게 자기가 가는 곳을 알리고 싶지 않았습니다. 영이도 그렇게 알리고 싶지 않았습니다. 둘이서만 알고 둘이서만 정답게 어깨동무를 하고 가고 싶었습니다.

그래서 이발소 앞에서 노마는 돌아섰습니다. 영이도 그렇게 돌아섰습니다. 오던 길을 돌아서 큰길을 올라갑니다. 전선주 앞엘 왔습니다. 전선주 앞을 지나 반찬 가게 앞엘 왔습니다. 거기 노마 어머니하고 영이 어머니하고 섰습니다. 배 장수 광주리에서 배를 고르고 섰습니다. 인젠 기동이는 노마하고 영이가 가는 곳을 알았습니다.

그래서 기동이는 입을 열어 말했습니다.

"으응, 너희 어머니 배 사시는 데 가는구나."

그러나 이번엔 노마는 기동이에게 가는 곳을 알리지 않으려고 돌아설 수 없습니다. 영이도 그렇게 돌아설 수 없습니다. 같이 팔을 벌리고 노마, 영이는 기동이가 말한 곳으로 뛰어갔습니다.

"나아, 배 하나 줘."

"나아, 배 하나 줘."

암만 감아두

노마 집 들창 밖에 기동이가 와 노래하는 소리로 노마를 부릅니다.

"노마야, 나와 놀아."

"그으래, 잠깐만 기다려."

노마 집 들창 밖에 기동이는 노마가 나오기를 기다리고 섰습니다. 기다려도 노마는 아니 나오고 방 안에서 실패에 실 감는 소리만 납니다.

"노마야, 나와 놀아. 눈 오시는데 기차잡기하구 놀아."

"그으래, 잠깐만 기다려."

노마 집 들창 밖에 기동이는 노마를 기다립니다. 기다려도 노마는 아니 나오고 방 안에서 실패에 실 감는 소리만 납니다.

"노마야, 나와 놀아. 눈 오시는데 눈사람 만들고 놀아."

"그으래, 잠깐만 기다려."

노마 집 들창 밖에 기동이는 노마를 기다리고 섰습니다. 기다려도 노마는 아니 나오고 방 안에서 노마가 홍홍거리는 소리만 납니다.

"홍홍, 난 실 고만 붙잡을 테야. 암만 감아두 끝이 없는 걸, 뭐."

"실 감다 고만두면 어떡하니? 잠깐만 참아라. 그럼 내 귤 하나 사 줄게."

노마 집 들창 밖에 기동이는 돌아가고 영이가 와 노래하는 소리로 노마를 부릅니다.

"노마야, 나와 놀아."

"그으래, 잠깐만 기다려."

노마 집 들창 밖에 영이가 노마를 기다리고 섰습니다. 기다려도 노마는 아니 나오고 방 안에서 실패에 실 감는 소리만 납니다.

"노마야, 나와 놀아. 눈 오시는데 눈사람 만들고 놀아."

"그으래, 잠깐만 기다려."

노마 집 들창 밖에 영이는 노마를 기다리고 섰습니다. 기다려도 노마는 아니 나오고 방 안에서 노마가 흥흥거리는 소리만 납니다.

"흥흥, 난 실 고만 붙잡을 테야. 암만 감아두 끝이 없는 걸, 뭐."

"실 감다 고만두면 어떡하니? 잠깐만 참아라. 그럼 내 귤 두 개 사 줄게."

노마 집 들창 밖에 영이는 돌아가고 똘똘이가 와 노래하는 소리로 노마를 부릅니다.

"노마야, 나와 놀아."

"그으래, 잠깐만 기다려."

노마 집 들창 밖에 똘똘이가 노마를 기다리고 섰습니다. 기다려도 노마는 아니 나오고 방 안에서 노마가 흥흥거리는 소리만 납니다.

"흥흥, 난 실 고만 붙잡을 테야. 암만 감아두 끝이 없는 걸, 뭐."

"실 감다 고만두면 어떡하니? 잠깐만 참아라. 그럼 내 귤 세 개 사 줄게."

그러나 방 안에서 노마는 더욱 흥흥거립니다.

"난 그까짓 귤 싫어. 세 개두 싫어. 네 개두 싫어. 열 개, 백 개두 싫어. 암만 감아두 끝이 없는걸. 흥흥흥……."

바람하고

웅웅, 바람이 골목을 울리며 달아납니다. 노마도 웅웅, 바람 우는 소리를 하며 두루마기 자락을 올려 머리 위에 벌려 쓰고 골목을 달립니다. 기동이도 웅웅, 바람 우는 소리를 하며 두루마기 자락을 올려 머리 위에 벌려 쓰고 노마 뒤를 따릅니다. 영이도 그렇게 두루마기 자락을 올려 머리 위에 벌려 쓰고 기동이 뒤를 따릅니다. 똘똘이도 그렇게 영이 뒤를 따릅니다.

웅웅 하고 바람은 입 있는 것처럼 노마 등을 밉니다. 그리고 바람은 손 있는 것처럼 노마 등을 밉니다. 기동이 등을 밉니다. 영이, 똘똘이 등을 밉니다. 그리고 발 있는 것처럼 웅웅, 골목을 달립니다.

노마도 웅웅, 바람 우는 소리를 하며 골목을 달립니다. 기동이도 골목을 달립니다. 영이, 똘똘이도 그럽니다. 모두 다 같이 바람하고 놉니다.

그러나 노마는 바람 모양이 어떤지 한 번도 본 적이 없습니다. 기동이도 그렇게 한 번도 본 적이 없습니다. 영이, 똘똘이도 본 적이 없습니다.

그렇게 한 번도 본 적이 없는 바람이니까 노마는 자기 마음대로 바람 모양을 생각할 수 있습니다. 아마 바람 모양은 노마 자기처럼 생겼을는지도 모릅니다. 그래서 자기처럼 바람은 지금 두루마기 자락을 올려 머리 위에 벌려 쓰고 골목을 웅웅, 달리는 것이겠지요. 기동이도 그렇게 한 번도 본 적이 없는 바람이니까 자기 마음대로 바람 모양을 생각할 수 있습니다. 아마 바람 모양은 기동이 자기처럼 생겼을는지도 모릅니다. 그래서 자기처럼 바람은 웅웅, 골목을 달리는 것이겠지요. 영이, 똘똘이도 그렇게 한 번도 본 적이 없는 바람이니 자기 마음대로 바람 모양을 생각할 수 있습니다. 아마 바람 모양은 영이, 똘똘이 자기처럼 생겼을는지도 모릅니다. 그래서 바람은 웅웅, 골목을 달리는 것이겠지요. 모두 웅웅, 골목을 달립니다.

모두 웅웅, 골목 밖 한길로 나갔습니다. 거기는 바람이 더 큰 소리로 웅웅, 그리고 더 큰 손으로 노마, 기동이, 영이, 똘똘이 등을 몰아 더 빠른 걸음으로 달립니다. 노마, 기동이, 영이, 똘똘이도 더욱 큰 소리로 웅웅, 그리고 더욱 빠른 걸음으로 달립니다. 반찬 가게 앞을 지났습니다. 나무 다리를 건넜습니다. 우물 앞을 왔습니다. 그리고 우물 두덩을 한 바퀴 돌아오던 길을 거슬러 올라갑니다. 그러면 이번엔 바람은 노마, 기동이, 영이, 똘똘이가 못 올라오게 길을 가로막습니다. 더 큰 소리로 웅웅, 더 큰 손으로 막 앞가슴을 밉니다. 장난이지요. 장난이니까 노마, 기동이, 영이, 똘똘이는 더욱 좋아합니다. 더욱 좋아서 더욱 큰 소리로 웅웅, 바람을 거슬러 올라갑니다. 막 거슬러 올라갑니다. 다리를 건넜습니다. 반찬 가게 앞을 왔습니다. 바람이 더욱 못 올라오게 내리밀수록 더욱 좋아서 막 거슬러 올라갑니다.

모두 다 같이 웅웅, 바람하고 놉니다.

기차와 돼지

노마, 기동이, 똘똘이 셋이서 어깨동무를 하고 아주 먼 길을 떠났습니다. 정거장으로 기차를 보러 가는 길입니다.

노마는 정말 기차를 본 적이 없습니다. 장난감 기차나 그림책에서 보고 압니다. 기동이도 정말 기차를 본 적이 없습니다. 장난감 기차나 그림책에서 보고 압니다. 똘똘이도 그렇게 장난감 기차나 그림책에서 보고 압니다.

그림책에서 본 기차는 사람이 개미만하게 큽니다. 그렇게 큰 기차에 개미만한 사람이 조랑조랑 탔습니다. 그리고 철교를 건너고 굴 속으로 들어가고, 정거장의 정말 기차도 그렇게 사람이 개미만하게 크겠지요. 그리고 철교를 건너고 굴 속으로 들어가고 하겠지요.

노마, 기동이, 똘똘이는 골목을 나와 큰길로, 큰길에서 다시 전찻길로 나왔습니다. 여기서부터는 전차 가는 길로만 곧장 가면 정거장이 됩니다. 조금도 길을 잃어버리거나 할 염려는 없습니다.

거리에는 아주 길 가는 사람이 썩 많습니다. 모두 정거장으로 기차를 보러 가는 사람들인지도 모릅니다. 노마, 기동이, 똘똘이는 매우 마음이 즐거웠습니다. 셋이서 어깨동무를 하고 발을 맞춰 갑니다.

그러다가 그들의 마음을 좀 더 즐거웁게 하기 위하여 조금도 생각하지 않았던 것이 나타났습니다. 돼지입니다. 사람 하나가 커다란 돼지 세 마리를 몰고 갑니다. 이렇게 살찌고 큰 돼지는 그림책에서도 본 적이 없습니다.

"야아아!"

하고 노마는 정말 기차를 본 것보다도 더 놀라 큰 소리를 쳤습니다. 기동이도 정말 기차를 본 것보다도 더 놀랐습니다. 똘똘이도 그랬습니다. 모두,

"야아아!"

하고 큰 소리를 쳤습니다. 그리고 정거장으로 기차를 보러 가기를 잊고 돼지 가는 대로 따라갔습니다.

사실 기차를 보러 가기를 잊을 만큼 크고 살찐 양돼지입니다. 꿀꿀꿀 하고 세 마리가 나란히 사람이 모는 대로 곧잘 뒤룩뒤룩 갑니다. 어떻게 저 큰 몸집으로 걸음을 걷는지 신통합니다.

보면 볼수록 신통하여 노마, 기동이, 똘똘이는 자꾸만 돼지 가는 대로 따라갔습니다.

다리를 건넜습니다. 좁다란 길로 들어섰습니다. 또 널따란 벌판으로 나왔습니다. 그리고 아주 썩 많이 돼지가 있는 집 앞으로 왔습니다. 얼마나 되는지 이루 셀 수 없이 돼지는 많습니다.

그들은 더욱 놀랍고 신통하여 얼마 동안이고 서서 물러날 줄을 몰랐습니다.

해가 기울었습니다. 이제는 그만 집으로 돌아가야 합니다. 그런데 큰일 났습니다. 어디로 가야 집으로 돌아갈 수 있는 길인지 조금도 모르겠습니다.

점점 해는 기울어 들고 바람은 붑니다. 이제 얼마 안 있으면 캄캄한 밤이 될 것입니다. 물론 처음대로 기차만 보러 갔으면 이런 일이 안 났을 것입니다. 노마, 기동이, 똘똘이는 그만 어쩔 줄을 몰랐습니다.

만약에 그날 아는 어른을 만나 그 사람을 따라왔기에 망정이지 그러지 않았다면 아주 큰일 날 뻔했습니다.

뽐내는 걸음으로

아주 뽐내는 걸음으로 똘똘이는 뒷짐을 지고 갑니다.

뒷짐을 진 손바닥에 똘똘이는 돈 한 닢을 가졌습니다. 반짝반짝하는 새 돈입니다. 아무도 이런 새 돈을 갖지 못했을 것입니다. 아무도 갖지 못한 새 돈을 가지고 아주 뽐내는 걸음으로 똘똘이는 지금 한길 장난감 가게로 가는 길입니다.

하지만 똘똘이는 아주 뽐내는 걸음으로 가는 자기를 아무도 보아 주는 사람이 없는 것은 좀 섭섭한 일입니다. 노마나 기동이가 보아 주었으면 똘똘이는 갑절 뽐낼 것입니다.

그러나 좋습니다. 똘똘이는 한길 장난감 가게로 가서 좀 더 뽐내기 위하여 아무도 갖지 못한 장난감 하나를 살 생각입니다. 그리고 노마하고 기동이를 찾아가 아주 깜짝 놀래 줄 작정입니다.

아주 뽐내는 걸음으로 똘똘이는 뒷짐을 지고 갑니다. 골목을 나왔습니다. 그리고 나무 다리를 건넜습니다.

마침 잘됐습니다. 기동이를 만났습니다. 기동이도 나무 다리를 건넙니다. 똘똘이는 기동이가 보라고 더욱 뽐내는 걸음으로 뒷짐을 지고 갑니다.

마침내 기동이는 입을 열어 물었습니다.

"똘똘이, 너 어디 가니?"

그러나 똘똘이는 아무 말도 없습니다. 아무 말이 없이 자기가 제일인 양 아주 뽐내는 걸음으로 뒷짐을 지고 갑니다. 기동이는 똘똘이 뒤를 따라가며 더욱 이상스러워 묻습니다.

"똘똘이, 너 어디 가?"

그래도 똘똘이는 가는 곳을 말하지 않습니다. 아무 말 없이 한길 장난감 가게로 가서 아무도 갖지 못한 장난감 하나를 사고 기동이를 깜짝 놀래 줄 작정입니다.

아주 뽐내는 걸음으로 자기가 제일인 양 똘똘이는 뒷짐을 지고 갑니다. 한길로 나왔습니다. 그리고 장난감 가게 앞엘 왔습니다. 똘똘이는 걸음을 멈추고 섰습니다.

그제야 알고 기동이는 입을 열어 말했습니다.

"으응, 너 장난감 사러 왔구나."

그리고 기동이는,

"나두 장난감 사러 왔는데."

하고 조끼 주머니에서 돈 한 닢을 꺼냈습니다. 그것도 반짝반짝한 새 돈입니다.

그만 똘똘이는 자기만 제일인 양 뽐낼 수 없게 되었습니다.

그러나 좋습니다. 똘똘이와 기동이는 똑같이 종이로 만든 대장 얼굴을 사서 얼굴에 쓰고 똑같이 아주 뽐내는 걸음으로 뒷짐을 지고 집을 향해 돌아갔습니다.

너하고 안 놀아

"난 너구 안 놀아."

하고 영이는 담 밑에 돌아앉았습니다. 그리고 혼자서 소꿉질판을 벌이고 놉니다. 조개로 솥을 걸고 흙으로 밥을 짓고 아주 재미있습니다. 옆에서 똘똘이는 아주 같이 놀고 싶어하는 얼굴로 섰습니다. 고개를 삐뚜름 입을 내밀고 보고만 섰습니다. 그리고 영이는 똘똘이가 더 그러라고 더욱 재미있게 놉니다. 둘레에 둥그렇게 금을 긋고 그 안에는 발 하나 들여놓지 못하게 합니다.

마침내 똘똘이는 그런 얼굴로 보고만 섰다가 입을 열었습니다.

"접때 우리 집에 왔을 때 너 떡 줬지?"

"그까짓 수수떡 조금."

"그럼 어저껜 기동이하고 울 때 내가 네 편들었지?"

"누가 널더러 내 편들랬어."

"그럼 아까 기차 장난할 때 너 막 태워 줬지?"

"누가 태 줬어. 모래 돈 받고 태 줬지."

그리고 영이는 담 밑에 돌아앉아 혼자만 소꿉질판을 벌이고 놉니다. 조개로 솥을 걸고 흙으로 밥을 짓고 아주 재미있습니다. 담처럼 둥그렇게 금을 긋고 그 안에는 발 하나 들여놓지 못하게 합니다. 조금도 못 보게 돌아앉아서 오곤조곤 혼자서만 놉니다.

그 옆에서 똘똘이는 아주 같이 놀고 싶어하는 얼굴로 섰습니다. 고개를 삐뚜름 입을 내밀고 보고만 섰습니다.

그러다가 똘똘이는 입을 열어 말을 했습니다.

"나구 놀면 이담에 내 생일날 떡 하거든 너 썩 많이 줄게."

"제 생일날 떡 할 걸 어떻게 기다린담, 뭐."

"그럼 낼 우리 어머니하고 화신상 갈 때 너두 데리구 갈게."

"그까짓 화신상 나 혼잔 못 가나, 뭐."

"그럼 이따 우리 어머니 돈 주면 과자 사서 너 조금만 줄게."

"고까짓 조금."

"그럼 반만 줄게."

"고까짓 반."

"그럼 다 줄게."

"그까짓 사지두 않은 과자 누가 안담, 뭐."

그리고 영이는 담 밑에 돌아앉아서 혼자만 소꿉질판을 벌이고 놉니다. 조개로 솥을 걸고 흙으로 밥을 짓고 아주 재미있습니다. 담처럼 둥그렇게 금을 긋고 그 안에는 발 하나 들여놓지 못하게 합니다.

할 수 없이 똘똘이는 조끼 주머니에서 유리구슬 하나를 꺼냈습니다. 그리고,

"그럼 나하고 놀면 이것 줄게."

그제야 영이는 금 안으로 똘똘이를 손님처럼 맞아들였습니다.

잃어버린 구슬

노마가 구슬 한 개를 잃어버렸습니다. 파란 유리구슬입니다. 분명 노란 빛 구슬이 둘, 파랑빛 구슬이 하나, 그렇게 세 개를 가졌었는데요. 먼저부터 그런 것처럼 조끼 주머니에 노랑 구슬만 두 개가 도굴도굴, 파랑 구슬은 간 데가 없습니다.

노마는 두 개 노랑 구슬보다 없어진 한 개 파랑 구슬이 갑절 좋아졌습니다. 두 개하고 한 개하고 바꾸재도 얼른 바꾸도록 갑절 좋아졌습니다.

노마는 구슬을 찾아 큰길 우물 앞으로 갑니다. 아까 거기서 노마는 토끼처럼 깡충깡충 뛰고 놀았습니다. 아마 그러다가 구슬을 흘렸던 게지요.

우물 앞엘 왔습니다. 노마는 돌래돌래 아무리 찾아도 구슬은 없습니다. 먼저부터 그런 것처럼 조끼 주머니에는 노랑 구슬만 두 개가 도굴도굴, 아무리 찾아도 파랑 구슬은 간 데가 없습니다.

노마는 두 개 노랑 구슬보다 한 개 파랑 구슬이 갑절하고 두 번 갑절 좋아졌습니다. 네 개하고 한 개하고 바꾸재도 얼른 바꾸겠습니다.

노마는 구슬을 찾아 살살 기동이 집 담 밑으로 갑니다. 아까 거기서 노마는 기동이하고 구슬 맞히길 하고 놀았습니다. 아마 그러다가 구슬을 흘렸던 게지요.

기동이 집 담 밑을 왔습니다. 노마는 돌래돌래 아무리 찾아도 구슬은 없습니다. 먼저부터 그런 것처럼 조끼 주머니에는 노랑 구슬만 두 개가 도굴도굴, 아무리 찾아도 파랑 구슬은 간 데가 없습니다.

노마는 두 개 노랑 구슬보다 한 개 파랑 구슬이 갑절하고 갑절, 세 번 갑절 좋아졌습니다. 여섯 개하고 한 개하고 바꾸재도 얼른 바꾸겠습니다.

노마는 살살 집 뒤 버드나무 밑으로 갑니다. 노마는 돌래돌래 아무리 찾아도 구슬은 없습니다. 먼저부터 그런 것처럼 조끼 주머니에는 노랑 구슬만 두 개가 도굴도굴, 아무리 찾아도 파랑 구슬은 간 데가 없습니다. 인젠 더 찾아가 볼 데가 없습니다. 먼저부터 그런 것처럼 노랑 구슬만 두 개가 도굴도굴, 파랑 구슬은 영 잃어버렸습니다.

마침내 노마는 두 개 노랑 구슬보다 한 개 파랑 구슬이 갑절하고 갑절 얼마든지 갑절 좋아졌습니다. 열 개하고 한 개하고 바꾸재도 얼른 바꾸겠습니다.

얼마든지 갑절 백 개하고 바꾸재도 얼른 바꾸겠습니다.

의심

어쩌다가 노마는 유리구슬 한 개를 잃어버렸습니다. 아주 이쁘게 생긴 파란 구슬인데요. 어디서 어떻게 하다 잃었는지 아무리 생각해도 모르겠습니다.

아마 토끼처럼 깡충깡충 뛰고 놀다가 흘렸나 하고 우물 두덩에도 가 보았습니다. 거기도 없습니다. 영이하고 나뭇잎을 줍다가 흘렸나 하고 집 뒤 버드나무 밑에도 가 보았습니다. 거기도 없습니다. 아무리 찾아도 연기처럼 아주 없어진 듯이 구슬은 간 데를 모르겠습니다.

하지만 유리구슬은 연기나 그런 것이 아니니까 아주 없어질 리는 없는데요. 이렇게 아무리 찾아도 없을 때엔 아마 누가 집어서 제 것처럼 가졌나 봅니다.

그러다가 노마는 담 모퉁이에서 기동이를 만났습니다.

그리고 노마는 기동이 아래위를 보다가 입을 열어 물었습니다.

"너 내 구슬 봤니?"

"무슨 구슬 말야."

"파란 유리구슬 말야."

"난 못 봤다."

그러나 노마는 그 말을 정말로 듣지 않나 봅니다.

여전히 기동이 조끼 주머니를 보고 두 손을 보고 합니다.

그러다가 노마는 입을 열어 또 물었습니다.

"너 구슬 가진 것 좀 보자."

"그건 봐 뭘 해."

"보면 어때."

"봐 뭘 해."

하고 기동이는 조끼 주머니를 손으로 가립니다. 정말 기동이가 그 구슬을 얻어 제 것처럼 가졌나 봅니다.

아니면 선선하게 보이지 못할 게 뭡니까. 노마는 더욱 의심이 났습니다. 그래서,

"내가 구슬을 잃어버린 구슬 늬가 집었지."

"언제 늬 구슬을 내가 집었어."

"그럼 뵈지 못할 게 뭐야."

그제는 기동이도 하는 수 없나 봅니다. "자아." 하고 조끼 주머니에서 구슬을 꺼내 보입니다. 하나를 꺼냅니다. 둘을 꺼냅니다. 셋, 넷, 다섯도 넘습니다. 모두 똑같은 모양 똑같은 빛깔입니다. 노마가 잃어버린, 모두 똑같은 그런 파란 유리구슬입니다. 어쩌면 그중에 노마가 잃어버린 구슬이 섞여 있을 성싶습니다.

그래서 노마는,

"너, 이 구슬 다 어디서 났니?"

"어디서 나긴 어디서 나, 다섯 개는 가게서 사고 한 개는 영이가 준 건데, 뭐."

"거짓부렁. 영이가 널 구슬을 왜 줘."

"그럼 영이한테 가서 물어봐."

그래서 노마와 기동이는 영이를 찾아가기로 했습니다. 담 모퉁이를 돌아서 골목 밖으로 나갔습니다. 그리고 조그만 도랑 앞엘 왔습니다.

그런데 그 도랑물 속에 무엇이 햇빛에 번쩍하는 것이 있습니다. 유리구슬 같습니다. 정말 유리구슬입니다. 바로 노마가 잃어버린 그 구슬입니다.

"늬 구슬 여기다 두고, 왜 남보고 집었다고 그러는 거야."

하고, 기동이는 바로 을러메는데도 할 말이 없습니다.

그만 노마는 얼굴이 벌게지고 말았습니다.

고양이와 쥐

우물 앞 넓은 마당에 여러 아이들이 고양이 잡기를 하고 놉니다.

영이, 노마, 그 외에 여러 아이가 서로 팔을 벌리어 손을 맞잡고 둥그런 원을 치고 앉았습니다. 이를테면 이것이 담입니다.

담 안에 쥐 한 마리가 웅크리고 앉았습니다. 쥐는 똘똘이가 되기로 했습니다.

—— 찍찍 찍찍.

—— 찍찍 찍찍.

담 밖에 고양이란 놈이 담 안의 쥐를 노리고 빙빙 돌고 있습니다. 고양이는 기동이입니다.

—— 야옹 야옹.

—— 야옹 야옹.

기동이는 정말 고양이처럼 어떡하면 담 안의 숨은 쥐란 놈을 잡을 수 있을까 하고 눈이 동그래서 갸웃 갸웃, 담을 뚫고 들어갈 무슨 틈을 엿보며 돕니다. 똘똘이는 정말 쥐처럼 그러는 대로 요리조리 몸을 돌리며 슬픈 소리로 찌익 찌익.

그리고 노마, 영이 또 여러 아이들은 정말 담처럼 서로 단단히 손을 맞잡고 그 안에 숨은 쥐를 지켜 주기에 열심입니다.

—— 못 들어간다. 못 들어간다.

또는,

—— 유우 괭이. 유우 괭이.

하고 모두 큰 소리로 고양이를 쫓습니다.

그러나 고양이는 고양이니까 아주 앙큼스럽습니다. 어떻게 홀딱 몸을 날려 노마와 영이 사이를 뛰어넘어 담 안으로 뛰어들었습니다. 그러자 쥐는 쥐니까 또 아주 몸이 날랩니다. 잡히지 않고 살짝 몸을 빼치어 담 밖으로 뛰어 나갔습니다.

그만 고양이란 놈은 담 안에 갇히고 말았습니다. 나가려야 나갈 수 없지요. 아이들은 고양이가 담을 뛰어넘으려면 일어서 팔을 쳐들어 담을 높이고, 고양이가 밑으로 기어 나가려면 팔을 낮추어 막습니다. 담을 높입니다. 담을 낮춥니다.

—— 와아아 와아아.

—— 와아아 와아아.

하고 모두 큰 소리로 법석입니다.

그러다가 용하게 고양이는 그 담을 뛰어넘었습니다. 그리고 한입에 삼켜 버릴 것처럼 쥐를 쫓습니다. 잘못하단 고양이란 놈에게 가엾게도 쥐는 잡히고 말까 봅니다. 뺑뺑 담 둘레를 돌며 쥐는 고양이를 피합니다. 뺑뺑 담 둘레를 돌며 고양이는 쥐를 쫓습니다.

그러다가 날래게 쥐는 살짝 담 안으로 기어들었습니다. 뒤미처 고양이도 성큼 담 안으로 뛰어들었습니다. 그리고 이내 쥐를 잡고 말았습니다. 앙앙앙 깔고 뭉기며 막 뜯어 먹습니다.

그러나 그 모양을 입때껏 보호를 해 주기에 열심이던 담이 그대로 보고 있을 수가 없습니다. 마침내는 자기들도 쥐가 되어 앙앙앙 하고 고양이를 물려 덤비었습니다.

본래 고양이란 쥐 같은 것은 겁낼 짐승이 아닙니다. 하지만 이렇게 여럿이 덤비는 데는 당하는 수가 없습니다. 정말 겁이 나서 몸을 뿌리치고 달아나지 않을 수 없습니다. 그리고,

522

—— 저 괭이 잡아라!

　　—— 저 괭이 잡아라!

하고 그 뒤를 노마, 영이, 똘똘이, 쥐쥐쥐쥐, 무수한 쥐가 큰 소리로 달아나
는 고양이를 쫓아갑니다.

용기

골목 안에서 조그만 군대가 교련을 하고 있습니다. 노마, 영이, 똘똘이는 병정입니다. 모두 어깨에 막대기 총을 메고, 눈을 똑바로 차렷을 하고 섰습니다. 지금 대장의 입에서 지령이 내리기를 기다립니다. 대장은 기동이입니다. 기동이는 대장이니까 대장 된 온갖 의용을 갖추었습니다. 첫째, 노마, 영이, 똘똘이가 때 묻은 바지저고리를 입었는데 기동이는 양복을 입었습니다. 그리고 학생 모자를 썼습니다. 모자가 대장 모자가 아닌 것은 좀 섭섭한 일이지만 허리에 찬 칼은 막대기나 그런 것이 아닙니다. 정말 쇠로 만든 대장칼입니다. 기동이 아버지가 기동이를 위해 장난감 가게에서 사 온 번쩍번쩍한 칼입니다. 기동이는 이 대장칼 하나만으로도 대장 될 자격이 넉넉합니다. 그리고 노마, 영이, 똘똘이는 기동이가 이 대장칼을 가진 하나만으로 넉넉히 대장으로 인정할 수 있습니다.

"앞으로 갓!"

하고 대장은 큰 소리로 호령을 내리고 앞을 서 떠납니다. 뒤를 병정이 따릅니다. 모두 입으로 따따따 따따따 나팔 부는 소리를 내고 그 소리에 발을 맞추어 갑니다.

골목을 나왔습니다. 한길입니다. 오고 가는 많은 사람 가운데에도 군대는 조금도 문란해지는 일 없이 행진합니다.

따따따 따따따 대장은 앞을 서 가고 병정은 그 뒤를 따릅니다. 병정은 대장 가는 대로 가고 대장은 자기 가고 싶은 대로 갑니다. 자기 가고 싶은 대로 대장은 병정을 이끌고 우물 앞엘 왔습니다. 그리고 우물 두덩을 서너 바퀴 돌다가 넓은 마당으로 갔습니다. 여기서도 대장은 자기 가고 싶은 대로 넓은 마당을 빙빙 돕니다. 그대로 병정은 대장을 따라 빙빙 돌지 않을 수 없습니다.

마침내 노마도 대장이 되어 병정을 이끌고 자기 마음대로 가고 싶었습니다. 그러나 대장칼하고 모자가 없고는 할 수 없습니다. 하지만 대장 될 자격을 다만 대장칼이나 모자 같은 것을 가진 그걸로만 정하는 것은 대단히 불공평한 일입니다. 그것 이상의 무슨 남 하지 못하는 용감한 일을 한 사람이 대장이 되어야 옳습니다. 그래서 노마는 이런 제의를 하였습니다.

"이번부턴 누구든지 검정 판장집 대문을 한 번 두들기고 오는 사람이 대장이 되기로 하자."

그것은 매우 용기가 드는 일입니다. 검정 판장한 집은 사나운 개가 있어 근처만 가도 짖고 내닫습니다. 하지만 이만한 용기도 없는 사람을 대장으로 섬길 수는 더욱 없는 일입니다.

마침내 기동이, 노마, 영이, 똘똘이는 그 개가 있는 검정 판장한 집을 향해 갔습니다. 그 집 대문 가까이 이르자 여전히 개가 짖고 내닫습니다. 대문 안에서 개구멍으로 머리를 내놓고 짖습니다. 아주 무섭습니다. 그러나 이런 것쯤을 무서워하고는 어떻게 대장이 됩니까. 그래서 노마는 기동이, 영이, 똘똘이가 무서워서 벌벌 떨고 가지 못하는데도 더벅더벅 앞으로 나가 그 집 대문을 한 번 탕 때리고 돌아 나왔습니다.

이만하면 노마는 때 묻은 바지저고리만 입었어도 대장 될 자격이 넉넉합니다.

실수

　지금 노마는 어머니 심부름으로 한길 기름집에 기름을 사러 가는 길입니다.

　노마는 한 손에 기름병을 들고 또 한 손에는 기름 살 돈을 쥐었습니다. 하지만 노마는 이런 것을 가졌기로 뭐, 걸음을 조심하거나 할 필요는 없습니다. 손에 아무것도 가진 것 없는 때처럼 달음박질을 하거나 깡충깡충 까치걸음으로 뛰어간대도 떨어뜨리지 않을 자신이 넉넉한 까닭입니다.

　그런데 아마 어머니는 노마의 이런 실력을 조금도 모르시나 봅니다. 집에서 어머니는 노마에게 기름병을 내주시며 이런 말씀을 하셨습니다.

　"너 기름병 떨어뜨리지 않고 잘 가지고 가겠니? 그리고 돈도 흘리지 않고."

　"그럼, 그까짓 걸 못 가지고 가?"

　그래도 어머니는 못 미더우신가 봅니다. 노마가 기름병과 돈을 받아 들자 또 이런 당부를 하셨습니다.

　"기름병 떨어뜨리지 않게 단단히 쥐고 가거라. 그리고 걸음도 천천히 걷고 알아듣겠니?"

하고 어머니는 몇 번이고 노마가 대문으로 돌아서 나갈 때에도, 그리고 대문 밖 길로 나설 때에도,

　"알아듣겠니?"

하고 그 당부를 하시는 것입니다.

아마 어머니는 노마를 바보로 아시나 봅니다.

아무리 기름병이 매끈매끈하기로 손에서 놓치거나 할 노마가 아닌데요. 이번 기회에 노마는 자기의 실력을 보여 한번 어머니로 하여금 깜짝 놀라시게 해야겠습니다.

그래서 노마는 걸음도 더 까치걸음으로 깡충깡충 골목을 나가 한길로 기름집을 향해 갑니다.

마침내 기름집을 왔습니다. 그러도록 한 손에는 기름병, 한 손에는 돈을 쥔 그대로 떨어뜨리거나 흘리거나 하지 않았습니다. 이만하면 노마는 돌아가는 길도 까치걸음 이상의 어려운 걸음으로 뛰어간대도 실수를 하거나 할 염려는 조금도 없을 자신이 더합니다.

노마는 아주 마음이 기쁩니다. 기름을 따르는 기름집 영감에게,

"덤 좀 주세요. 덤 좀요."

하고 제법 어른처럼 투정도 해 보았습니다.

돌아가는 길도 역시 까치걸음입니다. 까치걸음으로 깡충깡충 싸전 앞을 지나고 죽집 앞을 지나고, 그리고 수통 옆을 지나다가 고만 돌부리에 채어 벌렁 넘어지며 손에 쥐었던 기름병도 탕! 땅바닥에 떨어져 깨졌습니다.

그저 그렇다니까요. 어머니 말씀을 명심해 지켰더라면 이런 일 없었을 것을, 아아, 이를 어쩝니까.

하지만 사람이란 어른이고 아이고 누구나 실수를 하지 않는 법은 없습니다. 다만 실수를 할 때는 어째서 실수를 하게 되었나 그 연유를 캐어 보고 명심함으로써 다음에는 같은 실수를 두 번 하지 않도록 해야 합니다. 그래서 사람은 차차 실수 없는 완전한 사람이 되어 가는 것입니다.

그러나 이때의 노마는 얼굴에 비죽비죽 울음을 만드는 외에는 다른 도리를 몰라 하였습니다.

어머니의 힘

옥이 집 굴뚝 앞에서 옥이는 소꿉질을 벌였습니다.

옥이는 어머니입니다. 어머니처럼 등에 어린 아기를 업고 자장자장을 합니다. 아기는 베개이지요. 베개 아기는 어머니 등에서 정말 아기처럼 콜콜 잠이 들었습니다. 콜콜 아주 깊은 잠이 들어서 울지도 보채지도 않습니다.

그러나 옥이는 더 잠이 깊으라고 연해 자장자장 궁둥이를 두들기며 하는 일이 많습니다. 점순이하고 막동이 옷매무시를 고치고 얼굴에 묻은 흙도 털어 주고 합니다. 점순이하고 막동이는 어린아이니까 그렇게 장난이 심하고, 그리고 옥이는 어머니이니까 어린아이들로 인해 매양 속이 상합니다.

"글쎄, 옷 꼴이 이게 뭐냐. 얼굴은 이게 뭐고."

하고 쳇쳇 혀끝을 차며 어머니는 어린아이들을 어머니 자기처럼 단정하고 얌전한 사람이 되게 하기에 열심이고, 그리고 어머니는 어린 아들과 딸 앞에서 단정하고 얌전한 어머니가 되기에 매우 조심을 합니다.

"어디 나 좀 보아라. 얼굴하고 옷매무시가 이런가."

사실 옥이는 어린아이들의 모범이 될 만치 옷매무시도 단정하고 얼굴도 깨끗합니다. 넉넉히 점순이하고 막동이가 어머니로 섬길 만합니다.

그리고 점순이와 막동이는 또 좀 옥이를 어머니로 알기 위하여 이런 소청을 하였습니다.

"어머니, 나 밥 줘."

"어머니, 나 밥 줘."

이것은 응당히 어머니에게 할 수 있는 요구이고, 그리고 어머니는 응당히 들어주어야 할 소청입니다. 하지만 밥은 쌀이 있어야 지을 수 있고 쌀은 어머니가 집 밖으로 나가 구해야 합니다. 그래서 어머니는 어린 아들과 딸을 집에 남기어 두고 등에 업은 어린애를 자장자장 멀리 쌀을 구하러 나갑니다.

그리고 집 건너편 언덕 밑에서 가루 흙 한 줌을 모아 쥐고 돌아오는 때 집에는 뜻하지 않은 재난이 생기었습니다.

난데없는 커다란 개 한 마리가 어슬렁어슬렁 막동이하고 점순이가 있는 편을 향하고 가까이 옵니다. 그만,

"어머니, 아이고, 무서워!"

"어머니, 아이고, 무서워!"

하고 막동이와 점순이는 한걸음에 옥이에게 달려들어 구원을 청합니다. 큰 일 났습니다. 커다란 눈을 두리번거리며 개는 점점 가까이 다가옵니다. 이런 때에는 옥이도 큰 소리로 울음을 내거나 달아나거나 하는 수밖에 없습니다. 하지만 옥이가 그렇게 하면 지금 치마폭에 안기어 구원을 청하는 막동이와 점순이는 어쩌고 등에 업은 어린 아기는 어쩝니까.

이러할 때 문득 옥이에게는 소꿉장난이나 그런 것이 아닌 정말 어머니의 힘이 생기었습니다. 어머니의 힘이란 자기 이상의 힘입니다. 사랑하는 아들이나 딸을 위하여서는 자기 몸을 돌아보지 않고 어떠한 어려운 경우이든지 앞장을 서 나서는 힘입니다. 그래서 옥이는 옥이 이상의 힘으로 한 손에는 막대기, 한 손에는 돌을 집어 들고,

"이 개! 이 개!"

하고 큰 소리를 치며 막 겁도 없이 마주 나섰습니다. 그러니까 개는 혼이 나서 그만 뛰어 달아났습니다.

아아, 어머니의 힘 앞에는 무서운 개도 어림없습니다.

땜가게 할아범

한길 땜가게 할아범은 어린 사람 같습니다. 어린 사람처럼 조그만 것을 좋아합니다. 혼자만 들어앉을 조그만 집에 혼자만 드나들 조그만 문을 내고 언제나 할아범은 조그만 새장 안에 조그만 산새를 기릅니다. 또 고만한 어리 안에 고만한 병아리를 기릅니다. 또 고만한 나무 장 안에 조그만 옥토끼를 기릅니다. 모두 조그만입니다. 모두 조그맣게 각기 저 할 일을 합니다. 조그만 새장 안에서 산새는 조그맣게 노래를 부릅니다. 조그만 어리 안에서 병아리는 뾰뾰 먹을 것을 찾습니다. 고만한 나무 장 안에선 옥토끼가 조그맣게 콜콜 잠을 잡니다. 그리고 할아범은 혼자만 들어앉을 조그만 집 안에서 혼자만 드나들 조그만 문을 열어젖히고 조그맣게 앉아서 땜일을 합니다. 구멍 뚫어진 냄비를 때웁니다. 대야를 때웁니다. 양철통을 때웁니다. 어린 사람이 장난하는 것처럼 아주 재미있습니다. 아주 재미있게 할아범의 손이 가면 못 쓰게 되었던 냄비, 대야, 양철통이 금방 새것이 됩니다. 참 신통한 재주입니다. 그 재주를 대접하기 위하여 동네 여인들은 할아범에게 밥을 가져다 줍니다. 반찬을 줍니다. 또 돈을 줍니다. 그리고 할아범은 그 여인들에게 감사하기 위해서 가지고 오는 대로 냄비를 때워 주고 양철통을 고쳐 주고 합니다.

그리고 할아범은 동네 어린아이들을 퍽 좋아합니다. 또 어린아이들은 그 땜가게 할아범을 퍽 따릅니다. 왜냐면 할아범은 어린아이들 자신처럼 어떡하면 아이들의 마음을 즐겁게 할 수 있을지 그 묘리를 잘 알고 그대로 동네 아이들을 즐겁게 하는 까닭입니다. 먼저 할아범은 아이들을 보면 얼굴에 사람 좋은 웃음을 웃어 보입니다. 그 얼굴이란 성난 사람도 마음이 풀어질 웃음입니다. 동네 아이들도 따라 얼굴에 웃음을 지으며 할아범 앞으로 가까이 모여들게 됩니다.

지금 동네 아이들이 할아범 땜가게 앞에 모였습니다. 노마, 기동이, 똘똘이, 영이, 조루루 몰려 서서 할아범이 냄비를 때우는 구경을 합니다. 할아범은 자기를 찾아온 친한 친구를 맞이하듯이 아주 반가워합니다. 그리고 친구를 대접하듯이 아이들이 제일 좋아하는 것이 무엇인 줄을 잘 알고는 옛날얘기를 꺼냅니다.

"옛날 옛적 어느 강변에 할아범이 살았거든. 그런데 할아범은 아들도 없고 딸도 없고 마누라도 없고 집도 없고 단지 가진 것은 나룻배 한 척야. 그 나룻배 한 척으로 할아범은 오고 가는 사람에게 강을 건네다 주지. 이편의 사람을 건너편으로 건네주려면 저편에서 또 사람이 부르지. '할아범 할아범 나 좀 건네다 주.' 하고. 그리고 저편의 사람을 이편으로 싣고 오려면 또 다른 편에서 사람이 부르지."

이렇게 나룻배 할아범은 왼종일 배를 부리고 땜가게 할아범은 왼종일 땜일을 합니다. 그리고 아이들은 언제까지고 서서 할아범의 옛날얘기를 듣습니다. 옛날얘기를 들으며 아이들은 점점 옛날얘기 가운데 한 사람이 되어 갑니다. 옛날얘기를 하며 할아범은 점점 나룻배 할아범이 됩니다.

그리고 노마, 기동이, 똘똘이, 영이는 마침내 조그만 것을 좋아하는 산새, 병아리, 옥토끼가 있는 땜가게 할아범네 식구가 됩니다.

정말 한길 땜가게 할아범은 어린 사람 같습니다. 어린 사람처럼 할아범은 조그만 것을 좋아합니다.

조그만 발명가

지금 노마는 기차를 만듭니다. 한 손에는 가위, 또 한 손에는 상자갑을 들고 앉아 아무도 만들어 보지 못한 깜짝 놀랄 만한 기차를 만들 작정입니다.

우선 가위로 상자갑을 이모저모로 오려 냅니다. 둥그런 기차 바퀴가 될 것을 오립니다. 우뚝한 연통이 될 것도 오립니다. 차례차례 기관차가 될 온갖 자료를 오려 냅니다. 기관차 다음에는 사람이 타는 객차를, 객차 다음에는 짐을 실은 화물차를, 이렇게 하나하나씩 완전한 한 채의 기차가 될 감을 장만해 갑니다.

물론 노마는 가위로 오리기 전에 먼저 상자갑 위에다 설계도를 꾸밀 것을 잊지 않았습니다. 기차 바퀴만 하더라도 기관차에 드는 바퀴는 모양을 얼마큼 하고, 개수는 몇 개를, 그리고 객차와 화물차는……, 이렇게 일일이 따지자면 수월치 않습니다. 그걸 모두 상자갑 위에다 연필로 그려 갑니다.

노마가 모르는 것은 어머니에게 묻습니다. 어머니는 아시는 것이 많으니까 그 지혜를 이용하는 것은 매우 영리한 일입니다.

"어머니, 기관차 바퀴는 몇 개유?"

"셋씩 셋씩 여섯 개이겠지."

"그럼 사람 타는 차 바퀴는?"

"그건 둘씩 둘씩 네 개고."

"그럼 짐 싣는 차는?"

"그건 사람 타는 차 바퀴와 같겠지."

노마는 그대로 상자갑 위에 차례차례 그 수효대로 그립니다. 그리고 노마는 또 묻습니다.

"어머니, 사람 타는 차 창은 몇 개유?"

"글쎄, 몇 개나 될까?"

"몇 개야?"

"글쎄, 그건 모르겠는데."

어머니가 모르시는 건 할 수가 없습니다. 이번에는 참고서를 보는 수밖에 없습니다. 그래, 노마는 그림책을 꺼내다 뒤져 보았습니다. 딴은 기차를 그린 그림이 있습니다. 창은 도합 열두 개씩입니다. 참고서를 얻어서 노마는 더욱 이롭게 되었습니다. 사람 타는 차 창 수효가 몇인 것을 안 외에 또 기관차 맨 앞에 길을 비추는 등이 있다는, 어머니나 노마가 조금도 몰랐던 사실까지 알 수 있게 되었습니다.

그대로 노마는 사람 타는 차 창을 그리고 길을 비추는 등을 그리고 하였습니다. 그리기를 다 하고 나선 이번엔 그걸 가위로 오려 냅니다. 오리기를 다 하고 나선 이번엔 그걸 이모저모로 제자리에 맞춰 놓습니다. 이것도 매우 기술과 힘이 드는 일입니다. 일일이 풀칠을 하여 연통 설 자리에 연통을 세우고, 바퀴 달릴 자리에 바퀴를 달아 놓습니다.

이렇게 기관차가 되고, 객차가 되고, 화물차가 되었습니다. 이만하면 한다한 어디 내놓아도 부끄러울 것 없는 한 채의 기차입니다. 정거장에서 보는 정말 기차와 모양에 있어서 그다지 틀릴 것 없습니다. 정말 기차나 틀릴 것 없는 기차를 노마 자기 손으로 만들어 냈다는 기쁨 실로 말할 수 없이 큽니다. 정말 발명가가 정말 기차를 만들었을 때 기쁨이나 조금도 못하지 않습니다.

노마가 이대로 십 년이고 이십 년이고 이 길에 노력하면 필시 정말 기차나 그보다 더 훌륭한 기차도 만들어 낼 것입니다. 그때도 기쁨은 이만한 것을 오로지 자기 손으로 만들어 냈다는 실로 말할 수 없이 큰 기쁨일 것입니다.

지금도 노마는 조그만 발명가입니다.

실망

노마, 기동이 그리고 똘똘이 이렇게 셋이서 개울로 물고기를 잡으러 가기로 하였습니다.

물고기란 매우 약은 놈이어서 맨손만 가지고는 여간해 잡을 수 없습니다. 그만한 연장이 없이는 안 됩니다. 그래서 노마는 삼태기 하나를, 기동이는 밑 빠진 쳇바퀴 하나를, 그리고 똘똘이는 유리병 하나를 준비해 가질 것을 잊지 않았습니다. 삼태기는 돌 밑에나 나무 뿌리 같은 데 숨은 고기를 몰아내어 잡기에 매우 적당하고, 쳇바퀴는 달아나는 놈이 있으면 쫓아가 덮어씌우고 잡기에 썩 필요합니다. 그리고 유리병은 그렇게 해 잡은 고기를 산 채로 보관해 두는 데 없지 못할 물건입니다.

그리고 노마는 사람이 걸쌈스러우니까 삼태기를 맡기에 적당합니다. 또 기동이는 몸이 날래니까 쳇바퀴를 맡은 것도 잘한 일입니다. 하지만 똘똘이는 나이도 키도 조그맣습니다. 물에 들어갔다가 잘못하다 흐르는 물결에 쓸려 내려갈는지도 모릅니다. 그러니까 똘똘이는 노마나 기동이가 잡아 오는 물고기를 유리병에 담고 그걸 물 밖에서 지키고 있는 것이 적당한 소임일 것 같습니다. 그야 노마나 기동이처럼 자기도 따라 들어가 잡고야 싶지만 물 밖에서 유리병 속의 노는 물고기들을 들여다보고 있을 재미도 결코 적은 것이 아닙니다. 똘똘이는 유리병을 맡은 걸로 만족하는 수밖에 없습니다. 이렇게 각기 적당한 소임을 작정해 가진 것이 또한 즐거운 일입니다. 그리고 또 좀 즐거웁기는 지금 고기를 잡으러 가는 그 개울이 멀리 떨어진 곳에 있다는 것입니다. 그렇게 먼 길을 걸으면서 노마, 기동이, 똘똘이는 장차 고기잡이할 그 일을 많이 이야기할 수 있고 또 많이 생각할 수 있는 까닭입니다.

더욱이 한 번도 그 개울을 가 본 적이 없는 똘똘이는 연해 그 일을 노마와 기동이에게 묻습니다.

"개울이 퍽 넓으냐?"

"그럼, 넓기만."

"물두 깊구?"

"그럼, 깊기만."

"송사리나 미꾸라지 말구 붕어두 있니?"

"그럼, 정작 붕어가 없어?"

"그럼 메기두 있니?"

"그럼, 메기가 없어?"

"얼만한 메기. 이만한 메기두 있어?"

하고 똘똘이는 팔목을 내밀어 보입니다.

"그럼, 고만한 게 없어?"

"그럼 이만한 메기가 잡히면 어따가 담니?"

딴은 경우에 의해서는 똘똘이 팔뚝만 한 메기가 잡힐는지도 모르겠습니다. 그때엔 유리병 같은 것은 어림도 없을 테니 그걸 어디다가 담을지 큰 문제입니다.

그러나 그 일로 오래 머리를 쓰지 않아도 좋습니다. 그만한 메기가 잡히면 잡히는 때 어떻게 조처하기로 하고, 그만한 메기도 잡힐는지도 모르는 그 일이 또한 즐거웠습니다.

마침내 전찻길이 그치고 모르는 동네를 지나 개울 앞에 이르렀습니다. 한데 이것이 웬 셈입니까. 그렇게 넓고 물이 많으리라고 생각한 개울은 허연 모래 바닥에 겨우 한 줄기 적은 물이 쫄쫄 흐를 따름 송사리 한 마리

볼 수 없습니다. 여기가 이럴 줄은 매우 뜻밖입니다. 날이 가물었기로 이렇게 물이 마를 줄은 몰랐습니다. 이젠 삼태기, 쳇바퀴, 유리병 모두 쓸데없이 되었습니다.

그러나 더욱 괴롭기는 이런 쓸데없는 삼태기, 쳇바퀴, 유리병을 들고 집을 향해 돌아가게 된 것입니다. 그렇게 즐겁던 길이 멀기만 하고 다리는 아프고 노마, 기동이, 똘똘이 모두 울상을 하였습니다.

동정

영이 집 문지방에 파랑 치마 영이가 혼자서 아주 쓸쓸한 얼굴을 하고 앉았습니다. 그렇게 고개를 기우듬히 한 손으로 턱을 괴고 비탈 아래 먼 길을 바라봅니다. 아침에 어머니가 개피떡, 송편, 가득히 광주리에 담아 머리에 이고 비탈 아래 그 길로 사라지고는 해가 저물도록 돌아오시지를 않습니다. 아마 어머니는 개피떡, 송편, 그 수효만큼 이 집 저 집 팔러 다니시느라고 아무 정신 없으신 게지요. 그리고 영이가 집에서 혼자 기다리고 있을 것은 까맣게 잊으신 게지요. 영이는 아주 쓸쓸한 얼굴로 비탈 아래 먼 길을 바라봅니다.

노랑 치마 점순이가 왔습니다. 그리고 영이 집 문지방에 그런 얼굴을 하고 앉았는 영이를 보고 이상해 묻습니다.

"영이 너, 왜 그러고 앉았니?"

그리고 노랑 치마 점순이는 파랑 치마 영이 옆에 앉아 영이의 사정을 듣고는 영이처럼 아주 쓸쓸한 얼굴을 합니다. 점순이 자기 마음처럼 점순이는 영이 마음을 알게 된 까닭입니다. 아마 영이 어머니는 아침에 한 광주리 가득히 담아 머리에 이고 나간 그 개피떡, 송편 수효만큼 그만큼 이 집 저 집 다니시느라고 아무 정신 없으신 게지요. 그리고 영이가 집에서 혼자 기다리고 있을 것은 까맣게 잊으신 게지요. 그래서 점순이는 자기도 같이 아주 쓸쓸한 얼굴로 고개를 기우듬히 한 손으로 턱을 괴고 비탈 아래 먼 길을 바라봅니다.

다홍 치마 숙정이가 왔습니다. 그리고 영이 집 문지방에 그런 얼굴을 하고 앉았는 영이하고 점순이를 보고 이상해서 묻습니다.

"너희들, 왜 그러고 앉았니?"

그리고 다홍 치마 숙정이는 파랑 치마 영이 옆에 앉아 영이의 사정을 듣고는 영이처럼 아주 쓸쓸한 얼굴을 합니다. 숙정이 자기 마음처럼 숙정이는 영이 마음을 알게 된 까닭입니다. 아마 영이 어머니는 아침에 한 광주리 가득히 담아 머리에 이고 나간 그 개피떡, 송편 수효만큼 그만큼 이 집 저 집 다니시느라고 아무 정신 없으신 게지요. 그리고 영이가 집에서 혼자 기다리고 있을 것은 까맣게 잊으신 게지요. 그래서 숙정이는 자기도 같이 고개를 기우듬히 한 손으로 턱을 괴고 비탈 아래 먼 길을 바라봅니다.

해가 저물고 바람이 붑니다. 그래도 영이 집 문지방에는 다홍 치마, 파랑 치마, 노랑 치마, 쪼르라니 세 소녀가 앉아 아주 쓸쓸한 얼굴로 고개를 기우듬히 한 손으로 턱을 괴고 비탈 아래 먼 길을 바라봅니다.

우정

영이하고 노마, 똘똘이 셋이서 산으로 나물을 캐러 가기로 하였습니다.

영이는 어른처럼 치마를 올려 뒤로 동이고 또 바구니를 가졌습니다. 치마로 바구니로 가득히 나물을 캘 작정이지요. 사실 영이는 이만한 준비를 할 만합니다. 산에는 가지각색 나물이 수없이 많을 것이고, 또 그 산은 한없이 넓습니다.

그러나 노마하고 똘똘이는 남자니까 치마도 바구니도 안 가졌습니다. 도대체 남자가 되어서 산으로 나물을 캐러 가는 것도 없는 일입니다. 하지만 동무 영이가 혼자서 산을 가기가 허전해 보호를 청하는 데는 더욱이 남자가 되어서 거절을 하는 수는 없습니다. 물론 노마하고 똘똘이는 쾌히 승낙을 하였습니다.

모두 마음이 기쁩니다. 영이는 노마하고 똘똘이가 자기를 위해서 산엘 가주는 데 감사하며 무한 기쁩니다. 또 노마하고 똘똘이는 영이가 자기에게 보호를 청한 데 무한 만족해합니다. 동무를 위해서 하는 일이니까, 혹 늦게 돌아오더라도 어머니에게 꾸중을 듣거나 하지도 않겠지요.

노마하고 똘똘이는 영이보다 앞을 서서 활개를 치며 아주 활발한 걸음으로 발을 구르고 갑니다. 자기가 영이의 보호자인 것을 똑똑하게 하기 위해서인가 봅니다. 만약 산에 가서 호랑이 같은 짐승을 만난다 하더라도 노마하고 똘똘이는 자기의 임무를 잊고 혼자 달아나거나 하지는 않을 것입니다.

마침내 동리를 지나고 개울을 건너고 목적한 곳에 이르렀습니다. 산입니다. 여기서부터 나물을 캐기 시작해야 합니다. 노마하고 똘똘이는 영이를 보호해 주는 외에 영이를 위해서 나물이 있는 곳을 가르쳐 주고 또 자기도 캐고 하는 수고를 아끼지 않습니다. 장난이 아닙니다. 장난이 아닌 일을 장난을 하듯이 즐겁게 할 수 있는 것이 더욱 즐겁습니다.

가파른 언덕 밑을 왔습니다. 이런 올라가기 힘든 언덕이 있다는 것이 또 즐겁습니다. 서로 제 재주와 또 우정을 보여 주게 된 때문이겠지요. 먼저 노마가 올라갔습니다. 그리고 손을 내밀어 영이를 잡아 올렸습니다. 그다음으로 똘똘이가 올라갑니다. 언덕 위에서 노마하고 영이가 손을 내미는 것이나 똘똘이는 거절을 합니다. 아무리 키가 작기로 이만한 언덕쯤 자기 힘으로 못 올라갈 자기가 아니라는 것을 보이기 위해서이겠지요.

그러다가 그만 잘못해서 똘똘이는 찍 미끄러지며 언덕 아래로 굴러 떨어졌습니다. 손바닥과 무릎에 생채기가 나고 벌건 피가 흐릅니다. 매우 가엾습니다. 영이는 자기로 말미암아 산엘 왔다가 이런 일을 당한 것이 퍽 미안한 게지요. 자기 치맛자락을 쭉 찢어 똘똘이의 상처를 처매 주는 친절을 잊지 않았습니다. 그러고 노마는 자기가 제일 키가 크다는 것에 또 적잖이 책임감을 느꼈겠지요. 노마는 그 똘똘이를 등에 업기 위하여 궁둥이를 돌려 댔습니다. 하지만 똘똘이는 영이, 노마가 자기를 위해 힘을 쓰는 그 일이 무한 감사하고 또 미안한 게지요. 금방 아픈 것이 나은 듯이,

"괜찮아, 괜찮아."

하고 아무렇지 않다는 증거를 보이려는 듯이 벌떡 일어서 떠벅떠벅 걸음을 걸어 보입니다.

전에 없이 영이, 노마, 똘똘이는 갑절 사이가 가까워졌습니다.

큰소리

　골목 안 응달에 노마, 기동이, 똘똘이 세 아이가 앉았습니다. 무슨 재미 있는 장난이 없을까 그것을 생각하는 중입니다.

　그러다가 문득 노마는 기동이도 똘똘이도 아무도 못하는 재주를 자기만 가진 것을 자랑하고 싶어졌습니다.

　그래서 노마는 입을 열어 말했습니다.

　"난 땅바닥에 물구나무를 서서 하나 둘, 열까지 셀 때까지 있으라면 있을 테야. 너희들 할 테야?"

　사실 노마는 물구나무를 잘 서니까 그만한 재주가 넉넉할 것입니다. 노마는 아주 내가 제일이란 얼굴을 합니다. 마침내 기동이도 노마나 똘똘이나 아무도 못하는 재주를 자기만 가진 것을 자랑하고 싶어졌습니다. 그래서,

　"그까짓 물구나무 서는 것, 난 한길 다리 위에서 아래루 뛰어내리라면 뛰어내릴 테야. 너희들 할 테야?"

　사실 기동이는 뜀을 잘 뛰니까 그만한 재주가 넉넉할 것입니다. 기동이는 아주 내가 제일이란 얼굴을 합니다.

　그러자 똘똘이도 가만히 있을 수가 없습니다. 자기도 노마도 기동이도 아무도 못하는 재주를 자기만 가진 것을 자랑하고 싶어졌습니다. 그래서,

　"그까짓 다리에서 뛰어내리는 것, 난 한길 전봇대 꼭대기까지 올라가라면 올라갈 테야. 너희들 할 테야?"

　하고 똘똘이는 아주 내가 제일이란 얼굴을 합니다. 그러나 이것은 믿을 수

없는 말입니다. 아무리 나무를 잘 올라간다기로 그 높은 전봇대 꼭대기까지 올라가기는 노마나 기동이도 못하겠습니다. 그런 걸 조그만 똘똘이가 하다니요. 모두 곧이 안 믿는 얼굴을 합니다. 그리고,

"뭐, 정말야? 정말 전봇대 꼭대기까지 올라갈 테야?"

"그럼, 그까짓 걸 못 올라가?"

"그럼 어디 올라가 봐. 올라가 보라니깐?"

하고 어서 올라가 보이기를 재촉합니다만 똘똘이는 성큼 나서지를 못합니다. 암만 해도 똘똘이는 감당하지 못할 큰소리를 한 것 같습니다. 얼른 자신이 나질 않습니다. 그래도 지지 않고,

"그까짓 걸 못 올라가, 뭐."

"그럼 어서 올라가 보라니깐. 어서 올라가 봐."

그리고 노마하고 기동이는 손바닥을 치며,

"못 올라가도 바보다. 못 올라가도 바보다."

어쩔 수 없이 똘똘이는 그들 앞에 전봇대를 올라가 보이기 위하여 한길 전봇대가 섰는 곳으로 가지 않을 수 없게 되었습니다.

마침내 똘똘이는 전봇대 앞에 이르러 걸음을 멈추었습니다. 하지만 이걸 어쩝니까. 올려다보는 꼭대기에 구름이 걸릴 만치 어마어마하고 나무통은 굵고 빤들빤들하고 도저히 똘똘이 자기 힘으로 당하지 못하겠습니다. 그러나 등 뒤에서 여전히 노마하고 기동이가,

"못 올라가도 바보. 못 올라가도 바보."

하고 손바닥을 치며 야단이고, 똘똘이는 난처했습니다.

만약에 이런 때 어머니가 나오셔서 저녁을 먹으라고 부르셨기에 망정이지 그러지 않았다면 똘똘이는 아이들 앞에 큰 망신을 할 뻔하였습니다.

고양이

살살 앵두나무 밑으로 노마는 갑니다. 노마 다음에 똘똘이가 노마처럼 살살 앵두나무 밑으로 갑니다. 똘똘이 다음에 영이가 살살 똘똘이처럼 갑니다. 그리고 노마는 고양이처럼 등을 꼬부리고 살살 발소리 없이 갑니다. 아까 여기 앵두나무 밑으로 고양이 한 마리가 이렇게 살살 갔던 것입니다. 검정 도둑고양입니다.

—— 아옹아옹 아옹아옹.

—— 아옹아옹 아옹아옹.

노마는 고양이 모양을 하고 고양이 목소리를 하고, 그리고 고양이 가던 데를 갑니다. 그러니까, 어쩐지 노마는 고양이처럼 되는 것 같은 생각이 들었습니다. 똘똘이도 그랬습니다. 영이도 그랬습니다.

—— 아옹아옹 아옹아옹.

—— 아옹아옹 아옹아옹.

노마는 고양이처럼 사람이 다니지 않는 데로만 갑니다. 마루 밑으로 해서 담 밑을 돌아 살살 뒤꼍으로 갑니다. 그러니까, 노마는 아주 고양이가 되었습니다. 똘똘이도 노마대로 되었습니다. 영이도 그대로 되었습니다.

—— 아옹아옹 아옹아옹.

—— 아옹아옹 아옹아옹.

고양이니까, 노마는 굴뚝 뒤에 옹크리고 앉습니다. 쥐란 놈이 나오기를 기다리는 것입니다. 똘똘이도 그럽니다. 영이도 그럽니다. 아무리 기다려도 안 나오니까 노마는 일어섭니다. 그리고 뒷간 앞을 돌아 다시 마당으로 나갑니다.

── 아옹아옹 아옹아옹.

── 아옹아옹 아옹아옹.

이번에는 노마는 닭을 노립니다. 마당귀에서 모이를 찾고 있는 흰 닭 뒤로 살금살금 가까이 가서 후닥닥 덤비니까, 푸드득 날아 닭은 장독간께로 달아납니다. 그대로 노마는 따라갑니다. 똘똘이도 그럽니다. 영이도 그럽니다. 닭은 더욱 놀라 지붕 위로 피해 달아납니다. 그리고 닭은 지붕 위에서 아래를 내려다보고 꼬댁, 꼬댁. 노마, 똘똘이, 영이는 마당에서 위를 쳐다보고 아옹아옹. 고양이처럼 지붕 위까지 쫓아 올라가지 못하는 것이 노마는 큰 한입니다.

그러나 노마는 아주 마음이 기쁩니다. 노마는 고양이니까, 아무 장난을 하든 어머니에게 꾸중을 들을 염려는 조금도 없습니다. 왜 그러냐면, 혹 어머니에게 들킨대도 고양이처럼 달아나면 고만, 그걸로 인해 노마가 이전처럼 매를 맞거나 할 리는 없으니까요.

노마는 고양이처럼 부엌으로 들어갑니다. 그리고 선반 위에 얹힌 북어 한 마리를 물어 내옵니다. 고양이란 놈은 이런 걸 곧잘 물어 가니까요. 그리고 노마는 똘똘이, 영이, 조루루 둘러앉아서, 입으로 북북 뜯어 나눠 먹습니다.

그걸 어머니가 방에서 나오다 보고 놀랍니다.

"쟤들이 뭘 해?"

그리고 그것이 북어인 줄 알자, 더욱 놀랍니다.

"이따 저녁 찌개 헐 북어를. 노마 요 녀석 허는 장난이."

하고 마루를 구르며 쫓아 내려옵니다. 노마는 정말 고양이인 양 후닥닥 뒷모의문으로 달아나며, 아옹 아옹 아옹……

두꺼비가 먹은 돈

아침에 노마는 저절로 잠이 깼습니다. 어머니에게 이불을 벗기우기 전에 눈을 떴을 바엔 무슨 좋은 일이 있을까 봅니다. 그러지 않아도 아침이란 무슨 뜻하지 않은 신기한 생각이 나는 때입니다. 오늘은 기동네 집 강아지를 꼬여다 개울에 잡아 넣고, 헤엄치는 법을 배워야겠다든가, 또는 대추나무집 울타리 밑에 파묻어 둔 차돌에 기동이 말대로 정말 수정이 났을까 보아야겠다든가, 그래서 벌떡 일어나게 되는 것입니다.

노마는 가만히 생각해 봅니다. 그러다가 문득 노마는 어제 서울 아저씨 심부름을 하고 구멍 뚫어진 백동전 한 닢을 얻은 일이 생각났습니다.

"옳아, 반짝반짝한 새 돈."

하고, 노마는 그야말로 벌레 쏘인 듯 벌떡 일어났습니다.

노마는 아주 조심스레 벗어 놓은 바지 밑에 손을 넣어 가만히 허리띠를 훑어 봅니다. 그러나 손에 잡히는 것이 없어 그저 밋밋하게 허리띠가 미끌어져 빠질 따름 졸라매었던 매듭이 풀린 채 돈은 간 데가 없습니다. 정녕 어저께 여기다 돈을 맸었는데 아무것도 맨 적이 없는 그저 쪼굴쪼굴하게 말린 때 묻은 허리띠 그대로입니다.

그러지 않아도 돈이란 가지고 놀기도 좋고 싫증나면 엿이나 사탕 같은 것으로 바꿀 수 있어 좋고, 그리고 구멍 뚫어진 은돈은 가져보기가 처음입니다. 실에 꿰어 차고 다녀도 좋은 놈인걸, 아아, 그리고 더욱이 그 돈은 노마가 잠시 허리띠 끝에 차기는 했어도 어머니의 가져도 좋다는 승낙을 받지 못한 돈입니다. 노마 마음대로 할 수 없는 물건인걸요, 이를 어쩝니까.

노마는 이런 때엔 소리를 지르거나 울음을 내는 수밖에 도리가 없습니다. 웬만한 일은 그래서 가라앉는 수가 있으니까 말입니다. 노마는 다른 때 같았으면 벌써 그랬을 것입니다. 하지만 이번만은 못 합니다. 그랬다는 노마가 돈 잃어버린 사실을 온 집안 사람이 모두 알게 되게요. 첫째 어머니가 아시면 낯빛이 변해질 것이요, 할아범이 들으면 지지리라고 혀끝을 찰 것입니다. 그리고 똘똘이까지 알면 깨소금 맛이라고 놀릴 것이니 그 꼴을 어떻게 봅니까.

노마는 시침을 떼고 눈치만 살핍니다. 오늘도 다름없이 창 미닫이에 햇빛이 들고, 부엌에서 달그락달그락, 어머니의 설거지하는 소리가 나고, 그리고 할아범은 뒷밭으로 거름을 주러 간 모양 보이질 않습니다. 똘똘이는 마루에서 발을 탕탕 구르며 지붕 위의 까치를 쫓고 있습니다. 모두 노마가 돈 잃어버린 일은 꿈에도 모르는 겝니다. 자기 혼자만 그 일을 알고 있는 것이 노마는 끔찍이 신기롭습니다. 그렇다고 남에게 자랑할 수 없는 것은 좀 섭섭한 일입니다.

노마는 그럼 아닌 듯이 돈을 찾기 시작합니다. 전에 없이 이부자리를 털어 개어 올립니다. 방 구석구석 비질을 하고 방바닥에 엎드려 자막대기로 장 밑의 먼지도 긁어냅니다. 노마는 일하는 척하고 돈을 찾는 숭중이지만 남이 보기에는 노마가 착한 일을 하는 것으로 보일 것입니다. 그리고 노마는 또 돈을 잃어버린 죄 땜으로 더욱 착한 일을 많이 해야 합니다. 헌 버선 짝, 벗어 놓은 저고리, 모두 먼지를 텁니다. 그러나 찾는 물건은 가뭇도 없습니다.

그렇게 건넌방에도 비질을 하고 마루에 걸레질까지 하여도 돈은 나오질 않습니다. 마루에 서 있는 똘똘이 아래위까지 훑어봅니다. 허리띠 끝에는 아무것도 없습니다. 그런데 뒷짐 진 바른손에 무엇을 꼬옥 쥐고 있습니다.

다른 때도 떡 같은 것을 이따 먹을 양으로 다락 같은 데 두면 노마 몰래 후무려 먹는 똘똘입니다. 노마는 암만 해도 그 손바닥이 수상쩍습니다. 그래,

"너 손에 쥔 게 뭐냐?"

"알어 뭐 해."

똘똘이는 더 주먹을 단단히 쥡니다. 노마는 의증이 더럭 납니다. 어떻게 하든 그 손바닥을 펴 보이게 하는 수밖에 없습니다. 노마는 꾀를 냅니다. 유리구슬 한 개를 쳐들고,

"이거 누구?"

하니까, 똘똘이는,

"나아."

"그럼 절 한 번 하구, 두 손으로 받아야지, 뭐."

똘똘이는 하라는 대로 코가 무릎에 닿게 절을 하고, 그리고 손에 가졌던 것을 호주머니에 넣고 나서, 두 손을 벌리는 것입니다. 보아야 아무것도 없는 빈손이지요. 노마는 그만 실망하고 머쓱해집니다. 그러나 눈은 자꾸만 통통한 그 호주머니로만 가고, 암만 해도 그 속에 노마가 찾는 물건이 들었을 거만 같습니다. 노마는 또 꾀를 씁니다.

"너 주머니하구 내 주머니하구 누가 많이 들었나 내기헐까?"

"이기면 뭣 주기?"

"구슬 주기다."

노마보다 호주머니가 통통한 똘똘이는 벌써 이긴 양으로 생글생글 웃음이 나옵니다.

"난 이거다."

하고 노마는 도토리 한 개를 선뜻 꺼내 놓습니다.

"난 이거다."

하고 똘똘이는 병마개 하나를 마주 꺼내 놓습니다. 그리고 뒤를 이어 모지랑 연필이 나옵니다. 바둑돌, 못꼬치가 나옵니다. 유리조각, 고무줄이 나옵

니다. 달팽이집이 나옵니다.

"난 이거다."

하고 마지막으로 노마는 물뿌리 한 개를 꺼내 놓고 똘똘이를 쳐다봅니다.

"난 이거다."

하고, 똘똘이도 지지 않고 주먹을 꺼내 놓습니다.

"뭐냐, 펴라."

"싫어."

날래게 노마는 한손으로 똘똘이 손목을 잡고 한손으로는 막 주먹을 뻐갭니다. 그러나 손도 빈탕, 주머니도 빈탕, 노마는 다시금 실망이 되어 고만 화가 납니다.

"요런 깍쟁이 같으니."

허지만 더욱 골이 나기는 돈이란 놈이 어디 숨었는지 알 수 없는 것입니다. 흡사 노마의 골을 올리려고 보이지 않는 곳에 몸을 숨기고 웃고 있는 거만 같습니다.

급기야 노마는 마루에서 못 찾고 왼 마당에 비질을 할 셈입니다. 축대 밑을 돌아 뒷간 길로, 다시 아래채 추녀 밑으로 해서 외양간 앞으로 이르자면 마당은 넓고, 나뭇잎, 지푸라기 덮인 것이 많고, 아무래도 구석구석 자세 찾아보자면 또 비질을 해 보는 수밖에 없습니다. 노마는 키가 넘는 댑싸리비를 안고 둥갭니다. 아랫방 할아범은 이런 비를 가지고 곧잘 쓸던데 늙은이라고 깔볼 것은 아닙니다. 그 할아범처럼 비를 곤두세워가지고 하려단 안 되겠습니다. 노마는 방법을 고칩니다. 가로 비를 눕히고 그놈을 말처럼 중간을 탑니다. 그리고 가운데를 안고 슬슬 뒷걸음을 치면 딴은 되었습니다. 아무가 보아도 어색하지 않도록 노마는 일부러 끙끙거립니다.

부엌에서 불을 때던 어머니의 하얀 얼굴이 두어 번 할금할금 문지방 넘어 나타나더니 작은 수수비 한 자루가 날아와 노마 앞에 떨어집니다.

"오늘은 노마가 웬일이냐?"

하고 희한해하시는 얼굴로 어머니는 부지깽이를 짚고 넘어다보십니다. 노마가 정말 그러는 건가 아닌가 보시는 거지요. 노마는 정말로 보이기 위하여 연해 이마에 땀을 씻으며 나려지는 바지귀침을 치켜올리며 부지런히 끙끙거리며 비를 놀립니다. 어머니는 마침내 정말로 아신 모양, 혼연히 낮이 풀리십니다.

그리고 어머니는 마루에서 구경만 하고 앉았는 똘똘이가 들도록 큰 소리로,

"우리 노마 착하다. 내 누른밥 많이 주마."

그러나 노마는,

"난 그거 싫어."

"왜 어디 아프냐?"

"아냐, 똘똘이는 많이 주고 난 조곰만 줘."

어머니는 두 번째 놀라십니다. 전 같으면 똘똘이는 조곰만 주고 나는 많이 달라고 투정할 노마가 아닙니까. 무척 희한해서 어머니는 부엌에서 나와 노마를 치마 앞으로 당기며 두 귀를 붙잡고 도리도리를 하십니다. 밴들밴들하고 일만 저지르는 똘똘이를 보이기 위해서만이 아닙니다. 벌써 다자란 듯이 방을 쓸고 마당을 쓸고 집안일을 거드는 노마가 무척 귀엽게 보일 것은 물론, 어머니는 눈을 가늘게 떠 노마 얼굴 가까이 가져다 댑니다. 그러나 노마는 그 눈을 바로 보지 못합니다. 아주 거북해서 고개를 외로 돌립니다. 그러다가 노마는 문득 마음이 기뻐집니다. 정말 착한 일을 하고 어머니에게 귀염을 받는 것이거니, 정말로 그런 양, 노마는 어머니에게서 물러나 다시 비를 잡습니다. 그러나 뒷간 길까지 말끔히 비질을 하였건만 영 돈은 나오지를 않습니다.

마침내 노마는 집 밖으로 나왔습니다. 여기서는 보는 사람이 없으니까 노마는 숭중을 피지 않습니다. 두 손을 무릎에 붙이고 궁둥이를 번쩍 듭니다. 그리고 얼굴을 땅 가까이 가져다 대고 구석구석 눈을 밝힙니다. 기동네

강아지 같습니다. 강아지처럼 킁킁 냄새도 맡아 봅니다. 그렇게 강아지는 먼 데 것도 잘 알아내니까요.

그렇게 하고 노마는 어제 한종일 쏘다니던 데를 생각하고, 생각하고, 되밟아 갑니다.

노마는 울타리 밑을 돌아 집 뒤 호박 밭으로 갑니다. 어제 애호박을 따러 할아범 몰래 살금살금 숨어 갔던 것입니다.

호박 밭에는 노마의 작은 발자국이 자욱자욱 남아 있습니다. 짓궂게 아기순만 잘강잘강 골라 밟았습니다. 어째 노마는 할아범이 골내는 꼴이 보고 싶어 그러고, 아기순이 예뻐서 그런 거지만 지금 와 보니까 그것들이 고개를 늘어뜨리고 울상을 하고 있습니다. 노마로 치면 다리, 팔, 허리 같은 데를 잘리우고 우는 형국이리라, 노마는 썩 보기가 민망합니다. 그러니까 도리어 노마는 앰한 소리를 합니다.

"너희들이 앙갚음을 했지? 그래서 돈을 잃어버리게 했지, 뭐."

그리고 흙 한 줌을 끼얹어 주고 돌아섭니다.

어제 하던 대로 노마는 매갈잇간께로 풀숲을 더듬어 갑니다. 아침 이슬에 발이 차갑고 여기서 툭, 저기서 툭, 개구리가 뛰어 나가고 빠악빠악 개구리처럼 고무신이 웁니다. 노마는 걸음마다 개구리를 밟는 듯 징그럽습니다.

노마는 허리띠 끝에 깜파리 돈을 졸라맵니다. 그리고 매갈잇간 둘레를 달음박질해 한 바퀴 돕니다. 그러는 대로 깜파리 돈은 어제 정말 돈처럼 앞자락에서 팔랑팔랑, 그놈이 많이 움직이게 노마는 한편은 산 밑 버덩, 한편은 수수밭 그 사잇길을 송아지처럼 겅정겅정 뛰어갑니다. 그래도 역시 팔랑팔랑 손에 쥐고 흔들어 보아도 떨어지지 않는 깜파리 돈입니다.

노마는 다시 큰길로 나려옵니다. 이번엔 좀 헐겁게 늦추어 매고 길 아래 축동 위로 올라갑니다.

"까치 다린 부러지고 내 다린 십 리만큼 뛰어라."

하고 다리오금을 접고 팔을 저으며 옴질옴질 벼르다가는 아래로 뛰어내립니다. 그리고 땅바닥에 쿵, 궁둥방아를 찧고 쓰러져 일부러 두어 번 디굴디굴 구르다가 일어날 때 허리띠 끝에서 그 깜파리 돈이 떨어져 길바닥을 도루루 굴러갑니다. 그제서야 노마는 두 눈을 동그랗게 뜨고 그 가는 곳을 지킵니다. 어제도 고놈이 요렇게 떨어져 조렇게 굴러서 여기 숨었으리라 노마는 사뭇 가슴이 두근거립니다. 노마는 각씨 풀포기에 두 손을 엎고 눈을 감습니다. 그리고 하나, 둘, 셋, 하고 번쩍 눈을 뜨고 손을 엽니다. 그러면 거기는 구멍 뚫어진 은돈이,

"나 여기 있소."

하고 반짝할 줄 알았습니다. 그만 속상하게 거무데데한 깜파리 돈이 누웠을 뿐 아무것도 없습니다.

종말에 노마는 울타리 구멍으로 해서 뒤꼍으로 들어갑니다, 예서는 더가 볼 데 없는 휘두리판, 그러니까 노마는 도리어 기대가 큽니다. 필시 돈, 이놈이 노마를 골탕을 먹일 양으로 맨 끝줄에 숨어 있었던 것이려니, 그걸 모르고 노마는 이때껏 딴 데를 헤매고 있었던 것이거니, 정말 그런 양, 노마는 살금살금 발자취를 죽이고 숨어갑니다. 노마 저도 돈 이놈을 놀려 줄 작정, 그러나 샅샅이 한바탕 강아지 시늉으로 찾았건만 역시 허삽니다.

"요게 어디 숨었어?"

하고 엎어 놓은 항아리 바닥에 올라앉아 생각하면, 노마는 아까부터 돈하고 숨바꼭질을 하던 것인 성싶어집니다. 떴니, 하고 소리치면 떴다, 소리가 올 듯도 싶고, 암만 찾아도 찾아낼 수 없을 때 기동이 얼굴처럼 돈이란 놈이 밉기가 한량 없습니다. 마침내는 돈도 기동이 모양 같아져 기동이가 돈인지 돈이 기동인지 분간이 없어집니다. 기동이란 놈은 숨바꼭질을 하다 말고 남은 찾거나 말거나 슬며시 제 집으로 가 버리기도 합니다. 아마 돈 이놈도 그랬을지 모를 일. 기동이 집은 우물 앞 오동나무 박힌 집이지만 돈의 집은 대체 어딥니까.

숨바꼭질이라면 그만큼 찾았으면 저편이 궁금해서라도 얼굴을 보였을 것입니다. 암만 찾아도 나오지 않을 바엔 필시 누가 집어서 깊숙이 숨기었음이 틀림없습니다.

"누가 감췄을까?"

하고 사방을 고쳐서 노마는 돌아봅니다.

그런데 아까부터 앵두나무 그늘 밑에 흉물스리 생긴 두꺼비 한 마리가 숨어 앉아 노마의 길거일동을 살피고 있습니다. 노마를 퍽 무서워하는 눈치인 것이, 볼까 봐서 꼼짝도 않고 가만히 있습니다. 무슨 지은 죄가 있는 모양, 아니면 공연히 노마를 무서워할 게 뭡니까. 노마는 아니 보는 척 외면을 하고 앉아 연해 곁눈질로 동정을 살핍니다. 그러다가 갑자기 고개를 돌려 눈을 흡떠 무섭게 하고,

"니가 감췄지?"

하고 딱 얼러 봅니다. 두꺼비는 옴칫하고 조곰 물러앉으며 눈을 한 번 끔뻑하고는 다시 거동이 없습니다. 이것은 노마 자신의 마음을 두고 보더라도 이놈이 아니라고 잡아떼는 수작으로 알 수밖에 없습니다.

"이런 거짓말쟁이, 누군 모를 줄 알구."

하고 노마는 슬쩍 넘겨짚어 보기도 합니다. 두꺼비는 그러나 눈 하나 끔쩍하지 않습니다. 어린 놈은 슬슬 달래 보는 수밖에 없습니다.

"가르쳐 주면 엿 사서 조곰만 줄게, 응."

하여도 신통치 않아 하니까,

"그럼 반만 줄게."

하고 노마는 거짓부렁이 아니라는 증거로 땅바닥에 세 번 발을 굴러 보입니다. 그러는 대로 두꺼비는 눈만 끔뻑끔뻑할 따름, 종시 응하는 기색이 없습니다. 저렇게 배가 불룩하고서야 욕심이 아니 많을 수 없으리라, 노마는 하는 수가 없이 잠시 생각해 보다가는,

"그럼 다 주마."

하고 소리를 크게 호언합니다. 허나 두꺼비는 역시 움찔하고 돌아서 궁둥이를 이쪽으로 대는 꼴이 하찮아서 피이 하는 수작인 모양입니다.

"니가 집어 먹고 그러지?"

하고, 다시 보면, 딴은 징글징글하게 생긴 상판대기하고, 그런 것 하나쯤 집어삼키고 시침을 뗄 뱃심이 넉넉합니다.

"뱉어라, 뱉어라."

달래서 아니 듣는 놈은 매로 다스리는 수밖에 없습니다. 노마는 왕모래 한 줌을 움켜쥐고 얼러 댑니다. 그래야 두꺼비는 딱 버티고 앉아서 까딱도 없습니다. 확 모래를 뒤집어쓰고야 둥기적둥기적 두어 발 뛰어가다는 곧 촛대에 머리를 부딪고 나둥그러지고 숨이 차 벌떡벌떡, 돈 같은 무거운 것을 삼키지 않았으면 저렇게 몸이 둔할 리 없습니다.

"그래두 안 뱉어."

"그래두 안 뱉어."

노마는 회초리를 내두르며 앞을 가로막으며, 저도 두꺼비만큼 벌떡벌떡 허풍을 떠느라고 일부러 그럽니다.

이런 때 안마루에서 무엇을 노느매기하는지 똘똘이하고 어머니하고 두 소리가 합해서 떠들썩합니다.

"노마는 썩 많이 주고 난 싫어, 흥."

"형은 일 많이 했으니까 많이 주지, 넌 일만 저질렀으니까 조곰 주고."

그리고는 다시 조용해집니다. 어쩌면 노마의 몫까지 빼앗겼는지도 모를 일. 똘똘이가 두 손에 하나씩 먹을 것을 들고 노마 오기 전에 어서 먹어 버릴 양으로 우물거리는 볼따구니가 눈앞에 환합니다. 노마는 일초를 서슴고 있을 때가 아닙니다. 한달음에 뛰어가야만 하나라도 덜 빼앗길 텐데, 아아, 돈을 찾지 못하고는, 허지만 두꺼비 그놈이 먹고 안주는 걸 노마 일역으론 들 어찌합니까!

"두꺼비가 먹구 안 주는 걸 어떻게. 엄마보구 뺏으라지, 뭐."

이만하면 노마 책임은 훌륭히 벗습니다. 아무 일 없는 거나 마찬가지로 깡충깡충 까치걸음으로 안을 들어가지 못할 게 뭡니까.

아나나 다를까, 어머니는 노마가 일을 많이 한 상으로 밤을 삶아 놓았다가 호주머니가 불룩하게 넣어 주십니다. 노마는 무척 기쁩니다. 돈은 두꺼비가 먹었으니까 노마 잘못은 아닌 것, 그리고 손바닥엔 가진 것이 없는 빈손이긴 하나 기동 아저씨에게 그 돈을 받기 전 빈손이나 다를 게 뭡니까. 그러니까 노마는 아침부터 착한 일만 한 셈. 떳떳하게 상을 받지 못할 게 어딨느냐 말입니다. 노마는 한층 기뻐집니다.

노마는 할아범에게 자랑을 하러 아랫방으로 나려갑니다. 먼저 퉁퉁한 호주머니를 두들겨 보입니다. 다음엔 얼마나 맛이 좋은 밤인가를 보이기 위하여 하나를 꺼내 맛있게 먹어 보입니다. 할아범은 이윽히 바라보더니 새끼 꼬던 꺼칠꺼칠한 손을 내밀며 침 한 번을 크게 삼킵니다. 하나만 달래는 수작입니다.

"나 잡으면 하나 주지."

주기는 줘도 실컷 놀리다가 주지 않으면 재미가 없습니다.

"예끼 이눔."

"그럼 안 주지, 뭐."

"내 좋은 것 줄게."

"피이, 그까짓 수수깡안경."

"그보다 썩 좋은 거여."

할아범은 싱글싱글 웃으며 가까이 대듭니다. 이러다 후닥닥 덤빌 수작. 그러나 노마는 살금살금 뒷걸음을 처 피해 가며 밤 껍질을 벗깁니다. 그래도 할아범에게 붙잡힐 염려는 없습니다. 할아범의 걸음이란 지적지적 하고 노마가 뒷걸음치는 것만도 못하니까요.

"알맹이는 나 먹구 껍데길랑 할아범 먹구."

노래하듯 골을 올리니까,

"너 이눔 돈 잃어버렸지?"

대뜸 이런 소리가 수염 난 할아범 입에서 뜻밖에 튀어나옵니다.

"피이, 아니라누."

한마디 남기고 노마는 고만 꽁지가 빠지게 달아납니다. 할아범은 쫓아다니며 다 들으라고 큰 소리로 자꾸 그럽니다. 노마는 헛간 뒤로 피해갑니다. 할아범의 그 소리는 그대로 등허리를 따라오고 노마는 다시 뒤꼍으로 쫓기어 갑니다. 그러나 불시에 굴뚝 뒤에서 "너 이눔." 소리와 함께 할아범의 대머리가 불쑥 나옵니다. 노마는 토끼처럼 깜짝 놀라 되돌아서 부엌으로 뛰어 들어갑니다. 거기서 노마는 어머니와 마주쳤습니다.

"너 돈 어쨌니?"

노마는 씩 웃고 대답이 없이 마루로 뛰어 올라갑니다. 어머니는 물 묻은 손을 행주치마에 씻으며 따라 올라오시더니,

"돈 어쨌어, 응?"

더는 피할 수 없는 마루 구석에서 노마는 금방 웃음 반 울음 반 얼굴을 만듭니다. 어머니를 대하고는 갑자기 자신이 죽어 할 말을 못하는 노마인데 그대로 다조지기만 합니다. 다른 것은 다 알아도 왜 노마의 마음만은 모를 게 뭐냐, 거울을 들여다보듯이 말하지 않아도 노마의 속을 알아채려고 고개를 끄덕끄덕해 주었으면 오죽 좋겠습니까. 그러나 어머니는 기어이 까닭을 묻고야 말 셈, 얼굴이 질립니다. 노마는 겨우 입을 열어,

"뒤꼍의 두꺼비가 먹구 안 주는걸, 뭐."

"뭐라는 소리냐?"

"두꺼비가 먹구 안 줘."

축대 위로 올라서는 할아범이 그것을 듣고 허리를 꼬부리며 간간대소를 합니다. 어머니도 따라 조끔 웃고 똘똘이는 덩달아 해해거리고, 어머니의 웃음은 금방 없어지고 엄색이 질려 노마를 나려다보십니다. 그 얼굴은 정말도 거짓말로 만들어 놓는 얼굴. 노마는 그 아래 더욱더욱 조고마져, 몸과

마음이 아주 조고마져 무서운 것이 나릴 것을 조마조마 기다리는 동안을 일 초가 한 시만큼 조비비는데 뜻밖에 어머니는 낯이 풀리며 눙치십니다.

"어디 말해 봐, 정말은 잃어버렸지? 그리고 두꺼비가 먹었다구 그랬지?"

"응, 암만 찾아도 없어, 아마 두꺼비가 어쩐 거 같애."

두꺼비가 소리는 아주 풀 없는 소리 할아범은 또 웃음을 터뜨립니다. 그러다 아무도 웃지 않으니까 점잖은 얼굴을 하고 그리고 담배쌈지를 끄르더니 무엇인지 집게손으로 끄집어내어 눈 위에 쳐듭니다. 그것이 바로 구멍 뚫어진 새 돈, 반짝반짝한 그 돈이 아닙니까!

"두꺼비가 먹은 놈의 돈 내가 뺏었지."

하고, 할아범은 연해 싱글싱글 웃으며, 수염만 비빌 따름입니다. 그러나 노마는 아침에 할아범이 마당에서 돈을 얻어서 댓돌 위에 떨어뜨려 못 쓰는 돈인가 아닌가를 시험해 보고 그리고 담배쌈지에 넣고 단단히 끈을 동인 사실은 꿈에도 모릅니다. 다만 어머니도 할아범도 모두 착하고 정답고 똘똘이까지 그럴 바엔 노마인들 그 축에 들지 못할 바 없을 텐데, 어쩐지 비죽비죽 울음이 나와 노마는 덧문 뒤로 숨습니다.

고무신

1

아침에 선잠을 깬 노마는 닭 우는 소리를 들었습니다.

노마는 먼동이 틀 때 첫닭이 운 것이나 샛별이 성길 때 세 홰가 운 것은 도무지 모를 것입니다.

뒷집 얼럭수탉이 울면 차례차례로 같은 소리를 흉내 내어 들릴락 말락 한 먼 곳에서도 받아 우는 것을 노마는 처음으로 배웠습니다.

노마는 닭이 우는 먼 먼 그곳마다 거기도 또한 아기가 있어 닭 우는 소리를 듣고 있으리라고 믿습니다.

오늘도 두부 장수는 먼 데서 아기의 집을 찾아와서는 "두부 사려!" 하는 목 잠긴 소리를 남기고, 짊어지고 온 두부는 그대로 지고 내려갔습니다.

어머니는 어데 계신지.

"어머니!"

"오오냐."

어머니의 소리는 부엌에서 났습니다. 노마의 마음은 갑자기 든든해졌습니다.

"어머니, 나 일어날 테야."

"오오, 우리 노마 착한둥이."

까치가 깍깍 반기고 내려갔습니다.

미닫이를 연 노마는 먼저 어제처럼 해님이 동그란 것을 보았습니다.

어제 서 있던 그 자리에 버드나무는 그대로 서 있고 오늘도 참새는 가지에 앉아 어제 하던 이야기를 되풀이하고 있습니다.

그런데 간밤 꿈에 보던 앵두나무와 금붕어가 마당에 없는 것은 이상한 일이었습니다.

노마의 눈에 보이는 것이면 모두 해님도, 마루의 항아리도, 지붕의 기왓장들도…… 모두모두 노마처럼 새근새근 숨을 쉬고 있습니다.

　－참새는 수다쟁이

　－바보는 울기쟁이

해님의 부드러운 열손은 밤새 언 아기의 뺨과 손을 녹이고 추워하는 참새와 부엌의 물독을 어루만집니다.

"엄마!"

"왜."

"해나라에도 엄마가 있지?"

"……."

"응, 엄마."

"난 몰라."

"그럼 해님은 엄마를 닮았지?"

"난 몰라."

"안 돼, 가르쳐 주어야 해, 뭐."

이럴 때 버드나무의 마른 잎을 흔들던 바람이 노마의 머리털을 만져 보고 달아났습니다.

노마는 마루바닥 밑에 놓인 고무신을 신고 마음이 선뜻하여,

"엄마, 나 신 사 주어."

아기는 신을 들어 팽개치며,

"난 이 신 안 신을 테야! 어저께 아이들이 땅의 거지라고 막 놀리고."

노마의 고무신이란 바닥이 닳아 흙이 오를뿐더러 뒤축이 떨어져서 달음박질에도 도무지 꼬라비만 하게 되는 것이었습니다.

"난 거지 싫어. 새 신 사 주어야 해. 새 신."

"얘가 어쩌라고 이러나."

어머니는 노마의 내버린 신을 집어 보시며,

"아이고, 가엾어라. 우리 아들이 이런 신을 신다니. 암, 새 신 사 주고말고. 사 주지."

"언제?"

"내일."

"거짓부렁 또 거짓부렁야, 밤낮 사 준다 사 준다 하기만 하고."

"내일 바느질 값 가져오거든 세상없어도 뚝 잘러 사 줄게."

"참 정말?"

"암 정말!"

"거짓부렁이면 무어유?"

"무어긴 뭐야, 엄마지."

"싫어, 싫어!"

어머니는 노마의 볼록해진 볼에 입을 대시며,

"엄마는 거짓말쟁인가?"

"그럼 참말인가 거짓말인가 코 간지러 보아, 엄마."

"아이 참, 내일 사 준다는데 그러네."

"싫어 싫어, 홍홍홍."

"그래 그래, 자아."

그래 어머니도 나오는 웃음을 잔뜩 입안에 물고 콧등을 내대고 계시고, 어린 아들은 열심으로 어머니의 콧잔등을 긁고 있습니다.

이내 어머니는 웃지 않으셨습니다. 노마는 믿을 만한 증거를 얻고 마음을 놓았습니다.

안심한 노마는 차근차근히 속 이야기를 꺼냅니다.

"엄마, 아이들이 내버린 신 주워 신었다고 땅의 거지라고 떠밀고, 장난에도 안 붙이고 한다우."

"가엾어라. 오늘은 그 신 신고 나가지 마라. 응?"

"그럼 어디서 누구하구 놀우?"

"오늘만 마당에서 엄마하고 놀고."

"그럼 나하고 술래잡기할 테유?"

"암, 그러지."

"그런데 기동이는 빠작빠작하는 구두를 신었다우. 그 애네 아버지가 사주셨대. 엄마, 난 아버지 없우?"

"왜 없긴, 사위스럽게."

"그럼 어디 계시우?"

"아주 먼 눈 내리는 나라에."

"무엇 하시러 그렇게 멀리?"

"우리 노마 좋아하는 것 갖다 주실라고."

"그럼 내 구두도 가지고 오실까?"

"암, 그럼."

"그럼 언제 오신담?"

"이제 쉬 오시지."

노마의 마음에는 아버지라는 키 커다란 이가 먹을 거랑 입을 거랑 노리개랑 가득한 커다란 보퉁이를 짊어지고 타박타박 지금 머지 않은 고개를 걸어오시는 것 같았습니다.

어머니는 먼 곳을 보는 이처럼 아기를 물끄러미 보고 계시드니,

"아버지가 계시었드면 어찌 네 발에 흙이 묻겠니……."

하시며, 마침내 치맛자락을 얼굴에 대시고 부엌으로 들어가시었습니다.

필경 부엌에서 노마 몰래 울고 계실 것입니다.

어쩐지 노마도 마음이 서러워졌으나 커다란 목소리를 내어,

"거친산 등성이 골짜기로

봄빛은 우리를 찾아오네

아가는 움트는 조선의 꽃

아가는 움트는 조선의 꽃."

하고 시원스럽게 노래를 불렀습니다.

2

해님은 하늘 가운데 올라 노마의 집을 지키고 계시고, 참새는 버드나무
에 가득히 동무를 모아 놓고 노마의 거동을 구경하고 앉았습니다.

—꼬부랑깽 꼬부랑깽.

노마는 부지깽이를 집고 꼬부랑 할멈의 시늉을 내며, 서 발 막대 거칠
것 없을 쓸쓸한 마당을 뱅뱅 돌고 있습니다.

노마는 지금 어머니에게서 들은 옛날이야기의 꼬부랑 할멈이 되어, 열두
고개 넘어 노마의 집을 찾아가는 길입니다.

"아이고, 무서워."

훨훨 한 고개를 넘어서 할멈은 호랑이를 만났습니다.

바위 뒤에서 호랑이는 도적놈처럼 나타났습니다.

"할멈 할멈, 머리에 인 게 무어유?"

"장자 집에서 떡방아 찧어 주고 떡 세 조각 얻어 옵네."

"나 하나 주면 안 잡어먹지."

"우리 착한 아기 모가치인데 너를 주어?"

"그럼 잡어먹지."

그래서 어쩔 수 없이 할멈은 떡 한 덩이를 빼앗기고 훨훨 고개 한 개를

또 넘었습니다.

거기서 또 호랑이를 만나 또 한 덩이 빼앗기고, 또 한 고개에서 또 만나 송두리째 빼앗기고, 나중에 호랑이는 할멈마저 잡아먹고 할멈의 옷을 집어 입고 할멈 행세를 하며, 고개고개 되넘어 아가의 집을 찾아갔습니다.

"아가, 아가, 문 열어라."

"어디 우리 엄마인가 손 봅시다."

호랑이는 개구멍으로 앞발 하나를 내밀었습니다.

"아이고, 우리 엄마 손은 보들보들하든데."

"떡방아를 너무 찧어 그래졌구나."

"아이고, 우리 엄마 손에는 털이 없는데."

"오는 길이 하도 추워 털이 났구나."

"아이고, 우리 엄마 손톱은 길지 않은데."

이렇게 노마 혼자서 할멈도 되고 호랑이도 되고 아가도 되어 주거니 받 거니 노닥거리며 조고만 나라를 꾸미고 있을 때, 밖에서 영이, 기동이, 똘 똘이, 여러 아이들의 떠들썩하는 소리가 났습니다.

노마는 귀가 번쩍하여 멈칫하고 듣고 있자니,

－왼발은 구르기, 왼발은 구르기.

－요것도 못 치나, 요것도 못 치나.

하는 소리가 끝나자,

"노마야, 나와 놀아."

"노마야, 나와 놀아."

하고 동무들이 부르는 소리가 똑똑히 들렸습니다.

갑자기 아기는 이때까지 하던 혼자 놀음이 싱거워지고 외로워졌습니다. 한달음에 뛰어나가고 싶으나 고무신이 거리끼고, 그대로 있자니 궁둥이에 서 불이 나고,

－동무, 술래잡기, 고무신, 꼬래비, 땅의 거지.

나갈까 말까 망설이다 못해,

"엄마!"

커다랗게 한마디 불러 놓고는 담을 향하고 돌아앉아 버렸습니다.

어머니는 잠자코 노마의 신을 벗겨 가지고 방으로 들어가시었습니다.

볼 것 다 보았다는 듯이 참새들은 제각기 돌아가고 없습니다.

하늘 가는 구름이 노마의 마음을 알고 가슴에 손을 얹습니다.

노마는 실죽실죽 혼자서 울다가 제풀에 그치고, 땅바닥의 모래알을 한 알 한 알 주워 모으며 실없는 눈물만 방울방울 저고리 앞섶에 얼룩을 그려 놓습니다.

밖에서 또,

"노마야, 나와 놀아."

"노마야, 나와 놀아."

눈물 어린 노마의 눈에는 거리에서 보고 지나던 큼직한 고무신 상점이 보였습니다.

그리고 상점 안에 엄청나게 들어쌓인 고무신들이 노마를 보고 놀리듯이 눈짓콧짓 찡긋찡긋하며 쪼그리고 있는 것이 보였습니다.

노마는 그중에서 마음에 들어 보이는 조고만 고무신을 붙들고 이야기를 붙였습니다.

─고무신아, 너는 내가 싫으냐?

─아아니.

─그럼 왜 내게 안 오니?

─못 가게 하니까.

─누가?

─배불뚝이 영감이.

─어째서?

─가난뱅이 노마니까.

─그래도, 그래도 너만은 오렴.

그래서 착하고 이쁜 고무신 한 켤레는 배불뚝이 영감의 무서운 눈을 살며시 빠져나와 족제비처럼 살살 기어옵니다.

고무신은 파출소 앞을 지나 어둑한 골목 하나를 돌아 선술집 강아지 눈에도 아니 띄고 북촌의 산 밑, 노마의 집을 곧잘 찾아옵니다.

이럴 때, 미닫이 여는 소리가 나며,

"노마야, 이것 신어 보아라."

하시는 어머니 소리에 머리를 돌린 노마는 전에 못 보던 고무신 하나가 어머니의 손에 있는 것을 보았습니다.

노마의 헌 신을 어머니의 얌전하신 솜씨로 구멍 난 바닥에 골연갑을 오려 깔고 떨어졌던 뒤축에는 골무 가죽을 돌아감치고 하여 모양 있게 고치신 것입니다.

이만하면 노마는 셈이 피었습니다. 가뜬해진 걸음을 옮기어 보며,

"경주할 때 일등은 엿 먹기로 하겠네."

하며 싱글벙글 픽도 노마는 좋았습니다.

작품집 〈토끼 삼형제〉 ● ● ●

● ● ●

조그만 어머니

초가집 문지방에 파랑 치마 영이하고 다홍 두루마기 아기가 앉았습니다.

다홍 두루마기 아기는 고개를 떨어뜨리고 입에 손가락을 물고 아주 쓸쓸한 얼굴을 하고 어머니가 돌아오시기를 기다립니다. 파랑 치마 영이도 어머니가 돌아오시기를 기다립니다.

그러나 영이는 누나입니다. 아기보다는 키도 크고 또 생각도 깊습니다. 아기처럼 고개를 떨어뜨리고 입에 손가락을 물고 그렇게 쓸쓸한 얼굴을 하지 않습니다. 영이는 어째서 어머니가 늦게 들어오시는지 잘 아는 까닭입니다.

아침에 어머니는 광주리에 귤하고 사과하고 배하고 가득히 담아 머리에 이고 거리로 나가셨습니다. 거리로 나가 어머니는 그것을 집집으로 다니며 돈하고 바꾸십니다. 그렇습니다. 광주리에 가득한 귤, 사과, 배, 그 수효만큼 그만큼 이 집 저 집으로 다니시느라고 늦는 게지요.

하지만 아기는 어째서 어머니가 늦도록 아니 돌아오시는지 모르나 봅니다. 아마 일부러 아니 돌아오시는 줄 아는 게지요. 고개를 떨어뜨리고 그렇게 쓸쓸한 얼굴을 합니다.

그러나 영이는 누나입니다.

어머니가 장사를 나간 사이는 영이가 대신 어머니 노릇을 해야 합니다. 대신 조그만 어머니가 되어서 쓸쓸한 얼굴을 하는 어린 동생 아기를 달랩니다.

"인제 조금만 더 기다리면 어머니는 오실걸. 광주리에 쌀하구 과자하구 많이 많이 사 가지고 조금만 더 기다리면 오실걸."

그러면 아기는 고개를 바로 들고 조금만 있으면 곧 어머니가 나타날 것처럼 언덕 아래를 내려다봅니다.

언덕 아래 수통 앞 꼬불꼬불한 길에 하얀 사람이 하나 올라옵니다. 어머니처럼 머리에 뭘 이었습니다. 어머니인가 봅니다. 아기하고 영이는 문지방에서 일어섰습니다. 언덕 아래 하얀 사람은 점점 가까이 옵니다. 반찬 가게 앞엘 왔습니다. 전선주 앞엘 왔습니다. 이제는 똑똑히 얼굴을 볼 수 있습니다. 어머니가 아닙니다. 모르는 사람이 어머니처럼 올라옵니다.

아기는 도로 문지방에 앉았습니다. 그리고 고개를 떨어뜨리고 도로 쓸쓸한 얼굴을 합니다.

그러나 조그만 어머니 영이는 어째서 어머니가 늦도록 아니 돌아오시는지 또 좀 까닭을 알게 되었습니다.

어머니는 광주리에 가득히 담은 귤, 사과, 배, 그 수효보다도 갑절만큼 그만큼 이 집 저 집으로 다니시느라고 늦는 게지요. 영이는 일부러 늦도록 아니 오시는 것처럼 쓸쓸한 얼굴을 하는 아기를 달랩니다. 가만가만 노래하는 소리로 달랩니다.

"인제 조금만 더 기다리면 어머니는 오실걸. 광주리에 쌀하구 과자하구 많이 많이 사 가지고 조금만 더 기다리면 오실걸."

날이 저물었습니다. 전깃불이 켜졌습니다. 언덕 아래 수통 앞 꼬불꼬불한 길엔 어머니 같은 하얀 사람이 자꾸만 올라옵니다. 또 한 사람이 올라옵니다. 또 한 사람이 올라옵니다. 그러나 반찬 가게 앞을 지나 전선주 앞엘 오면 모두 어머니 얼굴이 아닙니다. 모두 모르는 사람이 어머니처럼 올라옵니다.

아기는 더욱 고개를 떨어뜨리고 입에 손가락을 물고 아주 쓸쓸한 얼굴을 합니다. 하지만 조그만 어머니, 영이는 더욱 어째서 어머니가 늦도록 아니 돌아오시는지 까닭을 알게 되었습니다. 어머니는 광주리에 가득히 담은 귤, 사과, 배, 그 수효의 갑절보다도 또 한 갑절만큼 그만큼 이 집 저 집으로 다니시느라고 늦는 게지요. 일부러 어둡도록 아니 오시는 것처럼 그렇게 쓸쓸한 얼굴을 하는 어린 동생 아기를 영이는 등에 업습니다.

그리고 두덕두덕 궁둥이를 두들기며 가만가만 노래하는 소리로 달랩니다.

"인제 조금만 더 기다리면 어머니는 오실걸. 광주리에 쌀하구 과자하구 많이 많이 사 가지고 조금만 더 기다리면 오실걸."

파랑 치마 영이는 조그만 어머니입니다.

토끼 삼형제

함박눈이 내립니다. 펄펄 지붕 위에서 함박눈이 내립니다. 지붕 위에서 내리는가 하면 펄펄 버드나무 위에서 내립니다. 버드나무 위에서 내리는가 하면 펄펄 전봇대 위에서 내립니다. 전봇대 위에서 내리는가 하면 펄펄 그보다 썩 높고 먼 데서 함박눈이 내립니다. 아주 멀고 높은 데서 아주 수없이 내립니다.

아마 먼 데서 오느라고 눈은 다리가 아픈가 봅니다. 아무 데고 눈은 내려앉습니다. 지붕 위에도 앉습니다. 길바닥에도 앉습니다. 노마 머리 위에도 앉습니다. 영이 머리 위에도 앉습니다. 그리고 똘똘이 머리 위에도 앉습니다.

노마는 오늘 처음으로 눈이 오는 걸 보는 듯싶습니다. 작년에도 그러께도 이렇게 눈이 왔던지 조금도 모르겠습니다. 노마는 오늘 처음으로 노마를 위해서 세상에 눈이라는 것이 내리는 듯싶습니다. 영이도 그렇게 오늘 처음으로 영이를 위해서 세상에 눈이라는 것이 내리는 듯싶습니다. 똘똘이도 그렇게 오늘 처음으로 똘똘이를 위해서 세상에 눈이라는 것이 내리는 듯싶습니다.

노마가 보고 아주 좋아하도록 세상은 모두 하얗게 되었습니다. 길, 지붕, 나무 모두 하얗게 되었습니다. 금새 늘 보던 세상이 아주 딴 나라가 되었습니다. 지금까지 보던 세상보다 썩 좋은 세상입니다.

딴 세상이 되었으니까 노마도 딴 사람이 되고 싶었습니다. 딴 세상에서 딴 사람이 되어 딴 무슨 장난이 하고 싶었습니다. 영이도 그렇게 딴 세상에서 딴 사람이 되어 딴 무슨 장난이 하고 싶었습니다. 똘똘이도 그렇게 딴 세상에서 딴 사람이 되어 딴 무슨 장난이 하고 싶었습니다.

그래서 노마, 영이, 똘똘이는 딴 무슨 장난을 해야 좋을지 가만히 생각해 보았습니다.

"무슨 장난을 하고 놀까."

"무슨 장난을 하고 놀까."

"무슨 장난을 하고 놀까."

그러다가 노마는 저고리 소매를 올려 머리 위에 붙여 토끼 귀처럼 하고 깡충깡충 토끼처럼 뛰었습니다. 영이도 그렇게 깡충깡충 토끼처럼 뛰었습니다. 똘똘이도 그렇게 깡충깡충 토끼처럼 뛰었습니다.

깡충깡충 노마, 영이, 똘똘이는 토끼처럼 하고 골목을 달립니다. 한 바퀴 골목을 돌아 큰길로 나왔습니다. 큰길도 딴 세상이 되었습니다. 날마다 보던 그런 큰길이 아닙니다. 노마, 영이, 똘똘이가 토끼가 되기에 알맞은 큰길입니다. 그래서 노마, 영이, 똘똘이는 더 토끼가 되었습니다.

지금 노마는 어제 집에서 영이, 똘똘이하고 둘러앉아 보던 그림책 가운데 토끼가 되어 등 너머 숲으로 어머니를 찾아갑니다. 영이도 그렇게 등 너머 숲으로 어머니를 찾아갑니다. 똘똘이도 그렇게 어머니를 찾아갑니다. 삼형제가 깡충깡충 눈길을 뛰어갑니다.

큰길 비탈을 내려가 우물 앞엘 왔습니다. 우물을 한 바퀴 돌아 건너편 밭으로 뛰어갑니다. 그리고 비탈 언덕을 올라가 버드나무 밑엘 왔습니다.

여기가 바로 토끼 어머니가 나무를 하러 간 등 너머 숲입니다. 그런데 어머니는 아무 데도 보이질 않습니다. 노마, 영이, 똘똘이는 버드나무 밑을 발로 차며 물었습니다.

"어머니, 여기 있우."

"어머니, 여기 있우."

"어머니, 여기 있우."

그러나 버드나무는 대답이 없습니다. 삼형제 어린 토끼는 아무리 숲 속을 찾아도 어머니는 없습니다.

그럴 것이 그동안 숲 속의 나쁜 늑대란 놈이 나와 토끼 어머니를 꼬여 갔습니다.

늑대는 슬슬 나무하는 토끼 어머니 옆으로 와 이렇게 꼬였습니다.

"토끼 어머니, 추우신데 몸 좀 녹여 가시지 않으시렵니까."

"고맙습니다. 그렇지만 나무할 일이 바빠서요."

"그래도 잠깐만 몸 좀 녹이시는 게 어때요."

그리고 늑대는 아주 상냥하게 토끼 어머니 손을 잡아끌었습니다. 그래서 토끼 어머니는 늑대 집으로 몸을 녹이러 갔습니다.

이번엔 노마, 영이, 똘똘이 삼형제 토끼는 늑대 집을 찾아갑니다. 언덕을 올라 집 뒤 울타리를 돌아 돼지우릿간 앞엘 왔습니다. 여기가 바로 늑대 집입니다. 삼형제 토끼는 가만가만 창밖에 가까이 이르러 안을 살핍니다.

늑대는 토끼 어머니를 자기 집으로 꼬여다 앉히고 차를 내오고 과자를 내오고 합니다. 그리고 이런 말을 묻습니다.

"집이 어디시죠?"

"등 너머 삽니다."

"집엔 아무도 없으신가요?"

"왜요, 어린 아들 삼형제가 집을 보지요."

"그럼 쌀 같은 건 어따 두고 나오시나요?"

"어따 두긴 어따 둬요. 쌀독에 두죠."

"그럼 쌀독은 어따 두시나요?"

"어따 두긴 어따 둬요. 쌀광에 두죠."

"그럼 밤이나 엿 같은 건 없으신가요?"

"왜 없어요. 엿이 한 단지, 밤이 한 함지나 있는데요."

"그럼 그건 어따 두고 나오시나요?"

"어따 두긴 어따 둬요. 다락에 두죠."

늘대는 토끼 어머니에게 토끼 집 내막을 다 듣고는 아주 속으로 좋아합니다. 그리고 토끼 어머니가 몸을 녹이고 나서 또 숲으로 나무를 나간 사이 늘대는 어린 토끼만 있는 등 너머 토끼 집으로 쌀, 엿, 밤을 훔치러 갑니다.

그 늘대보다 먼저 가 집을 지켜야 할 테니까 노마, 영이, 똘똘이, 삼형제 토끼는 돌아갈 길이 급합니다. 깡충깡충 토끼 걸음으로 뛰어갑니다. 언덕 비탈을 내려와 밭을 가로 건너 큰길을 올라갑니다. 그리고 골목 안을 들어서 노마 집 앞엘 왔습니다.

노마 집 앞에 기동이가 두루마기를 뒤집어쓰고 섰습니다. 삼형제 토끼가 돌아오기 전에 먼저 늘대란 놈이 와 기다리고 선 것이겠지요. 그래서 노마는 깜짝 놀랐습니다. 영이도 그래서 놀랐습니다. 똘똘이도 그래서 놀랐습니다.

하지만 다시 생각하면 지금 노마, 영이, 똘똘이가 그림책 속의 삼형제 토끼가 된 줄을 기동이가 알 리 없습니다. 그래서 노마는 기동이에게 그 이야기를 처음부터 해 들려주고 그리고,

"우린 토끼고 너는 늘대라구."

그래서 기동이는 늘대가 되었습니다. 두루마기를 뒤집어써 얼굴만 내놓고 늘대처럼 등을 꼬부리고 웅웅 하고 늘대 우는 소리를 합니다. 그리고 살살 토끼 집을 향해 갑니다.

지금 삼형제 토끼는 집에서 등 너머 나무하러 간 어머니를 기다리고 있는 것처럼 하고 늘대가 오길 가만히 지키고 있습니다. 그리고 늘대는 토끼 어머니처럼, 토끼 어머니 옷을 입고 토끼 어머니 음성을 내며 토끼 집엘 왔습니다. 그리고,

"너희들 왜 자지 않고 앉았니? 어서들 자거라."

하고 늑대는 삼형제 토끼를 밤도 되기 전에 자리에 눕혔습니다. 잠자는 틈에 쌀, 엿, 밤을 훔쳐 가려는 요량이지요. 삼형제 토끼가 자는 척하고 실눈을 뜨고 있는데 늑대는 아주 자는 줄만 알고 광으로 쌀을 훔치러 들어갑니다.

이때에 살며시 삼형제 토끼는 일어나 덜컥 광문을 잠갔습니다. 그만 늑대는 광 속에 갇히고 말았습니다.

그래서 노마, 영이, 똘똘이는 기동이를 가운데 넣고 둘러서서 막 뭉기며 소리를 쳤습니다.

"늑대 잡았다!"

"늑대 잡았다!"

"늑대 잡았다!"

그림책의 늑대는 삼형제 토끼에게 나중에 꽁꽁 몸을 묶이고 마는 것이나, 그러나 기동이는 늑대가 묶인 몸을 풀고 달아나듯이 후닥닥 영이와 똘똘이 사이를 제치고 달아납니다.

그래서 노마, 영이, 똘똘이는 달아나는 기동이를 쫓아 골목 밖으로 나갑니다. 기동이는 그대로 큰길 비탈 아래로 달아납니다. 노마, 영이, 똘똘이는 그대로 뒤를 따릅니다.

그러다가 기동이는 엎어져 비탈을 눈 위로 지르르 미끄러져 내려갔습니다. 노마, 영이, 똘똘이는 이것도 장난으로 알고 일부러 엎어져 기동이 뒤를 따라 비탈을 눈 위로 미끄러져 내려가며 아아 아아 아아 좋아라고 손뼉을 치며 소리를 칩니다.

토끼와 자동차

　골목 안에 펄펄 눈이 내립니다. 펄펄 눈이 내려 지붕도 나뭇가지도 길바닥도 모두 하얗게 되었습니다. 아주 하얗게 더 하얗게 만들려고 눈은 펄펄 자꾸만 내립니다.

　펄펄 눈은 노마도 하얗게 만들고 싶은가 봅니다. 머리에도 어깨에도 잔등에도 하얗게 내려앉습니다. 영이도 그렇게 만들고 싶은가 봅니다. 머리에도 어깨에도 잔등에도 하얗게 내려앉습니다. 똘똘이도 그렇게 만들고 싶은가 봅니다. 머리에도 어깨에도 잔등에도 하얗게 내려앉습니다.

　그리고 노마는 어서 눈처럼 하얗게 되고 싶었습니다. 어서 하얗게 되라고 두 팔을 쳐들고 손바닥을 벌리고 펄펄 눈 내리는 하늘에 입을 벌리고 섰습니다. 영이도 그렇게 눈처럼 되고 싶었습니다. 어서 하얗게 되라고 두 팔을 쳐들고 손바닥을 벌리고 펄펄 눈 내리는 하늘에 입을 벌리고 섰습니다. 똘똘이도 그렇게 눈처럼 되고 싶었습니다. 어서 하얗게 되라고 두 팔을 쳐들고 손바닥을 벌리고 펄펄 눈 내리는 하늘에 입을 벌리고 섰습니다.

　그러나 기동이는 눈처럼 하얗게 되고 싶지 않은가 봅니다. 기동이 집 대문에서 기동이는 나오며 어서 눈처럼 되고 싶어 그러고 섰는 노마, 영이, 똘똘이를 보고 소리쳤습니다.

　"너희들 뭣 하구 섰니?"

　그리고 기동이는 두루마기 자락을 올려 머리 위에 벌려 썼습니다. 아마 기동이는 노마, 영이, 똘똘이같이 하얗게 눈처럼 되고 싶지 않은가 봅니

다. 암만 눈이 내려도 하얗게 되지 않으려고 두루마기 자락을 올려 머리 위에 벌려 썼습니다. 그리고,

"너희들 뭣 하구 섰니, 나 하는 것 못 봐?"

기동이는 두루마기 자락을 머리 위에 벌려 쓰고 노마, 영이, 똘똘이 옆을 자동차라고 빵빵 빵빵 소리치며 놀았습니다.

"너희들 자동차에 치면 난 몰라."

아무리 눈이 내려도 맞지 않는 자동차 안에 탄 사람처럼 기동이는 두루마기 자락을 올려 머리 위에 벌려 쓰고 노마, 영이, 똘똘이 옆을 달음박질로 돕니다.

노마는 기동이 자동차 앞에 팔을 쳐들고 손바닥을 벌리고 섰기가 싫어졌습니다. 아마 눈처럼 하얗게 되는 것보다 눈 안 맞는 자동차가 되고 싶은 가 봅니다. 그렇지만 노마는 두루마기가 없으니까 기동이처럼 자동차가 될 수는 없습니다. 아주 부러운 얼굴로 빵빵 빵빵 하고 돌아가는 자동차 기동이 등 뒤를 바라봅니다. 영이도 기동이 자동차 앞에 팔을 쳐들고 손바닥을 벌리고 섰기가 싫어졌습니다.

아마 눈처럼 하얗게 되는 것보다 눈 안 맞는 자동차가 되고 싶은가 봅니다. 그렇지만 영이도 두루마기가 없으니까 기동이처럼 자동차가 될 수는 없습니다. 아주 부러운 얼굴로 빵빵 빵빵 하고 돌아가는 자동차 기동이 등 뒤를 바라봅니다. 똘똘이도 그렇게 기동이 자동차 앞에 팔을 쳐들고 섰기가 싫어졌습니다. 그렇지만 똘똘이도 두루마기가 없으니까 기동이처럼 자동차가 될 수는 없습니다. 아주 부러운 얼굴로 빵빵 빵빵 하고 돌아가는 자동차 기동이 등 뒤를 바라봅니다.

그러다가 노마는 두루마기 없어도 자동차보다 더 좋은 걸 생각했습니다. 저고리 소매를 올려 토끼 귀처럼 머리 위에 오그려 붙이고 깡충깡충 토끼처럼 뛰었습니다. 영이도 그렇게 저고리 소매를 올려 토끼 귀처럼 머리 위에 오그려 붙이고 깡충깡충 토끼처럼 뛰었습니다. 똘똘이도 그렇게 저고리 소매

를 올려 토끼 귀처럼 하고 깡충깡충 토끼처럼 뛰었습니다.

펄펄 눈은 자꾸만 내립니다. 펄펄 눈을 맞으며 노마, 영이, 똘똘이는 옥토끼처럼 하얗게 되어서 깡충깡충 뛰었습니다. 자동차 기동이 앞에서 자동차보다 더 재미있게 하느라 노마, 영이, 똘똘이는 아주 재미있게 깡충깡충 뛰었습니다. 그리고 자동차 기동이는 노마, 영이, 똘똘이 앞에서 토끼보다 더 재미있게 하느라 연해 뿡뿡 뿡뿡 하고 부리나케 골목을 달립니다.

자동차 기동이는 자동차니까 그저 뿡뿡 뿡뿡 하고 달리기만 하지만, 노마, 영이, 똘똘이는 토끼니까 그저 깡충깡충 뛰기만 하지 않습니다. 토끼가 눈 위에 넘어져 디굴디굴 구르는 시늉으로 노마는 눈 위를 디굴디굴 굴렀습니다. 영이도 노마처럼 눈 위를 디굴디굴 굴렀습니다. 똘똘이도 영이처럼 디굴디굴 굴렀습니다. 그것이 퍽 재미있습니다. 모두 옥토끼처럼 하얗게 되었습니다.

그러나 자동차 기동이는 자동차니까 토끼처럼 눈 위를 재미있게 디굴디굴 구를 수는 없습니다. 그저 뿡뿡 뿡뿡 하고 달아나기만 할 수밖에 없습니다.

그러나 노마, 영이, 똘똘이는 토끼니까 눈 위를 재미있게 디굴디굴 구르기만 하지도 않습니다. 누가 걸음이 센가 경주도 합니다. 씨름도 합니다. 모두 옥토끼처럼 하얗게 되어서 아아 하고 소리치며 아주 재미있게 놉니다.

마침내 기동이는 자동차를 그만두고 머리 위에 벌려 썼던 두루마기를 내리고 노마, 영이, 똘똘이가 토끼가 되어 재미있게 노는 걸 아주 부러워하는 얼굴로 보고 섰습니다. 그러다가 기동이는 두루마기를 벗어 버리고 자기도 토끼 귀처럼 저고리 소매를 올려 머리 위에 오그려 붙이고 토끼처럼 깡충깡충 노마, 영이, 똘똘이가 노는 가운데 섞이었습니다.

강아지

1

조그만 알록 강아지입니다.

기동이는 강아지를 혼자만 장난감처럼 가지고 놉니다. 머리를 쓰다듬습니다. 잔등이를 쓰다듬습니다. 아이처럼 가슴에 안아도 봅니다. 어깨 위에 앉혀도 봅니다. 머리 위에 쳐들고 흔들어도 봅니다. 그리고 강아지는 사람처럼 이르는 말을 잘 듣습니다.

"여기 앉어, 여기 앉어."

하고 기동이가 손으로 땅바닥을 두들기면 강아지는 자리에 앉습니다. 그리고 또,

"손 다우. 손, 손 다우."

하고 손을 내밀면 강아지는 알아듣고 기동이 손에 앞발 하나를 내놓습니다.

참 신기합니다. 동네 아이들은 그 앞에 둘러서서 아주 귀여워합니다.

기동이가,

"손 다우. 손 다우."

하면 아이들도 같이,

"손 다우. 손 다우."

합니다. 그리고 강아지가 앞발을 내놓으면 모두 "야아아." 하고 큰 소리로

떠듭니다.

참 귀엽습니다. 노마는 구경을 하고 섰다가 자기도 강아지 앞에 손을 내밀고,

"손 다우. 손 다우."

하였습니다. 그러자 기동이는 아주 질색을 합니다.

"안 돼."

하고 얼른 강아지를 집어 바지 앞에 앉히고는,

"우리 아버지가 돈 썩 많이 주고 사 온 강아진데, 손대면 안 돼."

그러나 노마는 그대로 그만둘 수가 없습니다.

"그럼 나 머리 조금만 만져 볼게."

"일없어. 일없어."

"그럼 꽁지 조금만."

하고 노마는 기동이 바지 앞에 나온 강아지 꼬리를 만지려고 손을 내밀었습니다. 하지만 기동이는,

"안 된대두."

하고 손을 내저으며,

"난 안 물어두 너희들은 막 물걸. 괜히 물리면 큰일 날라구."

하고 아무도 얼씬을 못 하게 하고 기동이는 강아지를 혼자만 가지고 놉니다.

그러나 노마는 아주 가지고 놀고 싶어하는 얼굴로 그 앞을 떠나지 못합니다.

기동이가 재미있게 강아지를 가지고 놀수록 더 그런 얼굴로 보고 섰습니다.

그리고 기동이는 노마가 더 그러라고 더욱 재미있게 노마 앞에서 강아지를 놀립니다. 공을 굴립니다. 그러면 강아지는 공보다 떨어지지 않는 빠른 걸음으로 쫓아가 공을 물어 옵니다. 어떤 때는 공을 물고 강아지는 저 가

고 싶은 대로 가기도 합니다. 불러도 오질 않습니다. 이런 때 노마는 쫓아가 공을 뺏으려는 것처럼 하고 한번 강아지를 안아 보려고 하였습니다. 하나 기동이는 또 큰 소리로 말렸습니다.

"놓아, 손대면 안 돼. 문다, 문다."

그래서 노마는 그만 머쓱해 물러서고 말았습니다.

2

마침내 한번 노마는 강아지를 안아 볼 기회를 얻었습니다.

기동이는 강아지를 데리고 우물 앞 넓은 마당으로 나왔습니다. 그리고 강아지하고 누가 걸음이 빠른가 경주를 하는 것처럼 기동이는 빠른 걸음으로 마당을 달립니다. 그대로 강아지는 떨어지지 않고 기동이 뒤를 따릅니다. 아무리 기동이가 빨리 뛰어도 강아지는 조금도 뒤떨어지지 않습니다. 도리어 기동이보다도 걸음이 빠릅니다. 어떡하면 기동이보다 앞서기도 합니다. 앞을 서서 깡충깡충 뛰어갑니다. 그러면 기동이는 돌아서 딴 데로 달아납니다. 되도록 강아지가 못 따라오게 더욱 걸음을 빨리 우물 두덩을 돌고 장작 쌓은 둘레를 돌고 가기 어려운 데로만 뛰어갑니다.

그러다가 강아지는 기동이를 잃었습니다. 이리저리 사람 틈으로 빠져 커다란 토관 속에 숨은 것을 모르고 강아지는 두리번두리번 기동이를 찾습니다. 그리고 아마 노마를 기동이로 알았는 게지요. 아까부터 아주 가지고 놀고 싶어하는 얼굴로 보고 섰는 노마 앞으로 강아지는 꼬리를 치며 왔습니다. 아주 반기는 모양입니다.

다리에 기어오르며 연해 꼬리를 치며 합니다. 조금도 물거나 그러지 않습니다. 어서 안아 달라는 모양 같기도 합니다.

마침내 노마는 강아지를 안았습니다. 아마 그처럼 노마가 강아지를 안고 싶었던 그만치 강아지도 노마에게 안기고 싶었던 것인가 봅니다. 강아지는 아주 좋아합니다. 아주 좋아서 꼬리를 치고 혓바닥으로 핥고 그럽니다. 노마도 아주 좋았습니다. 마음껏 머리도 쓰다듬고 등도 쓰다듬고 합니다. 기동이처럼 어깨에도 앉혀 봅니다. 머리 위에 쳐들고 흔들기도 합니다.

그걸 모르고 기동이는 토관 안에 숨어서 연해 강아지를 부릅니다.

"쫑쫑쫑 쫑쫑쫑."

그러나 강아지는 기동이보다는 노마하고 놀기를 즐기나 봅니다. 아무리 제 이름을 불러도 강아지는 조금도 노마에게서 떠나려 하지 않습니다.

아마 기동이는 강아지가 아직도 자기가 숨은 곳을 찾아다니는 줄만 아는가 봅니다. 그러다가 아무리 불러도 아니 오니까 고개를 들고 살피다가는 노마하고 강아지가 노는 것을 보자 아주 성이 나서 노마 앞으로 기동이는 왔습니다. 그리고,

"누가 너 가지고 놀라고 사 온 강아진 줄 알어? 우리 아버지가 아주 돈 썩 많이 주고 사 온 강아진데."

하고 노마 손에서 강아지를 빼앗아 갔습니다.

노마는 아주 머쓱해지고 말았습니다. 여전히 강아지와 같이 마당을 돌며 뛰노는 기동이 모양을 아주 섭섭한 얼굴로 구경만 하고 섰습니다.

한참 구경만 하다가 노마는 한층 아주 쓸쓸한 얼굴을 하고 자기 집을 향해 고개를 숙이고 갔습니다.

3

"어머니!"

하고 노마는 방 안에서 바느질을 하시는 어머니를 한마디 부르고는 담벼락을 향하고 돌았습니다.

"노마, 왜 그러니?"

하고 물어도 도시 대답이 없으니까 어머니는 더욱 애가 달으셨습니다.

"누구하고 싸웠지? 말을 해라."

"나두 강아지 사 줘."

하고 그제야 노마는 입을 열어 말을 했으나, 어머니는 더욱 영문 몰라하십니다.

"강아지가 무슨 강아지냐?"

"기동이는 제 아버지가 사 왔다구 아주 이쁜 강아지를 가지고 노는데. 흥, 나두 강아지 사 줘."

그러나 어머니는,

"그 애는 아버지를 잘 두어 그렇구나. 너 같은 애는……"

하고 아주 슬픈 얼굴을 하십니다.

노마 아버지는 벌써 오래전에 먼 데로 가서서 돌아오질 않으십니다. 어머니하고 노마하고 날마다 기다려도 날마다 돌아오시지 않는 아버지입니다. 아버지 말만 나오면 어머니는 슬픈 얼굴을 하시는 것입니다.

그리고 노마는 어머니의 그 슬픈 얼굴을 보는 때면 떼를 쓰다가도, 울음을 울다가도 곧 그칩니다. 노마가 떼를 쓰거나 울거나 하면 어머니는 더욱 슬픈 얼굴을 하시는 까닭입니다.

이날도 노마는 더는 강아지를 사 내라고 어머니를 조르지 않았습니다.

그리고 어떡하면 자기 손으로 강아지 같은 것을 만들 수 있을까 노마는 곰곰이 생각하였습니다.

그러다가 노마는 어머니에게 가위하고 상자갑을 얻었습니다. 그것을 이모저모로 오려 네 귀를 세우고 지붕을 덮고 둥그렇게 문을 내고 그리고 풀칠을 해 붙이니까 됐습니다. 한다한 강아지 집입니다.

강아지도 상자갑을 오려 만듭니다. 머리를 오리고 귀를 오리고, 그리고 몸뚱이, 다리, 꼬리 이렇게 아주 솜씨 있게 만들었습니다.

이만하면 됐습니다. 강아지 이름은 역시 '쫑'이라고 지었습니다. 노마에게 있어 '쫑'은 정말 산 강아지나 다를 것 없습니다. 그렇게 노마는 그 상자갑 강아지를 귀여워합니다. 기동이가 강아지를 가지고 하듯이 가슴에 안아도 봅니다. 어깨 위에 앉혀도 보고 머리 위에 처들고 흔들어도 봅니다. 달음박질도 합니다. 노마는 한 손으로 상자갑 강아지의 꼬리를 쥐고 깡충깡충 뛰는 시늉을 하며 방 안으로 마루로 빙빙 돕니다. 노마는 숨이 찹니다. 강아지도 숨이 찹니다.

그러면 노마는 강아지를 상자갑 집에 넣습니다. 고만 쉬라는 것이지요. 그 옆에 노마도 앉아서 쉽니다.

정말 강아지나 다를 것 없지요. 그렇지만 좀 섭섭한 것은 정말 강아지처럼 제 발로 걸어 다니지 못하는 것이 한입니다.

4

"쫑쫑쫑 쫑쫑쫑."
하고 불러도 상자갑으로 만든 강아지이니까 기동이 강아지처럼 알아듣고 뛰어오질 못합니다. 그리고 기동이 강아지처럼 다리도 넷이 아니고 둘이어서 서지도 못합니다. 겨우 담벽이나 옷장 모서리 같은 데 기대어야 서게 됩니다.

그걸 어머니가 보시고 아주 웃으십니다.

"무슨 강아지가 다리가 둘이니?"

"그럼 상자갑 강아지니까 그렇지, 뭐."
하고 노마는 좀 섭섭한 얼굴을 하였습니다.

그러나 노마는 곧 마음이 기뻐졌습니다. 어머니는 노마의 헌 모자를 내다가 가위로 오리고 솜을 넣고 바늘로 휘어 매고 하시더니 어떻게 강아지 한 마리를 만드셨습니다.

이건 상자갑 강아지에 댈 것이 아닙니다. 기동이 정말 강아지보다 못할 것이 없습니다. 다리도 넷입니다. 귀도 너풀너풀하고 꼬리도 깁니다. 곧잘 혼자 서기도 합니다. 목에 끈을 매어 끌면 제 발로 걸어오는 것처럼 곧잘 노마 뒤를 따릅니다.

아주 좋습니다. 노마는 한 손에 강아지를 끌고 한 손엔 자막대기를 메고 방 안을 왔다 갔다 합니다. 사냥을 가는 것이지요.

노마는 방에서 마루로 나왔습니다. 마루에서 다시 마당으로 내려왔습니다. 지금 노마는 그림책에서 본 사냥꾼처럼 아주 깊은 산으로 호랑이 사냥을 갑니다.

산에는 나무와 바위가 많습니다. 길 하나 없는 험한 산이지요. 허나 강아지가 있으니까 노마는 길을 잃어버릴 염려는 없습니다. 아주 기운 있게 숲을 헤치고 바위를 오르고 합니다.

호랑이를 만났습니다. 호랑이는 굴 속에서 나와 사람 탈을 쓰고 사람인 양 속이고 노마를 맞습니다.

"어디를 가시는 길이십니까?"

"네, 호랑이 사냥을 나왔습니다."

"호랭이요? 호랭이를 잡으려거든 저리 가십시오."

하고 능청을 피우며 호랑이는 딴 길을 가리킵니다.

그러나 강아지는 아주 영리합니다. 킁킁 코로 냄새를 맡고는 곧 사람이 아닌 줄을 알아내고 컹컹컹 짖었습니다.

호랑이는 달아납니다. 노마는 그 뒤를 쫓습니다. 연해 자막대기 총으로,

"탕탕탕!"

땅바닥에 엎드려 달아나는 호랑이를 쏩니다.

이런 때 대문 밖 골목 안에서,

"쫑쫑쫑!"

하고 기동이가 강아지를 부르는 소리가 들렸습니다. 아마 또 공 굴리기를 하나 봅니다.

"이리 물고 와. 이리 물고 와."

하고 골목 안에 떠들썩합니다.

노마는 문득 하던 장난을 멈추고 그편에 귀를 기울였습니다.

5

골목 안에서 기동이가 정말 강아지를 데리고 노는 소리를 듣자, 노마는 금방 하던 장난이 재미가 없어지고 말았습니다. 만든 강아지하고 노는 것보다 정말 강아지하고 노는 것이 얼마나 재미있을지 모르겠습니다.

노마는 지금까지 가지고 놀던 만든 강아지를 발로 툭 차 버리고 아주 쓸쓸한 얼굴로 고개를 숙이고 돌아섰습니다.

그리고 어머니가 나와 등을 두들기며 달래실 때까지 얼마고 그렇게 하고 섰습니다.

며칠 지난 후입니다.

기동이는 점점 강아지를 들여다보지 않게 되었습니다. 그는 요즈음 세발자전거를 샀습니다. 아마 기동이는 노마가 만든 강아지하고 놀기가 싫어진 것 같이, 강아지보다는 세발자전거 타기가 더 재미있나 봅니다. 그 자전거를 타고 돌아다니느라고 강아지는 거들떠보지도 않습니다. 다른 아이들도 그랬습니다. 강아지보다는 기동이가 자전거 타는 것이 더 재미있나 봅니다. 모두 그리로 모여 강아지는 아무도 돌보아 주는 사람이 없습니다. 전처럼 강아지가 다리에 기어오르거나 하면,

"이거 자전거에 칠라고 왜 그래?"

하고 기동이는 발로 걷어찼습니다. 그러면 강아지는 깨갱깨갱 하고 아주 슬픈 소리를 하며 담 밑이나 양지 같은 데로 피해 가 홀로이 떨고 있습니다. 털에는 흙이 묻고 눈에는 눈곱이 제제하고 매우 가엾은 모양이 되었습니다.

그러자 노마는 그 강아지와 마음대로 친하게 놀 수 있게 되었습니다. 털

에 묻은 흙을 털고 눈의 눈곱을 떼고 하니까 강아지는 전처럼 귀엽게 되었습니다. 그 강아지를 노마는 마음대로 가슴에 안아도 봅니다. 어깨 위에 앉히기도 하고 머리 위에 처들고 흔들기도 하였습니다.

그래도 기동이는 조금도 뭐라지 않습니다. 그는 무엇보다 자전거 타기에 골몰하였습니다. 노마는 점점 강아지하고 친한 사이가 되었습니다. 마음대로 어디든지 강아지를 데리고 다녀도 좋았습니다. 자기 집에도 데리고 갔습니다. 그리고 상자갑으로 만든 그 강아지 집에 넣어도 보았습니다. 마루, 마당으로 뛰어다니기도 하였습니다.

정말 사냥꾼처럼 노마는 그 강아지를 데리고 뒷산으로 갔습니다. 그리고 정말 사냥꾼처럼 노마는 막대기총으로 나무 위에 앉은 새를 겨누고,

"탕탕탕!"

강아지는 또 정말 사냥개처럼 풀섶을 헤치며 킁킁 냄새를 맡습니다. 날아가는 새를 쫓아 뛰어가기도 합니다. 노마도 같이 뛰었습니다. 그리고 강아지가 풀섶을 헤치며 냄새를 맡는 데는 노마는 막대기총을 어깨에 메고 눈을 지긋이 겨냥을 하며 짐승이 뛰어나오기를 기다렸습니다.

그렇게 얼마든지 노마는 강아지하고 놀아도 아무도 뭐라지 않았습니다. 기동이는 강아지보다 자전거가 더 좋았고 그리고 다른 아이들도 그랬습니다.

노마는 아주 강아지하고 친한 동무가 되었습니다.

큰 뜻

팔월 십오일이었습니다. 한낮 햇볕이 쨍쨍한 큰 한길 이발소 앞에 동네 사람들이 모여 서서 라디오 소식을 듣습니다. 길 가던 사람도 사오 인 걸음을 멈추고 서서 듣습니다.

찍찍하던 잡음과 왕왕 커진 말소리는 어느 대장의 연설인가 봅니다. 다른 때 같으면 노마나 그 자리에 모여 서 있는 사람에게는 조금도 이로운 것이 없는 소리라 모두 신둥 먼둥 할 터인데 오늘은 무슨 크나큰 일이 있나 봅니다. 모두 큰일 난 얼굴로 열심히 귀를 기울이고 섰습니다. 노마도 큰일 난 얼굴로 열심히 귀를 기울입니다.

그렇게 노마는 무슨 크나큰 일을 기다리며 이 사람 저 사람 얼굴만 보고 서 있는데 눈을 끔벅끔벅 땅만 내려다보고 섰던 키가 후리후리한 사람이 갑자기 고개를 들며 큰 소리로,

"일본이 항복을 했다. 일본이 항복을 했어!"

하고 소리치자 여러 사람의 눈이 그편으로 모이며

"일본이 항복을 하다니요. 정말입니까. 정말예요?"

하고 놀라는 사람에, 기연가미연가하는 사람에,

"아아, 이제는 살았다. 이제는 살았다."

하고 미친 사람처럼 팔을 들었다가 손뼉을 쳤다가 하는 사람도 있습니다. 모두 얼굴이 환해지고 마치 무거운 짐을 풀어 놓은 사람들 같습니다.

조금 지나 사람들은 또 좀 놀라운 소리를 들었습니다. 조선이 해방이 되

었다는 것입니다.

"이제는 굶어 죽어두 좋다. 굶어 죽어두 좋다!"

하며 어이어이 우는 노인도 있습니다. 서로 얼싸안고 춤추듯 어디론지 바쁜 걸음으로 사라지는 노동자처럼 차린 젊은 사람도 있습니다. 두 사람 세 사람씩 모아 서서 수군수군하기도 합니다.

노마는 이 놀라운 소식을 자기만 듣고 있을 수 없는 것 같았습니다. 달음박질로 큰 한길을 건너 골목 안으로 들어섰습니다. 골목과 그 골목 안에 사는 사람들은 조금도 이 놀라운 사실을 모르고 있나 봅니다. 햇볕과 응달이 분명한 채 여전히 조용합니다.

노마는 가만가만 골목 안을 걸으며 찬찬히 생각해 봅니다. 노마는 노마대로 오늘의 내용을 잘 알 수 있었습니다.

어머니나 일갓집 어른이나 또 이웃집 사람이나 남이 들을까 두려워하며 귓속말로 수군수군하던 원한과 갈망—배급 쌀이 모자라 배를 주리게 될 때, 근로 봉사라 징용이라 징병이라 하고 붙들려 나가게 될 때, 공습경보가 내려 산으로 방공호로 피난을 갈 때, 그리고 가지가지 억울한 일과 무서운 박해를 당할 때 "언제나 일본이 망하고 편안히 살게 되나?" 하던 이 숨은 소원과 갈망이 비로소 오늘 이루어진 것이리라.

노마는 여기 또 한 가지 큰 기쁨과 자랑이 있습니다. 조용한 때면 어머니는 남이 알까 소곤소곤 노마에게 가만히 들려주는 이야기가 있습니다.

사진에서만 보고 알고 있는 어글어글한 눈과 번듯한 이마를 가진 노마 아버지는 연안이라는 먼 곳에 계신 것, 그리고 포악한 일본 병정을 중국이나 조선에서 물리치고 이 땅의 가난한 사람들을 위하여 즐거운 나라를 만들기 위하여 싸우고 계신 것, 그리고 저 포악스러운 일본 사람과 그 병정들이 쫓기어 가는 날이 바로 아버지가 이 땅에 돌아오시게 되는 날이라는 것입니다. 그러면 오늘 일본이 항복을 한데는 거기 필시 아버지의 힘이 적지 않았을 것이며 또 미구에 아버지는 가슴에 가득히 훈장을 차고 노마를 찾아오시리라. 아아, 얼마나 훌륭한 일이랴?

노마는 자기 집 가까이 왔습니다. 빈 듯 집 안이 조용합니다. 가만히 노마는 문 밖에서 집 안을 살핍니다.

어머니도 벌써 그 일을 알고 계신가 봅니다. 마루 끝에 혼자 슬픈 사람의 모양으로 턱을 고이고 멍하니 앉았습니다. 그 어머니를 보자 노마는 어쩐지 마음이 슬퍼졌습니다.

울멍울멍 울음이 나오는 것을 참으며 말없이 그 어머니 앞에 가서 섰습니다. 어머니는 가만히 노마의 손을 잡아 앞으로 당기시며 나직한 음성으로,

"노마야, 너 오늘이 무슨 날인 줄 아니? 우리 조선이 해방되었단다. 우리를 그처럼 못살게 굴던 일본이 망한 것이야. 그동안 우리는 얼마나 억울하고 고생스러웠는지……."

어머니의 말은 울음에 막힙니다.

"소련 나라, 미국 나라 그리고 아버지와 그런 분들이 흘리신 고귀한 피가 오늘 우리에게 이런 기쁨을 준 것이란다. 아버진들 오죽 기쁘시겠니?"

어머니는 이내 우시고 맙니다. 그리고,

"우리 이제 기 들고 아버지를 맞이하러 가자."

노마는 어머니 앞에 안기며 이내 울고 맙니다. 그 가슴이 터질 것 같은 그칠 줄 모르는 울음 가운데 노마는 아버지와 그런 분들과 같이 많은 나라의 가난한 사람들을 위하여 몸과 목숨을 바칠 큰 뜻이 무럭무럭 일어났습니다.

기타 ● ● ●

달에서 떨어진 토끼

● ● ●

달에서 떨어진 토끼

옛적 어느 달 밝은 밤이었습니다.

달나라 계수나무 아래에서 종일토록 약방아를 찧던 옥토끼가 너무나 몸이 고단하여 공이를 쉬이고 아래 세상을 내려다보고 있었습니다.

푸른 물결이 굼실거리는 바다도 보였습니다. 높은 산, 넓은 들, 그리고 또한 그윽하게 우거진 숲도 보이고 고요히 잠든 마을도 보였습니다.

모든 것은 달빛에 목욕하여 참으로 아름답게 보였습니다.

옥토끼는 커다란 귀를 요리조리 돌리면서 가만히 내려다보았습니다.

이때에 어디서인지 고운 피리 소리가 들리었습니다.

옥토끼는 소리 나는 곳을 찾아보았습니다. 인가에서 멀리 떨어져 있는 들 가운데 큰 느티나무 아래서 조고마한 아이가 옹크리고 앉아서 달을 쳐다보며 피리를 불고 있었습니다.

그 소리는 참으로 고왔습니다. 어떤 때는 높고 어떤 때는 낮으며 어떤 때는 기쁘게 어떤 때는 슬프게 춤가락을 물고 있었습니다.

이 피리 소리에 토끼는 저도 모르게 문득 흥이 나서 덩실덩실 춤을 추었습니다.

이때에 토끼는 고만 발을 헛디뎌 달 아래에서 떨어지고 말았습니다.

떨어지고 떨어지고 자꾸 떨어져 내렸습니다.

이때에 피리 불던 아이가 이것을 보고 깜짝 놀래어 곱게 감쪽같이 받아 내렸습니다. 그리하여 옥토끼는 아무 데도 다친 곳은 없었습니다.

그러나 토끼는 울었습니다. 이것은 달나라로 다시 돌아가지 못할 것을 슬퍼함이었습니다.

"토끼님! 달나라에서 내려오신 토끼님! 울지 마세요. 나 때문에 떨어지셔서 죄송합니다. 그렇지만 나의 동무가 되어 주세요. 나는 집도 동무도 아무것도 없는 고독한 사람이랍니다. 이 세상에서 나를 기다리는 사람은 하나도 없답니다."

토끼는 측은한 생각이 난 듯 아이를 쳐다보며 이렇게 말하였습니다.

"아닙니다. 내 잘못으로 떨어졌지요. 그렇지만 왕자님! 저는 왕자님의 곁에 있으면 조금도 서러워하지 않겠지요. 저는 왕자님의 피리 소리를 들으면 언제든지 춤을 추겠어요."

피리 불던 아이는 깜짝 놀래었습니다. 그것은 자기를 보고 왕자라고 부른 까닭입니다.

"어떻게 날더러 왕자라 하는가요. 나를 잘못 본 것이 아닌가요."

"아니야요. 당신은 이 세상에서 마음이 제일 착한 왕자입니다. 어째서 그것을 숨기시려고 하십니까."

×

이 피리 부는 아이는 참으로 왕자였습니다. 그러나 아버지 되는 임금이 마음이 착하지 못하여 백성에게 좋지 못한 일을 많이 하였습니다. 이러할 때마다 왕자는 비록 어릴지라도 아버지 임금께 자주 간곡히 간하였으나 도무지 들으시지 않았습니다.

그런데 이때에 그 대궐에 한 해에 두 개밖에 열리지 않는 이상스러운 복숭아나무가 있었습니다. 어떠한 날 조고마한 소녀가 와서 다만 한 분인 자기 어머니의 병을 구하겠다고 봉숭아를 달라 하였습니다. 그러나 임금은 그것을 허락지 아니 하였습니다. 그 소녀는 몇 번이나 울며 청하여도 임금도 조금도 듣지 않고 우는 소녀를 신하를 시켜 대궐 바깥으로 쫓아 버렸습니다.

이런 광경을 본 마음 착한 왕자는 아버지 임금도 아무도 모르게 복숭아 하나를 따서 불쌍한 처녀에게 주었습니다. 그리하였다가 며칠 후에 이 일이 탄로가 나서 임금님은 크게 노하여 마음 착한 왕자를 내쫓았습니다.

×

왕자는 이러한 내력을 옥토끼에게 자세히 말한 뒤에,

"나를 이제부터는 왕자라 부르지 말고 친한 동무라고 불러 주시오."

하고 간절히 청하였다. 그리하여 아이와 옥토끼는 영원히 친한 친구가 되기로 단단히 약속하였습니다.

어려서부터 왕자는 피리를 잘 불었고 토끼는 달나라에서 춤을 잘 배웠습니다. 그리하여 왕자는 피리를 불고 토끼는 춤을 추며 이곳저곳으로 정처 없이 돌아다니었습니다.

이것을 본 세상 사람들은 왕자의 피리와 토끼의 춤을 칭찬 아니 하는 사람은 하나도 없었습니다.

그리하여 이런 소문이 나라 안에 널리 퍼졌습니다.

이 토끼가 춤을 잘 춘다는 소문을 들은 임금은 '이상스러운 토끼도 있다.' 하고 신하를 시켜 토끼를 데려오라고 하였습니다.

그리하여 명령을 받은 신하들은 왕자에게로 와서 토끼를 내놓으라 하였습니다.

왕자는,

"나는 토끼를 가지고 있는 것은 아닙니다. 저 토끼는 나의 사랑하는 친구입니다. 가고 아니 가는 것은 이 토끼에게 직접 물어보시는 것이 좋겠습니다."

하고 직접 토끼의 의사를 물어보라 하였습니다.

토끼는 가기를 즐기지 않았으나 신하는 억지로 끌고 갔습니다.

왕자도 몹시 가여워서 울었습니다.

×

찬란하게 꾸며 놓은 궁전에 음악 소리가 청아하게 났습니다.

"오, 귀여운 토끼여! 너는 나를 위하여 춤을 추라."

하고 임금은 토끼에게 명령하였습니다.

그러나 토끼는 아무런 답도 없었습니다.

"자! 어서 춤을 추라! 저 음악에 맞추어 춤을 추라!"

하고 임금은 춤을 권하였습니다.

이때에 토끼는 이렇게 대답하였습니다.

"저는 아무것도 싫습니다. 임금께서 왕자를 용서하시어 이곳으로 다시 불러 주시면 저는 춤을 추겠습니다."

임금은 '그것은 안 될 말이다.' 하고 토끼를 나무랐으나 토끼는 기어이 듣지 않았습니다.

임금은 대노하여,

"나의 명령을 거역하는 놈은 곧 죽어 버리라."

하고 명령하였습니다.

×

그 이튿날 아침 이슬이 반짝거리는 풀 위에 하얀 옥토끼가 목에서 피를 흘리고 누웠습니다. 그리고 그 곁에는 왕자가 슬피 울고 있었습니다.

토끼는 춤을 추지 않다가 벌로 죽어 버린 것입니다.

왕자는 곱게 핀 꽃을 꺾어 관을 만들고 그 안에다 죽은 옥토끼를 넣어 사람 보이지 않는 고요한 곳에 감추어 두었습니다.

이렇게 감추어 둔 뒤에 하루에 한 번씩은 으레 찾아보았습니다.

그런데 이상한 일이 생겼습니다. 감추어 놓은 토끼의 시체가 간곳없고 빨간 피에 젖은 땅 위에는 파란 대나무가 나서 하늘하늘하였습니다.

왕자는 그 대나무를 베어 버렸습니다. 그러나 이튿날 대나무가 또 났습니다. 왕자는 또 베었습니다. 이튿날에도 대는 또 났습니다.

대나무는 네 번째 베어도 또 났습니다.

나중에 왕자는 그 대가 죽은 토끼의 영혼인 줄 알고 그 뒤부터는 그대로 눈물로써 길러 주었습니다.

대나무는 날마다 날마다 자라서 커다랗게 되었습니다.

왕자는 그것을 베어 피리를 만들어 불었습니다.

이 피리 소리는 너무나 처량하여 듣는 사람으로 눈물 아니 흘리는 이가 없었습니다.

그리고 또 이상한 일은 이 피리 소리를 들으면 아무리 마음 악한 사람이라도 착해지는 것입니다.

그래서 왕자는 이 피리를 불며 온 나라 안으로 돌아다니었습니다. 나쁜 사람들은 이 피리 소리에 모두 회개를 하였습니다.

임금님도 이 피리 소리에 마음을 고쳐 왕자를 사랑하게 되어 왕자는 다시 대궐로 들어가서 기쁜 날을 보내게 되었습니다.

그러나 늘 토끼의 그리운 생각이 마음에서 떠나지 않았습니다.

×

하루에는 왕자에게 제일 기쁜 일이 생기었습니다.

달 속에 토끼가 나타난 것입니다.

토끼는 왕자를 보고,

"왕자님! 안녕하셨습니까? 저는 그 뒤에 사랑의 피를 흘리어 다시 이곳으로 오게 되었습니다."

하며 토끼는 목의 상처를 보였습니다.

왕자는 처음으로 반가운 웃음을 웃었습니다.

그 후 달 뜨는 밤이면 왕자님과 토끼는 서로 바라보며 재미있게 놀았다 합니다.

❖❖❖ 『조선일보』, 1927. 1. 2.

4

수필·기타

자서소전 自叙小傳

출생은 삼청동 지금 세균검사소 뒤 별장에서 하였다는데, 거기 대한 기억이라고는 어느 때 푸른 잔디 위에서 저물어 가는 하늘을 바라보며 오래오래 울던 것이 머리에 남았을 뿐, 부친이 황하마루 지금 광화문 근처로 신접살이를 나왔을 때는 이미 가세가 기울어진 때여서, 그때부터 사글세 집으로 형편이 불썽모양이었다.

어버이 두 분 사이는 서로 성품이 어느 모로 비슷한 분들이어서, 같은 그것이 도리어 조화를 이루지 못했음인지, 사이가 불화해서 늘 공기가 따뜻치 못했다. 더욱이 부친 그분의 성격이란 폐가한 호화자제의 전형이어서, 사대주의요 투기적이요, 또 극히 호인이며 낙천가이어서 자기는 매사에 실패를 거듭하면서도 사업 사업 하고 사업을 꿈꾸며 경향으로 돌고 가사엔 불고하였다. 그사이 집안 살림은 오로지 모친 한 분의 손으로 유지해 가던 것으로, 그 모양은 비참한 것이어서, 이리저리 집을 옮긴 수가 이십여 회, 살림을 고만두고 식구가 각자도생으로 헤어지길 수삼, 그럴 때마다 나는 조부의 집으로 당숙의 집으로 돌며 몸을 붙였다.

그중 당숙의 집인 인천 근해의 대부도(大阜島)에서 보내던 삼사 년 간의 소년시절이 가장 꽃다운 때여서, 거기서 처음 중산계급의 의식주에 근심이 없는 생활도 맛볼 수 있었고, 학교 교육도 여기서 받은 이 년간이 제대로 받은 교육이었다. 그러나 성격은 썩 꼬부라져 가기 시작하여 당숙이 혹 육촌 동생들과 자기를 구이 양복 같은 것도 똑같은 걸 해 주면, 구별하지 않는 그것에 의혹을 갖고, 이 사람 저 사람 눈치를 보며 몸에 입기를 즐기지 않았다. 혹 명절이나 잔치 때 같은 남들이 즐기는 날이면, 자기는 자리를 피해 한종일 해변에 나가 고적을 즐기다가 날이 저물어 사람이 찾아 나오길 기다리고 하였다.

거기서 보통학교 삼 년을 수업하고, 상경해 중동학교 속성과 일 년을 거쳐 제일고보에 입학하였으나, 년여에 고만두고 그때부터 생활이 병적이어서 염인증으로 거리를 나가기 두려워하여, 낮이면 방구석에 이불을 쓰고 누웠다가 밤이 어두우면 일어나 컴컴 골목 뒷길을 걸어보고 하였다. 그때 행색이 아마 심상치 않았던가 싶어 거리를 나가면, 순사나 그런 사람에게 불심신문을 받기 일쑤였다. 그다음 같은 칩거벽으로 도서관엘 다니기 시작한 것은 좋은 일이어서 아침 일찍이 가서 밤이 들어 거리가 어두워질 때까지 들어앉아 있었다. 아마 무슨 얻음이 있었다면 이때가 전부일 것이다.

그 후 뜻한 바 있어, 지금까지의 창백한 병적인 생활을 근저로 뒤엎어 어머니에겐 시골로 학원 선생으로 간다고 속이고 수원 발안 근방의 매립공사장(埋立工事場)에서 토공생활을 하기도 하고, 이어 현해탄을 건너가 경도 대판 등지로 돌며 신문배달 자유노동 벵기공 같은 것을 하며, 최하층의 생활을 하였다. 그러던 중 한번은 대판 와사회사에 품을 팔러 갔다가 흙보구니를 지지 못하고 쓰러지고 쓰러지고 하다가 결국 그곳 감독에게 쫓기어나고 말았다. 그날 긴 요도가와(淀川) 뚝을 걸으며 울다 웃었다 탄식하다가는, 마침내는 도저히 그대로 지탱해 갈 수 없는 몸임을 깨달으며 동시 그 쓰일 수 없는 몸으로 할 수 있는 최후의 한 가지 일로 지금까지 추향과 같이 동경해 오던 문학의 길을 밟아 보겠다는 생각으로 귀경하였다.

그리고 지기 고 김유정 형을 얻어 더욱 뜻을 굳게 하고 그 길을 밟던 중 금년 조선일보 신춘문예에 당선으로 적은 대로 그 길에 자신 같은 것을 가져 보며 현재에 이르렀다.

❖❖❖『신인단편걸작집』, 조선일보사, 1938.

내가 영향 받은 외국 작가

— 도스토예프스키

자기가 좋아하던 작가와 자기 글에 영향을 받은 것과는 좀 거리가 있는 말이겠으나 내가 문학을 친히 하게 되면서부터 비교적 자기 감성이나 내면 생활에 동감을 가지고 가까이하기는 도스토예프스키와 시가 나오야(志賀直哉)의 글이다.

지금 내 가난한 서가에 있어 유일한 재산으로 자처하는 것이 대정 십 년판의 동경 도스토예프스키 전집 간행회 발행인 전집 열다섯 권이지만 이것을 얻기 전에도 이십 전후 때 동대문 외에 살던 먼촌 누님의 집엘 갔다가 우연히 옹의 전기를 읽게 되고 마음에 움직임을 받아 그의 작품을 구해 읽기 시작했다.

그때 그 누님은 칠 남매 어린아이들을 거느린 몸으로 집을 팔아 조고만 가게를 내고 자기가 나가 앉아 보았다. 나는 그의 일을 돌봐 주는 겸 밥을 먹으려 인왕산 밑에서 동대문 밖까지 터덜터덜 걸어가고 했다. 그 집 안방 옷장 밑에 그런 것을 읽을 사람은 없는데 겉장 떨어진 책 한 권이 먼지를 쓰고 있었다. 그것을 나는 어깨에 매달리는 어린아이들 틈에서 한 장 한 장 넘기어 가며 따라 어쩐지 자기 얼굴 모습과 비슷한 점이 있는 듯한 옹의 찌푸린 상과 생애를 자기의 운명과 공통한 무엇이 있기나 한 것처럼 느끼며 감격했다.

그 병적으로 넓은 이마와 모래를 씹는 듯한 옴팍한 눈과 입술, 그리고 자기 앞에 가까이하는 사람이 없도록 비퉁그러진 성미와는 딴판으로 도스토예프스키는 기실 「백치(白痴)」의 주인공 무이쉬킨의 성격과 같아서 어린 아이처럼 선량하고 천진했다. 그리고 어린아이처럼 어떠한 곤란한 경우에 서든 자기의 기쁨을 만들 수 있어 '언제든 살아 나갈 준비'를 하는 거기가 또 좋았다.

그가 시베리아로 정배(定配)를 가며 자기 형에게 한 편지를 보아도 그 비참한 내용보다는 그런 비참한 경우에서도 흐려지지 않는 맑은 심혼을 가져 유로(流露)하는 진정이 읽은 사람으로 눈물을 자아냈다. 그리고 또 진정하기 때문으로 자기대로의 생의 기쁨을 잃지 않는 것이다.

"그러나 신선한 공기는 제게 생기를 주었고 그리고 흔히 생활상의 변화가 있을 때마다 생기는 그런 인상의 강렬함은 제게 용기를 주어 얼마큼 마음을 안정할 수 있었습니다. 저는 지나가는 페테르부르크 재미있게 보았습니다. 집집에는 명절날같이 등불이 켜 있었습니다. 저는 그 한 집 한 집에 하직하는 인사를 하였습니다."

그는 발에는 십봉도의 철사슬을 차고 영하 사십 도를 내려가는 추위에 울 없는 썰매를 타고 갔다.

"우랄 영(嶺)을 넘기가 큰 욕이었습니다. 눈보라는 미처 휘몰아치고 말도 썰매도 그 속에 파묻히었습니다. 한밤중이었으나 썰매에서 내려 그걸 끌어 내기까지 기다리지 않으면 안 되었습니다. 우리들의 주위에는 눈과 폭풍과 구주(歐洲)의 국경이 있었습니다. 우리들의 앞에는 시베리아와 미래의 신비가 있고 우리들의 뒤에는 과거 전체가 있었습니다. 저는 서러워서 울었습니다."

그 당면(當面)을 슬퍼서 우는 것이 아니고 미래의 신비를 앞에 두고 우는 울음인 듯싶었다. 그는 그러면서도 "우리들은 많은 동정과 연민에 싸여 오히려 행복했습니다." 하였다. 그리고 역촌에 닿아 더운 차를 얻어 마시며 "팔 개월의 금고(禁錮)와 육십 베르스트를 달린 까닭에 대단한 구미(口味)가 났습니다. 저는 그것을 지금까지도 유쾌하게 생각합니다. 저는 무척 기껍습니다." 그는 타고난 낙천주의자인 듯싶다. 그처럼 현실을 밑바닥으로 밑바닥으로 파 가면서도 허무에 이르지 않은 것도 그 낙천주의에 의함이 아니든가. 나는 그 낙천주의가 또 좋았다. 당시 나는 생활과 감정의 막다른 길에 들어선 듯이 막막한 때여서 도스토예프스키를 알게 된 것으로 하나의 광명을 얻은 듯이 감동해하였다.

그러나 그의 작품 세계로 들어가기 시작해서는 무슨 저항하지 못할 힘에 이끌려 외부생활과는 별다른 내면적 심연에서 움직이는 듯싶은, 그러면서 무시로 자가당착한 행동을 하는 인물들에 휘둘리고 말았다. 마침 심한 신경쇠약으로 무엇 하나를 똑똑히 보려고 노력하면 할수록 둘씩 셋씩 보이고 어떤 생각 하나를 아니 하려고 하면 도리어 강박적으로 그 생각이 머릿속에 달라붙고 하는 반대성에 고생하던 때라 작중인물의 그 자가당착한 행동이 곧 자기 자신에게 옮기어질 것 같아 스스로 무서워졌다. 『죄와 벌』을 보아도 라스콜리니코프의 성격은 벌써 머리로 비범인을 꾸미기는 하되 그것은 행동화하지 못하는 공상가이다. 자기 손으로 고리대금하는 노파를 살해하기에는 너무나 선약한 청년이다. 그것을 자신도 잘 알고 또 그런 자신에게 번민하던 것이다. 그러나 결과는 그것이 번민으로만 끝나지 않고 만 것은 실로 이 자가당착한 행동이라고 생각된다. 그래서 라스콜리니코프는 일을 저질러 놓고 비로소 자기가 한 일에 뜻밖인 것같이 아연하던 것이다. 나는 자기도 어쩌하다 라스콜리니코프처럼 의외의 짓을 저지를 것 같아 겁이 나고 했다. 상점 같은 데 들어가 물건 앞에 서게 될 때는 손을 뒤로 돌려 단단히 뒷짐을 졌다. 어떻게 의지에 반해 손이 나가 앞에 놓인 물건을 집지 않을까 겁이 났다. 도끼나 그런 것을 보고는 끔찍한 연상을 하고 그것이 곧 행동화될 것 같아 무서워지고 했다.

그 후 차차 신경쇠약이 나아지며 그런 강박관념도 사라지고 그리고 소설도 이 사람 저 사람의 작품을 난독(亂讀)하는 사이 도스토예프스키의 작품에서 받은 인상도 멀어 갔다. 그러나 어찌 된 일인지 생활환경이나 심리변

동이 생길 때마다 도스토예프스키의 작품을 친히 했다.

시가 노오야의 글을 내가 문학수업을 해 보겠다고 생각하면서부터 읽기 시작했다. 도스토예프스키의 세계가 독자로서 감수할 때와는 또 달리 하나의 자기세계를 꾸미려 할 때는 그의 엄청난 재능 앞에 문학하려는 엄두를 내지 못했다. 말하면 생활환경이나 취급하는 현실이 쉽게 자기화할 수 있을 것 같아 시가 노오야의 글을 본받으려 했던 것이나 결코 그도 그렇게 쉽게 들어갈 수 있는 세계가 아니었다. 그의 「분화(焚火)」나 「화해(和解)」 같은 작품을 읽어 보아도 거기는 극히 평범한 일상생활이 과장 없이 그려 있는 것이나 그 표현에 있어서는 끔찍이 선택이 엄숙하고 조고만치의 타협성이 없이 현실을 대하는 결백한 태도는 능히 범재(凡才)로서 가까이하기 어려웠다. 그리고 시야가 좁고 바산바산한 고담(枯淡)한 세계에도 물리고 말아 변변한 습작 하나 얻지 못했다.

자기는 이 두 작가에게 얼마나한 영향을 받았는지 모르겠으나 할 수만 있으면 시가 노오야의 그 대상의 핵심을 파고드는 엄숙한 태도를, 그리고 도스토예프스키에게서는 작중인물에 자기를 몰입시켜 일상성의 한계를 넘어 가능의 세계로 끝까지 추박해 나가 다양적으로 행동화시키는 태도를 배우고 싶으나 그러나 자기에게 여기 감당할 얼마나한 재능과 소질이 있는지 전혀 자신을 못 갖겠다.

::: 『조광』, 1939. 3.

부엉이

밤이 깊으면 가끔 뒷산에서 부엉이가 운다. 아래 상가에서 울리는 축음기 광성(獷聲)이 그치고 멀리 전차 가는 소리가 그 소리대로 따로 떨어져 들리다가 멎어지면서부터 밤은 완전히 잠이 든다. 그러면 부엉이가 울기 시작한다. 혹은 이때부터 들리기 시작한다고 해야 옳을는지도 모른다. 초저녁부터 울기는 하였으나 거리의 소음으로 인해 헤살되다가 이제야 제 존재를 알리는 것인지도 모르니까 말이다.

하여튼 나는 밤이면 부엉이 우는 소리를 들을 수 있는 이것 하나만은 평지에서 올라와 산정에 집을 지니고 사는 보람인 줄 안다. 따라서 그 때문으로 당하는 온갖 불편이나 고통과를 족히 이것과 바꿀 수 있다 할 만치 나는 그 소리를 즐긴다.

내 집은 동대문 밖 낙산과 줄기를 같이한, 그리고 높이도 그와 어상반한 산마루에 있다. 지금은 이곳에 헌다한 동리가 이루어 있지만 몇 해 전까지도 한낱 무주공산에 지나지 않았다 한다. 헌데 이곳 산정에 올라와 사는 바엔 그것쯤은 각오한 바로되 아직도 고통스럽긴 오르내리기에 불편이다. 첫째 식수가 귀하다. 수도가 있는 산 아래 평지까지 이르자면 거리로도 상당하지만 보다 문제는 그 높이에 있다. 홀몸으로도 턱에 숨이 차지 않고는 오를 수 없는 가파른 비탈길이다. 더구나 어깨에 물지게를 지고 오르기는 나 같은 약질로는 도저히 감내하지 못할 고역으로 엄두도 못 내겠다. 물장수를 대더라도 평지의 배가 넘는 품삯을 주어도 고분고분치가 않다. 말인즉 물 한 통 지고 거기까지 오르긴 배(倍)의 두 곱을 받는대도 예산에 맞지 않는다는 것으로 잘못은 모두 '사람 살지 못할 곳'에 사는 이편에 있다는 듯한 얼굴을 하는 것이다. 김장 때 배추 짐이나 연탄 같은 좀 많은 것을 사 올리는 때도 품삯 외에 술값이라는 것을 따로 준다. 그래도 짐을 져 올리는 때는 매양 게두덜거린다. 모르고 왔지 알고는 두 번 오지 못할 곳이라고 맹세지거리다.

허나 그들이 아무러한 불평을 말하더라도 동정은 할지언정 나무랄 수는 없는 것이 나 자신이 누구보다도 오르내리기에 고생됨을 익히 겪는 까닭이다.

만약에 밤 부엉이 우는 소리를 듣는 취미나마 없다면 이곳은 그대로 '사람 살지 못할 곳'임에 틀림없다.

그러나 나는 비단 그 부엉이 우는 소리를 듣기 위하여서 눈을 말똥말똥 밤을 새우는 것은 아니다. 내게 있어 이 버릇은 이곳 산마루로 옮기어 오기 전에도 있었던 것으로 다만 나는 여기에 와서 자기와 같이 만뢰(萬籟)가 구적(俱寂)한 가운데 홀로이 깨어 자기대로의 생을 영위하는 하나의 벗을 얻었을 따름이다.

흔히들 사람의 타고난 품성이나 숙명을 내 팔자니 역마직성(驛馬直星)이니 하고 동물에 비해서 말하는 것을 들을 수 있는데, 그럼 나는 어쩌면 부엉이 팔자로 타고났는지도 모르겠다. 본시 나는 부엉이란 놈이 그러하듯이 낮보다 밤을 즐기는 편이다. 밤을 즐긴다는 것보다 여느 사람이 날이 밝으면 잠에서 깨어나듯이 나는 날이 어두워지면 비로소 느즈러졌던 나태한 마음에서 벗어나 정신이 맑아지며 가둥그러진다. 어떻게 보면 이것은 내가 낮 하루를 무척 게으르게 보냈던 때문에 그 벌충으로 그러는지도 모른다.

하여튼 밤이 깊을수록 말똥말똥 잠을 멀리하며 맑아 간다. 그러나 나는 여기에다 구태여 불면증이라든가 그런 병명을 붙이길 싫어한다. 병이라면 당자가 주관적으로나마 그 상태에 불쾌해하고 거기서 벗어나려 하고 벗어

나지 못해 괴로워하고 할 텐데 나는 도리어 여기에 가장 만족하려 하고 또 가장 자적(自適)함을 느끼는 자다.

사람에게는 때로 흘려지고 싶어하는 마음이 있어 잠을 청하고 술을 마시고 하지만 그것은 일종 생의 부정이요 사(死)에 이르는 일보일 것이다. 그렇지 않고 사람이 맑아지려 하고 맑아지는 때 가장 생의 충실함을 느낄 것으로 내가 낮을 버리고 밤을 취하는 것도 오로지 맑아지려 하고 맑아지는 때문일진댄 나는 나대로 충실한 생활을 하는 것이라고도 할 수 있으니 아아 이것은 바로 부엉이의 습성이로다.

이 밤에도 부엉이는 운다. 나 자신이 어딘가 멀리 떨어져 있는 듯이 그만한 거리를 두고 부엉부엉 밤과 함께 깊어 가며 그 소리는 점점 영성(靈性)에 가까워 간다.

◦◦◦ 『박문』, 1939. 5.

살구꽃

마당 한가운데 늙은 살구나무 한 주가 섰다. 대여섯 평 남짓한 척박한 터전에 한 채를 잡고 있어 거추장스럽지 않은 바 아니나, 운치(韻致)로 여겨 그대로 둔다. 우리가 이 집에 들기 이전에도 여러 차례 주인이 바뀌었을 터인데, 이제껏 남아 있을 때엔 아마 운치를 사랑하는 마음은 너나 다름이 없나 보다. 일전에도 모처럼 한 벗이 나를 찾아왔다가 이 늙은 살구나무를 아래에서 위로 거듭 훑어보며 감탄해 주었다. 먼저 벗은 마당 한가운데 살구나무가 선 것을 매우 신기해하고 그리고 이 나무에도 꽃이 피느냐고 물었다.

제때가 되면 여느 살구나무나 다름없이 꽃이 핀다고 하니까 벗은 그럼 열매도 여느냐고 한다. 물론 꽃이 피었으면 열매가 여는 것이 당연한 질서로 우리 살구나무도 질서에 어그러지지 않는다는 뜻을 말하자, 벗은 허어 하고 적잖이 감탄하는 것이다. 마치 꽃은 피되 열매는 열지 않는다는 이 (理)에 어그러진 대답을 기대하기나 한 듯싶은 얼굴이었다.

하긴 내 집 꼬락서니란 벗이 마당 가운데 이 보잘것없는 살구나무를 크게 감탄해 주는 외엔 다른 것이 없는 초라한 것으로, 나도 벗의 그 속을 알아차리고 얼른 그의 호장한 얼굴에 같이하여 꽃이 피고 열매가 여는 일종 당연한 그 일에 당연 이상의 일인 듯 자랑하였다. 그리고 어느 때고 이 나무에 꽃 피거든 꼭 한번 와서 보아 달라고 담배 한 개 대접한 것 없이 돌려보내는 섭섭한 정을 이렇게 말했다.

그러나 나는 그 벗을 기다리는 마음으로 이 살구나무의 꽃이 필 날을 고대하던 것은 아니다. 어느 날 어머니가 마당에서 고개를 들어 살구나무를 쳐다보시며, 벌써 봉오리가 영글어졌다는 것으로 방 안의 나를 불러내시었다. 딴은 거진 파 알맹이만큼이나 영글었다. 아직 바람이 쌀쌀해 목 뒤가 서늘한 한데서 모르는 동안에 이만큼 영글어진 사실에 놀랍기도 하려니와, 보다는 꽃봉오리가 이만큼이나 자라도록 한 마당 안에 두고 무시로 대하면서 전연 몰랐다는 것이 무릇 자연 그것에 그만큼 소연하였던 거만 같아 다시 보아졌다. 그리고 그 뉘우침으로 나는 매일 살구나무 아래 서서 가지가지 봉오리를 쳐다보게 되었고 또 하나의 새로운 희망을 얻은 감으로 그 봉오리가 완전히 열려질 날을 기다렸다.

　　나의 이 다심한 소망이 통해진 바 있어 우리 늙은 살구나무는 근처 여느 살구나무보다 오륙 일이나 그만큼은 일찍이 봉오리를 열러 주는 추경(椎景)을 보여 주었다. 오늘 아침 아직 내가 버릇인 늦잠에 잠기어 있을 때 영창 덕문을 요란한 소리로 열어젖히며 호통스런 누이동생의 음성이 나를 단잠에서 깨어놓았다.

　　"오빠, 살구꽃 피었우, 살구꽃 피었어."

　　나는 그 누이동생의 반색을 하는 음성에 따라,

　　"뭐?"

하는 기급한 형세로 상체를 일으켜 앉았으나, 그러나 그것이 다만 살구꽃이 피었다는 사실 이상이 아닌 것을 깨닫자 이번엔 반대로 먼 데 것이 가까이 온 기쁨으로 천천히 얼굴에 미소를 지었다. 그리고 천천히 몸을 움직여 옷을 주워 입고 마루로 나가,

　　"어디 말이냐?"

하고 또 좀 새로운 미소로 누이동생의 얼굴에서 그가 가리키는 처마 끝 살구나무 가지로 눈을 옮기었다. 딴은 바람이 가리우고 양지가 바른 쪽으로 여남은 송이 봉오리가 활짝 열리었다. 그러나 누이동생과 어깨를 나란히

그 꽃을 쳐다보는 나는 누이동생이 그처럼 생생한 기쁨으로 얼굴을 빛내는 그 반분의 감흥도 일지 않는다. 그 반분의 것도 말하면 누이동생의 얼굴에서 받는 그것으로 살구꽃 그것에서는 단지 하나의 기대를 잃은 실망을 느낄 따름이다. 젊은 여인의 미(美)는 앞으로 보는 때보다 뒤로 좀 떨어져 보는 때에 한층 빛나는 것으로 뒤로 보고 감탄하던 사람을 앞으로 보고 실망하는 수가 많은데, 아마 살구꽃도 봉오리를 보는 때만 같지 못한 것이 그가 가진 특색인지도 모르겠다. 그러나,

"너 보기 좋냐?"

"그럼 좋지 않구."

누이동생은 여전히 같은 얼굴로 도리어 내 쓸쓸한 표정을 의아해하는 것이다. 그럼 누이가 감정을 과장하는 것인가, 내가 살구꽃을 살구꽃대로 받아들이지 못하도록 감성이 소박하지 못함인가. 혹은 많이 얻으려거든 많이 기대치 말라는 말이 옳아 나는 너무 기대함이 컸던 까닭으로 이렇고, 누이는 그것이 적었던 까닭으로 저런가 싶기도 하고, 나는 분명히 그 흑백을 가리기 위하여 어머니를 불러내어 그 꽃을 보시게 하였다. 그러나 꽃을 쳐다보는 여인의 마음이나 얼굴은 같은 것인가 싶어 누이동생과 똑같은 표정으로,

"그 꽃 좋다."

하지만 나 홀로 그 꽃이 좋은 줄을 모르겠으니, 병은 내게 있음이 분명하고, 동시에 꽃에서 느낀 그것으로 말미암아 봉오리에게 가졌던 기대조차 잃고 말아 봄 전체에 대한 흥미를 잃은 듯 쓸쓸하기 이를 데 없다.

이런 때 전일 이 늙은 살구나무에 꽃이 피는 날 나를 찾아주기를 기약하고 간 벗이 방문해 주었으면, 그리고 이 살구꽃을 보는 마음이 동감이라면 적이 위안이 되련만, 그러나 내 집 꼴이 마당 가운데 늙은 살구나무만이 돋보이지 않을 만치 윤택되지 못할진댄 벗은 덮어놓고 좋다고 감탄해 줄 것이니, 그것도 믿을 수 없다.

『문장』, 1939. 6.

장발기 長髮記

자라는 대로 내버려 두는 머리가 옆으로 귀를 덮고 뒤로 목을 덮어 더부룩하게 자라면 내 누이동생은 책상 위에 오십 전 한 닢을 꺼내 놓는다.

매양 아침 출동 시간에 몰려 수저를 잡은 손으로 거울을 들여다보고 얼굴에 분때를 밀다가는 양말 대님을 조르고 하는 이렇게 부산을 떠는 중간에 지나가는 소리로 옆에 섰는 나를 향해,

"이것 가지고 머리 깎우."

하고 외면을 한 채 심상히 한마디한다.

그러나 나는 여기 대답을 하거나 냉큼 손을 내밀어 받아 넣거나 하지 않는다. 못 들은 양 며칠이고 그대로 심상히 내버려 둔다. 책상 위의 돈을 이리 밀리고 저리 밀려 조금씩 있는 자리를 변한다. 그러는 대로 따라 내 태도도 조금씩 동(動)해 간다. 또 나흘이 지나고 닷새가 된다. 그리고 오라범 된 몸으로 손아래 누이동생에게 머리 깎을 돈을 받는다는 어색한 감정이 사라지기를 기다려 말하면 원인은 머리에서 잊혀지고 현재 눈앞에 보는 결과만이 남아, 책상 위에 놓여 있는 그 돈이 자기 주머니에서 나왔던 거나 다름없는 것인 듯 눈에 익고 친해진 다음에야 나는 비로소 손에 집어 든다.

오정 가까이 점심 겸 늦은 조반을 치르고 나면 우청(雨晴)을 가리지 않고 거리로 소위 산책이라는 것을 나간다. 날마다 하는 정한 목적이 없이 나가는 그 일에 이날은 머리를 깎는다는 뻐젓한 하나의 정한 목적이 있이 집을 나간다. 사람이 오십 전이면 오십 전, 그만 가치로 바꿀 수 있는 하나의 권

리를 가지고 그리고 그 권리를 자기 몸에 가장 이롭게 쓰기 위하여 걸음을
걷는다는 것은 실로 예상 이상으로 든든한 것임을 알 수 있다. 나는 내가
가진 무릇 배경이라든가 떳떳하지 못한 내 처지를 익히 알고 있을 골목 안
이웃집 대문 앞을 지날 때나, 골목 밖 반찬 가게의 젊은 주인과 그 가게 앞
에 장기판을 놓고 둘러앉았던 동리 한가한 패들 앞을 지날 때나, 다리를
하나 건너 사립 학원이 있는 맞은편인 조고만 담배 가게의 언제나 그 앞을
오르고 내리는 뭇 사람을 손바닥만한 유리 구멍으로 일일이 점검하고 앉았
는 노파의 그 유리 구멍 앞을 지날 때나, 그 아래 돌층계를 내려가 왼편으
로 대문채와 바깥방의 행길로 난 벽을 트고 소규모로 싸전을 벌인 한편에
빈대떡을 구워 파는 중년 여인을 둘레로 중게중게 모여 서서 옥하사담(屋下
私談)을 하는 동리 여인들 앞을 지날 때나, 그리고 거기서 좀 내려가 오른
편엔 수통, 왼편엔 선술집이 있는 그 양편으로 아침에 싸구려 장수 행상을
나왔던 패들이 담을 들이고 앉았는 앞을 지나게 될 때 말하면 내가 그들의
모습이 눈에 익은 이상으로 일상의 내 초라한 주제꼴과 내 유표한 봉두난
발이 눈에 익었을, 그리고 내가 각기 그들이 가진 배경을 알고 싶은 이상
으로 나의 그것도 알고 싶어할 그들 눈앞에 자기 몸을 나타나 보이게 될
때 느끼던 자기 왜소감과는 달리 제법 활보에 가까운 걸음으로 그 앞을 지
나갈 수 있었다. 그리고 나는 또 좀 앉을 자리가 편할 이발소를 찾아갈 것
을 잊지 않는다. 하기에 거리가 가까운 곳을 피하자면 얼마 걸음 걷지 않
고 이를 수 있는 삼거리 예배당 아래층 이발소를 택할 것이다. 하되 그곳
을 내가 거리를 나갈 때엔 반드시 그 앞을 지나가야만 되는 곳으로 그곳
이발사는 하루 두 번은 거르는 법 없이 그 앞을 지나는 내 행색이 익히 인
상에 남았을 것이고 그리고 내 귀를 덮은 머리를 볼 때마다 어느 사람과는
또 좀 예민하게 일종의 이해관계를 맺어 날래 자기네들의 수고를 빌려야
할 사람 중의 하나로 꼽았을 것이고 그리고 하루바삐 자기 집 의자에 앉아
주기를 기다렸을 것이다. 그러나 이미 이발할 때가 지난 지 오래인 이즘에

도 오히려 그 의자에 들어와 앉으려지 않는 나를 볼 때 그들은 이젠 그 자리에 들어와 앉을 만한 자격이 없는 위인으로 단정하고 말아 저들이 안하(眼下)에 두고 볼 것이다. 나도 그들만 못하지 않은 예민으로 그 속을 짐작할 수 있어 이런 때엔 나는 나대로 내까 머리를 길게 하는 것은 자기 취미가 그럼으로 결코 그대들이 안하에 두고 볼 것이 아니라는 변명을 하노라 걸음걸이까지 뻣뻣해지던 것이다. 헌데 오늘날 내가 그 의자에 앉는다면 그들 이발사의 같지 않은 단정을 깨트려 줄 수는 있으나 나는 스스로 자존을 잃고 마는 것이니 피차에 편안할 수가 없을 것이다.

내가 만만히 찾아가 앉을 수 있는 곳으로 정한 이발사란 첫째 내 얼굴 모습이 익지 않은 그리고 내가 동저고리 바람에 봉두난발로 들어가 앉는데도 조금도 거북하지 않은 곳으로 큰 거리에서 떨어져 개울 뜰을 끼고 한참 올라가 넓은 배추밭을 등지고 앉은 체경 하나 의자 하나의 작고 초라한 이발사다. 어느 날 밤에 우연히 전등이 밝은 아래서 객(客)의 수염터에 비누칠을 하며 수심가인 듯싶은 콧노래를 부르는 그 집 주인의 인상이 매우 유하게 보였다. 지금쯤 찾아간다면 대머리가 벗어진 그는 객 없는 의자에 누워서 낮잠이라도 자고 있으리라. 헌데 그곳까지 가는 도중에는 삼사 처의 다른 이발소를 지나야 하고 나는 가까운 곳을 내놓고 먼 데를 찾아가는 것에 어쩐지 그 앞을 태연히 지나갈 수 없는 거리낌이 있어 길이 좀 외도는 것도 불구하고 큰길을 골목을 돌고 언덕을 넘고 하였다.

그러나 급기야 찾아간 이발소의 세 쪽의 유리창이 전부 흰 커텐으로 가리워 있다. 그리고 바깥문에 때 묻은 나무패가 걸려 있어 '정기휴업'이라 하였다. 나는 고만 '허어' 하고 크게 낙망하지 않을 수 없다. 허구많은 날에 하필 이날 내가 머리를 깎을 생각을 한 것과 모처럼 머리를 깎을 생각을 하고 찾아간 그날이 '정기휴업'인 여기에 나는 먼저부터 그렇게 되도록 준비되어 있던 말하면 자기의 적은 의지로는 도저히 넘을 수 없는 무슨 운명에 부딪힌 것이나 같은 감을 느끼고 마는 것이다. 하기야 정기휴업이란 무기휴업이 아닌 것으로 오늘이 지난 내일엔 닫혔던 문이 열릴 것은 재언할 것이 없는 일이로되 여기가 또 나 스스로가 봉두난발이 자기의 타고난 번탈인 것처럼 자처하고 마는 요인이 있다. 사람의 감정이란 매우 옹고집인 듯싶어 내일도 모레도 오늘의 연장일 것만같이 여겨지는 동시에 어쨌든 자기가 머리를 깎고자 하는 날이면 반드시 그날은 정기휴업일 것만같이 생각하고 만다.

까닭에 나는 내게 머리 깎을 돈을 주는 누이동생이나 어머님이 나의 무릇한 사람 몫에 못 끼는 원인, 말하면 삼십이 가깝도록 끈 붙은 생업이 없는 것이나 아직도 총각을 면치 못한 그 모든 원인이 나의 귀를 덮은 머리에 있기나 한 것같이 그리고 내가 그 머리를 깎기만 하면 곧 모든 게 쾌히 해결될 것만같이 얼굴에 슬픔을 옮기어서 권하기까지는 좀처럼 이발소 갈 생각을 하지 않는다.

❖❖❖ 『조광』, 1939. 9.

지연 紙鳶

상

높새가 불기 시작하였다.

그것을 먼저 알긴 아마 아이들인가 싶다. 어른들이 '입추'를 달력에서만 알고 있을 때, 성 마루에는 동리 아이들이 세 놈, 다섯 놈, 우뚝우뚝 올라서 제철이 되었음을 몸으로 느끼었다는 듯 연을 날리기 시작한다. 웃통을 벗고 아래만 가린 놈, '런닝'샤쓰만 입은 놈, 알몸으로 가로 떠진 배를 드러낸 어린 놈, 여기 한패, 저기 한패, 떼를 지어 모여 서서 각기 자기 연을 높게 올리기를 다툰다. 딴은 한여름 폭양에 탄 살빛이 흑인종처럼 까맣고, 엊그제 모양에서 변함이 없지만, 어쩐지 다리 마디가 까칠하도록 쓸쓸해 보이고, 등지고 섰는 하늘빛이 한결 푸르고 높아진 것 같다. 절기를 점친 바 그들에게 의책이 없음을 알 수 있다.

처음 그들은 큰 연과 많은 실을 필요치 않는다. 볼기짝얼레나 손바닥에 적은 실을 감아쥐고, 방패연에 길게 꼬리를 달아, 우선 바람의 높이와 그 실력을 다투어 보려 한다. 그러나 바람은 날래 그들 앞에 자기의 본색을 드러내 보이려 하지 않는다. 조금 부는 척하다가는 말고, 다시는 아니 불 것처럼 잠잠하다가는 갑자기 돌개바람으로 몰아친다. 그러는 대로 아이들과 연은 따라 바람 하는 대로 놀림감이 되고 만다. 곧잘 바람을 타고 올라 손바닥에 감은 실이 거진거진 다 풀리고, "망고다!" 소리를 치는 기쁨도 일순간으로 갑자기 힘을 잃고, 연이 총 맞은 새처럼 몸을 틀며 돌아 떨어진다. 그러고는 죽은 듯 잠잠하고 불지를 않아, 바람은 아이들로 하여금 수고롭게 한다. 팔꿈치가 귀 뒤를 지나도록 실을 꼬드겨 튀김을 준다. 풀었던 얼레를 감아도 본다. 성 이쪽 끝에서 저쪽 끝까지 달음박질로 연을 꼴담거려도 본다.

바람은 또 변덕이 잦다. 서향해 불던 바람이 금방 남으로 돌아 반대편 동으로 불어 가기도 한다. 그런가 하면 또 그 반대로 돌고, 그러는 대로 연은 공중에서 방향을 잃고 당황해 한다.

이런 때, 아이들은 타고난 성격과 지량에 따라 행동한다. 한 놈은 바람이 위치를 변해 움직이는 대로 가감을 맞추어서 실을 감고 풀고 하여, 연으로 하여금 추락을 면하고 바람 가는 곳으로 따라가게 한다. 이놈은 침착과 지혜가 아울러 있어, 장래 쾌히 열 사람 지휘할 정도의 지위를 가질 수 있으리라. 한 놈은 바람이 방향을 옮기자 곧 자기 몸소 위치를 옮겨 바람 가는 대로 따라 돌아서며, 연으로 하여금 정면으로 바람을 받도록 늦추려지는 실을 끌며 달음박질을 한다. 이놈은 타고난 노력가여서, 일후 무릇 뜻을 세워 종사하는 일에 성공하고 말리라. 그리고 또 한 놈은 공중에서 방향을 잃고 당황하는 연 그것처럼, 자기도 함께 당황하여 어쩔 줄을 모르고 갈팡질팡하다가, 마침내는 연으로 하여금 땅바닥에 떨어지게 하고 만다. 이놈이 매사에 이럴진댄 그의 장래가 어떨 것은 보지 않아도 짐작할 수 있으리라. 사람이 세상에 나가 범중의 머리 위에 자기의 지위를 세우는, 말하면 출세를 하게 되는 인물이 그렇다 하듯이, 여기서도 상대가 가진 성질을 잘 해득하고 그것을 약삭빠르게 조종할 줄 아는 놈이 결국 득승을 하게 된다.

무엇보다도 그들이 제일 두려워하는 것은 바람이 불기를 그만두는 때다. 변덕을 부리든, 장난을 하든, 하여튼 바람이 호흡을 하고 있는 때는 이놈이 쥐죽은 듯 잠잠한 때처럼 곤란한 일은 없으니, 공기를 잃은 비행기와 같이 연은 곧 모든 기능을 잃고 마는 것이다.

이런 때면, 그들은 바람에게 간청을 해 보는 수밖에 없다.

"바랑개 바랑개 바람 많이 붑쇼."

여전히 바람은 귀가 먹은 듯 기척도 없다. 그러면 아이들도 한 가지 방법으로,

"바랑개 바랑개 바람 부지 맙쇼."

이것은 일테면 역효과를 노리는 속셈이리라. 본래 자연이란 짓궂은 것이어서 사람이 원하는 대로 되어 주기보다 반대로 하기가 일쑤이다. 바람 이놈도 불지 말라면 도리어 불어 주리라.—아이들은 이만큼 자연을 이해할 줄 안다. 그러나 모든 것은 종내 계절이 결정하고 만다. 그렇게 하루하루 날이 가며, 따라 절(節)은 익어 들어 바람은 점점 세력을 넓히어 가고, 그리고 연과 아이들은 제 세상을 만난다. 볼기짝얼레에서 네발얼레로, 방패연에서 구모래장군, 허리동이, 홍치마 등 정말연으로, 그 수효와 활동률은 계절과 함께 익어 간다.

하

건넌방 미닫이를 열면, 건너편 언덕 올망졸망한 오막살이 지붕 위로 길게 가로누운 낙산(洛山) 성(城)이 보인다. 오후면 때로 나는 창 앞에 의자를 가져다 놓고 앉아 맞은편 성을 건너다보는 것을 즐긴다. 고색이 검푸른 성벽과 동리 오막살이 지붕 위로 모색(暮色)이 짙어 가는 것이라든가, 성 밑을 총총걸음으로 아침에 문안 일터로 나갔다가 돌아오는 한 옆에 벤또를 낀 사람들의 검은 그림자를 바라보며 그중에 한 사람쯤 내 집을 향하고 오는 사람같이 여기며 지난날의 벗을 생각해 본다든가 하는 일상에서, 나는 요즘 계절에 따른 한 가지 경(景)을 얻게 되었다. 해가 기울면, 근일로 갑자기 수가 늘기 시작하여 성마루가 연 날리는 아이들로 꺼멓게 된다. 흡사

일종의 전장이다. 얼레와 연을 가진 한 놈을 중심으로, 좌우에 아무것도 갖지 아니한 같은 또래의 중다강이가 아래 동리를 향하고 성 끝에 조루룩 나와서 한패를 꾸민다.

그러면 역시 연을 가진 놈을 선두로 뒤의 한 무더기 병졸을 거느린 한패가 와 도전을 건다. 그들은 말보다 행동을 앞세워 연 높이만큼 이편도 실을 풀어 연을 올린다. 그리고 슬며시 연의 머리를 상대편 가까이 가져간다. 여기서 전단(戰端)이 열리고 아니고는 결정된다. 만약 상대편에서 전의가 없으면 적이 범하지 못할 거리로 피해 가거나, 아니면 애초에 겁을 먹고 연을 감아 돌리고 만다. 그렇지 않고 슬쩍 비켜 적의 공격을 피하는 동시에 상대의 머리 위를 넘어서는 동작을 취하는 것은 싸워 볼 전의가 있는 표로, 다음부터는 서로 다투어 유리한 위치를 가지려 전술을 다한다. 공중전에서 전투기는 상대의 뒤로 돌아 꼬리를 물 태세를 갖는 것이 최상의 위치라는데, 연은 좀 달라 적의 실허리 위에 이편의 것을 실리는 것이 가장 좋은 위치로, 전술이라는 것도 여기에 달렸다. 높직이 솟았다가는 적을 향하고 급강하로 곤두박힌다. 측면으로 휘감아 들어간다. 아닌 척하다가는 불시에 미끄러져 들어가 엎는다. 이런 공격보다는 그것을 피하는 기술도 또 볼 만한 것이다. 밑으로 빠졌다, 옆으로 샜다, 이렇게 쫓고 쫓기고 연은 허공에서 자주(自主)한 생명체처럼 행동하고 표정한다. 이런 때, 그 연을 아래서 조종하고 있는 아이놈의 얼굴은 필시 연의 표정을 닮으리라. 그리고 연은 그 실 끝을 잡고 있는 주인의 얼굴을 닮고. 마침내 두 연은 서로 얼러진다. 이때에 전술은 한 가지, 상대보다 속하게 실을 풀어 주는 것이다. 연은 그 주인을 닮아 가장 긴장한 태도로 좌우 머리를 저으며 풀려 나간다. 그러나 이 전술은 적의 실을 마찰해 끊어뜨리는 작용도 되지만, 보다는 상대의 그것을 방비하는 힘이 많은 것으로, 걸핏하면 장기전으로 들어가고 만다. 실을 감아 들여도 보고, 튀김도 주어 보고, 이편이 그러면 또 한편 그것을 따르지 않을 수 없어 날래 귀정은 나고 말아 마침내,

"나간다!"

그 소리는 성 위, 성 아래, 그 연에 흥미를 갖고 쳐다보고 있던 모든 입에서 동시에 터져 나와 한동안 동네를 흔들어 놓는다.

여기서 전승(戰勝)한 연은 전승을 한 표로 기세 좋게 높이 솟아올라, 아래로 파선을 지으며 추락해 가는 연과 현저한 대조를 만든다. 그리고 건너편 언덕, 성 아래 동리 골목골목에서 고개를 쳐들어 연이 나가기를 기다리고 있던 패들 간에 연과 실의 쟁탈전이 열린다. 한번 나간 연은 그것을 잡는 자가 소유자가 되는 것이 전래로 내려오는 이곳의 법률로, 지금까지 고개를 쳐들어 앙망하고만 있던 위치에서 금세 소유자로 변한다.

저녁은 깊어 건너편 성의 윤곽이 멀어지듯 어둠 속에 잠기어 간다. 여전히 그 속에서는 지금이 싸움의 대마루인 모양으로 "나간다!" 소리가 연발한다.

❖❖❖ 『조선일보』, 1939. 9. 15~16.

잊을 수 없는 그대여

초봄이란 말에 나는 별다른 느낌 하나를 갖소. 그 철이 되었을 때 더욱 그렇지만 아무 때고 나는 초봄이란 그 말을 즐겨 외고, 그리고 음악과 함께 느껴지는 한 가지 생각에 잠겨 보는 것이오. 그것은 그대를 처음 만나던 때가 초봄인 까닭일 게요.

사실 그대는 내게 있어 그대로 하나의 초봄이기도 하리다. 내가 한때 서울의 답답한 생활에 지쳐 무거워진 머리를 쉬고자 친구가 권하는 대로 시골로 내려간 때가 바로 초봄이었소. 나는 비 한 줄기마다 푸르러 가는 듯싶은 산과 그 산으로 사방이 둘러막힌 그곳 작은 마을을 좋아하였고 또 집 앞을 흐르는 맑은 개울과 아침 그 개울에 나가 세수를 하게 될 때면 몇 간 통 위에서 오줌 요강을 가시는 것을 보고도 자기 앞을 흐르는 물이라 하도 맑고 깨끗해 더러운 줄을 모르게 되는 같은 마음에서이리라. 한편에 어린애 똥 기저귀를 빠는데도 그날 아침 밥솥에 부을 식수를 동이에 떠 가는 그곳 사람들의 무심한 풍속을 좋아하였소. 그리고 내가 또 좀 즐거워하긴 그대를 따라 밭가슬 산달 같은 양지로 나물을 캐러 가는 것이오. 그대는 나에게 나물 이름과 산 이름, 그리고 마을의 이 집 저 집의 내력과 소문 거리를 옮기여 들리기를 즐기었고 나는 그대가 나를 대할 때 하는 그 맑은 눈동자며 음성, 그리고 애태(愛態)를 꾸며 고개를 갸웃거리는 것을 바라보기를 즐기었소. 이렇게 내가 그대에게 친하고자 함은 다만 마음과 몸이 그대와 같이 되고자 함이었소. 그대와 같이 어린 나이의 소박하고 청초한 그리고 그대의 몸에서처럼 초봄의 온기와 들의 향취가 도는 한 자연아가 되고자 함이었소. 까닭에 그대가 어른의 세계를 모방해서 나와 더불어 소꿉질을 꾸미려 할 때에도 나는 곧 그대와 같은 열네 살이나 그만한 나이의 마음과 태로 돌아가 그대의 세계에 쉬웁게 동화하려 하였소.

그러나 내가 종내 소꿉질로만 해석하려는 그대의 그것은 반대로 그대가 내게 가장 엄숙한 태도로 가까이하려 함인 줄은 몰랐소. 그래서 그대가 얼굴에 어른이나 할 표정을 하며 곡진한 애정을 보일 때도 나는 다만 어른의 그것을 흉내 내는 소꿉질로만 알려 하였던 것이오.

어째서 사람의 행복이나 진정이란 적당한 때가 지나야 비로소 깨닫게 되는 것인지 모르겠소. 내 그대와 떨어진 지 이미 오래인 이제야 더욱 그대의 진정이 알아졌고 그리고 이제야 지금에 이르도록 그대 이외에는 한 사람도 내게 애정을 표하는 얼굴을 보지 못한, 말하는 그대가 내게 최초요 마지막으로 나타난 단 한 사람의 여인이었다는 것을 느끼며 내 마음이 허전할 때 또는 날 저무는 으슥한 골목길을 걸으며 문득문득 그대의 초봄과 같이 맑고 서늘한 눈동자를 그리워해 보는 것이오.

░░░ 『여성』, 1939. 12.

할미꽃

간밤 새도록 내리던 비 흔적 없이 개이고 엷은 햇빛 선명한 마당에 지렁이 한 마리 나와 돈다. 날씨 아직도 쌀쌀해 맨발 벗은 계집애 종아리 까칠하다. 내일모레도 맨발 벗긴 이르다 싶은데 그 종아리보다 더 연한 지렁이 왕모래 꺼칠꺼칠 드러난 마당에 한 걸음 한 걸음이 악전고투다. 눈멀어 그런 양 머리 들어 이리저리 살피며 갈 길 몰라 한다. 서너 간 남짓한 좁은 마당이로되 고비 사막만큼 끝없나 보다. 끝없는 사막에 지향 없는 길손처럼 헤맨다. 몸 굴렸다 피는 둔한 걸음으로 되는 대로 옮기어 본다. 연한 몸뚱아리에 왼통 모래 되어 되는 대로 굴러도 본다.

그 형상 내 꼴 같아 저절로 콧속이 매웁고 조꼼 눈물까지 맺힌다.

땅속은 바깥보다 봄이 익어 가만히 엎디어 있지 못했더냐. 아니면 너 홀로 남보다 봄을 일찍이 느끼고 가만히 엎디어 있지 못했더냐. 아무튼 도토로 그것은 죄인가 보다. 죄 아니면 이처럼 생이 욕될 수 있느냐 말이다.

그 마음 그대로 안고 성 밑을 산보하다 문득 걸음 멈추었다. 무심히 내려다본 발아래 할미꽃 한 송이 피어 있다. 내 일찍이 이 길을 두고두고 거닐었으되 한 번도 보지 못했다. 아마는 하룻밤 사이에 꽃 되어 땅속에서 솟아올랐나 보다. 도무지 꽃으로 믿어지지 않아 그 자리에 숙이고 앉아 일일이 살피어도 꽃은 꽃이다. 진한 자줏빛 꽃잎이며 노란 꽃술이며 빛깔과 그 모양 천의(天意) 그대로 아름답고 영화롭다.

아마는 지렁이의 뜻 이곳에 이루어져 꽃 되어 피어났나 보다. 간곡한 지렁이의 뜻 이곳에 이루어져 꽃 되어 피어났나 보다.

내 저절로 콧속 매웁고 조끔 눈물까지 맺힌다.

❖❖❖ 『신세기』, 1941. 6.

봄

수채의 얼음 밤새 풀리고
고양이 발자욱 하나 남었다.

아침에 참새 소리 별로 새롭고
어머니 이야기 또한 부닌다.

어느 삼밭에 씨 뿌리는 농부도 있을지—
내 가슴을 풋고초 풋씨가 뿌려지는지—

홰나무 헌집에 까치 두 마리 기웃거릴 제
빈 주머니 설온 푸념을 하란다.

∷∷ 『신생』, 독자문단, 1932. 4.

말을 더듬다 쥐어박혀

— 시방 생각해도 미안한 일

　보통학교 때 나는 퍽 말을 더듬었습니다. 하루는 교장 선생님이 그 나를 불러다 하급생들 앞에 세워 놓고 퉁변을 하라 하시었습니다.

　"오늘은 머리가 아파서."

하고 글을 가르칠 수 없으니 한 시간쯤 교실에서 조용히 복습을 하라는 내용입니다. 나는 상급생 된 위엄으로 의젓이 서서 그 말을 받아,

　"오늘은,"

하여 놓고 그다음의 "머리가 아파서"의 '머' 소리가 도시 나오지 않습니다. 머머머머 하고 한참 더듬다가 쉬운 말로 고쳐서 한다는 소리가,

　"오늘은 다강이가 아퍼서."

하였더니 온 학생이 허리를 펴지 못하고 간간대소를 합니다.

　그러나 교장 선생님은 그들이 어째 웃는 것인지 까닭을 알 리 없습니다. 다만 크게 노해서,

　"남은 머리가 아프다는데 너희들은 뭣이 그리 좋아서 웃는 거냐."

고 팔을 걷어 올려 이 머리 저 머리 사정없이 주먹으로 쥐어박는 것입니다.

　이때처럼 내 처지가 미안한 때는 없었습니다.

❖❖❖ 『소년』, 1938. 10.

입병이 나서

― 나의 중학입학 : 입학시험 치르던 얘기

　　하필 시험 날 입병이 나서 볼이 불룩하게 부어 가지고 지금 경복 중학으로 시험을 치르러 갔습니다. 그 학교는 지금도 그런지 몰라도 수험자의 사진을 받지 아니 하고 얼굴 특징을 적어 두었다가 어제 얼굴과 비교해 보는 것입니다. 처음 날 아마 내 얼굴을 볼따구니 부은 놈이라고 적혔던가 봅니다. 이튿날 시험장에서 답안을 쓰고 앉았는데 얼굴 조사하러 다니는 선생님이 내 앞에 이르러 수첩과 내 얼굴과를 번갈아 보더니 아주 수상해하십니다. 그럴 것이 나는 입병이 나아 어제의 불룩하던 볼이 홀쭉하게 내렸던 것입니다. 나는 어제의 얼굴과 오늘 얼굴이 같은 사람이라는 것을 증명하기에 한참 애썼습니다.

❖❖❖『소년』, 1939. 2.

쓰레기통을 뒤지는 옛 동무

— 아까운 동무들 어쩌다 그렇게 되었나?

소학교 때 동창입니다. 그는 사람이 좀 이상스러 항상 말이 없는 핼쑥한 얼굴에는 언제든지 근심에 묻힌 빛이 돌았습니다. 동무들과도 잘 사귀어 놀려 하지 않고 운동장 같은 데서도 혼자 떨어져 생각에 잠기어 있었습니다. 공부도 그다지 잘하는 편은 아니고 말하면 좀 못난 편인 듯하면서, 한 가지 그림에는 뛰어난 재주가 있었습니다. 누구에게 배운 일도 없을 텐데 벌써 그의 그림에는 남에게 없는 개성이 빛나는 것입니다. 그때 그림을 맡아 가르치던 선생님도 은근히 그의 재주를 칭찬하여 장래를 기대하였었습니다.

그랬었는데 내가 학교를 나온 후 몇 해 지나 뒷골목에서 등에 커다란 광우리를 짊어지고 쓰레기통을 뒤지고 있는 그를 보았습니다. 이 소년의 일을 군밤장수로 꾸며 소년소설로 쓴 일이 있지만 그 후는 다시 그의 소식을 듣지 못했습니다. 지금은 어찌 되었는지 모르겠으나 어째 불행할 것만 같아 슬퍼집니다.

::: 『소년』, 1939. 4.

숨어서 다 들은 할머님의 욕

— 시방 생각해도 미안한 일

　어렸을 때, 먼촌 일가 할머님 한 분이 내 집에 와 계시었습니다. 하루 나는 장난으로 안방 덧문 뒤에 몸을 숨기고 있었습니다. 밥 먹을 때가 되자 집안 사람들은 나를 찾아 밖으로 나가고 방 안에 그 일가 할머님이 혼자서,

　"고놈, 빤들빤들하고 사람 되긴 틀렸다."

하고 중얼중얼 내 흉을 보시는 소리가 내 귀에 들려왔습니다.

　나는 고만 나가려도 그 할머님이 미안해하실 것을 생각하고는 나갈 수가 없었습니다. 점점 배는 고프고 어른들은 나를 찾노라고 걱정들이시고 그러다가 결국은 발견이 되어 덧문 뒤에서 나오고는 말았습니다마는 그 일가 할머니의 미안쩍어하시던 얼굴은 지금도 잊을 수 없습니다.

❖❖❖ 『소년』, 1939. 5.

새사람이 됩시다

여러 어린 동무들!

우리나라는 지금 새로운 시대를 만나서 새로운 국가가 되려고 애쓰고 있습니다. 일본 제국주의의 악독한 채찍에 시달리고 짓밟혔던 우리나라의 역사와 국토 위에 새로운 제도와 새로운 문화를 세워서 모든 사람이 다 같이 잘 살 수 있는 민주주의 나라를 세우려는 것입니다.

새 나라의 주인이 될 사람은 여러분 어린이들입니다. 여러분은 새 나라를 만들고 새 시대를 건설하는 가장 중요한 일꾼들이요 또 보배입니다. 여러분이 잘하고 못하는 데 따라서 나라는 흥할 수도 있고 망할 수도 있습니다. 여러분 어린이들이 자유롭게 자라지 못하게 만든 일본놈 시대를 생각해 보십시오. 그들은 여러분에게 우리나라의 아름다운 강산을 사랑하지 못하게 하였고, 우리나라의 찬란한 역사를 알지 못하게 하였으며, 우리들의 훌륭한 문화와 언어를 못 쓰게 하지 않았습니까? 그리고 여러분의 아버지나 언니들을 강제로 이끌어 내가다 저희들 싸움터에서 죽게 하지 않았습니까?

그러나 세계의 민주주의 연합국은 우리를 그러한 야만스러운 일본 제국주의의 쇠사슬에서 풀어 놓아주었습니다. 이 기쁨과 자랑은 모두 여러분 어린이들이 차지해야 할 것입니다.

그러면 여러 어린 동무들! 우리는 어떻게 해야 새 나라의 훌륭한 일꾼이 될 수 있을까요.

첫째로 일본놈들이 우리에게 들씌워 놓은 여러 가지 때를 씻어 버려야 하겠습니다. 가령 공부를 하는 데도 일본말을 절대 쓰지 않도록 하며 조선의 아름다운 말과 글을 하루 바삐 능란하게 배워서 조선의 역사를 배워야 하겠습니다.

둘째로 일본놈들 모양으로 잘사는 사람이 못사는 사람을 아무렇게나 부려 먹으려는 그런 생각을 버려야 하겠습니다. 돈 있으면 훌륭하고 돈 없으면 아무것도 할 수 없다 하여 부잣집이라면 그저 굽실거리기만 하는 그런 버릇을 털어 버리고 아무나 다 잘살 수 있는 권리를 주장해야 합니다. 비록 이때까지는 가난한 집 아이들은 구석지고 빛발 없었지만 지금부터는 누구나 떳떳하고 굽힘 없이 살아야 하지 않겠습니까?

셋째로 옳은 일에 눈뜨고 바른 일을 위해서는 씩씩하고 용감해야 하겠습니다. 아무리 어른이나 선생이라도 덮어놓고 복종하라든가 나쁜 일도 시키는 대로 해야 한다는 그런 생각을 버리고 자유롭게 자라야 하겠습니다. 어떤 집안에서는 어린이를 장난감으로 치부하거나 또는 심부름꾼으로만 여기려는 부모가 있으나 그것은 어린이를 꿋꿋하게 자라지 못하게 하는 옛날 생각입니다. 심한 집에서는 어린이더러 거리에 나가 장사를 하라고 시키는 부모도 있습니다. 저 행길에서 서양 물건을 훔쳐다 팔고 있는 아이들을 보십시오. 그런 아이들은 사람의 옳은 길을 모르고 돈만 알게 되어 남을 속이고 세상을 좀먹게 하는 것입니다.

넷째로 여러분은 항상 일하는 사람이 되어야 합니다. 공부도 물론 부지런히 해야 하겠고 일도 할 수 있는 일이면 무엇이든지 할 수 있는 사람이 되어야 합니다. '일하지 않으면 먹지 말아라.' 하는 것이 새 시대의 명령입니다. 그렇게 일하는 데 있어서도 항상 연구하고 탐구해서 새로운 것을 발견하도록 힘씁시다.

다섯째로 모든 것을 과학적으로 판단하도록 노력합니다. 미신이나 남의 말을 그대로 믿을 것이 아니라 반드시 과학의 지식에 의해서 세상을 똑똑히 판단해야 할 것입니다. 우리나라는 여러분의 훌륭한 과학 지식이 발달해야만 발전할 수 있는 것입니다. 해가 뜨고 바람이 불고 새가 알을 낳고 꽃이 피고 하는 이런 모든 자연의 현상을 과학적으로 배우고 연구하십시오.

여섯째로 항상 자기 혼자만 사는 것이 아니라 여러 사람이 같이 살고 있다는 것을 잊지 말아야 합니다. 그러므로 여러분은 항상 여러 동무들과 같이 의논할 줄 알아야 합니다. 학교에서뿐 아니라 동네에서도 독서회나 소년회를 만들어서 여러 동무들과 조직적으로 행동하십시오.

이렇게 해서 여러분은 스스로 자기를 고쳐 나가는 동안에 새 사람이 될 수 있습니다. 새 나라의 일꾼이 될 수 있는 것입니다. 우리나라는 여러분의 힘과 뜻이 그대로 나타나는 새로운 민주주의 나라가 되어야 하는 것입니다.

::: 『협동』, 1947. 1.

월북 이후

5

작품집 〈수확의 날〉●●●

●●●

수확의 날

"글쎄, 당자를 한번 보기만 하라니까. 내 말이 허사가 아닌 줄 알게 될 테니. 글쎄, 여니 집 딸 열 주고 하나 바꾸자면 억울하다고 할 자리더라니까."

김 씨는 딸의 혼처를 보고 와서는 넋이야 신이야 신랑 칭찬을 하며 제 주장만 내세웠다.

며칠 전에 김 씨는 친정 조카의 집을 다니러 갔다가 거기서 신랑 선을 보게 됐는데 첫눈에 홈빡 마음에 들어 당자의 의사 여부도 묻지 않고 그 자리에서 반 승낙을 하고 왔던 것이다.

가는 날이 장날이란 격으로 마침 재작년에 장가를 간 조카가 그동안에 벌써 득남을 하고 그날이 바로 어린애 첫돌 날이었다. ㄱ기계 공장에 다니는 조카가 처음에 살림을 차렸을 때만 해도 그렇지 못했는데 이태 동안에 훨씬 살림이 펴 집도 아파트로 옮기었으며 전에 보지 못하던 세간살이도 장만했고 아기 돌상도 한 상 떡 벌어지게 잘 차리었다.

낮에는 이웃집 아낙네들이랑 한 방 가득히 모여 희희낙락한 가운데 어린 애 돌을 잡히었고, 저녁에는 조카가 다니는 공장 노동자들이 한 패 몰려와서 웃고 벅적대는 소리로 집 전체를 들었다 놓았다. 딸 가진 어머니의 마음은 누구나 다 그렇겠지만 김 씨는 젊은 사람들을 볼 때 예사로 보지 않는 버릇이 있었다. 그래서 그들 명랑하고 거침새 없는 노동자들 중에서 제일 웃음소리가 크고, 아기 아버지와 아기 어머니를 붙들어다 놓고 결혼식

날 신랑 신부를 놀리듯이 하여 사람들을 웃기는 익살꾼 청년에게 관심을 돌리었다. 김 씨가 오십 평생을 살아오는 동안에 겪은 사람 경난에 의하면 그런 사람은 대개 선량하고 구김살이 없는 심덕 있는 품성이라는 것을 알 수 있었다.

그날 저녁 잔치가 끝나 손님들이 돌아가고 조카 내외의 집안 식구들만 남게 되자 김 씨는 조카에게 그 사람에 대한 자초지종을 꼬치꼬치 캐기 시작했다. 조카는 그 사람과 한 직장 한 부리가다에 있어 김 씨가 알고 싶어 하는 내용을 수월히 대답할 수 있었다. 그의 이름은 종호라 하는데 나이는 스물다섯이고 기술 있는 조립공이며 창의 고안의 명수로 알려져 있다는 등 건성건성 대답해 나가다가 고모가 묻는 의도를 알아차리자 조카는 정색을 하고 그 일에 팔 걷고 나서게 되었다. 조카의 말에 의하면 그 사람은 비단 내종 사촌 누이동생 배필로서만 아니라 모든 여성들의 바라 마지않는 좋은 자리라는 것이다.

바로 신랑의 집이 한 아파트 내에 있어 이튿날 김 씨는 조카며느리의 안내를 받아 삼층 꼭대기에 있는 신랑의 집 간선을 가게 되었다.

아래층에서 한 층, 두 층 층층대를 올라갈 때 김 씨는 벌써 자기 딸 금녀가 그 층층대를 오르내리게 될 것을 생각했으며 그 모습을 머릿속에 그려 보기도 하는 것이었다. 그리고 벌판에서 자란 종달새 같은 금녀가 날개 치듯 가볍게 층층대를 오르내리며 주위 일대를 명랑하고 거리낌 없는 웃음소리로 뒤흔들 것이라고 생각했다.

신랑의 집은 삼층 한가운데 채였다. 물 흘러간 자리같이 깨끗한 복도며 흰 회칠을 한 벽이며 이가 꼭 맞게 닫힌 출입문이 어찌도 조용하고 정갈한지 그것 하나 때문에도 김 씨는 스스러워지는 것이었다.

부자가 다 같은 공장에 다닌다는 그 집안에는 예상한 대로 안주인 혼자 있었다. 그와는 어제 돌잔치에서 이미 낯을 익힌 바이지만 오랜 풍상을 겪고 오직 사람에 대한 이해와 사랑만 남은 것 같은 해말쑥하게 밝은 얼굴에 웃음을 짓고 반가이 맞아 주는 것이다. 그것은 마치 김 씨가 그 집과 사돈을 맺으려는 지극한 호의를 갖고 왔다는 것을 미리 알아맞히기라도 한 듯 싶었다.

어느 집에든지 처음 들어서면 그 집에 깃들고 있는 것이 행복한 것인지 아닌지가 혹은 시각과 청각으로 혹은 후각으로 느껴지고 판단되는 것이다. 김 씨는 그 집 문 안에 척 들어서자 눈에 뜨이고 느껴지고 하는 것이 구석구석 깃들어 있는 행복이었다.

네모번듯한 방에 노란 장판이 자르르 윤이 흐르고 쪽 넓은 유리창으로 다양한 양기를 함뿍 받아 방 안은 밝고 조용했다. 윗목에 양복장과 이불장이 가지런히 놓이고 누구를 위해 장만한 것인지 한 틀의 재봉틀도 놓여 있다. 양지바른 쪽으로 책상이 놓이고 그 위에 놓인 커다란 확대경은 이 방 바깥주인의 소유물이라, 그는 일요일 같은 날이면 그 확대경으로 담배에 불을 붙이기도 하고 혹은 책이나 신문을 보기도 하고 자질구레한 기계 속을 들여다보며 무엇을 연구하기도 한다는 것이다.

모든 것이 놓일 자리에 놓이고 있을 자리에 있다. 그것은 마치 이 방 주인이 오랜 동안 팔난풍상 속에서 오늘을 위해 희구해 오다가 급기야 도달한 행복한 경지라는 것을 말하고 있는 것 같았다.

김 씨는 그 집 부엌살림을 들여다보았을 때에도 그런 것을 느끼었다. 그는 시골 노파가 도회지의 아파트 살림이란 처음 구경한다는 구실로 기탄없이 그 집 부엌살림까지 들여다볼 수 있었다.

부엌을 사이에 두고 건넌방이 그 집 젊은 주인이 쓰는 방이다. 주인 노파는 김 씨의 속을 눈치 채기나 한 듯이 그 방의 문도 열어 뵈었다.

방 차림이나 옷차림에서 그 사람의 내면생활의 일단을 엿볼 수 있는 것이다. 김 씨는 그 방에서 첫째, 그 방 주인의 그것을 엿볼 수 있었으니 그것은 사람들의 행복을 창조하는 일에 몰두하는 사람의 근면하고 끈기 있는 노력과 헌신의 생활 면모였다.

김 씨의 눈을 끄는 것은 첫째, 방 절반을 차지한 큰 작업대였다. 무슨 복잡한 기계를 분해해 놓은 것 같은 쇳조각들과 가지각색의 나무 모형들, 그것을 깎고 쓸고 뚫고 하는 여러 가지 모양의 도구들, 이런 것들이 작업대 우에 진열장처럼 놓여 있다. 그것은 마치 공장의 일부를 거기다 옮겨다 놓은 것 같았다.

주인 노파는 남향한 유리 창문을 열어제끼고 밖을 손가락질해 가리키었다. 거기에는 머지않은 건너편에 그 집 아들이 다니는 공장의 진모가 내다보였다. 하늘을 찔러 높이 솟은 굴뚝과 채광창이 번쩍이는 크고 높은 흰 지붕들, 또는 현재의 그것보다 더 큰 것이 무한량으로 늘어 가는 건설장들, 거기서는 무슨 거창하고 굉장한 것을 창조하는 음향이 파도 소리처럼 은은히 들려왔다. 김 씨는 그저 어마어마하고 장하기만 했다. 그러나 그는 꼭 한 가지만은 똑똑히 알 수 있었다. 그 어마어마하고 광휘로운 그것과 이 방 안의 작업대가 한 줄기 붉은 핏줄로 연결되어 있다는 그것이었다.

김 씨는 이 집의 창마다 광명한 햇빛이 쏟아져 들어오는 것과 같이 구석구석에 행복이 깃들어 있는 것을 보았으며 그리고 그것은 자기 딸 금녀를 맞아들이기 위해서 미리부터 마련되고 준비되어 있는 것을 똑똑히 보았던 것이다.

이래서 김 씨는 확신 있게 자기 딸 금녀의 행복을 약속할 수 있었던 것이며 그리고 김 씨의 그 뜻을 저편 가정과 신랑 될 사람에게 납득시키고 그 사람으로 하여금 다음날 금녀의 선을 보러 오도록 추동한 데는 조카 내외의 노력이 또한 적지 않았던 것이다.

×

그런 내용은 모르고 온 집안이 덮어놓고 반대를 하니 김 씨는 애가 달고 성화가 나지 않을 수 없었다.

우선 그의 남편 강 영감이 이번 혼담에 반대해서 도리를 흔들었다. 그것은 일부 처녀들 중에는 번화한 것을 좋아해서 도회지와 사무원이나 노동자들에게 시집가기를 소원하는 풍이 있는데 강 영감은 그런 것을 경박한 행동이라고 해서 대기하던 바이다.

"시집을 보낼 말로 하면 우리 곳엔 인물이 없어 수백 리 밖 외방으로 내어 보내겠다는 거야? 아닌 말로 우리 조합의 농산 기산 사람이 어떻구 팔(八)반 선동원은 사람이 어때서, 공연히 참하게 있는 애 들뜨게 하지 말라우."

그것보다도 강 영감이 이번 혼담에 열 손을 내젓고 반대하는 이유는 정작 딴 데 있었다.

첫째 이유는 조합 형편이 부유해져서 조합원 한 사람 공수가 여니 사무원이나 노동자의 수입보다 월등하게 우수하다고 타산한 데 있었다.

둘째는 (이것이 가장 큰 반대 이유다) 금녀가 무남독녀 외딸이라는 데 있었다. 그는 단 하나밖에 없는 혈속을 멀리 외처로 시집보내기를 원치 않았던 것이다. 그의 속심은 제대 군인이나 그런 홀가분한 신랑을 데릴사위로 맞아 아들 겸 사위 겸 한집에서 의지하고 살고 싶었던 것이다.

그래서 강 영감은 그 뜻을 은근히 당자인 딸에게 귀띔해 주기까지 했는데 딸 금녀는 아버지의 편을 들어서가 아니라 애초부터 이번 혼담에 반대였다. 그것은 첫째, 신랑 선택에 있어 자기 의사가 첨가됨이 없이 오로지 어머니 한 분의 판단과 의사에 의해서 선택되고 결정됐다는 거기에 있었다. 금녀는 자기 어머니에 대해서 여느 모녀간과 다름없이 지극히 따르고 사랑은 했으나 그렇다고 자기 운명을 결정하는 혼사에까지 어머니의 견해와 판단에 순종할 수는 없었다. 왜냐하면 아무래도 어머니는 늙으신 분으로 그의 사고나 판단력도 역시 낡은 편에 속해 있다고 단정하고 있었던 것이다.

둘째는 신랑에 대한 금녀의 견해인데 당사자의 의사 여하를 알아보려 함이 없이 그저 늙은이 말만 믿고 척 선을 보러 온다는 하나만으로도 넉넉히 신랑의 인품을 짐작할 수 있다고 생각되었다. 그리고 반대의 셋째 번 이유인데 이것이 가장 요긴한 이유이다. 즉 남녀의 교제가 결혼에까지 발전하자면 그 이전에 노동을 통해서 서로 인격이 요해되고 선택되는 과정이 있어야 한다는 원칙에서 어그러진다고 생각했던 것이다.

금녀의 이러한 반대 의사에 또 대부분의 조합 민청원, 그중에서도 남녀 써클원들이 절대 지지를 하고 나섰다.

금녀가 약혼(김 씨는 이미 약혼이 다 된 것처럼 조합 내에 소문을 냈던 것이다)을 했다는 소문이 퍼지자 제일 먼저 써클원들 사이에 큰 소동이 일어났다. 그들은 금녀와 같은 재주 있고 열성적인 써클 지도원을 잃는다는 것은 곧 조합 써클의 존망을 좌우하는 큰일로 생각했던 것이다. 아코디온수 창수는 만약 금녀가 조합에서 떠나게 되면 자기는 그날부터 아코디온과도 이별을 하겠다고 맹세를 했다. 또 유일한 독무가요 모내기 선수인 인숙이는 금녀가 약혼을 했다는 말을 듣자 낙심천만해서 눈물까지 글썽거리었다. 인숙이가 독무가로서 재능과 명성을 떨치게 된 것도 오로지 금녀의 안무와 헌신적인 지도가 있었던 때문이며 모내기 선수로 전 군적으로 이름을 떨치게 된 것도 오로지 금녀와 같은 경쟁자가 있어서 된 일이었다. 그래서 인숙이에게 있어 금녀가 조합을 떠난다는 사실은 인생의 절반을 잃는 것이나 다름없는 일로 생각되었던 것이다.

그러다가 금녀가 그 혼담에 반대를 한다는 사실을 알게 되자 누구보다도 반색을 하고 나섰다.

"도회지에도 꽃 같은 처녀들이 얼마든지 있는데 왜 하필 시골 처녀에게 장가를 들겠다는 거겠수. 그만하면 알조지, 도시 처녀들에게 미끄러진 머저리 신랑이 틀림없을 거야."

이러한 인숙이의 야유가 섞인 신랑에 대한 평가는 곧 써클원들 사이에 정평이 되고 말았다.

그러면 이 머저리 신랑에 대해서 어떤 방식으로 거절을 할 것인가. 이것이 그들 사이에 문제가 되었다. 그가 선을 보러 오기 전에 미리 금녀의 이름으로 점잖이 거절 편지를 써 보낼 것인가? 그 편지는 문학 써클 지도원에게 부탁하면 신랄하고 교양적인 명문장을 얻어 낼 수 있을 것이다.

"그럴 거 뭐 있나. 선을 보러 올 테면 언제든지 오라지."

인숙이가 노파처럼 도사리고 앉아 야무진 소리로 말했다.

"선을 보러 오라 해 놓고 자기가 얼마나 머저리인가를 스스로 깨닫게 하는 것이 교양적 가치도 있을 게고."

신랑을 불러 놓고 민청원 전부가 심사원이 되어 이모저모로 검토하고 시험해 보자는 것이다. 첫째 민청 학습 지도원이 선두가 되어 난문제를 들이대어 신랑의 의식 정도를 시험해 볼 것이다. 어느 정도로 우리 당 혁명 전통과 사상 체계로 무장하고 있는가를 보자는 것이다. 그리고 노동에 대한 태도 여하와 써클원들이 주동이 되어 한번 멋들어지게 오락회를 열고 그의 문화 정도를 시험해 볼 것이다. 그리고 맨 나중에 결론적으로 인숙이 자신이 금녀의 의사를 대표해서 아니 민청원 전체의 의사를 대표해서 완곡하고 신랄하게 거절해 버리면 그만일 것이다.

인숙의 이러한 기발한 제기는 민청원들의 벅적 들었다 놓는 웃음소리와 갈채로 접수되었다. 그리고 여기에 대한 면밀한 계획과 조직이 짜졌다.

이제는 신랑이 금녀 선을 보러 마을에 나타날 때만 기다릴 판이다.

×

조합에 밀가을이 시작되던 날 신랑은 드디어 금녀 선을 보러 마을에 나타났다.

김 씨는 고립무원한 상태에 처해 있었으나 조금도 굴하지 않고 그날을 위해서 착착 준비를 진행하고 있었다. 금녀는 그날이 신랑이 오기로 약속한 날이라는 것은 꿈에도 모르고 있었는데 아침에 세수를 하고 나자 어머니가 놋 장식을 한 옷궤에서 은조사 깨끼 겹저고리를 꺼내 놓았다. 밀가을

을 나가는데 어머니가 아끼던 새 은조사 저고리를 입고 나가라고 하는 것
이며 그 얼굴에 나타난 곡진한 표정에서 금녀는 곧 거기 별다른 의도가 있
다는 것을 알았다.

물론 금녀는 그 저고리를 거들떠보지도 않았다.

그러나 김 씨는 미리 예방선을 치고 있었다. 금녀의 저고리란 저고리는
엊그제 새로 꺼내 입은 옥양목 적삼까지 말끔히 걷어 빨래 함지 속에 담가
물초를 만들어 놓았던 것이다.

금녀는 김 씨의 그 의도에 어기대서 그가 입히고 싶어하는 은조사 저고
리는 입지 않고 8·15 명절에 입으려고 장만해 두었던 죠세트 블라우스를
입고 나갔다. 그리고 자기는 어머니의 의사에 끝끝내 반기를 든 승리자로
자처했다. 마을 한복판에 서 있는 정자나무 앞에 이르렀을 때 처음으로 인
숙이를 만났다.

그러자 금녀는 자기는 승리자가 아니라 어머니의 의사에 복종하고만 패
배자라는 것을 알게 되었다.

인숙이는 저만치서 금녀를 보자 작은 능금처럼 오달지고 둥그렇게 생긴
얼굴에 함뿍 웃음을 담고 떼굴떼굴 굴러 오듯 채마밭 울타리를 돌아 뛰어
왔다. 그리고 흰 바탕에 연록색 무늬가 놓인 블라우스의 빛깔이 좋다느니
몸에 잘 맞는다느니 하며 앞뒤로 돌아보는 것이다. 그럴 때마다 금녀는 그
인중이 짧아 윗입술이 코밑에 닿은 것 같은 입가에 저으기 어색한 빛이 돌
았다. 그리고 낫자루를 쥔 바른손이 자기도 모르게 뒤로 돌아갔다. 밀가을
나가는데 새 죠세트 블라우스란 격에 맞지 않는 치장이던 것이다.

그러자 눈치 빠른 인숙이가 그걸 놓칠 리 만무다.

"신랑이 한번 보기만 하면 당장에 흠뻑 반하겠는데."

하고 짓궂게 웃어 대며 손뼉까지 치는 것이다. 금녀는 그 말이 "네가 말로
는 반대를 한다지만 속으로는 신랑에게 잘 보이고 싶은 게로구나." 하는
야유와 비난으로 들렸다. 억울하고 야속해서 눈자위가 엄해지는데 그때에

는 정자나무 둘레로 반원들이 거지반 모여들었다.

금녀는 또 한바탕 악의 없는 조롱과 인사를 받게 되었다.

"얼씨구 좋다, 경사로구나."

누가 노래조로 금녀를 맞자,

"밀밭에 풍년 들더니 마을 처녀 비단옷 입고 나섰네."

문학 써클 지도원이 시 낭송조로 그 말을 받는다.

"금녀는 오늘 밀밭으로 선뵈러 간다더라."

금녀의 집 이웃에 사는 작업반장네 아주머니가 웃지도 않고 비꼰다.

금녀는 귀뿌리까지 빨개져서 변명이었다. ·

"핫하하하, 노친네 수단이 그럴듯하거던, 그래야 금녀에게 죠세트 저고리를 입히겠으니까."

"금녀야, 네가 어머니 암수에 감쪽같이 넘어갔다. 어머니 계획은 애초부터 네게 양장을 시켜 내보내자던 거야."

한바탕 주위는 와작 웃음밭이 되었다.

"아무걸 입으면 뭐라오. 앞으로 한두 해만 가 보지, 처녀 애들이 비단천이 아니면 못 입을 걸루들 알 텐데."

"오늘 밀가을은 비단옷 입고 나와 일할 만도 하지요."

평소에는 말 없고 진득한 사람으로 알려진 작업반장이 말참례를 했다.

"올 밀가을은 다른 해 밀가을과 다르거든요. 밭곡식이 강냉이에서 밀로 전환되는 해구, 밭곡식을 대동강 물로 기르게 된 해구요. 우리 힘으로 가물이란 걸 영 쫓아 버린 해거든요. 밀 작황만 해도 작년 총 수확고보다도 많구, 밀 하나만으로 일 년 식량 피고도 남구요. 그 밀을 가을하는 날이니 경사면 이런 경사가 또 어디 있다구요."

큰 일산 모양으로 마을 지붕들을 덮어 무성하게 자란 정자나무 상가지를 붉게 물들인 햇빛이 차츰 면적을 넓히자 푸른 기도는 엷은 안개 밑으로 뭉긋한 구릉을 덮어 굼실굼실 감아 넘어간 넓은 포진이 누런 빛으로 광채를 낸다. 그것은 거대한 밀의 집단, 황금의 집단이었다. 그 밀을 가을하러 사람들은 뜨락또르 수확기를 앞세우고 벌로 나간다. 생전에 보지 못하던 그 방대하고 보람찬 밀의 수확을 앞두고 사람들은 취한 듯 신바람들이 났다. 그 거대한 황금의 집단이 다름 아닌 자기들의 노력에서 이루어졌다는 데 더 흐뭇하고 흥겨웠던 것이다.

금녀와 인숙이 두 처녀는 자기들의 키와 거진 같이 자란 밀밭 사이 길로 가볍고 빠른 걸음으로 가고 있다. 그들의 마음은 걸음보다 앞서서 광활한 밀밭 위를 나래치며 달리었다. 한 포기의 밀, 한 줄기의 이삭마다 얼싸 주고 어루만져 주고 싶은 심정이었다.

그것들을 오늘의 보람찬 성과로 키우기 위해서 그들은 얼마나한 노력과 심력과 애정을 기울였던가.

당이 가리키는 수리화와 집약적 농법을 실천하기 위해서 그들은 밤과 낮을 가리지 않았고 힘들고 어려운 것을 가리지 않았다. 첫서리가 내리던 아침 맨 먼저 얼음을 끄고 물속에 뛰어 들어가 흙짐을 져 낸 금녀였다. 정당 100여 분씩의 시비란 쉬운 일이 아니었다. 도랑 바닥을 치고 구들을 뜯고 길바닥과 앞마당의 거름 먹은 흙을 긁고 그걸 또 땅의 지피를 한 꺼풀 홀딱 뒤집어 놓듯 깊이 갈아엎은 밭에 떡가루 버무리듯 할 때 금녀는 이미 오늘의 기적을 보고 있었다. 고랑이 보이지 않게 배게 자란 밀밭에 네 벌, 다섯 벌 김을 매고 물을 댈 때에 금녀는 확신 있게 오늘을 내다보았던 것이다.

오늘 그것은 기대한 것보다 훨씬 크게 꽃피어 당의 가르침이 얼마나 정당했는가를 자랑하고 있다. 그것은 또 금녀로 하여금 그보다 크고 높은 내일을 내다보게도 했다. 언덕마루마다 수만 그루의 사과나무가 만발할 것과 수많은 가축의 무리가 떼 지어 벌 가운데를 거닐고 있을 그날을 눈앞에 내다보게 했다.

그것은 금녀로 하여금 자기 조합에 대한 사랑과 향토에 대한 지극한 사랑을 갖게 했으며 여기를 떠나서 행복을 더 찾을 수 없는 것으로 생각하게 되었다.

그래서 금녀가 다른 곳으로 시집가지 않겠다는 이유가 또 이런 데 있었다. 그는 인숙이의 귀 가까이 입을 대고 가만히 말했다.

"내가 여기를 두고 대체 어디를 가겠니?"

"그래요. 난 언니의 그 맘을 알겠어."

인숙이는 곧 금녀의 그 말에 공감했다. 그리고 그 말이 과장이 아닌 진담인 것도 알 수 있었다.

×

금녀 아버지 강 영감은 축사 건설반에서 일을 하고 있었다. 그는 직업적인 목수는 아니었지만 근방에서 집 짓는 일에 먹통이나 곡척 같은 제구를 가지고 불려 다닐 정도의 이력과 기능을 갖고 있었다. 말하자면 그는 뜨내기 목수였다. 그래서 조합에서 팔백 두의 돼지를 먹일 수 있는 종합 축사를 짓게 되자 그 일에 유일한 기술자로 참가하게 되었다.

설계에서 자재, 기술에 이르기까지 자체로 창발적 노력에 의해서 타개해 나가는 일이라, 강 영감은 제반 것에 관심과 주의를 돌려야 했다. 그는 자기 의견과 손이 가지 않고는 축사가 지어지지 않을 것같이 생각하던 것이다. 그래서 아침에 집을 나올 때 마누라 김 씨가 점심 전에 돌아와 달라고 그처럼 당부하던 말을 까맣게 잊고 있었다. 그러다가 점심 휴식 시간을 알리는 종소리를 듣고서야 생각이 나서 주섬주섬 연장을 걸어 모았다.

강 영감이 느럭느럭 마을 어귀에 들어섰을 때 마누라 김 씨가 부리나케 정자나무 옆을 돌아 나오다가 영감이 오는 것을 보자 종종걸음으로 되돌아서 간다. 강 영감은 얼굴에 위엄을 차리어 큰기침을 하여 수염터를 쓰다듬었다. 그것은 손을 맞기 위한 것이라기보다 일종의 전투 준비였다.

울타리 없는 자기 집 마당에 들어서자 또 한 번 큰기침을 했다. 그러자 주객이 전도되어 객이 나와 주인을 맞게 되었다. 아랫간 방문이 열리며 오십 객은 되었을 성싶은 이마가 넓은 얼굴에 새까만 눈이 유난히 반짝이는 사나이가 내다보더니 뜻하지 않은 곳에서 긴한 사람을 만났다는 듯이 황급히 마당 아래로 뛰어내려 왔다.

"아! 치화 형님 아니슈?"

얼굴에 사람 반기는 웃음을 지으며 손을 잡는데 강 영감은 어리둥절해서 그 사람의 반백이 된 상고머리와 그가 입은 흰 양복의 다섯 개 단추를 빠짐없이 세어 보듯 자세히 훑어보았다.

"날 몰라 보시겠수? 나 남산이외다."

"남산이?"

"그해가 무인년이니까 한 이십 년 되겠수다. 저 박 과부네 집에서 머슴 살던 윤남산이를 모르시겠수? 별명으로 뻐꾸기……"

"임자가 아, 그 뻐꾸기란 말인가?"

강 영감은 이십 년 전에 뻐꾸기처럼 잠시 마을에 나타났다가 한바탕 풍파를 일으키고 또 어디론지 훌쩍 날아가 버린 박 과부네 집 키 작은 머슴이 생각났다.

뻐꾸기란 별명은 의지가지없는 홀몸으로 남의 집 머슴살이를 하는 그의 처지를 말하는 것도 되겠지만 보다는 표연히 나타났다가 또 표연히 사라지곤 하는 그의 방랑성에서 나온 별명이었다. 그가 이십 년 전에 마을에 나타났을 때처럼 또 오늘 뜻하지 않게도 금녀의 선을 보겠다고 머리가 반백이 되어 척 강 영감 앞에 나타난 것이다.

그들은 방 안으로 들어가 앉았다.

강 영감은 부엌 안에 있는 김 씨에게 무어라고 소리를 죽이어 분부를 하는데 무슨 점심 준비를 시키는 모양이다. 윤남산은 굳이 사양을 한다. 그리고 감개한 듯한 어조로,

"산천은 옛 모양대로 있는데 사람들은 변했노라는 말은 벌써 옛말이거

든. 제 발바닥 가죽이 닳도록 밟고 다니던 고장을 몰라봤으니……"

"변하면 이만저만하게 변했나? 천지개벽을 한 셈인데."

"그중에서 안 변한 건 형님 모습이더군, 산천은 못 알아봤어도 형님은 첫눈에 알아봤으니……"

하고 윤남산은 탁 틘 음성으로 방 안이 떠나가게 너털거리고 웃는다.

그 웃음은 색시 아버지가 알고 보니 옛친구라는 것을 대견하게 생각하는 웃음이었다. 그러나 강 영감은 신랑 아버지가 과거를 잘 아는 옛 친구라는 그것 때문에 도리어 꺼림하게 생각하는 것이다. 강 영감은 윗목에 앉아 있는 허우대 큰 청년을 흘금흘금 바라보았다.

그는 오밀조밀하게 잘생긴 얼굴은 아니나 그것이 도리어 보통 □□으로서 숭글숭글한 친밀감을 갖게 하는 얼굴이었다. 부친보다는 허우대도 크고 사람도 의젓했다. 그러나 넓은 이마에 정기 도는 새까만 눈이 반짝이는 눈 모습과 너부죽한 입이 부친의 얼굴을 한 판에 찍어 낸 듯이 닮았다. 다른 것은 부친보다 키가 크고 젊고 건장한 것뿐이었다.

강 영감은 그들 부자가 얼굴이 한 판이라는 여기에 그들의 청혼을 받아들이지 못할 중요한 근거를 발견한 듯 했다.

부자의 얼굴이 한 판으로 같은 것과 같이 윤남산의 그 한곳에 오래 붙어 있지 못하는 방랑성과 그리고 그가 밟아 온 순탄치 않은 인생 항로까지도 그 자식이 또 한 판으로 닮았으리라는 그것이다.

'콩 심은 데 콩 나고 팥 심은 데 팥 나게 마련이거든. 혹은 부친 닮아 엽렵하고 똑똑할지는 모르지. 허지만 뻐꾸기 직성야. 제 집안 살림은 헌 신짝 버리듯 하고 홀몸으로 떠돌아다닐 사람이거든.'

그래서 강 영감은 혼담에는 담을 쌓고 그저 한담으로 미적거리고 앉았는 것이다.

"그해 이곳을 떠나서 어디로 가셨우? 고향으로 돌아가셨던가."

"고향으로 돌아갈 형편이 됐습니까? 그야말로 뻐꾸기마냥 떠돌아다녔지요."

"그러니 댁내들 고생이 오죽했겠어?"

"말할 여부도 없지요. 이 자식이 그때 다섯 살이었는데 겨울에 맨발로 제 어미를 따라 개에 나가 미역 같은 걸 줏어다 연명을 했다니까요."

강 영감은 측은한 듯이 미간에 주름살을 접고 말이 없이 햇볕이 노란 바깥마당을 내다보고 앉았다가,

"임자는 금년에 몇이시지?"

"형님보다 내가 십 년이 아래니 따져 보시구려."

"금년에 갓 쉰이겠군그래."

이런 객담으로 강 영감은 그 장면을 메꾸려 드는데, 애가 달은 것은 안주인 김 씨였다.

그는 부엌 안에 서서 방 안에서 진행되고 있는 일거일동을 귀를 눈으로 삼고 듣고 있으면서 안절부절을 못하는 것이다. 김 씨는 그날 아침부터 일이 꼬인다고 생각했다. 금녀로 하여금 죠세트 저고리를 입히는 데는 성공을 했지만 그를 집 안에 붙들어 두는 데는 성공치 못했다. 그런데 척 신랑 부자가 나타나니 애가 타지 않을 수 없었다.

'신랑이 영감 눈에 들었을까, 벌로 금녀를 부르러 사람을 보내 볼까? 그래도 그 고집통이가 아니 들어오겠지. 모르겠다, 네가 오는 복을 박차는 격이로구나.'

이런 때 일이 제대로 되느라고 신랑이 늙은이들의 한담에는 아무 관심이 없다는 듯 신문만 보고 앉았다가 자리에서 일어섰다.

"벌에 나가 구경이나 좀 하겠습니다."

하고 마당으로 내려서는 게 아닌가.

김 씨는 어찌도 대견한지 언제 부엌 문지방을 넘어섰는지도 모르게 부엌 안에서 뛰어나오자 그 앞으로 달려갔다.

"자넨 공장 안에만 있었으니 벌 구경을 못 했을 거지. 가 보게. 참 장관

이네."

그리고 한참 밀가을이 벌어지고 있는 벌을 가리키며 가만히 귓속말로 당부했다.

"저 죠세트 옷을 입은 애야, 앞으로 가서 자세히 보게."

하고 안도의 긴 숨을 내쉬며 벌을 향해 뚜벅뚜벅 비탈진 신작로 길을 내려가고 있는 신랑의 두툼한 등 뒤를 바라보았다.

×

신작로를 따라 좌우편으로 비를 머금은 듯한 구름이 점철한 하늘 아래 훤하게 열린 벌에서 밀가을하는 사람들이 마치 처녀림을 정복하는 개척자들같이 보였다. 포전 정리를 해서 둔덕이 없이 무한량으로 넓은 밀밭 가운데에서 남녀의 어울린 노랫소리가 들리는가 하면 왁자한 환성이 일어나기도 하고 남자의 너털웃음과 동뜨게 높은 여자의 웃음소리가 뒤섞이기도 한다. 그 소리는 마치 그 땅에 가물과 흉작을 영원히 물리쳐 버리고 해마다 풍작을 고착시킨 사람들의 드높은 승리의 개가로 들리기도 했다.

밀을 베어 내고 운동장처럼 넓은 편편한 바닥이 열린 곳에서는 벌써 탈곡기들이 웅웅거리며 돌아가고 있다. 트럭 혹은 달구지가 집채같이 밀단을 싣고 여기저기서 나온다. 그 밀단들은 탈곡장으로, 창고로 또는 마을 집집의 헛간이고 추녀 밑이고 빈틈없이 들이쌓여 부락과 부락, 집이란 집은 온통 밀 사태를 이루었다. 마치 그 모양은 밀 수확이 예상도 못할 만치 엄청나게 넘쳐 나서 주체를 못할 지경이란 듯 했다.

신랑 종호는 김 씨가 귀띔해 준 방향과는 달리 등 넘어 안골 마을에 있는 관리 위원회를 찾아갔다. 그는 얼마 전에 자기 손으로 조립한 천리마호 뜨락또르 두 대를 자기들 노동자의 이름으로 그 협동조합에 보낸 일이 있었는데 그 뜨락또르의 성능과 역할을 직접 자기 눈으로 보고 싶었던 것이다. 관리 위원회 사무실에는 부기원이 한 사람 있을 뿐 아무도 없었다. 모두 벌에 나가 있다는 것이다. 종호는 거기서 나와 벌로 나가던 도중에 그 곳 당 위원장을 만나게 되었다. 목달이가 하얀 흰 양복과 어울리게 새하얀 캡을 착 눌러쓴 정력 있어 보이는 투둑한 얼굴에 사람 좋은 웃음을 담은 사람을 보자 종호는 곧 그가 당 위원장이라는 걸 알아맞혔던 것이다.

당 위원장은 종호가 자기 조합에 뜨락또르를 보내 준 ㄱ기계 공장에서 왔다는 걸 알게 되자 반갑게 악수를 하고 오랫동안 손을 놓지 않고 흔들었다.

당 위원장은 그 뜨락또르가 지닌 명칭 그대로 농촌의 기술 혁명을 위해서 얼마나 천리마다운 역할을 하고 있는가를 보이기 위해서 종호를 안내해 갔다. 그 두 대의 뜨락또르 중 한 대는 민청 돌격대원들이 작업하고 있는 곳에서 발동 소리 드높게 웅웅거리며 밀 추수를 하고 있었다. 금녀는 그 돌격대원들과 같이 작업을 하고 있었다.

그래서 신랑 종호는 뜻하지 않게도 뜨락또르 천리마호를 조합에 보내 준 ㄱ기계 공장 노동자들을 대표한 자격으로 금녀 앞에 나타나게 되었던 것이다.

조합에서는 그날 후작 옥수수의 적기 파종과 우기 전에 밀가을을 끝내기 위해서 추수에서 운반, 탈곡 또는 옥수수 후작을 위한 기정 작업까지 동시에 진행하고 있었으며, 단원들은 또 너나없이 그 일에 신명이 나서 다그치고 있었다. 그들은 마치 노동은 행복을 창조한다는 위대한 진리를 처음으로 자각한 사람들 같았다. 그리고 그 노동은 그들의 행복을 창조했을 뿐만 아니라 그들 자신을 새로운 사람으로 개조한 듯싶었다.

더욱 신명이 나긴 민청 돌격대원들이었다. 그들 작업조에는 커다란 밀 추수기를 꽁무니에 단 뜨락또르 천리마호가 경쾌하게 돌아가고 있었다. 시속 25킬로미터의 쾌속력을 가진 천리마호는 50명의 힘과 50자루의 낫날을 합친 능력과 속도로 정확하고 일매지게 밀대를 베어 넘기며 나간다. 마치 초인적인 힘을 가진 거인이 커다란 낫자루를 휘둘러 일시에 50인 분의 일을 해내고 있는 것 같았다. 민청원들은 그 엄청나게 거대한 능력과 속도를 가진 기계가 다름 아닌 우리나라 노동자들의 손에 의해서 만들어졌다는 데 더 큰 찬탄과 감동을 하는 것이었다. 민청원들은 그 천리마호와 경쟁을 맺기로 했다. 묶는 조, 운반조 두 패로 나눠 한 패는 천리마호가 베여 넘기고 나가는 밀을 단을 묶어 넘기였고 한 패는 그것을 받아 싣고 운반을 했다. 그리고 자신 천리마의 기수들이 되어 얼굴들이 벌겋게 상기가 되어 부리나케 다그쳤다.

금녀는 단 묶는 조에서 일을 하고 있었다. 그의 머릿속에는 벌써 신랑에 대한 존재는 흔적조차 없었다. 그보다 더 큰 일, 날래고 솜씨 있는 동작으로 낙차 없이 한 아름씩 밀대로 그러모아 제 매끼로 단을 묶어 나가는 즐거움과 발동 소리 경쾌하게 밀대를 쓸어 넘기며 앞에서 나가고 있는 천리마호를 따라잡으려는 유쾌한 경쟁심, 이것 외에는 다른 여념이 없었다. 또 그 일이 어찌도 유쾌하고 행복한지 자기는 그 일을 하기 위해서만 세상에 났으며 오늘의 행복을 위해서 지금까지 살아왔던 것만 싶었다.

그런데 웬일인지 박자를 치듯 경쾌하게 울리던 천리마호의 발동 소리가 멎었다. 고장이 난 것이다. 땅딸보 운전수가 운전대에서 내려와 기계 속을 들여다보며 기웃거리고 있다.

민청원들은 하나 둘 일손을 놓고 일어섰다. 모타가 멎었을 때 거기 따른 다른 기대들이 차례로 기동을 멈추는 것처럼 민청원들은 일들을 멈추었다.

관리 위원장이 오고 농산 기사가 왔다. 기계 일에 능숙하다는 수리반 반장이 불려 왔다. 그가 연해 기름 묻은 손으로 이마의 땀을 뿌리며 운전대 위에 올라앉아 발동을 걸어 보다가는 기계 속을 뜯어 보고 하는 것이나 천리마호는 여전히 움직이지 않았다. 이제는 그 조합과 지경을 접하고 있는 국영 농장의 전문가를 청해 오는 수밖에 도리가 없었다. 농산 기사가 그 임무를 맡고 바삐 뛰어갔다.

이런 때 귀에 징하도록 익은 당 위원장의 컬컬한 목소리가 났다.

"수고들 하시오."

저편 밀밭 사이에서 뚱뚱한 당 위원장이 웬 젊은 사람과 같이 이편을 향해 오고 있다.

아래는 흰 양복바지와 곤색 양복저고리에 노타이 샤쓰를 제껴 입은 차림 차림으로 보아 군이나 도에서 내려온 지도 일꾼이나 어느 신문사나 잡지사에서 내려온 기자 비스름했다. 금녀는 그 어느 편인가를 맞혀 보려는 듯이 가늘게 실눈을 떠서 그 젊은 사람의 너부죽한 입가에 웃음을 지은 얼굴 표정을 바라보았다.

그런데 젊은 사람은 이편으로 오지 않고 중간쯤에서 뜨락또르가 서 있는 쪽을 향해 성큼성큼 걸어간다. 금녀는 그가 방금 농산 기사가 청하러 간 이웃 국영 농장에서 온 기사나 그런 기술 일꾼으로 단정하고 말았다.

그 젊은 사람은 어느새에 뜨락또르가 움직이지 못하고 있다는 것을 알아챘는지 목 뒤의 땀을 씻고 섰는 운전수를 보고 대뜸 묻는 말이,

"어디가 고장입니까?"

"글쎄, 그걸 몰라 그럽니다."

"자주 고장이 납니까?"

"아니요, 이번이 처음입니다."

하고 운전수가 대답했다. 그리고 뜨락또르의 고장이 난 것은 기계의 부족이 아니라 자기의 잘못이라는 것을 표정에 나타내서 입귀가 어색해졌다.

젊은 사람은 더 묻지 않고 성큼 운전대 위로 올라가 앉았다. 그리고 조절 손잡이를 잡자 지그시 발동을 걸어 본다. 뜨락또르는 부릉부릉하고 발동이 걸렸다가는 김이 빠지는 듯이 스르르 자지러지곤 한다. 그 젊은 사람의 표정은 마치 노련한 의사가 환자의 병 근원을 찾아내려는 듯이 청진기를 대고 전 신경을 모아 귀를 기울이는 것 같았다. 거듭해서 몇 번 발동을 걸어 보다가 정확한 집중을 잡았을 때처럼 그는 양복저고리를 벗어 붙이고 확신 있는 태도로 운전대에서 내려와 수리에 달라붙었다. 그리고 의사가 핀세트로 고장을 일으킨 장소를 꼭 집어내듯이 그처럼 땅딸보 운전수와 수

리반 반장이 땀을 뻘뻘 흘리며 애를 쓰던 고장을 단방에 고쳐 내는 것을 보고 사람들은 부지중에 아아 하는 경탄의 소리가 나왔다.

그 사람은 아무것도 아닌 일을 했다는 듯이 입가에 겸손한 웃음을 지으며 무슨 부분에 하고 전문 술어를 쓰는데 금녀는 알아듣지 못했다.

"……기공이 막혔구먼요."

하고 기름걸레로 기름 묻은 손을 닦는 것이다. 기공의 흡입 구멍이 막혔던 것인데 그는 자기가 손때 묻혀 길러 낸 어린아이가 병이 났을 때 곧 그 병의 원인을 알아내고 단방치기로 고쳐 낸 어버이같이 흡족한 표정을 하였다.

"역시 전문가의 기술이란 다릅니다그려."

하고 당 위원장은 감사와 찬탄을 겸해서 말했다.

그는 그 사람을 ㄱ기계 공장 전문 기사로 안 모양이다.

"뭘요. 내 손으로 조립한 기계니까요. 작년에 천리마호 시제품을 만들 때에도 우리 조립 부리가다 동무들이 조립을 했었지요."

그 목소리 가운데에는 농촌 기계화의 큰 전환을 가져오게 한 뜨락또르 천리마호 시제품을 만들어 낸 당사자로서의 긍지와 자랑이 은연중 스며 있었다.

그가 누구라는 걸 알게 되자 민청원들 얼굴에는 벌써 그에 대한 경이와 감탄의 빛이 떠돌았다. 그러고 존경과 친애가 넘치는 눈들이 그에게로 쏠리었다.

당 위원장은 그 사람을 먼저 관리 위원장에게 소개하고 나자 다음으로 민청원들에게 그 사람에 대한 찬사와 감사를 겸해서 소개했다.

그리고 덧붙여서 농촌 기계 혁명에 대해서 그 당사자들인 민청원들의 기술 기능 습득과 그 제고에 대해서 호소했다.

"동무들은 농산 사업에만 돌격대원들이 아니라 농촌 기계화를 위한 사업에서도 돌격대원들인 거요. 민청원 매 사람이 한 가지 기술들을 소유하도록 해야겠소. 그리고 그 일에 능수가 되어야 하겠소. 그렇지 않고는 앞으로의 방대한 사업을 실천하지 못할 것이오.”

성미가 괄괄한 관리 위원장은 그 말을 부연해서 들판이 들썩하도록 큰 목소리로 외치듯 말했다.

“아니, 고만한 고장 하나도 자체로 해결 못하고서야 어디 기술 혁명을 하겠소. 생각들 다시 해야겠소. 관리 일꾼들이나 동무들이나 생각을 다시 해야겠단 말이오.”

물론 조합적으로 여기 대한 대책과 준비가 없지도 않았다. 초중고 출신 민청원들 중에서 많은 청년들이 이미 기술 학교에 가 있으며 이웃 국영 농장에서 전문가를 초빙해다 지도를 받기도 하던 것이다.

당 위원장과 관리 위원장이 돌아가자 민청원들은 종호 둘레로 모여들었다. 그리고 다시금 존경과 친애가 어린 악수들을 나누었다. 흉금을 열어 놓고 기계와 기술에 대한 담화도 나누고 싶었고 그 감격적인 천리마호 시제품 제작 당시의 고심담도 듣고 싶었다.

그러자 종호는 자기가 작업에 지장을 준다고 생각했다. 벌써 작업을 시작한 뜨락또르가 저만치 밀대를 베어 넘기며 나가고 있었다.

“자, 일들을 시작하시지요.”

하고 종호는 먼저 앉았던 자리에서 일어서자 밀단을 집어 운반차에 실었다.

그것이 신호가 되어 민청원들은 각기 제자리로 돌아가 작업을 시작했다.

금녀도 제 위치에 돌아가 밀단을 묶었다. 그는 전처럼 날래고 민첩한 동작으로 밀단을 묶고 있었으나 머리로는 전혀 딴 것을 생각하고 있었다. 그 종호라는 사람과 악수를 할 때 그가 몹시 계면쩍어하던 것과 자기하고 악수를 할 때만 윤 모라는 이름을 대던 것에 대해서 더 많이 생각했다. 그것은 그가 자기에게 관심을 표시한 것이라고 생각해 보기도 하고 자기가 여자라는 데서 남성 동무들과는 달리 대한 것이라고 생각하기도 했다. 그리고 이건 맨 나중에 생각한 것인데 그가 혹시 어머니가 말하는 신랑일지도

658

모른다고 생각해 보았다. 그렇다면 그는 생각하던 사람과는 아주 딴판이었다. 이 딴판이라는 데서 금녀는 신랑이 아닐 게라고 스스로 단정해 버렸다. 그것보다는 하필 그 사람이 왔을 때 기계의 고장이 났을까. 그 사람은 자기들이 애써 만들어 보낸 기계를 잘 다루지 못하는 걸 보고 실망했겠지…….

이와 유사한 생각은 신랑 종호도 하고 있었다. 그는 이 작업장에 들어설 때 첫눈에 금녀를 알아냈다. 그리고 그가 집에서 김 씨의 조카 되는 친구가 뵈어 주던 금녀의 사진에서 이미 낯을 익힌 것은 까맣게 잊어버리고 금녀의 그 인중이 짧은 선량하고 성실한 얼굴 모습이 오래 두고 찾던 사람같이 눈에 익다고 생각했다. 그리고 그것뿐이었다. 그것보다 그는 뜨락또르에 정신이 팔렸던 것이다.

금녀 옆에서 단을 묶고 있던 인숙이가 말을 걸었다.

"언니, 저 동무를 어떻게 생각하우."

"뭘 말이야."

"혹시 저 동무가 언니 선을 보러 온 신랑이 아닐까?"

"뭘 보고 말이야?"

"아까 언니하고 악수를 할 때 무척 수줍어하거던."

"아닐 거야."

이때에 종호가 그들 옆으로 와서 밀단을 묶었다.

금녀는 그가 밀단을 묶는 솜씨가 햇내기가 아닌 걸 보고,

"농사일이 처음이 아니신 것 같군요."

"열다섯까지 고향에서 농사를 지었으니까요. 난 노동을 처음 농사일에서 익힌 셈이죠."

"소중한 기계를 잘 다루지 못하는 걸 보시고 실망하셨지요? 애써 만들어 보낸 기계를 고장을 내고 또 그걸 자체로 고치지도 못하는 걸 보시고 다시는 기계 보내 줄 생각을 단념하셨을 거예요."

"아니요. 나는 어떡하면 한 대라도 기계를 더 많이 만들어 농촌에 내보낼 수 있는가를 생각했는데요. 아직도 농촌에 낫과 호미가 적지 않은 위치를 차지하고 있는 걸 보고 말씀입니다."

"농촌에 호미와 낫은 필요한 도구가 아닐까요?"

이번에는 인숙이가 물었다. 금녀는 그가 이 사람을 시험해 보려는 거로구나 하고 생각했다.

"농촌의 기계화란 이를테면 이 낫과 호미에 대한 투쟁이라고도 말할 수 있으니까요. 낫과 호미는 한 사람이 한 자루 이상을 쓸 수 없지만 뜨락또르나 꼼바인은 한 사람이 백 자루의 낫과 백 자루의 호미를 일시에 쓸 수 있으니까요. 그렇지 않고는 급속하게 발전하는 농촌을 미처 사람들이 따라갈 수 없으니까요."

"농촌도 사람이 발전시키는 걸 텐데 사람이 따라 가지 못하는 농촌이 어떻게 발전하겠는지요?"

하고 인숙이는 종호의 말꼬리를 잡아 질문했다.

"묘한 질문을 하십니다그려."

하고 종호는 빙긋이 웃는다.

"그럼 내가 질문하겠습니다. 이 조합에서도 당이 가르치는 집약화 농법에 의해서 심경, 밀식, 다량 시비를 하고 있겠죠? 또 밭 관수도 했겠죠? 제초도 종래보다는 많이 했겠죠? 그래서 오늘에는 종전에 없던 밀의 대풍작을 이루었습니다. 그럼 이번에는 그 밀의 추수, 운반, 탈곡 문제가 동시에 제기되겠죠? 그와 동시에 이번에는 후작 옥수수를 심기 위한 기경, 파종 문제가 나오겠죠, 그래서 옥수수의 대풍작을 보게 됐다고 합시다. 여기서 가축 사양을 위한 방대한 양의 사료가 나왔습니다. 이번에는 그 사료를 수천수만 두의 가축을 먹이기 위한 수확, 절단, 분쇄, 가공을 해야 합니다. 이렇게 농촌은 눈부시게 발전하는데 종래의 낫과 호미자루만 가지고 감당해 낼 수 있다고 동무는 생각하십니까? 좀 벅찰 겝니다. 오직 기계화만이 이 방대한 과업을 해결할 수 있는 겁니다."

"그래요. 그건 사실예요."

인숙이는 수긍하고 말았다.

"그래요. 농촌 기계화란 정말 시급한 일예요. 우리가 주인이 되어 기술도 배우고 기계도 잘 다루고 해야겠어요."

금녀가 진지한 말투로 나직나직 말했다.

"그렇습니다. 기계는 우리가 만들지마는 그걸 성과 있게 다룰 사람은 동무들이니까요."

"어떡허면 기계의 능수가 될 수 있을까요?"

"그걸 이 자리에서 단마디로 말씀드릴 수는 없습니다만 이것만은 확신 있게 말씀할 수 있습니다. 열성이면 됩니다. 열성이면 안 되는 일이 없고 못 하는 일이 없으니까요."

"실례지만……"

하고 인숙이는 약간 망설이는 듯하더니 종호에게 두 번째 질문을 들이댔다.

"동무는 혹시 결혼 같은 문제에 대해선 어떻게 생각하시는지요?"

물론 이러한 질문은 자기가 할 계제가 아니라는 것을 모르지 않았다. 그러나 금녀를 대신해서 신랑의 자격을 심사할 책임을 진 심사원의 입장에선 자기로서는 꼭 타진해 보아야 할 중요 문제라고 생각했던 것이다.

종호는 인숙의 당돌한 질문에 약간 입귀가 어색해지는 듯하더니 이내 뜨직뜨직 그 말에 대답했다.

"그 문제에 대해선 난 간단하게 생각합니다. 같은 목적을 가진 두 사람이 결합해서 같은 길을 걷는 데 서로 돕고 이끌어 주고 하는 가장 가까운 벗을 선택하는 거죠."

"같은 목적이란 무엇을 가리킨 말이지요?"

"말하자면 공산주의를 지향하는 겁니다."

"그거야 더 말할 것도 없는 것이지요……"

"우리 공장에는 이런 부부들이 있습니다. 한 부부가 한 기계에서 같이 일을 하는 부부들이 있는데 우리들은 이걸 새 형의 생활 방식으로 보고 있지요."

"한 부부가 한 밭에서 일하는 건 우리 농촌에서는 보통인데요."

"그렇게 말하면 앞으로는 그것도 보통이 되겠죠."

인숙이는 말문이 막힌 모양이다. 더 묻기를 그만두고 밀단을 묶는다.

종호는 밀단 한 단을 묶고 나서 허리를 펴고 일어서더니 이마에 흘러내리는 땀방울을 손끝으로 훑어 뿌린다. 그리고 이쪽저쪽 바지 주머니에 손을 넣어 손수건을 찾은 것 같더니 흰 와이샤쓰 소매를 이마로 가져가 쓱 씻는다.

인숙이는 그것을 보자 트집을 잡을 구실을 발견한 듯이

"와이샤쓰가 더러워지지 않을까요. 여기 수건이 있어요."

하고 머리에 썼던 흰 수건을 벗었다.

"참 옳은 지적입니다. 사실은……"

하고 종호는 저편 밀단을 향해 성큼성큼 걸어간다. 그리고 그 밀단 위에 벗어 놓은 검정 양복저고리 주머니에서 손수건을 꺼내 이마의 땀을 씻으며 허허허 하고 호탕하게 웃는다. 그리고 한 아름 가득히 밀짚을 그러모아 솜씨 있게 제 매끼로 단을 짓는 것이다.

두 처녀는 눈이 마주치자 생긋 웃었다. 그것은 호의를 표시하는 웃음이었다. 금녀는 종호가 훌륭해 보이면 보일수록 신랑이 아니라고 생각했고 인숙이는 우선 첫 시험에 만점이라고 생각했다.

그리고 두 처녀는 종호가 불러일으킨 농촌 기계화에 대한 가슴 벅찬 생각과 찬연한 전망으로 마음이 가득 차서 일에 더욱 신명들이 났다.

일은 부쩍부쩍 자국이 나서 벌써 한 포전의 밀가을이 끝나 가고 있었다.

×

신랑 아버지 윤남산과 강 영감은 축사 건설장으로 갔다. 벌의 일이 바쁜 것을 보고 강 영감보다 윤남산이가 더 조비비듯 해서 밖으로 나온 것이다.

축사 건설장은 신작로 건너편 언덕 바로 등 너머에 있었다. 언덕마루에 올라서 보면 그 일대의 중심을 이룬 장군봉이 바로 맞은편에 건너다 보였다. 큰 솥뚜껑을 열어 놓은 것같이 생긴 뭉싯하게 구릉을 지어 올라간 밋밋한 물미를 따라 황금빛 치마를 두른 듯 키 높이 자란 밀밭이 감아 올라 갔다. 그 봉우리 우에 반쯤 뾰죽하게 나온 양철 지붕이 햇빛에 번쩍인다. 그것이 삼단으로 양수해 올라간 최종 양수장이었다.

그 양수장까지 역행해서 산등성이를 기어 올라간 물이 이번에는 내리막으로 그물코처럼 사방으로 땅을 누비듯 뻗어 나가 바삭바삭 강마른 땅을 부시시 소리가 나도록 적시며 흘러 내려가는 것이다.

개벽 이래로 하늘에서 떨어지는 빗방울 외에는 물맛을 보지 못하던 그 강마른 황토 마루가 그 어느 곳보다도 물이 흔하고 풍족한 지대로 변해서 도랑마다 개울마다 석유 기름같이 주르르 윤기 도는 물이 둑이 넘게 콸콸 내려가는 걸 볼 때 오직 기적 같기만 했다.

더욱이 윤남산의 눈에는 그렇게 보였다. 이십 년 전 그가 머슴을 살던 때의 이 벌은 물 없고 척박하기로 이름난 곳이었다.

오랜 세월을 두고 땅의 약탈자들에게 의해서 기름기란 기름기는 족 빨려 산성화되어 버린 사질토에다 수원이 없어 땅은 메말랐다. 이 버림 받은 땅은 몸부림치듯이 무시로 시뻘겋고 까실까실한 황토 가루를 날리었다. 집이고, 길가에 난 풀이고 심지어는 사람까지 시뻘겋게 황토 가루를 뒤집어썼다. 사람들은 얼굴이고 옷이고 손톱 속까지 황토물이 들었고 한번 든 황토물은 아무리 씻고 닦아도 빠지지 않았다. 그래서 성내 사람들은 이곳 농민들을 가리켜 동촌 황동이라고 했다.

그 토지의 대부분은 성내에 판을 차리고 앉은 부재 지주들에 의해서 독점되었고 그 나머지는 윤남산이가 머슴을 사는 박 과부가 차지하고 있었다.

주인 박 과부는 오십 당년에 두 번 출가해서 두 번 다 과부가 되었다는 단순치 않은 경력을 가진 여자였다. 절구공 같은 몸집에 주름살 하나 없는 두 턱이 진 얼굴에 두껍게 분칠을 해서 제 나이보다 훨씬 젊은 정력과 체력을 가진 이 여자는 작인들의 노력과 등골을 뽑는 데 실로 놀랄 만한 지혜와 파렴치한 수완을 가진 여자였다.

박 과부가 살고 있는 안골 오십 호 부락에는 식수라고는 그 집 바깥뜰 앞에 박혀 있는 우물이 하나 있을 뿐이었다. 그 우물의 물맛이 차고 좋은 것으로도 유명했지만 오뉴월 한창 가물에도 충충하게 일정한 수량을 보지하고 있는 것으로도 이름이 났다. 근방에서는 그 우물을 박 과부네 우물이라 했다. 그런데 부락 공동 사용으로 된 그 우물의 소유권은 박 과부가 쥐고 있어 그것이 또 그로 하여금 세력과 재부를 늘이는 데 이용되고 있었다.

무인년, 윤남산이가 그 집에서 머슴을 살던 해 여름 그 지방에 심한 가물이 들었다. 원래 수원이 없어 메마른 땅인지라 밭에 곡식이 타 죽는 것은 예사였고 사람들의 목 축일 물이 없어 눈들이 뒤집혔다.

근방 일대의 우물이란 우물, 샘이란 샘은 모두 말랐다. 그런데 유독 박 과부네 우물만이 변함없이 차고 맛 좋은 물이 충충하게 고여 있었다. 그 우물은 근동 일대에서 유일한 생명수처럼 되어 십 리 이십 리 밖에서 여인네들이 머리에 물동이를 이고 왔다. 우물 앞은 장마당을 이루었다.

그러자 이상생리에 눈이 밝은 박 과부가 여기 착안하지 않을 리 없었다. 우물에 둥그런 나무 뚜껑을 해 덮고 커다란 놋자물쇠를 떡 채워 놓았다. 그리고 안골 사람 외는 물 한 동이에 그때 돈 이 전씩 내라는 것이다. 그것은 무료는 무료인데 질서를 유지하기 위해 받는다는 식이었다. 목마른 사람들은 물 한 동이에 이 전씩 내고 길어 갔다. 그다음에는 이전이 오 전으로 되고 오 전이 다시 십 전으로 되더니 나중에는 안골 사람이고 아니고를 불문하고 물 한 동이에 품 한 자루라는 전대미문의 악조건을 내걸었다. 사람들은 박 과부가 여간 사람이 아니라는 것을 모르지 않았으나 당장 목에서 불이 날 지경이니 우선 마시고 보자는 식으로 이름 쓰고 도장 찍고 품 한 자루씩에 그 물을 길어 갔다.

그런데 사단은 그다음 가을에 가서 일어났다. 사람들은 물 마신 끌 같아 곧 그 사실에 대해서 잊고 있었는데 하루는 군청이나 주재소 같은 데서 보내는 무슨 고지서 같은 것을 받게 되었다.

그것이 다름 아닌, 만약 계약을 이행하지 않는 경우에는 법에 처하겠다는 협박까지 한 박 과부가 보낸 물 값 독촉장인 것을 알게 되자 사람들은 어안이 벙벙했다.

당시 박 과부는 친정 조카(그는 장래 재산 상속자로 내정되어 있었다) 살림을 내주기 위해서 굉장한 저택을 짓고 있었는데 거기 드는 일체의 품을 전일의 그 물 값으로 충당할 계획을 잡고 있었다.

그 독촉장을 받은 사람들은 너무도 어처구니없는 일이라 그저 그럴 수 있느냐 마냐 공론들만 분분했다. 그러는 중에 박 과부가 보낸 독촉장은 권력을 발생하기 시작했다. 박 과부 집 서기와 조카가 호별 방문으로 위협과 공갈을 하고 돌아다니고 나자 그다음에는 면 서기가 나왔고 나중에는 주재소 순사가 칼자루를 절컥거리며 돌아다니게끔 사태는 험악해 갔다.

마침내 사단은 박 과부 집 조카와 주재소 순사가 부동이 되어 사람들을 치는 구타 사건이 생기고 거기 격분한 농민들이 들고 일어나서 그곳 주재소와 박 과부 집을 들이치게 되었다. 결국 헌병대까지 출동해서 일시 준좌됐는데 나중에 사건의 주동자가 누구인가 추궁되었을 때 추리고 추려서 유일한 한 사람이 윤남산으로 판명되었다.

박 과부가 물장사를 할 때 우물에 자물쇠를 채워 놓는 것만으로는 안심이 되지 않아 밤이면 그 우물에 파수를 세워 지키게 했다. 파수 역을 맡은 윤남산은 곁쇠질로 우물 뚜껑을 열어제껴 놓고는 자기는 참외막에 올라가서 코를 골고 잤다. 다음날 이것이 알려져서 윤남산은 박 과부의 집에서 쫓겨났는데 그 후 그는 이 집 저 집 돌아다니며 혹은 미장이 일을 해 주기도 하고, 함지박이나 방망이 같은 것을 깎아 주기도 하면서 손재간으로 벌어먹고 지내더니 그 사단이 벌어지자 농민들의 분노를 직접 행동으로 묶어 세우는 조직자적 역할을 했던 것이다. 그러나 경찰이 그를 잡으려 할 때에는 이미 마을에서 감쪽같이 자취를 감추고 말았다.

이십 년 전 물 한 바가지를 위해 아귀다툼을 하던 그 무수지 동성마루가 어느 평지대보다도 물이 흔하고, 소털 같은 서속 나부랭이나 겨우 심어 먹던 메마른 황무지가 어느 이름 있는 옥토보다도 기름져서 고랑이 보이지 않게 길길이 자란 밀이 그득히 들어 선 것을 볼 때 윤남산은 오직 감개무량했다.

"허어, 정말 천지개벽이로군, 땅의 혁명이야."

"생각하면 꿈만 같네."

하고 윤남산과 나란히 서서 주위를 바라보고 있던 강 영감도 감개무량한 어조로 말했다. 그는 그 땅에서 나서 백 리 밖을 나가 보지 못하고 갖은 경난을 붙박이로 앉아 배긴 사람으로서 또 감회가 컸다.

"임자를 보니 무인년 가물에 박 과부 물장사하던 생각이 나네만 여기를 누가 무수지 동촌벌로 보겠나. 대동강 물이 오봉산 고개를 넘어 이 황무지에 올 줄이야 꿈엔들 생각했겠나, 그리고 보게."

하고 강 영감은 옆의 밀밭을 가리키며 말했다.

"밀이 되긴들 얼마나 잘됐겠나, 사오월 한창 가물에 이 밭에 사─오 차나 물을 주었네. 그랬더니 밀대가 쭉 올려 뽑더군. 싹이 두껍긴 또 얼마나 두껍가, 그 우에 멍석 펴고 앉아도 견딜 만하지. 작년 가을에 앉은방 종자를 정당 사백오십 킬로씩 들이부었더던. 두엄은 백여 톤씩 내구, 저 이삭을 보게, 한 이삭에 평균 칠─팔십 알씩 달렸네. 이걸 누가 동촌 황토 바닥에 자란 밀이라 보겠나. 이런 혁신을 누가 하겠나, 당이 아니면 꿈에도 생각 못할 일이지."

축사는 어미 돼지 팔백 마리를 수용할 수 있는 넓은 방목장까지 겸한 네

채로 구성되어 있었다. 당이 가리키는 심경, 밀식, 다량 시비, 밭 관수를 실천한 결과로 이루어진 밀의 풍작은 가축을 위한 넉넉한 사료 기지와 넓은 방목지를 떼어 낼 수 있게 되었으며 후작 옥수수에 의한 방대한 양의 사료가 공으로 생겨 나와 실로 수만 마리의 가축을 먹일 수 있는 기초를 갖게 되었던 것이다. 축사는 이미 절반 이상이 진척되고 있었다.

윤남산은 강 영감과 같이 장방형으로 기다란 축사 통마루를 타고 앉아 서까래를 치고 있었다. 이십년 전 한 사람은 박 과부네 집 머슴이요, 한 사람은 그 집 작인으로 같이 폭양에 조밭 김도 매고 같이 가래줄을 당기기도 했다.

강 영감은 옛정이 새로운 듯,

"임자하구 성내로 거름 실러 갔다가 동촌 황동이라고 수모 받던 생각이 지금도 나네만 이제는 나도 황동이 때를 벗었네. 이제는 성내를 들어가도 날 보고 동촌 황동이랄 자도 없겠지만 내가 바루 주인 같아 떳떳하고 자랑스럽지."

"형님이 그렇게 말씀하면 나도 이젠 뻐꾸기가 아니외다."

"뻐꾸기가 아니면 뭐가 됐나?"

"새로 칠 말이면 매가 됐다고 할 수 있을까요. 하루 천 리를 난다는……"

"천리마를 탔다는 말일세그려."

"이를테면 그렇죠."

"그건 누구나 탄 거고 내가 묻는 말은 임자 그 뻐꾸기마냥 떠돌아다니는 버릇을 고쳤느냐 말일세."

"강산이 다 변했는데 난들 왜 안 변했겠수. 한 공장에서 십오 년 동안을 근무했으면 나도 이제는 뻐꾸기가 아니겠지요."

하고 서까래 모서리에 큰 대못 하나를 무슨 분풀이나 하듯이 팔뚝에 힘줄을 일으켜 세워 박고 나더니 한숨 돌리듯 천천히 입을 열었다.

"형님도 내가 뭘 만드는 재간이 있는 줄 아실 게오만 일제 때에는 도리어 그게 같잖은 짓으로 보였지요. 그러던 것이 8·15 해방이 되고 사람마다 가진 재간이 빛을 내는 세상이 되자 나도 날개가 돋치게 됐지요. 이제는 나도 우리 공장에서 주물공 아무개 하면 알아주는 존재외다."

"그거 듣던 중 반가운 말일세."

"우리 공장에서 뜨락또르 천리마호 시제품을 만들 때가 내 일생에서 가장 빛나던 때지요. 아무튼 기계 부분에서도 제일 복잡하고 힘들다는 엔징을 내 손으로 구워 냈으니까요. 당시 우리 공장 신문에서도 떠든 일이지요만 아비가 구워 낸 엔징을 받아 가지고 내 아들놈이 또 조립을 했지요."

"아니, 그 천리마호를 임자네 부자가 만들어 냈단 말인가."

"지금 저기서 우리 공장에서 만든 뜨락또르가 밭을 갈고 있쇠다만 우리 부자가 주물하고 조립한 기계가 형님네 밭을 갈아 줄 줄이야 어찌 알았겠수."

"어디 우리 조합 밭만 갈겠나. 수천수만 대가 나와 공화국 방방곡곡의 밭을 갈 게고 장차는 남반부 밭까지 갈게 될 텐데."

"그야 그렇지요."

강 영감은 무슨 생각에 골몰하는 듯 희끗희끗한 숱 많은 눈썹을 좁히고 있더니,

"속담에도 사람이란 열 번 변한다지만 세상은 참 좋은 세상일세."

강 영감은 이십년 만에 처음 만난 옛 친구가 그간에 개변되고 발전한 것이 놀랍기도 하고 반갑기도 했다. 그리고 한편 존경심도 생겼다. 또는 그가 높이 올려다보이기도 하고 그를 오늘의 이런 사람으로 만들어 낸 공화국이 고맙게도 생각되었다.

그러나 한번 생각이 딸의 혼사에 미치자 그는 역시 냉랭했다. □ 좋고 사부주가 맞는다 해도 꼭 한 가지 딸 금녀와 떨어져 살기가 섭섭한 그것이었다.

'옛 친구를 만나 사돈을 맺었다면 경사라고 하겠지. 허지만 장성한 아들 내 집에 데릴사위로 줄 리도 없고 무남독녀 외딸 내줄 수도 없거던.'

또는 이런 생각도 했다.

'이러니저러니 해도 혼사에는 당자의 의사가 제일인데 당자가 마다하니 애빈들 어찌하리……'

×

한 포전의 밀가을이 끝나자 잠시 휴식 시간이 되었다. 민청원들은 약속이나 한 듯이 종호를 중심으로 모여들었다.

종호는 그들이 청하는 대로 과히 사양하지도 않고 뜨락또르 천리마호 시제품 제작 당시의 고심담을 이야기했다. 대개 당사자들의 경험담이란 그러하듯이 종호는 그 제작에 참가했던 자기를 비롯한 주물, 가공, 조립 부리가다 노동자들의 창조적 노력과 고심을 백분지 일도 잘 전달하지 못한 것 같은데 민청원들은 큰 감동을 가지고 듣고 있었다. 그들 민청원들은 그 노동자들의 손에 의해서 만들어진 뜨락또르 천리마호를 자기 조합에서 첫 번째로 받은 것이 이만저만하게 큰 영광이 아니며 또 얼마나 고귀한 선물인가를 다시금 새롭게 느끼었다. 그 뜨락또르의 작은 나사못 하나에도 노동자동무들이 없는 곳에서 애를 써서 찾아내고 불가능한 일을 가능한 일로 전환시키는 무진장한 창조적 노력과 당에 대한 무한한 충실성과 헌신성이 스며 있다는 것을 알게 됐던 것이다.

종호는 계속해서 현재 공장에서 제작하고 있는 농기계들, 동력 파종기와 수확기 또는 씰로스 꼼바인과 동력 분쇄기 등 수다한 농기계들에 대해서 얘기했다.

그는 그 농기계들이 농촌에 나가 얼마만큼 노력을 절약하며 농민들의 노동을 헐하게 해 주고 또 생산력을 높이게 될 것인가에 대해서 일일이 숫자적으로 계산해 가며 말했다. 그 농기계들은 실로 일−이년 내에 농촌을 완전히 기계화하고 남을 방대한 양과 우수한 성능을 가진 기계들이었다.

종호는 빙긋이 웃으며 말했다.

"공장 노동자들은 이 방대한 양의 농기계들을 말씀예요. 설비와 노력의 추가 없이 그것도 기본 생산 과제를 훌륭히 실행해 가면서 보장하고들 있는 것입니다. 말 그대로 낮과 밤을 가리지 않고 노력적 투쟁을 하고들 있지요."

그 말은 동시에 노동자들이 농민들의 행복과 복리를 위해서 얼마나 주야를 가리지 않고 헌신적 노력을 하고 있는가를 말하고 있는 것으로 들리었다. 민청원들은 적잖이 흥분하고 감동했다.

종호는 자기 말이 민청원들 사이에 큰 감동을 일으키는 것을 보게 되자 자기도 따라 감동했다. 그래서 자기가 창의 고안한 모내기 기계에 대해서 이야기하고 싶어졌다. 그 기계의 설계도와 에쓰키스는 이미 창의 고안 크루쇼크에서 통과되어 공장 기술 아까데미에 제출됐는데 오래지 않아 대량 생산에 옮겨질 것을 확신하고 있었다.

종호가 자기 방에 차려 놓은 작업대 앞에서 연구에 열중한 나머지 동이 터서 날이 밝아진 것을 모르고 전등불이 흐려지는 이유를 몰라했다는 말을 듣자 민청원들은 와자하니 웃었다.

그러나 얼마나 감동이 사무친 웃음이랴. 그중에도 조합의 유일한 창의 고안자 영환이는 앉았던 자리에서 벌떡 일어서더니 종호 앞으로 어깨를 저으며 갔다. 그리고 그의 손을 잡고 오래 놓지 않았다. 그는 사료 절단기를 창의 고안해서 조합에 적지 않은 이익을 주었다.

"그 모내기 기계를 우리 조합에 제일 먼저 보내 주실 걸 약속하십쇼."

"아직 성공 여부도 모르는 걸 어떻게 약속합니까?"

"나는 꼭 그 기계가 성공할 걸 확신합니다."

"뭘 보고 확신하십니까?"

"동무의 그 열성이면 아니 될 일이 없을 것이라는 걸 확신합니다."

두 볼이 발갛게 흥분해서 두 사람을 바라보고 있던 인숙이는 옆에 앉아 있는 금녀의 손을 꼭 쥐고 말했다.

"언니, 얼마나 행복하우."

"뭣이 말이냐?"

"저런 동무를 갖고 있는 우리가 얼마나 행복한가 말요."

인숙이의 그 태도는 종호에 대한 심사원의 자격을 포기했거나 또는 그가 금녀의 선을 보러 온 신랑이든 아니든 이미 그런 것은 문제가 아니라는 태도였다.

"저 동무가 우리들을 위해 우리 농촌을 기계화하기 위해 밤낮을 가리지 않고 열중하고 있다는 것을 정작 당사자들인 우리가 모르고 있었다는 건 얼마나 우리가 부족했우."

"그래, 우리가 부족했어."

금녀도 그 말에 공감했다.

여자처럼 얼굴이 희고 태도가 얌전한 아코디온수 창수는 자신의 감동을 음악으로 표현했다. 그가 한 아름 안듯이 아코디온을 한껏 열어 노래의 첫 꼭지를 따자 곧 그것은 합창으로 발전했다. 작업 끝에 오락은 일상 있는 일이었지만 오늘의 그것은 특별한 의미를 띠고 있었다. 그것은 자기들이 맞이한 귀한 손님을 환영하는 의미가 포함되어 있었던 것이다.

종호는 그것을 의식했음인지 「우리 조합에 영웅 났네」에서 시작해서 「매봉산 타령」에 이르기까지 무려 오―육 종의 노래가 불려졌는데도 그는 종시 입가에 웃음을 띤 채 듣고만 있었다.

자기들의 노래가 종호에게 얼마나한 영향을 주었는가를 알아보고 싶었음이리라―금녀가 그에게 말을 걸었다.

"요즘 공장 동무들은 무슨 노래를 부르나요."

"어디나 같지요. 지금 부르신 노래는 우리 동무들도 부르더군요."

"새로 보급된 노래는 뭐가 있나요."

"글쎄요."

하다가 생각난 것이 있다는 듯이

"「전원에 발동 소리 울린다」라는 노래를 많이 부르더군요. 우리 공장 써클원 동무들의 합작으로 된 노랜데요."

"'전원에 발동 소리 울린다'? 제목부터 그럴듯한데."

아코디온수 창수가 감침을 삼키자 인숙이가 바싹 대들었다.

"그 노래를 우리들에게 가르쳐 주세요."

그 소리를 듣자 종호는 아주 딱한 표정을 한다.

"전 노래를 부를 줄 모르는데요."

"잘 부를 줄 알아야만 부르나요. 우리들은 전문가는 아닌데요."

금녀는 그를 고무하기 위해서 한 말인데 그 표정이 어찌도 진지하고 성실한지 종호는 도저히 물리칠 수 없다는 것을 알았다.

마지못해 일어서서 선창을 하기 시작했다. 과연 그는 노래에 익숙한 편은 아니었다. 음성도 세련되지 못하고 감정도 잘 내지 못했다. 그러나 그가 일 절을 끝내고 이 절을 부르기 시작하자 창수는 익히 아는 노래인 듯이 곧 아코디온으로 반주를 했다. 그는 실로 놀랄 만한 음악적인 귀를 가진 천재였다. 전문가들이 켜는 기악곡도 웬만한 곡은 몇 번 들으면 곧 아코디온의 하얀 키 위에 옮겨 놓던 것이다.

종호가 삼 절을 부르고 났을 때 곧 그 일 절이 써클원들에 의해서 합창으로 불려졌다. 종호는 자기가 부른 노래가 그처럼 선율이 곱고 유쾌한 노래였던가를 비로소 깨달았다. 그는 자기가 가르친 노래라는 것도 잊고 감탄해서 듣고 있었다. 그러나 그 합창단이 도 경연 대회에까지 올라간 이름 있는 합창단이라는 것을 알았더면 그다지 놀라지는 않았을 것이다.

그 합창단의 지휘자 금녀는 여니 때처럼 앞에 나서서 지휘봉을 휘두르지는 않았지만 밀단 우에 앉은 채로 눈과 보일 듯 말 듯 움직이는 턱의 동작으로 박자를 잡고 있었다.

이때 금녀의 머리 위 상공에는 한바탕 일을 치를 듯이 검은 구름이 빠른 속도로 서편에서 동쪽 산머리를 향해 하늘 절반을 가려 건너가고 있었다. 그 최초의 위험 신호를 알리는 한 방울의 빗방울이 금녀의 작고 날씬한 콧마루에 떨어졌다. 그러자 금녀의 그 눈썹이 고운 미간과 인중이 짧은 입가에 놀라는 표정이 지어졌다. 노래는 멎었다.

구름은 현재의 분량보다 더 많이 들이밀리고 있었다. 잘못하다가는 그날의 노력이 수포로 돌아갈 판이다. 넓은 밭 가운데 우뚝우뚝 서 있는 밀단들이 비에 물초가 될 위험한 처지에 놓여 있다.

민청원들 사이에는 어떻게 할 도리를 몰라 잠시 침묵이 깃들었다. 그러자 종호가 먼저 자리를 차고 일어섰다. 그는 밀단 사이로 뛰어 들어가자,

"자, 빨리 노적가리를 쌓읍시다."

하고 그 지점을 가리키듯 밀단 하나를 안아 자기 발 앞에 눕히었다. 그것이 신호가 되어 삼십 명의 민청 돌격대원들은 우르르 그 앞으로 몰려갔다.

종호 옆에 금녀가 서고 그 옆에 인숙이가 서고 인숙이 옆에 창수가 섰다. 이렇게 십여 명이 둥그렇게 원을 그려 둘러서자 나머지 이십 명의 대원은 그들에게 밀단을 던져 주었다. 밀단은 한 층 두 층 쌓아지기 시작했다.

상공에서는 번개와 우뢰가 교차한다. 노적가리는 한 층 두 층에서 한 길 두 길로 비약한다. 차츰 그 고가 높아 가고 면적이 좁아짐에 따라 자리를 양보하고 한 사람이 뛰어내리고 두 사람이 뛰어내린다. 종호와 금녀를 남기고 최후로 인숙이가 미끄러져 내렸을 즈음에는 그 높이가 상당해서 위에까지 밀단을 치처 올리자면 힘센 남자 대원이 힘껏 뿌리쳐 올리지 않으면 아니 되었다.

노적가리의 마무리를 지을 때쯤 되어서 상공의 구름은 동천 산머리 너머로 점차 압축 당해 갔다.

노적가리 아래서 수십 명의 민청원이 일시에 '와아아!' 하고 함성을 친

다. 그것은 하늘의 비를 정복한 승리의 개가가 아니라 자기들이 쌓아 올린 노적가리가 어마어마하게 크고 높은 데 놀란 감탄이었다.

두 번째 '와아아!' 하는 함성이 일어났다. 그 가운데에서 인숙이의 능금 같이 동그란 얼굴이 위를 쳐다보며 소리친다.

"언니, 어떻게 내려오겠수."

그 소리에 비로소 금녀는 자기가 올라선 높이가 제 능력으로는 도저히 내려 뛸 수 없는 높은 봉우리라는 것을 알게 되었다. 아래를 내려다보면 현기증이 나도록 아찔거리었다.

"동무들! 나 좀 구원해 줘요."

금녀는 과장이 아닌 진담으로 구원을 청했다.

아래서 민청원들은 폭소와 갈채로 그 말에 대답했다.

종호는 뒤짐을 진 채 커다란 입에 웃음을 지어 싱글거리고 섰을 뿐이다. 그 표정은 자기는 그것을 문제없이 내려 뛸 수 있으나 금녀를 위해서 그냥 남아 있다는 태도였다.

사다리를 가지러 두 사람의 민청원이 마을로 파견되었다. 종호와 금녀는 그동안이 얼마가 되든지 그냥 노적가리 위에 서 있어야 할 판이다.

산같이 크고 높은 황금빛 노적가리 위에서 종호와 금녀는 어깨를 나란히 하고 서서 무연하게 펼쳐진 벌을 황홀한 듯 바라보고 섰다. 은빛으로 번쩍이는 수로가 일직선으로 건너간 좌우편 조전에서 두 대의 뜨락또르가 밀가을 이 끝난 밭을 갈아엎고 있다. 밀은 후작 옥수수에게 자리를 양보한 것이다. 두 대의 뜨락또르는 오늘 밤새도록 그 밭을 갈아엎으리라. 그리고 그 자리에 밀보다 더 무성하게 옥수수가 자라리라. 씰로스를 만들기 위해 그 옥수수를 가을해 들인 자리에 이번에는 수많은 가축들이 떼지어 소요하리라.

앞으로 일—이년이 가면 그때에는 이 벌에 두 대의 뜨락또르가 아니라 전 경작지에 수많은 뜨락또르가 몫몫이 맡은 기경 면적에서 발동 소리 드 높게 지축을 울리며 밭을 갈아엎으리라. 그 자리에 또 수많은 동력 파종기와 제초기가 씨 뿌리고 김매고 가꾸리라. 밀은 대가 굵고 이삭이 실해지고 수학이 두 배 세 배로 높아져서 기적 같은 사실에 사람들을 놀라게 하리라. 집채 같은 콤바인이 밀가을을 하고 그 자리에서 제창 탈곡을 해서 트럭에 굵고 실한 밀을 폭포처럼 쏟아 부으리라. 그리고 신작로마다 밀단이 아니라 밀을 실은 트럭이 꼬리를 물고 창고로 창고로 달리리라.

후작 옥수수는 실하고 굵은 대에 마디마다 알이 굵은 이삭이 달리리라. 그리고 그 방대한 양의 사료를 수확하고 절단하고 분쇄, 가공하는 데 또 수많은 씰로스 콤바인과 동력 분쇄기가 질서 정연하게 발동 소리 우렁차게 움직일 것이며 수천수만 마리의 가축들이 이삭 채 가공한 싱싱하고 영양가 높은 사료에 싫도록 배불리고 구름같이 떼지어 다니며 저희들의 살진 몸뚱아리를 자랑하리라.

그때에 사람들은 오직 그것들을 관리하고 조종하는 것으로 만족하리라.

노적가리 위에 높이 올라선 종호와 금녀는 거진 동일한 것을 생각하고 예견하며 동일한 것을 내다보고 있었다. 사람들이 오랫동안 희구해 온 찬연한 낙원이, 최고의 복지가 이 벌에 펼쳐지는 것을 내다보고 있었다.

종호는 넓은 이마가 환하게 빛나는 얼굴을 곧추든 채 금녀에게 말했다.

"바루 그것이 눈앞에 내다보이는 것 같군요. 우리들의 낙원, 공산주의의 푸른 언덕이 지평선 멀리가 아니라 한 시간, 혹은 두 시간이면 갈 수 있는 저 건너편의 산머리만큼이나 가까운 거리에 그것이 내다보이는군요."

"그래요. 나두 그것이 바루 눈앞에 보여요."

금녀는 종호의 그 앞을 꿰뚫고 내다보는 것 같은 확신 있는 눈길을 따라 그것을 심장으로 느끼며 내다보았다. 이제는 그 상대가 어머니가 선택한 신랑이래도 좋고 아니래도 좋았다. 오직 그 사람을 통해서 금녀는 찬연한 미래를 확신하며 내다볼 수 있었던 것이다.

아래에서 아코디온수 창수는 노적가리 위에서 고개를 곧추 쳐들고 벌을 내다보고 섰는 종호와 그 옆에 죠세트 블라우스 자락을 바람에 날리며 가슴을 펴고 서 있는 금녀를 황홀한 눈으로 쳐다보고 있다. 그는 두 사람의 섰는 모양이 어떤 거장의 손에 의해서 만들어진 우수한 조각품 같았다. 그것은 한 사람의 조립공 종호와 한 사람의 조합원 금녀가 서 있는 것이 아니라 노동 계급을 대표한 한 노동자와 농민을 대표한 한 여성이 그렇게 어깨를 나란히 하고 서서 자기들의 굳은 동맹을 다지며 광휘로운 앞날을 내다보고 섰는 것 같았다.

"야, 멋지구나!"

창수는 감탄해서 소리쳤다. 그 소리는 곧 다른 민청원들의 공감을 불러일으켜서 "와아아!" 하는 갈채와 환성이 일어났다.

이런 때에 윤남산과 강 영감 두 사람이 밀가을을 한 포전을 가로질러 그편을 향해 오고 있었다. 두 사람은 신작로에서 포전 가운데 솟아 있는 예에 없이 어마어마하게 큰 노적가리를 보고 호기심에 끌려 오던 것이다.

"야, 그 노적가리 굉장도 하구나!"

처음 윤남산은 그 노적가리가 크고 높은 데 대해서 찬탄했다. 그러다가 그 노적가리 꼭대기에 다름 아닌 자기 아들과 강 영감의 딸(그는 이미 김씨의 조카를 통해서 사진을 보고 규수의 얼굴을 익힌 바였다)이 서 있는 것을 보고 눈을 크게 뜨고 다시 쳐다보았다. 그리고 첫눈에 보아 자기 아들 종호와 어깨를 나란히 하고 섰는 규수가 크도 작도 않은 키로 보나 몸매로 보나 지어는 얼굴 생김까지 며느리감으로나 아들의 아내로서 어쩌면 그리 신통하게도 꼭 알맞고 어울리는지 미리 예정했던 도가니에 부어 구워낸 듯싶었다. 그리고 그는 또 두 사람의 얼굴에 나타난 표정에서 이미 앞날의 행복을 약속한 사람들이라는 것도 간파했다.

그는 강 영감의 어깨를 툭 치고 나서 손가락질해 노적가리 위의 두 사람을 가리키며 말했다.

"저걸 좀 보시오. 내 아들놈도 근사하지만 형님도 따님 하나 잘 두셨구려, 핫하하하."

그리고 강 영감의 어깨를 지그시 당기며 말했다.

"형님, 가십시다. 이제부턴 두 사람이 하는 일에 우리는 아무 권리가 없는 사람들이오."

강 영감에게는 그 말이 이제까지 자기가 속으로 주저하고 미적거리고 있던 사실에 대한 아픈 비난으로 들리기도 했다.

그러나 강 영감은 그 말에는 귀가 없는 듯 정신없이 노적가리 위를 처다보고 섰다. 그는 자기 딸이 그처럼 늠름하고 아릿다운지를 처음으로 발견한 듯싶었다. 그리고 자기 딸 금녀 옆에 윤남산의 아들이 서 있기 때문에 그렇게 보인다는 것도 알았다. 두 사람은 강 영감이 고개를 처들어 올려다볼 만큼이나 높은 위치에서 저희들의 행복을 선택하고 그 길로 일로매진하고 있는 사람들이라는 것도 알았다. 그리고 그들이 선택한 길이 옳고 정당하며 강 영감 자신의 생각이나 존재란 비할 바 없이 작고 하찮은 것으로도 생각되었다.

"뻐꾸긴 줄로만 알았더니 매였더란 말이야. 눈 깜짝할 새에 휙 채 가지고 높이 날거든."

하는 말을 입 안에서 중얼거리며 윤남산의 뒤를 따라 그 자리를 물러섰다.

두 노인의 출현으로 지금까지 노적가리 위에 금녀와 나란히 서 있는 종호가 다름 아닌 자기들이 배격하기로 계획한 신랑이라는 것을 알게 되자 민청원들 사이에는 일시 혼란과 당황한 빛이 떠올랐다. 그리고 서로 눈길을 맞춰 바라보았다. 그것은 이 사건의 결론을 내릴 사람을 찾는 것이었다.

그중 아코디온수 창수는 예술가다운 민감한 판단력과 지혜로운 눈으로 모든 사태를 간파하고 이해했으며 곧 일정한 결론을 내리었다. 그것은 첫째, 신랑 종호가 자기들의 심사에 만점으로 합격될 만하다는 것과 다음은 노적가리 위에 서 있는 금녀의 얼굴에 나타난 표정에서 더욱 확신을 가질 수 있었던 것이다. 금녀는 자기 옆에 서 있는 종호가 다름 아닌 신랑이라는 것을 알게 되자 실망보다 먼저 왼손등으로 입을 가리던 것이다. 이것은 인중이 짧은 금녀가 부끄러워하는 표며 이런 때 부끄러움이란 애정의 표현이라는 것을 창수는 정확하게 판단할 수 있었던 것이다.

"야, 멋지구나!"

하고 창수는 이번에는 두 사람의 행복을 위해서 소리쳤다.

창수의 이 과감한 결론은 곧 다른 민청원들에게 요해되고 접수되었다.

창의 고안자 영환이는 덮어놓고 좋아서,

"걸작이거든, 걸작이야."

하고 창수를 얼싸안았다.

민청원들은 혹은 소리도 지르고 혹은 박수도 치면서 오래오래 두 사람의 행복을 위해서 찬탄하고 환호했다.

그런데 여기 응하지 않는 꼭 한 사람이 있었다. 그는 인숙이었다. 그는 자기가 처음 간파한 대로 종호라는 사람이 진짜 신랑이라는 것을 알게 되자 급작스레 최초에 약속했던 심사자의 위치로 돌아가 도사리고 앉았다. 그는 첫째, 써클을 생각했고 모내기 경쟁자인 금녀와 헤어지게 될 것을 섭섭하게 생각했다. 그리고 민청원들이 애초의 계획을 헌신짝 같이 포기한데 대해서 아주 못마땅하게 생각했다. 그래서 그들의 환성 속에서 벗어져 저만치 외따로 나가 오도카니 서 있는 것이다.

그는 자기만이 집단의 이익을 위해서 시종일관하게 약속을 지키는 사람이라는 것을 두 볼이 발갛게 질린 얼굴에 나타내고 있었다.

×

신랑 종호와 윤남산은 그날 저녁으로 그곳을 떠나게 되었다. 강 영감 내외를 위시해서 그날 종호와 같이 있던 민청원들은 그들 부자를 정거장까지 배웅하기로 했다.

조그만 간이역 앞마당은 그들 전송객으로 벅적거리었다. 그중에도 김 씨는 그 장소가 자기를 위해서 마련된 듯이 호기가 나고 신바람이 났다. 그는 사위될 종호가 어찌도 자랑스럽고 소중한지 자기 눈 안에 놓고 놓치지 않으려는 듯이 떨어져서 많은 사람들을 배경에 두고 바라보기도 하고 그 옆에 가까이 가서 쳐다보기도 한다. 그리고 금녀의 블라우스 자락을 바로 잡아 주기도 하고 종호가 다음 공휴일날 올 때에는 잊지 말고 어머니를 모시고 오라고 몇 번이고 거듭 당부를 했다. 그는 정거장 안의 그 많은 사람들에게 자기 사위를 소리쳐 자랑하고 싶은 마음으로 가득 차 있는 것이다.

술이 얼근하게 취한 강 영감과 윤남산은 역 대합실 안에 앉아 있다.

강 영감은 얼굴에 주름살이 활짝 펴진 듯이 환한 웃음을 띠고,

"난 임자네 부자가 뻐꾸긴 줄만 알고 매란 걸 몰랐거던. 그걸 보면 눈이 이젠 무뎌진 모양이야."

그 말은 옛 친구를 푸대접한 데 대한 사과와 뉘우침이 섞인 말이다.

윤남산은 그 말을 농으로 받아,

"나는 형님을 그저 동촌 황동인 줄로만 알고 있었더니 알고 보니 청동이가 되셨더군."

"청동이란 푸를청 자, 청년이 됐다는 말인가, 그래, 나도 마음만은 아직도 청청하니까."

하고 턱 밑을 쓰다듬으며 웃었다.

민청원들은 역 앞마당 화초밭이 있는 소공원에서 종호를 중심으로 모여 있다. 이때 인숙이가 장의자 위에 올라섰다. 그는 신랑 종호를 전송하기 위한 환송자를 하겠다는 것이다.

인숙이는 그 능금같이 동그란 얼굴이 발갛게 상기가 되어 입속에 말을 담은 채 일동을 돌아보았다. 그 순간 금녀는 가슴이 죄여 드는 어떤 불안을 느끼었다. 그는 지금 인숙이가 그가 하기로 계획하고 약속한 그 거절의 송별사를 하리라고 생각한 것이다.

금녀는 평소의 주장이던 노동을 통해서 인격이 이해되고 선택돼야 한다

는 그 과정을 밟아 이미 종호의 인격이 이해되고 선택됐다고 생각했던 것이다. 그는 무슨 운명을 결정하는 판결을 기다리는 사람처럼 한 손으로 불안스런 심장을 진정하려는 듯 가슴에 얹고 다소곳이 고개를 숙이고 앉았다. 그의 흥분한 귓속에 인숙이의 쨍쨍 울리는 금속성의 새된 음성이 확성기 속처럼 크게 울려 들어왔다. 종호를 위시한 공장 노동자들이 농촌 기계화를 위해서 바치고 있는 헌신적 노력에 대한 감사의 말로 시작해서 금녀는 그의 노력을 덜어 줄 좋은 협조자가 되리라는 것, 그래서 더 많은 농기계가 농촌에 오게 될 것을 기대한다는 것……

그리고 맨 나중에 이런 말로 끝을 맺었다.

"……우리 민청원 전체의 의사를 대표해서 아니 금녀 언니의 의사를 대표해서 진정으로 존경과 신애가 넘치는 마음의 꽃다발을 드립니다."

인숙이는 말을 마치자 금녀 앞으로 뛰어왔다. 그리고 금녀의 손을 잡아 일으키며 귀에 입을 대고 가만히 말했다.

"자, 일어서요. 이번에는 언니가 나설 차례예요. 우리 민청원 전체의 의사를 대표해서 언니가 저 동무와 악수해야 해요."

하고 금녀를 잡아 일으키고 지그시 등을 밀어 종호 앞으로 떠밀어 보냈다.

어둡기 전에 기차는 떠났다. 금녀와 강 영감 내외를 위시한 민청원들의 열렬한 환송을 받으며, 황혼이 깃들어 온통 붉은 빛으로 물들인 벌에 황금빛 파도가 굼실굼실 파도치는 사이로 기차는 힘 있고 우렁차게 앞으로 앞으로 달려 나갔다.

전진하는 사람들

그날도 강태봉 영감은 어둑어둑한 첫새벽에 호미와 망태를 등편 어깨에 걸메고 자기 집 일각 대문을 나왔다.

밤에서 아침으로 넘어가는 어중간인 어뜩새벽에 푸섶길을 걷기란 으쓱하기도 하련만 강 영감은 무슨 장한 일에나 나선 사람같이 깎은 머리와 눈썹이 허옇게 센 얼굴에 눈매가 엄했다. 무명 겹바지 아랫도리를 걷어 올린 강마른 다리에 감기는 이슬 먹은 풀잎이 선득선득했으나 그런 것에는 아랑곳없이 젊은 사람같이 꿋꿋한 걸음걸이로 밋밋한 등성길을 천천히 올라갔다. 그는 아침 조반 전에 옥수수밭 한 이랑이라도 더 김을 매 줄 생각이었다.

언덕 마루에 올라서자 등성이의 느릿한 물미를 타고 충충이 옥수수밭이 펼쳐 있다. 강 영감은 잠시 밭머리에 서서 흰 눈썹이 긴 눈을 슴벅이며 일자로 줄을 지어 나간 이랑을 따라 눈길을 옮기였다.

두 벌 씨슦음을 한 모양인데 장뼘 한 뼘 사이가 멀다고 촘촘히 옥수숫대가 섰다. 소주밀식을 한 것이다. 될 성부른 풀은 떡잎부터 알아본다는 것인데 밑거름이 든든히 박히지 못했다는 것은 그 누르죽죽한 잎새며 실하지 못한 줄기에서 이미 알아볼 수 있었다.

'자, 이렇게 배구서야 수캉냉이가 안 져? 안 진다면 내 손에 장을 지지라지.'

전일 이 밭에 파종을 할 때부터 강 영감은 이 밭의 토질이며 시비 양 등을 이모저모 따지면서 밀식이 적당치 않다는 것을 역설한 바 있었다. 그러나 작업반장 림창구는 그 말은 들은 척 만 척하고 끝내 밀식을 하고 만 것이다.

강 영감은 그때 무시를 당한 쾌씸한 생각이 아직도 가시지 않아,

'이 밭에서 낱알 먹게 되나 어디 두고 보라지.'

흥! 하는 코웃음을 치는 태도로 그는 밭머리에서 돌아서 나와 몇 발짝 걸어갔다.

이때 그의 심중에는 다른 반문이 생기었다.

'저게 내 땅이라면 그대로 지나쳐 버릴 수 있을까.'

그는 그 말에 대답했다.

'아니지. 절대로 그대로 지날 수야 없겠지.'

'그렇다면?'

하고 또 반문이 나왔다.

'조합 땅은 내 땅이 아니란 말인가.'

'물론 내 땅이지, 아니, 내 개인 땅보다도 더 소중하지, 조합 공동의 소유니까.'

'그렇다면 그 땅에서 번연히 수캉냉이가 질 걸 알면서두 그대로 내버려 둬. 아니지, 그건 조합 땅은 내 땅으로 알지 않는다는 것과 같은 거야.'

강 영감은 걸음을 멈췄다. 그리고 단호한 태도로 거기서 돌아서 도로 그 옥수수 포기 앞에 와 섰다.

"말에 받친 힘이 있다면야 평당 열다섯 포기는 말고 스무 포기를 심은들 뭐라 하겠어."

그는 주위에서 자기 말을 들어주는 사람이나 있는 듯이 설명조로 말했다.

"이게 제 땅이라면 그냥 두고 볼 수 있겠느냔 말야."

강 영감의 그 정정한 음성은 새벽 공기를 타고 맞은편 언덕에 부딪고 당자의 귀로 되돌아왔다.

"수캉냉이가 지지 않게 하려면 절반을 뚝 잘라 평당 여덟, 아홉 포기만

남겨 두어야 하거던."

그 소리는 제삼자의 말처럼 그에게 확신을 주었다. 그는 등을 꾸부정하고 엎디여 한 포기 건너로 옥수숫대를 뽑아내기 시작했다.

건너편 두암산 머리에 붉은 살이 질 임시해서 강 영감은 벌써 대여섯 고랑의 씨슘음을 해냈다.

그는 허리를 펴고 일어섰다. 그리고 자기가 해 논 솜씨와 업적을 한 번 둘러보았다.

"이제 제대로 됐군."

하고 흡족해했다. 그것은 당연히 할 일을 했다는 만족감이었다.

강 영감은 뽑아낸 옥수숫대를 주섬주섬 거둬 모아 망태에 꾹꾹 눌러 담고 등에 걸머지고는 밭에서 나왔다. 그는 언덕 비탈길을 내려와 마을길로 들어섰다. 그리고 여보란 듯이 마을 한복판을 걸었다. 누가 보든 자기는 당당했다. 몇 집의 굴뚝에서 연기가 오르기는 했으나 물 길러 나오는 여인네들도 없어서 마을 한가운데 있는 우물 두렁도 텅 비어 있었다.

강 영감은 우물 옆을 지나 둔덕 위에 있는 소 축사로 올라갔다. 외양간 소들은 그를 알아보는 듯 둔하게 눈과 주둥이를 그편으로 모았다. 강 영감은 어린애에게 맛있는 음식이나 던져 주듯이 망태에서 옥수숫대를 한 움큼씩 꺼내 구유통에 던져 주었다.

그가 축사 맨 끝 간의 송아지가 큰 눈알을 굴리며 입맛이 당겨서 푸른 옥수숫대를 질경거리며 씹고 있는 것을 흡족해서 바라보고 있을 때 축사 경비를 서고 있던 숙보 영감이 경비방에서 수염터가 시꺼먼 볼따구니를 긁적긁적 긁으며 밤샘을 한 뿌연 얼굴로 나왔다. 외양간 앞에 뒤짐을 지고 섰는 강 영감을 보자,

"아니, 부즈런도 하슈, 풀옴 오르려고 이슬 맞은 꼴을 베셨우."

그는 강 영감이 자기 책임도 아닌 꼴을 베 온 치사를 이런 말로 했다.

강 영감은 그 편으로 돌아서며,

"꼴이 아니라 강낭댈세."

"씨슥음을 하셨수?"

"온 사람들도, 당모루 강냉이밭 말이야, 밀식을 한다고 콩나물 붓듯 했더군, 거름 먹지 않은 땅에 그러구 낱알 붙겠나, 그래 내 좀 슥아 주었지."

숙보 영감은 그 말대꾸는 않고,

"소란 놈이 아침 해장을 잘 하는군."

하고 물끄러미 외양간의 소를 바라보며 하품을 한다.

그 태도가 장한 일을 했다고 긍정을 표시한 것 같기도 하고 또는 아닌 것 같기도 해서,

"누가 뭐라고 하거던 내가 했다구 하라구."

"뭘 말유?"

하고 숙보 영감은 딴전을 한다.

"당모루밭 강냉이를 슥아 냈다고 해서 이러쿵저러쿵하는 사람이 있거던 말일세."

강 영감은 이렇게 뒤까지 다져 놓고 뒤짐진 손에 호미와 망태를 접어들고는 느럭느럭 자기 집으로 돌아갔다.

그는 종시 자기는 조합의 주인으로서 당당히 할 일을 했다고 확신하고 있었다.

×

당모루 등성마루의 상공 어디서 종달새가 열에 들뜬 듯 극성스럽게 우짖었다. 그것은 마치 수많은 은방울을 한 줄에 매고 흔들어 대는 소리 같았다.

들판에 누워 있는 소 잔등같이 생긴 그 등성마루에 한 떼의 민청원들이 올라섰다. 그들은 여름 아침의 맑고 상쾌한 언덕길을 혹은 걷기도 하고 혹은 달리기도 하면서 자그르르 웃기도 하고 합창으로 노래도 불렀다. 그 노랫소리는 종달새 소리와 한데 어울렸다. 노랫소리가 종달새 소리인지 종달

새 소리가 노랫소리인지 꼭 그 소리가 그 소리 같았다.

그들의 맨 앞장을 선 것은 강태봉 영감의 막내딸 상례였다. 그는 부락 선동원이라서가 아니라 언제나 이런 때에는 앞장을 섰다. 노래도 그가 먼저 불렀고 웃기도 그가 먼저 웃었다. 벌 건너편 두암산 머리에 돋아 오르는 아침 해같이 부글부글하게 생긴 둥근 얼굴은 노상 기쁨과 웃음으로 꽉 차 있는 듯싶었다. 그래서 그 기쁨과 웃음은 조그만 기회에도 걷잡을 수 없이 터져 나왔던 것이다.

그런데 언덕 마루 중간쯤에 왔을 때 그들의 노랫소리와 웃음이 딱 멎었다. 자기들의 이해와 직접 관계되는 놀랄 만한 사실을 발견하게 된 것이다.

그것을 제일 먼저 발견한 사람도 역시 상례였다. 상례는 조반 전에 자기 아버지 강 영감이 옥수수 포기를 솎아낸 그 밭머리에 이르자 잠시 걸음을 멈춰 섰던 것이다. 어제 그들은 그 밭에서 씨숨음을 했었는데 자기들이 그 밭에 기울인 노력과 성과에 대해서 다시 한 번 확인하고 싶었던 것이다.

그런데 누구의 짓인지 밭고랑에 커다란 고무신 자국이 낭자하게 나고 밀식한 옥수수 포기를 함부로 뽑아냈다. 상례의 눈등이 소복한 약간 어미가 진 눈은 곧 긴장했다.

"아니, 이것 좀 보아."

하고 놀라는 한순간이 지나자 그는 곧 사태의 본질을 가려낼 수 있었다.

"우리들이 주의가 부족했어. 우리 주위에 선진 영농법을 방해하는 보수주의자가 있다는 걸 잊고 있었던 거야."

상례는 그 본질을 이렇게 분석하고 판정했다.

"뭐 그렇게 볼 건 아닌 것 같군."

상례와 나란히 서서 그 밭의 주위를 둘러보고 있던 동혁은 가라앉은 음성으로 말했다.

"일정한 간격을 두고 뽑아낸 걸 보면 고의로 뽑아낸 게 아니라 수확이 줄까 봐 솎아낸 것 같군."

그는 현재 조합 시험 포전을 맡아 관리하고 있는 민청원들 중에서 유일한 농산 기술자였으며 또 상례와 장래를 약속한 사이기도 했다.

그러나 상례는 동혁의 말을 툭 쏘듯이 반박했다.

"동무는 밀식을 방해하는 것은 보수주의가 아니란 말예요? 일정한 간격을 두고 뽑았건 말았건 선진 영농법을 방해하는 건 매일반예요."

동혁은 그 말에는 대꾸가 없이 고개를 기웃거렸다.

"이상한 일인데."

"뭣이 이상한 일이에요? 명백한 걸 가지고."

"아니, 내 말은 뽑아낸 강낭대가 하나도 보이지 않으니 말요."

"보수주의자의 행동이란 여간한 게 아녜요. 아마 증거를 감추려고 없애 버렸는지도 모르죠."

동혁은 그 말에 수긍도 반대도 아닌,

"글쎄."

"글쎄가 아녜요. 난 동무의 그런 태도가 싫어요."

그러자 다른 민청원들도 일치하게 상례 편을 들고 일어섰다.

"상례 동무 말이 옳아."

"틀림없는 보수주의자의 장난이야."

그들에게 있어 한 포기의 옥수숫대에는 자기들의 땀방울과 애정과 염원이 담겨진 것이었다. 그것을 뽑아낸다는 것은 자기들의 그 노력과 염원의 일부를 뽑아낸 것이나 다름없이 생각되었던 것이다.

민청원들은 자기들이 받들고 나가는 선진 영농법을 방해하는 보수주의자와 타협 없는 투쟁을 전개할 것을 결의했다. 그 일에도 상례가 북채를 잡고 나선 것은 물론이다.

그날 저녁때다. 상례가 작업을 끝내고 우물 두렁에서 세수를 하고 있는데 둔덕 위 축사 쪽에서 숙보 영감이 물지게를 지고 내려왔다.

상례는 수건으로 얼굴을 문대며 물기 있는 두 눈만 내놓고 물었다.

"어젯밤 축사 경비는 누가 섰나요?"

"내가 섰다."

볼과 턱에 수염이 불에 그슬린 밤송이같이 시꺼먼 숙보 영감은 무뚝뚝한 말로 대답했다.

"간밤에 축사에는 별일 없었나요?"

"건 왜?"

하고 숙보 영감은 먹을 찍은 듯이 눈썹이 진한 눈을 껌벅거리며 되물었다.

"글쎄, 어느 몹쓸 보수주의자가 당모루 강냉이밭에 손을 댔구만요."

"어느 몹쓸 보수주의자가?"

하고 숙보 영감은 되받아 옮기더니,

"허."

하고 어이없는 웃음을 씩 웃는다.

"너 똑똑히 알고 싶으냐? 그 밭에 손을 댄 사람은 너의 아버지다."

"우리 아버지라구요?"

상례는 기가 막혔다. 볼에 수건을 댄 채 되물었다.

"그래, 너의 아버지다."

"그건 눈으로 보시고 하는 말씀예요?"

"눈으로 보나마나."

숙보 영감은 더 대꾸하지 않고 물지게를 지고 일어서서 비탈길을 올라간다.

상례는 그 말이 참을 수 없는 모욕으로 들리었다. 분하고 억울해서 막 치가 떨리었다. 물지게를 진 숙보 영감의 굵고 둔한 목덜미를 쏘아보았다. 그리고 저렇게 생김생김이 험상궂고서야 심보가 좋을 리 없다고 생각했다.

"그건 오해예요. 우리 아버지는 절대로 그럴 사람이 아녜요."

하고 단호한 소리로 외쳤다.

상례는 진심으로 자기 아버지는 그럴 사람이 아니라고 믿고 있었던 것이다.

×

상례는 자기 집으로 돌아가자 이번에는 별다른 의미에서 또 분하고 치가 떨렸다.

그는 아버지의 입에서 아니라고 부정하는 말이 나오기를 기대하고 있었다.

그러나 방 아랫목에서 묵은 책력을 뒤적거리고 앉았던 아버지는,

"그렇다. 그건 내가 했다."

하고 태연한 말로 대답하고 나서 벗어 들었던 안경을 귀에 걸고 다시 책력을 집어 들었던 것이다. 그리고 방 윗목에 두 볼이 빨갛게 상기가 되어 앉았는 상례 편은 보지도 않고,

"왜? 내가 못 할 일을 한 듯싶으냐, 그 밭에서 강냉이 낱알이나 먹자면 밀식을 해선 안 될 걸 알고 내가 솎아 냈다. 농사꾼이 땅 사랑하는 마음은 제 자식 사랑하는 마음과 같은 거야. 남의 일 보듯 할 수는 없겠지."

사실 상례도 아버지가 당모루밭에 옥수수 포기를 뽑아낸 것이 고의로 한 일이 아니라는 것을 모르는 바는 아니었다. 아버지는 땅을 사랑하고 또 조합 일을 자기 일처럼 아는 사람이다. 그런 아버지가 선진 영농법인 밀식을 반대하고 나서지 않았다고 볼 수 없게 된 것이 더욱 노엽고 분했다.

상례는 분을 새기느라고 몽총하게 입을 봉하고 앉았다가,

"아버지도 밀식은 당이 내세우는 선진 영농법이라는 걸 모르시지 않을 거야요. 그리고 조합에서 어떤 사람들이 밀식을 반대하는 건지 아실 거야요. 난 아버지를 그런 분으로 생각지는 않았어요."

강 영감은 그 말이 노여워서 어이없이 입을 벌리고 빨갛게 상기한 딸의 얼굴을 안경 너머로 물끄러미 건너다보았다.

"선진 영농법을 반대하는 보수주의자란 말이로구나."

하고 뇌까리었다.

"애야, 나는 육십 평생을 농사로 늙은 사람이다. 밀식을 하면 다수확을

낸다는 것도 농사 묘리 잘 아는 사람이 제꺽 알아먹는 거고, 거름 먹이지 않은 땅에 밀식을 하면 안 된다는 것도 농사 많이 지어 본 사람이 아는 거다.”

그리고 화를 참느라고 담배를 집어 마는 손끝이 떨려 절반을 흘린다.

“소견머리 없는 소리 작작 하고 국으로 가만하나 있거라.”

그러나 상례의 흥분한 귀에는 그 말이 아니 들리는지 제 말만 한다.

“아버지가 농사 경험 많으시다는 걸 누가 모르겠어요. 허지만 현실은 자꾸 발전하고 있다는 걸 생각지 않고 계신 거예요. 아버지는 수캉냉이질 것만 생각하시고 밀식이 다수확을 보장하는 새로운 농사법이라는 걸 잊고 계산 거야요. 그건 아버지가 옛날 농사 경험에만 매달리고 계신 까닭예요.”

“그래, 나는 낡은 농사꾼이다. 나이 많이 먹은 값으로 낡았겠지.”

하고 강 영감은 어기대다가,

“아니, 그래 밀식이면 다 다수확을 낸다디? 밀식을 해서 다수확을 내자면 토질도 보아야겠지만 첫째, 심경도 하고 시비도 많이 내야 허는 거다. 대체 너 그 밭에 심경은 몇 치 깊이로 했으며 거름은 얼마를 냈느냐? 사람은 속여도 땅은 못 속이는 거야. 너도 림창구 본새를 떠 가는구나.”

이렇게 이가 맞지 않는 치차처럼 어긋나기만 하다가 마침내 상례는 강 영감이 제일 비각으로 생각하는 정통을 찔렀다.

“아버지는 림창구 아저씨에게 많이 배워야 하실 분예요. 그 아저씨는 조합에서 평가 받는 선진적인 분예요. 아버진······”

그 말이 채 마치기도 전에 강 영감은 무릎 위에 놓고 있던 책력을 집어 방바닥에 팽개치며 화를 벌컥 냈다.

“그래 이 년아, 허구많은 사람 중에 날 보고 림창구 같은 자에게 배우란 말이냐? 나도 누구만큼 선진 영농법이 좋은 줄도 알고 밀식을 하면 다수확이 날 줄도 아는 사람이다. 허지만 림창구처럼 땅을 속이지는 않는 사람이야.”

하고 흰 눈썹을 거슬리며 천장이 얕다고 뛰었다.

본래 강 영감과 림창구 두 사람은 가운데 텃밭 하나를 사이에 두고 아래 윗집 사이에서 형님 아우님 하면서 수십 년간을 조석 상대하고 지내 온 사람들이다.

일제시에는 남의 소작농으로 땅 없는 설움도 같이 받았고 해방 후에는 공화국의 혜택으로 땅의 임자된 기쁨도 같이 나누었다. 그리고 같이 열성 농민으로 평가도 받았다. 그러다가 마을에 협동조합이 조직되고 공동생활을 하게 되면서부터 두 사람의 사이는 버그러져서 서로 다른 견해와 해석을 하게 되었다. 즉 강 영감은 림창구를 땅을 속이는 형식주의자로 보았고 림창구는 강 영감을 옹고집쟁이 보수주의자로 평가했다. 그리고 두 사람은 자기 견해는 조금도 양보하려 하지 않는 대신에 자신의 평가에 대해서는 부당한 것으로 생각했다.

더욱이 강 영감이 그랬다.

어느 마을에서든지 그 지방의 지적도같이 그 땅이 가진 내력과 토질, 평수 등 손금을 보듯이 꿰뚫고 있는 사람이 한두 명은 있는 것이다. 강 영감은 그런 사람 중의 한 사람이었다. 그 땅에서 나서 뿌리를 박고 늙어 온 사람의 땅에 대한 이해와 지혜—그것은 때로는 전문가의 지식보다도 섬세하고 구체적이기도 했다. 그는 탁월한 외과 의사와도 같이 땅에 대한 신경과 맥박을 느꼈으며 그 감정을 이해했다. 그가 잡은 우물 자리에서는 영락없이 물이 나왔으며 천문대의 관측기같이 천기를 예측했다.

마을 사람들은 강 영감이 못자리를 잡는 것을 보고 자기들도 못자리를 잡기 시작했으며 그가 밭에 메밀을 심는가 감자를 심는가에 의해서 자기들도 종자를 결정했다. 사람들은 그를 찾아와서 밭에 무엇을 심을까를 물었으며 병해충의 방지에 대해서 물었고 가물 대책에 대해서 상의했다. 그리고 강 영감이 그들에게 준 지혜는 대체로 틀림이 없었다. 말하자면 그는 농사일에 대한 이름 없는 지도원이었으며 선생이었다.

그런데 마을에 협동조합이 조직된 이후로는 강 영감을 찾아와서 농사일을 묻는 사람이 없어졌다. 조합에서는 새로운 영농 기술과 방법에 의해서 지도되던 것이다. 강 영감은 이 새로운 영농법에 대해서 몰이해하지 않았다. 그의 땅에 정통한 지혜는 어렵지 않게 그 새로운 방법의 이치와 득점에 대해서 요해할 수 있었다. 그런데 한 가지 그 새로운 방법이 땅의 구체적 조건과 수확에 대한 고려 없이 실천되는 것을 볼 때에는 가만히 있지 못했다. 그는 자기가 그 땅에 대해서 종래부터 가지고 있는 지식과 예견이 무시당한 것같이 생각하던 것이다. 그리고 그는 자기 지식에 대해서 확고한 신념과 상당한 고집을 갖고 있었다. 요컨대 이런 것이 림창구로 하여금 그를 보수주의자로 평가하게 된 중요 원인이 되었다.

그런데 강 영감이 림창구를 땅을 속이는 형식주의자로 보는 데는 그럴 만한 이유가 없지 않았다. 조합이 통합되자 림창구는 작업반장 책임을 지고 나서게 되었는데 그 반에 반원으로 속해 있는 강 영감은 그의 작업반 사임과 매사에 마찰을 하게 되었다.

림창구는 작업반장이 되자 우선 반원들의 노력 수첩을 틀어쥐는 일부터 했다. 그는 오십여 명 반원들의 노력 수첩을 걷어 모아 자기 집 책상 서랍 안에 넣어 두고 자기 생각대로 점수를 매겼다. 즉 달린 식구가 많고 노력자가 적은 집에는 점수를 후하게 주고 부양가족이 적고 노력이 많은 집에는 적게 매겼다. 이래야 다음 분배시에 생활상 차이가 적게 나리라는 것이다.

그런데 이런 결과는 작업반장에게는 헐하게 사업을 할 수 있는 조건이 지어졌고 반원들 사이에는 작업 열의가 저하되고 작업반장에게 의존하려는 현상이 생기게 되었다.

강 영감의 집은 부양가족이 없이 세 식구가 몽땅 노력에 참가하는 터이라 제대로 노력 점수를 받지 못한 것은 물론이다. 더욱 강 영감 자신의 노력 점수는 매양 삼급이나 이급 수준을 넘지 못했다. 그러나 강 영감은 이

걸 가지고 림창구와 일체 가타부타하지 않았다. 점수를 가지고 따지는 것을 점잖지 못한 일로 생각했던 것이다.

다만 작업반장 림창구가 땅의 실정과 수확에 대한 고려 없이 □□하는 것, 즉 강 영감 자신의 말을 빌리면 땅을 속이려 드는 것을 볼 때에는 가만히 있지 못했다.

지난번 파종 때에도 그랬다. 당모루밭에 옥수수를 밀식으로 파종하는 일로 해서 강 영감은 작업반장 림창구와 한바탕 옥신각신했는데 며칠 후에는 봄보리 파종 문제로 해서 또 말사단을 했다.

아침에 강 영감이 우물 앞 너른 마당으로 나갔을 때 작업반장 림창구가 웅게중게 서 있는 반원들 앞에서 수첩을 펴 들고 서서 작업 배치를 하고 있었다. 어제 저녁에 갑자기 지시를 받았다 하며 옥수수 파종을 하기로 된 망자골밭에 봄보리를 파종하라는 것이다. 둥구미에 옥수수 종자를 담아 가지고 나왔던 여인네들은 올지 갈지를 몰라 망설이고 섰다. 반장 림창구는 그들을 보고 소리쳤다.

"뭘 그러구들 섰는 거요? 어서 보리 종자하고 바꿔 가지고 나오지 않구."

여인네 두엇은 둥구미를 머리에 이고 창고가 있는 등 너머로 떠났다. 뒷줄에서 담배 연기만 뻑뻑 피우고 섰던 강 영감은 림창구 옆으로 가서 물었다.

"오늘이 며칠인가?"

"글쎄요.."

림창구는 수첩에 눈을 박은 채 대답했다.

"오늘이 사월 스무날일세."

"알면서 왜 물으셨소?"

"거기다 봄보리를 심어선 못 먹네. 고만두게."

강 영감은 타이르는 조로 말했다.

림창구는 그 말은 들은 척 않고 손바닥의 수첩만 뒤적이었다.

"이 고장은 전부터 가을보리는 잘돼도 봄 보리는 안 되네. 그건 임자도 잘 알겠네그려. 그리고 망자골로 말하면 북향받이 음지야, 거기다 때늦게 봄보리를 심어서 먹게 되겠나?"

이 말은 림창구로도 어정쩡한 말이었다. 이런 때에는 그는 정해 놓고 하는 말이 있었다.

"날보고 그러지 말고 관리 위원회에 올라가서 말하구려."

이 말은 상부에서 시키는 일은 되니 안 되니 시비곡절을 따지지 말라는 말로도 들리고 또는 상부를 팔고 자기 책임을 면하려는 말로도 들리었다. 하여간 림창구는 그 말을 반원들의 제의나 의견을 억누르는 방패막이로 썼다.

그런데 엊그제 당모루밭의 옥수수 밀식 조건으로 해서 옥신각신할 때도 이 말을 썼다가 입바른 소리 잘하는 강 영감에게 책을 잡히었다.

"임자는 그래 바지저고리만 다니나? 될 건 되고 안 될 건 안 된다고 임자가 관리 위원회에 올라가서 제의를 할 게 아닌가."

"나는 그런 제의하러 다니는 사람이 아니요."

하는 한마디로 밀막아 버렸으나 속으로는 꽤 군색했다.

그래서 이번에는 그 말을 쓰지 않고,

"대체 형님은 상부에서 시키는 일은 하여튼 트집이니 어쩌겠다는 거요?"

하고 정색을 했다.

"허어."

강 영감은 어처구니없어하다가,

"내가 어디 트집인가, 그래선 농사가 안 될 것 같아 잘되자고 하는 말이지."

"형님, 대체 농사일을 알면 얼마나 안다고 툭하면 벙어리 주먹 내세우듯 내세우는 거요? 관리 위원회에도 다 형님보다는 농사일에 밝은 사람이 앉아 있어요. 농산 지도원도 있고 전문대학 나온 사람도 있고…… 다 형님보다는 잘 아는 사람들이 시키는 일예요."

"허어."

하고 강 영감은 또 한 번 탄식했다.

"난 관리 위원회 속내는 모르겠네. 난 임자에게 묻는 거야. 그래 임자 생각엔 그 밭에 봄보리를 심어서 먹게 될 성싶은가?"

"되고 안 되고는 심어 보아야 알지요. 땅이란 변하는 법인데 케케묵은 고집 좀 고만두시라요."

"암 변하지, 나쁜 땅도 공력 들이면 좋아지고 좋은 땅도 내버려 두면 나빠지는 거야 누가 모르겠나. 허지만 공력 들이지 않은 땅 저절로 변하는 법이란 없네."

그리고 훈계조로 말했다.

"내 고집은 그래도 쓸 고집이네만 임자처럼 안 될 걸 알면서도 내뻗는 그건 못쓸 고집일세."

이 말에 림창구는 불끈해서 위에서 내려다보는 눈을 떴다.

"아니, 왜 이러슈? 누가 안 될 걸 알면서 고집을 쓴단 말요."

"아니, 그럼 임잔 그 밭에 봄보리를 심어서 먹을 성싶은가 말이야?"

"먹지 않구요."

"예끼, 이 사람, 임자가 그처럼 억탁으로 나오니 나는 입이 열둘 있어도 그만두어야겠네."

하고 분연히 물러서려 하는데 림창구는,

"형님, 내 말 좀 들으슈."

하고 붙들어 놓고는 누그러진 소리로

"관리 위원회에는 계획이 있고 작업반에는 코앞에 닥뜨린 자기 과제가 있을 거 아닙니까? 그러자면 어떻게 일일이 땅의 실정에만 매달리고 있겠습니까. 봄보리 파종은 우리 반만 아니고 전 작업반에 다 나온 과제예요."

강 영감은 그 말은 귀에 담으려고도 하지 않고,

"임자는 일을 시키는 사람이고 나는 일을 해야 할 사람이네만 땅이란 속일 수 없는 걸세. 혹 관리 위원회에서는 이곳 실정을 몰라서 그럴지도 모르겠네만 실정 아는 사람이 그래 시키는 대로 받아 가지고 나와야 옳은가. 그건 손에 흙 묻히고 사는 사람의 도리가 아닐세."

림창구는 그 말에는 귀를 막고 연필 끝에 침칠을 해 가며 수첩에 뭘 적어 넣고 있다. 강 영감은 그대로 자기 말을 계속했다.

"당모루밭만 해도 그렇지, 나도 밀식이 다수확 농법인 것을 잘 아는 사람일세. 허지만 임자도 아다시피 그 밭은 산성화된 사질톨세. 그 땅에다 밀식을 해서 낱알을 내자면 한 꺼풀 거름으로 다 범벅을 해야 될 걸세. 짚북데기 몇 삼태 내는 척하고 밀식을 하니 그게 될 뻔이나 한 일인가. 부뚜막에 솔 심는 격이지."

그리고 강 영감은 이맛살을 접으며 간청하듯 말했다.

"안 되네. 이다음 씨슈음을 할 땐 제발 훨씬 슈아 내도록 하게."

림창구는 수첩 뚜껑을 덮고 고개를 들며 단마디로 대꾸했다.

"밀식으로 심었으니 밀식으로 결과를 보아야죠."

"그러면 땅이 신소를 할 걸세."

"신소를 하라죠. 난 상부에 약속한 건 못 속이는 사람이외다."

하고 획 돌아서 창고로 가는 지름길인 밭두렁길로 바쁘게 걸어간다.

강 영감은 그의 앙바틈한 키에 어깨가 번 등 뒤를 향해 외치듯 말했다.

"그 땅을 속여 볼 생각인가."

림창구는 뒤도 돌아보지 않고 두렁을 넘어갔다.

두 사람은 이렇게 매사에 의사가 어긋났다.

×

강 영감이 당모루밭의 옥수수 포기를 뽑아낸 사실은 당일로 온 작업반원들이 다 알게 되었으며 그날 저녁에는 관리 위원회까지 알려졌다.

작업반장 림창구는 관리 위원장 최명도에게 이런 말로 보고했다.

"하여간 말이 많은 노인이지요. 어쨌든 새로운 영농법이 도입될 때마다 그저 지나가는 법이 없으니까요. 저번 파종 때에도 얼마나 말썽을 부렸게요."

그 협동조합은 리 단위로 열 개 조합이 합동된 후로는 더욱 유리한 조건과 확실한 전망을 가지고 발전 도상에 있는 조합이었다. 논밭 합해서 육백여 정보의 토지는 대체로 비옥도가 높았고 국가 관개 수리의 동리 면적에 들어서 논과 밭에 넉넉하게 물을 받았다. 위치도 뒤에는 산을 등지고 앞에는 강을 끼고 앉아 산에서는 축산에 대한 풍부한 사료 원천과 방목지와 과수 재배를 할 수 있었고 강을 이용해서 어로와 수리의 편리를 갖게 되었다.

또 당과 국가의 두터운 배려를 받아 두 대의 뜨락또르와 같은 수의 트럭을 비롯해서 절단기, 탈곡기, 양수기 등 수많은 중형 종기계들을 조합 소유로 가지고 있어 기경과 파종, 수확에 이르기까지 점차 손노동에서 벗어나는 과정에 있었다. 조합원들의 생활은 대체로 부유했고 더욱이 사람마다 당과 정부 시책을 받드는 열성과 열의도 높았으며 작업 의욕들도 높았다. 오직 문제는 이 유리한 조건과 전망을 가지고 발전 궤도에 올라선 집단을 옳게 운전하고 나갈 준비되고 능숙한 운전사에 있었다.

처음 군 농산과에서 내려 보낸 옥수수 밀식에 대한 기술 지표제는 심경과 수리화 그리고 다량 시비가 보장된 조건하에서 당의 구체적 조건들을 타산하고 평당 십사오 주 내외의 밀식을 하라는 것이었다. 이 다수확을 낼 수 있는 선진 영농법은 조합 관리부를 거쳐서 작업반에 내려 와 직접 땅에 실천될 때에는 많은 것이 형식적으로 이행되었다. 심경과 관수 체계가 제대로 되지 않았거나 그중에도 시비는 기술 지표가 가리킨 양에서 절반 이하로 미급된 땅에도 제식 밀도만은 일률적으로 밀식으로 했다.

이런 조건에 밀식을 해서 제대로 수확을 낼 수 있을까 하는 위□□쯤은 작업반장 림창구에게도 일어났다고 했어야 옳을 것이다. 그는 오랜 농사꾼이며 또 그 땅의 실정에 대해서 익숙한 사람이다. 그러나 그는 수확에 대한 관심보다는 우선 상부에서 시키는 일은 숫자적으로나마 완수해 놓고 보자는 심산이었다. 그는 질보다는 양과 기일 보장에 대해서 급급했으며 자기 반에 부과된 옥수수 파종 면적을 전부 밀식으로 보장했다는 관리 위원회 사무실 바람벽에 붙어 있는 경쟁 도표에 오를 성적에만 급급했다.

그가 자기 반에 내려온 과업을 실천하기 위해서 발분망식하는 태도는 외면상 열성적인 것 같기도 했다. 관리 위원회에서도 그렇게 보았고 일반 반원들도 그렇게 보았다. 그러나 강 영감과 같은 진정으로 땅을 사랑하는 농민의 눈으로 볼 때에는 그렇게 보이지 않았다. 그의 열성에는 땅을 사랑하고 수확에 대해서 심려하는 농민적인 심정이 결여되어 있었던 것이다. 사실 림창구는 조합의 지시가 당의 실정에 어그러질 때에도 그것을 가지고 상부와 가타부타 물고 드는 것보다 군소리 없이 수응하는 것이 거취에 편리하다고 생각하는 타산이 없지도 않았다.

그렇다고 해서 림창구는 매사에 그것을 의식하고 행동하는 사람도 아니었다. 주관적으로는 조합일에 헌신적이고 상부의 지시 실천에 열성을 다하는 것으로 생각하고 있었다. 그리고 이 주관적인 열성은 반원들의 정당한 의견이나 제의를 무시하고 그들을 자기 의도대로 복종시키는 데로도 나갔고 강 영감과 같은 자기 처사를 마뜩찮게 보는 사람에 대해서는 상당히 성벽이 강하게도 나왔다. 한 말로 말해서 그는 자기 주관적 욕망과는 달리 사업에 있어서는 형식주의를, 사람에 대해서는 관료주의를 행사했다.

이러한 림창구의 사업 작풍이 지탱해 갈 수 있는 또 한 가지 조건이 있었다. 그것은 관리 위원장이 타군에서 온 사람이라는 데 있었다. 관리 위원장 최명도는 어느 산간 지대에서 리 위원장 사업을 하다가 조합이 통합되며 새로운 배치를 받아 온 사람이다. 그는 자기 사업에 영예감도 갖고 있었고 사업에 대한 정력과 의욕도 강했으며 요구성과 추진력도 강했다. 그러나 지방 실정에도 어두웠지만 전변된 새 현실에 적응한 사업 방법을 찾지 못하고 다소 갈팡질팡하는 편향이 없지 않았다. 그는 말하자면 새 현실에 적응하게 하나하나를 시초부터 배워 가며 일을 해 나가야 할 처지에 있는 사람이던 것이다. 그중에도 가장 큰 부족은 사람들에 대한 지식이었다. 오십여 명이나 되는 작업반장들을 요해하는 것만으로도 적지 않은 노력과 시간이 소요되는 일이었다.

이러한 관리 위원장 최명도가 강 영감에 대해서 자세 알 리가 없었다. 그는 키가 크고 말과 행동이 느린 노인이라는 막연한 인상밖에 없었다.

그래서 관리 위원장 최명도는 작업반장 림창구가 알리는 보고를 통해서 강 영감을 요해하는 수밖에 없었으며 또 그대로 판단하는 수밖에 없었다.

그래서 그는 림창구의 말만 듣고,

"우리 조합의 대표적인 보수주의자로군."

하고 곧 단정을 내리었다.

"아마 둘째 가라면 섦다 할 사람이지요."

하고 림창구는 맞장구를 쳤다.

"그런 경향이 더 자라나기 전에 싹을 잘라 버려야겠군."

"그대로 두는 수야 없겠지요."

이래서 오는 작업반 총회 때 강 영감의 문제를 취급하기로 되었다.

×

건너편 부락 선전실 뒤 등성마루에 있는 큰 종이 저녁노을이 붉에 비낀 주위 벌판에 난타로 울리었다. 작업반 총회를 부르는 종소리였다.

강 영감은 그 회의에서 자기 문제가 취급되리라는 것을 짐작했다. 그는 방 안에서 그 종소리를 듣고 있었다. 그러나 그 종소리보다도 더 크게 자기는 정당하다는 주장을 하고 싶은 심정이었다.

이런 때에 작업반장 림창구가,

"형님 계슈."

하고 방문을 열고 들어왔다.

"오늘 작업반 회의가 있다지?"

"예."

"무슨 문제가 취급되나?"

림창구는 그 말에는 대답지 않고 양복 주머니에서 권연을 꺼내 피워 물었다.

"오늘 회의에서 내 좀 형님을 비판해야겠습니다."

하고 눈가죽이 팽팽해지도록 엄한 표정을 했다.

"비판할 일이 있으면 해야지."

강 영감은 태연하게 받았다.

"형님은 내 비판을 고깝게 생각지 마시고 자기비판을 잘하십쇼."

"날 보고 무슨 일로 자기비판을 하라나?"

"형님! 정말 몰라서 묻는 거요? 알면서도 우정 그러는 거요?"

"난 몰라서 묻네."

"형님은 그래 이번 일을 잘한 일로 생각하는 거요? 아무리 뭐한 일이 있어도 심어 논 곡식은 못 뽑는 법입네다."

"그 밭이 조합 밭이 아니고 임자네 밭이라도 그렇지 못할 텐데 그 밭은 조합 밭일세. 내 거나 다름없는 밭이란 말일세. 그래 수캉냉이질 걸 번연히 알면서도 그냥 내버려 두어야겠나?"

"솔직하게 밀식을 반대해서 뽑았노라고 하지 못하고 왜 조합 밭이니 내 밭이니 하시는 거요. 밀식은 상부 방침이란 말예요. 상부 방침은 무슨 일이 있던 실천해야 한다는 건 아시겠구료."

"그래 상부에서 밀식해서 안 될 밭에도 밀식을 하라고 하던가? 밀식도 목적은 낟알을 많이 내자는 거겠지. 낟알 못 낼 조건에도 밀식을 하란 말은 절대로 안 했을 걸세."

"그게 형님의 낡은 보수주의적 생각이란 말예요. 형님은 낟알, 낟알 하지만 밀식 못 할 땅이 어디 있으며 밀식하면 수캉냉이진단 법이 어디 있어요? 그건 밀식이 다수확을 보장하는 선진 영농법이란 걸 믿지 않는 까닭예요. 나는 형님의 그 낡은 생각을 뽑기 위해 자기비판하란 것입니다. 직접 행동으로 밀식을 반대해 나선 그걸 말예요."

"허어."

하고 강 영감은 어이없어하다가,

"나는 그런 자기비판은 못 하겠네. 나는 자기 한 일이 잘못한 일이라고 생각지 않아."

하고 딱 잘라 말했다.

"나는 그래도 형님을 위해서 말하는 건데 형님이 정 그러면 나도 할 수 없지요."

하고 림창구는 토라진 소리를 했다.

강 영감은 굳이 입을 다물고 담배를 말아 뻑뻑 피웠다. 두 사람은 말을 끊고 척진 사람들처럼 얼굴을 붉히고 마주 대하고 앉았다. 강 영감은 큰 키에 가부좌를 틀고 외면을 하고 앉았고 림창구는 딱 바라진 등판을 뒤로 제끼고 두 무릎을 싸고 앉아 외면을 한 강 영감의 긴 옆얼굴을 똑바로 쏘아보고 있다. 두 사람은 서로 보이지 않는 줄다리기를 하고 있었다.

그 줄이 툭 끊어지며,

"형님 마음대로 하시구려."

하고 림창구는 불끈해서 방문을 발로 밀어 열고 밖으로 나갔다.

그가 헛기침을 하며 대문 밖으로 사라지자,

"오늘 네가 나를 비판할 모양이로구나. 허지만 정작 비판당할 사람은 내가 아니고 림창구 너다. 그건 땅이 증명할 거다."

하고 콧살을 찡그리며 비양조로 중얼거렸다.

그날 회의에 나가서도 그는 종시 그런 태도였다. 작업반장 림창구가 독판치기로 차치고 포치고 하는 식의 비판에 대해서 강 영감은 머리를 직숙이고 앉아 침묵으로 대했다. 물론 자기비판도 안 했지만 그 말에 반박도 아니 했다. 그것은 회의 전에 자기 집에서 림창구에게 할 말은 이미 다 했다고 생각한 것이다. 그는 종시 너는 그래라, 나는 듣는다 하는 태도였다.

그러나 회의가 끝나 밤길을 걸어 자기 집으로 돌아갈 때 강 영감은 자기는 태연한 것 같은데 밤눈이 어두운 사람같이 어릿거리며 발을 헛놓았다.

뒤에서 누가 와서 그의 팔을 꼈다.

"밤눈이 어두신 게로군."

강 영감은 그가 숙보 영감이라는 것을 알아보자,

"나는 우리 집 상례인 줄 알았군."

두 사람은 팔을 끼고 말없이 밤길을 걸었다. 한참 만에 숙보 영감은 밑도 끝도 없는 말로,

"저 사람이 저러고 나중에 뒷갈망을 어떻게 하려는지."

뒤에 오던 한 사람이 어둠 속에서 그 말을 받았다.

"뭐 그런 걸 걱정하겠수. 그저 당장 보이는 프로수에만 눈이 어둔 사람인데."

숙보 영감은 말했다.

"림창구 저 사람이 작업반장이 되더니 영 땅에서 떠나가 버렸거던. 그저 들떠서 과업이다, 상부 지시다 하고 언덕길에 달구지 몰듯 몰아 대기는 잘하지만 정작 실속은 차릴 줄 모르거던."

"어디 그 사람이 실속 못 차리는 사람유, 너무 제 실속을 차려 걱정이지. 그래야 관리 위원회에서도 인정을 받게 될 게 아니겠소."

"내 말은 땅의 실속 말일세. 가을에 타작 마당에서 저울대 올라가게 하는 실속 말이야."

검은 구름이 낮추 드리운 컴컴한 밤하늘에서 바람이 일었다. 강 영감은 덤덤히 걷고 있다가,

"마파람이 부는군, 비가 올까 본데."

"한 줄기 쏟아질 것 같군."

"아마 이번 비는 장마가 될 걸세."

숙보 영감은 그 말에 밤하늘을 쳐다보며 근심조로 말했다.

"나는 장마 들까 봐 걱정이 되어 밤에도 잠이 안 온다니까, 밭김은 묵었는데 힘꼴 쓰는 젊은 패들은 뭐니 뭐니 해서 다 빠지고 어느 결에 밭김을 맬지……."

"그래, 걱정일세."

강 영감은 자기 집 어귀에 이르자 멈추고 서서 숙보 영감을 돌아보며 말했다.

"들어가 담배나 한 대 피우고 가지 그래."

"늦었는데 가 보아야지."

"축사로 가려나, 오늘도 경비를 서겠나?"

숙보 영감은 그 말 대답은 하지 않고 도랑 앞에 멈추고 서서 무슨 말을 하려고 머뭇머뭇하더니

"하룻밤 푹 주무시구려, 그럼 한결 삭아지리다."

강 영감은 또한 그 말에는 대꾸하지 않고,

"경비라니 어서 가 보시게."

하고 그와 헤어져 자기 집 일각 대문을 밀고 들어갔다.

유난스럽게 불이 밝은 방 안은 텡 비어 있었다. 마누라 김 씨도, 딸 상례도 아직 돌아오지 않았다.

강 영감이 빈 방에 혼자 앉아서 담배를 말아 입에 물었을 때 밖에서 마누라 김 씨가 바쁜 걸음으로 들어왔다. 김 씨의 두 턱이 진 살진 얼굴과 가슴이 앙바틈한 몸 전체가 분기로 차 있는 듯싶었다. 그는 강 영감을 보자 그 분통이 일시에 터져 나왔다.

"글쎄, 남 아니 하는 일은 왜 하고 만좌중에 그런 억울한 소리를 듣는 거요? 당신 혼자 열성을 부리면 누가 알아나 준답디까? 누가 참 영감 애국자요 하고 칭찬해 줄까 봐 그러는 거요."

강 영감은 그 말에 긍정도 부정도 아닌,

"흥."

하는 소리를 담배 연기와 함께 토했다.

"글쎄, 첫닭 울 때부터 일어나서 새끼를 꼰다 뜸을 엮는다 해도 노력 점수 하나 잡아 준답디까? 새벽 서리 바람에 수족을 얼구며 개똥이다 쇠똥이다 달구지로 주어다 퇴비장에 갖다 주어도 누가 잘한다고 공치가 한마디한답디까? 결국 가서는 조합 일 안 되게 만들려고 방해한다는 억울한 소리밖에 돌아오는 것 없는 일 왜 성수가 나서 하는 거요?"

"흥."

"아니, 강냉이 밀식을 하든 마든 내버려 둘 게지, 왜 중뿔나게 나서서 손을 대는 거요? 그러면 누가 조합 사랑하는 열성 분자라고 할 줄 알았소? 남 위에 없는 열성도 부질없고 새벽 잠 안 자고 부지런한 것도 부질없소. 남들처럼 편안히 아침잠이나 자고 있었으면 이런 일 저런 일 없을 거 아뉴, 새벽바람 쏘이고 나다닐 것 없이 방 안에서 허다못해 집안일에 쓸 빗자루라도 매구려, 그럼 누가 흥야항야하겠소."

"흥."

김 씨는 제 말에 더 흥분해서 치를 떨며 이런 말로 조지었다.

"나 같으면 그런 말 듣고 분해서도 고만두겠소. 다시 새벽녘에 밖에를 나갔다가는 아예 살림 망치고 말 테니 그런 줄 아오."

그러나 영감은 역시,

"흥."

하는 소리로 비웃음 같은 코대답을 했다.

×

강 영감은 딸 상례에게도 또 한바탕 조련질을 당했다.

상례는 강 영감을 비판하는 회의 장소에 앉아 있으면서 두 가지 상반한 것을 느꼈다. 하나는 강 영감에 대한 비판에 대해서 연대 책임을 느끼고 자기가 비판을 당하는 것처럼 얼굴이 화끈거리었다. 그것은 자기를 아버지 편에 두고 그의 일부로 생각하는 것이다. 이것은 다름 아닌 아버지를 동정하고 비호하고 싶은 육친에 대한 심정이었다.

하나는 아버지 편에서 떨어져 나와 자기를 독립된 존재로 생각하는 것이다. 즉 조합이라는 한 큰 집단의 편에 자기를 두고 아버지를 비판적으로 보려는 것이다. 그것은 의지의 힘이었다. 이 두 가지 상반한 생각에서 의지의 힘은 감정을 이기고 상례는 아버지를 조합 편에서 비판적으로 보기 시작했다. 그리고 아버지를 사랑하기 때문에 더욱 그래야 하고 아버지를 존경하기 때문에 타협하지 말아야 한다고 생각했다. 상례는 조금 전에 자기 어머니가 앉았던 자리에 도사리고 앉았다. 그리고 말을 부드럽게 성의를 담아 말했다.

"아버지는 전에 나에게 하신 말씀이 있지요, 조합은 한 가정과 마찬가지라고요. 만약 집안 식구 중에 한 사람이 그 집안에 이롭지 못한 일을 했을 때는 어떻게 하겠어요? 물론 비판을 주어 잘 깨닫도록 일러 주겠지요? 그런데 그 깨우쳐 주는 말을 안 들으려 하는 때는 어쩌겠어요? 그것처럼 안타까운 일은 없겠지요?"

강 영감은 마누라 김 씨가 하는 말에는 무시도 하고 코웃음으로도 대할 수 있었다. 그러나 딸 상례의 비판조로 하는 말에는 그렇게 할 수 없었다.

"내가 자기비판을 안 했다고 해서 하는 말이로구나. 그래 날 보고 그 많은 반원들 앞에서 거짓말을 하란 말이냐, 나는 이 나이를 먹도록 거짓말은 해 본 일이 없는 사람이다."

그리고 딸 편에 외면을 하고 돌아앉으며,

"가을에 가서 보자꾸나, 그때 가면 내 잘잘못이 판명이 날 거다."

"아네요. 그게 아버지가 잘못 생각하시는 거야. 만약에 아버지가 공들여 가꿔 논 밭에 누가 가만히 들어가서 곡식을 못쓰게 만들어 놓았다면 아버지는 어떻게 생각하시겠어요? 물론 잘한 일로 생각지 않으시겠죠? 나는 부락 선동원예요. 자기 집에 옳지 못한 분을 두고 내가 누구를 보고 잘하라고 해설 사업을 하겠어요? 그걸 생각해서도 아버지는 자기 잘못을 아셔야 해요."

강 영감은 백 사람보다 한 사람 자기 딸이 진심을 못 알아주는 게 야속하고 노여웠다. 그리고 격분했다.

"너도 림창구하고 한패로구나. 그래 아비를 조합 일 망치려는 보수주의자로 보고 싶으냐? 그런 아비하고 어떻게 한집에서 산단 말이냐? 날 가르칠 생각 말고 네년이 내 눈앞에 보이지 말아라."

하고 자리를 차고 일어섰다.

상례는 격노해서 딴사람같이 거슬러 올린 흰 눈썹이 부들부들 떠는 강 영감의 얼굴을 빤히 쳐다보고 있다가 아무 말 없이 슬며시 일어서 방문 밖으로 나갔다. 상례는 첫째, 아버지에게서 마지막 말을 들은 듯싶어 노여웠다. 그것은 자기가 아버지를 위하고 소중히 여기는 마음에 대한 배신 같기도 했다. 그리고 둘째는 그렇게 하는 것이 아버지를 설복시키는 한 방법이라고 생각했다.

그가 대문 밖을 나왔을 때 방 안에서 아버지가,

"이년아, 네가 이 밤에 가면 어디로 가겠느냐?"

하고 외치는 소리와 어머니 김 씨가 자기를 부르며 쫓아 나오는 소리가 들렸다. 상례는 아버지의 그 격한 음성과 어머니의 애연한 음성 가운데 자기에 대한 애정이 담겨 있는 것을 느끼자 그것을 벗어 버리는 듯이 달음박질로 비탈길을 뛰어 내려갔다.

상례는 벌판으로 나왔다. 별도 없는 캄캄한 벌 가운데 오두머니 멈추고 섰다. 분김에 집을 뛰쳐나오기는 했으나 막상 갈 데는 없었다. 부락의 뉘 집을 찾아간들 하루 밤야 보내지 못하랴만 야밤에 닫은 문을 두드리기는 싫었다.

벌판 건너편 부락에 있는 선전실로 갔다. 넓은 실내에는 어딘지 담배 내와 사람의 훈김이 남아 있었으나 아무도 사람은 없었다. 칠판 밑에 놓여 있는 의자에 앉아 있다가 밖으로 나왔다. 그는 사람이 그리웠던 것이다. 벌을 건너 자기 마을을 바라보았다. 고대 그곳에서 나왔고 또 이십여 년을 살아온 곳이언만 강 건너 마을같이 멀고 눈에 설었다.

마을 뒷산인 컴컴한 부엉산 밑에 있는 한 집에 불이 환하게 밝어 있다. 축사 경비실이다. 거기에는 경비원이 있을 것이며 그는 이 밤에 자지 않고 있는 유일한 한 사람일 것이다. 상례는 밤새처럼 그 불빛을 따라갔다. 과연 그곳에는 늙은 경비원 숙보 영감이 자지 않고 눈이 멀뚱멀뚱 앉아 있었다.

숙보 영감은 아닌 밤중에 나타난 상례를 처음에는 의아해서 쳐다보았으나 곧 그의 표정에서 부녀간에 벌어졌을 사건의 일단을 짐작할 수 있었다.

그는 상례를 방 안으로 맞아들이었다.

"너의 아버지같이 고지식한 사람은 없느니라, 제 털 빼서 제 구멍에 박는 사람이지."

방 아랫목 벽을 향해 돌아누워 있는 상례 편은 보지도 않고 숙보 영감은 혼잣말하듯 웅얼웅얼 말하는 것이다.

"너의 아버지 같은 사람을 못 믿고 누구를 믿겠니? 그야 틀림없는 사람이지. 농사일에 들어선 또 오죽 잘 안다고? 공부는 아니 했어도 졸업장 없는 박사지. 그분이 하는 일이면 틀림이 없느니라. 아무튼 흙을 먹어 보고 땅의 좋고 나쁜 것을 가려내는 사람야, 이 고장 땅 맛보지 않은 땅이란 없을 거다. 아마 그분이 육십여 년간에 맛본 흙을 합치면 한 말도 넘을 거야."

그리고 나무람조로 말했다.

"아픈 자리 더 들추지는 말아. 사람이 그래선 못쓰는 거야."

방 아랫목에 상례는 눈을 감고 누웠으나 속으로는 딴 것을 생각하고 있었다. 그는 자기가 책임진 선동원의 역할과 임무에 대해서 생각했다. 선동원의 중심 관건은 먼저 상대를 요해하는 데 있다. 그의 환경, 성격, 현재의 심리 상태, 그의 준비 정도 등을 요해하고 나서 상대로 하여금 요해시키는 데 있다. 그러나 상례는 자기 아버지에 대해서 요해하기 전에 그저 뇌까리고 치를 떨었으며 상대에게 요해시키기 전에 먼저 비판을 들이대서 아버지로 하여금 격노하게 만들었다. 이것은 선동원의 역할로서는 아주 졸렬했고 완전한 실패라고 아니 할 수 없었다.

상례는 누웠던 자리에서 일어섰다. 숙보 영감은 그를 보고 물었다.

"너 또 어디로 갈 생각이냐?"

상례는 두 볼에 보조개를 지으며 대답했다.

"집으로 가겠어요."

"암 그래야지, 잘 생각했다."

하고 숙보 영감은 대견한 눈으로 푸름푸름 길이 트이는 사이로 사라지는 상례의 뒷모양을 바라보았다.

상례는 이번에는 선동원의 자격으로 자기 아버지 강 영감에게로 갔다. 그러나 방 안에는 전등불이 홀로 밝을 뿐 아버지 강 영감도, 어머니 김 씨도 보이지 않았다.

×

김 씨가 한잠 들었다가 눈을 떴을 때 아랫목에 강 영감이 한 발로는 밑을 고이고 한 무릎은 세우고 앉아 상체를 흔들며 생각에 잠겨 있었다. 김 씨는 잠에 취한 몽롱한 눈에도 영감의 심중이 짐작되어 혀끝을 끌끌 하고 차며 돌아누웠다. 그리고 자지 않고 무슨 쓸데없는 생각을 하느냐고 핀잔을 주었다. 그러나 그것이 말이 되어 나오기 전에 김 씨는 또 잠이 들었다.

두 번째 김 씨는 방문 밖 툇마루에서 누런 황계 수탉이 회를 치는 소리에 잠이 깼다. 방 안에는 불이 환하게 켜 있고 아랫목 자리가 비어 있다.

김 씨는 예사로 벌써 날이 샌 게로구나 하고 생각했다. 날이 새면 으레 강 영감은 밖으로 나가는 사람이니까. 그러다가 김 씨는 깜짝 놀라 자리에서 일어 앉았다. 아랫목 빈자리에는 담배꽁초가 수두룩한 재떨이가 놓여 있다. 그것은 영감이 온밤을 끄덕거리고 앉아 생각에 골몰하고 있었다는 것을 말했다.

김 씨는 동정하는 마음보다 미운 생각이 앞서서 혀끝을 찼다. 방문 밖으로 머리를 내밀고 둘러보았다. 눈이 툇마루 기둥 모서리로 가자 거기 걸려 있을 망태와 그 아래 호미가 보이지 않는다.

더 생각해 볼 것도 없이 영감이 나간 목적과 그가 간 곳을 알 수 있다. 김 씨는 금세 불 같은 화가 치밀었다. 그는 거기서 영감이 끝끝내 자기주장을 세우려는 쇠고집 같은 고집을 느끼게 된 것이다.

김 씨는 옷을 주어 입고 대문 밖으로 나가자 매무시가 흘러내려 치마꼬리가 끌리는 것도 모르고 곧장 당모루로 가는 비탈길을 줄달음쳐 올라갔다.

과연 강 영감은 당모루 옥수수밭 가운데 들어서 있었다. 날 밝기 전 맥빠진 어둠이 엷은 안개같이 깔린 밭 가운데 고랑을 타고 엎드려 있는 강 영감의 꾸부린 희끄무레한 적삼 잔등을 보자 김 씨는 어이가 없어서 한동안 멍하니 언덕 마루에 서 있었다. 강 영감은 말썽이 된 그 쇠음을 한 옥수수밭과 둔덕을 연한 아래밭에서 김을 매고 있는 것이다.

강 영감은 일에 골몰해서 몰랐는지 혹은 알고도 모른 척하는 건지 김 씨가 곁에까지 가도 거들떠보지도 않았다.

김 씨는 속에 북바치는 분노 때문에 도리어 음성은 가라앉았다.

"아니, 밤새도록 자지 않고 생각해 낸 것이 기껏 이거란 말요?"

강 영감은 고개를 돌려 흘긋 한 번 눈길을 주었다가 여전히 호미를 놀리었다. 그리고,

"그래, 이거야."

하고 느리광한 말로 한마디했다.

말은 짧았으나 그 속에는 그의 전 생애가 담긴 말이었다. 어젯밤 그가

밤새도록 자지 않고 생각한 것도 이것이었다.

강 영감의 이 조반 전 작업, 첫닭 울 때 자리에서 일어나서 밤 자리로 돌아가 누울 때까지 잠시도 손에서 일을 놓지 않는 끈기 있고 근면한 생활은 어제 오늘에 시작된 일이 아니다. 젊어서 손에 일을 익힐 때부터 시작해서 머리가 백발이 된 오늘까지 하루같이 계속되는 생활이었다.

일제시에 강 영감은 제 땅을 가지지 못한 농민이었다. 그러나 그의 이 근면한 생활은 그치지 않았다. 그 지방은 돌이 많아 밭 가운데 무더기무더기 돌을 주워 쌓아 올린 돌무더기가 있었다. 어느 해 이 밭 가운데 돌무더기가 없어지고 그 자리에 팥이 나서 아지를 펴기 시작했다. 마을 사람들은 그걸 보고 도깨비장난이라고 했다. 그러나 그 밭의 소유권을 가지고 있는 지주 황 초시는 도깨비장난으로 알지 않았다. 그러나 잠자코 내버려 두었다. 가을이 되어 곡식이 여물 때가 되자 도깨비장난은 하룻밤 사이에 그 돌무더기에서 자란 팥을 걷어 갔다.

그러자 지주 황 초시는 자기 집의 머슴들을 풀어 근처 농가의 집집을 집 뒤짐을 했다. 마침내 강 영감네 집에서 채 떨지 않은 팥단이 드러났다. 말하자면 도깨비장난의 장본인을 잡아낸 것이다.

그는 새벽 첫닭 울 때 일어나서 한 일이라 아무도 본 사람이 없었던 것이다. 지주 황 초시는 그 팥을 병작으로 쳐서 절반과 또 이 턱 저 턱을 쳐서 거지반을 빼앗아 갔다.

강 영감의 이 근면한 생활이 날개를 펴기 시작한 것은 해방 후 토지 분여를 받고 땅의 주인이 된 때부터였다.

그는 황 초시의 소유였던 숭어 가운데토막 같은 칠천 평의 땅을 분여 받았다. 땅의 주인이 된 강 영감은 새벽에는 더욱 일찍 일어나고 저녁에는 더욱 늦게까지 손에서 일을 놓지 않았다. 그러나 그 열성만으로는 그 많은 땅을 충분히 다루어 내기는 부족했다. 연장도 마련이 없었고 첫째, 축우가 없었다. 그래서 그는 황 초시의 아들 황민호의 집에서 소 반나절에 사흘

품을 주기로 하고 그 집 축우를 빌어다 썼다. 그는 이런 사실을 아무에게도 말하지 않았다. 그렇게 하기로 황민호에게 다짐을 받은 것이다.

그런데 하루 어떻게 알았는지 면당 위원장이 그 집 황소를 자기 손으로 끌고 와서 외양간에 들이모는 것이다.

"소란 밭갈이에 쓰자는 거지 남의 노력을 착취해 먹는 밑천으로 쓰자는 거랍니까, 소 값은 가을 추수해서 천천히 갚으십시오."

하고 싱글싱글 웃었다. 면당 위원장은 황민호에게 그런 계약으로 소를 강 영감에게 양도하도록 일을 조처 놓았던 것이다.

이때로부터 강 영감의 땅을 사랑하는 근면한 생활에는 새로운 내용을 가지게 되었다. 과거에는 자기 자신과 가족들의 호구지책을 위한 근면이었다면 이제는 그가 땅을 사랑하고 아끼는 마음은 곧 자기에게 땅을 주고 그 땅을 갈 축우까지 마련해 주는 당과 국가를 사랑하고 아끼는 마음과 같았다.

강 영감의 이런 극진한 심정은 지난 전쟁 시기와 전후 복구 건설 시기의 간고한 투쟁을 통해서 더욱 그 내용이 명확해지고 확고부동한 것으로 되어 갔다.

마을에 협동조합이 조직되며부터 강 영감의 이 땅을 사랑하는 마음에는 또한 새로운 눈이 열리었다. 조합이 조직되고 작업반에 속해서 공동으로 일을 하게 된 후에도 강 영감은 여전히 아침 첫닭 울 임시에 일어나서 조반 전 작업을 했으며 밤에는 늦게까지 새끼를 꼬기도 하고 안경을 끼고 앉아 면화씨를 고르기도 했다. 일견 그의 행동은 전부터 몸에 밴 습관을 반복하고 있는 것같이 보이기도 했다. 그러나 그가 어슴새벽에 나가 아무 데고 한편 밭 모퉁이에 앉아 한 포기의 풀을 뽑는 마음에는 조합 땅을 자기 땅으로 아는 심정이 담겨져 있었고 그가 밤늦게까지 앉아 한 알의 종자를 골라내는 마음에는 조합 일을 자기 일보다 더 소중히 여기는 지극한 심정이 담겨져 있었던 것이다.

그런 속은 모르고 마누라 김 씨는 강 영감의 호미 자루를 움켜쥔 굵은 힘줄이 줄줄이 일어선 마디찬 손을 보자 무엇 때문인지도 모르고 와락 달려들어 영감의 손에서 호미를 빼앗아 들었다.

"바루 엊저녁에 만좌중에서 그처럼 비판을 당하고도 여전하단 말요? 사람이면 밸이 나서도 고만둘 게지."

강 영감은 밭고랑에서 허리를 펴고 일어섰다. 그러자 어디서 그런 날쌘 동작과 팔팔한 힘이 솟아 나왔는지 모르겠다. 한번 손길이 얼씬하더니 눈 결에 긴 팔을 뻗어 도로 호미를 채갔다. 그리고 밭 아래 밭고랑을 가리키며 말했다.

"눈 있으면 이걸 못 봐? 기름기 없는 땅에 콩나물 붓듯 해 놨는데 이렇게 김까지 엉킨 걸 보고 사람이면 가만 두고 볼 수 있을까. 솎음은 안 하더라도 김은 매 주어야지."

그리고 호미날을 들어 건너편 산머리를 가리키었다.

"저길 보라구, 비 먹은 구름이 끼었어. 장마 돌기 전에 풀 한 포기라도 뽑아 놔야지."

그가 허리를 굽혀 땅바닥에 호미날을 박으려 할 즈음 김 씨는 두 번째 그의 손에서 호미를 빼앗았다.

"어디 누가 이기나 해 봅시다."

김 씨가 호미 등을 움켜쥔 채 치마 뒤로 돌리는데 강 영감의 긴 팔은 날쌔게 늘어진 호미 자루를 다시 잡았다.

두 늙은 내외는 호미 하나를 한 사람은 등을 잡고 한 사람은 자루를 잡고 서서 악장을 쳤다.

"내 손목이 끊어지면 끊어졌지 이건 안 놓겠어."

김 씨는 주먹살이 진 두 볼이 벌겋게 상기가 되어 짧고 몽툭한 팔목에 힘을 주어 호미를 잡아챘다.

강 영감은 큰 키를 휘청하고 발이 떠서 앞으로 끌려가면서도 손에 잡고 있는 호미 자루는 놓지 않았다. 그는 자세를 고쳐 서자,

"아무리 억척 같은 힘이라도 내 손에서 연장을 앗아 가지는 못한다."

육십 평생을 하루같이 손에 연장을 잡아 온 사람의 위엄과 아직도 꿋꿋한 팔의 힘을 보이며 호령하듯 말했다.

과연 그가 한 번 나꿔채자 김 씨는 허잘것없는 존재처럼 손에 움켜쥐고 있던 호미를 놓치고 말았다.

자기 손에 호미를 빼앗아 든 강 영감은 개선 장군 같은 위엄과 오기가 찬 얼굴로 김 씨를 내려다보며 말했다.

"내가 땅을 사랑하는 마음은 나라를 사랑하는 마음야, 이 세상에 아무도 내 이 마음을 꺾을 사람은 없다."

강 영감의 이 말에는 그가 육십 성상을 걸어온 간고한 생애를 걸쳐서 오늘에 땅의 주인이 된 범하지 못할 신념과 긍지가 도도하게 넘쳐 났다.

그는 김 씨가 서 있는 편에 등을 돌려 대고 앉아 다시는 손에서 호미를 놓치지 않으려고 팔목에 힘줄을 세워 단단히 자루를 움켜쥐고는 힘 있게 호미날로 땅바닥을 긁었다.

김 씨는 그의 땀에 젖은 적삼 잔등을 내려다보다가 문득 목멘 소리로

"에그 이 두상아, 그 지성을 누가 알아나 준다구……"

그리고 코를 훌쩍거리며 영감과 나란히 밭고랑을 타고 앉아 두 손으로 힘 있게 가시가 성성한 조뱅이풀을 움켜쥐고 뽑아냈다.

김 씨는 영감의 그 땅을 사랑하고 걱정하는 극진한 마음에 감동하고 공명했던 것이다.

×

동혁은 당모루 옥수수밭 사건에 대해서 처음부터 견해를 달리하고 있었다. 첫째로 동혁은 강 영감을 믿었다. 그가 마을에서 누구보다 농사일에 정통한 근농민이라는 것과 조합 일을 자기 일로 아는 자각한 농민이라는 것이며 또 밀식의 반대자가 아니라 지지자라는 것을 알고 있었다.

이런 일이 있었다. 처음 동혁이 옥수수 밀식에 대한 교양 사업을 책임지고 마을 농민들을 모아 놓고 해설 사업을 한 일이 있었는데 그중에서 제일 먼저 그것의 유리성을 알아차리고 지지를 하고 나선 사람이 강 영감이었다. 그는 농사일에 정통한 경험에서뿐만 아니라 또 한 가지 그럴 일이 있었다. 몇 해 전에 근방 일대에 큰 홍수가 나서 사래가 진 일이 있었는데 그 통에 마을 뒤 언덕 옥수수밭 한 모퉁이가 무너져 쩍 갈라진 흙벽에 마치 옥수수 뿌리의 표본처럼 머리카락같이 가늘고 긴 뿌리가 자그만치 사람 한 길 길이로 뻗어 나간 것이 나타났다. 강 영감은 그것을 보고 옥수수에 대한 종래의 인식을 고쳤던 것인데 그러다가 동혁이 해설하는 심경, 밀식, 다량 시비의 새 영농법을 듣게 되자 곧 그 이치와 유리성을 깨달을 수 있었던 것이다. 즉 뿌리가 기니 깊이 갈아야 하고 거기다 다량 시비를 하고 밀식을 해 놓으면 다수확은 갈데없는 것이라고 선참 지지하고 나섰던 것이다.

그러한 강 영감이 오늘 밀식의 반대 행위를 했으리라고는 생각되지 않았다.

작업반 총회에서 작업반장 림창구가 강 영감을 밀식을 방해하는 보수주의자로 규탄할 때 동혁은 응당히 반대 토론을 하고 싶었으나 한 가지 강 영감이 장래 자기 장인이 될 사람이라는 것은 다 아는 사실이라 혹시 남이 우습게 보지나 않을까 해서 굳이 입을 다물고 있었다.

그런데 이 점에 대해서 상례는 상당히 곡해를 하고 있는 성싶다. 그 비판회가 있은 후부터 상례는 고의로 동혁을 멀리하려는 것 같다. 같은 포전에서 일을 할 때에도 동혁이 있는 곳에서 되도록 멀리 멀어져 시야 밖에 있으려 했으며 다른 때에는 동혁이 무슨 말을 하면 제일 먼저 받아 주던 상례였는데 요즘 와서는 무슨 말을 물어도 딴전을 하거나 모르숭을 했다. 자기 아버지 강 영감을 지지해서 반대 토론을 하지 않은 데 대해서 노여워하는 것인가, 혹은 작업반장 림창구와 같은 견해로 강 영감을 보고 있다고 생각하고 계면쩍어하는 것일까. 하여간 동혁은 이 점 상례와 툭 터놓고 애기할 기회를 찾았다.

토피 작업장에서 작업을 하던 날이다. 일을 끝마치고 상례가 우물에서 세수를 하고 날 때를 기다리고 있다가 동혁은 수건으로 어깨의 먼지를 툭툭 털며 상례와 나란히 서서 걸었다.

"동무는 내게 무슨 오해가 있지 않소?"

하고 동혁은 수건을 접어 꽁무니에 찌르며 물었다.

"오해는 무슨 오해가 있겠어요."

상례는 무심한 투로 대답했다.

"혹시 동무는 내가 동무 아버지를 보수주의자로 보고 있다고 생각하는지도 모르겠지만……"

상례는 의외라는 듯 고개를 돌려 그를 쳐다보았다.

"그럼 동무는 우리 아버지를 보수주의자로 보지 않는가요?"

"그렇소. 나는 강 노인을 보수주의자로 볼 수 없소. 그분이 당모루밭에 한 일을 단순한 밀식을 반대한 행동으로 볼 수 없는 거요."

"그것은 의외인데요."

"그것 보시오. 동무는 역시 오해를 하고 있었소. 그것 때문에 나를 멀리하려 했던 게요?"

"아니요. 나는 동무를 소중하게 생각해서 그랬을 뿐예요."

"나는 동무의 말을 못 알아듣겠는데……"

"동무가 지금 말씀한 말이 사실이라면 그건 옳지 않아요. 전혀 동무답지 않은 태도예요."

"어째서 옳지 않소?"

"동무는 조합을 떠나서 우리 아버지란 한 개인의 편에 서서 동정하고 있는 거예요. 나는 동무가 원칙적인 입장에서 우리 아버지와 나를 비판적으로 보고 있으리라고 생각했어요."

"동무의 말은 내가 누구의 낯을 본다고 하는 거겠지. 그건 억측이오. 나는 동무 아버지에 대한 비판은 옳지 않다고 생각해서 하는 말이오."

"어째서 옳지 않다고 생각하셔요?"

"나는 강 노인의 행동에는 일면의 진실이 있다고 보는 거요. 말하자면 땅의 구체적 실정이나 수확에 대한 고려 없이 밀식을 실시하는 것을 옳지 않게 생각하는……"

"그것 보셔요. 아버지는 그걸 방패로 자기 과오를 인정하려 하지 않는 거예요. 바루 그것이 우리 아버지의 입장이예요."

"나는 강 노인의 그 입장이 옳다고 보는 사람이오."

"그 말은 동무가 나는 보수주의자요 하는 말과 같은 거예요."

동혁은 한 번 허허허 웃고 나서,

"강 노인은 우리 조합에서 제일 농사일에 밝은 분이오. 그리고 제일 조합을 사랑하는 분이기도 할 거요. 그분은 조합 땅을 자기 땅이나 조금도 다름없이 아는 분이오."

"그건 나도 알아요. 그렇지만 그것이 보수주의자가 아니라는 이유가 되지는 않아요."

동혁은 그 말에는 대꾸하지 않고 자기 말을 계속했다.

"옥수수 밀식을 하자면 그 이전에 기술 지표가 요구하는 대로 심경과 수리화, 다량 시비가 보장되어야 하는 거요. 그런데 보시오. 당모루밭에는 어떻게 되었소. 심경이나 다량 시비가 제대로 되지 않은 밭에 밀식부터 했소. 말하면 선진 영농법을 거꾸로 실천한 거요. 여기엔 물론 작업반장의 책임이 크오. 나는 이런 점에서는 작업반장의 사업에 많은 결함이 있다고 보는 사람이오. 그건 하여간 그래서 그 밭에는 밀식으로 옥수숫대가 났소. 이걸 동무 아버지가 보았을 때 어떻게 생각했겠소? 밀식을 해서 수확이 는다고 생각했겠소 준다고 생각했겠소? 물론 수확이 줄 거라고 생각했을거요. 그래서 강 노인은 옥수수 포기를 솎아낸 거요. 이것이 조합에 해를 주자는 행동이겠소? 절대로 그렇지 않소."

"동무는 보수주의적 행동이란 소극주의로 나타난다는 걸 모르시는 것 같군요. 우리 아버지가 진정으로 밀식이 다수확을 보장하는 선진 영농법이라는 걸 확신하는 분이시라면 밀식한 옥수수 포기를 뽑아내는 것 같은 소극적 행동은 하지 않았을 거예요. 보다는 밀식을 해서 다수확을 내는 방향에서 노력했어야 해요. 그리고 아버지의 그 행동은 조합의 일부 옥수수 밀식을 반대하는 보수주의자들에게 정신적인 고무를 주는 행동이에요."

"동무는 문제를 실질적으로 보지 않는구료. 동무의 아버지는 작업반장도, 기술 지도원도 아닌 거요. 그리고 그 밭에는 이미 두 벌 씨숨음이 끝났소. 그때에는 벌써 때가 늦은 거요. 어떻게 그 밭에서 다수확을 낼 수 있겠소?"

그리고 동혁은 단언하듯 말했다.

"문제는 수확에 있소. 가을에 가서 봅시다그려. 그때에는 어느 편이 옳았는가를 알게 될 거니까."

상례는 그 말을 듣고 외면을 하며 소리 없이 웃었다. 그 말투까지 자기 아버지 강 영감과 꼭 같다고 생각한 것이다. 그러다가 상례는 정색을 하며 말했다.

"동무는 지금 나에게 조합이란 집단을 떠나서 내 아버지 편에 서라고 권하고 있어요. 그렇지 않아도 나는 그분이 자기 아버지란 육친적 감정 때문에 비판적으로 보는 눈이 흐려지기 쉬운 입장에 있는 거예요. 그렇지만 나는 집단을 떠날 수는 없어요. 나는 조합 편에 서서 아버지를 보겠어요. 그리고 아버지를 지지하는 사람과도 타협하지 않겠어요."

"그럼 동무는 우리의 우정과도 타협하지 않겠다는 말이겠군."

"그래요. 동무의 태도는 집단의 입장을 떠난 행동예요. 동무는 지금 조합의 이익보다 혹은 우리 두 사람의 애정 문제를 더 소중하게 보는 것 같아요. 이건 옳지 않은 태도예요. 두 사람의 장래를 위해서나 동무 자신의 장래를 위해서 좋지 않아요. 조합 편에 서서 비판적으로 보세요. 우리 아버지와 나 자신을 말예요."

그리고 음성을 낮춰서 가만히 말했다.

"나는 먼저 가 보겠어요. 선동원 회의가 있어요."

그러자 상례는 홱 몸을 돌려 큰길 옆의 밭 둔더기로 멀어졌다. 그리고,

"안녕히 계셔요."

하고 깍듯이 인사까지 하고 좁다란 두렁길을 뛰어갔다.

그 소리가 동혁에게는 아주 떠나가는 사람의 마지막 인사같이 들렸다.

"상례 동무."

"상례 동무."

동혁이 부르는 그 소리는 도리어 상례를 멀리 달아나게 하는 역할을 했을 뿐이다.

동혁은 길가에 홀로 우두머니 서서 놓쳐 버린 비둘기를 바라보듯 아쉬운 마음으로 저물어 가는 벌판 어둠 속으로 멀어져 가는 상례의 작은 뒷모양을 오래도록 바라보았다.

이튿날 아침 동혁은 시험 포전으로 가는 도중에 상례를 만났다.

동혁은 큰 키를 거치장스럽게 느끼면서 자기 자신에 도전하듯 말했다.

"어제 동무가 내게 준 말은 다른 의미에서 퍽 교훈적인 말이 되였소. 다시 말해서 동무 아버지에 대한 내 신념이 더 확고해졌소. 전일 당모루밭에 옥수수를 밀식으로 파종할 때나 작업반장이 동무 아버지를 비판할 때 그것이 옳지 않은 것을 알면서 강하게 나서서 반대하지 못했소. 이것은 내가 동무가 말한 대로 집단의 편에 서서 조합의 이익을 위해 강하게 투쟁하려는 정신이 약한 때문이었소. 이 점에 대해서 나는 동무에게 자기비판하는 바요. 이러한 나 자신에 비해서 강 노인은 비판적으로 볼 하등의 근거가 없소. 지금도 나는 단언할 수 있소. 그분이 한 일은 당연했고 훌륭했소. 그분은 우리가 모범으로 배워야 할 분이오. 이런 분을 부친으로 모신 동무는 행복한 사람이오."

하고 동정을 살피듯 상례의 얼굴을 흘깃 돌아보고 나서 말했다.

"내 꼭 한 가지 동무에게 충고할 말이 있는데 들어주겠소?"

"무슨 말인지 말씀해 보셔요."

"동무가 강 노인에게 대하는 태도는 아무리 생각해도 좀 과장된 것 같소. 아마 동무는 강 노인이 자기 육친인 아버지라고 해서 다른 사람보다도 더 가혹하게 대하는 것 같은데 그건 옳지 않소."

"나는 누구보다도 자기 아버지에 대해서 존경하고 사랑하는 사람예요. 허지만 그것 때문에 원칙을 어길 수는 없어요. 이것은 나의 양심예요. 나는 자기 양심이 가리키는 대로 살려는 사람예요."

하고 잠시 머뭇거리다가 음성을 낮춰서 가만히 말했다.

"이것은 동무에 대해서도 마찬가지예요. 나는 동무를 존경해요. 허지만 동무가 나 때문에 원칙에서 어긋나는 것을 보게 될 때 그것과 타협하지 말라고 내 양심이 가르치는 거예요."

"내가 보기에는 동무는 사물을 현실적으로 보지 않고 주관적으로 보는 버릇이 있는 사람이오."

그러나 상례는 그 말에 도리를 지었다.

"아니요. 나는 내 생각이 가장 현실적인 것이라고 생각해요."

하고 그런 말이면 더 들어 볼 필요가 없다는 듯이 빠른 걸음으로 앞을 서서 가 버렸다.

×

그다음 날 저녁에 상례 어머니 김 씨가 동혁을 집으로 찾아왔다.

김 씨가 자기 딸 상례와 동혁의 사이가 서먹서먹해진 것 같은 것을 눈치채고 어떻게 화해를 붙여 볼 생각으로 온 것이다. 그는 동혁이 쓰고 있는 뜰아래방으로 들어가자 방 안이 들썩하도록 큰 소리로 하소연부터 했다.

"글쎄, 무슨 아이 성미가 그런지 한번 자기 주견에 어긋나는 것을 보기만 하면 제 부친이고 누구고 간에 그대로 두고 보려 하지 않네그려. 그런 성미에 저의 부친이 비판까지 받았으니 오죽하겠나. 밤이고 낮이고 성활세 그려. 허기야 곧은 마음에 제 부친이 만좌중에 비판을 받았으니 마음에 좋을 리야 없겠지. 제 부친보고 자기비판을 하라고 매일같이 애가 나서 그러는데 어디 늙은이가 말을 듣나. 그런 말만 나오면 천길만길 뛰며 기승을 부리네그려. 그러니 새중간에 사람이 견딜 수가 있어야지."
하고 한숨까지 치쉬고 내리쉬었다.

"사람이 일을 하려면 비판 받을 일도 있는 게지, 뭐 그리 흉이겠나. 그런데 상례란 애는 그걸 여간 큰일로 생각지 않고 자네 보기도 창피스럽게 생각하는 모양일세. 아마 그 애가 자네에게 쌀쌀스럽게 대할는지도 모르겠네만 속마음은 그렇지 않으니 오핼랑 하지 말게."

동혁은 김 씨의 속 모르는 소리를 듣고 그저 빙긋이 웃는 수밖에 없었다.

김 씨는 또 이런 당부도 했다.

"그래도 자네 말은 어렵게 알 것 같으니 한번 자네가 나서서 부녀간의 옹친 마음을 풀도록 잘 타일러 주게."
하고 동혁의 승낙을 받기 전에는 영 물러가지 않을 사람같이 늘어붙었다.

동혁은 그들 두 부녀에게 요해를 시킬 무슨 뾰족한 수가 있어서가 아니라 김 씨를 밤늦기 전에 돌려보내기 위해서 마지못해 승낙을 하기는 했으나 일이 장히 어렵다고 생각했다. 그것은 상례의 주장이나 강 영감의 주장이 각자 일면의 정당성이 있을 뿐만 아니라 두 사람이 한 판인 듯이 성격이 청대쪽같이 곧고 강해서 한 보도 양보하지 않으리라는 것을 잘 알고 있기 때문이다. 보다는 이 부녀간의 갈등을 해결하자면 먼저 작업반장 림창구의 작업반 사업이 개선되지 않고는 아니 된다고 생각했다. 그래서 그는 이튿날 작업 후에 림창구를 집으로 찾아갔다.

마침 림창구는 저녁밥을 먹고 노트를 옆에 끼고 밖으로 나가려 하다가 동혁이 들어오는 것을 보고 그를 방으로 맞아들이었다.

동혁은 온건한 말투로 허두를 꺼냈다.

"일전에 강 영감에 대한 비판은 좀 지나친 것 같더군요."

"어째서?"

림창구는 의아해서 상대를 건너다보다가,

"동무도 당모루밭을 보았겠네그려. 그걸 보고서야 어디 비판을 하지 않을 수 있겠나?"

"나는 그날 아침에 당모루밭을 보았습니다. 허지만 그것만을 가지고서야 어디 강 영감을 선진 영농법을 반대한 보수주의자로 보겠습니까?"

"그럼 동무는 그걸 잘한 일로 보나?"

"나는 반장 동지 자신이 이 문제에 대해선 먼저 반성해 보셔야 할 줄 압니다. 반장 동지는 그 밭에 밀식을 해서 다수확을 낼 수 있다고 생각하십니까?"

림창구는 잠시 말을 못하고 물끄러미 바라보다가 퉁명스럽게 말했다.

"그래 동무는 밀식한 것이 잘못이라고 생각하나?"

"밀식은 다수확을 보장하는 선진 영농법이니 밀식을 해야죠."

"그런데 무슨 시비인가."

"나는 반장 동지가 상부 방침을 형식적으로 집행하는 데 대해서 하는 말입니다. 반장 동지도 밀식에 대한 기술 지표를 보셨겠지요? 거기에는 심경과 다량 시비에 대한 정확한 지표가 나와 있습니다. 절대로 밀식 하나만으로 다수확을 낼 수 있다고는 씌어 있지 않았을 것입니다. 그럴 때 반장 동지는 밀식만 하면 심경과 다량 시비를 안 해도 다수확이 날 것같이 생각하는 사람 같거든요. 당모루밭만 해도 그렇지요. 그 밭에 어디 심경이 제대로 됐습니까. 시비를 정량대로 냈습니까. 그런데 밀도만 밀식으로 내놓았거든요. 그러니 그 밭에서 다수확이 나리라고 누가 보겠습니까? 그런데 작업반장 동지는 덮어놓고 밀식은 다수확 영농법이라고 강다짐으로 내리먹이거든요. 이건 선진 영농법의 왜곡 진행입니다."

림창구는 처음에는 얼굴빛이 누르락불그락하다가 동혁의 조리있는 말에 제 스스로 누그러져서,

"동무는 당모루밭만 보고 개뚝벌이나 가는골 같은 밭은 보지 않고 말을 하네그려. 그 밭에도 밀식해서 안 된다는 말은 못 하겠지. 새 영농법을 도입하자면 더러 작은 것은 빠지는 수가 있는 걸세. 국부적으로는 밀식이 안 맞는 데도 있다는 말일세. 허지만 그것 때문에 밀식을 고만두는 수는 없는 걸세. 일률적으로 해야지. 이를테면 큰 고기를 잡자면 작은 고기는 놓치는 법이란 말일세. 그리고 동무는 내가 강 영감을 비판한 데 대해서 못마땅하게 생각하는 모양인데 만약 강 영감의 행동을 그냥 묵과하고 보면 어떻게 되겠나. 반원들 가운데 일부 밀식을 달갑지 않게 생각하는 사람들의 편을 들어 조장하는 결과가 되고 말 걸세."

"그게 반장 동지가 잘못 생각하시는 겝니다. 어째서 밀식을 수확과 결부시켜 생각지 않으십니까? 이것은 밀식의 근본 목적에 어그러지는 것입니다. 반장 동지가 수확을 고려하지 않고 당모루 같은 밭에 밀식을 했기 때문에 반원들을 이탈시키는 결과를 가져오게 한 것입니다. 강 영감 문제만 해도 그렇지요. 어디 그분이 밀식이 다수확 영농법이라는 것을 모르는 사람입니까? 밀식의 유리성을 모르는 사람도 아니고 그걸 반대하는 보수주의자도 아닙니다. 밀식을 반대한 것이 아니라 바루 반장 동지의 그 형식적인 사업 방법을 반대하는 것입니다. 나는 반장 동지가 이 점에 대해서 크게 반성해야 할 줄 압니다."

"날 보고 반성을 하라구? 그럼 내가 강 영감에게 잘못했다고 빌어야겠군."

하고 림창구는 불끈해서 앉았던 자리에서 일어섰다.

동혁도 따라 일어서며 말했다.

"자기가 잘못 처리했다는 걸 아셔야죠."

"나는 그렇게는 못 하겠네."

하고 방문 밖으로 나가 마당으로 내려섰다. 그리고 단언하듯 잘라 말했다.

"나는 상부 지시가 전면적으로 밀식을 도입하라고 했으면 하늘이 열 조 각이 나는 일이 있어도 그대로 실천해야 배기는 사람일세."

동혁은 그의 뒤를 따라 대문 밖으로 나가며 여전히 찬찬하고 곡진한 말투로 말했다.

"반장 동지는 상부 지시에 대한 연구가 부족하십니다. 상부 지시를 수확과 땅의 실정에 결부시켜 실천하시는 연구심이 부족하신 거예요."

림창구는 그 말을 널찍한 등으로 받으며 흥분한 걸음걸이로 천방지축 어둠 속으로 사라졌다.

검은 구름이 낮게 드리운 하늘에서 굵은 비방울이 우두두 떨어졌다.

×

지리한 장마가 시작되었다. 집집마다 장판 바닥과 기둥, 서까래까지 눅눅한 누기가 찼다. 그보다도 옥수수밭에는 조뱅이며 메싹, 바랭이 같은 잡초가 왕성하게 가지를 펴고 뿌리를 뻗으며 제 세상을 만난 듯 옥수숫대를 누르고 기승스럽게 자라났다.

장마가 들기 전 강 영감 내외와 작업반 내 열성 농민들이 밤잠을 줄이고 첫새벽에 나가 김을 매곤 했으나 그걸로는 왕성하게 자라나는 잡초를 미처 정복할 수 없었던 것이다. 그럴 것이 조합 관리 위원회에서는 이런 시급을 요하는 대마루판에 작업반 내의 젊은 민청원들이나 힘꼴 쓰는 장정들은 무슨 강습이네, 8·15 경축 써클 경연 연습이네, 창고 짓는 데 동원이네 해서 굵직굵직한 일꾼들을 뽑아내 가고 작업반 내에는 사실상 여인네들과 나이 많은 노축들만 남았던 것이다.

이런 판에 상례도 일터를 떠나게 되었다.

동혁이 김 씨의 부탁을 받고 두 부녀간의 화해책에 머리를 쓰고 있을 즈음 어느 날 작업반장 림창구가 찾아와서 관리 위원회 지시라 하며 동혁에게 읍에 있는 뜨락또르 운전사 양성소 양성생으로 가라는 말을 전했다.

작업반장 림창구는 그 일이 있은 후 동혁에 대해서 종시 괘씸한 생각을 하게 되었다. 첫째는 동혁이 자기 작업반 사업에 대해서 시야비야하는 게 싫었고 나중에는 그 존재에 대해서 어떤 위압까지 느끼었다. 그래서 그는 동혁에게 뿌루퉁하게 대하거나 반대로 능갈치게 대하기도 했다. 그러던 차에 관리 위원회로부터 반내 민청원 중에서 뜨락또르 양성생으로 보낼 만한 사람을 추천하라는 말을 듣자 그는 그리 생각해 보지도 않고 즉석에서 동혁을 추천했다. 그것은 동혁이 민청원 중에서 고중을 나온 이력도 있고 해서 적임자로 본 것도 있지만 보다는 미운 자식 밥 한 주걱 더 퍼 준다는 격으로 그를 멀리 떼어 보내고 싶었던 것이다.

그러나 동혁은 그 선발을 받게 되자 자기 발전에 대해서 생각하기보다 상례의 그것을 생각했다. 그는 상례를 뜨락또르 운전사 양성생으로 보내는 것으로 그의 장래 발전과 더불어 부녀간의 갈등을 화해시키는 임시 조치로 생각한 것이다.

그날 저녁 집으로 돌아갈 때 상례를 만난 그는 이런 말을 했다.

"동무는 나따샤가 되어 볼 생각이 없소?"

근자에 없이 톡 틘 얼굴에 웃음을 지어 벙글거리는 동혁의 태도에 상례는 의아해서,

"뭐라는지요?"

그는 곧 동혁이가 무슨 능청을 부린다고 생각했다.

"전에 쏘련 영화에서 본 여성 뜨락또르 운전수 말요. 동무는 그 나따샤처럼 되고 싶지 않소?"

전에 나따샤라는 여성 뜨락또르 운전사가 처녀지 개척에서 혁신을 일으키는 영화를 두 사람이 같이 보고 감격한 일이 있었다.

상례는 자기를 여자라고 해서 넘보는 것 같아서,

"왜 나는 뜨락또르 운전수가 못 될 것 같아 그래요?"

"아니, 나는 동무가 훌륭한 운전수가 될 것 같아 묻는 거요."

그리고 동혁은 정색을 하며 말했다.

"오늘 리 민청 위원장이 와서 우리 반에서 한 사람 뜨락또르 양성생으로 갈 만한 사람을 찾기에 나는 동무를 제일 적임자로 생각했소."

"어째서 내가 제일 적임자예요?"

"성격적으로 보아서, 그리고 기본 지식도 있고."

"난 싫어오."

"그럴 줄 알았소. 동무는 내가 권하기 때문에 싫다는 거겠지."

"적임자는 내가 아니고 동무예요."

"나는 적임이 아니오."

"어째서요? 내게 양보하기 위해서지요, 난 그런 양보는 받지 않겠어요."

"그게 아니라 나는 앞으로도 농산 기술 방면으로 나갈 생각이요."

"나도 농산 기술 방면으로 나가겠어요."

"그래도 동무는 아마 거절 못 하리다. 벌써 관리 위원회에서는 동무로 결정한 모양이던데."

동혁은 그렇게 되도록 극력 주선했던 것이다. 그러나 상례는,

"그래도 난 싫어요."

이튿날 리 민청 위원장이 와서 여러 말로 권하는 말을 했을 때에도 상례는 막무가내로 도리질을 했다. 이유는 동혁이 자기 때문에 양보했으리라는 것과 그 일에 적임은 자기가 아니라 동혁이라고 생각한 때문이다.

저녁때 동혁은 길목에서 상례가 나타나기를 기다리며 상례로 하여금 꼼짝없이 접수하게 만들 묘한 방법을 여러 가지로 궁리하고 있었다.

마침내 상례가 선전실 모퉁이를 돌아서 나와 동혁의 앞을 지날 때 목례만 하고 그냥 지나가려 하는데 동혁은 그를 불러 멈춰 서게 했다.

"나는 진정으로 동무에게 권하오. 우리들 우정에 걸고 말이오."

그러나 예상한 대로 상례는 역시 도리를 저었다.

"나는 동무가 거절하는 이유를 모르겠소. 혹시 동무가 내 호의를 받기가 싫어서 그런다면 할 수 없소. 그렇지만 나는 몹시 노하였소."

동혁은 대답을 기다리며 큰 키를 구부정하고 발아래를 내려다보고 섰다. 두 사람은 한동안 말없이 땅만 내려다보고 섰다. 마침내 동혁은 분연히 그 앞에서 물러서 가랭이를 넓게 벌려 성큼성큼 걸어갔다.

그가 여남은 발자국이나 옮겨 갔을 때 기대했던 대로 뒤에서 상례가 불렀다.

"동혁 동무!"

그가 걸음을 멈추고 돌아서자 상례는 얼굴에 엄숙한 표정을 지으며 말했다.

"좋아요, 난 가겠어요. 나따샤가 되겠단 말예요."

이래서 상례는 뜨락또르 양성소로 떠나게 되었다.

상례가 그 뜨락또르 운전사 양성소로 떠나게 되던 날 강 영감은 이때까지 말도 잘 하지 않고 지나던 상례에게 이런 말을 했다.

"너도 사람이면 생각이 있지, 그래 지금이 어느 때라고 일터를 떠난단 말이냐. 눈이 있으니 밭 모양이 어떻게 되고 있는 것쯤은 보았겠지. 너는 못 떠난다."

하고 엄하게 잘라 말했다.

그러나 마누라 김 씨는 딸을 뜨락또르 운전사로 출세시키는 영예보다도 부녀간의 싸움을 무마시키는 좋은 기회로 생각했다. 그래서 억지를 써서 영감을 눌러 놓고 부랴부랴 상례의 길 떠날 차비를 차려 등을 밀다시피해서 떠나보냈다.

작업반 내에 상례까지 빠지고 보니 자리가 허룩하게 난 것 같았다.

이런 판에 장마가 들었다. 지붕 위를 핥듯이 낮게 드리운 검은 구름이 뒤를 이어 들이밀리며 혹은 우박같이 굵은 빗방울을 쏟아 붓기도 하고 혹은 은실같이 가는 비를 뿌리기도 하면서 쉴 새 없이 비가 내리었다.

이런 억수 장마 속에서 반원들은 혹은 도롱이를 걸치기도 하고 혹은 기름 먹인 누런 우장을 들쓰기도 하고 혹은 맨 고의적삼 바람으로 몸을 적시기도 하면서 논 가운데 들어서서 김을 맸다. 밭김은 장마가 들면 손을 떼는 수밖에 없지만 논김은 우중에도 맬 수 있기 때문이다.

강 영감은 이 일에 선참으로 앞장을 서서 나섰다. 젊은 축들이 거의 빠진 반원들 사이에서는 단단히 장정 몫을 하게 됐다. 그는 꾸부정한 큰 키에 삿갓을 쓰고 어부처럼 온몸에 하감내와 물비린내를 풍기면서 대견한 일을 할 때 버릇으로 입을 반쯤 벌리고 눈을 아래로 깔고는 억수로 퍼붓는 빗속에서도 끄덕 없이 논 가운데 온종일 들어서 있었다.

그가 고통으로 생각하는 건 찬비에 몸이 어는 것이 아니라 밭김을 묵인 안타까움과 좋아하는 담배를 피울 수 없는 것이다. 기름을 먹인 쌈지 속에 아무리 잘 간수를 해도 성냥이 젖어서 쉴 참에도 그는 쓴입만 다시고 있었다.

지리하던 장마가 걷고 오래간만에 쾌청한 날이 계속되었다. 장마 중에 충분한 수분과 적당한 온도를 받고 발육기를 완료하고 결실기로 들어선 옥수수밭에는 거기 투하된 사람들의 노동의 양과 지혜의 결실을 나타내기 시작했다.

당모루 옥수수밭에도 거기 투하된 노동의 양과 질을 구별할 수 있는 두 가지 현상을 나타냈다. 강 영감이 솎음을 한 밭의 옥수수와 밀식으로 심은 옥수수와의 사이에 현저한 차이가 나타났다. 밭 웃머리의 솎음을 한 밭의 옥수숫대에는 제법 큼직큼직한 자루가 달렸는데 밭 아래턱의 옥수숫대에는 수캉냉이가 졌거나 자루가 달려도 쥐강냉이 같은 것이 달렸을 뿐이었다.

어느 날 아침 강 영감은 여느 날과 같이 당모루 언덕 우에 올라서서 옥수수밭을 내려다보았다. 그는 흰 눈썹이 긴 눈을 슴벅슴벅하며 밭 위턱과 아래턱을 번갈아 보고 자기 주장이 옳았다는 생각보다 먼저 한탄스럽게 생각했다.

"허기야 강냉이 자루 한 대 날 데서 두 대는 못 내고 석 대는 못 낼까. 허지만 그만큼 내자면 밑천을 많이 먹여야 하거던. 갈기도 깊이 갈고 거름도 많이 먹이고…… 땅이란 에누리 없는 건데 밑천 안 들이고 거저 먹자니 한심한 일이로군."

그 후 강 영감은 그 옥수수밭에 대해서 일체 가타부타 입을 열지 않았다. 어느 날 저녁 선전실에 나갔다가 창고장을 보고 꼭 한마디했을 뿐이다.

"당모루밭에서 찐 강냉이는 따루 두게."

"건 왜요?"

"종자 강냉이를 뭐로 하려나, 그래도 그 밭 강냉이가 근처에선 제일 난폭이네."

단순한 창고장은 강 영감의 그 말 속에 조합을 생각하고 땅을 사랑하는 간곡한 심정이 담겨 있는 것을 알 도리가 없었다.

여기 대해서 누구보다도 뼈아프게 생각해야 할 사람은 작업반장 림창구였다. 그도 이 당모루밭에 와서 보았으며 나타난 두 가지 현상에 대해서 생각해 보기도 했다. 그리고 자기 작업반 사업, 특히는 밀식에 대한 세심한 연구와 땅의 실정을 고려하지 않은 일률적인 실시가 좋지 않은 결과를 가져오게 된 결함에 대해서도 생각했으며 강 영감 같은 농사일에 밝은 근농민들의 간곡한 말을 무시했을 뿐 아니라 보수주의자로 몰아 비판까지 한 사실에 대해서 부끄럽게 생각지 않을 수 없었다.

림창구가 보다 안타깝게 생각하는 것은 자기 반에 부과된 알곡 생산고가 예상한 숫자에 훨씬 미급되리라는 불안한 생각이었다. 파종 때에는 전면적 밀식 도입으로 전 조합적으로 제 일위를 차지했던 그가 생산고에는 제일 낮은 수준에 떨어질 것 같은 불안이었다. 물론 강둑벌이나 가는골 같은 심경, 다량 시비를 제대로 한 밭에는 밀식의 우월성을 중시하듯이 보는 사람

을 놀래울 정도로 결실이 잘됐다. 그러나 숫자적으로 따지고 보면 기술 지
표대로 조건을 갖추어 밀식을 낸 밭보다 당모루밭같이 건성 날린 밭이 더
많아 예상했던 수확에서 훨씬 떨어지는 결과를 면키 어려웠던 것이다.

그는 뒷짐진 손에 붉은 뚜껑을 한 수첩을 들고 당모루밭 앞에 서서 눈살
을 찌푸리고 생각에 잠겨 있었다. 전일 강 영감이나 젊은 민청원 동혁이 자
기에게 하던 말이 쪼각쪼각 머릿속에 떠올라 아프게 매질을 했다.

그중에도 제일 아프게 생각되는 것은 전일 동혁이 말한 대로 강 영감은
밀식의 반대자가 아니라 밀식의 적극적인 지지자라는 것을 인정하지 않을
수 없는 사실이었다.

그러자 등 뒤에 바로 동혁이 느직느직한 말투로,

"반장 동지! 그물코가 너무 컸습니다. 작은 고기를 놓쳤을 뿐만 아니라
결국 큰 고기도 놓치고 말았구면요."

하고 빈정거리듯 허허허 웃는 소리가 들리는 것 같아 뒤를 돌아보았다.

그곳에는 아무도 자기를 보는 사람은 없었으나 그는 이마에서 진땀이 솟
는 감이었다. 그는 누가 볼세라 총총히 그 앞을 떠나 비탈길을 내려갔다.

관리 위원장 최명도 그 밭을 와서 보았다. 그는 통 좁은 홀태 바지에
검정 운동화를 신고 바쁜 걸음으로 오십여 개 작업반을 한 바퀴 돌 때 당
모루 언덕길을 지나게 되자 그 옥수수 밭머리에 바쁜 걸음을 멈추고 서서
잠시 내려다보았다. 그리고 밭 웃턱과 밭 아래턱 사이에 옥수수 결실이 큰
차이가 있다는 것과 땅의 실정과 기술 지표를 도외시한 일률적인 밀식의
결과가 좋지 않았다는 것도 인정했으며 림창구의 작업반 사업에 결함이 있
다는 것도 알았다. 그것과 관련해서 전일 림창구 작업반 총회 때 강 영감
을 보수주의자로 비판한 사실이 기억에 떠올라서 다소 어색한 생각까지 했
다. 그도 그 회의에 참관해서 작업반장 림창구의 비판에 지지를 표명했던
것이다.

그러나 관리 위원장 최명도는 이 옥수수밭에 기울인 강 영감의 땅을 사

랑하는 심정이 어떠했으며 그 심도가 얼마마한 것인가에 대해선 전혀 몰랐다. 그리고 땅의 실정과 군중의 산 목소리를 모르고 있는 이것이 얼마나한 큰 손실인가에 대해서 생각하려 하지 않았다.

여기서 조금만 문제의 본질을 파고들 수 있었다면 조합 발전에 적지 않은 지장을 주는 한 고리가 풀렸을 것이다. 그래서 그의 발분망식하는 좋은 열정과 사업에서의 강한 요구성이 보다 큰 성과를 거두게도 했을 것이다. 그러나 그는 이제부터 가 볼 데도 많고 생각할 일도 많다는 구실로 거기 대해서 더 깊이 생각하려 하지 않았다. 그리고 한 작업반 내에 나타난 한 작은 사실로 대수롭지 않은 일상사로 조급하게 판단을 내리였다. 즉,

"큰 살림을 하자니 별일이 다 많군. 허나 그런 것은 조합이란 한 큰 기관차가 앞으로 전진하는 궤도 위에 놓인 작은 돌에 지나지 않는 거야, 이런 돌이 있다고 해서 기관차가 전진 운동을 멎게 될 리는 만무하니까."

그리고 관리 위원장 최명도는 당모루 옥수수 밭머리에서 돌아서자 등 너머에 있는 양어장을 향해 빠른 걸음으로 성큼성큼 걸어갔다.

그러나 관리 위원장 최명도가 대수롭지 않게 여기는 그 일에 대해서 일반 조합원들은 결코 그렇게 보지 않았다.

물론 그것은 발전하는 조합의 전진을 가로막는 큰 장애물이 아닌 것은 틀림없다. 그러나 그것으로 해서 조합의 발전과 전진 운동의 속도를 늦추게 한 것도 사실이 아닌가. 만약 이러한 장애물이 없었더면 조합이라는 큰 기관차는 보다 더 쾌속도로 전진을 계속했을 것이며 사람들은 또 얼마나 날개를 활짝 펴고 자기들의 행복과 찬연한 장래를 향하고 매진했을 것인가.

조합 내의 강 영감을 비롯한 땅을 사랑하는 많은 조합원이 안타까워하고 가슴 답답해하는 것도 이것 때문이었고, 한시가 안타깝게 그 전진 운동에 저해를 주는 장애물이 제거되기를 가슴마다 애타게 갈망하는 것도 이것 때문이다.

조합은 이러한 시급히 해결되어야 할 문제들을 내포한 채 그해를 보내고 이듬해 봄을 맞이했다.

×

당모루 등성마루 상공에 종달새가 동이 트기 훨씬 전에 제일 먼저 해돋이를 맞이하려는 듯이 하늘 높이에서 나래를 펴고 몸뚱아리 전체가 소리가 된 듯이 신바람이 나서 노래를 불렀다.

주위 일대의 벌판에서도 아직 새벽 어둠이 푸른 속에서 민청원들의 간드러진 노랫소리와 새된 여자의 웃음소리, 중년 남자의 굵직한 음성이 뒤섞여서 웅성거렸다. 밝기 전부터 전야 작업이 시작된 것이다.

이 마을에서 새벽 작업에 나서는 일은 강 영감 한 사람만에 한하지 않고 이제는 보통 사실이 되었다. 날이 새기만 하면 조합원 누구나가 손에 연장을 잡고 벌로 나갔다. 저녁 작업 후 집에 돌아가서도 손에서 일감을 놓지 않는 근면한 생활도 오늘에 와서는 어느 집에서나 볼 수 있는 보통 사실로 되었다.

강 영감을 놀라게 하고 흥분케 한 것은 비단 이것뿐이 아니다. 사람들의 땅을 사랑하는 마음에서도 정성껏 아끼고 다루는 것뿐 아니라 제 땅 이상으로 크고 소중히 알았다. 전야 작업에서도 사람들은 눈부신 변혁을 일으켰다. 객로 사업에서, 퇴비 운반 작업에서, 포전 정리에서 사람들은 자기 능력껏 일하는 것만 아니라 능력 이상의 기적들을 발휘했다. 그래서 남이 올라선 높은 봉우리에 경탄할 뿐만 아니라 자기가 올라선 봉우리에 스스로 놀라게 되던 것이다. 이것은 일반 조합원들은 물론이고 작업반장들의 사업에서, 조합 관리 일꾼들이나 군급 지도 일꾼들의 사업을 계획하고 조직하고 집행하는 사업에서 또는 군중 관점에서 한결같이 일어난 변혁이었다.

이런 변혁은 다름 아닌 수상 동지의 현지 지도 이후 청산리에서 일어 난 불길이 이 조합에도 번져서 거화처럼 타오르던 것이다. 청산리에서 띈 한 짐의 불꽃은 온 벌과 온 사람들의 가슴속에 가장 진실할 것, 성실하고 근면하고 좋은 일에 불타는 열정을 송두리째 불러일으키고 빛을 내게 한 것이다.

강 영감이 이처럼 사람들에게 크나큰 변혁을 일으키게 된 비밀이 어디 있는가를 알게 된 것은 얼마 전 일이었다.

어느 날 저녁 그의 집으로 동혁이 찾아왔다. 그는 방 안에 들어서는 길로 입귀가 긴 입을 더 크게 벌리고 싱글벙글 웃으면서 양복 주머니 속에서 신문 한 장을 꺼내 들었다. 종이 모서리가 닳고 휘주근하고 등 뒤에 배접까지 한 것을 보아 그 신문이 여기까지 오게 되기에는 벌써 수많은 사람들의 손과 눈을 거치게 되었음을 짐작할 수 있었다.

동혁은 책상다리를 하고 앉았는 무릎 위에 신문을 펴 놓고 읽기 시작했다. 강 영감은 처음에는 대수롭지 않게 여겨 담배합에서 담배 한 줌을 집어 종이에 말고 있다가 동혁이 신문을 읽어 내려가는 동안 그 손이 굳어진 듯 두 손끝에 종이쪽을 든 채 손가락 하나 까닥하지 않고 머리를 직수굿이 열심으로 귀를 기울이고 있었다.

동혁이 신문을 다 읽고 나자, 강 영감은 다른 말은 없이 마디 굵은 손을 내밀며

"그 신문 나 좀 주게, 내 눈으로 다시 한 번 읽어 보아야겠네."

그리고 귀에 돋보기 안경을 걸고 전등 밑에 신문을 바싹 들이대고는 흰 눈썹이 긴 눈에 정기를 모아 닳고 흐려진 글자 하나하나를 열심히 더듬어 가며 읽어 갔다. 그 신문은 다름 아닌 수상 동지께서 청산리 리당 총회를 지도하신 내용이 실린 신문이었다.

강 영감은 높은 고갯마루를 바라고 올라가듯이 몇 줄 내려 읽다가는 신문을 놓고 한참씩 생각에 잠겨 곱새겨 보다가는 다시 집어 들곤 한다. 그 자자구구에서 자기는 생각은 했으나 풀 길을 몰랐던 고리가 조합 일에나 사람들의 일에서 이렇게 했으면 좋겠다고 생각하던 것, 이렇게 되어야 한

다고 주장하고 싶던 것들이 명확하고 분명하게 풀리었다. 그리고 그분께서 직접 조합 앞에, 아니 자기 앞에 나서서 자상하고 친절하게 손을 짚어 가르치시는 손길을, 그 높고 지극하신 심정을 가슴에 뜨겁게 느꼈던 것이다.

강 영감은 오랜 시간을 걸려 한 장 신문을 다 읽고 나자 높은 고개 마루에 올라선 때 같이 후련해진 얼굴을 들고 말했다.

"앞이 활짝 열리네그려. 넓은 대통로같이 사람들의 나갈 길이 환히 열리었단 말일세. 그러니 사람들이 날개가 돋쳐 그 길로 훨훨 내달리게 될 게 아니겠나."

하고 자신 날개가 돋친 듯 가슴을 펴고 어깻짓을 했다.

강 영감은 밤이 깊도록 안경을 벗었다가 끼었다가 하면서 또 한 차례 신문을 곱씹어 읽고 곱씹어 생각에 잠기곤 했다. 그리고 무릎을 치기도 하고 허허 하고 탄성을 발하기도 하면서 잘 때가 훨씬 넘었는데도 자리에 누울 생각을 하지 않았다.

이튿날 아침 작업반장 림창구가 찾아왔다. 그는 전례 없이 쭈뼛쭈뼛하며 방 안으로 들어와 앉았다. 강 영감이 신통하게 본 것은 그의 이러한 태도만이 아니었다. 몸차림이나 행동거지까지 작업반장이란 태를 부리던 그가 검박한 농민으로 돌아온 것이다. 전에는 몸에 무엇이 묻을세라 한 번 밑바닥을 손바닥으로 쓸어 보고는 도사리고 앉는 그가 허름한 무명 바지에 검정 노동화를 신었으며 손에는 고대 일을 하고 난 사람같이 흙칠까지 했다.

강 영감은 그의 아래위를 유심히 보고 나서 말했다.

"오늘 임자를 보니 어쩐지 전에 작업반장 되기 전 림창구를 보는 것 같네그려."

"바루 말씀하셨습니다. 오늘부터 나는 어제의 림창구가 아닙니다."

하고 림창구는 두 볼이 벌겋게 상기된 얼굴에 정색을 하며 이런 말을 했다.

"사람 못된 건 형식주의자지요. 형님 말씀대로 형식주의란 땅을 속이는 것이여요. 농사꾼이 땅을 속이고야 농사일이 되겠습니까. 글쎄, 손에 흙칠해 본 사람이면 거름 먹이지 않은 땅에 밀식을 하면 수강냉이질 건 뻔한 일인데 한번 형식주의 틀에 잡히고 보면 뻔한 일이 눈에 보이지 않더군요. 수확은 여차로 알고 숫자나 공명에만 눈이 어두웠으니까요. 그리고 형님같이 옳은 것을 일러 주는 분을 도리어 보수주의자로 몰았으니까요. 사람이 나빠지면 어찌 이다지도 나빠졌겠습니까."

그 말을 듣고야 강 영감도 가만히 있을 수 없었다.

"임자가 그런 말을 하니 나도 그냥 못 있겠네. 사실 난 자기 주장이 옳다고 해서 임자를 고깝게 생각했었지. 그리고 깨우쳐 줄 생각을 안 하고 그걸 아옹해서 속에 꼭 넣어 두고 앙앙불락해 있었거던. 그건 뭔가, 그것도 따지고 보면 형식주의야."

하고 허허허 웃었다.

그리고 또 이런 말도 했다.

"하여간 지난 일을 경험 삼아 올부터는 밀식을 잘해 보세그려. 그러자면 지금부터 잡도리를 잘해야 헐 걸세. 밭도 깊이 갈아야 하겠지만 퇴비도 발목이 빠지도록 많이 내 보세그려."

"그래야죠, 금년에야 건성치기로 해서 되겠습니까."

하고 림창구는 입귀를 말며 계면쩍게 웃었으나 그의 눈에는 새로운 결의를 다지는 표정이 빛났다.

림창구가 일어서 나갈 때 강 영감은 대문 밖까지 따라 나가서 젊은 사람같이 악수를 했다.

"아침나절이 아니더면 임자하고 꼭 술 한잔 마시고 싶네만…… 우리 저녁에 다시 만나세."

하고 헤졌다.

그날 저녁에 강 영감이 술 한 병을 마련해 가지고 집을 나가려 할 때 마침 관리 위원장 최명도가 찾아왔다.

그 사람은 또 어찌도 별스럽게 구는지, 방 안에 들어와서도 굳이 아랫목 자리를 사양하고 노인 대접하노라고 자기는 윗목에 가서 앉았던 것이다.

강 영감은 점잖은 분을 윗목 자리에 앉혀 놓고 아랫목에 앉았기가 안심 찮아서 바늘방석에 앉은 것 같은데 관리 위원장은 말씨부터 달라져서 또 어찌도 공손하고 상냥한지,

"노인장께 제가 잘못한 일이 한두 가지가 아닙니다. 자식처럼 생각하시고 용서하십시오."

"온 관리 위원장님도 그게 무슨 말씀입네까."

강 영감은 송구해서 어쩔 줄을 모르는데 관리 위원장 최명도는 또,

"농사일이나 이 지방 실정은 나이 많이 잡순 분이 잘 아시는 건데 저희들 젊은 사람들을 많이 가르쳐 주셔야겠습니다. 이제부터 농사일은 노인장께 일일이 물어서 하겠습니다. 전일 옥수수 건만 하더라도 진작부터 노인장 말씀을 귀담아 들었더라면 큰 수확을 얻었을 줄 압니다."

하고 진짜로 정색을 하는 것이다.

강 영감은 송구하기만 해서 겸사의 말 한마디도 똑똑히 못 하다가,

"내가 관리 위원장님께 꼭 한마디 자기비판을 해야 할 게 있습니다."

"무슨 말씀인지요."

하고 관리 위원장은 경청하는 얼굴을 한다.

"다른 말씀이 아니라 전일 작업반 회의에서 이 사람을 비판할 때 관리 위원장 동지도 계셨지만……"

하고 허두를 떼자 벌써 관리 위원장은 다 듣기나 한 듯이 "별말씀을 다 한다"고 열 손을 내저었다.

그러나 강 영감은 끝까지 자기 할 말을 다 하고 말았다.

"쥐꼬리만한 자기 잘한 일만 생각하고 제 잘못한 일은 생각하려 하지 않았으니 사람의 도리가 아닙네다."

하고 첫째는 중의에 의해서 심어 논 곡식 뽑아도 중의에 의해서 뽑았어야

할 텐데 개인의 생각으로 뽑아내서 중의를 무시하고 선진 영농법을 반대한 것처럼 됐으니 잘못이요, 둘째는 잘못하고도 잘한 일만 생각하고 자기비판을 아니 했으니 잘못이요 하고 일일이 손가락을 꼽아 가며 톡톡히 자기비판을 했다.

그럴수록 관리 위원장 최명도는 더욱 난처해져서 얼굴빛까지 뻘게지며,

"오늘 이렇게 찾아와 뵙는 것도 그때 잘못된 자기비판을 하러 온 제 뜻을 몰라주십니다그려."

하고 솔직하게 자기 술회를 했다.

술상이 나왔다. 본래 술을 잘 못하는 사람인 줄 알지만 관리 위원장은 대접으로 꼭 한 잔 술을 받아 마시고 자리에서 일어섰다.

관리 위원장이 돌아간 후 남은 술을 혼자 앉아서 먹기도 싱겁고 먹다 남은 술을 가지고 밤늦게 림창구의 집을 찾아가기도 안됐고 해서 앉았는데 마침 숙보 영감이 마실을 왔다.

앉은키는 선키보다 더 커서 바람벽 절반을 차지한 주인 영감과 몸이 투실투실하고 검은 얼굴에 수염이 밤송이 같은 텁석부리 영감은 술상을 가운데 놓고 앉아 권커니 작커니 얘기판을 벌리었다.

얼굴에 주기가 올라 홍안 소년처럼 된 강 영감은 감격한 어조로,

"오늘 이 사람들을 누가 홀딱 딴사람이 되게 개변시켜 놓았느냔 거요. 그분이 아니시면 누가 이런 일을 하시겠소."

구태여 수상님이라는 말을 아니 해도 곧 알 수 있는 말이라,

"암, 그분이 아니시면 누가 하시겠소."

"그 어른 말씀이 요즘 사람은 육십이 환갑이 아니라 구십이 환갑이라고 말씀하셨다는데 그렇다면 나는 아직도 환갑이 되려면 앞으로 삼십 년이나 남았으니 그럼 내가 지금 삼십 대 청년이 된 셈이 아니겠소. 아닌 게 아니라 내 마음에도 꼭 삼십 대 청년으로 갱소년한 것만 같다니까."

아닌 게 아니라 그의 어미가 긴 두 눈에는 삼십 대 청년의 영채와 정기

가 돌았다.

밤이 꽤 이슥했을 텐데 바깥 벌 가운데에서는 여지껏 뜨락또르 소리가 퉁퉁퉁 울려 왔다. 강 영감은 그 소리가 어찌도 귀에 유쾌하고 즐거운지 가끔 술잔을 멈추고 귀를 기울였다.

"저건 누가 운전하고 있는 줄 아오, 우리 딸년이거던, 우리 상례란 년이 운전을 하고 있단 말야."

하고 다 알고 있는 사실을 몇 번이고 거듭 말했다.

상례는 어제 뜨락또르 운전사 양성소를 졸업하고 마을로 돌아왔다.

강 영감이 포전 정리를 하는 밭에서 가래장을 잡고 있는데 벌 건너편 굽인돌이를 뜨락또르가 돌아 나오고 있었다. 한 대, 두 대, 석 대 자그마치 열 대가 꼬리를 물고 우릉우릉 지축을 울리면서 벌 한복판을 가로질러 오는 것이다.

그 열 대의 뜨락또르가 군 조합에 고정 배치를 받게 된 사실도 감격스런 일이지만 강 영감이 더욱 흥분한 것은 맨 앞의 뜨락또르 운전대에 장군처럼 가슴을 펴고 앉아 조종을 하고 있는 사람이 바로 자기 딸 상례던 것이다.

그것을 보고 민청원들은 제각기 들꽃을 뜯어 만든 꽃묶음을 가지고 와 아아 하고 그 뜨락또르 앞으로 몰려갔다. 강 영감은 맨 뒷줄에서 어슬렁어슬렁 따라갔다. 속으로는 반갑고 기특하기 이를 데 없었으나 저 년이 아직도 속이 풀리지 않고 있지나 않나 해서 다소 서먹서먹한 감도 없지 않아 있었다.

그런데 그건 오해였다. 강 영감 자신이 딸의 말을 들어 보지 않고도 이미 노염을 풀고 있는 것과 마찬가지로 상례도 그랬다. 상례는 민청원들이 안겨 주는 꽃다발을 앞가슴에 한 아름 안은 채 뜨락또르에서 뛰어 내리더니 사나이처럼 성큼성큼 걸어 제일 먼저 강 영감 앞으로 왔다. 그리고 남빛 노동모 옆으로 귀밑머리가 흘러내린 건장하고 부글부글한 둥근 얼굴에

736

꽃처럼 활짝 핀 웃음을 짓고 가슴에 안고 있던 꽃다발을 송두리째 아버지에게 안겨 주는 것이 아닌가.

이래서 강 영감은 육십 평생에 처음으로 딸에게서 꽃다발을 받아 보았다. 그리고 그것을 누구에서 받은 것보다도 기쁘고 경사스러워서 그지없이 행복한 자신을 둘러보았다.

뜨락또르는 잠시 멈춰 섰다가 곧 전진을 계속해서 앞 조전으로 나갔다. 동혁은 의례 그러할 권리가 있기나 한 듯이 여러 사람들이 보는 앞에서 서슴없이 뜨락또르 위로 훌쩍 뛰어올라 가더니 두 남녀가 어깨를 나란히 운전대에 앉아 가는 것이다.

마누라 김 씨는 어찌도 기쁘고 대견한지 연해 저고리 고름을 눈가로 가져가며 무작정하고 그 기세 좋게 달려가는 뜨락또르의 뒤를 따라갔다.

술자리를 파하고 숙보 영감이 돌아간 후에도 강 영감은 자리를 뜰 생각을 하지 않았다. 그는 지금 벌 가운데 어둠을 뚫고 줄기차게 굳은 땅을 갈아엎고 있는 자기 딸 상례가 운전하고 있는 뜨락또르의 그 경쾌하고 율동적인 퉁퉁퉁 소리가 들려오는 동안에는 잠들 수 없을 것 같았다. 그 소리가 가져다 주는 찬연한 미래에 대한 감동과 환희를 도저히 잠으로 해서 잊게 할 수는 없었던 것이다.

그 뜨락또르의 퉁퉁퉁 하는 발동 소리와 섞여 밤새워 포전 정리 작업을 하고 있는 민청 돌격대원들의 노랫소리도 간간이 들려왔다. 포전 작업의 전면적 기계화를 위해 포전 정리 사업이 시급했던 것이다.

그러는 동안에 날이 밝기 시작했다. 강 영감은 앉아 있던 자리에서 일어서서 그대로 동이 트기 시작한 벌을 향해 나갔다. 자기 눈으로 또 한 번 뜨락또르 위에 의젓하게 앉아 있는 자기 딸 상례를 새벽 하늘 아래서 보고 싶었던 것이다.

강 영감은 뜨락또르가 울리는 그 퉁퉁퉁 소리를 따라 이슬을 머금은 축축한 풀길을 밟으며 밭둑 위를 걸어가면서도,

'금명년 간으로 다 기계화가 될 모양인데 그때에 가선 나 같은 사람은 무엇을 했으면 좋을까, 뜨락또르 꽁무니에 붙어 다니는 연결수나 될까.'

이런 생각을 하며 걸어가고 있는데 맞은편에서 작업을 마친 민청원들의 한 떼가 대열을 진 듯이 주르니 서서 오고 있었다. 그 맨 앞줄에 푸른 빛깔의 쿠렁쿠렁한 노동복을 입은 상례와 키가 늘씬한 동혁이 나란히 서서 온다. 그 얼굴들에는 밤을 새워 작업을 한 사람들 같지 않게 (아니, 흥겨운 작업에 밤을 밝힌 그것 때문에 더욱 그런지 모르겠다) 행복과 기쁨이 넘치는 웃음이 어글어글 담겨져 있었다.

강 영감은 그들을 맞아 풀밭 위에서 걸음을 멈춰 섰다. 그를 향해 바로 행복에 가득한 청춘이, 돋아 오르는 밝은 햇빛이, 이슬에 축축이 젖은 대지가 한 가슴 가득히 안겨 오고 있었다.

부싱쿠 동무

'싱쿨라.'

이 말은 보통 뜻대로 하면 수고한다는 말이겠는데 우리가 중국 인민 지원군 동무에게 이 말을 쓸 때에는 특별한 광채와 의미를 띠게 된다. 그것은 매양 원쑤 미제를 반대해서 싸우는 사람들 간에 빚어지는 온갖 감동적이고 고귀한 것, 참되고 진실한 심정들이 이 말 가운데 담겨 있기 때문이다.

선로원 김도명이 그 중국 인민 지원군 동무에게 '싱쿨라'라는 말을 할 때에도 보통 뜻의 인사말로 한 말이 아니었다.

×

거듭되는 패배를 당하고 눈이 뒤집힌 적들이 주변 시가지에 소위 대폭격을 시도하던 날이다.

선로원 김도명은 공습 경보가 울리고 적기가 접근한 것을 알고는 예사로 있다가 자기가 폭격 권내에 든 것을 안 후에야 대피할 생각을 했다. 그가 머리 우에 폭탄이 내리꽂는 쏴아 소리를 들으며 양편에 건물들이 서 있는 좁은 행길을 달리고 있을 때 그의 앞에는 또 한 사람이 얼음을 타듯 두 팔을 뒤로 제껴 내저으며 뛰고 있었다. 길바닥은 울퉁불퉁한 자갈에 싸락눈이 엷게 덮여서 빙판같이 미끄러웠다. 그것 때문인지 벽돌 건물 옆을 지날 때 그 사람은 뒤떨어지게 되고 김도명이 앞을 서게 되었다.

뒤떨어진 그 사람을 이끌어 가듯 '빨리, 빨리' 소리를 치며 김도명이 방공호 안에 뛰어들자마자 언저리가 들썩하는 진동이 일었다. 지근한 거리에서 폭탄이 터진 모양이다. 김도명은 그 사람의 안부가 염려되어 방공호 문지방 밖에 한 발을 내딛고 기웃이 바깥 길거리를 내다보자 그 일변한 모습에 놀랐다.

조금 전에 김도명이 그 옆을 지나온 벽돌 이층 건물의 웃층 한쪽 모서리가 뭉텅 무너져 나간 자리에서 검은 연기와 불길이 쏟아져 나왔다. 길 건너편, 전에 유지 창고였던 목재 건물에도 화재가 일어 맹렬한 기세로 불타고 있는데 두 건물 사이의 공간은 벌써 몽몽한 연기와 산채 같은 불길이 엉켜서 소용돌이치고 있었다. 그 무섭게 날뛰는 불길과 길바닥 사이에는 약간의 공간이 들렸는데 거기 그 뒤떨어졌던 사람이 엎드러져 있는 것이다.

한편 무릎을 접고 모로 엎드렸는데 앞으로 내뻗은 손과 눈썹이 진한 찌푸린 미간에는 금시라도 땅을 그러쥐고 일어서려는 강한 의지가 나타나 보이는 것 같았다.

김도명은 그 사람을 일별하자 자기 아닌 딴사람과 같은 목소리로,

"저, '부싱쿠' 동무 아닌가."

소리를 날카롭게 외치자 방공호 문지방을 박차며 밖으로 뛰어 나갔다.

그리고 자신 불덩어리가 된 것처럼 바람을 날리며 이마를 앞으로 직숙이고, 화염 속으로 돌진해 들어갔다.

선로원 김도명이 '부싱쿠'라고 부르는 그 지원군 동무를 알게 된 것은 장엄한 황혼이 선로 좌우편 들판을 울금색으로 물들인 지난 가을 저녁이었다.

그날 김도명은 큼직한 교량 침목 하나를 거기서 2킬로 앞에 있는 제2교량까지 운반할 일이 있었다. 김도명이 속한 선로 구간에 있는 세 개의 교량 중에서 세 번째 교량인 제3교량은 중국 지원군 동무들이 담당하고 있었는데 그날 낮에 적 날강도놈이 두 번째 교량인 제2교량의 한 쪽 교각을 부수고 달아났다. 침목은 그 피해 장소에 우물정 자형으로 산돌을 쌓기 위한

것이다.

싱싱한 송진내가 풍기는 생침목 위에 한 발을 올려놓고 서서 김도명은 운반 대책을 생각하고 있었다. 침목 중에도 제일 큰 교량 침목인 데다가 팅팅하게 물기까지 머금어서 혼자 힘으로는 다루기가 벅차던 것이다.

생각에 궁해서 주위를 두리번거리고 섰는데 저편 역 구내선 쪽에서 중국 지원군 한 사람이 힘 있는 걸음걸이로 철둑을 따라 성큼성큼 걸어 왔다. 그의 호기스런 걸음걸이라든가 선선하고 민첩한 동작과 눈매는 그가 강한 의지와 과단성 있는 그리고 의로운 일에는 물불을 가리지 않는 열정의 소유자라는 것을 알 수 있었다.

그의 빠른 시선은 일견 모든 것을 알아차린 모양이다. 그는 도명의 곁에 와서 걸음을 멈추자 무엇을 묻는 눈으로 둑과 선로에 걸쳐 가로놓인 침목과 그 앞에 서 있는 도명을 한 번 번갈아 보더니 침목을 가로타고 허리를 구부리자 두 손으로 침목 한 끝머리를 쳐들었다. 그리고 사람에 대한 호의와 선량한 뜻이 어글어글한 웃음을 눈썹이 진한 눈과 일자로 너부죽한 입가에 지은 얼굴을 들어 도명을 쳐다보는 것이었다.

그 표정에 같이 침목을 메자는 뜻을 알게 되자 도명은 매우 난처해서 응하는 것도 아니요, 거부하는 것도 아니요, 계면쩍은 웃음을 입가에 지으며 민망스러워했다.

김도명은 이때 이런 것을 생각했던 것이다. 전선과 후방을 연결하는 철도 선로는 항시 적들이 노리는 바였지만 그 구간의 선로는 역을 중심으로 세 개의 교량을 갖고 있는 관계로 더욱 적들의 주목을 끌었다. 그중에 중국 지원군 동무들이 담당하고 있는 세 번째 교량인 제3교량은 십여 개의 뼈야를 가진 철교였다. 동시에 이 다리는 적들의 집중 폭격을 받는 목표가 되기도 했다. 적들이 특히 이 다리를 노리는 점은 철교의 높이와 길이에도 있었지만 보다는 수심이 깊은 하상이 가로놓인 관계로 달리 우회선을 돌릴 수 없는 데 있었다. 놈들은 정해 놓고 아침에는 정찰기를 띄우고 다음에는 편대로 혹은 단기로 날아와 둔하게 날개를 기우뚱거리며 교량을 목표로 묘준을 재느라고 선회를 했다. 그러고 싣고 온 폭탄을 짐 부리듯 쏟아 놓고 황황히 도망쳤다. 몽몽한 폭연 속에 묻힐 때 교량은 일견 결단 난 것 같기도 했다. 그러나 굴할 줄 모르는 지원군 동무들의 불 같은 투지는 여기서도 매번 적을 타승했다. 산기슭과 들판에 땅거미 내리고 밤하늘에 별이 총총해지면 화상 정리를 한 기관차는 발차 신호를 알리는 기적을 울리었으며 철교의 교량은 복구되고 교각은 거인과 같이 굳건히 버티고 서서 포탄과 군수 물자를 실은 차륜들을 제시간에 전선으로 굴려 보냈다. 선로원 김도명은 밤마다 그 철교에 안전 신호를 알리는 푸른빛의 신호등이 달리는 것을 보는 때마다 경탄했다. 그리고 그 철교의 보위를 담당한 지원군 동무들의 초인간적인 헌신적 노력에 대해서 헤아릴 수 없는 수고에 대해서 생각했다.

'수고면 이만저만한 수고인가, 동무들은 몸뚱이로 교관을 떠받들고 있는 셈인데.'

하고 감격하고 경탄해 마지않았다.

지금 선로원 김도명이 더욱 민망하게 생각하는 것은 그 이만저만하게 수고하지 않는 그 사람의 힘을 받지 않고는 침목을 운반할 수 없는 난처한 처지에 있는 그것이다.

김도명은 그 민망하고 난처한 심정을 혓바닥이 굳도록 압축해서 그리고 그가 아는 단 하나의 중국말로,

"싱쿨라."

하고 표시했다. 그리고 그 부족한 표현에 낯을 붉히었다.

그러자 지원군 동무는 거침없이 활달한 얼굴 표정이 금시 굳어지며 정색을 하더니

"부싱쿠."

하고 고개를 들어 외면을 하는 것이다.

그 표정은 당치도 않은 치하를 받았다고 해서 거북하게 생각하는 것인데 그것이 또 어찌도 겸손하고 진지한지 도명은 더욱 미안한 생각을 하게 됐던 것이다.

그런데 그날 김도명은 이 사람에게 또 한 번 진정으로 감사를 해야 할 뜻하지 않은 일이 생기었다.

두 사람은 침목을 가운데로 한끝씩 어깨에 메고 철로둑을 따라 걷기 시작했다. 산허리를 깎아 내린 굽인돌이를 돌아서자 넓은 벌이 열리며 가리마를 타듯 그 벌을 가로질러 외줄기로 쭈욱 선로가 뻗어 나갔다. 황갈색으로 가을색이 깊은 벌과 건너편 둔덕 밤나무 숲이 선을 두른 마을 담벽을 황혼이 붉게 물들이었다. 수수밭머리로 골안개같이 누워 흐르는 저녁 연기, 눈동자처럼 잔잔한 논바닥 늪의 물빛, 폭연 가실 새 없는 한낮이 지나 사람과 벌이 긴숨을 내쉬는 평화하고 아늑한 한때였다.

적 날강도 중에는 특히 이런 때를 노리고 오는 놈이 있었다. 이놈은 해질머리 길목에 나와 벌에 나간 어머니를 기다리고 섰는 어린애들을, 우물길에서 물동이를 이고 가는 여인네들을 노리고 단기로 살짝 기어들어오는 날강도 중에서도 가장 질이 나쁜 놈이다.

두 사람이 제1교량 근방에 왔을 때 적 구라망 한 대가 왼편 산머리를 우회하는 것을 보았다. 그들은 그놈이 철길을 노릴 게라고 직각했다. 과연 맞은편 상공, 노을이 비낀 구름 밑에서 날개가 한 번 번쩍하는 것 같더니 놈은 직선으로 선로를 타고 진입하기 시작했다.

자기들이 적기의 목표가 되고 있다고 느끼는 순간, 누구의 의사 여하를 따질 사이도 없이 거진 동시각에 어깨에 멨던 침목이 땅바닥에 떨어졌다. 도명은 모가 진 침목이 둑 밑으로 둔하게 철떡거리며 굴러 내려가는 것을 바라보며 거기 어디로 대피를 해야 한다고 생각했다.

그런데 어찌 된 일인지 앞에 서서 가던 그 지원군 동무는 선로를 따라 적기가 진입하는 정면을 맞받아 전속력으로 뛰어가고 있는 것이다.

김도명은 그의 이해되지 않는 행동에 놀랐다. 의아스런 눈을 크게 뜨고 그가 달려가는 쪽을 바라보았다. 그러자 그가 그처럼 위험을 무릅쓰는 목적이 어디 있는가를 곧 알게 되었다. 그가 달려가는 앞에 제1교량이, 모래 바닥이 허옇게 드러난 내를 가로 건너 놓여 있는데 그 높직한 다리 위에 두 소년이 겁에 질린 얼굴로 허둥지둥 뛰어오고 있었다.

앞에 선 소년은 이미 다리를 건너 둑 아래로 굴러 내려가듯 먼지를 일쿠며 뛰어 내려가고 있었다. 뒤떨어진 소년은 여남은 살쯤 되어 보이는 어린 애였다. 한편 어깨에는 책가방을 멨고 양손에 한 짝씩 고무신짝을 벗어 들었다. 돌처럼 질린 얼굴에 겁에 뜬 눈은 열심히 아래를 살피고 있었다. 그는 덜미에 달려드는 적 구라망보다도 레일 밑에 깔린 침목 사이를 실수 없이 건너딛는 일이 더 급한 모양이었다. 소년은 다리 복판에서 줄곧 한자리에 답보하고 있는 것같이 보였다.

아귀 같은 적 구라망은 황혼길에 집으로 돌아가고 있는 이 어린아이를 알맞는 사냥감으로 보았던 것이다. 놈은 일거양득의 좋은 기회를 포착했다고 생각했다. 신바람이 나서 반전하고 급강하해서 승냥이의 본성을 드러내어 달려들고 있었다.

지원군 동무는 그 날강도가 독살스럽게 노리는 아슬아슬하고 몸서리쳐지는 초점을 향해 몸을 던져 달려가고 있는 것이다. 그는 레일 위를 달리는 기관차처럼 하나의 목표만을 보고 있는 것 같았다. 오직 원쑤의 독아에서 소년을 구출한다는 그 일념 외에는 다른 아무것도 염두에 없는 것 같았다. 그것은 흔히 말하는 생사를 초월한 행동이었다.

그는 소년 앞으로 맞부딪칠 것같이 다가가자 날쌘 동작으로 소년의 허리를 덥석 들어 머리 위에 쳐들더니 앞가슴에 안았다. 그것과 적 구라망이 직선으로 기수를 꽂아 곤두박히는 것과 거진 동시각이었다. 그는 자기 등으로 방어하듯 그편에 등을 대고 돌아서더니 가슴에 소년을 부둥켜안은 채 침목과 침목 사이에 다리를 걸친 자세 대로 오른편 무릎을 접고 엉거주춤하게 엎드리었다. 적기는 그의 구부린 등을 겨누고 곤두박히였다.

도명은 더 그것을 바라보지 못했다. 그의 뒤를 달려 쫓아가던 걸음을 멈추고 거기서 눈을 가리었다. 공기를 찢는 폭음 소리가 고막을 찔렀다. 도명이 고개를 들어 앞을 내다보았을 때 몽몽한 폭연 속에서 거인과 같이 걸어나오는 그를 보았다. 소년은 그의 목에 두 팔을 걸고 안겨 있었다. 흘러내리는 땀으로 그의 이마와 광대뼈가 번쩍거리였다. 눈썹이 거슬러 올라간 눈은 적을 타승한 환희 때문인지, 그 적에 대한 분노 때문인지 불같이 이글거리였다. 도명은 그가 비할 바 없이 높고 거연해 보였다.

폭탄은 다리에서 저만치 개울 모래바닥에 큼직한 구덩이 하나를 파혜쳤을 뿐이다. 적 구라망은 목표를 잃고 들판 상공을 배회하다가 서쪽 노을 속으로 도망쳤다.

하늘은 조용해졌다. 황혼이 짙은 들은 본래의 바탕으로 돌아와 사람의 입김이 어린 움 안같이 아늑했다. 노을이 다복솔 포기가 듬성듬성 난 건너편 둔덕마루와 키 높이 자란 수수대들과 그 밑에 앉은 세 사람의 얼굴을 붉게 물들이었다. 도명의 얼굴은 내심의 흥분과 감동으로 해서 더욱 붉게 탔다. 그의 맞은편에 앉은 지원군 동무는 무릎 사이에 어린아이를 앉히고 눈귀에 주름살을 접은 눈을 가늘게 뜨고 커다란 손으로 소년의 머리에 깍지를 끼어 얹고 있었다.

김도명은 슬기롭게 생긴 소년의 얼굴에서 자기 집의 어린것을 보았으며 그 지원군 동무에게서 어버이의 심정을 느끼었다. 그는 자기도 그만 나이의 어린것을 가진 아비의 입장에서 그에게 찬탄과 감사를 드리고 싶었다. 그것은 무릇 어린애를 가진 모든 어버이들을 대표한 심정이기도 했다.

김도명은 그 가슴 벅찬 감격을 담을 적당한 말을 찾는 듯 했다. 내심은 일장 연설이라도 할 것 같았는데 급기야 말이 되어 나온 것은 그 평범하고 간단한 '싱쿨라'라는 한마디 말이었다. 이번에도 그 지원군 동무는 표정이 굳어서

"부싱쿠."

하고 정색을 했던 것이다.

그 얼굴에 종전에 본 그 선량하고 겸손한 그리고 어색한 것 같은 표정이 떠돌았다.

이 사람은 역시 자기가 한 일에 대해서 지극히 겸손한, 치하 같은 말을 받는 것을 어색하고 계면쩍게 생각하는 것이었다. 도명은 그 참되고 진실한 겸손 앞에 오직 감격할 뿐이었다.

방공호 안은 굵은 통나무로 천장과 벽에 받침틀을 끼웠는데 탄광 갱도 같기도 하고 또 안전감을 주기도 했다.

양편 벽과 바닥에 빈틈없이 사람들이 꽉 들어찼는데 그 사람들 사이에는 일종의 공통한 것, 즉 폭격에 위압되지 않는 일종의 낙관주의와 같은 초연한 것이 지배하고 있었다.

그것은 적의 폭격쯤에는 백전노장이 다 되었다는 무관심 같기도 하고 그것쯤에는 끄떡도 아니 한다는 대담성 같기도 했다.

선로원 김도명이 '부싱쿠' 동무를 등에 업고 방공호 안으로 들어갔을 때 사람들은 그의 거친 숨결과 흥분과 긴장으로 해서 어마어마해진 얼굴 표정에서 등에 업힌 사람이 얼마나 소중한 존재이며 또 그가 거기까지 업고 오는 데 얼마나한 간난 신고를 겪었는가를 알게 되었다. 사람들은 그에게 자리를 내주기 위해서 앉았던 자리에서 일어섰으며 부상자를 등에서 안아 내리는 데 양쪽에서 부축을 했다.

김도명은 부상자를 흙바닥에 눕히는 것을 저어해서 입고 있던 솜외투를 벗었다. 그것을 바닥에 깔고 부상자를 안아 눕히는 데 또 몇 사람의 조심스런 협력이 들었다. 도명이 '부싱쿠' 동무의 상의 앞을 제끼고 어둠침침한 속에서 상처를 찾느라고 더듬거리는데 누군가 라이타불을 켜 댔다. 후두부에서 크지 않은 상처를 찾아냈다. 그는 완전히 의식을 잃고 있었다.

붕대가 필요하게 되자 도명이는 상의 앞자락을 젖히고 안섶을 뜯어 내기 시작했다. 그것을 보고 한 사람 건너편에 앉았던 노파가 머리에 썼던 수건을 벗었다. 그러자 노파 옆에 앉았던 반외투를 입은 여인은 목에 감고 있던 흰 명주 목도리를 풀었다. 이렇게 □□한 물건들을 아낌없이 내놓는 것을 보고 나머지 사람들은 공연히 미안쩍은 생각을 했다.

이처럼 소박하고 간곡한 성의와 정성이 어린 붕대 대용품들이 모여들었는데 그것을 부상자의 상처에 감는 일에 명주 목도리의 임자인 여인이 또한 역할을 했다. 그 여인은 김도명이 큰 손으로 아무렇게 뚤뚤 말아 쥐는 것을 보고 말없이 손을 내밀어 그것을 가져가자 아주 익숙한 솜씨로 다루었던 것이다.

그는 머리수건을 가제 대용으로 두 골에 접어 상처에 대고 명주 목도리를 정한 쪽으로 뒤집어서 붕대 모양으로 뚤뚤 말아서 그 위에 착착 감기 시작했다.

폭격은 중심이 옮겨져 훨씬 떨어진 곳에서 쿠궁쿠궁 하고 맥 빠진 소리가 들려올 뿐이었다. 폭격은 한 고비 지나간 모양이다. 이제는 해제 사이렌이 울리기만 기다릴 판이었다.

그런데 라이타불이 심지가 잦아지듯 고물거리었다. 그러자 저편 구석에서 굵고 텁텁한 소리로,

"여기 간델라등이 있소."

그 간델라등을 가진 사람이 큰 키를 구부리고 사람들의 등을 넘어서 앞으로 나왔다.

간델라불은 방공호 안에 밝음과 함께 생동하는 활기를 일구었다. 거무칙칙한 암석의 날카로운 각이 들쑹날쑹한 방공호 천장이며 사람들의 앉은 모양과 얼굴 윤곽의 명암이 또렷해졌다. 잠에서 깨난 사람처럼 생기가 팔팔한 눈들이 밝은 불빛을 따라 모여들었으며 그 눈들은 등불 밑에 의식을 잃고 누워 있는 사람에게로 집중했다.

그 사람들의 남의 일로 알지 않는 심려와 동정이 어린 눈들이 어루만지

는 주시 밑에 붕대는 한 둘레 한 둘레 찬찬히 감겨지기 시작했다.

상처를 다치는 고통 때문인지 '부싱쿠' 동무의 안면에 경련을 일으키듯 쪼글쪼글하게 잔주름살이 잡히었다. 가늘고 섬세한 주름살이 눈 가장자리와 양 입귀에 무수한 금을 그으며 그것이 눈에 보일락 말락 하게 바들바들 떨었다. 그 안면 변화는 그를 갑자기 늙어 보이게도 했고 또 의식이 붙어 있다는 것을 알리게도 했다.

김도명은 그의 얼굴 가까이 상체를 굽혀 입을 가져다 대고,

"부싱쿠 동무, 부싱쿠 동무."

하고 기대와 희망을 담은 간절한 음성으로 다급하게 물었다.

"이 동무의 이름이 부싱쿤가요?"

붕대를 감던 손을 멈추고 여인이 물었다.

김도명은 그 말에는 대꾸하지 않고 전 주의력을 모아 하나의 주름살도 놓치지 않으려는 듯이 변화하는 것을 지켜보고 있었다. 주름살은 눈썹이 진한 미간과 길쭉한 인중으로 오그라드는 것 같더니 서서히 펴져 갔다. 그것과 함께 의식도 점차 몽롱한 상태로 빠져 들어가는 것 같았다.

"많이 듣던 이름 같구면요."

여인은 붕대를 다 감고 나자 또 자문자답식으로 말했다.

"많이 듣는 말이지요. 지원군 동무들이 있는 곳에서는 어디서나 듣게 되는 말이니까요. 난 이 동무의 이름을 모릅니다."

김도명은 눈동자가 무겁게 정색을 하며 뜨직뜨직 말했다.

"부싱쿠란 말은 지원군 동무들의 기질을 잘 표현한 말 같아서요. 그 동무들은 아무리 어렵고 힘든 일을 했어도 조금도 수고를 했다고 생각지 않는 사람들이니까요."

"나는 이 동무의 본명이 부싱쿠라구요."

하고 여인은 손등으로 입을 가리었다가 눈등이 붉어지며 마주 정색을 했다.

"그래요, 이 동무들은 정말 그런 동무들이네요."

여인은 제 체험에 의해서 도명의 말에 이내 공감했다.

"나는 부싱쿠란 말을 후퇴할 때 개고개에서 처음 듣지 않았겠어요. 중국 지원군 동무들도 거기서 처음 보았지만요. 그 환경에서는 누구나 그랬겠지만 고갯마루에 올라서는 지원군 동무들을 보았을 때 어찌도 감격했는지요. 막 가슴이 울먹거리지 않겠어요. 그때 '싱쿨라', '싱쿨라' 하고 수고한다는 말을 했지요. 그 동무들은 그저 '부싱쿠', '부싱쿠' 하더군요. 얼마나 많은 동무들이 그냥 끝없이 고갯마루에 올라서겠어요. 그 많은 동무들이 저마다 '부싱쿠', '부싱쿠', 얼마나 태산같이 미덥게 들리는 말이겠어요. 그 동무들은 그 말대로 우리를 도와……"

하고 고조해 올라가던 말이 불시에 뚝 끊기었다. 어떤 감격적인 회상이 가슴을 메게 하는 모양이다. 벅차오르는 흥분을 진정하려는 듯 그는 붉어진 얼굴을 팔소매 속에 묻었다.

"그 동무들은 태산같이 미더운 일들을 했지요. 미국놈의 멱줄기를 잡아 쥐었으니까요."

여인이 다 못한 말을 받아 간델라등의 임자가 방공호 안이 우렁우렁 울리는 큰 소리로 주연을 달듯 말했다. 그는 갱내 작업을 하는 노동자 같았다.

누런 가죽 가방을 소중하게 안고 앉았는 무슨 기술자같이 보이는 남자는 말참례를 하려다 말고 두 손바닥 사이에 턱을 고인 고개를 끄덕일 뿐이다. 그는 자기가 알고 있는 중국 지원군 동무들에 대한 그 수고스러운 사실이나 감격쯤은 그 방공호 안의 모든 사람이 일반으로 갖고 있으리라는 것을 알고 있기 때문이다.

그는 머리에 썼던 방한모를 고쳐쓰고 나서,

"그렇지요. 그 사람들은 매 사람이 다 '부싱쿠' 동무들이지요."

하고 생각에 잠긴 소리로 말했다.

고사포 소리가 차츰 멀어지고 간격이 떠지더니 멎고 말았다. 그것은 적

날강도들을 물리쳤다는 신호로도 들리었다. 선로원 김도명은 '부싱쿠' 동무를 등에 둘러업고 맨 먼저 방공호에서 나왔다.

길거리는 안팎이 벌컥 뒤집혀져 있었다. 도명은 그런 것은 거들떠보지도 않고 구부린 등에 '부싱쿠' 동무를 업고 급한 걸음으로 걷고 있었다.

길이 갈라지는 삼거리 앞에 이르렀을 때 또 폭격을 당했다. 폭탄이 떨어지는 쏴아 소리를 들으며 길가 한쪽 벽에 무너져 나간 집, 찌 얇은 추녀 밑에 등을 둘러메고 들어섰다. 얼마나 불안한 장소이냐. 그 앞 삼거리 길 한복판에 전에 없던 커다란 언덕 하나가 생기었다. 폭탄이 파헤친 어마어마하게 큰 구덩이라는 것을 알자 도명은 험한 고개를 넘듯 흙덩이와 시멘트 조각이 산적한 사이로 기어 올라가 구덩이 아래로 미끄러져 가 엎디었다.

칼날 같은 폭풍이 쓸고 지나가자 쇳조각과 돌을 뿌리었다. 그것들이 흙 속을 파고드는 푹푹 소리를 들으며 등에 업힌 사람의 안부가 염려되어 도명은 팔을 등 뒤로 돌려 더듬었다. 그러자 자기가 얼마나 우둔한 짓을 하고 있는가를 알고 낯을 붉히었다. 부상자를 등에 업은 채 엎드린 때문에 그를 보호하는 것이 아니라 자기가 그의 보호를 받고 있던 것이다. 그것을 누가 보았으면 수치스러운 웃음거리가 되었을 것이라고 생각하자 귀밑이 화끈거리었다.

도명은 등에 업고 있던 '부싱쿠' 동무를 내려 우묵한 흙바닥에 눕히고 그 턱을 치켜 든 불룩한 가슴 위에 자기 가슴을 덮었다. 그러자 '부싱쿠' 동무가 전일 적 구라망의 목표가 되고 있는 다리 위의 소년을 자기 몸으로 방패가 되게 하던 그 격조 높은 심장의 고통이 자기 가슴속에 살아나는 것을 느끼었다. 한 사람의 귀한 생명을 보호해서 두 팔을 벌려 자기 가슴으로 그의 가슴을 덮었을 때 그것은 자기의 크지 않은 한 육체가 덮은 것이 아니었다. 적의 아무리 큰 폭탄도 뚫지 못할 자기의 정신력이, 적을 타승하고 남을 강한 의지의 힘이 그를 보위해서 덮고 있는 것이었다.

그것은 또 기필코 적의 그 흉악한 기도를 물리치고 말리라는 신념의 표현이기도 했다. 적은 거기 항거하듯 두 번, 세 번 앞뒤 지척인 곳에 폭탄을 떨구었다. 몸뚱아리 전체를 들었다 놓는 진동과 폭풍이 쓸고 지나가고 우박 쏟아지는 듯 돌과 쇳조각이 쏟아졌다. 그때마다 도명은 마치 그렇게 하는 것이 상대를 튼튼히 보위하게 되는 것처럼 두 팔에 힘을 주어 아름이 넘는 '부싱쿠' 동무의 양 어깨를 끌어안았다.

세 번째 폭풍이 쓸고 지나갔을 때 무슨 무지하게 큰 물체가 한쪽 어깨를 둔하게 때리는 것 같았는데 꿈속에서 당한 일처럼 그저 얼얼한 것을 느끼었을 뿐이다. 그는 역시 꿈속에서처럼 자기가 상하지 않았다고 생각하자 입가에 미소 같은 것이 지어졌다. 그때 김도명은 세 개의 교량이 있는 자기 구간의 그 선로를 생각했다. 백주에 드러난 선로를 겨누고 적들은 각종 형의 폭탄과 갖은 기술과 재간을 다 부렸어도 놈들은 패배를 거듭했을 뿐이었으며 조 중 양국 철도 일꾼들의 결합된 힘은 꺾지 못한다는 것을 알았을 뿐이었다. 그것과 같이 지금 두 사람의 심장과 심장이 결합한 그 사이는 적의 아무러한 힘으로도 어쩌지 못하리라는 것을 신념처럼 생각는 것이다.

적기가 물러가자 김도명은 다시 '부싱쿠' 동무를 등에 업고 거인과 같이 두 다리를 버퉁기고 일어서자 구덩이 위로 기어 올라갔다.

병원은 아직도 멀었다. 김도명은 구부린 등과 구두 뒤축을 끄는 걸음걸이에 먼 길을 간다는 표적을 나타내며 딴 데처럼 거칠고 서먹서먹해진 빈 듯 인기척이 없는 큰 길을 따라 걷고 있었다. 병원은 거리 저편 아카시아 숲이 성기게 선 언덕 너머에 있었다.

김도명이 얼마 가지 않아서 네거리에 한 쪽 벽만 남은 건물 모퉁이를 두 사람의 구호대원이 담가를 들고 돌아 나왔다. 그 구호대원은 진작부터 도명이 자기를 애타게 찾고 있었다는 것을 알고 있던 것처럼 곧바로 달음질 치듯 빠른 걸음으로 그의 곁으로 다가왔다. 그리고 도명은 보지도 않고 담가를 땅에 내어 놓자 준비된 빠른 동작으로 그의 등에서 부상자를 안아 방수포 위에 눕히었다.

담가는 들리었다. 앞채를 잡은 사람은 키가 후리후리한 중년 남자인데 그는 뒤채를 잡은 키 작은 여자 대원과 수평을 잡기 위해 구부정하게 등을 구부리었다. 그리고 올 때와 같은 빠른 걸음으로 발을 맞추기 시작했다.

김도명은 이마의 땀을 씻으며 약간 미간을 찌푸린 얼굴에 정색을 하고 그 뒤를 따라갔다. 그는 쨍쨍한 햇빛이 내리비친 '부싱쿠' 동무의 얼굴을 내려다보았다. 눈을 덮어 감은 붕대 밑에 두드러진 광대뼈와 그늘이 잡힌 코밑과 그리고 반쯤 벌린 입 가장자리에 푸른 기가 도는 것을 보고 도명이는 그가 생각한 것보다 훨씬 중태라는 것을 알았다. 그는 걷는 동안 얼굴에서 눈을 떼지 않았다.

담가는 네거리 모퉁이 한쪽 벽만 남은 벽돌 건물 지하실로 내려갔다. 그 지하실에 구급소가 차려진 것이다. 어둑침침한 층층대를 기억자로 꺾어 내려가자 거기는 딴판으로 밝고 조용했다. 담가는 간을 질러 흰 커텐이 쳐 있는 한가운데를 제끼고 들어갔다. 거기가 수술실이라는 것을 알자 도명은 더 따라 들어가지 않았다.

벽에 붙여 긴 의자가 놓여 있고 거기 오륙 명의 남자가 앉아 있었다. 그 사람들은 꼭 같은 근심스런 눈으로 도명을 보았다. 그들의 시선에서 자기가 환자 취급을 받고 있는 것을 알자 도명은 공연히 무색해지는 것을 느끼었다. 그리고 이런 데 들어오는 사람은 아무나 환자로 보는 버릇이 사람에게는 있는 것이라고 생각했다. 의자에 앉았던 학생복을 입은 한 작은 사람이 일어서며 자리를 권했다. 도명은 사양하던 나머지 그 자리에 가 앉고 말았다.

도명은 커텐 저쪽 안에서 진행되고 있는 일에 주의 깊게 귀를 기울였다. 사람들의 조용조용한 말소리와 신중하고 긴장한 움직임을 통해서 지금 거기서 한 사람의 존귀한 생명과 청춘을 위해서 온 정신력과 성실성이 집중

되고 있다는 것을 알 수 있었다.

김도명은 자기가 할 일은 일단 끝났다고 생각했다. '부싱쿠' 동무를 신뢰하는 그 사람들에게 맡겨 안심할 수 있었던 것이다. 그러자 그 안도감 때문에 모였던 피로가 한꺼번에 터진 듯이 전신의 맥이 탁 풀리며 손끝 하나 까딱할 수가 없었다. 그러자 그 피로는 보람 있는 일을 하고 났을 때 느끼는 그 느긋하고 행복한 만족감과 같은 피로였다.

조금 지나 아까 그 두 사람의 구호대원이 담가는 없이 맨손으로 커텐을 젖히고 나왔다.

김도명은 의자에서 반신을 일으켰다가 풀썩 주저앉았다. 그리고 중얼거리듯,

"어련히들 알아 잘하실 줄 아오다만 그 동무는 아주 소중한 동무요."
하고 부탁 비슷한 말을 했다.

앞에 서서 나오던 그 키가 큰 남자는 긴장 때문인지 입을 한일자로 꽉 다문 채 아무 대꾸가 없었다. 뒤따라 나온 여성 대원이 그 말에 대답했다.

"아직은 모르겠어요. 아마 염려 없겠지요."

그는 아마 도명이 경과 여하를 묻는 거라고 안 모양이다.

두 사람은 김도명의 앞으로 오더니 좌우로 갈라섰다. 그리고 그 여성 대원은 소녀같이 아래턱이 둥근 복스런 얼굴에 긴장한 빛을 띠우며 도명의 한편 팔을 두 손으로 조심스레 잡아 들었다.

"일어서 보시죠."

김도명은 의자에 앉은 채 의아해서 입을 벌린 얼굴로 두 사람을 번갈아 쳐다보았다. 그리고 거진 무뚝뚝하게 잘라 말했다.

"아니요, 나는 성한 사람이오."

"성한 사람이라구요?"

남자 대원은 무표정한 얼굴로 그 말을 되옮겼다.

"아녜요, 동무도 상하셨어요."

하고 여성 대원은 동정과 심려를 표시한 눈으로 그의 왼편 어깨를 가리키었다.

김도명은 비로소 상의 왼편 어깨가 뭉텅 찢어져 나간 자리에서 한 줄기 피가 앞섶으로 금을 그어 흘러내린 것을 보았다.

그날로 '부싱쿠' 동무는 의식을 잃은 채 그 구급소에서 떠나 자기 부대 소속의 병원으로 옮겨 갔고 선로원 김도명은 또 그대로 완전한 설비와 입원실이 있는 큰 병원으로 옮겨 갔다.

×

그 후 선로원 김도명은 완전한 건강이 회복되어 병원에서 퇴원을 했다. 흔히 있는 일이지만 그동안의 입원 생활은 휴양을 한 폭이 되어 그는 전보다 체중도 늘고 건강도 좋아져서 나왔다. 그리고 원기 왕성한 새로운 열정과 열의를 가지고 병원에서 퇴원하자 곧 자기 대열로 나갔다.

봄날같이 포곤한 안개가 걷히며 언 나뭇가지와 풀잎에 하얗게 무비꽃이 핀 아침이었다. 선로원 김도명은 봄물기가 도는 것 같은 청갈색의 선로를 성실하게 눈으로 어루만지며 철길을 따라 걷고 있었다.

그는 자기 담당 선로를 손금같이 외우고 있었다. 선로의 유간 하나하나와 견정들의 모양새까지 눈을 감고도 알아맞힐 정도였다. 지금 그것들은 마치 오랜만에 친근한 육친이나 대한 듯이 정이 붙은 낯으로 그를 반기는 것 같았다. 그는 걷다가는 멈추고 서서 함마를 휘둘러 견정을 두들겨 보기도 하고 구부리고 앉아 볼트를 조이기도 한다. 그의 동작 하나하나에는 오랜만에 연장을 손에 잡은 사람의 즐거움이 율동하고 있었다.

그가 걸어가는 좌우편 들판에는 찬란한 광채와 눈부신 것으로 온통 꽉 차 있었다. 개울둑을 따라 줄지어 서 있는 오리나무 가지와 평소에는 잘 눈에도 띄지 않던 키 작은 개버들과 보리수나무 가지에 부피 두껍게 무비꽃이 피어 아침 햇빛을 받고 눈부시게 빛발을 뿌리었다. 그것들이 바람도 없는데 푸시시푸시시 송이 져서 떨어질 때 오색 찬란한 무리가 섰다. 그 가운데로 철둑 저편에서 두 사람의 중국 지원군 동무가 레일 한 토막을 어깨에 메고 이쪽으로 오고 있었다.

앞장을 선 지원군 동무는 투구처럼 큰 털모자를 쓴 고개를 한편으로 기우뚱하고 상체가 벌어진 두툼한 어깨에 레일을 멘 채 한편 팔과 발을 장단 맞춰 율동적으로 놀리는데 바로 무도장에 나가는 걸음걸이와 같았다. 그의 먹을 찍은 것 같은 선명한 눈썹과 광대뼈가 번들거리는 건강하고 의지 굳은 얼굴 모습을 분간할 수 있는 거리에 들어서자 도명은 곧 그가 '부싱쿠' 동무라는 것을 알았다. 그리고 불그레하게 화색이 도는 얼굴색과 자신과 신념이 두드러져 보이는 얼굴 표정 같은 데서 그가 병원에서 퇴원한 지 얼마 되지 않은 사람이라는 것을 알게 되었다. 그리고 도명이 더욱 반갑게 생각되는 것은 그가 전보다 더 건강이 좋아지고 더 자랑스럽고 의지 굳은 사람으로 보이는 그것이다.

"아! 이거."

하고 김도명은 그를 맞으러 바삐 앞으로 걸어 나갔다.

'부싱쿠' 동무도 김도명을 알아보고 두 눈이 빛나며 웃음을 지어 입귀가 벌어졌다. 그 얼굴은 오래간만에 아는 사람을 우연히 만나 반기는 표정이었다.

김도명은 걸음을 멈춰 섰다. 그는 이 친구에게 할 말이 많은 것 같았다. 그러나 반가움과 환희가 빛나는 얼굴에 마주 입귀가 벌어지는 웃음을 지었을 뿐 다만 전보다 크고 힘 있는 목소리로,

"싱쿨라."

했을 뿐이다. 그 말밖에는 더는 할 말이 없는 듯했다.

상대 역시,

"부싱쿠."

하고 크고 명랑한 음성으로 대답했다.

그 음성은 건강과 청춘과 행복을 회복하고 그것을 더 새롭고 확고하게 한 자신만만한 목소리였다.

그는 만면에 웃음을 담은 채 김도명의 앞을 지나갔다. 도명은 시선을 떼지 않고 그가 가는 대로 고개를 돌려 뒷모양을 매혹된 듯 바라보았다.

얼마나 청춘의 자랑과 의지의 힘이 넘치는 건강이냐. 그리고 또 얼마나 희망과 행복이 전신에 풍기는 존재냐. 그는 마치 레일을 어깨에 메고 가는 것이 얼마나 즐겁고 유쾌한 일인가를 보이기 위한 것처럼 춤추듯 율동적으로 몸을 늘리며 눈부시게 찬란한 무비꽃 사이로 걸어가고 있었다.

김도명은 다만 그러한 그의 뒷모양을 바라보는 것으로 만족했다. 그리고 더없이 행복했다.

김도명은 그에게서 적을 타승한 사람을 보았던 것이다.

불붙는 탄광

　세 사람의 탄광 노동자가 별도 없는 캄캄한 밤길을 더듬으며 산에서 내려오고 있다.

　세 사람은 각기 삽 한 자루씩을 들었다. 그 삽자루는 지팡이로 대용되어 가끔 삽날이 돌에 부딪치는 쇳소리를 냈다.

　그들 세 사람은 꼭 같이 가슴속에 탄덩이 같은 울분이 치받혀 자칫하면 몸부림이라도 칠 것 같았다. 그것 때문에 입들은 무겁게 봉하였다.

　산 아래 평탄한 길로 내려서자 늙은 탄부 영월 노인이 밑도 끝도 없는 말로 웅얼거리었다.

　"다음번엔 아마 내 차롈 거야."

　아무도 그 말에 대꾸하지 않았다. 영월 노인의 그 말은 그들의 공통한 심정이었던 것이다.

　그들은 지금 산 넘어 공동묘지에 그달 낙반 사고에서 희생된 동료의 시체를 묻고 돌아오는 길이다. 8·15 이후에 한 번도 사람의 손이 간 적이 없는 갱내 안전 시설은 자연적인 부식 작용을 일으킨 지 이미 오래여서 이제는 붕괴 직전에 처해 있었다. 한 번도 갈아 댄 적이 없는 동발은 썩을 대로 썩어서 무시로 우지끈우지끈 가름대 꺾어지는 소리가 나며 그때마다 우수수 돌과 모래가 쏟아졌다. 하루도 낙반 사고가 없는 날은 희귀한 기적처럼 생각되었다. 거의 날마다 몇 명씩 생때 같은 인명이 죽고 혹은 병신이 되어 실어 내갔다.

배수 시설이 안 되어 갱도는 허리까지 물이 찼으며 환기 장치가 없어 가스가 안개같이 서리었고 발파 작업이 있을 때마다 사라지지 않는 독한 먼지는 사람들의 수명을 줄이었다.

사람들은 아침에 갱내로 작업을 하러 들어갈 때마다 마지막 길 같은 생각이 나서 한 번씩 산 아래 마을을 돌아보고 들어갔으며 하루 일을 끝내고 갱 밖으로 나오게 될 때에는 요행으로 목숨을 건진 것 같아 긴 숨을 내쉬곤 하였다.

그리고 두 번 다시 갱내로 들어갔다가는 사람의 자식이 아니라고 □세지거리를 하는 것이나 이튿날 날이 밝으면 아침 출근 시간에 뒤떨어지지 않으려고 가쁜 숨을 허덕거리며 비탈길을 달음질쳤다.

갱 밖의 생활은 갱내의 그것보다 몇 배 긴박하고 숨이 가빴던 것이다. 노임이라고 받는 것으로는 한 달 생활에서 열흘을 댈 수 있었으면 잘 사는 셈이고 그것도 체불이다, 감액이다, 또는 벌금 공제금 등 무제한한 착취는 노동자들의 생활을 막다른길에서 막다른길로 몰아갔다.

이처럼 매일같이 반복되는 광명을 잃은 절망적인 생활은 사람들의 마음을 거칠 대로 거칠게 하였으며 무엇에든 한번 부딪치게 되면 몸뚱아리 채 부서뜨리고 말 마지막 생각으로 이끌어 갔다.

세 사람이 산 아래 굽인돌이를 돌아서자 저 아래 어둠 속에 마을의 윤곽이 드러나 보이며 듬성듬성 창문에 희미한 등불이 어리었다. 그중 어느 집에서인지 여자의 애끓는 음성으로 부르짖는 넋두리와 곡성이 들려온다. 오늘 죽은 사람의 아내일 것이다.

영월 노인은 체, 체, 체 혀끝을 차더니,

"어디 저걸 남의 일로 볼 수 있어야지. 내 저 꼴 보기 싫어서……"

끄트머리는 울음인지 안간힘인지 흐, 흐, 흐 하는 단음으로 맺고 만다.

세 사람은 그 집이 내려다보이는 등성마루길에서 걸음을 멈추었다. 남편을 잃은 젊은 과부와 아비 잃은 어린애들의 처절한 꼴이 눈에 선해서 들어

가 볼까 하다가는,

"들어가 보면 뭘 해, 과부댁 설움이나 더해 줄걸."

영월 노인의 말이다.

세 사람은 피해 달아나듯 걸음을 빨리 옮겨 갔다.

갈림길에서 윤동욱이는,

"저녁 자시고 내 집으로 좀 건너오지."

전기공 박문기에게 하는 말이다. 그 말을 들었는지 안 들었는지 박은 아무 대꾸가 없이 어둠 속으로 충, 충, 충 멀어 간다. 그 뒤로 영월 노인의 쿨룩쿨룩하는 기침 소리가 따라갔다.

윤동욱은 멈추고 서서 멍하니 그들이 사라진 어둠 속을 지켜보고 있었다. 그는 더는 계속할 수 없는 생활이라는 걸 골똘하게 생각하고 있는 것이다.

×

낙반 사고로 사상자가 났을 때 그들을 실어 내간 피 묻은 들것은 남겨두지 않고 불살라 버리는 것이 그곳 노동자들의 불문율로 되어 왔다. 그것은 그런 유혈적인 불상사가 두 번 다시 반복되지 않기를 바라는 간절한 심정의 표현일 것이다.

이튿날 윤동욱이가 자기 맡은 막장에서 작업을 하고 있는데 누가 어깨를 탁 친다. 현장 감독인 키다리가 흰 눈자위를 번들거리며 서 있다. 입귀가 움직거리는 것을 보아 무슨 말을 하고 있는 모양인데 소음으로 해서 들리지 않는다.

"뭐라는 거요?"

"어제 들것을 어쨌느냔 말야."

예에 의해서 어제 공동묘지에서 태워 버린 것을 생각하고 윤동욱은,

"갑자기 그건 왜 찾는 거요?"

"비품 목록에 든 거야, 없애 버리지 말라지 않았어."

비위가 상해서 눈에 독을 올려 쏘아보니까 키다리는 대뜸,

"이 자식아, 뭘 믿고 건방지게 구는 거냐."

하고 탁 구둣발로 바른쪽 다리의 복사뼈를 차려는 것을 슬쩍 피하니까 제 풀에 비틀하고 모로 쓰러지려다가 고쳐 서며 따귀를 붙인다. 윤동욱은 그 것도 한 팔로 막아 흘려 버리었다.

키다리는 점점 약이 올라서 씨근거리었다. 그러나 힘으로는 당하지 못할 것을 알고,

"당장 꼭 같은 물건 만들어 놔라. 못 하겠으면 현금으로 물어내든지."

한 마디 씹어 던지고 돌아서려는 것을 윤동욱은 그의 덜미를 잡아 멈춰 세웠다.

"이 자식아, 그 들것에 누가 실려 나갔는지를 생각하고 말해라. 다음 차 례는 네가 실리어 나갈지도 모를 들것이야."

잠깐 방심한 틈을 타고 주먹이 들어와 턱주가리를 치받는다. 어찔해서 뒷벽에 등을 붙이는데 거기 걸린 간데라등이 떨어지며 사방은 갑자기 캄 캄 지옥이 되었다. 어둠 속에서 두 몸뚱이는 엎치락뒤치락하면서 난타질 이었다.

"동욱이 맞는다."

하는 비보가 각 갱도와 막장에 전해지자 삽시간에 수많은 간데라등들이 탄 루가 벌어진 막장 안으로 모여들었다.

머리 위에 쳐들은 간데라 등불 아래 기진맥진해서 막장 바닥에 쓰러진 두 몸뚱이가 드러났다.

윤동욱은 밑에 깔리기는 했으나 그의 양쪽 손아귀 속에 키다리의 목을 움켜쥐고 조르고 있는 것이다. 미군의 목다리 구두를 신은 키다리의 긴 다 리가 목 딴 닭의 다리같이 푸들푸들하는데 벌써 의식을 잃은 모양이다.

영월 노인이 달려 들어가 윤동욱의 두 팔을 잡고 흔들며,

"이 사람, 이걸 풀게, 풀어. 이러다 살인 나겠네."

그제야 윤동욱은 스르르 아귀를 푼다. 그러자 자기 자신도 두 활개를 쩍 벌린 채 의식을 잃고 만다.

두 사람은 여럿에게 팔다리를 잡히어 갱 밖으로 나왔다. 바깥의 신선한 공기와 얼굴에 끼얹은 두 바께쯔의 냉수는 두 사람을 동시에 실신 상태에서 깨워 놓았다.

키다리는 의식이 깨어나자 고개를 들어 한 번 좌우를 돌아보고는 다시 눈을 감고 너부러졌고 윤동욱은 학질에 떨고 난 사람같이 양지쪽에 팔짱을 찌르고 웅숭그리고 앉았다. 누가 그에게 담배를 주자 받아 입에 물고 뻑뻑 연기를 내뿜었다. 그의 창백했던 얼굴에는 점차 화기가 돌았고 어쩌가다는 입가에 픽 미소가 떠돌기도 하였다.

키다리는 들것에 실리어 산 아래 병원으로 옮겨 갔다. 윤동욱은 그런 자세로 웅숭그리고 앉아 서너 대째 담배를 피우고 있는 동안에 산 아래서 두 사람의 순경이 올라와 데려갔다.

×

4·19의 불길은 이 탄광에도 일어나 인권과 민주주의를 부르짖고 일어섰다. 그들 노동자들은 첫째로 큰 리승만에 대한 작은 리승만의 역할을 놀던 자유당 출신의 탄광 경영주를 쫓아냈고 다음으로는 리승만의 어용 기관이었던 '대한 노총'의 간부층을 몰아내고 자기들의 진정한 권리와 이익을 옹호할 수 있는 민주주의적 노조를 결성하고 그 초대 의장으로 윤동욱을, 부의장으로 전기공 박문기를 추천했던 것이다.

그런 지 얼마 후 근처에 화력 발전소가 생기고 탄광이 그 발전소에 연료를 제공하기 위한 종속기관으로 되자 헤리손이라는 미국인이 고문이라는 명목으로 탄광의 실권을 잡게 되었다.

헤리손은 탄광의 실권을 잡게 되자 첫째 착수한 사업이 노동자들이 구락부로 쓰던 건물을 교회당으로 개조하고 이전에 선교사질을 할 때 자기 수하에 있던 오 장로라는 자를 교회당의 교직과 탄광 경영주라는 실권을 주어 교회와 탄광의 일원화를 도모하였다.

다음으로 그는 4·19 이후에 노동자들에게 쫓기어 난 전 '대한 노총' 패를 하나, 둘 불러들여 현장 감독 등 실권을 주는 등 그들의 복권을 은근히 획책하고 있었다. 키다리도 그 통에 다시 복직이 된 전 '대한 노총' 패의 한 자다.

실상 윤동욱이와 현장 감독 키다리와의 충돌 정도의 싸움은 탄광 내에서는 일상적으로 벌어지는 것이어서 별로 주목거리가 될 것도 없었다. 그런데 상대가 윤동욱이와 키다리라는 데 갱내 노동자들 간에 적지 않은 관심을 끌었다. 그것은 전 '대한 노총'의 패들이 완력으로나 세력으로 기둥으로 믿는 전 '대한 노총'의 두목 키다리를 꺽소리도 못 하게 눌러 놓았다는 것은 그들의 완전한 패배와 그들을 반대하는 윤동욱 패의 승리를 의미하던 때문이다. 또는 대부분의 노동자들은 '대한 노총' 패들, 그중에서도 키다리에게 눈의 가시처럼 증오해 오던 터라 윤동욱이가 그를 때려 눕힌 것은 자기들을 대신한 듯싶어 쾌야를 불렀으며 아주 숨통을 끊어 놓지 못하고 살려 놓은 데 대해서 불만을 느낄 정도였다.

그러니만치 노동자들은 이 사건의 그 후 귀취에 대해서도 관심이 컸다. 그들은 키다리가 몸에 크게 상처를 입은 것도 아니고 단지 숨통이 막혀 까무러쳤을 정도인데 아주 죽은 척하고 병원에까지 실려 간 것은 그것을 언턱거리로 사건을 꾸밀 흉계라고 하였다. 그러니만치 경찰 지서에 끌려간 윤동욱은 조련히 놓여 나오기 어려운 것이며 그렇게만 되는 때에는 자기들도 가만히 두고만 볼 수 없는 일이라고 격분해하였다.

그런데 노동자들의 이런 예상과는 달리 키다리는 병원에 입원한 지 칠팔일 만에 어깨가 축 처져서 퇴원을 하고 나왔고 같은 날 윤동욱이도 지서에서 풀려나왔다.

그날 저녁에 박문기와 영월 노인, 그 외의 몇몇 친구들이 술병과 북어 몇 마리를 사 들고 윤동욱의 집을 찾아갔다.

며칠 갇히지는 않았지만 주검이 되어 나왔으려니 했는데 윤동욱이는 딴판으로 얼굴과 행동거지에 생기가 넘쳐 싱싱하고 두 눈에 팔팔한 열기가 불꽃이 튀는 것 같았다. 그리고 전에 없이 명랑해져서 대구 허허거리고 웃는 것이다.

"내 살다가 별꼴을 다 보지 않았나."

하고 또 웃는다.

"왜, 꽤 까다롭게 문초를 하던가."

하고 영월 노인이 물었다.

"그랬으면 당연하게요. 처음 들어가서 나올 때까지 이름 석 자 한마디 묻지 않는 거예요."

"그럴 테면 뭣 하러 데려갔누."

"그러니까 우습다는 거지요."

"아, 그래 따귀 하나도 안 치더란 말인가."

"치는 게 뭐예요. 유치장에 손님으로 모셔 갔다가 나온 셈이라니까요."

"거 우습다."

"그나 그뿐인 줄 아세요. 뭐 먹고 싶은 것이 없느냐고 묻더니 장국밥이고 빈대떡이고 청하는 대로 사다 주지 않겠어요."

"전골에 약주술이 먹고 싶다고 해 보지그래."

한 친구가 말했다.

"그것도 청하기만 했으면 갖다 줄 것 같더군."

"자네 사람 치구 호강하고 나왔네그려. 허기야 쳐야 할 놈을 쳤지만."

하고 영월 노인은 허허허 웃다가 정색을 한다.

"그럴 리가 없지, 거기 필유곡절일세. 필시 까닭이 있으리란 말일세."

"글쎄, 나도 아무리 생각해도 까닭을 모르겠어요. 얻어먹기는 하면서도 구더기 먹은 배 속 같아서 꺼림칙하더군요."

하고 낯을 숙이며 정색을 한다.

하다가 화제를 돌려서 박문기에게 전일 낙반 사고에 죽은 댁내의 안부를 묻는다.

"막둥이 아주먼네 어때, 그 후 진정을 좀 했나."

"진정이 뭐야, 점점 더 심해 가는걸. 머리를 산발하고 낮이고 밤이고 탄광 어구에 지키고 섰다가 헤리손이나 오 장로가 얼씬하기만 하면 쫓아가서 멱살을 잡고 보는 거야. 그리고 생때 같은 사람 죽여 놓고 쓴의보듯 하는 놈이 세상에 어디 있느냐, 죽은 사람이 받지 못한 체불 임금이라도 당장 내놓아라……."

자기 말에 질려서 끝을 맺지 못하고 만다.

"왜 안 그러겠어."

"그야 그 아주머니 요구가 백번 정당하지."

"우리가 못 하는 걸 그 아주머니가 대신 맡아서 요구하는 걸세."

하고 방 안의 사람들은 한마디씩 개탄하듯 말한다.

윤창수는 관자놀이가 욱신욱신해져서 상을 찡그리고 있다가,

"그래 구경들만 하고 있을 생각인가."

그 말이 책망조로 들려서 각자 민망한 생각들을 하고 있는데,

"보고만 있자니 속만 부글부글 끓는 거지."

하고 영월 노인이 말하였다.

"자네가 나오기만 기다리고 있는 거라네."

그러자 박문기는 곁엣사람에서 윤에게로 시선을 돌리며,

"사태는 가만히 있을 수 없게 되었어."

하고 고개를 숙인다. 동욱이도 고개를 숙이고 생각에 잠긴다. 방 안에는 침통한 공기가 서리었다. 아랫마을에서 개 짖는 소리가 멀리 들린다. 그것이 밤이 꽤 깊었다는 것을 알게 하자 박문기만 남고 나머지 사람들은 하품

을 하고 일어섰다.

객들을 돌려보내고 박문기와 단둘이 마주 앉게 되자 동욱은 금새 얼굴 표정이 엄숙해지며,

"난 박 형에게 좀 상의할 일이 있어."

"뭔데."

박문기는 주의 깊게 상대를 건너다본다.

"나 온, 참."

어이없어하다가,

"나 없는 새에 내 집에 오 장로란 자가 다녀갔대."

박문기는 다음 말을 기다리고 잠잠히 쏘아본다.

"헤리손이 힘을 쓰니까 내가 쉬 나오게 되리라고 하면서 이걸 주고 가더래."

검정 양복 안주머니에서 복주머니라고 쓴 봉투 한 장을 꺼낸다. 그것은 헤리손이라는 자가 사람을 매수할 때 쓰는 금일봉이었다.

"헤리손의 매수 수단인 그 복주머니 말야. 내용은 150딸라야."

하고 동욱은 그것의 처리를 묻는 얼굴로 건너다보는데 박문기는 도리어,

"그래 어떻게 할 생각이유?"

"글쎄, 난 형에게 그걸 묻는 거야. 받기도 안됐구, 물려치는 것도 좀 생각되고, 그래서 난 이걸 막동 아주머네에게 줄까 하지."

박문기는 거기 대한 해답은 없이,

"내 그럴 줄 알았어."

하고 혼자 생각으로 고개를 끄덕인다. 동욱은 궁금증이 나서,

"뭘 그럴 줄 알았다는 거야."

"그 복주머니라는 게 내게도 왔거던, 또 다른 몇 사람에게도 오구."

"능구렝이 같은 자식이 무슨 흉계를 꾸미는 걸까."

"그야 뻔하지 않소. '대한 노총' 패가 맥을 못 쓰게 되니까 우리를 소위

복주머니로 엮어 놓고 '대한 노총'의 역할을 시켜 먹자는 거지."

"내가 지서에 잡혀가서 칙사 대접을 받은 까닭을 알겠군."

하고 동욱은 쓰게 웃다가,

"자식 더럽다. 우리보고 제놈들의 개가 되어 달라는 거야."

하고 이를 가는데 박문기는 침착하게,

"이다음이 문제일 거요. 다음엔 복주머니가 아니라 집단 해고와 경찰이 겠으니까."

"우리도 거기 대응해서 작전을 세워야지."

"내일 점심 후에 3호 막장으로 오오. 우리 이 문제를 토의해 봅시다."

밤은 깊어 어느새 동이 틀 때가 가까워졌다는 것을 알리는 첫 닭이 울었다.

×

헤리손은 최근에 와서 갑자기 골프 경기에 흥미를 표시하기 시작하였다. 그의 계집 메리는 헤리손이 비대한 체구에 걸맞지 않는 골프복을 입고 한 손에는 골프채를 한 손에는 라이온이라는 개의 목에 건 사슬을 쥐고 나가는 뒷모습을 매혹된 눈으로 바라보았다.

전일 메리는 헤리손에게 여러 번 이 스포츠를 권한 바 있었으나 성격이 조야하고 조급한 헤리손은 숙련하기까지에 상당한 노력과 시일을 요하는 이 경기에 종시 흥미가 없어하였던 것이다. 그러던 그가 요즘으로 갑자기 열중해서 탄광 사무소에 나갈 때에도 그런 차림으로 나가는 것이 아닌가. 메리는 그가 차차 취미가 고상해진 때문이라고 생각한다.

그러나 헤리손이 필요로 하는 것은 골프 자체가 아니라 골프채와 개 라이온이었다. 최근에 와서 갑자기 심리적으로 나약해진 그는 그런 무장이 없이는 몸이 허전함을 느끼게끔 되었던 것이다.

그 원인은 첫째로 윤동욱을 위시한 갱내 노동자들에게 보낸 '복주머니'

가 대부분 되돌아온 것이다. (그중 안 돌아온 몇 통은 중간에서 오 장로가 빼돌린 것으로 생각된다.)

그들이 '복주머니'를 받지 않고 퇴짜를 놓았다는 것은 종순이 아니라 적대를 표시하는 것이요, 그것이 점차 심화되고 확대되어 방어할 수 없는 힘으로 폭발할 것은 자명한 사실이다.

그러나 보다 중요하게 그로 하여금 무장을 필요하게 한 것은 막동 어머니의 존재였다. 자기에 대한 증오와 적대가 광적으로 극도에 달한 그 머리를 산발한 조선 여자의 손이 어느 때 어느 곳에서 나타나 또 멱살을 잡고 늘어질지 모르는 일이었다. 이러한 때에 골프채는 위험을 방어할 훌륭한 무기가 될 것이며 훈련되고 사나운 라이온은 자기의 몸을 보위해 줄 충실한 반병의 역할을 해 줄 것이라는 것이다.

이러한 헤리손의 불안과 강박 관념은 비단 그의 신경 과민에만 있지 않았다.

탄광 사무소까지 가자면 그 앞에 있는 주민 거리를 통과해야 하였다. 헤리손이 거리 어귀에 들어섰을 때 그리 넓지 않은 거리에는 장날도 아닌데 많은 여인네들이 나와 몰켜 서 있었다. 그들은 지금 막동 어머니의 원한에 찬 하소연과 저주에 찬 넋두리를 듣고 있는 것이다. 그리고 눈물을 찔끔거리며 그것을 남 아닌 일로 공감하고 공명하며 있는 판인데 원수를 외나무다리에서 만나는 격으로 헤리손이 나타났다.

여인들은 길 양편으로 갈라 서서 헤리손에게 시선을 집중하였다. 그 수많은 눈길 속에는 지금 자기에 대한 원한과 증오가 불꽃을 이루고 튀고 있다는 것을 알 길이 없는 헤리손은 여인들이 길을 여는 그것을 자기에 대한 경의의 표시로 알고 길 한복판을 걸어 나갔다. 도리어 주인보다 민감한 개는 주위 사방에서 집중하는 살벌한 적의에 공포를 느끼고 살에 꼬리를 감고 낑낑거리며 그 장소에서 빨리 벗어나려고 목에 걸린 사슬을 잡아당기었다.

이때에 헤리손의 등 뒤 어디서 양철 조각을 찢는 것 같은 새된 여자의 음성이 났다. 헤리손은 그 음성이 어디서 듣던 음성이라고 생각되자 등줄 기가 섬쩍해서 고개를 획 돌리는 순간이다.

"이놈."

하는 그 새된 음성이 바로 귀밑에서 울리며 막둥 어머니의 적의로 해서 이 그러진 얼굴이 코 앞에 박두하였다.

어떻게 손쓸 사이가 없이 그의 목에 감고 있던 넥타이가 여인의 손에 감 기었다.

이렇게 되자 그의 바른쪽 손에 쥐고 있던 골프채는 무기로서의 기능을 잃고 말아 스스로 놓아 버리고 말았다.

"라이온! 물어라. 물어라."

그리고 개의 자유로운 동작을 보장해 주기 위하여 왼편 손에 감아쥐고 있던 사슬을 풀어 주었다.

"라이온! 라이온! 물어라, 물어라."

훈련 받은 개는 주인이 위험에 처해 있는 것도 알았고 주인의 명령에 복 종할 의무가 있다는 것도 알았다. 그러나 개는 자기에게 적의를 표시하며 주위에 밀집해 있는 그 많은 사람을 일시에 무는 수는 없었다. 그리고 정 작 막둥 어머니는 헤리손 자신이 사이를 가로막고 있었다. 개는 이빨을 드 러내고 으르렁대기만 하였다.

"라이온! 이거다. 이걸 물어라."

급기야 헤리손은 라이온이 목표물을 잡지 못하고 있다는 걸 알고 몸의 위치를 바꿔 자기의 넥타이를 잡고 매달린 막둥 어머니는 그쪽 편으로 돌 렸다. 그제야 개는 막둥 어머니에게로 달려들었다.

헤리손은 막둥 어머니의 손에서 넥타이와 몸이 풀려나오자 이번에는 밀 집해 들어오는 여인들의 포위망을 헤치고 걸음을 빨리하며 위험 지구를 벗 어났다. 그가 비탈길을 기어 올라가며 뒤를 돌아보았을 때 그의 눈에는 길바닥에 쓰러진 막둥 어머니의 등에 두 발을 걸고 있는 라이온이 보였다. 두 번째 돌아보았을 때는 그 라이온을 향해 수많은 여인들이 제각기 빨래 방망이고 장작개비를 들고 아우성을 치며 쇄도해 가고 있는 것이 보였다.

등 뒤에서 더 큰 아우성이 일어나는 소리를 듣고 헤리손이 세 번째 고개를 돌려 보았을 때 격노한 수많은 여인들이 자기를 향해 입입이 무어라고 부르짖으며 노도와 같이 모여 오고 있었다.

그의 걸음은 자기도 모르게 속보에서 거진 구보로 옮겨졌다. 그리고 '미국 사람'으로서의 위신과 위엄이 완전히 땅바닥에 떨어졌으며 그것을 자기 자신의 발로 짓밟고 가고 있다는 것을 느끼었다.

×

그 일이 있은 지 며칠 후이다. 헤리손의 집에서 기르는 개 라이온이 없어졌다. 저녁밥 줄 때가 되어도 나타나지 않아 그 집 주부 메리가 땅거미 지기 시작한 집 주위로 돌아다니며 노랑 목소리를 길게 뽑아 라이온을 부르고 있다.

"라이온, 라이오-온."

석양머리 주위 들판에 길게 여음을 끌며 퍼지는 계집의 그 소리는 망해 가는 자의 비애 같기도 하였다.

이층 자기 방에서 침대 우에 다리를 꼬고 누워 있던 헤리손의 귀에는 그 소리가 더욱 그렇게 들렸다.

그는 그 소리에 귀를 막으려고 깍지를 끼어 뒤통수를 고이고 누워 있던 손바닥을 뽑아 귀뿌리를 덮었다. 그러나 더욱 청각은 예민해져서 귀 속이 지잉 하도록 여음이 남는다.

그는 아픈 것을 참듯이 오만상을 찡그리고 눈을 감고 있다가 더 참지 못하고 벌떡 일어서서 창문을 열어 제끼었다.

"메리, 메리."

　　창밖으로 고개를 내밀어 계집을 불러 놓고는,

　　"제발 그 소리 듣기 싫소."

하고 미친 듯 소리쳤다.

　　계집은 그 소리는 들은 척도 아니 하고 더욱 목청을 뽑아,

　　"라이온, 라이오―온."

하고 애처롭게 불러 댔다.

　　그것은 개의 사슬을 풀게 한 헤리손에 대한 항변이기도 하였다.

　　이튿날 아침 그 라이온이란 개는 그 집 언덕 밑에 서 있는 늙은 소나무 가지에 목이 매여 달려 있었다. 아침에 메리가 먼저 그것을 발견하고 놀라 기절할 뻔하였다.

　　잠옷 바람으로 침실에서 뛰어나와 언덕 아래로 내려가던 헤리손도 중간 쯤에서 멈춰 서고 말았다. 안개가 땅에 깔리어 실제 높이보다 훨씬 높아 보이는 소나무 가지에 거진 당나귀만 한 테리야종의 개가 혀바닥을 빼물고 매달려 있는 것을 보자 등줄기가 써늘해지는 공포를 느끼었다. 그는 그 개에게서 자기의 운명을 보는 것 같았던 것이다. 그리고 그는 거기서 두 가지 불안을 느끼었다. 그 개에게 물려 중태에 빠져 있다는 그 머리를 산발한 조선 여인이 혹시는 죽지 않았는가 하는 공포에 가까운 불안과 또 하나는 그 사건 이후로 물 끓듯 하던 갱내 노동자들의 분노가 폭발해서 직접 행동으로 나오지 않았는가 하는 불안이었다. 그리고 그 개의 죽음은 이러한 노동자들의 보복과 전투 신호가 아닌가.

　　헤리손은 그 두 가지 불안이 사실성이 확실한 불길한 예감으로 느껴져 아랫다리에 맥이 풀리었다. 돌아오는 길에는 얼마가 되지 않는 거리언만 준령을 넘는 것같이 숨이 턱에 차고 다리가 무거웠다.

　　두통이 나서 사무실에도 아니 나가고 자리에 누워 있는데 오 장로가 찾아왔다. 도아를 열고 들어서는 오 장로의 예절을 차리려 하지 않는 동작과 혈안이 된 얼굴 표정에서 헤리손은 아까의 그 불안과 예감이 적중한 것을

느끼었다.

그것은 사실이었다. 오 장로는 들어서는 길로 악수를 청하려 하지도 않고 먼저 눈으로 탁상 전화를 가리키며 지금 곧 지서에 전화를 걸어 이 집의 보호를 청하도록 하는 것이 좋겠다는 말을 하였다. 헤리손은 "왜?" 하는 뜻을 말로가 아니라 휑한 눈 표정으로 물었다.

오 장로는 외면을 해서 시선을 마룻바닥에 떨군 채, 어제 개에게 물린 막동 어머니가 절명한 것과 거기 격분한 갱내 노동자들이 요구 조건의 회답 기일도 없이 직접 파업을 단행했다는 것과 그 기세가 자못 험악해서 언제 폭동화할지 모를 기세라는 등을 억양이 없는 메마른 소리로 옮기었다.

그는 입 안의 침이 바짝 말랐던 것이다.

"요구 조건은?"

헤리손은 천장에 시선을 박고 번듯이 누운 채 물었다.

오 장로는 그제야 생각이 난 듯 양복 안주머니에서 봉투 한 장을 꺼내 내민다.

헤리손은 그 봉투를 받아 내용을 반쯤 뽑다가 말고 도로 내주며,

"말로 말해 보시오."

오 장로는 봉투 속을 뽑아 쟁의단이 제출한 요구 조건을 펴 들고 머리만 대충대충 읽어 가다가,

"이런, 체불 임금 즉시 지불이니, 인금 인상이니, 8시간 노동제 실시니, 갱내 노동 보호 시설과 사상자에 대한 보상이니 하는 것 등은 그들이 늘 하는 투지만 이번에는 좀 색다른 조건이 들어 있더군요."

"그 색다른 조건이란?"

"네, 저 헤리손 당신을 말입죠."

"나를?"

"예."

"나를 어쩌라구?"

"그쯤 알아 두시죠."

"나를 어쩌라구?"

"예, 살인자로 즉시 처단하라는 겁니다."

"나를 살인자로?"

"예."

혜리손은 표정이 고정된 듯 눈 하나 까딱하지 않았다. 어쩌면 호흡까지 멎은 듯싶은데 단지 그의 엷은 입술이 약간 떨릴 뿐이었다. 한동안 말이 없다가,

"그것뿐인가?"

"또 있더군요."

"그건?"

"미군은 즉시 물러가라, 이것도 전에는 없던 거죠."

"미군 물러가라?"

"예."

"그다음엔 없나?"

"또 있습니다."

"그건?"

"북에서 제시한 남북 통일안을 절대 지지한다는 것입니다."

혜리손은 팔굽을 세우고 침대에서 상체를 들었다. 그리고 서편 창을 가리키며,

"저 문 좀 열어 놓시오."

오 장로는 그 창의 커텐을 젖히고 유리문을 밀어 제끼었다. 밖에서는 석양 가까운 차고 무거운 바람이 불어 들어왔다. 혜리손은 탁상 전화 번호 회전판을 돌려 경찰서를 찾았다.

그리고 기독교 신자인 그들 두 사람은 똑같이 이런 다급한 시기에 신의 보호를 찾는 것 같은 의례적인 형식이나마도 생각조차 아니 하였다.

×

쟁의단으로 네 군데서 소위 조사단이라는 것이 내려왔다. 하나는 장면 일당의 국회 의원단이요, 하나는 중앙 '노조' 처에서, 또 하나는 괴뢰 보건 사회부에서 내려왔다. 그리고 다음은 검찰청에서 내려왔다.

표면 구실은 엄정한 입장에 서서 노자 간의 이해관계를 조정한다는 것이다. 그러나 그들이 엄정한 입장에 서 있지 않다는 것은 여러 가지 면에서 자체 폭로를 하고 있다.

첫째로 오기는 네 군데서 왔지만 그들은 한사람같이 헤리손 개인 소유의 자동차에 실려 왔다.

그들을 오십 리 밖에 있는 정거장에서 날라 오는 데 전용 운전수가 있건만 헤리손 자신이 자동차를 운전해서 정거장까지 나가 맞아들이었다.

탄광과 뚝 떨어져서 언덕마루에 높직이 자리잡고 있는 헤리손의 저택에서는 이들 진귀한 객을 맞아들이기에 분주하였다. 헤리손은 고대 그들을 실을 자동차를 운전해 왔건만 자기 집 문 앞에서 차를 세우자 새삼스럽게 그 집 가장의 위치로 돌아가 은근하고 정중한 태도로 한 사람 한 사람씩 악수를 해서 집 안으로 끌어들이었다. 주부 메리는 또한 연극 배우와 같은 과장된 표정과 동작으로 그들을 맞아 성찬이 준비된 식당으로 안내하였다.

헤리손은 객들에게 친애와 호의를 표시하기 위해서 지하실 깊이 비장해 둔 포도주를 꺼내 왔다. 그 술병에는 천팔백칠십 몇 년이라는 연호가 씌어져 있었다.

헤리손은 그 연호에 대한 유래를 설명하는 걸 잊지 않았으니, 즉 자기 조부가 초대 선교사로 미국에서 조선으로 건너올 때 가지고 온 것이라는 것, 그 조부가 조선 땅에서 죽고 아비 또한 그랬는데 두 사람은 이미 고인이 된 지 오래건만 그가 전한 포도주는 여기 남아 있어 여러분의 잔을 채운다, 그리고,

"선조들의 뜻을 이어 나도 한국 땅에 뼈를 묻을 생각입니다."

해서 듣는 사람들을 감동하게 하였으며 그들로 하여금 주인의 건강과 성공을 위해서 축배를 들게 하였다.

밤에는 무도회가 열렸으며 주인은 거기에 또한 악사들과 땐서들을 시가지에서 초빙해 오는 것을 잊지 않아 객들을 만족하게 하였다.

그 이튿날 수면 부족과 과음으로 부석부석해진 상판으로 탄광 구내에 나타난 그들 조사단은 노동자들의 쟁의에는 관심조차도 표시하지 않았다. 안내자의 설명에서만 지식과 판단을 구하려는 유람객같이 헤리손의 안내하에 탄광 구내를 한 바퀴 돌고는 그가 과장한 동작으로 하는 기만된 설명에 귀를 기울이며 굴종을 표시하였다.

그들이 누구를 위한 조사단이라는 것을 처음부터 알고 있는 노동자들은 상대조차 하지 않았다. 쟁의 지도부에서는 그들의 기만과 허위성을 폭로해서 노동자들의 전투 의식을 고무하는 자료로 이용할 뿐이었다.

그런데 이 조사단이 구내에 나타나자 신바람이 난 것은 전 '대한 노총' 패들이다. 그들은 노동자들 속에서 쟁의가 준비될 때에는 파괴 공작에 광분했고 쟁의로 돌입해서 노동자들의 기세가 높아지자 자라 모가지처럼 움츠러들어 존재를 보이지 않던 놈들이다.

그러던 자라 모가지들이 조사단이 나타나자 제법 활기 있게 모가지를 뽑아 들고 휘두르고 다녔다. 그중 키다리는 뻔뻔스럽게도 팔뚝에 쟁의단 본부라고 쓴 붉은 완장을 두르고 쟁의단의 대표로 행세하고 나섰다.

노동자들은 그자들을 보고 비소하기도 하고 분개하기도 하였다.

비소하는 사람은 그들이 외세에 아부해서 들어갔다 나왔다 하는 자라 모가지 식의 비굴성과 교활성을 비웃었고 분개하는 사람들은 그 자들이 쟁의단의 위신과 힘을 좀도적처럼 도용하고 있는 데 대한 괘씸한 생각이었다.

그러다가 노동자들은 그자들의 모든 것이 헤리손의 조작이라는 것을 알게 되자 격분해서 물끓듯 하였다.

노회한 헤리손은 그자들을 쟁의단의 대표로 날조해서 장면 괴뢰 국회와 괴뢰 보건 사회부, 중앙 '노조', 검찰청 등 네 군데에서 파견된 그 조사단의 입회하에 키다리 패와 경영주를 대표한 헤리손 자신 간에 이른바 '노자간 이해관계를 조정'하는 수정안을 조작할 흉계를 꾸민 것이다. 그리고 그날 저녁에 헤리손의 집에서 그 조정식이 있을 계획이었다.

쟁의단 지도부에서는 이것은 방임해 둘 수 없는 큰 문제로 보았다. 쟁의단 본부가 있는 갱내 제3막장에서는 환한 간데라불 아래 노조 간부들과 각 막장의 대표들이 모여 이 문제를 토의하였다.

"대체 그 조정안이란 내용이 뭔구?"

정식으로 발언이 있기 전에 영월 노인이 사담조로 말하였다.

"우리가 제출한 요구 조건과 정반대되는 것이라고 생각하면 무방하겠죠."

박문기가 그 말을 받았다.

"그렇다면?"

영월 노인이 모르숭을 하자,

"더 알기 쉽게 말하면 헤리손의 검은 배짱대로 하자는 거겠죠."

"글쎄, 그게 어떤 거냔 거지?"

"헤리손이 노동자들의 목을 지금보다 더 바짝 움켜쥐자는 것이죠."

"그야 가만두지 못하겠지. 우리가 쟁의를 일으킨 것도 그것 때문인데 지금보다 더 숨이 가빠서야 사는 재간이 있을라구."

그 말의 내용보다도 영월 노인의 어투가 우스워서 여기저기서 웃음보를 참는 킥킥킥 하는 소리와 어이없어하는 분노가 뒤섞여 웅성거린다.

카바이드등 우에 허리를 접고 앉아 실실 웃고 있던 박문기가,

"에헴."

하고 정색을 하며 헛기침을 하였다. 그것을 신호로 장내는 조용해졌다. 박문기는 연설조가 섞인 투로 말하였다.

"헤리손의 흉계는 우리들의 쟁의를 비법화하자는 것입니다. 헤리손은 오늘 자기 졸개들과 조정안이라는 것을 조작해 놓고 우리의 파업을 폭력으로 진압하자는 것이지요. 결과적으로 놈들은 우리의 투쟁을 평화적인 투쟁이 되지 말기를 독촉하고 있습니다. 사태는 우리들에게 보다 큰 용기와 단결력과 강한 투쟁을 요구하고 있습니다."

험악해진 사태와 피비린내 나는 투쟁이 예감되어 장내는 불길처럼 흥분하고 강철처럼 긴장하였다.

저쪽 탄벽에 등을 대고 눈을 감고 앉아 있던 윤동욱이 폭발하듯 입을 열었다.

"그깟 놈의 것 때려 부십시다그려. 그리고 우리의 요구를 관철시켜야지."

말은 간단하나 내용은 불덩이같이 격렬하였다. 그것은 모든 사람들의 일치한 감정이기도 하였다.

한동안 폭발 전의 침통한 침묵이 있다가,

"그 쥐새끼 같은 놈들 대갈머릴 가루를 내 주어야지."

영월 노인이 분통을 터뜨리자 연발 장치를 한 다이나마이트와 같이 여기저기서 터져 나왔다.

"그놈의 조사단인가 뭔가 하는 도둑놈들의 아갈머리에 우리의 요구를 틀어 박읍시다그려."

"뭐니 뭐니 해도 원흉은 헤리손야. 그 늙은 너구리 같은 놈을 그 집 개 모양으로 나뭇가지에 달아매야 해."

"앉아서 죽느냐 서서 싸우느냐 하는 막판야. 어떻게 되던 일어서 싸워나봐야지."

장내를 수습하기 위하여,

"잠깐 조용들 합시다."

하고 박문기는 손을 들어 제지하자 투쟁 방법을 토의하기 시작하였다.

갑론을박이 있다가 통일된 의견은, 그날 저녁에 헤리손의 집에서 열린다는 예의 조정안 조인 장소에 쟁의단 성원들이 가서 우선 그 집을 포위하고 밖에서는 구호를 외치며 기세를 올리고 대표로 뽑힌 몇몇은 그 집 안으로 들어가 놈들의 음모를 파탄시키고 압력을 가해서 쟁의단의 요구를 접수시키도록 한다. 키다리들을 위시한 '대한 노총' 패에 제재를 가해서 다시 행동을 못 하도록 구속한다. 투쟁 대열들은 보위대의 젊은 패들로 구성하고 대표는 윤동욱, 박문기, 그 외 몇 사람이 선발되었다.

"다른 의견들 없으시죠?"

하고 박문기는 뒤를 다져 묻는데 여럿은 그 말에 대답하듯 우우하고 자리에서 일어섰다.

"갑시다."

×

갱구 밖은 벌써 어둡기 시작하였다.

대열이 헤리손의 집이 있는 언덕 밑에 도착했을 때는 지척이 분간 안 되도록 어두웠다.

언덕 위에서 칠팔 명으로 추측되는 인원이 무리를 지어 내려오고 있었다. 잡된 유행가와 웩웩 목따는 소리를 외치는 품이 어지간히들 취한 모양이다. '대한 노총' 패들이었다. 그들이 취해서 헤리손의 집에서 헤어져 나오고 있다는 것은 놈들의 회의가 이미 끝났다는 것을 말하는 것이다.

윤동욱은 직각적으로 노회한 헤리손에게 또 한 번 속았다는 것을 느끼었다. 놈은 쟁의단의 방해가 있을 것을 짐작하고 정한 시간보다 앞당겨 회의를 진척했을 것이다.

옆에 섰는 박문기도 그것을 느낀 모양이다. 부드득 이 가는 소리가 났다.

두 사람이 말없이 주고받는 시선 가운데 제2단계의 작전을 꾸미었다. 대열은 행진을 멈추고 길 양편으로 갈라 둔덕 아래로 내려섰다.

서로 어깨를 걸고 비틀거리며 언덕을 내려오던 놈들은 언덕 밑에 서 있는 노송나무 앞쯤에서 주춤주춤 걸음을 멈춘다. 무슨 기미를 챈 모양이다.

"누구냐."

한 자가 겁에 질린 소리로 외쳤다.

그리고 제 소리의 반응을 기다리며 귀를 재는 한순간이 지났다. 주위는 귓속이 찡하도록 괴괴했으나 길가 둔덕 밑에 밀집해 있는 수다한 인원들의 거칠은 호흡과 드높게 뛰노는 심장의 고동 소리가 합해서 일종의 무시무시한 분위기를 조성했을 것은 물론이다.

놈들의 무리 속에서 도망칠 구멍을 찾는 직전의 움직임이 엿보이자 윤동욱은 길 위로 뛰어 올라섰다.

"거기들 섰거라."

그 소리에 무리들은 사방으로 확 흩어지고 한 자가 길 가운데 버티고 섰다. 키다리였다.

"누구냐?"

"나다. 윤동욱이다."

"흥, 무얼 믿고 건방지게 구는 거야."

혀 꼬부라진 소리다.

"뭘 믿구? 노동 계급의 힘을 믿구."

"흥, 장하다."

"장하지 않구."

"장한 꼴 다 보았다. 노동 계급 내세우는 자치구 잘사는 꼴 못 보았다."

비틀거리며 그 앞을 떠나려 하자,

"거기 섰거라."

"네가 서라고 해서 설 사람인 줄 아니."

그러다가 겹겹이 둘러싼 보위대원들에게 포위되어 있는 것을 알고 다시 동욱 앞으로 돌아선다. 금세 말투부터 달라져서,

"자네 왜 이러나."

빌붙는 어조였다.

"이리 내놔라."

"뭘 말인가."

"오늘 너희들이 헤리손과 서명하고 날인한 그 종이장 말이다."

그자는 양복 주머니에 손을 넣는 척하더니 갑자기 동욱의 아랫배를 갈기고 둑 아래로 떨어져 뛴다. 얼마 가지 못하고 보위대원에게 앞이 막히어 도로 섰다.

동욱이는 그자의 어깨를 냅다 돌려세웠다. 키다리는 갑자기 흐느끼는 소리를 내며 땅바닥에 무릎을 꿇고 동욱의 아랫도리를 두 팔로 싸는 것이다.

"날 죽이지는 말게. 뭐든지 하라는 대로 함세."

그자는 자기가 오늘 쟁의단을 반대해서 수행한 범죄적 사실에 대해서 제 스스로 겁에 떠는 것이다.

"일어서라. 비루하게 굴지 말고."

동욱이와 보위대원 일동은 자기 죄과에 대한 공포와 생명의 불안으로 사지를 부들부들 떨고 있는 그 키다리를 앞세우고 헤리손의 집을 향해 언덕길을 올라간다.

그들 조사단원 앞에서 키다리 자신의 입으로 자기와 헤리손 간에 음모되고 날조된 허위를 자체 폭로하고 소위 조정안에 대한 무효를 선언하자는 것이다.

언덕 위에 헤리손의 집에는 방마다 불이 환하게 밝혀져 있었다. 그러나 동욱 등 쟁의단 대표들이 키다리를 데리고 이층 객실로 들어갔을 때 넓은 실내에 배설한 식탁에는 그 자리에 앉아 있던 인간들의 본질을 말하거나 하듯이 어지럽게 식기와 술병이 쓰러져 있을 뿐 사람은 그림자도 볼 수 없었다.

인간의 양심과 이성을 사고 파는 홍정이 원만하게 성립된 데 대해 한턱

쓰기 위해서 주인 헤리손은 조사단 일동을 두어 정거장 떨어져 있는 온천장으로 초대해서 고대 떠났던 것이다.

×

조사단이 떠난 후 내버린 듯이 된 탄광 사무실에는 사람이라고는 그림자도 보이지 않았다. 헤리손은 물론이고 오 장로도 통 나타나지 않았다. 어찌된 일인지 언제나 자리를 뜨는 일이 없는 회계 일꾼들까지 얼굴을 나타내지 않았다. 사무실 내에는 벌써 오래전에 폐가가 된 흉가집처럼 책상마다 먼지가 뽀얗게 앉고 낮에도 박쥐가 날아 다녔다.

쟁의단 본부가 있는 갱내에만 언제나 원기 왕성하게 사람들이 부적거리고 기세 높게 '적기가', 쟁의단 집체 창작에 의한 '승리와 노래' 등 노랫소리가 울려 나오군 하였다. 그런가 하면 어떤 도래할 사태를 예측한 것인지 쟁의단의 수중에 있던 식량 창고 안의 납작보리와 밀가루 포대를 갱구 안으로 져 들어가는가 하면 젊은 보위대원들이 동원되어 갱내 입구 둘레로 가마니에 모래를 담아 쌓아 올리는 작업을 하기도 하였다. 그것은 일종의 전투 준비 같기도 하였다. 그들 쟁의단원들의 이러한 예측과 전투 준비는 옳았다. 그런 지 어느 날 탄광이 있는 산 아래 굽인돌이를 대여섯 대의 트럭이 뽀얗게 먼지를 울리며 꼬리를 물고 돌아 올라오고 있었다.

그 트럭이 탄광 갱구 앞 광장에 멈추자 모자끈을 내려 턱주가리에 건 무장한 경찰들이 거미 새끼 떼같이 뛰어내렸다. 그러자 그들은 곧 무슨 전투 서열을 벌리듯이 요소요소에 경찰들을 배치하더니 트럭 위에 그들의 지휘자인 듯한 한 자가 올라서서 확성기를 틀어 대고 한 번 아, 아 하고 확성 상태를 시험해 본 다음 제일성을 발하는데 그 첫마디부터,

"너희들 폭도들은……"

하고 상태가 자못 험악하였다.

"지금 시각으로부터 세 시간 내에 너희들 폭도들의 선동자들을 내놓고

각각 갱내에서 나와 집으로 돌아가라."

그리고 윤동욱, 박문기를 비롯해서 십 여 명의 막장 책임자들의 이름을 외고 나서,

"이자들은 내놓지 않고 옹호하거나 갱내에서 나와 집으로 돌아가지 않으면 나는 너희들 전부를 폭도로 인정하고 사격 명령을 내릴 것이다."

그러자 지금까지 잠잠하던 갱구를 보위해서 쌓아 올린 가마니 위에 새까만 작업복을 입은 노동자 하나가 우뚝 올라섰다. 그리고 주먹을 머리 위에 쳐들어 휘두르며,

"우리는 폭도가 아니다. 정당한 자기들의 권리를 요구해서 일어선 쟁의 단이다. 이러한 평화적인 쟁의단에게 경찰은 간섭할 하등 근거가 없다. 너희들이야말로 곧 무기를 거두고 즉시 물러가라."

"나는 너희들이 쟁의단이라는 명령은 받지 않았다. 너희들은 제5열에 의해서 선동된 폭도들이며 폭도들에 대해선 지체 없이 사격하라는 명령을 받고 온 사람이다."

"그 명령은 누구의 명령이냐."

"우리 경찰 총장의 명령이며 경찰 총장의 명령은 곧 장면 총리의 명령이시다."

"알았다. 장면의 명령은 미 대사 매코노이의 명령이며 미 대사의 명령은 미 대통령의 명령이겠구나. 너는 누구를 위한 경찰이냐. 조선 인민이냐. 그렇지 않으면 미 제국주의자와 그 졸도들이냐. 조선 인민을 위한 경찰이라고 생각하거던 즉각으로 돌아가라. 아니면 인민의 심판을 면치 못할 것이다."

맨 나중 말에 흥분해서 트럭 위에 선 자는 자기가 제기한 세 시간이란 시간부를 참지 못하고 권총을 뽑아 제일탄을 쏘았다.

이렇게 쟁의단에 대한 경찰의 불법 사격은 시작되었다. 그 제일탄을 신호로 갱구를 목표로 사격이 가해졌으며 사격 끝에는 돌격으로 옮겨져 갱내로 총검을 번쩍이며 몰려 들어갔다.

그러나 그들은 갱내로 들어간 지 10분도 못 되어 쫓기어 나왔다. 개미굴 같이 복잡하고 착잡된 각 갱도 캄캄한 속에서 우박같이 돌과 석탄덩이가 쏟아져 나오는 통에 더 견디지 못하고 질서 없이 퇴각해 나오지 않을 수 없었던 것이다.

하루에 몇 차례씩 이런 일이 반복되었다.

이런 승산 없는 짓이 며칠 동안 계속되다가 양편은 완전히 대치 상태로 들어갔다. 경찰대는 갱도 입구에 총구를 걸쳐 놓고 그저 감시만 하고 있었다. 돌격해야 승산도 없을 뿐 아니라 경찰들은 갱도 안으로 들어가기를 죽기보다도 싫어했던 것이다.

이런 상태로 후딱 열흘이 지나고 보름이 지나갔다.

×

헤리손은 자기 집 근처의 석양이 비낀 등성마루길을 심각한 수심에 잠긴 얼굴을 숙여 발아래를 굽어보며 천천히 거닐고 있었다.

그는 최근에 와서 쟁의단과의 싸움에 대해서 걷잡을 수 없는 불안과 초조를 느끼게 되었다. 그는 처음 싸움이 장기전으로 들어가자 최후의 승리는 자기에게 있을 것이라고 믿고 있었다. 그것은 외부와 절단되어 갱내 깊이 들어가 있는 쟁의단에 있어 장기전은 식량의 결핍을 가져 와 종내는 주림에 못 견디어 제 스스로 손을 들고 나오리라는 것이다.

그러나 그는 최근에 와서 그와 정반대되는 것을 느끼게 되었다. 그것은 쟁의가 그 탄광에만 국한되지 않고 한 가치 성냥의 불이 넓은 광야를 불태우듯이 쟁의는 나날이 다른 곳으로 파급되어 갔던 것이다. 우선 자기 관할 하에 있는 발전소 노동자들이 동정 파업을 했으며 이웃 광산의 노동자들이 들고일어났고 또 다른 공장 노동자들이 그랬으며 부근 일대의 농민들이 들고일어났다. 도시에서는 소시민들의 사회 여론이 비등해서 점점 자기에게 불리한 여론과 평가를 돌리게 되었다.

헤리슨을 우울하게 하는 것은 이것뿐이 아니었다. 바로 어제 북조선에서 보내 오는 라듸오 방송에서 북조선 어느 생산 직장의 노동자가 증오에 찬 목소리로 헤리슨 자기를 조선 인민과 전 세계 인민의 흉악한 원쑤로 규탄하는 것을 자기 귀로 들었던 것이다.

이런 모든 사실은 장기전이 자기에게 결정적으로 불리하다는 것을 생각하게 하였다. 그래서 그는 지금 와서는 반대로 싸움의 조속한 종결을 조비비게 되었다.

헤리슨이 이런 생각에 몰두해서 자기가 지금 어디를 걷고 있는 것도 모르고 있는데 갑자기 주위에서 악 소리가 일어나며 무수한 돌이 자기를 향해 날아오는 것이 아닌가. 그는 전신이 오쓱하도록 죽음에 직면한 전율을 느끼며 진저리를 쳤다.

그의 바른손은 무의식중에 바지 뒤로 돌아가 권총 자루를 잡았으나 그대로 멈췄다. 자기 주위에 그 권총의 상대가 될 한 사람의 그림자도 볼 수 없었던 것이다. 그러다가 나뭇가지 사이로 비탈 아래 굽인돌이를 바쁜 걸음으로 돌아가고 있는 조그마한 조선 소년 하나가 보였다. 자기에게 돌을 던지고 달아난 것은 바로 그런 조그만 조선 소년들이라는 것을 알게 되자 우선 안심하였고 그다음은 지나치게 놀란 자신의 신경 과민을 부끄럽게 생각하였다.

그러나 그는 자기 모자가 벗어진 것을 몰랐다. 좀 후에야 머리 뒤통수가 몹시 아프다는 것을 느끼고 손을 올려 쓰다듬어 보고는 뒤통수에 커다란 밤톨이 생긴 것과 모자가 없는 것을 알게 되었다.

모자는 그가 서 있는 곳에서 서너 간통 떨어진 밤나무 근처에 아가리를 벌리고 나뒹굴어져 있었다. 그는 그 모자를 집으러 갔다. 그리고 땅바닥에 깔린 밤나무 그림자에 사람의 형체가 있는 것을 보고 고개를 쳐들어 우를 올려다보았다. 밤나무 상가지에 조금 전에 언덕 아래 굽인돌이를 달음질쳐 돌아가던 그만한 나이의 소년 하나가 붙어 있는 것이다. 그는 거기서 헤리손이 나타날 방향과 거리를 측정할 감시병 역할을 하던 것이다.

"요놈아, 내려오너라."

소년은 들은 척도 아니 한다.

헤리손은 바지 꽁무니에서 권총을 뽑아 들었다.

"안 내려올 테냐, 안 내려오면 쏜다."

헤리손은 권총부리를 쳐들어 나무 우의 소년을 겨눴다.

하나, 둘, 그리고 셋 하면 쏠 판이다.

소년은 나뭇가지를 타고 미끄러져 내려오기 시작하였다.

소년은 헤리손 앞에 입을 봉한 채 고개를 숙이고 섰다. 헤리손은 소년의 볕에 그을어 새빨간 도툼한 정수리에 권총부리를 겨눴다. 소년은 자기가 지금 권총 앞에 서 있다는 것을 의식지 못하듯이 여전히 까딱 없이 눈을 아래로 깔고 있다. 헤리손의 상판은 어느 사수보다도 비길 수 없게 한끗 험악해지다가 무엇을 생각했는지 낯이 풀리며 권총을 거두어 다시 꽁무니에 꽂았다.

헤리손이 서 있는 주위 일대의 밤나무 뒤, 바위 틈, 풀섶 속에서 소년들의 얼굴이 비쭉비쭉 나와 아까부터 헤리손과 그 앞에 서 있는 소년의 일거일동을 살피고 있었다.

소년들은 지금 자기들 습격조의 성원 하나가 적에게 잡히게 되어 위험에 처해 있다는 것과 그를 어떻게 하면 구출할 수 있는가를 모색하고 있었다. 그러다가 헤리손이 빼들었던 권총을 거두는 것을 보자 일시에 있던 곳에서 뛰쳐나와 마치나 헤리손을 포위나 하는듯이 사방에서 몰려들어갔다.

헤리손은 그 소년들을 보자,

"어, 용감한 사람들……"

하고 마치 친근한 사람을 맞는 듯한 태도로 양손을 벌리었다. 그러다가,

"나는 소년들과 같은 용감한 사람을 좋아하오. 그러나 나는 소년들에게 내가 받은 피해에 대한 응당한 것을 요구하겠소."

소년들은 놈이 자기들에게 무엇을 요구할 것인가 하고 긴장한 시선을 모았다.

"첫째 소년들은 절대 내 명령에 복종해야겠소. 그래서 내가 가자는 곳으로 가야 할 것이며 내가 하라는 대로 해야겠소."

그리고 그 대답을 구해서 일동을 돌아본다.

그러나 헤리손의 본성을 속까지 꿰뚫고 있는 소년들은 그가 요구하는 것이 무엇이란 것도 알았고 자기들이 취할 태도가 어떤 것인가도 알고 있었다. 그리고 자기들이 기도한 계획대로 행동을 취할 단계에 왔다는 것을 직각하였다. 소년들의 계획은 헤리손의 몸 가까이 접근했다가 일시에 확 헤져 도망을 치는 데 있었다. 즉 헤리손의 주목을 딴 데로 돌리게 해서 잡힌 소년이 달아날 기회를 주자는 데 있었다.

그리고 지금 그 행동을 취할 단계가 왔던 것이다. 소년들의 눈길은 그것을 말해 서로 오고 갔다. 그러나 노회한 헤리손은 소년의 눈길에서 무엇을 포착한 순간, 여유를 주지 않고 획 권총을 뽑아 들었다.

"이 악동들아, 내가 가자는 곳으로 가자. 내 명령에 복종하지 않는 자는 지체 없이 쏜다."

소년들의 작은 가슴과 말뚱말뚱한 눈을 겨눠 총부리를 휘둘렀다. 그리고 그 총부리로 소년들의 등을 찔러 가며 탄광이 있는 곳으로 몰아 갔다.

헤리손은 소년들을 갱내 앞으로 몰고 가자 자신의 비인간적인 야수적 행동에 제 스스로 흥분하고 격동되어 사람의 음성 같지 않은 성난 짐승의 소리로 악을 쓰며 소년들의 등을 밀어 갱내로 몰아넣는다. 그리고 그 소년들의 뒤를 따라 무장한 수십 명의 선발된 경찰대를 들여보냈다. 그것은 아무리 둔감한 야만이라도 제 어린 자식을 겨누고 돌과 석탄 덩이를 던지지는 못하리라고 생각한 때문이다.

그리고 헤리손은 자기 계획대로 일이 원만히 진행된 것을 무한히 만족하게 생각하며 또 그 일에 최대의 기대를 걸고 그의 낯짝에는 악마와 같은 미소가 어리었다.

×

혜리손은 그들 소년과 무장 경찰대를 갱내로 들여보내 놓고는 일초를 조비비는 흥분하고 긴장된 마음으로 갱구 앞에서 팔뚝시계를 들여다보고 있다. 그는 시간의 경과를 분으로 세고 초로 세며 갱내에서 들리는 물방울 떨어지는 소리 하나에도 크나큰 기대를 걸고 귀를 기울이고 있었다.

시계는 초가 모여 분이 되고 분이 돌아 시가 지났다. 분침이 두 번 돌고 세 번 돌아도 소년과 경찰대는 한번 갱내로 들어가고는 다시 돌아 나오지 않았다. 갱내에서는 써늘한 냉기과 탄광 특유의 알싸한 냄새가 풍겨 나올 뿐 벙어리같이 침묵하고 있었다.

기대에 대한 절망은 그를 본래의 본성인 승냥이의 심보로 완벽하게 돌아가게 했다. 그는 주린 짐승과 같이 공중에 뜬 걸음으로 허청허청 비탈길을 내려갔다.

사무실 앞에서 오 장로를 만났다. 그는 거두절미하게,

"이리 내오."

오 장로는 어리둥절해서,

"뭘 말입니까?"

"화약고 열쇠를 말요."

그는 오 장로가 사무실에서 찾다 내주는 열쇠를 받아 들자 그 오 장로까지 데리고 화약고가 있는 아래 골짜기로 내려갔다. 그리고 인간 이상의 괴력을 발휘해서 창고 안에 있는 다이나마이트 상자를 모조리 꺼내 양어깨에 포개서 메고는 겨우 한 상자밖에 메지 못한 오 장로를 내려다보고 눈알을 부라리며 개 꾸짖듯 하였다.

오 장로는 혜리손이 자기를 꾸짖는 이유도 몰랐지만 그가 무슨 필요가 있어 그 많은 다이나마이트 상자를 메고 어디로 가는지도 몰랐다.

그러다가 그 다이너마이트 상자가 갱내 입구로 옮겨 가고 헤리손이 다이
너마이트에 도화선을 연결하는 것을 보고 경풍을 하다시피 놀랐다.

"아니, 헤리손 박사, 무엇을 하십니까."

그러나 헤리손은 사람 아닌 짐승의 상판과 그 눈초리로 오 장로를 쏘아
보며 악성을 쳤다.

"이 악마야. 저 지옥 속으로 들어가거라!"

하고 손가락을 들어 갱내를 가리키었다.

오 장로는 그에게서 평소에 보지 못하던 악마의 심보와 그 상판을 보고
는 진저리쳤다.

오 장로는 자기 것 같지 않은 딴 음성으로 괴상한 외마디 소리를 치며
그곳을 뛰쳐나와 비탈길을 달려 내려갔다.

헤리손은 도화선에 불을 달아 놓고는 유유하게 휘파람을 불며 걸어 나왔
다. 그가 사무실 건물 앞에 왔을 때 갱내에서 다이너마이트가 터지는 굉장
한 음향과 발밑에 땅이 울리는 진동을 느끼었다.

그는 뒤 한번 돌아보는 일 없이 자동차에 올라 자기 집을 향해 돌아
갔다.

하나의 불꽃을 자기 발로 완전히 짓밟아 껐다는 것이 그의 생각이었다.
그리고 자기 집에 돌아가는 길로 곧 미국에 있는 중유 회사에 주문서를 쓸
생각이다. 석탄 대신에 중유로 발전기를 돌리는 것이 능률적이기도 하려니
와 미국 재벌에게 이익을 주리라는 것이다.

×

갱내로 들어간 경찰대는 갱내 깊이 들어갈수록 겁과 불안이 더해 갔다.
그들은 앞세우고 가는 소년들의 등을 총 끝으로 연해 찌르며 '아버지' 소
리를 외쳐 부르게 하였다.

그것은 갱내 쟁의단들에게 소년들의 존재를 똑똑히 알려 무더기 돌과 석

탄이 쏟아져 나올 것을 예방하자는 것이다. 그들은 되도록 소년들와 떨어지지 않을 거리를 취하며 갔었지만 갱도가 여러 갈래로 갈라지는 교차점에 이르러 어느 틈엔지 그 사이가 갈라지고 말아 경찰대들만 따로 떨어져 가게 되었다. 그러는 사이 하나 없어지고, 둘 없어지고 하는데 캄캄한 갱내의 일이라 누가 있고 없는 사실조차 몰랐다. 그렇게 그들은 자기도 모르는 사이에 생포가 되고 말았다.

소년들은 도중에서 누군지도 모르는 사람에게 손목이 잡히어 안내되어 갔다. 그들 열두 명 소년이 쟁의단 본부가 있는 막장에 집합됐을 때 그들의 상봉은 실로 감동적이었다. 사람들은 그 소년들이 한편으로는 귀엽고 기특해서 버쩍 떠들게 환호를 했고 한편으로는 혜리손이 기도한바 그 야수적 소행에 격분해서 치를 떨었다. 즉 애와 증이 백열해서 불타는 감이었다.

소년들은 아저씨들의 투쟁이 밖의 사람들이 미국놈을 반대하는 투쟁에 크나큰 힘이 되고 있는 것과 각지에서 동정 파업이 일어나고 얼마나 많은 사람들이 아저씨들의 투쟁에 대해서 찬양과 지지를 보내고 있는가에 대해서 얘기하였다.

"……그래서 우리는 그런 아버지의 아들이라는 것이 얼마나 자랑스러운지 모르겠어요."

하고 말하였다.

사람들은 그 말을 빙그레 웃음을 지으며 듣고 있었다. 그들은 외부와 격리된 상태에 있으면서도 반도체 라듸오를 통해서 자기들의 투쟁이 반미 운동과 반장면 일당 투쟁의 발화점이 되고 크나큰 추동력이 되고 있는 것을 익히 알고 있었으며 그래서 그들의 사기도 충천했고 필승의 신념과 불패의 단결은 철석과 같이 견고했던 것이다.

윤동욱의 아들 덕수라는 소년은 이런 말을 하였다. (그는 밤나무 우에서 감시 역할을 하던 소년이다.)

"우리들도 밖에서 아저씨들을 본받아서 싸웠어요.."

"그래 너희들이 어떻게 싸웠단 말이냐."

영월 노인이 물었다.

"헤리손이란 놈 대강일 까 주었지요."

"그건 좀 곧이 안 들리는데 보탠 말 아닌가."

박문기가 윤동욱의 얼굴을 건너다보고 빙긋이 웃으며 말하였다.

덕수는 가만히 있는데 옆의 소년이,

"아녜요, 정말예요."

하고 거기 대한 일장 설파를 한다. 사람들은 와아 하고 갈채를 했으며 특히 그 투쟁의 조직자요, 지도자인 덕수는 크게 찬양을 받았다.

"아, 그놈, 이담에 조국 통일이 되면 네놈이 제일 먼저 영웅 칭호를 받아야겠다."

라는 영월 노인의 말에 일동은 또 와아 하고 갈채를 한다. 그러자 덕수는,

"우리들이 온 것은 헤리손에게 붙들려서 온 것이 아녜요. 아저씨들과 같이 싸우려고 온 거예요."

해서 또 한 차례 환호를 받았다.

이러한 때에 갱구 쪽에서 굉장한 폭음이 일어나며 갱내 전체가 흔들리는 진동이 생기었다. 처음은 어떤 영문을 몰라 사람들은 서로 얼굴을 건너다보았다.

그러자 젊은 보위대원 한 사람이 뛰어 들어오며 갱구가 폭파되었다는 것을 알리었다. 막장 안의 사람들은 그 말의 내용을 이해 못 하기나 한 듯이 잠시 묵묵히 앉아 있었다.

각 막장에 그 소식이 알려지자 갱내는 헤리손에 대한 증오와 가슴을 치는 분노와 복수심으로 들끓었고 그것은 갱내를 폭발시킬 것만 같았다.

매캐한 화약내가 코에 끼치며 뽀얗게 몰려오는 흙먼지가 간데라등에 비치어 금빛으로 보인다. 그 흙먼지 속을 뚫고 사람들은 제3막장으로 모여들었다.

지금까지 한데 몰켜 있던 막장 안의 열두 명 소년들은 각기 한 사람씩 가슴에 안겨 있거나 손목에 잡혀 있다. 아이 아버지들인 것이다.

사람들의 시선은 윤동욱과 박문기에게로 집중되었다. 거기 대한 대책을 듣고 싶은 것이다.

노조 간부들과 각 막장 책임자들이 앞으로 나왔다. 우선 폭파된 장소의 위치와 심도를 조사하기로 하였다. 조금 후에 완전 폐쇄라는 보고가 들어왔다.

탄광 일에 경험이 많은 탄부들을 모아 타개책을 강구해 보기로 하였다. 그들은 잠시 서로 얼굴만 번갈아 바라보며 말들이 없다.

분노에 부들부들 떨고 있던 동욱이 일동을 돌아보며

"구멍 뚫는 것이 직업인 사람들이니 나갈 구멍을 뚫어 보는 거야."

하였다.

"뚫으면 어디를 뚫는담."

"그야 지상 우측 종막장이 제일 지상과 가깝지."

"아무리 기고 나는 착암수가 무더기로 달라붙어도 사흘은 가져야 할걸."

"사흘?"

그때까지 갱내 공기가 유지될지 몰랐다.

"안 될 거야, 하루를 가면 잘 갈걸."

그러자 동욱은 벌떡 일어서며 외치듯 말하였다.

"사흘이란 누가 측량해 봤나. 그리고 사람의 힘에는 기적이 있는 거야, 사흘 일 하루엔들 못 하고 반나절인들 못 할까."

"죽지 않으면 사는 판인데 살아 있는 동안까지는 해 봅시다그려."

"자, 다들 일어서시오, 우측 종막장으로 갑시다."

하고 윤동욱은 자리를 차듯 힘 있는 걸음으로 앞장을 서 나갔다.

사람들은 그 뒤를 따라 각자 손에 연장을 들고 몰려갔다. 갱내의 수백

명 고귀한 생명의 생사와 원쑤에 대한 불 같은 분노가 담긴 정 끝은 부걱 부걱 암벽을 뚫어 나가고 있었다.

윤동욱은 정 대가리에 만신의 힘을 모아 함마질을 하며 부르짖듯 말하였다.

"내 이 구멍을 뚫고 나가는 길로 헤리손이란 놈을 공기 없는 막장에 잡아 넣고 숨이 막혀 죽게 하고 말 테야."

이것은 전체 성원들의 피끓는 목소리기도 하였다.

×

탄광 지구 전체가 불을 뿜듯 분노의 불길로 이글거렸다. 산 전체가 노호하고 대지 전체가 부르짖는 듯 불사조와 같이 암벽을 뚫고 나온 쟁의단원들을 선두로 전체 인민들이 저주와 분노의 불길을 토하며 언덕 위 헤리손의 집을 향해 노도와 같이 지축을 울리며 몰려 나가고 있었다.

싸우는 부두

바다와 육지는 짙은 안개 속에 잠겨 있었다.

어딘지 멀지 않은 곳에서 둔중한 고동 소리가 길게 꼬리를 끌며 음산하게 울렸다. 그 소리는 어떤 무제한한 식욕을 가진 동물이 위의 허기증을 호소하는 울부짖음 같았다.

산비탈에 닥지닥지 붙은 빈민굴의 좁은 골목길과 악취를 풍기는 컴컴한 다리 밑에서 남루한 옷차림을 한 사람들이 나와 그 기적 소리에 이끌려가 듯 안개 속을 묵묵히 걸어가고 있었다. 어깨에 걸친 가대기 한 조각과 허리춤에 찌든 갈구리 하나가 유일한 노동 도구인 부두 노동자들이었다.

부두로 나가는 큰길에는 그들의 초조한 발걸음이 어지럽게 얽히었다. 그 질서 없는 대오 가운데 약간 굽은 등에 헌 방수포 조각을 걸친 늙은 노동자 한 사람이 천천히 걸어가고 있었다. 그는 왼쪽 다리를 절고 있었다. 그쪽 다리를 옮겨 디딜 때마다 흰 눈썹이 수북한 미간을 찌푸리었다.

상처가 걸음을 걷기에 고통스러운 탓이 아니라 불구가 되었다는 의식과 치욕감이 아팠다.

뒤에서 오는 노동자들이 노인의 옆을 지나다가는 걸음을 늦추고 친숙한 태도로 인사를 한다.

그때마다 노인은 근엄한 표정으로 고개를 숙여 인사를 받기도 하고 농담을 섞어 받아 넘기기도 한다. 그들은 노인에게 건강에 대해서 묻기는 하나 그가 다리를 저는 사실에 대해선 못 본 척한다. 다리가 성한 자기들과 대비가 되기나 하는 듯 노인에게 그걸 묻기를 미안쩍게 생각하고 삼가는 것이다. 그중에 미군 잠바 자락을 날리며 급히 노인의 곁을 지나가던 젊은 노동자 하나가 걸음을 멈추고 노인에게 반색을 해서 인사한다.

"아니, 남포 노인 아니십니까."

"아, 만순가. 그동안 잘 있었나?"

그 만수라는 젊은 노동자는 그 말 대답은 아니 하고,

"다리를 부상하셨다더니 좀 어떠십니까?"

하고 물었다가 곧 후회를 한다. 그는 아주 미안한 꼴을 보게 되었던 것이다.

남포 노인은

"이걸 보게."

하고 왼쪽 다리를 내밀어 보였다.

"이 모양이 됐어, 병신이 되었단 말야."

노인은 남의 일같이 태평으로 말하나 그걸 듣는 사람은 측은한 듯 눈살을 찌푸리지 않을 수 없었다.

"그래 지금 어디를 가시는 길입니까?"

"가긴 어딜 가, 부두로 일하러 가지."

"아니, 부두 일을요?"

"그럼 어찌겠나, 미국놈 배에서 짐 부리다가 병신되었다고 누가 앉혀 놓고 먹여 준다던가, 굶어 죽지 않으려니까 또 기어 나가는 거지."

노인은 말을 하다 보니 더욱 비분한 감정이 북바치는 듯,

"저놈의 소리를 좀 들어 보게."

하고 안개 속에서 뿌―뿌― 음산하게 울부짖는 고동 소리 나는 곳을 가리켰다.

"난 저놈의 소리가 꼭 우리를 한 입에 삼켜 버리려는 짐승의 소리로 들리네. 저 미국놈의 해적선이 말일세. 저놈이 이번에는 내 다리를 앗아 갔지

만 다음번엔 내 목숨마저 앗아 가려고 덤빌 걸세."

두 사람은 똑같이 무거운 숨을 후 내뱉었다.

"죽지 않으면 사는 판인걸요. 이런 것이 더는 계속 안 되게 결판을 내
야죠."

젊은 노동자는 개탄하듯 말했다.

한동안 침묵이 안개와 같이 두 사람을 휩쌌다.

남포 노인은 화두를 돌리려는 듯 한참 만에 입을 열었다.

"혹시 우리 동식이란 놈 소식 들었나?"

동식이란 노인의 아들 이름이다. 그리고 젊은 노동자 만수는 아들의 중
학 때 친구다.

"서울 있다는 거만 알고 있는데요."

하고 어름어름하는데,

"동식이가 지금 이 항구에 내려와 있다는 걸 난 알게 되었네."

만수는 묻는 눈으로 노인의 옆얼굴을 바라본다.

"우리 집에다 사복한 개들이 눈독을 들이는 거야. 집뒤짐을 하기도 하고
며칠 밤씩 앉아 새기도 하거던, 알겠나? 세상은 이렇게 됐네. 놈들은 동식
이를 잡자는 거야. 이유는 그 애가 남북 협상을 주장했다는 거겠지."

그리고 노인은 은근한 소리로 이렇게 당부했다.

"혹시 동식일 만나게 되거던 집엔 얼씬도 말라고 일러 주게."

부두 가까이 이르자 안개는 더욱 짙어 갔다. 그 속에서 미국 화물선은
주린 야수같이 울부짖고 있었다.

×

밖에는 컴컴한 어둠 속에서 궂은비가 부실부실 내리었다.

남포 노인은 천장에서 물방울이 뚝뚝 떨어지는 방 안에 웅숭그리고 앉아
생각에 잠겨 있었다. 얇은 양철 조각을 조각조각 덮은 지붕은 조그만 비에

도 샜다.

물방울이 떨어지는 곳을 따라가며 깡통이고 식기고 벌려 논 좁고 어둑한 방 안에 앉아 있는 노인은 고독과 울분이 골수에 파고들었다.

1950년 겨울이었다. 노인은 부락에 원쑤들이 들어오기 전에 열두 살 된 아들과 마누라를 데리고 집을 떠나 한 오십 리 떨어진 산골로 들어갔었다. 먼촌으로 척분이 닿는 친척이 살고 있었던 것이다. 그러나 그곳도 안전한 장소는 되지 않아 노상 좌불안석이었다. 야수들이 도망칠 기미를 알자 노인은 집 뒤에 토굴을 파고 숨어 있었다. 짐승은 궁세에 빠지면 더욱 포악해진다는 걸 안 까닭이다.

노인의 예감은 틀리지 않았다. 벌컥 눈이 뒤집힌 짐승들은 함부로 무기를 휘두르며 인민들을 몰아냈다. 토굴이 발각되어 노인의 세 식구도 끌려 나가게 되었다. 섬진강을 건너서자 몸은 풀리었으나 그때는 이미 돌아갈 길이 막힌 '이향 사민'이 되고 만 것이다. 세 식구는 발 닿는 대로 남으로 내려가던 도중에서 마누라는 동사하고 부자만 부산까지 내려갔었다. 그날부터 노인은 부두에서 미국 화물선의 하역 인부가 되어 연명을 해 가게 되었다.

그런 중에도 남포 노인의 유일한 낙은 아들이 장성해 가는 것을 보는 것이요, 유일한 희망은 고향으로 돌아갈 길이 열리기를 기대하는 것이었다. 그가 고향을 그리워하는 마음은 비단 산천과 풍토와 안정에 대한 그리움도 아니요, 풍족하고 보람 있는 생활에 대한 그리움만도 아니었다. 보다는 북조선에서 실시하고 있는 인민적인 제도에 대한 신뢰와 희구의 마음에서였다.

그것은 불합리한 남조선 사회 제도와 거기서 빚어진 갖은 악과 부패한 허위와의 대비에서 밤에 대한 낮과 같이 더욱 또렷해졌고 십일 년간에 그가 몸소 겪은 인간 이하의 생활 체험에서 더욱 뼈저리게 느껴졌던 것이다.

남포 노인이 제일 괴롭게 생각하는 것은 자기 어린것을 그런 암흑과 부패의 구렁텅이에서 기르게 되는 사실이었다. 노인은 좋아하는 막걸리 한 잔도 안 먹고 이를 악물고 아들의 교육에 힘썼으며 그의 몸에 흙탕물이 들지 않도록 엄한 눈으로 감시를 했다.

아들 동식은 남포 노인의 기대에 과히 어그러지지 않게 성장해 갔다. 사람은 옳고 바르게 살아가야 한다는 부친의 뜻을 받아 탁류 속을 헤쳐 나가는 열싼 물고기같이 맑은 물줄기를 찾아 바른 길에서 살려고 애쓰는 아들을 만족한 눈으로 바라보았다. 그래서 아들이 고학을 하러 서울로 갈 의사를 말했을 때에도 노인은 두말없이 응했다. 그리고 자기는 덜 먹고 덜 쓰더라도 아들의 학비는 한머리 거들어 주리라 했다.

그 아들이 4·19 봉기 때 전위대로 남북 협상을 주장하여 투쟁하고 있다는 소식을 들었을 때 노인은 인생이 밝아지는 것을 느꼈다. 그리고 밤마다 꿈에 고향 거리들과 길을 걸었다. 고향으로 돌아갈 길이 열릴 날이 멀지 않은 것을 예감했던 것이다.

그러나 이러한 노인의 기대와 희망은 그렇게 쉽게 실현되지는 않았다. 첫째, 노인 자신이 몸에 생각지 않은 타격을 받게 되었다. 그날 노인은 밤 교대 작업을 하고 있었다. 짐은 무슨 무기류가 든 궤짝이었다. 그 하나를 운반하고 두 번째로 크레인 아래 섰을 때에 어찌 된 일인지 짐을 들어 내리는 와이야줄이 끊어지며 궤짝이 노인의 등판을 향하여 수직으로 떨어졌다. 좌우에서 소리를 쳐 주어서 급소를 피하긴 했지만 노인은 왼편 다리를 상했던 것이다. 그는 부두 노동자들이 푼푼이 걷어 모은 돈으로 병원에 입원해서 치료를 받게 되었다. 달포 만에야 겨우 퇴원을 하게 됐지만 그편 다리의 굴절이 굳어져서 약간 절게 되었다. 그래도 그런 다리로 부두 노동을 하기엔 힘들겠는데 노인은 전일에 50킬로짜리 시멘트 포대 네 개를 지고 거침없이 달리던 타고난 힘과 견딜심으로 이겨 나갔다.

그런데 노인의 불행은 그것뿐이 아니었다. 병원에서 퇴원해서 자기 집을 찾아갔을 때 방 안에는 두 사람의 알지 못할 자가 앉아 있었다. 아들 동식을 찾는 사복 경찰들이었던 것이다.

노인은 그자들을 통해서 아들 동식이 항구에 내려와 있다는 것과 그의 신변에 위험이 박두하고 있다는 걸 눈치채게 되었다.

남포 노인은 아들 동식에 대해서 두 가지 상반한 생각을 하고 있었다. 아들이 자기가 있는 항구에 내려와 있다는 데 육친의 정을 몸 가까이 느끼고 마음 한구석에 든든한 것을 느끼는 것과 또 한 가지는 그 아들이 지금 경찰이 늘인 거미줄 한가운데 있다는 데서 그가 항구에 내려왔다는 것을 바늘방석에 앉은 듯이 불안하게 생각하고 마음을 조이는 것이다.

그리고 노인은 그 아들의 입장과 주장이 옳고 당당하다는 것과 그 옳고 당당한 것이 부당하게 박해를 받아야 하는 그릇된 세상을 개탄해서 혼자 주먹을 쥐며 비분강개하는 것이다.

이런 생각을 하고 있을 때 소리 없이 방문이 열리며 뜻밖에도 아들 동식이 전신이 비에 젖어 입술이 시퍼런 얼굴로 불쑥 나타났다.

남포 노인은 또 개들이 온 줄로만 알고 뒤도 돌아보지 않고 웅숭그리고 앉았다가 아들 동식인 것을 알아보고 기겁을 해서 놀랐다.

구두를 신은 채 문턱 앞에 들어선 아들의 곤색 양복바지 가랭이에서 물이 흘러내려 방바닥을 적시었다.

부자는 한동안 말문이 막히어 덤덤히 바라보기만 하였다. 그 눈짓은 서로서로 별다른 심정을 말하고 있었다. 아들은 자기 하나를 위해서 모든 것을 희생하고 전신에 상처가 나서 가시덤불 길을 헤치며 걷고 있는 연로한 부친에 대해서…… 남포 노인은 노인대로 또 나라를 위한 큰 뜻을 한 몸에 품고 온몸이 물초가 되어 굳은비 내리는 항구의 밤거리를 우장도 없이 돌아다니는 아들에 대해서 서로 얼싸안고라도 싶은 다함없는 애정과 측은한 동정이 얽히고 있었다.

"아무리 급하더라도 신이나 벗고 들어와 앉으려무나."

부친이 먼저 입을 열어 책망하듯 말했다.

"곧 가야겠어요."

노인은 더 권하지 않았다. 까닭 모를 울분이 치밀어 외면을 했다.

아들은 일찍이 찾아와 보지 못한 사정을 변명하고 있었다.

"안다, 알어."

"다리를 부상하셨다더니 좀 어떠세요."

"괜찮다, 괜찮아."

그러다가 누르고 있던 울화가 한꺼번에 터져서,

"죽일 놈들이다. 죽일 놈들이야. 그래 만고 역적 리승만을 쫓아낸 게 잘
못이고 남북 협상을 주장한 게 죄란 말이냐."

그 말에 아들은 그저 빙긋이 웃으며 덤덤히 듣고 있을 뿐이더니,

"전 아버지께 청이 하나 있어 왔어요."

"무슨 청이냐?"

"저 구내 출입증 하나 구할 수 없을까요."

"구내 출입증?"

"네."

"건 뭣에 쓰게?"

"글쎄요."

노인은 더 묻지 않았다. 다만 아들이 그걸 호구지책으로 구하는 것이 아
닐 게라고 짐작할 뿐이다.

"급하냐."

"네, 급해요."

구내 출입증이란 부두 하역 작업장의 출입증을 말하는 것이다. 이 출입
증은 신분 증명서와 같은 것으로 수상 경찰서와 미군 부두 감시처의 공동
승인으로 발부하는 것인데 그걸 얻자면 꽤 까다로운 수속과 심사를 받아야
하는 것으로 보통은 여간해서 얻기 힘든 것이다.

노인은 그걸 구할 길이 얼른 생각이 나지 않아 궁리를 하다가,

"하여간 수소문해 보마. 정 안 되면 내 걸 갖다 쓰더라도."

아들은 더 머물러 있지 못했다. 방문을 밀고 허리를 굽혀 반신을 밖으로 내밀었을 때,

"동식아, 게 좀 있거라."

하고 불러 놓고 노인은 방 안을 둘러본다. 바람벽에 걸린 헌 양복 주머니에 손을 넣는 것을 보고

"전 염려 없어요."

하고 동식은 문지방을 넘어선다.

노인은 더 붙들지 못했다. 아무것도 아들에게 줄 것이 없었던 것이다. 다만 몸조심하라는 한마디 말로 아들을 떠내보내고 방문 밖에 고개를 내밀고 서서 비 내리는 어둠 속으로 쿵쿵쿵 비탈길을 뛰어 내려가는 아들의 발소리를 한정 없이 듣고 있었다.

제 모친이 주리고 지친 몸에도 어쩌다가 먹을 것이 생기면 아들과 영감을 생각하고 자기는 입에 넣을 염을 하지 않았었다. 그러다가 혹한에 주린 몸으로 힘에 겨운 먼 길을 걷다가 기진해서 길가 눈 속에 쓰러져 마지막 숨을 지을 때 그는 손에서 아들의 손목을 놓지 않았었다.

노인은 그 마누라의 손에서 아들의 손목을 옮겨 쥐고 오늘까지 살아왔다. 입은 이미 굳어져 말을 못 하나 동공이 굳어진 멍한 눈으로 무엇인지 애소하던 그 마누라의 눈을 잊지 못한다. 그 눈은 다름 아닌 아들의 장래를 부탁하는 것이었을 것이다. 그 아들이 북조선에 있었더라면 지금은 어느 대학이나 외국 유학을 마치고 돌아와 한다는 기술자가 되어 나라와 자기 행복을 위한 건설 사업에 청춘과 정열을 바쳐 이바지하는 보람 있는 나날을 보내고 있을 것이 아닌가……

그러나 노인은 아들이 쿵쿵쿵 땅을 울리며 발소리가 멀어 가는 어느 쪽에는 어둠과 궂은비가 아니라 아침 해살 같은 광명이 비치고 있으리라는

것을 확실하다시피 느꼈다. 그것은 아들이 가는 길이 옳고 바른 정의의 길이라는 걸 확신하는 까닭이다. 그리고 노인은 안도의 긴 숨을 내쉬었다.

×

그 이튿날 남포 노인은 폭양에 흰 눈썹을 슴벅거리며 천변을 끼고 악착스럽게 닥지닥지 붙어 있는 판잣집 골목길을 드나들며 뉘 집을 찾고 있었다.

얼마 전에 부두 노동을 하다가 밀선을 타고 일본으로 건너간 사람이 있었는데 그런 경황에 부두 출입증을 가지고 가지는 않았으리라고 생각한 것이다. 노인의 그러한 짐작은 틀리지 않았다. 마침내 찾아간 그 집 안주인은 단마디에 노인의 청을 들어주어 어렵지 않이 그걸 구할 수 있었다.

그 길로 노인은 아들 동식과 만나기로 약속한 장소를 찾아갔다. 야미 시장이 서는 뒷길 어귀에 들어섰을 때는 벌써 어둑어둑 땅거미 졌다. 낮도깨비들이 날뛰는 시장 안은 입추의 여지가 없이 사람들이 꽉 들어찼는데 어느 틈에 나타났는지 노인의 바로 앞에 아들 동식이 서서 사람들의 틈을 헤쳐 나가고 있었다.

부자는 옆 골목 안으로 들어섰다. 노인은 아들에게 출입증을 내주며 당부하듯 말했다.

"부두 노동이란 너같이 앞이 구만 리 같은 젊은 청년은 못 할 일이란 걸 알아야 한다."
하고 아들의 눈치를 살펴었다. 노인은 아들도 자기와 같은 부두 노동자가 되는 걸 희망하지 않았던 것이다.

"난 일전에 북조선 라듸오 방송에서 노동자들이 큰 철선을 자기의 손으로 만들고 있다는 소식을 들었다. 그 배를 만들어 낸 노동자들도 장하려니와 그 배에 화물을 하역하는 노동자들은 얼마나 사는 보람이 있느냐 말이다.

그런데 보아라. 나는 십여 년간을 하루같이 미국 화물선에서 하물을 등으로 져 내리었다. 허지만 오늘 내게 남은 것이 무어냐. 모든 부두 노동자들이 이 꼴이고 남조선의 모든 인민들의 형편이 이 꼴인 것이다."

노인은 스스로 자기 말에 격한 듯 말을 끊고 아들의 수그린 이마를 주시하더니,

"모든 화단은 미국 해적선이 실어 들이는 화물에 있는 거다. 그게 나라를 망치고 가정을 망치고 사람들을 망치는 마물인 거다. 그런 걸 알면서도 자기 등으로 져 내려야 하니 조금 생각이 있는 사람이면 그건 차마 못 할 노릇이다. 알겠지."

부친의 말에 웃음으로 대하던 동식은 그 말에는 얼굴 표정이 심각해서 고개를 숙이고 있었다.

그 후 며칠이 지나 남포 노인은 부두 노동자들 사이에 한쪽 어깨에 큰 화물 궤짝을 메고 지나가는 학생풍의 청년을 눈여겨보았다. 푸른빛 샤쓰를 입은 그 청년은 궤짝을 메고 건너편 창고 안으로 들어갔다가 샤쓰 소매로 이마의 땀을 씻으며 되돌아 나왔다. 그가 바로 아들 동식이었다.

어느 날 남포 노인은 일을 마치고 덧옷으로 입는 헌 양복저고리를 찾아들고 느릿느릿 다리를 절며 집을 향해 돌아오고 있었다.

시가지를 지나 다리목에 이르렀을 때 담배 생각이 나서 양복 주머니에 손을 넣어 더듬는데 보지 못하던 종이 한 장이 손에 잡히었다. 그는 집에 돌아가자 먼저 등불 밑에서 안경을 쓰고 그 종이 조각을 꺼내 읽어 보았다.

거기에는 또박또박 박아 쓴 글씨로 "미국 해적선이 날라 온 살인 무기 하역을 결사 반대하자!" 또는 "침략자 미제를 타도하자!" 등의 내용이 씌어져 있었다.

남포 노인은 거기서 아들 동식의 얼굴과 솜씨를 보았으며 그의 목소리와 의지를 느끼었다.

그것은 노인 자신이 비분강개하는 것으로 그치고 말았던 그 원쑤를 명확

하고 힘 있게 표현하고 있었으며 그리고 그것의 타도를 위해서 은밀하게 조직하고 대담하게 행동하는 용감한 독수리들을 느끼게 했다.

그리고 그 독수리는 노인이 고개를 쳐들어 까맣게 쳐다볼 높은 곳에서 나래를 펴고 힘 있게 창공을 날고 있다고 생각했다.

이튿날 저녁이었다. 남포 노인이 먼지 많은 부두 앞 큰길을 벗어나 호젓한 골목길을 걷고 있는데 웬 청년이 옆에 와서 자기의 느린 걸음과 보조를 맞춘다. 보니 아들 동식이었다.

"요즘은 어떻게 지내셔요."

"내 일일랑 염려 말아."

그러고 아들이 어깨에 걸친 가대기가 낡고 엷은 것을 보고 자기의 방수포 가대기를 던져 주었다.

"가대기가 든든해야 덜 힘이 드는 거야."

아들은 잠자코 그걸 받았다. 주위에 인기척이 없는 것을 보고 노인은,

"어제 그건 너희들이 한 일이냐. 내 양복 주머니 속에 넣은 것 말이다."

아들은 좀 주춤하는 기색이다. 노인은 그 말은 더 묻지 않고,

"그래 그건 내게 그저 읽어 보라고 준 거냐?"

아들은 그 말대꾸는 않고 길을 꺾어 옆의 언덕 위로 올라갔다.

부자는 언덕 중턱 아카시아나무 밑에 앉았다. 거기서는 바다가 한눈에 내려다보였다.

"그래 그걸 그저 읽어 보기만 하라고 준 거난 말이다."

노인은 또다시 채근하듯 물었다.

"그걸 부두 노동자들 속에 선전해 주셨으면 한 거죠. 아버지 말씀이면 노동자들이 잘 들을 거니까요."

"옳은 말이면 내가 안 해도 잘 듣겠지. 그런데 그건 네 개인의 생각이냐?"

"그렇지도 않습니다. 저희들의 집회에서 결정한 일이니까요."

노인은 아들의 옆얼굴을 뚫어지게 바라보다가,

"그 집회에 나 같은 사람은 못 참가하는 곳이냐?"

하다가 스스로 취소했다.

"하긴 젊은 사람들 모이는 곳에 나같이 다 늙은 사람이 참가해 뭘 하겠니."

그리고 옆차개에서 담배를 꺼내 물었다. 아들은 성냥을 그어 댔다.

"며칠 안으로 거기 대한 투쟁이 전개될 거예요."

아들의 그 말은 그 투쟁에 한 머리 거들어 주기를 요청하는 소리로 들리었다.

"알겠다."

하는 한마디의 말로 받았다.

노인은 아들이 돌아간 후에도 오래도록, 그 자리에 혼자 앉아 어둠 속에서 검실거리는 바다 물결과 기슭을 때리는 파도 소리를 듣고 있었다. 그는 전에 없이 흥분하고 있었던 것이다. 그 흥분 속에 자기도 바다 위 하늘을 나는 독수리와 같은 젊음을 느꼈던 것이다.

×

그날은 아침부터 어딘가 없이 부두 전체의 분위기가 긴장한 빛을 띠고 있었다.

감시 인원들의 수가 늘었다는 것과 그들의 눈초리가 날카로워진 데서도, 노동자들이 뿌루퉁해서 입들을 봉하고 있는 데서도 그런 것이 느껴졌다.

거센 파도가 일어 부딪쳐 깨지는 긴 부두에는 미국 화물선이 육중한 몸체를 비스듬히 육지에 붙이고 정박해 있었다.

그것은 해적선 그대로 전신에 살기와 무지와 오만을 표시하고 있었다.

마침내 그 해적선은 침략을 위한 최초의 전투 신호를 알리듯이 고동을 울렸다. 그 소리에 따라 길게 팔뚝을 내뻗고 있던 기중기가 서서히 움직이기 시작했다.

노동자들은 그 해적선에 도전하듯 한쪽 어깨에 방수포 혹은 부대 조각을 걸치고 앞으로 나갔다. 그들의 불꽃이 이는 수많은 눈동자는 기중기의 팔이 움직이는 대로 따라 옮겨 갔다.

기중기의 긴 팔이 한번 경사를 주다가 천천히 선내에서 물체를 들어올린다. 노동자들의 눈은 그 팔 끝에 달린 쇠고리가 달아 올리는 궤짝 혹은 포대에 집중한다. 오랜 경험을 가진 그들의 눈은 정밀한 기계와 같이 정확하게 그 물체 안에 든 내용이 무엇이며 중량이 얼마나 되는가를 알아맞혔다.

그런데 그날 기중기의 활차가 돌아가며 따라 올라오는 물체를 보자 노동자들의 표정에는 일종 당혹한 빛이 돌았다. 그것은 흔히 해적들이 실어 들이는 곰팡내 나는 밀가루 혹은 비료 포대 또 화장품이나 양담배 궤짝이 아니었다. 긴 장방형으로서 기괴한 인상을 주는 두 길가량의 물건이었다.

긴 기중기의 팔은 그 기괴한 물건을 달고 천천히 반선회를 해서 노동자들의 머리 위에 와서 잠시 멈추었다. 사람들은 그 물건의 정체를 똑똑히 밝히려는 듯이 몇 걸음씩 뒤로 물러섰다. 어쩐지 그 기괴한 궤짝 속에는 지금까지 해적들이 조선 인민들의 행복과 생활을, 그리고 아름다운 미덕을 송두리째 파괴하고 짓밟기 위해서 실어 들이던 종래의 물건들보다도 일층 악질의 것이 들어 있을 것만 같았다.

노동자들은 거기 대한 각자의 견해를 말하기 시작하였다. 누구는 그것이 철재라는 것을 판단하고 어떤 음흉한 목적에 이용할 기계류일 거라고 했다.

"기계면 저렇게 긴 기계가 무어겠나?"

"대포인지도 모르지."

"이 사람, 대폴 포장한다는 소린 듣지 못했네."

"객쩍은 소리 작작들 하라구."

한 목소리가 핀잔을 주었다.

"저건 유도탄일 걸세. 유도탄일 거란 말야."

그는 남포 노인이었다.

"저게 오네스트죤인가 뭔가 하는 건가?"

"글쎄, 그런지도 모르겠군."

키 큰 현장 감독이 목고대를 뽑아 들고 좌우를 돌아보며 말했다.

"유도탄은 분해해서 운반하는 거야, 절대로 폭발 안 할 테니 안심들 하고 어서 달라붙어."

그 말은 그것이 유도탄이라는 것을 확증했다.

"망할 놈들, 나중엔 허다못해 원자 무기까지 끌어들이는구나."

남포 노인은 눈썹을 거슬리며 침을 탁 뱉었다.

노동자들은 그게 유도탄이라는 걸 알게 되자 그것을 끌어들이는 미제와 그와 결탁한 악당들의 상판을 연상하고 증오했으며 혹은 그것을 하역해서 져 내리는 것은 곧 자기가 나서 자란 대지에 불을 놓는 것 같다고 생각하기도 했다.

그런 시선들이 집중한 가운데 기중기는 활차를 굴리며 서서히 그 괴물을 지상 가까이로 내려놓았다.

사람들은 선 자리에서 꼼짝을 아니 한 채 주먹 안에 땀을 쥐고 그 물건을 지켜보고 있었다.

이런 때 군중 가운데서 압축된 것이 폭발하는 소리로,

"하역하지 맙시다. 침략자 미국 해적선이 실어 온 살인 무기의 하역을 반대해서 투쟁합시다."

반은 구호조로 외치는 것이다.

사람들은 그 소리에서 전일 호주머니나 밥곽 보자기 속에서 나온 삐라를 연상했으며 그 삐라를 읽었을 때 받은 흥분과 충격이 더 강해져서 어떤 보이지 않는 꿈과 같은 크나큰 희망과 그것을 현실화하기 위한 엄청나게 큰 힘이 자기도 모르게 솟아났다.

더욱이 남포 노인은 그랬다. 그는 그 목소리에서 아들의 음성을 느끼고 걷잡을 수 없이 흥분했다. 노인은 거기서 아들 동식이 주는 전투 신호를 받은 듯싶었던 것이다.

"저놈의 살인 무기를 바다 속에 처넣어라!"

노인은 딴사람같이 격한 음성으로 소리쳤다.

그 소리를 젊은 노동자 반수가 받아 '살인 무기 하역 결사 반대'를 외쳤고 또 다음 목소리가 받아 넘기어 그것은 하나의 돌이 일으킨 파문이 파도가 되어 언덕을 때리듯이 번져 갔다.

온 부두의 노동자들은 일손을 놓고 소집 명령을 받은 군대들처럼 한 곳으로 모여들었다.

기중기 팔 끝의 그 장방형 괴물은 헛되이 공중에 디룽디룽 매달려 있다가 급기야 땅바닥에 놓여지고 말았다.

×

해적들은 사태를 요해하는 데 한동안 둔한 머리를 썼다. 처음 놈들은 조선 노동자들이 원자 무기라는 것을 알고 접근하기를 두려워하는 것으로 알았다. 그러다가 노동자들의 눈에 공포가 아니라 분노가 불길처럼 일고 있는 것을 보고 제 자신 몸을 떨었다. 조선 노동자들은 원자 무기로도 굴복시킬 수 없다는 사실을 알게 된 까닭이다.

문둥병자같이 상판이 번들거리고 눈썹이 성긴 미국 장교 한 놈이 악에 바친 듯이 뒷짐 진 손에 긴 가죽 채찍을 감아쥐고 노동자들 앞에 나서서 기고만장한 소리로 외쳤다.

"너희들에게 하역 반대를 선동한 자가 누구냐. 선동자는 이 앞으로 나와라!"

놈은 자기들 해적선이 어디를 가든지 이러한 노동자들의 불굴의 항거를 받게 되던 것을 생각했다. 놈은 그때마다 노동자들의 생을 위한 투쟁을 어떤 좌익 분자의 선동으로 단정했던 것이다.

노동자들은 그 소리에 고개를 돌려 먼 산을 바라보며 코웃음쳤다.

놈은 더욱 기가 올랐다.

"안 나올 테냐. 안 나오면 내가 잡아낼 테다!"

놈은 뿌연 눈알을 굴리며 군중들 머리 위로 시선을 달렸다.

그러나 쉽게 지목할 용의자를 잡아낼 수 없다는 걸 알았다. 자기 앞에 결집해 섰는 노동자들의 얼굴에서 한결같이 눈에 칼을 세운 적시와 분노의 표정을 읽게 되었던 것이다. 그 모두들 선동자로 보지 않으면 아니 될 판이었다. 놈은 절망적으로 소리쳤다.

"안 나올 테냐? 안 나올 테냔 말야!"

그러자 한 노동자가 군중을 헤치고 앞으로 나왔다.

"나다. 나란 말이다."

그는 다름 아닌 남포 노인이었다.

노인은 자기가 선동자였다는 증거를 보이려는 듯이 증오를 씹으며 말했다.

"내가 너희 놈들 해적선이 실어 온 살인 무기의 하역을 거부하고 몽땅 바다 속에 처넣으라고 했다. 내가 너희 놈들의 손에서 무기를 빼앗고 한 모금의 물도 한 알의 싹도 주지 말고 이 땅에 발붙일 곳을 주지 말고 쫓아내라고 선동했단 말이다."

해적은 성긴 눈썹을 거슬려 노인을 노려보았다.

해적의 독기가 서린 독사의 눈과 노인의 범하지 못할 위엄을 가진 노한 눈은 승부를 결하듯 얽히었다.

해적은 등줄기에 선뜩한 것을 느끼고 자기도 모르게 한 걸음 뒤로 물러섰다. 지금 자기 앞에 버티고 서 있는 노동자는 한 개 늙은 조선 노동자가 아니었다. 수십 수만 노동자들의 강철과 같이 단결된 힘과 불을 토하는 적개심을 한 몸에 지니고 위압하는 엄청난 존재로 느껴지던 것이다. 그 앞에서 자기라는 존재는 하잘것없이 작고 무력했다.

노인은 해적이 뒤로 물러서는 것을 보고 한 보 앞으로 다가섰다.

"네놈이 나를 어쩔 테냐."

그러자 놈은 패배감과 자기 열등감에 반발해서 미친 듯이 팔을 들어 휘둘렀다. 황소의 힘줄을 말려 만들었다는 긴 채찍이 쇳소리를 내며 놈의 머리 위에서 곡선을 그었다.

해적들은 해적들의 본성에 의해서 사고하고 행동한다. 그리고 그것들은 얼마나 자기들이 무지하고 몽매한가를 스스로 증시해 보이고 있었다.

놈들 해적 떼들은 해적선 갑판 난간 앞에 나서서 이 인간을 모독하는 범죄적 행동에 적지 않은 기대를 걸고 내려다보고 있었다. 그것은 궁지에 빠진 짐승이 제 포악성으로 상대를 굴복시켜 보려는 간악한 계산이던 것이다.

그러나 해적들의 이러한 간악한 계산과 기대는 곧 파탄되고 말았다.

부두가의 노동자들은 남포 노인을 한낱 노인으로만 보지 않았다. 자기들과 운명과 생존을 같이한 자기들 자신같이 생각하고 있었다.

지금 남포 노인은 자기들의 운명과 생존 문제를 한 몸에 지고 미국 해적과 대결하고 있는 것이다.

노동자들은 적시와 분노가 칼빛처럼 번뜩이는 눈초리로 해적의 일거일동을 주시하고 있었으며 그 적시와 분노는 바람을 만난 불길처럼 점차 확대되며 폭발 직전의 기세를 보이고 있었다.

노동자들은 남포 노인이 미쳐 날뛰는 해적의 야수와 같은 만행을 비웃음으로 당해 내고 있는 그 기인과 같은 강한 의지와 투지에서 해적들에 대한 이를 갈아붙이는 증오와 분노를, 그 해적들을 몰아내기 위한 피 끓는 투지와 전투 신호를 받고 있었던 것이다.

발광한 해적이 휘두른 채찍의 한끝이 최초로 남포 노인의 등에 감길 때 그 모욕과 굴욕은 노인 한 사람의 것이 아니었다. 그 부두가에 집결해 섰는 모든 노동자도 동시에 자기들 등어리에 그 고통과 모욕이 몇 배로 확대되어 감기었었다. 그리고 그것은 그들 노동자들의 쌓이고 쌓인 분노의 화산을 폭발시키는 도화선이 되었다.

"저 양키 놈을 쳐 없애라!"

"미국 해적들을 한 놈도 남기지 말고 바다 속에 몰아넣어라!"

그것은 동시에 십육 년간 미국 해적대에게 조선 인민들이 당한 고통과 모욕에 대한 백 배 천 배의 보복을 다지는 외침이기도 하였다.

그 소리는 남포 노인의 아들 동식의 목소리일 뿐만 아니었다. 수천수만 노동자들의 단결된 심장에서 터져 나오는 함성이었다.

온 바다와 지층을 울리는 드높은 함성과 함께 일격에 원쑤들을 쓸어 버릴 대양의 거대한 파도와 같이 군중들은 한 묶음이 되어 그 미국 장교를 향해 쇄도해 나갔다.

삽시간에 해적은 군중들의 노한 발길 아래 깔리어 추한 몸뚱이는 먼지 많은 부두의 땅바닥을 굴렀다.

동식, 만수를 선두로 그가 뿌려 논 불씨가 거화같이 타오르듯이 수만의 군중이 터진 대하와 같이 '미제 타도'를 노호하며 철의 대오를 지어 거리를 향해 전진했다.

대열이 전진함에 따라 그들의 수와 역량은 점차 확대되고 공고해 갔다. 가두의 수많은 군중들이 대열에 합류한 것이다.

뒤켠 어디서 미 해적선이 뚜―뚜― 마지막 숨이 지는 단말마적 비명을 울리고 있었다.

●●●

복수復讐

청천강 푸른 물은 얼음 밑에 흐르고 이마를 맞부비듯 강 양편의 높은 봉, 강파른 비탈은 두터운 눈에 덮이었다.

강줄기를 따라 이리 꾸불 저리 꾸불 감돌아 나간 외줄기 신작로에는 동정이 빳빳한 군복에 새 가죽구두를 신은 병사들이 빠작빠작 눈 위에 징가죽을 박으며 바쁘고 힘 있는 걸음으로 남으로 남으로 나가고 있다.

전사 김도 그중의 한 사람이다.

아직도 붕대가 감긴 왼편 다리를 무거운 짐을 옮기듯 한 발자국마다 힘 주어 들었다 놓으며 꿋꿋이 걸음을 옮기고 있다.

그 걸음보다 마음은 바삐 원수를 찾아 남방을 향해 달리고 그 심장은 야수에 대한 증오와 분노로 붉게 탔다.

지금으로부터 석 달 전 산마다 봉우리마다 단풍이 불을 토할 때, 그는 전우 박과 더불어 한 발짝 한 발짝에 핏방울을 남기며 걷던 이 길이었다.

피로써 도하했던 낙동강을 전우들의 시체를 헤치며 다시 건너오게 되던 가슴 아픈 체험은 이들 두 전사로 하여금 사이를 철근처럼 두텁게 하였고 또 돌처럼 말 없는 사람들로 만들었다.

낙동강에서 한쪽 팔에 적탄을 맞은 박을 개천까지 이끌고 온 사람이 김이지만 개천에서 적의 포위망을 돌파할 때, 김이 다리를 상하게 되자 그를 부축해 온 사람이 박이다. 김은 박의 한편 어깨에 몸을 의지하고 견뎠고 박은 또 박대로 김의 바른편 어깨에 자기의 아픈 팔을 얹고 걸었다.

그 박을 그는 며칠 전에 야수의 폭탄에 잃고만 것이다.

독로강 기슭에 있는 마지막 주막거리가 잿가루가 되던 이튿날 야수의 폭격기는 몇 채의 간이 가옥으로 구성된 그곳 후방병원까지 그대로 남겨 두지 않았다.

전날 밤에 눈이 내린 쾌청한 날이었다. 남향한 제삼동 병실은 눈의 역광을 받아 눈시울이 아프게 밝고 다양하였다. 그 병실에 김이 있었고 거기서 한 집 건너 오동 병실에 박이 있었다. 다리가 성한 박이 김을 찾아오고 김은 앉아서 그가 오기를 기다리는 것이 그들의 예의였으며 또 매일같이 반복되는 유일의 기쁨이었다.

그날도 두 사람은 전신에 양광을 받으며 병실 앞에 놓인 의자에 걸터앉아 눈을 슴벅거리며 창공을 바라보고 있었다.

박은 말없이 두 대의 담배를 연거푸 피고 있었다. 그리고 마지막 꼬투리를 던져 버리고 자리에서 일어서더니,

"오늘 원장 동무 말씀이 난 일주일 후면 퇴원할 수 있다는 거야."

하고 빙그레 웃었다. 무슨 흡족한 일이 있을 때 하는 그의 버릇이다. 김도 다만 빙그레 웃었다.

그들에 있어 퇴원이란 다시 적을 찾아 전선으로 나가는 일이었다.

점심시간을 알리는 종이 울리자 언덕 아래 버드나무를 감돌아 내려가며 돌아서 또 한 번 웃어보이던 박의 그 앞모습이 채 안막에서 사라지기 전에 건너편 산머리에서 세 대의 적 중폭기가 날개를 나란히 나타내고 뒤미처 네 대의 그놈이 뒤를 이었다.

신기한 것처럼 바라보던 김은 자기 정수리를 향하고 수십 개의 거미알 같은 새까만 점이 급속도로 확대되며 수직선으로 다가오는 것을 보았다.

몸뚱아리 전체가 공중에 솟구치는 것 같은 굉장한 폭음이 지나갔다.

박이 있는 오동 병실에서 몇 간통 밖에 커다란 구멍이 뚫리고 병실의 유리창과 흰 벽이 일순에 날아가 □□이 되었다.

그곳으로 간호원들과 의사가 바쁜 걸음으로 가고 있었다.

김은 무의식중으로 그곳으로 달리어갔다.

첫눈에 뜨이는 것이 병실 한편 구석에 쪼그라 붙듯 누워 있는 박의 흰 옷자락이 흠뻑 피에 젖어 붉은 것이다.

그 머리맡에 간호원이 섰고 젊은 군의동무가 허리를 굽혀 내려다보고 섰는 사이로 박의 얼굴을 볼 수 있었다.

조금 전의 그 무쇠같이 단단하고 초생이같이 생명력이 넘치던 얼굴이 딴 사람처럼 창백해지고 초점을 잃은 눈이 열심으로 누구를 찾고 있었다.

김은 자기를 찾는 것이라 생각되었다.

가까이 얼굴을 갖다 대고,

"박 동무."

"박 동무."

그 얼굴의 근육이 약간 움직이며 아는 체를 한다.

그리고 붕어 입처럼 입을 뻐끔거리며 무슨 말을 하려는 모양인데 소리가 되어 나오지 않았다.

"뭐?"

박은 또 한 번 열심으로 입을 뻐끔거리었으나 역시 허사였다. 김도 안타까웠다.

"조금만 더 똑똑히."

박은 필사의 힘을 다해서 입을 움직이다가는 경련을 일으킨 듯 입귀가 썰기죽거리며 그대로 안정이 흐리어지고 만다. 이것이 마지막이었다.

김은 오직 전우의 그 식어 가는 얼굴을 지켜볼 뿐 선 자리에서 움직일 줄을 몰랐다.

평소에 입이 무거워 말이 없던 박이 그처럼 간곡하게 남기려던 마지막 말이 무엇인지 귀로는 듣지 못하였으되 그의 심장은 소리 없는 그 말에서 야수에 대한 분노를 받고 있었다.

야수의 거점 대구를 목전에 두고 팔공산 전투에서 전우들의 시체 위에 총을 걸고 원수를 노리며 적의 화점에서 또 하나의 화점을 향하고 몸뚱아리 채 부딪혀 가던 그들이었다.

그러나 원수의 마지막 화점을 눈앞에 두고 그곳에 전우들의 백골을 땅에 묻은 채 돌아서 낙동강을 건너야 하던 원통함이여.

다리에 또는 팔에 적탄을 맞고 천 리 또 천 리 길을 피로 물들이며 걸어야 하던 것은 자기들의 청춘이 아까워서가 아니었다. 살아 오래 잔명을 보전해 보고자 함이 아니었다.

오직 악착스럽게 살아 골수에 사무친 그 원한을 풀기 위함이었다. 또 한 번 총을 닦아 원수의 마지막 화점을 부수기 위함이었다.

이것은 너무 곡진한 심정인 까닭에 도리어 말이 없었다. 다만 심장은 서로 이것을 말하였고 이것을 맹세하였을 따름이다.

그날을 며칠 앞두고 오늘 박은 쓰러졌고 김은 살아 있다. 박에게 있어 김은 자기의 살아 있는 반신이었다. 분명 박의 소리 없는 말은 자기의 살아 있는 반신을 향해 이것을 말하였을 것이다. 그날로 김은 지팡이를 꺾어 버리었다. 그리고 그 길로 원장을 찾아가 퇴원을 요구하였다.

한 보도 물러서지 않으려는 씨름꾼처럼 버티고 서서 마침내 노 원장의 "좋소." 하는 한마디 허락을 얻고야 말았던 것이다.

×

야수에게 사랑하는 벗을 빼앗긴 김의 증오와 분노는 그 야수들의 새로운 □□□를 봄으로 해서 더욱 새로워지고 더욱 굳어져 갔으며 거기서 또 박의 새로운 소리 없는 말을 들었다.

긴긴 천 리 길에 사람 사는 곳이면 어느 한 곳에도 그것을 호소하고 그것을 말하지 않는 곳이 있으리오.

지금으로부터 석 달 전에 지나던 간이역이 있는 작은 거리나 인민위원회가 있는 조촐한 거리들―그때만 해도 장이 서서 돼지고기 냄새를 풍기며 얼굴이 기름진 사람들이 모여 욱적거리던 거리, 인민학교가 있고 소비조합이 있고 국수집이 있고 단란한 생활이 영위되고 아침과 저녁이 새롭고 하루가 백년처럼 장성해 가던 거리다.

오늘 이 거리에 남아 있는 것은 몇 개의 굴뚝뿐 횅한 벌판 가운데 손때 묻은 농짝이 원수가 누구인 것을 호소하듯 하늘을 향해 입을 벌리고 있다.

거리와 살림살이가 송두리째 파괴되고 □□이 부서진 그 한 조각 한 조각에는 아직도 사람들의 손자국이 남아 있고 체취가 남아 있고 그들의 살조각인 양, 원수에 대한 저주가 아로새겨 있다.

눈은 못 볼 것을 감추듯 이 모든 것을 덮어 허연 벌판에 살을 어이는 찬바람이 회오리친다.

어느 벌판이 이처럼 황량할 수 있으며 어느 형장이 이처럼 처참할 수 있으리오.

김은 길가에 망연히 멈추고 서서 지난날 하룻밤 피곤한 몸을 쉬어 가던 목기와 집이 어느 곳이던가 찾아본다.

개울가에 늙은 오리나무 한 주가 눈에 익어 겨우 자취를 찾아볼 수 있었다.

늑골처럼 앙상하게 드러난 석가래 끝에 때 묻은 어린애 색동저고리가 걸려 바람에 나붓거린다.

겨우 말을 배우기 시작한 네 살잡이 다방머리를 생각한다. 유난히 눈이 커서 송아지라고 별명 지어 부르던 어린 소녀의 그 인민군대 아저씨 인민군대 아저씨 하고 부르던 애련한 음성이 지금도 때 묻은 문지방 어디 들리는 성싶다.

그 몸에 입고 있던 찌들은 색동저고리는 바람에 너풀거리며 주인을 부르고 있으되 그 연한 몸뚱아리는 지금 눈 덮인 벌판 어디에 묻혀 있으리라.

구류 통이 엎어진 외양간에는 쇠똥만 남아 있고 지붕이 날아간 토방에 머리가 흰 노파가 혼자 앉아 뚫려진 창구멍에 종이를 바르고 있다.

기적처럼 남아 있는 몇 채의 집에는 뚫려진 바람벽을 틀어막은 대문에 인민위원회의 간판이 붙고 눈 위에 발자국이 있는 곳에는 얼음 밑에 움을 파고 끈기 찬 여인들이 굴뚝에 연기를 올리고 있다.

거적때기로 찬 눈과 바람을 막았을망정 그 안에는 어린아이들이 도란거리었고 자기들의 경애하는 수령 장군의 초상이 걸려 있었다.

그러나 물릴 줄 모르는 흡혈귀들은 오늘도 새로운 희생들을 찾아 머리 위에 배회하며 거리에 동이를 인 여인들이 물을 길러 가는 우물길에, 교사를 잃은 나이 어린 학동들이 다섯씩 여섯씩 분교실을 찾아가는 고갯길에 폭탄을 떨구었다.

굽힐 줄 모르는 인민들은 그 파헤친 구멍에 움을 묻으며 밤이 되면 그들의 나라를 사랑하는 지성을 실은 달구지들이 넓은 신작로 길에 뒤이어 뒤를 이어 남으로 나갔다.

어디 이것뿐이랴. 그 흡혈귀들이 직접 이빨을 댄—놈들에게 강점당하였던 지역의 그것은 또 좀 심악하였다.

야수들은 더러운 잔해처럼 흰 별 붙은 무수한 철모들을 땅바닥에 내굴린 채 달아났어도 놈들의 악한 지저귀는 방방곡곡에 남아 있었다.

까마귀 떼 나는 언덕마루에 십여 명씩 이십여 명씩 불에 타 꺼멓게 끄슬린 형체 모를 시체들이 놓여 있었다.

야수들은 애국인민들을 산 채로 한데 묶고 휘발유를 끼얹어 불태워 죽인 것이다. 봉화를 올린다는 것이다.

야수들에게 노예 되기를 거부하고 일어선 애국농민들이었다. 항복을 모르는 그들의 알몸뚱이에 붙는 그 붉은 불길이 어느 한 사람인들 안막에서 사라질 수 있으리오.

해도 외어드는 산골짜기 깊은 그늘 밑에는 수많은 인민들의 시체가 첩첩히 쌓여 시체 위에 시체가 곬을 메고 있다. 손아귀에 손자 놈의 팔을 잡은 채 쓰러진 노인도 있다. 자기들에게 주어진 주권을 지키기 위하여 목숨으로 항거한 그들이었다.

죽어 입은 굳어졌어도 그 입입이 자기들의 나라 공화국을 부르는 만세 소리가 이곳에 바람이 불 때마다 귀를 울린다.

열다섯 된 여학생의 옥 같은 몸이 야수들이 가한 욕된 자국을 남긴 채 눈 속에 반신을 묻히고 쓰러져 있다. 몸은 얼어 돌같이 되었어도 굳게 쥐어진 두 주먹에는 아직도 생명이 있어 원수의 가슴팍을 두들기고 있고나.

오 년 동안의 소작료를 내라는 어이없는 요구에 불응하고 전 부락 십칠 호가 잿가루가 되고 스물하나의 인명이 목숨을 빼앗긴 원한의 마을 운룡리도 지났다.

야수들의 욕된 강요에 항거해서 자기 정한 몸을 지키던 처녀들이 몸뚱아리를 빨가벗기우고 길가에 내세운 채 매질하고 매질한 끝에 총으로 쏘아 죽인 세평리 개울가의 피 묻은 돌도 보았다.

얼음이 깔린 신작로 길에는 늙은 노파와 젊은 여인들이 묵묵히 그저 묵묵히 썰매를 끌고 간다. 그 썰매 위에는 얼어 동태처럼 뻣뻣하게 된 사지에 무명을 뚤뚤 감은 시체가 실려 있었다.

원수들과 어디서 어떻게 싸우다 고귀한 생명을 조국에 받친 애국자들이뇨.

그저 묵묵히 노파는 자기 아들을, 젊은 여자는 자기 남편의 시체를 이렇게 썰매에 싣고 가는 것이다.

그들의 눈에는 눈물이 없고, 그들의 입에는 말이 없다. 그들의 눈은 눈물로 표현할 수 없는 참혹하고 무서운 것을 보아 왔던 것이다. 그들의 입은 말로는 나타낼 수 없는 원수에 대한 저주를 악물고 있는 것이다.

×

까마귀 떼 산머리를 넘어가고 석양은 눈이 덮인 만산 평야를 붉은 빛으로 휩싸고 있다.

길가 허물어진 오막집 툇마루 끝에 김은 걸터앉아 있다. 김은 그 자리가 전일 죽은 박과 함께 이곳을 지날 때 같이 앉아 쉬던 곳인 것을 생각하였다.

그때 박은 입가에 쓸쓸한 웃음을 지우며 그곳에서 오 리를 가면 자기 고향집이 있다 하였다. 그가 손가락질을 해 가리키던 장소를 김은 고개를 돌이켜 바라본다.

퍼언한 들을 건너 조그만 언덕을 등지고 앉은 한촌이란 작은 마을이었다. 그때는 밤나무 숲으로 울을 친 마을에는 저녁연기가 누워 흐르던 평화하고 아늑해 보이던 곳이었다.

그러나 오늘 김의 눈에 보이는 그곳에는 밤나무 숲도 아니 보이고 저녁질 때가 되었는데 흰 연기 한 줄기 오르지 않는다. 만약 거기 한 오라기 연기라도 올라오는 것이 보였다면 김은 그곳을 그대로 지나쳐 버리고 말았을 것이다.

김은 몸을 일으키자 그 한촌을 향하고 걸음을 옮기었다. 전우 박의 몸에 큰 변화가 있던 것과 같이 그 한촌 마을에도 무슨 크나큰 변고가 있을 것만 같았던 것이다. 긴 밭고랑 길을 지나 언덕에 올라섰다.

김의 예감이 맞았다. 분명 마을이 있을 그곳에는 허연 눈이 덮이었을 뿐 오막집 한 채, 외양간 한 칸, 볼 수 없었다.

찾아드는 사람도 없는 모양으로 눈길 위에는 발자국 하나 없다.

군데군데 엎어진 구들장이며 타고 남은 기둥 모서리를 눈 속에 겨우 찾아볼 수 있을 뿐, 응당 우물에는 얼음이 두텁고 우물 앞 돌 위에는 물동이와 또아리가 놓인 채 얼어붙어 있다.

물어보려야 물을 사람도 없고 찾아보려야 찾아볼 자취조차 없다.

한참 만에 김은 터덜터덜 그 속을 돌아서 가는 수밖에 없었다.

날이 저물어서 한 칠 리 좀 떨어진 리 인민위원회가 있는 마을에 들었다. 일에 열한 사람들이 눈코 뜰 새 없이 욱적거리는 그곳 인민위원회의 알선으로 마을 끝에 있는 한 농가에서 김은 그 발을 묶게 되었다.

아랫목에 주인집 노인이 바울 등잔 밑에 새끼를 꼬고 있었다.

김은 물었다.

"고개 넘어 한촌이란 마을이 있지요."

"예, 있지요."

"그 마을은 대체 어떻게 되었습니까? 집 한 채 남지 않고 폐허가 되었으니."

"허어, 말은 해 뭘 하겠소."

하고 노인은 긴 한숨을 내쉬며 일손을 멎더니 화로를 앞으로 당기어 담뱃대에 불을 붙여 문다.

"이 근방에선 제일 부유한 마을이었지요. 또 사람들의 합심도 잘 되구요. 그러던 마을이 그놈들이 칠십이 명을 굴속에 집어넣고 몰살을 시켰다오."

김은 더 물을 말이 없었다. 말문이 막히어 잠잠히 앉았는데 노인은 다시,

"군인 동무는 그 한촌과 어떻게 되시오?"

"아니요, 내 친구의 고향입니다."

"그럼 한 사람 만나 보시겠소. 굴속에 들어가 죽은 칠십이 명 중에 단지 한 사람, 열두 살 먹은 소년이 그 굴속에서 기어 나와 살아났는데 그 애가 바로 우리 마을에 와 있지요."

노인은 자기 손녀딸을 보내 그 소년을 불러오게 하였다.

조금 후에 칠십이 명 중에 유일한 생존자 소년은 그 앞에 나타났다.

나이보다 진작해 목이 가늘고 눈이 유난히 또릿또릿한 소년이었다.

소년은 나직한 소리로 조용조용 그날의 참상을 이렇게 말하였다.

"─우리 한촌 마을은 적이 들어오기 전에 남자들은 거지반 빨치산이 되어 산으로 들어가거나 해서 마을에는 나이 많은 노인들과 여인네하고 어린 애들만 남아 있었어요."

소년은 외양보다 속은 조숙해서 그 말하는 음성이나 품이 지각이 들어

보였다.

"개놈들은 들어오는 길로 어린애 어른 할 것 없이 마을 사람 일흔두 명을 잡아내다가 두 집에 나누어 가두었어요. 매일 주는 것은 한 사람 앞에 날강냉이 오십 알씩을 세어 주는 거예요. 어른들은 노상 굶고 그걸 모아 어린아이들에게만 나노 먹이었어요. 그래도 아이들은 배가 고프다고 울고 보채는 거예요. 그러면 개놈들은 그 우는소리가 듣기 싫다고 우는 아이들에게 총부리를 겨누며 더운 물을 끼얹었어요. 나중에는 어린애들은 배가 고파도 끽 소리를 못했어요.

우리들을 이렇게 가두어 놓고 개놈들은 빈집에 제 집처럼 드나들며 곡식이고 옷이고 세간이고 제 맘대로 모조리 집어내 갔어요."

소년은 말하기가 난처한 듯 잠시 끊었다가 다시 재촉한다.

"개놈들은 하루에도 몇 차례씩 사람을 번갈아 찾아와서 창끝으로 여자들의 치마 밑을 쳐들어 보며 나쁜 소리를 하는 거예요. 그런 때면 여자들은 네 에미를 그러라고 욕지거리를 했어요. 그럼 그것들은 말을 못 알아듣고 그저 히히히거리고 웃는 거예요. 어떤 사람은 일부러 낯을 찡그리거나 해서 얼굴을 흉상을 만들어 보이던데요. 그놈들이 가고 나면 그중에도 그것이 우스워서 우리는 웃지 않을 수 없었어요."

김은 물었다.

"거기 며칠이나 감금되어 있었소."

"한 이십 일 돼요. 그 전날부터 멀리서 대포 소리가 들려오기 시작하더니 이십 일이 되던 날부터는 아주 가까운 거리에서 들려왔어요. 우리는 인민군대가 반격해 오는 소리라고 너무도 감격해서 모두 울었어요."

하고 소년은 요긴한 대목을 끊어 말을 멎는다.

"그래서."

"저녁때가 되어 갑자기 개놈들의 한 떼가 우루루 몰려오더니 우리를 모두 나오라고 해서 어디로 끌고 가는 거예요. 어디로 가는 것이냐고 하니까

지금 얼마 아니 되는 곳에 되놈들이 쳐들어왔는데 그자들은 사람들을 보기만 하면 죽이는 판이라 우리들을 안전한 장소로 데려다 주마해요. 그러고 앞뒤 좌우에서 총을 겨누며 앞만 보고 걸으라고 하며 컴컴한 어둠 속으로 우리를 이끌고 갔어요.

우리 한촌에서 한 오 리쯤, 산으로 들어가면 '보와굴'이란 굴이 있어요. 우물처럼 길이로 뚫린 굴인데 전부터도 그 굴의 깊이가 어른의 키로 열다섯 길이 넘는다고 하는 깊은 굴이에요."

"그래서."

"개놈들은 우리를 그 보와굴 앞으로 끌고 가더니 주욱 일자로 세워 놓더군요. 그러더니 하는 말이 이 굴 속에는 되놈도 들어갈 놈이 없겠지만 물론 우리도 아니 들어가겠다. 그러니 그 속에서 너이 마음대로 인민공화국을 꾸며 보아라 하는 거예요."

"그럼 그때까지 그놈들이 어떻게 하리라는 것을 몰랐었소."

"아뇨. 아까부터 짐작은 하였으면서도 어찌도 그놈들의 경계가 심하던지 우리는 어떻게 할 수가 없었어요."

"그래서."

"그놈들은 한 사람씩 그 앞으로 끌고 가 세우더니 발길로 걷어차 굴속으로 떨어뜨리기 시작하였어요. 그것을 보고 어린아이들이 먼저 와아아 하고 떼울음을 터트리었어요. 그러자 위협을 하느라고 그런 것인지 오발을 한 것인지 모르겠는데 건너편 언덕 위에서 망을 보고 있던 놈이 총을 탕 한 방 놓았어요. 그 총소리를 듣자 아마 우리 군대가 오는 줄 알았던 것이지요. 우리를 경계하고 있던 놈들이 놀라 더러는 뒤로 물러서기도 하고 더러는 그 총소리 나는 쪽으로 향하고 뛰어가기도 하였어요."

"그래서."

"우리는 이때라고 싶어 그 틈을 타고 일제히 좌악 흩어졌어요. 그런데 우리 칠십이 명 중에는 나이 많은 노인이 열댓 명이 되고 어린애가 이십

명이 넘었어요. 그리고 나머지 사람도 거지반 여인네들인데 오랫동안 먹지도 못하고 시달린 데다가 노인과 어린애들의 손목을 이끌어야 해서 멀리 가지도 못하고 도로 그놈들에게 붙잡혀 왔어요. 그 통에 서너 사람이나 총에 맞아 쓰러졌는데 그런 사람들은 행가래를 키듯 네 놈들이 팔 하나 다리 하나씩을 들고 흔들다가는 굴속으로 던져 버리고 하였어요.

사람들은 이를 갈며 그놈들에게 무서운 악담과 욕을 하였어요. 다른 때 같으면 당장 총이라도 쏠 텐데 그러지는 않고 그저 시시덕거리며 한 사람씩 붙들어 내다가 굴속으로 걷어차는 거예요. 그중에는 갓난애를 업은 여인네도 있었어요. 개놈들은 등에 아기를 업은 그대로 걷어찼어요."

"그래 사람들은 그놈들이 걷어차는 대로 순순히 당합디까."

"아녜요. 나이 많은 노인들까지 악담을 하며 그놈들의 팔이나 다리에 달라붙어 물어뜯었어요. 그러면 그놈들은 마치 개를 잡듯이 두들기다가는 굴속으로 집어던지고 했어요. 제일 볼 수 없는 것은 어린애들예요. 어린애들은 자기를 잡으려 드는 그놈들의 손을 물어뜯으며 몸부림을 쳐요. 그러면 그놈들은 그대로 반짝 안아다 굴속에 처넣고 했어요. 그놈들은 사람이 아녜요. 아귀예요. 아귀보다 더해요."

하고 소년은 너무 끔찍한 듯 말을 멎는다.

"그래서 어떻게 됐소."

"□□□□는 죽어도 같이 죽자고 우리 여덟 식구는 꼭 서루 껴안고 있었어요. 맨 나중에 아귀들은 우리에게 달려들었어요. 그리고 서로 껴안고 있는 것을 보고 그놈들은 총대로 팔을 끊어 풀게 하였어요. 맨 먼저 열 살 된 내 누이동생을 끌어갔어요. 어머니를 그것을 보자 나를 먼저 죽이라고 쫓아가 그 팔에 매달리었어요. 그러자 그놈들은 누이동생을 놓고 이번에는 어머니를 끌고 갔어요. 어머니는 끌려가시면서 너희 놈들의 에미 자식도 내 꼴처럼 될 날이 멀지 않았다고 악담을 하시었어요. 그리고 조금 후에 어둠 속에서 김 장군과 인민공화국 만세를 부르는 어머니의 음성이 들리었어요. 그다음에는 열네 살 된 둘째 형이 끌려갔고 그다음에는 내가 끌려갔어요. 그놈들은 나를 보고 너 김일성이 노래 잘 부르는 놈이로군, 굴속에서야 아무 노래를 부르던 상관있겠느냐, 말리는 사람 없을 테니 소원껏 불러 보아라 하고 내 궁둥이를 걷어찼어요."

"그래서."

"그 굴 안에는 중간에 턱이 진 모양이에요. 귓속에 쏴아 소리가 나며 한참을 내려가더니 등 하고 궁둥이가 부딪히며 잠시 지르르 미끄러지더니 또 귓속에 쏴아 소리가 나겠죠. 정신을 차리고 보니까 그 속은 캄캄하기가 손으로 쥐면 만져질 것 같은데 그 속에서 으아 하고 어린애 소리와 어른의 신음하는 소리가 들려왔어요. 그런데 그 신음 소리가 내 궁둥이 밑에서 나는 것 같아 만져 보니 나는 사람들의 몸뚱이 위에 있는 거예요. 나는 무서운 생각이 번쩍 나서 구석으로 기어나가자 바위틈으로 몸을 비비고 들어가 숨어 있었어요. 그러자 요란한 소리로 수류탄이 몇 방 터지고 또 이어 총소리가 연거푸 나더니 어린애 우는 소리도 어른의 신음하는 소리도 들리지 않았어요. 아마 모두 죽은 모양에요. 나중에 밖에 나와 안 일이지만 나는 그 속에서 이틀 낮 이틀 밤을 지냈는데 그 속에서는 밤도 낮도 모르겠고 날 가는 줄도 모르겠어요. 그저 무척 긴 밤이었어요. 그런 속에서 때가 얼마를 지났는지 모르겠는데 몹시 배가 고프고 배고픈 것보다 제일 목이 말라 못 견디겠어요.

나중에는 어디 혹시나 샘이라도 있을까 해서 그 바위틈에서 기어 나와 더듬더듬 두 손으로 더듬어 보았어요. 손에 만져지는 사람의 가슴이며 허벅다리 같은 것이 모두 얼음같이 차고 돌같이 단단하였어요. 그런데 그중에 하나 만져지는 가슴이 뭉클하고 따뜻한 온기가 있단 말예요. 나는 어찌도 놀랐는지 으악 하고 소리를 쳤어요. 사실 죽지 않고 산 사람이었어요. 그 사람은 가느다란 목소리로 이렇게 말하였어요. '□□ 젖을 빨아 보아라! 조금은 나올 것이다.' 그는 아마 내가 물을 찾는 것을 안 모양이에요."

"그 부인이 누구요. 동무의 어머니요?"

"우리 어머니는 아녜요. 누구인 줄은 모르겠어요."

"그래서?"

"그래, 그 부인의 젖꼭지를 물고 빨아 보니까 정말 젖이 나와요."

"젖이 나옵디까?"

"네, 젖이 나와요. 아마 그 부인은 젖먹이 아기를 가졌던 사람인가 보아요."

"그래서?"

"내가 가슴에 얼굴을 묻고 젖을 빨고 있을 때 그 부인은 이런 말을 해요. '너는 그다지 다친 데가 없는 모양이니 이 굴을 기어 올라가 보아라. 전에도 어떤 사람이 이 굴을 내려갈 때에는 줄을 타고 내려갔다가 올라올 때는 줄 없이 올라왔다는 말이 있었다.' 그 몇 모금의 젖에 기운을 얻고 부인의 그 말에 용기를 얻어 나는 그 굴을 기어 올라가 보기 시작하였어요. 그믐밤보다도 더 캄캄한 속이라 단지 손과 발을 눈 삼아 한참씩 더듬어 발 하나 놓고 손 집어 하나를 찾으며 조금씩 올라갔어요. 그러다가 아마 그곳이 턱이 진 바로 밑이던가 보아요. 머리 위에 바위가 부딪히며 아무리 더듬어 보아도 손 집을 데가 없어요. 그러자 한쪽 팔에 힘이 스르르 풀리며 고만 아래로 떨어지고 말았어요. 아마 오래 먹지를 못해 기운이 없어 그랬던가 보아요. 그래 나는 더 좀 젖을 먹고 기운을 차려 볼 생각으로 아까 그 부인이 있던 곳을 더듬어 가 보았어요. 그랬더니 부인의 젖가슴은 이미 차디차게 식었어요. 그 부인도 죽은 모양이에요."

"허어, 그 부인도 마저 죽었습니까?"

"네, 그 부인도 죽었어요."

"그래서, 다시 계속하시오."

"이번에는 좀 방향을 고쳐서 기어 올라가 보았어요. 먼저보다는 훨씬 올라가기가 나아요. 그 중간에 턱이 진 데까지 올라가게 되었어요. 그리고 거기서부터는 희미하나마 밖에서 들어오는 광선이 있어 한결 올라가기에 힘이 덜 들었어요. 만 이틀 만에 굴 밖을 나와 보니까 개놈들은 한 놈도 볼 수 없이 다 달아나 버리고 한촌 우리 마을은 집 한 채 남지 않고 싹 재가 되어 있었어요."

방 밖에는 바람이 일고 눈이 내리는 모양으로 이따금씩 좌악좌악 창바라지에 눈발을 뿌린다.

아랫목의 노인은 이번이 처음 듣는 얘기가 아니겠는데 연방 허어허어 하고 탄식을 한다.

묵연히 앉아 김은 한참 만에 입을 열어 물었다.

"동무의 이름은 뭐요?"

"박문기라고 해요."

"그럼 박문덕이란 사람을 알겠소?"

"바로 우리 큰형님의 이름이 박문덕예요."

하고 소년은 반색을 해서 되묻는다.

"우리 형님을 어떻게 아세요?"

"나하고 같은 부대에 있었소. 낙동강 전투에 같이 참가했고 저번에 후퇴도 같이 하였지."

"지금 형님은 어디 계세요. 어째 같이 오시지 않나요?"

김은 적이 난처하였다. 잠시 주저하다가,

"그런 것은 묻는 것이 아니오."

그런 영민한 소년은 그 말을 어떻게 들었는지 더 물으려 하지 않고 섭섭한 표정을 지으며 가만히 고개를 숙인다.

그러다가 다시 고개를 들며,

"내 형님을 뵈면 꼭 한마디 부탁할 말이 있었어요. 그렇지만 이젠 그 말을 대신 군인동무에게 할까 봐요."

"무슨 말인지 해 보오."

소년은 잠시 생각을 하는 듯 고개를 숙이었다가 다시 들며 가슴속 저 깊은 속에서 우러나오는 음성으로 다만 한마디 이런 말을 하였다.

"원수를 갚아 주세요."

그리고 두 눈에 눈물이 주루루 흘러내리더니 꿀꺽 하고 목 너머로 울음을 삼키며 주먹으로 한번 쓰윽 눈을 닦아 버리고 만다.

그제야 자세히 보니 소년의 그 사람을 쏘아보는 눈이며 입모습 그 음성이 바로 죽은 박의 그것과 흡사하였다.

소년은 지금 자기 형이 혀가 굳어 가면서도 그처럼 안타까이 전하려 애쓰던 그 말을 대신 그 눈 그 입모습, 그 몸짓으로 저에게 들려주고 있는 것이다.

박이 마지막 김에게 하려던 소리 없는 말은 바로 이 말이었다. 김은 여기서 죽은 박의 소리 있는 말을 들을 수 있었다.

동해안 어느 조그만 어촌, 돌이 흔해 집집이 돌각담을 쌓아 올린 김의 고향집에도 늙으신 어머니와 이 소년과 나이가 연갑인 어린 아우가 있는 것이다.

김은 어찌 자기 고향만 온전하였기를 바라리요. 그 어머니 그 아우가 같은 수난에서 지금쯤 어느 신작로 모퉁이에서 길 가는 인민군대를 보고 우리 형님을 만나거든 자기의 극진한 부탁을 전해 달라고 당부를 하고 있으리라.

"원수를 갚아 주세요."

아니, 그뿐이랴, 이 나라 방방곡곡에서 원수의 독아에 쓰러진 그 숱한 애국인민들의 백골에 사무친 원한이, 그 늙은 어머니가 그 젊은 아내가 그 어린 아우가 소리를 합해서 말하리라.

"원수를 갚아 주오."

∷∷∷ 『문학예술』, 1951. 5.

작가는 금 간 사람이 되어서는 안 된다

— 남반부에 있는 작가 이 형에게

친애하는 리 형! 사람이란 간고한 시기에 고락을 같이한 벗은 잊지 못하는가 보오. 깊은 밤 책상머리에 붓을 놓고 잠시 쉬며 지난날을 회고할 때에 나는 그래 형을 생각하게 되오. 그것은 일제 식민지 통치하의 암담하던 시기와 해방 후에 일제보다 몇 배 간교하고 흉악한 미제와 그의 충견인 이승만 역도들의 반동 통치하에서 보낸 고통과 울분에 찬 나날을 많은 경우에 형과 함께 그 고통과 불행을 겪었으며 같이 울분해하고 같이 흥분도 했던 까닭이오.

나는 지금도 생생하게 기억하고 있소. 독일 침략군이 스탈린그라드에서 붉은 군대에 의해서 □□□ 타격을 받았다는 소식을 듣게 되던 날 저녁 형은 나를 찾아와 흥분과 감격으로 얼싸안을 듯이 악수하던 일과 거리 술집에 나가 말없이 축배를 들던 일이 바로 어제 일 같소.

이 형! 우리는 그날 밤 깊도록 돌아다니며 '북천 하늘에 반짝이는 별 하나. 잠든 거리의 창마다 비친다.'라는 누구의 시 한 구절을 외치듯 노래 부르던 것을 기억하시겠소. 우리는 구태여 실망하지 않아도 스탈린그라드에서의 붉은 군대의 전승에서 독일의 패망을 예견하였으며 독일의 패망은 일제의 패망과 조선의 해방임을 우리들의 심장은 예감했던 것이오.

이 형! 그러나 형이나 나나 강도 미제가 남조선을 독차지하고 들어앉을 줄은 꿈에도 생각지 못했소. 그 후 남반부 인민들은 이 피에 주린 승냥이로 해서 얼마나 불행과 고통을 당하게 되었소. 얼마나 많은 귀한 생명이 생죽음을 당하게 되었소. 형은 기억하시리다. 미제가 날조한 '정판사 사건' 공판 반대 투쟁에 일어선 시민들 중에서 열여덟 살 난 학생이 미제가 쏜 총탄에 쓰러진 것을. 이 학생이 아마 해방 후 적의 독아에 쓰러진 최초의 희생자일 거요. 그 소년의 장례식이 있던 날 5월의 봄비가 부실부실 내리는 종로를 지나 미아리 공동묘지에 이르러 장사 지낼 때 나는 형의 눈에 두 줄기 눈물이 흘러내리는 것을 보았소. 그 눈물에서 나는 형이 그 소년을 죽인 살인귀 미제를 반대해서 목숨 걸고 싸울 것을 결연히 맹세하는 것을 읽을 수 있었소.

그렇소. 형은 정의를 사랑하고 악한 것을 증오할 줄 아는 좋은 심성을 가진 사람이오. 형은 온갖 패덕한 것, 비인간적인 것을 미워하고 선하고 성실한 것을 사랑하는 사람이었으며 옳은 일에 감동하고 □□ □ 아는 양심을 가진 작가였소.

이 형! 나는 지금도 형의 그 심정과 양심이 조금도 위축되거나 변모하지 않았으리라는 것을 믿고 있소. 그리고 그 고귀한 심정과 착한 뜻이 문학에 반영되리라는 것을 기대하고 있었소.

나는 남반부에서 발간되는 출판물을 보게 될 때마다 형의 이름을 먼저 찾았으며 형이 쓴 글을 제일 먼저 읽었소. 그러나 그때마다 형에게 기대했던 것이 어그러진 것 같은 감을 느끼곤 하였소.

형이 종래에 쓰는 유희적인 애정의 세계에서 벗어나 남반부 부정적 현실의 일면을 보여 주려 한데는 일보의 진전이 있었다고 보겠소. 그러나 안타깝게 생각되는 것은 그 부정이 한낱 부정으로 끝나고 만 것이오. 작자는 이 작품에서 미망인이 경영하는 '혜성'이라는 술집에 드나드는 문화인이라는 한 부류를, 즉 악단을 갖지 못한 지휘자, 폐간 당한 신문사의 기자와 배달부, 절망하기 때문에 정신 이상이 된 미모의 여성, 팔리지 않는 서푼짜리 시나리오 작가, 몰락 과정을 밟고 있는 '혜성' 마담, 주책없이 덤벙대는 실

존주의자와 무뢰한 등등의 정신에 금이 간 사람들이 눈이 오지 않고 부슬
비가 내리는 크리스마스 날에 애수와 고독과 절망에 잠겨 있는 사람들을
그리고 있소.

그런데 그 작품에는 바로 작자 자신이 또한 애수와 감상과 연민의 눈으
로 보고 있는 것이오. 작자는 말하고 있소. "마음에 상처가 있는 것은 올
바로 곱게 살려는 데서" 또는 "센티멘틀로 보지 말아라. 꽃봉오리 같은 마
음 때문에" 등 표현으로 그들의 애수와 절망을 정당화하려 하고 있는데 이
것은 작자 자신이 마음에 금 간 사람이라는 것을 생각케 하였소. 그래서
결국 이 사람들이 가는 운명의 종착점은 악단을 갖지 못한 지휘자와 같이
튼튼한 젊은 청춘이 입에 술잔을 댄 채 싱겁게 죽고 말리라는 것을 보여
주고 있는 것이오. 작자는 그것을 의도했든 안 했든 간에 독자는 그런 것
을 받게 되는 것이오. 이 얼마나 무서운 일이겠소.

이것은 형이 작품에서 좋지 않게 보고 있는 실존주의와 본질상 다른 것
이 없는 거요. 사람이 온갖 건전하고 아름다운 것을 거세해 버리고 과거도
미래도 없는 오직 순간적인 생리적 요구에만 충실한 동물적인 것으로 저하
시키려는 그 구역질 나는 실존주의와 말이오.

이 형! 누가 사람을 동물 이하로 저하시키는 것을 보고 좋다 하고 박수
를 보내는 줄 아오. 그것은 다름 아닌 미제와 그 추종자들일 거요. 노예
상인인 미제는 사람을 '말하는 도구'로 '인간 정신이 거세된 동물'로 보고
싶어 하는 거요. 형은 자기가 쓴 작품이 미제의 요구에 수용하고 있다는
것을 안다면 아마 모골이 송연해질 거요.

이 형! 생각해 봅시다. 일제시에 "친일하라. 친일하라"고 노래 부르던 반
동 시인 서정주가 오늘 자신이 인민들의 규탄을 받고 침몰하게 된 것을.
사람의 올바른 길에서 어긋날 때 작가는 결국 자기가 판 함정에 빠지고 마
는 거요.

이 형! 제발 내가 형을 신뢰하고 기대하는 마음에서 어그러지지 않는 작

가가 되어 주시오. 그리고 그 눈으로 현실을 정면으로 똑바로 보시오. 오늘 남반부 인민들은 결코 그 '혜성' 술집에 드나드는 그런 정신에 금 간 사람들이 아니지요. 형은 지난 4월 19일 서울에서 일어난 거세찬 불길을 보았을 거요. 그들은 어떤 사람들이었소. 형이 조석 상대하는 이웃 사람들이었소. 보통 노동자, 농민, 학생, 인텔리, 소상인들이었소.

그들은 자기들이 미제 식민지 통치하의 15년간에 당한 빈궁과 기아와 파탄을 가져다준 자가 누구라는 것을 잘 알았으며 형의 소설의 주인공처럼 싱겁게 굶어 죽거나 맞아 죽는 사람들이 아니라 일어서서 싸울 줄 아는 사람들이오. 싸우면 반드시 승리한다는 것을 알고 있는 사람들이오.

이 형! 보시오. 그 사람들은 얼마나 슬기롭고 용감한가를, 그들은 자기들에게 고통과 불행을 가져다준 원흉인 미제의 패전 장군 맥아더의 동상을 때려 부수려 했고 이승만의 동상에 쇠줄을 걸고 거리를 끌고 다니었소.

그리고 노도와 같이 이승만이 엎드려 있는 경무대로 몰려가는 것 형은 보았을 것이오.

형은 이 사람들을 보고도 '괜히 상식적인 흥분과 개탄을 하는 것도 정신에 금이 간 사람들이라'고 보겠소? 나는 그렇지 않았으리라고 형을 믿소. 4월 19일 밤 깊도록 나는 라디오 앞에서 떠나지 않으며 서울서 들려오는 시위 군중의 외침 속에 형의 목소리도 섞여 있는 것 같아 귀를 기울이고 있었소.

이 형! 그만큼 명동거리를 다녔으면 싫증도 났을 거요. 그 좁고 곰팡내 나는 침침한 골목길에서 나와 큰길에서 광명 아래 사람들을 보시오. 그리고 그 인민들의 편에 서서 그들의 산 목소리에 귀를 기울이며 그들이 무엇을 사고하고 무엇을 희구하고 있는가를 보시오.

그러면 현명한 형은 현 사태의 본질을 분간해 낼 거요. 남반부 인민들은 늙다리 이승만, 하나만을 꺼꾸러뜨리기 위해서 고귀한 피를 흘린 것이 아니오.

이승만이 들고 앉았던 반동 통치제도를 전복함, 그리고 꼭두각시의 □꼭지를 쥐고 있던 미제를 쫓아낼 것을 요구하고 있는 것이오. 그리고 조선 인민들의 염원인 조국의 평화적 통일을 위해서 남북 정당, 사회단체 대표들이 한자리에 모일 것을 희구하고 있는 것이오. 그들은 이 길만이 조국이 통일될 수 있는 길이란 것을 알고 있으며 그리고 북반부의 날로 발전해 가고 날로 그 재부가 축적되어 가는 풍부한 경제 부대만이 남반부의 파탄된 민족 경제와 기아선상에 있는 인민 생활이 피게 될 것을 잘 알고 있는 것이오.

형은 지금 보고 있을 거요. 7월 29일 소위 '선거'를 앞두고 '민주당' 상층부가 '정권'에 기어 붙기 위하여 얼마나 추잡한 개싸움이 벌어지고 있는가를. 마치도 그것은 큰 개가 쫓겨나니까 작은 개들이 밥그릇을 차지하려고 으르렁대고 물고 뜯는 한 폭의 만화를 연상케 하오. 그것은 지난 3월 15일 이승만이 쫓기어 나게 될 직접 동기가 된 '살인 선거'의 재판인 것이오. '자유당'이나 '민주당'이나 뭣이 다르단 말이오. 꼭 같이 미제에게 꼭두를 잡힌 사환꾼들로서 지난날 이승만이 틀고 있던 반동 파쇼 제도의 복구를 획책하고 있는 것이오. 이것은 4월 19일, 인민들이 흘린 고귀한 피에 대한 모독이며 기만이오. 그러나 인민들은 그 기만에 속지 않을 것이오. 반드시 제2, 제3의 분노에 화산이 퍼지고 말 거요.

이 형! 현명한 형이 이것을 모를 리 없소. 그의 혜안은 곧 사태의 본질을 가리고 그 할 바가 무엇이라는 것을 알아차리고 있을 것이오. 형! 알았으면 주저하지 마시오. 용감하시오. 용감하게 인민의 편에 서서 펜을 검으로 삼아 싸우시오. 그리고 우리 다 한자리에 모일 그날을 위해서 길을 닦읍시다. 그리고 조국이 평화적으로 통일되는 그날을 단축시키기 위해서 싸웁시다. 이것은 남북 작가들의 신성한 의무이며 전체 조선 인민들이 갈망하는 염원인 것이오.

이 형! 부디 작가는 정신에 금 간 사람이 되지 맙시다.

❖❖❖ 『문학신문』, 1960. 7. 15.

생활의 진실과 단편소설

　해변가를 산보하는 사람들은 흔히 조개껍질이나 돌을 집어 든다. 그리고 잠시 생각하다가 쓸모가 있을 것 같아 주워서 주머니에 넣는다. 그 여행자는 기차를 타고 도시나 또는 지방에 있는 자기 집으로 간다. 바닷가에서 주워 든 조개껍질은 그의 책상머리에 놓인다. 그러나 그것은 얼마 후에 자취를 감춘다. 그 집 주부가 방 쓰레기와 함께 내다 버린 것이다. 왜냐하면 그것은 생활에서 그리 필요하지 않은 물건이기 때문이다.

　작가도 바닷가의 조개껍질이나 돌을 잡는 수가 있다. 우연한 기회에 직접 보거나 혹은 남에게서 듣게 된 어떤 사건이나 인물 또는 현상에 대해서 소설이 될 수 있다고 생각되어 그것을 마음의 주머니 속에 집어넣는다.

　그리고 바닷가의 조개껍질을 주머니에 넣듯이 원고지에 옮긴다. 그러나 이렇게 해서 쓴 작품은 많은 경우에 실패를 한다. 그 사실은 진실이 아니기 때문이다. 혹 잘되었다는 단편의 경우에도 찬찬히 들여다보면 인물의 옷이라든가 언어 행위에 있어서 때와 장소가 잘 맞지 않은 것을 발견하는 때가 있다.

　우연한 사건, 인물 또는 현상은 생활의 진실이 아니다. 즉 바닷가의 조개껍질에 지나지 않았던 것이다. 작가는 오작이라는 고배를 마시고 그 작품을 쓰레기통에 내다 버리게 된다. 이런 경우는 단편소설일 경우에 흔히 많다.

　내가 왜 이런 말을 시작하는가, 혹간 나에게 작품을 가지고 오는 신인들에게서 볼 수 있는 현상인데, 그들은 문제성을 제기한다고 하면서 엉뚱한 것을 가지고 온다. 그 내용을 보면 우연한 사건이 많았으므로 그 신인더러 따지고 들면 어디서 얻어들은 것이라고 한다. 그 신인은 생활을 깊이 관찰하지 않고 글을 썼기 때문이다.

틀림없는 것, 그것은 당 노선, 당 정책 실적 행정에서 작품의 주제를 찾는 데 있다. 당 정책, 그것은 발전하는 현실이 요구하는 가장 진실한 것이기 때문에 전체 인민의 주의와 관심이 집중된 사건이며 이해관계가 집중된 문제인 때문이다. 그리고 그것의 □□은 곧 역사의 진전을 의미한다. 때문에 작품의 영원성과 연관되는 것이다.

둘째로 단편소설에서 전형화의 문제다. 단편소설은 생활의 단면을 형상화한다는 데서 전형화를 소홀히 해도 좋을 것같이 생각하기 쉽다.

천만에, 단편소설은 생활의 한 단면이기 때문에 더욱 전형화를 요구한다. 왜? 단편소설에서 단면이란 현실의 한 측면을 떼어 낸 단면이 아닌 것이다. 낡은 현실과 연결된 한 단면이며, 많은 것이 하나에 집중된 단면이기 때문에, 하나에서 전체를, 작은 것에서 많고 큰 것을 생각게 하기 때문이다.

그렇기 때문에 몇 십 매짜리의 짧은 단편소설로도 그것이 전형화되었을 때에는 한 시대와 한 역사를 대표하는 특징을 나타낼 수 있는 것이다.

단편소설에 있어서 사건 발전, 환경 조성, 성격 창조 등 모든 면에서 작가의 상상과 허구의 영향을 오직 그 사건과 환경, 성격을 전형화하는 데 사용되고 집중되는 것이다.

내 짧은 창작 경험에서 한 가지 사례를 들기로 한다.

단편소설 「수확의 날」 중에서 박과부와 박과부집 우물에 대한 장면의 설정은 물론 그것 없이도 되기는 될 수 있는 것이다.

그러나 이 장면이 없었다면 농촌 수리화에 대한 문제에 있어서 어느 곳에서나 통할 수 있는 넓은 폭을 갖지 못했을 것이며 과거와 오늘의 발전 변모에 대한 대비에서 보는 정확한 인식을 할 수 없을 것이며, 그렇기 때문에 주인공들의 성격 형상을 부각시킬 수 없을 것이다.

그래서 사건의 전형화 없이는 성격을 전형화할 수 없으며, 성격을 전형화하자면 그 인물이 처한 환경을 전형적인 것으로 설정해야 한다. 단편소설에 있어 디테일, 에피소드 등도 물론 전형화에 복종되어야 한다.

묘사에 있어서도 그렇다. 한 노동자가 아침 출근 시간에 버스를 탔다고 하자. 버스 차장은 말한다. "조금씩만 안으로 들어가세요. 안이 비었습니다."

버스 차장의 이 말은 아침 출근 시간에 탄 버스 안에서 일반적으로 들을 수 있는 말이다. 즉 어느 곳에서나 볼 수 있는 일반적 문제이다. 그러나 단편소설에 있어 묘사는 이런 일반성만으로는 될 수 없다. 항상 단편소설의 묘사는 그 일반성과 더불어 개별적인 것을 요구한다.

왜, 단편소설의 창작이라고 할 때에는 '한 노동자'라는 추상적인 인물이 허용되지 않기 때문이다.

그렇기 때문에 단편소설에 있어서 묘사는 언제나 일반적인 것과 개성적인 것의 유기적 통일을 요구하는 것이며, 또 그것의 묘사가 전형화에 복종할 것을 강하게 요구하기 때문이다.

단편소설에서 우선 이상의 것이 구비되었을 때만이 바닷가에서 주워온 조개껍질이 되지 않을 것이다.

이상의 이야기는 대체로 내가 소설을 씀에 있어서 지금까지 느껴 온 것들이다.

●●● 『문학신문』, 1960. 10. 21.

단편소설에 대한 나의 생각

1. 생활적 진실과 예술적 진실

실화나 소설이나 생활적 진실을 소재로 한다는 것은 동일하다. 그러면 무엇이 다른가? 실화는 실제적 사실성에 의거하지만 소설은 그 사실성에 기초한 예술적 진실에 의거한다.

실화를 읽을 때 독자는 그것이 실제 있었던 사실이라는 것을 전제로 하고 공감한다. 그래서 실화에는 지명, 인명, 인물초상 등이 실제와의 일치를 필요로 하는데 이것은 작가가 독자에게 실제 있었던 사실이라는 것을 확증하기 위한 보증수표인 것이다. 그런데 소설에는 이런 보증수표를 필요로 하지 않는다. 즉 실화에는 지명이 함흥인 것을 평양으로 할 수도 없으며 김 씨를 이 씨로 고쳐서도 안 되고 체대한 사람을 체소한 사람으로 할 수도 없지만 소설은 이런 제약에 조금도 구애되지 않는다. 그것은 실화와 달리 소설은 실제 있었던 것같이 작가에 의해서 창조된 것이라는 것을 전제로 하고 있으며 독자는 창조된 생활적 진실이란 이 점에 공감을 구하고 있기 때문이다.

소설에서는 생활적인 자료들이 작가의 창조적 도가니를 통해서 전형화 과정을 밟는 것이다. 여기서 실제적인 것이 가지는 제한성들, 우연성, 시간의 완만성, 연관의 복잡성 들이 제거되고 한 지역이나 한 인물의 범위를 벗어난다. 즉 생활적인 광석이 작가의 창조적 용광로를 통해서 전형화라는 용해작용을 거치는 것이며 그것은 다시 작가의 개성적 언어와 감정의 착색을 통해서 연마되어 예술적인 광채를 발하게 되는 것이다.

그러면 실화는 현실의 복사인가, 그렇지는 않다. 언어 예술에서 사진적인 복사란 있을 수도 없고 그것은 현실을 반영할 수도 없는 것이다. 물론 실화도 작가에 의한 일정한 용해 작용을 통과한다. 그러나 그것은 실제 있었던 것이라는 사실성의 범위 안에서 허용되는 것이며 이 한계성이 소설과 구별되는 실화의 특성이기도 한 것이다.

그런데 오늘과 같이 생활의 창조적 열정으로 들끓고 기적적 사실들과 기적적 인물들이 대중적으로 배출되는 시대에는 생활과 인물 그 자체가 이미 사회적인 전형성을 띠고 나타나게 된다. 동시에 이러한 생활이나 인물은 작가가 형상하기 전에 먼저 신문이나 기타 반영 수단을 통해서 인민들 속에 널리 알려지며 일정한 공감과 감동을 일으키게 된다.

이러한 경우에 소설은 어떤 측면을 담당하고 나서서 자기 장르가 가진 특색을 발휘할 것인가 하는 문제가 제기된다.

소설은 시대적인 경이적 사실과 인물을 따라다니며 사실의 경로나 인물의 행동을 극명하게 전달하는 것으로 그칠 것인가. 그렇다면 실화와 다를 것이 무엇이며 결국은 소설이 실화에게 자기 자리를 내주는 결과로 되지 않겠는가? 하는 의문이 나올 수도 있는데 나는 그렇게는 생각하지 않는다.

우리는 흔히 시대의 주인공들이 혁신자들과의 직접 상봉에서 그들의 경험담을 들을 때에 큰 감동과 충격을 받는다. 그 후 그 혁신자를 주제로 작품을 쓸 생각으로 그때 기록했던 취재노트를 들춰 보면 거기에는 간략한 사건의 경위와 인물의 행동이 적혀 있을 뿐이며 그것만으로는 그다지 큰 감동을 일으킬 자료가 못 된다는 것을 알게 된다. 그러면 당사자에게 직접 그 담화를 들었을 때 느낀 그 감동은 대체 어디서 왔던 것인가. 그것은 취재노트에는 적히지 않는, 그리고 당사자가 말로는 표현하지 못했던 내면

838

즉 사건과 행동의 근저에 뿌리박고 있는 감동의 깊이와 그가 도달한 정신적 높이와 사회적 가치에 대해서 보다 많이 감동하고 공감했던 것이다. 그런데 이것은 당사자 자신이 자각 못하고 있을지도 모르며 자기가 처해 있는 사회적 가치에 대해서는 더욱 그랬을 것이다, 작가는 그것을 담화자의 표정과 보다 많이는 상상의 작용으로 감동하고 공감하는 것이다. 소설문학은 바로 이러한 그들 당사자들이 감득하지 못하고 있는 정신적 높이와 사회적 가치를 천명해 주고 강조해 주는 인간 정신의 전형화에서 창조적 특색을 찾아야 한다. 여기에 오늘 소설문학이 차지한 자기의 특색 있는 위치가 부여되어 있는 것이며 이것은 동시에 실화와 소설을 구별 짓는 특징이기도 한 것이다.

2. 단편소설의 두 가지 수법상 특징

우리는 단편소설들을 읽는 과정에 매수가 짧고 단일한 주제에 하나의 사건과 성격이 비교적 복잡하게 얽힌 소설들을 구별할 수 있다.

이것은 단편소설의 주요한 두 가지 수법상 특징을 말하여 준다.

이번 「단편소설 계주」 작품에도 이러한 두 가지 수법의 소설이 발표되고 있는 것을 볼 수 있다. 김북향의 「당원」과 유항림의 「열차 안에서」와 및 그 이전에 발표된 「축포」 등 작품은 단편소설의 이러한 수법상 두 특징을 구명하는 좋은 실례가 된다.

이 두 수법상 특징은 우선 작가의 현실에 임하는 각도에서부터 달라지고 있다.

작가 김북향은 보다 더 요구하는 위치에 서 있고 작가 유항림은 관찰하는 위치에 서 있다. 전자는 한 주인공의 성격 창조로 자기의 사상 주제적 과업을 해결하는 데 특징이 있고, 후자는 어느 한 인물의 성격을 파고드는 것보다 그들간의 관계 속에서 철학적 사상을 천명하는 것을 위주로 한다.

「당원」의 경우를 두고 보자.

김북향은 우선 주요 인물들의 연령 관계를 무시하고 나온다. 보통 20~30년의 연령 차이가 있는 노인과 청년의 관계는 대개 세대의 차이로 나타나는 것이다. 그러나 김북향은 이러한 통례적인 틀에서 벗어나 노련한 노동자를 극명하게 묘사함으로써 청년을 교양한다.

이것은 연령에 구애됨이 없이 누구나 혁신을 일으킬 수 있다는 작가의 주장이기도 하다.

이 작품에도 결함은 있다.

강문수의 결함이 시정되는 과정에 김기순이 찾아옴으로써 갈등이 더 심화되지 못한 것, 반복되는 에피소드, 번다한 부차적 인물들과의 접촉, 주인공에 대한 과도한 찬사 등……. 그럼에도 불구하고 독자는 어째서 주인공의 성격 발전에 강한 공감을 가지고 끌려가는가? 그것은 주인공 김기순에게 시대적 정신이 총체적으로 집약되고 있는 때문이다. 독자는 자신의 현실 생활에서 축적된 경험의 총체와 작가가 지향하는 그것과의 합치로 강력한 공감을 갖게 된다.

이 작품이 하나의 에피소드, 하나의 성격으로 일관되지 않은 것도 현실 생활의 구현과 강한 성격의 창조에 목적이 있기 때문이다. 이것은 비상한 속도로 발전하는 우리 현실의 객관적 합법칙성의 반영이기도 한 것이다. 이러한 수법의 소설이 씌어질 수 있는 가능성도 여기에 있다.

유항림의 소설 「열차 안에서」는 한 인물의 성격을 형상하는 것으로 주제적 과업을 해결하려고 하지는 않았다. 만약 작가가 한 인물의 성격 형상을 염두에 두고 이 작품을 썼다면 우선 이 소설은 구성상 파탄이 일어났을 것이다. 왜냐하면 소설 허두에 등장하는 두 소녀의 설정은 필요 없었을 것이며 그 자리에 두 의사 중 한 사람만 또는 그 두 사람을 앉혔어야 할 것이다. 그렇게 한 후 성격적인 접촉을 거쳐 그들을 환자 치료에 끌고 갔어야 할 것이다.

그러나 작가는 이 작품에서 성격을 보여 주려고 한 것이 아니라 두 의사의 인간애의 발현, 그들의 공산주의자다운 품성, 이런 것이 우리 사회에서는 일반화된 일상사의 한 토막이라는 것을 보여 주려고 하였다. 두 소녀의 설정 이유도 여기에 있는 것이며 그 소녀들의 명랑하고 행복한 모습은 다름 아닌 우리 전체 인민의 현재와 장래의 표징인 것이다. 그래서 두 의사가 보인 품성은 곧 두 소녀의 그것이기도 하며 그 열차 안에 있는 모든 사람의 그것이기도 한 것이다.

이와 같이 작가는 관찰하고, 판단하고, 발견한다. 그리고 우리 생활의 하나의 철학적 가치를 부여하는 것이다.

이 작가의 이러한 수법상 특징은 「축포」에서 더 명료하게 나타나고 있다. 지난날 같은 전선에서 적을 반대해서 싸우던 한 전사와 군관(지금은 노력 혁신자들이다)이 거리에서 우연히 만나서 두 사람은 군관의 집으로 온다. 두 사람이 한담을 하고 있는데 마침 우레와 번개가 번쩍거렸다. 두 사람은 거기서 지난날의 가열했던 전선을 연상하고 그 번쩍하는 번개갯과 우렛소리에서 적의 대포 소리를 연상한다. 그런데 전쟁 후에 난 군관의 어린 아이들은 거기서 대포 소리가 아니라 축포 소리를 듣는다.

이러한 단순한 슈제트와 사건을 통해 작자는 두 사람의 전일, 전선에서 많은 전우들과 같이 흘린 고귀한 그 피가 오늘 이 어린아이에게 대포 소리를 모르는 평화와 행복을 가져다주었다는 그런 심오한 철학적 사상을 보이고 있는 것이다.

이상과 같이 유항림과 김북향은 단편소설의 두 수법상 특징을 보여 주고 있다. 그런데 전자의 「당원」 편에서 보면 「축포」는 성격 형상이 깊지 못하다고 탓할 수 있으며 「축포」의 편에서 보면 「당원」은 디테일의 비대층을 탓할 수도 있을 것이다. 그러나 전자의 「당원」이 현실 반영의 객관적 필연성에 의하여 존재가치가 있는 것과 같이 후자의 「축포」도 철학적 □견으로 똑같이 당연성을 가지고 있는 것이다. 문학에서 사상 표현의 수법은 다양

할수록 좋은 것이며 오직 한 가지 수법의 유일적인 존재를 고집하는 것이 좋은 일이 아닐 줄 안다.

3. 작가 정신에 대하여

전장에서 주장한바 우리 시대 주인공의 성격 창조에는 특히 정신적 측면의 전형화가 강조되어야 한다는 이 말은 작가 정신의 높이와 밀접히 연관된다. 왜냐하면 거기에는 우리 시대의 주인공들이 도달한 정신적 높이와 감정의 깊이에 작가 자신의 정신과 감정이 미치지 않고는 아니 된다는 의미가 포함되어 있기 때문이다.

인물을 전형화하자면 작가가 상대자보다 정신적으로 더 높이 올라서야 하며 그 감정에서 보다 깊이 침투해야 한다는 것은 주지의 사실이다.

천리마 기수가 아닌 작가가 어떻게 천리마 기수를 형상할 수 있겠는가. 작가에게 요구되는 이 시대정신의 체현은 시대 생활의 적극적인 참가와 더불어 그의 앞장에 선 전위대가 될 것을 요구한다.

다시 말해서 높고 뜨거운 정신적인 앙양과 격동하는 시적 감동과 자기 시대의 전체를 포괄해서 호흡할 수 있는 거인적인 심장이 요구되는 것이다. 이것은 인간 정신의 기사라는 작가들에게 일반적으로 요구되는 품격이다. 인간 정신의 기사란 교양자적 측면과 창조자적 측면을 다 가지고 있음을 말하는 것이다.

작가는 가르칠 뿐만 아니라 보다 완전하고 보다 선진적이고 보다 아름다운 것을 위하여 강하게 요구하는 사람이며 그것의 실천을 위한 투쟁 대열의 선두에 서서 흥분하고, 감동하고, 호소하는 거인적인 낭만 정신의 소유자이다.

우리 시대는 바로 작가들의 이러한 거인적 진출을 요구하고 있다.

이상현의 「환희의 날」의 주인공 낙석 감시원은 작가가 형상하기 전에 이미 인민들 가운데 널리 알려진 실제 인물이며 감명과 공감을 불러일으킨 사람이었다. 이러한 낙석 감시원이 「환희의 날」에서는 어째서 냉각되어 현상되었는가. 이 결함의 원인은 작가의 형상적 부족에서 찾겠는가. 보다는 공민적인 감동의 부족에서 그 결함을 찾아야 옳을 줄 안다. 형상의 진실성은 이러한 공민적 감동이 안받침 되지 않고는 안 되는 것이며 이 공민적인 감동은 그 주인공이 가진 생활적 진실에 적극적인 참가 없이는 안 되는 것이다. 물론 주인공의 생활적 진실의 적극적인 참가란 그 주인공이 밟아 온 생활 과정에의 참가를 말하는 것은 아니며 주인공의 정신세계에 깊이 침투해서 공감하고 감동할 뿐만 아니라 그 정신세계의 보다 높은 발양을 위하여 작가의 낭만적 정신이 고도로 발현되어야 한다는 것을 말하는 것이다.

공민적 감동이란 말 속에는 이미 낭만이란 뜻이 내포되고 있다. 우리 시대와 그 주인공들의 창조적 생활 그 자체가 낭만적 격정으로 들끓고 있기 때문이다.

물론 이상현의 「환희의 날」과는 달리 들끓는 생활적 자료를 작가가 냉각시켜 반영하는 것도 있다. 그러나 이런 경우에도 불등점 자체를 제거하는 것은 아니며 그것을 작품 내면에 깔고 나오는 것이다. 이것은 열도의 감소가 아니고 극도의 백열화를 의미하는 것이다,

그런데 우리 단편소설에서 왕왕 예술적 작업과정에서 열도가 감소된 작품들을 보게 되는 것은 유감이 아닐 수 없다.

더욱이 그것을 단편소설의 특징처럼 알고 있는 경향이 있지 않은가. 나는 생활적 소재에 대한 작가의 용해 작용이란 결코 냉각 작용이 아니라는 것을 말하고 싶다.

대체로 이런 작품이 톤이 잔잔하고 작가의 시적 주정과 감동이 작가 자신에 의하여 경계를 받으며 슈제트의 전개가 사건과 인물의 성격적 필연성에서가 아니라 기승전결이란 인위적 제약을 받는다. 즉 생생한 생활적 자료에 소설이란 기성된 틀을 강요하는 것이다. 이런 때에 작가는 생활감이

있는 언어를 잃고 작가가 습득한 개념화된 일반적 형용사로 묘사를 대신하며 그의 감정은 사상의 날개를 펴고 약동하지 못한다.

우리 시대의 독자는 결코 이러한 것에 만족하지 않는다.

자기들이 창조적 현실 생활에서 축적한 그 공민적 감동의 보다 높은 앙양과 심화를 요구하는 것이다.

이것은 혁명적 낭만성이 우리의 소설에 넘쳐흘렀으면 하는 요구이다.

나는 일부 우리의 작품에서 나타나고 있는 이러한 경향을 사회주의적 사실주의 문학에서 계속 발전시켜야 할 낭만적 수법에 대한 홀시에서 오는 것으로 보는바 우리 시대와 같이 창조와 비약으로 들끓는 시대에는 낭만적 측면에 대한 보다 강력한 발현이 요구되어야 할 줄 안다.

이러한 낭만적 정신의 발현을 우리는 일찍이 선배 작가 포석의 「낙동강」 등 일련의 단편소설들과 최근에는 김병훈의 「'해주-하성'서 온 편지」 등에서 좋은 싹을 보고 있다. 나는 이러한 좋은 발현이 더욱 발전 풍부화될 것을 우리 시대는 절실히 요구하고 있다고 생각한다.

:::『문학신문』, 1961. 10. 3.

기억해야 할 작가, 현덕

원 종 찬

1. 작가 현덕의 문제성

현덕(玄德)은 잘 알려져 있는 작가는 아니다. 그런데 그가 창조한 '노마'를 모르는 사람은 거의 없다. 특히 아동문학에서 현덕의 자리는 매우 크다. 그의 수많은 동화 작품들은 뒤늦게 발굴 소개되었으나, 이제 '노마'가 없는 우리 아동문학은 상상하기 힘들다.

그렇다면 현덕이 충분히 주목되지 않은 이유는 무엇일까. 무엇보다 그가 월북문인이라는 점이다. 사실 1980년대 민족문학 운동의 흐름 안에서는 해금조치 이전에도 카프(KAPF) 문학을 중심으로 월북문인에 대한 연구가 자못 활기를 띠고 있었다. 하지만 현덕은 카프에 소속된 작가가 아니었고, 월북 후에는 작가 활동의 제약을 받았다. 이 때문인지 남한의 월북문인 연구서와 북한의 문학사 저서에서 현덕의 이름을 찾아보기 어렵다.

현덕의 작품 활동은 1930년대 말 2년 남짓한 기간에 주로 이루어졌다. 이 시기는 우리 근대문학의 성격을 규정해온 리얼리즘과 모더니즘, 혹은 이른바 '사회파'와 '순수파'가 나름대로 소통했던 때이다. 분단이 고착된 이후로 두 경향은 다시 나뉘어져 상호 배타적인 '진영'을 이루었는바, 1930년대 문학을 바라보는 시각도 예외가 아니어서 상호 소통적인 교집합 부분에 대해서는 양쪽 모두 냉담한 편이었다. 일찍이 신경림(申庚林) 시인은 현덕의 문학에 대해 "카프 계열로부터는 그 완벽한 예술성 때문에, 예술지상주의로부터는 그 결연한 역사의식 때문에 경원당했다"(『한국문학대사전』, 문원각, 1973, 668면)고 했는데, 바로 이런 사정을 엿보게 해주는 대목이다.

최근 리얼리즘과 모더니즘을 재인식하려는 일련의 논의들 속에서 우리 근대문학을 작품의 실상에서 살피는 일의 중요성이 제기되었다. 최원식(崔元植) 교수는 "최고의 작품들이 생산되는 그 장소에서는 이미 '리얼리즘'과 '모더니즘'이 회통의 경지"(최원식, 「'리얼리즘'과 '모더니즘'의 회통」, 『문학의 귀환』, 창비, 2001, 58면)에 이른다는 점을 주목하고, 작품으로 귀환할 필요가 절실하다고 지적한 바 있다. 리얼리즘과 모더니즘의 회통은 분단시대 민족문학의 과제와도 직결되어 있다. 카프가 등장한 이후 이념적·미학적으로 극심한 대립을 보인 우리 근대문학은 1930년대 후반에 모더니스트의 자기비판과 카프의 자아비판이 해후함으로써 조선문학가동맹(1945~1948)의 바탕이 마련되었던 것인데, 해방과 거의 동시에 출범한 이 좌우문인들의 결집체도 6·25의 전화 속에서 풍비박산해버렸으니, 이 또한 미완의 과제로 남아 있다. 1930년대 후반기의 '신세대작가'로 등장해서 해방 후 조선문학가동맹의 주요 구성원으로 활약한 현덕의 경우는 이와 같은 사정에 비추어 보면 더 한층 문제적이라 하지 않을 수 없다. 현덕은 남북한 양쪽에서 정당한 평가가 외면되어온 작가의 한 사람인 것이다.

한편, 일제시대에는 일반 작가들이 아동문학에 참여하는 일이 지금보다 훨씬 자연스러웠고, 그들의 활약은 아동문학의 질적 향상에도 적지 않게 기여했다. 현덕은 아동문학 분야에서 남다른 성과를 남겼다. 하지만 이 분야에 대한 연구는 매우 부진하다. 현덕의 아동문학은 문학적 성과로서도 중요하고, 자기 시대에 대한 작가적 실천을 살필 수 있는 자료로서도 소설과 어깨를 나란히 한다.

요컨대 현덕은 남북한 이념의 갈등, 리얼리즘과 모더니즘의 대립, 일반 문학과 아동문학의 단절 등의 사정이 함께 작용함으로써 온전한 연구를 방해받아왔다. 더욱이 남한에는 그의 연고자들이 거의 남아 있지 않기 때문에 생애조차 제대로 복원되지 않고 있다.

2. 현덕의 생애

■ 출생과 성장

현덕의 본명은 현경윤(玄敬允)이다. 그는 현동철(玄東轍)과 전주(全州) 이씨(李氏)의 3남 2녀 중 차남으로, 1909년 2월 15일 서울에서 태어났다. 본적은 서울 종로구 통의동 38번지다. 위로 경동(敬東), 경희(敬姬), 아래로 재덕(在德), 경랑(敬娘)이 있다. 현덕이 손수 작성한 「자서소전(自敍小傳)」에는 "출생은 삼청동 지금 세균검사소 뒤 별장"이라고 되어 있다. 여기서 '삼청동 별장'은 무관으로 종2품까지 오른 조부 현흥택(玄興澤)의 위세를 반영하는 것이다.

현흥택은 민영익의 수행인 자격으로 1883년 7월 최초의 대미외교사절단 보빙사(報聘使)에 참여했고, 1895년 6월에는 시위대(侍衛隊) 연대장에 임명된다. 그는 정동구락부의 일원으로서 독립협회에 참여한다. 현흥택은 애초 민영익의 재산을 관리하는 집사 성격의 하인이었고, 그의 아우 성택(聖澤)이 상업 활동에 종사한 것으로 보아 중인층으로 보는 게 타당할 것이다. 대한제국이 멸망한 뒤로 현흥택에 관한 기록은 더 이상 찾아지지 않는다.

현덕이 태어난 삼청동 별장은 바로 조부 현흥택의 고급 사교의 장소였다. 그는 한국기독교청년회(YMCA)의 창립에도 일정하게 관여했다. 종로의 기독교청년회관 건물을 지을 때, 자신이 소유한 그곳의 대지 절반을 기부했다고 한다. 이처럼 재력이 있는 위세가 당당한 집안에서 태어났음에도 현덕은 자신을 밑바닥 인생과 하나로 여기면서 살았다. 그가 어렸을 적에 부친이 사업을 한다면서 가산을 모두 탕진해버린 탓이다.

현덕은 가난 때문에 매우 힘겨운 어린 시절을 보냈다. 오로지 모친 한 분의 손으로 유지해가던 집안 살림은 비참한 것이어서 "이리저리 집을 옮긴 수가 이십여 회, 살림을 고만두고 식구가 각자도생으로, 헤어지길 수삼, 그럴 때마다 나는 조부의 집으로 당숙의 집으로 돌며 몸을 붙였다."고 한다. 그의 성장과정에서 대부도 당숙의 집은 커다란 몫을 차지한다. 당숙의 집안은 인천과 긴밀한 연고를 맺고 있었으며, 뒤에 인천으로 이사한다. 「남생이」와 「경칩」의 무대는 당숙의 집에서 보낸 체험과 관련된다.

초등학교 시절 현덕은 몸이 허약했다. 그래도 학교 성적은 뛰어났다. 온전히 학업을 받았던 3학년 때의 성적만 나와 있는데 평균 '10점' 만점에 조행 '갑'을 받았다. 그는 제일고보에 입학했으나 어려운 집안형편 때문에 1년을 채 못 다니고 중도 포기한다. 가난 때문에 학업을 계속할 수 없었던 불우한 경험은 그의 소년소설에 투영되어 있다.

◼ 등단과 문단 교류

제일고보를 중퇴하고 현덕은 "창백한 병적인 생활"을 겪는다. 염인증으로 거리를 나가기 두려워하였고, 칩거벽으로 도서관엘 다니기 시작했다. 당시에 그는 "생활과 감정의 막다른 길에 들어선 듯이 막막한 때여서 도스토예프스키를 알게 된 것으로 하나의 광명을 얻은 듯이 감동"했다고 한다.

현덕은 나름대로 자기를 세울 결심을 하고 세상과 부딪친다. 수원 발안 근방의 매립공사장에서 토공생활을 하기도 하고, 이어 현해탄을 건너가 경도 대판 등지로 돌며 신문배달 자유노동 뻥기공 같은 것을 하며 최하층의 생활을 하였다. 하지만 허약한 그의 몸으로는 막노동을 감당할 수 없었다. 그에게 문학은 다른 일에 소용이 닿지 않는 몸으로 할 수 있는 최후의 한 가지 일이었다. 그는 김유정(金裕貞)을 만나면서 문학에 대한 뜻을 더욱 굳혔다고 한다.

김유정과의 만남은 그에게 운명적이었다. 두 사람은 여러 면에서 공통점이 많았다. 윗대에서는 재산가였으나 졸지에 파산한 집안, 친척 집에 붙어사는 형편, 병약한 체질과 염인증, 문학을 자기 구원이자 생활의 도피처로 여긴 점 등등…… 현덕은 틈만 나면 김유정의 집을 찾았다. 유정의 집에는 단짝 친구인 안회남(安懷南)이 자주 와 있었다. 안회남은 내성적이고 소극적인 현덕이 문단의 여러 인사들과 교류할 수 있는 창구로 작용했다. 요절했기에 문단에 아쉬움을 남긴 김유정이 그의 후광이었다면, 당시 폭넓은 문단활동을 펼치던 안회남은 그의 견인차였다고 할 수 있다.

작가로 등단한 이후에도 현덕은 극심한 생활고에서 벗어날 수 없었다. 그의 수필들을 보면 동대문 바깥쪽 산꼭대기 동네를 옮겨 살면서 누이동생에게 용돈을 받아쓰는 형편이 잘 드러나 있다. 이때의 생활 체험을 바탕으로 해서 「골목」, 「잣을 까는 집」, 「군맹(群盲)」 등 도시빈민촌을 무대로 한 사실적인 작품들이 씌어졌다.

일제 말 현덕은 절필하고 와카모도(若素) 제약주식회사의 조선출장소 광고부에서 일을 했다. 당시 임화(林和)와 오장환(吳章煥)이 현덕을 보러 자주 회사에 찾아왔다고 한다.

▣ 조선문학가동맹 활동과 월북

일제로부터의 해방은 소극적이고 수동적인 자의식에 갇혀 지낼 수밖에 없었던 작가들에게 새로운 민족문화의 건설을 위한 적극적인 행동으로 나아가게 한 계기가 되었다. 현덕은 제1차 전국문학자대회에 참여하고, 소설부와 아동문학부의 위원에 소속되었다. 서울시지부 소설부 책임자였고, 대중화위원회 위원으로 참여했으며, 출판부장직을 맡아 기관지 『문학』의 편집 일을 본다. 일제시대에 쓴 작품들을 모아 소설집, 동화집, 소년소설집 등을 펴내는 한편으로, 아동잡지에 소년소설을 새로 연재하기도 했다.

남한 단독정부가 수립되자 월북하지 않은 동맹원은 지하로 숨어들거나 국민보도연맹에 가입해야만 했다. 이런 사정 때문에 현덕의 월북 시기를 1947,8년경으로 보는 경우도 있지만, 그는 서울에 남아 지하로 숨어들었다. 피신 중에도 그는 장편 소년소설을 출간했고, 숄로호프의 『고요한 동』을 번역했다.

1950년 6월 28일 북한 인민군이 서울을 점령하자 월북했거나 지하로 숨어들었던 작가 예술인 대부분이 모습을 드러냈다. 이해 9월 서울시 임시인민위원회에 등록한 정당·사회단체 서류철을 보면, 남조선문학가동맹의 제1서

기장은 안회남, 제2서기장은 현덕이다. 현덕은 1950년 '9·28 서울 수복' 시에 아우 재덕(在德)과 월북을 한다. 그리고 다음 해 '1·4 후퇴' 때 어머니와 처자식을 모두 데리고 갔다. 호적에는 올라 있지 않지만 아내와 두 딸이 있었다.

월북과 동시에 현덕은 작가단으로 배속되어 활동을 전개한다. 하지만 1953년 휴전 직후 남로당 계열 문인들에 대한 숙청 작업이 한창이던 때에 그의 작품은 신랄하게 비판당한다. 현덕의 이름이 다시 나타나게 되는 때는 1960년을 전후한 시기이다. 그는 1962년 단편소설집 『수확의 날』을 펴낸다. 이후로 그의 이름은 다시 발견되지 않는다. 북한의 문학사는 현덕에 대해 전혀 언급이 없다. 그의 생사조차 확인되지 않는다.

3. 현덕의 소설

■ 삶의 희구─노마 연작 「남생이」, 「경칩」, 「두꺼비가 먹은 돈」

1930년대의 소설 창작은 모더니즘의 영향으로 흔히 '지식인의 자의식'이 많이 드러나 있다. 이는 현실을 낭만적이거나 도식적이 아니라 성찰적으로 보려는 고민의 반영이다. 그런데 현덕의 소설은 주로 하층민의 삶을 다뤘기 때문에 지식인의 자의식이 거의 드러나 있지 않다. '지식인의 자의식' 대신에 현덕은 '순진한 어린아이'를 등장시킨다. 노마가 등장하는 일련의 작품들은 이농민의 고통스러운 삶의 궤적을 좇는다.

「남생이」는 항구도시로 유입된 이농민의 삶을 그렸다. 인천 부둣가를 배경으로 이른바 자유노동자와 그 축에도 끼지 못하는 각양각색 인물군상들이 생존을 위한 아귀다툼을 벌인다. 선창벌이로 목숨을 부지하는 하층민의 삶에는 희망이 보이지 않는다. 그러나 이 도저한 암흑 속에서도 저마다 살고자 하는 욕망들이 충돌을 빚으며 후끈하게 생명력을 달군다. 타락의 밑바닥일망정 사람이 살고 있다는 어떤 기운이 느껴진다. 여기에서 어린 노마의 시선은 결정적이다. 노마는 절망적인 현실에 아이러니의 긴장과 생기를 불어넣는다. 현덕은 천진성·유희성·낙천성 등 어린아이의 특성에 대한 정확한 이해와 탁월한 언어감각으로 노마라는 매력적인 주인공을 탄생시켰다. 이런 노마 앞에 주어진 비극성은 독자에게 연민을 불러일으키고, 고통을 낳은 현실에 대해 비판적 관점을 제공한다.

「경칩」도 노마네 집의 몰락을 그린 작품이다. 작품의 배경이 항구 근방의 농촌으로 되어 있어서 「남생이」에서 보여 준 상황의 바로 이전 단계라는 느낌을 준다. 이 작품은 아이들의 세계와 자연의 질서를 한 편으로 하고, 어른들의 세계와 농촌현실을 한 편으로 하여 두 세계를 대비시킨다. 동심과 자연은 아무런 충돌이 없지만, 노마의 놀이를 따라 장면이 기동이네 집으로 오면 그곳에는 냉혹한 농촌 현실이 가로놓여 있다. 언 땅이 풀리고 개구리가 땅 밖으로 나오는 경칩은 부활과 재생을 의미하면서 노마 아버지에게 기대를 품게 하지만, 노마 아버지의 병은 거꾸로 악화되어 간다. 해동 무렵의 자연 속에서 뛰노는 아이들의 모습은 농사꾼의 절박한 처지와 극적으로 대조되고 있다.

「두꺼비가 먹은 돈」은 처음부터 끝까지 노마의 시점으로 일관되어 있고 천진한 동심의 세계가 작품의 전면으로 나와 있다. 그 안쪽으로 작가가 끊임없이 환기하고자 하는 내용은 노마 아버지의 부재다. 노마 아버지는 마름과 싸우고 감옥에 들어가 있는 것으로 나온다. 그런데 이 작품은 어른의 일이 노마의 기억으로 처리되어 있기 때문에 현재시점으로 진행되는 현실의 갈등이 부재한다.

■ 어둠의 자각—「골목」, 「잣을 까는 집」, 「군맹」

어린 노마가 등장하는 일련의 소설을 발표하면서 현덕은 주목받는 신인작가로 떠오른다. 그 덕분에 노마를 주인공으로 하는 동화를 신문에 연재하기 시작한다. 그런데 「두꺼비가 먹은 돈」이 소설로서 한계를 드러내게 되자, 이후로 아동문학의 세계와 소설의 세계를 다른 방향으로 추구하게 된다. 아동문학은 밝고 낙천적이며 믿음과 희망을 주는 서민 아동의 생활 세계를 그렸지만, 소설은 그와 정반대로 어둡고 비관적이며 불신과 절망을 마주해야 하는 지식인과 민중의 현실을 그렸다. 「골목」, 「잣을 까는 집」, 「군맹」은 서울 동편의 외곽에 자리 잡은 도시 빈민촌을 배경으로 한다. 이것들은 또 다른 의미의 연작처럼 도시 변두리의 삶을 모자이크하면서 그 시대의 전형적인 사회문제를 드러낸다.

「골목」은 골목 안 풍경에서 시대의 변화를 읽어내고 있다. 무질서하게 뒤엉킨 골목은 파멸하는 농촌을 등지고 도시로 유입하는 인구가 늘어나면서 나타난 새로운 풍경이다. 여기에도 트레머리, 짧은 치마, 양말, 구두 등의 패션이 흘러들어오고, 축음기의 유행가 소리가 울려나온다. 도심부와 농촌의 경계에 속하기 때문에, 전통적인 질서가 무너져 내리고 새로운 도시 문화가 저급한 모방의 형태로 흘러들어오는 곳이 골목이다. 이웃집 살림이 훤히 들여다보이도록 다닥다닥 붙어 지내면서도 누구도 진정한 속내는 알 수 없고, 공동체적 유대감도 없으며, 서로에게 타인일 뿐인 도시 생태를 그린 작품이다.

「잣을 까는 집」은 성 아래 비탈을 의지한 한층 가난한 산동네를 배경으로 한다. 이 작품에는 어린아이가 등장하는데, 그것이 궁핍한 삶을 드러내는 사건의 방편으로만 기능하고 있기 때문에, 노마가 등장하는 소설과는 차이가 난다. 이 작품에서 가장 두드러진 것은 가난이 인간의 존엄을 여지없이 허물어뜨리는 아비규환의 현장이다.

중편 「군맹」은 서울 동편 외곽 산자락의 토막촌을 배경으로 한다. 전에 채석을 하던 자리, 모진 암면의 깎아지른 측면에 기대어 토막이 층층이 올라앉은 산동네다. 이 작품은 토막촌 철거를 둘러싼 토막민들의 집단적인 대응을 중심사건으로 하고 있는 점에서 사회적 갈등에 대해 적극적인 해결책을 모색했다고 할 수 있다. 그렇지만 긍정적인 인물은 찾아보기 힘들고 만성이라는 야비한 성격의 인물에 초점을 둔 탓에 작품은 초지일관 암울하고 절망적인 느낌을 자아낸다.

■ 이념의 회복—「녹성좌」

이 작품의 제목은 좌익 성향의 극단 이름을 가리키는 것으로, 지식인과 이념의 문제를 직접 다룬 점에서 다른 소설들과 색채를 달리한다. 카프작가 또는 프로문학과 연속선상에 놓인 작가의식의 일단을 확인할 수 있는 작품이다. 현덕은 임화, 김남천(金南天) 등 카프 계열 문인들과 친교를 나누고 있었다. 그 무렵 카프 성향의 극단 '낭만좌(浪漫座)'에 참여한 오장환과도 교류했던 사실을 고려해본다면 이 작품은 일정한 모델이 있을 것이라고 짐작된다. 「녹성좌」는 수그러드는 이념의 회복에 대한 염원과 더불어 좌익 문인들에 대한 존경심과 유대감의 표현이었다.

4. 현덕의 아동문학

■ 카프 동화의 극복—등단작 「고무신」

아동문학의 성립기에는 어른과의 대비에서 아동성 곧 동심을 강조하는 일이 어느 정도 불가피하다. 이를 '역사적 동심주의'라 할 수 있지만 천사적인 어린이상을 만들어 놓기 일쑤였다. 이 때문에 카프 문학운동과 더불어 동심의 현실성이 강조되었다. 하지만 1930년을 전후로 해서 떠오른 계급주의 아동문학은 또 다른 관념의 어린이상을 만들었다. 동심의 현실성에 대한 요구가 계급의 도식으로 말미암아 동심의 실종으로 귀결되곤 했다. 1930년대 프로 아동문학의 아동상은 '수염난 총각'이었다. 그만큼 프로 아동문학이 요구했던 리얼리즘은 아동의 특성을 무시한 '소설화' 경향으로 치닫고 있었다. 현덕의 「고무신」은 바로 이 시기에 나온 '동화'로서 눈길을 끄는 것이다.

현덕은 「고무신」에서 서민성과 현실성을 구현하고자 했다. 이 점은 당대 프로 아동문학의 일반 특성과 맥락을 같이하는 것이다. 그런데 이 작품에는 당대의 프로 아동문학에서 보기 힘든 또 다른 중요한 일면을 가지고 있다.

아기와 어머니 사이의 깊은 신뢰감과 친연성, 전체적으로 밝고 건강한 분위기를 이끄는 긍정의 세계 등이 그것이다. 이 작품에는 동화를 대하는 현덕의 태도가 분명히 드러난다. 서민 아동이 놓인 현실을 정직하게 반영하되, 독자인 아동의 특성에 유념해서 작품의 분위기를 이끌고, 나아가 아동을 민족의 앞날과 연결시키고 있다.

「고무신」에서 선보인 '리얼리즘 동화'의 세계는 뒤에 노마 연작 동화에서 절정에 이른다. 그런데 현덕 동화의 출발선상에서 이태준의 영향을 지나칠 수 없다. 「고무신」은 이태준(李泰俊) 동화 「몰라쟁이 엄마」에서 영향 받은 흔적이 보인다. '노마'라는 이름도 이태준 작품에서 처음 나온 것이다. 현덕 문학의 영향권은 카프 작가와 이태준 등에 두루 걸쳐 있음이 확인된다.

■ 동화의 세계-『포도와 구슬』, 『토끼 삼형제』

현덕의 동화는 1938년 5월부터 1년 남짓한 기간에 대부분 씌어졌다. 작품 하나하나는 원고지 7, 8매 정도의 짤막한 분량으로 각각 독립된 것이지만, 대부분 『소년조선일보』에 잇달아 발표된 것들이고 작품의 배경과 등장인물의 성격에 일관성이 있기 때문에 연작 동화로 보아도 무방하다.

작품의 배경은 서울의 동쪽 끝 변두리 지역이고, 노마, 영이, 기동이, 똘똘이 등 네 아이가 주로 등장한다. 동네 마당에서 네 아이가 어울려 노는 모습을 그린 짤막한 동화이기 때문에, 서사의 바탕은 아이들의 성격에서 나온다. 어린이다운 천진한 면을 보이는 점에서는 똑같지만, 노마가 가장 영리하고 용감하며, 영이는 여자, 기동이는 부잣집 아이, 똘똘이는 나이가 더 어린 것으로 각각 나머지 세 명과 차별된다. 네 아이가 어떻게 조합되어 나오더라도 나름대로 부딪침이 발생할 수 있는 매우 절묘한 성격 창조다.

현덕은 유년기 아동의 일상을 놀이의 세계로 파악한다. 아이들은 놀면서 용기와 협동과 궁리하는 법을 배운다. 또 자연의 이치를 배우고 사람으로서의 도리 곧 사회의 이치를 배운다. 동심의 세계일지라도 서로 다른 처지의 아이들끼리 부대끼다보면 갈등과 대립이 발생한다. 기동이는 돈으로 산 것을 가지고 처음에는 우위를 점하지만, 나중에는 노마와 역전되는 경우가 많다. 기동이는 주로 돈에 의존하고, 노마는 자연에서 슬기와 용기를 발휘하여 기동이를 극복한다. 노마는 자기가 원하는 것을 직접 상자갑으로 만들어 놀 줄도 안다. 그래서 노마는 탐구심이 많고 영리하다. 기동이는 결국 노마가 중심이 되는 아이들의 세계로 동화(同化)되어 들어온다. 동심의 승리요, 서민 아동의 승리다.

동화는 단순성의 반영으로 인물과 사건이 과장되는 것이 보통이다. 그러나 현덕의 동화는 실생활에서 취재한 것이라 자기 얼굴을 들여다보는 것 같은 사실성으로 공감을 이끌어낸다. 이렇게 사실적인 내용으로 유년기 아동이 즐겨 읽는 동화를 만들자면, 짜임과 서술에서 세심한 장치가 필요하다. 형식 면의 가장 중요한 특징은 옛이야기가 입으로 전승하는 과정에서 기억하기 위해 마련한 단순 소박한 구조 곧 반복, 연쇄, 점층의 서술 구조를 기본 바탕으로 하고 있는 점이다. 그것은 단순반복이 아니라 사건의 진행과 심화로 이어지면서 점층 효과를 낸다. 행동언어 위주로 서술된 현덕의 동화는 반복, 대조, 생략, 의성·의태어의 잦은 구사로 문장의 배치를 교묘히 하고 운과 율을 극대화하고 있다. 또한 간결하면서도 변화무쌍한 서술의 묘리를 통해 소리 내어 읽는 즐거움을 배가시킨다.

▣ 소년소설의 세계─『집을 나간 소년』

현덕의 소년소설은 주제의식이 뚜렷하게 드러나 있는 세계다. 가해자와 피해자의 대립 관계도 매우 선명하게 나타난다. 선한 의도와 나쁜 의도의 대립은 도덕적 가치를 지향하는 것으로 해결된다. 이와 같은 내용은 그의 소설 세계와도 구별되는 것인데, 성장기 소년 독자를 염두에 둔 작품의 교육적인 측면이라 할 수 있다.

작가의 관심이 가난한 아이들에게 쏠려 있는 점은 변함없다. 생활상의 곤란은 주로 경제적인 이유에서 비롯되며, 소질이 있음에도 자기 뜻을 펴지 못하는 아이들을 격려하려는 의도가 가장 두드러진다. 다만 격려 차원의 해결을 위해 마지막 순간에 외부의 도움이라든지 우연적인 계기에 의존하는 모습을 종종 볼 수 있다. 그때에도 사건을 이끄는 갈등은 매우 사실적으로 그려진다.

농촌을 배경으로 하는 「나비를 잡는 아버지」는 주목되는 작품이다. 제목부터 아이러니를 함축하고 있는데, 가난한 농부의 형상인 아버지의 삶을 껴안게 함으로써 연민의 감정과 함께 현실의 모순에 대한 자각을 높인다. 이는 계급의식을 불어넣고자 아버지와 어린 투사를 대립시키곤 했던 프로 아동문학의 관념성을 뛰어넘은 것이라 할 수 있다.

5. 월북 이후 소설

북한의 문학은 사회주의 리얼리즘과 주체의 문예이론에 입각해서 창작되고 있는바, 당에 의해 통제되는 전체주의로 인해 일제시대 및 남한의 문학과는 성격이 판이하게 다르다. 따라서 북한에서 발표한 현덕의 소설은 남북대결 구도의 북한 정치에 종속된 활동의 결과물이라는 점이 상기되어야 한다.

■ 전쟁 체험과 창작의 변화−「복수」, 「부싱쿠 동무」

북한에서는 1946년 12월 이른바 ‘『응향』 사건’을 거쳐서 1947년 3월 ‘고상한 리얼리즘’이 유일한 창작방법으로 규정된다. 고상한 리얼리즘은 영웅적이고 긍정적인 모범을 제시하는 혁명적 낭만주의 경향이다. 이런 경향을 띠지 않은 작품은 사실적으로 그려졌다 해도 ‘자연주의’로 비판되었다. 월북직후에 쓴 「복수」는 폭격으로 인해 참담하게 변해버린 마을과 미군의 학살만행에 대한 증언의 성격을 띠고 있다. 하지만 현덕은 인민들의 영웅적인 모습에 대하여는 눈을 감고 어두운 부정적인 세계만을 보여 주었다고 해서 전면적으로 비판되었다.

현덕에 대한 비판은 남로당 계열 문인들을 제거하는 정치적 배경과 따로떼어낼 수 없다. 현덕은 특히 「첫 전투에서」라는 작품으로 남김없이 비판을 당한다. 고상한 리얼리즘의 관점에서는 인물의 성격 발전을 표현함에 있어 사실성보다 더 중요한 원칙이 있었으니, 영웅의 형상은 어디까지나 숭고함과 결부되어야 했다. 현덕에게 본래적 의미의 리얼리즘을 탐구할 자리는 더 이상 남아 있지 않았다. 중국 인민지원군 용사의 겸허하고 진솔한 모습을 그린 「부싱쿠 동무」는 중국 인민군대와의 동지적 연대감을 강조하기 위해 사건을 작위적으로 그리고 있는데, 정해진 틀 안에서는 어쩔 수 없는 것이었다.

■ 천리마 운동과 농촌−「수확의 날」, 「전진하는 사람들」

「수확의 날」은 당의 요구와 작가 역량이 결합하여 이뤄낸 뛰어난 작품이다. 두 집안의 혼사를 매개로 해서 노동자 농민의 두터운 동맹관계를 인민의 낙천적인 심성에 기대어 낙관적인 미래가 내다보이도록 그려냈다.

「전진하는 사람들」은 당의 정책을 실행하는 데 방해가 되는 형식주의와 관료주의의 문제점을 집중적으로 파고든 것이다. 현덕은 이 작품에서 당의 정책과 실행을 둘러싸고 발생하는 갈등을 전면적으로 밀고나간다. 그렇다고 당의 정책을 비판하는 것에 자유로운 보장이 주어진 것은 아니다. 이 작품은 그런 한계 내에서 개성적인 인물의 형상과 생활적 진실의 결합을 무리 없이 이뤄낸 것으로 평가된다.

■ 남한 4월 혁명과 노동자 투쟁−「불붙는 탄광」, 「싸우는 부두」

「불타는 탄광」은 4·19 직후 남한의 탄광에서 벌어진 사건을 다룬 작품이고, 「싸우는 부두」는 부산 부두노동자들의 투쟁을 그린 작품이다. 그런데 탄광의 관리인을 미국인으로 설정했고, 부두노동자는 미국배의 무기하역을 반대하는 것으로 되어 있다. 그래서 노동자들은 '미제 타도'를 외치며 거리를 향해 전진하고, 가두의 군중들이 여기에 합류하는 것으로 작품은 끝이 난다. 전형적인 카프 시기의 창작경향을 닮아 있다.

북한에서는 1967년을 전후로 해서 그 이전까지는 카프문학이, 그 이후에는 항일혁명문학이 유일한 혁명적 전통으로 인식되었다. 현덕은 카프문학을 혁명적 전통으로 삼은 시기에 활동을 보인 경우다. 두 작품 모두 묘사력만큼은 현덕 특유의 장점이 살아 있다. 그러나 인물의 내적 갈등이 없어서 줄거리는 잘 짜인 각본을 따라가는 도식성을 벗어나지 않는다. 더욱이 남한 노동자들과 미국인의 투쟁은 역사적 사실과도 어긋나는 것이니 오로지 당의 정책에 부합하는 창작임을 알 수 있다.

6. 현덕의 문학사적 위치

현덕 문학은 크게 소설과 아동문학으로 나누어 평가할 수 있다. 그의 작품 활동은 1930년대 후반에 집중되어 있기 때문에, 카프와 해방 후를 잇는 교량의 몫으로서 성격이 주어진다. 그의 소설은 민중의 고통과 시대의 어둠을 정직하게 응시한 결과물이다. 소작농민과 이농민, 도시빈민과 무직자에 대한 일관된 관심은 그의 소설이 지닌 사회적 성격을 말해준다. 그런데 현덕은 현실을 반영함에 있어 계급적 도식이나 주관의 전망을 내세우지 않고 현실의 모순을 한층 깊이 있게 드러내는 독특한 서술 원리를 창안함으로써 이전 시기의 문학을 계승 발전시키고 우리 근대소설의 자산을 풍요롭게 하는 데 기여했다.

현덕의 문학적 실천을 전체로 보면, 자신의 생활 체험에서 우러나온 근대의 소외 계층에 대한 관심과 탐구라 할 수 있다. 그의 집안은 크게 보아 대한제국의 멸망과 더불어 중심부에서 변두리의 삶으로 전락하고 만다. 그의 연고지는 대부도 근방의 농촌, 화려함과 치욕을 함께 간직한 근대의 관문 인천항, 그리고 서울의 북촌과 동편 외곽이었다. 그의 소설은 농촌에서 뿌리뽑혀 항구의 빈민촌으로 흘러들어오는 이농민의 삶의 궤적이었고(「남생이」, 「경칩」, 「두꺼비가 먹은 돈」), 청계천을 경계로 일본인 거주지역 남촌과 대비되는 북촌 골목에서 다시 동편 성문 밖의 산동네를 거쳐 벼랑 끝의 어둠으로 밀려나는 도시빈민의 삶의 궤적이었다(「골목」, 「잣을 까는 집」, 「군맹」). 신문연재소설 「녹성좌」는 흔들리는 문화운동의 이념을 곧추세우려는 의지의 표현이었고, 아동문학은 어린 독자를 위해 따로 마련한 조화로운 삶의 회복에 대한 염원이자 민족의 내일에 대한 기대의 표현이었다.

현덕은 냉정하고 치밀한 묘사력과 빼어난 언어감각을 지닌 단편작가지만, 그의 소설은 독자에게 깊은 울림을 주는 어떤 간절함을 품고 있다. 작가의 순정이라 함 직한 이 간절함은 주관적 감상(感傷)에 노출되는 법이 없이 객관성을 손상시키지 않으려는 간접화된 방식으로 작품에 새겨져 있다. 이와 같은 개척적인 성과 때문에 백철(白鐵)은 현덕을 주목하면서 "소재를 체험에까지 끌어올린다고 그의 작품엔 작가 자신의 얼굴은 내진 않았다. 그는 이 시기의 사소설, 신변소설이 아니고 근대의 실험소설이 가진 리얼리즘 문학의 정통을 존중한 작가"(백철, 『조선신문학사조사 — 현대편』, 백양당, 1949, 367면)라고 높이 평가할 수 있었던 것이다. 현덕의 작품을 세태소설로 뭉뚱그려 보는 것은 독특한 시점의 변주를 놓치는 일이 되거니와, 어린 노마의 눈으로 세상을 보려 하기 때문에 순수성의 한계에 갇혀 있다는 평가는 일면성을 면할 수 없다. 현덕은 임화가 표현한바 "박영희적 경향과 최서해적 경향"(임화, 「소설문학의 20년」, 『동아일보』, 1940. 4. 20) 중에서 후자에 속하지만 단순히 빈궁문학에 머무르지 않았다. 카프의 리얼리즘과 구인회의 모더니즘을 젖줄삼아 30년대 후반기 문학의 한 자리를 개척한 것이다.

월북 후의 현덕은 이를테면 '최서해적 경향'을 '자연주의'로 격하시킨 북한의 혹독한 비판을 피할 수 없었다. 우여곡절 끝에 한때는 천리마 기수의 형상화에 성과를 남겼으나(「수확의 날」, 「전진하는 사람들」), 결국은 정치적인 희생양이 되어 북한의 문학사에서 완전히 이름이 지워지고 말았다. 북한에서는 그의 아동문학조차 계승 발전되지 않았다. 새로운 창작이 이뤄지지 않은 점은 물론이고 그의 일제시대 작품까지도 아동문학의 유산 목록에서 빠져 있다. 현덕은 1930년대의 문학사적 발전에 응분의 몫을 수행하고서도 비극적으로 기억되는 작가, 따라서 분단시대 민족문학의 숙제를 환기시키는 작가로 남아 있다.

1909년	서울에서 현동철(玄東轍)의 둘째 아들로 태어남. 본명은 현경윤(玄敬允). 집안 형편 때문에 인천 가까운 대부도(大阜島)의 당숙 집에서 어린 시절을 보냄.
1923년	대부공립보통학교에 들어감.
1924년	보통학교를 중퇴하고 중동학교 속성과 1년을 다님.
1925년	제일고보에 들어갔으나 어려운 집안 형편 때문에 중퇴함.
1927년	동화 「달에서 떨어진 토끼」가 『조선일보』 독자공모에 당선됨.
1932년	동화 「고무신」이 『동아일보』 신춘문예에서 가작으로 뽑힘.
1936년	수원, 발안 근방의 공사장과 일본 오사카[大阪] 등지에서 자유노동자 생활을 해오다가 문학에 뜻을 두고 작가 김유정을 만나 절친한 사이가 됨. 인천 당숙 집과 서울 집을 오가며 생활함.
1938년	『조선일보』 신춘문예에 소설 「남생이」가 당선됨. 이후 소설, 동화, 소년소설 등을 발표하며 활발한 작품활동을 벌임.
1940년	결핵으로 황해도 각지에서 요양함.
1941년	절필하고 와카모도[若素] 제약주식회사의 조선출장소 광고부에서 일함.
1945년	해방 직후에 와카모도 제약주식회사의 자치조직 관리위원장이 됨.
1946년	조선문학가동맹의 출판부장을 맡음. 소년소설집 『집을 나간 소년』(아문각)과 동화집 『포도와 구슬』(정음사)이 간행됨.
1947년	동화집 『토끼 삼형제』(을유문화사)와 소설집 『남생이』(아문각)가 간행됨.
1948년	남한 단독정부 수립 후 보도연맹 가입을 피해 잠적함.
1949년	장편 소년소설 『광명을 찾아서』(동지사아동원)가 간행됨.
1950년	인공치하에서 남조선문학가동맹 제2서기장이 됨. 9·28 서울 수복 때 월북함.
1951년	종군작가단에 소속되어 전쟁소설을 씀.
1962년	소설집 『수확의 날』(조선문학예술총동맹출판사)이 간행됨.

1. 소설

2. 소년소설

3. 동화

1939.2.12.	「뽐내는 걸음으로」, 『소년조선일보』
1939.2.19.	「너하고 안 놀아」, 『소년조선일보』
1939.2.26.	「잃어버린 구슬」, 『소년조선일보』
1939.3.5.	「의심」, 『소년조선일보』
1939.3.5~12.	「강아지」, 『동아일보』
1939.3.	「삼형제 토끼」, 『소년』
1939.3.12.	「고양이와 쥐」, 『소년조선일보』
1939.3.19.	「용기」, 『소년조선일보』
1939.3.26.	「실수」, 『소년조선일보』
1939.4.9.	「어머니의 힘」, 『소년조선일보』
1939.4.16.	「뗌가게 할아범」, 『소년조선일보』
1939.4.23.	「조그만 발명가」, 『소년조선일보』
1939.4.30.	「실망」, 『소년조선일보』
1939.5.7.	「동정」, 『소년조선일보』
1939.5.14.	「우정」, 『소년조선일보』
1939.5.28.	「큰소리」, 『소년조선일보』

「고양이」, (발표지와 연대 미상), 『조선아동문학집』, 조선일보사, 1938.
「눈사람」, (방송극, 발표지와 연대 미상), 『집을 나간 소년』, 아문각, 1946.
「꿩과 닭」, (방송극, 발표지와 연대 미상), 『집을 나간 소년』, 아문각, 1946.
「큰 뜻」, 『토끼 삼형제』, 을유문화사, 1947.

4. 수필

1939.5.	「부엉이」, 『박문』
1939.6.	「살구꽃」, 『문장』
1939.9.	「장발기(長髮記)」, 『조광』
1939.9.15~16.	「지연(紙鳶)」, 『조선일보』
1939.12.	「잊을 수 없는 그대여」, 『여성』
1941.6.	「할미꽃」, 『신세기』

5. 작품집

1946.	『집을 나간 소년』, 아문각
1946.	『포도와 구슬』, 정음사
1947.	『토끼 삼형제』, 을유문화사
1947.	『남생이』, 아문각
1949.	『광명을 찾아서』, 동지사아동원

6. 월북 이후

1951.	「하늘의 성벽」(소설), 『영용한 사람들』
1951.5.	「복수」(소설), 『문학예술』
1951.	「첫 전투에서」(소설), 발표지 미상
1959.1.	「부싱쿠동무」(소설), 『조선문학』
1959.7.	「수확의 날」(소설), 발표지 미상
1961.9.	「싸우는 부두」(소설), 『조선문학』
1962.	『수확의 날』(소설집), 조선문학예술총동맹출판사

1960.3.1.	「잊혀지지 않는 사랑」(수필), 『문학신문』
1960.4.26.	「새로운 창작적 열의로—소설가 현덕과의 담화」, 『문학신문』
1960.7.15.	「작가는 금 간 사람이 되어서는 안 된다」(평론), 『문학신문』
1960.10.21.	「생활의 진실과 단편소설」(평론), 『문학신문』
1961.10.3.	「단편소설에 대한 나의 생각」(평론), 『문학신문』

7. 기타

1932.4.	「봄」(시, 독자문단), 『신생』
1938.	「자서소전(自敍小傳)」, 『신인단편걸작집』, 조선일보사
1938.10.	「말을 더듬다 쥐어박혀」(시방 생각해도 미안한 일), 『소년』
1939.1.	「신진작가 좌담회」, 『조광』
1939.1~5	「두포전」, 『소년』(김유정이 3회분, 현덕이 2회분을 채워 완성)
1939.2.	「입병이 나서」(나의 중학입학), 『소년』
1939.3.	「내가 영향받은 외국 작가—도스토예프스키」, 『조광』
1939.4	「쓰레기통을 뒤지는 옛 동무」(아까운 동무들 어쩌다 그렇게 되었나?), 『소년』
1939.5	「숨어서 다 들은 할머님의 욕」(시방 생각해도 미안한 일), 『소년』
1946.	「소설 간담회」, 『민성』
1947.1.	「새사람이 됩시다」, 『협동』
1949.	『고요한 동』, M.A. 숄로호프, 이홍종(李洪鍾)·현덕 공동번역, 대학출판사

작가 현덕(玄德)

본명은 현경윤(玄敬允). 소설가. 동화작가. 1909년 서울에서 태어났으나 집안 형편 때문에 대부도의 친척집에서 어린 시절을 보냈다. 1938년 조선일보 신춘문예에 단편소설 「남생이」가 당선되고부터 2년 남짓한 기간에 활발하게 작품 활동을 전개했다. 해방 후 조선문학가동맹 출판 부장 일을 보다가 6·25 때 월북했다. 소설집『남생이』, 소년소설집 『집을 나간 소년』, 장편 소년소설『광명을 찾아서』, 동화집『포도와 구 슬』,『토끼 삼형제』등을 펴냈다. 북한에서는 1962년 소설집『수확의 날』을 펴냈으나 이후로 활동한 기록을 찾을 수 없다.

.

편자 원종찬(元鍾讚)

1959년 인천 출생. 인하대 한국어문학과 교수로 재직하며 아동문학평 론가로 활동하고 있다. 지은 책으로『아동문학과 비평정신』,『동화와 어린이』,『한국 근대문학의 재조명』, 엮은 책으로『권정생의 삶과 문 학』,『겨레아동문학선집』, 현덕 동화집『너하고 안 놀아』, 윤복진 동시 집『꽃초롱 별초롱』등이 있다.

현덕전집

초판 인쇄 2009년 2월 5일
초판 발행 2009년 2월 15일

편 자 원종찬
펴낸이 이대현
편 집 권분옥 이소희 김지향

펴낸곳 도서출판 역락
주소 서울시 서초구 반포 4동 577-25 문창빌딩 2층
전화 02-3409-2058, 02-3409-2060
팩스 02-3409-2059
등록 1999년 4월 19일 제303-2002-000014호
e-mail youkrack@hanmail.net

정 가 50,000원
ISBN 978-89-5556-648-2 93810